JUBILÄUMSBAND
HEYNE VERLAG

HEYNE JUBILÄUMS BAND

Österreichische Erzähler
des 20. Jahrhunderts

Herausgegeben von
Günther Fetzer

WILHELM HEYNE VERLAG
MÜNCHEN

HEYNE JUBILÄUMSBÄNDE
Nr. 50/82

3. Auflage

Copyright © 1993 by Wilhelm Heyne Verlag GmbH & Co. KG, München
Copyright der Einzelrechte s. Die Autoren
Printed in Germany 1995
Umschlagillustration: Archiv für Kunst und Geschichte/Erich Lessing, Berlin,
unter Verwendung eines Gemäldes von Gustav Klimt »Unterach am Attersee«, 1915
Umschlaggestaltung: Atelier Ingrid Schütz, München
Satz: (1729) IBV Satz- und Datentechnik GmbH, Berlin
Druck und Bindung: Elsnerdruck, Berlin

ISBN 3-453-06982-X

Inhalt

ERNST JANDL

eine fahne für österreich

rot

ich weiß

rot

PETER ALTENBERG

Ein schweres Herz

Es steht mitten zwischen Wiesen und Obstgärten ein riesiges gelbes Haus. Es ist ein Mädchen-Institut der »Englischen Fräulein«. Es gibt viele »heilige Schwestern« darin und viel Heimweh.

Manchesmal kommen die Väter an, besuchen ihre Töchterchen. »Papa, grüß dich Gott ---.«

In dieser einfachen Musik »Papa, grüß dich Gott ---« liegen die tiefen Hymnen der kleinen Herzen. Und in »adieu, Papa --« verklingen sie wie Harfen-Arpeggien!

Es war ein regnerischer Land-November-Sonntag. Ich saß in dem lieben kleinen warmen Café und rauchte und träumte ---.

Ein schöner großer Herr trat ein, mit einem kleinen wunderbaren Mädchen.

Es war eigentlich ein Engel ohne Flügel, in einer gelbgrünen Samt-Jacke.

Der Herr nahm an meinem Tische Platz.

»Bringen Sie Illustrierte für die Kleine«, sagte er zu dem Marqueur.

»Danke, Papa, ich möchte keine ---«, sagte der Engel ohne Flügel.

Stille ---.

Der Vater sagte: »Was hast du ---?!«

»Nichts ---«, sagte das Kind.

Dann sagte der Vater: »Wo seid ihr in Mathematik?«

Er meinte: »Sprechen wir über etwas Allgemeines. In der Wissenschaft findet man sich ---.«

»Capital-Rechnungen«, sagte der Engel. »Was ist es?! Was bedeutet es?! Ich habe keine Idee. Wozu braucht man Capital-Rechnungen?! Ich verstehe das nicht ---.«

»Lange Haare – kurzer Verstand«, sagte der Vater lächelnd und streichelte ihre hellblonden Haare, welche wie Seide glänzten.

»Jawohl --«, sagte sie.

Stille ---.

11

Ich habe ein so trauriges Gesichterl nie gesehen! Es erbebte gleichsam wie ein Strauch unter Schnee-Last. Es war, wie wenn Eleonora Duse sagt: »Oh –!« Oder wenn Gemma Bellincioni es singt –––.

Der Vater dachte: »Geistige Arbeit ist eine Ablenkung. Und jedenfalls, kann es schaden?! Man wiegt die Seele ein ––. Man muß das Interesse wecken. Natürlich schläft es noch –––.«

Er sagte: »Capital-Rechnungen! Oh, es ist interessant. Das war seinerzeit meine Force (ein Schimmer des vergangenen Capital-rechnungs-Glückes huschte über sein Antlitz). Zum Beispiel –– warte ein bißchen –– zum Beispiel jemand kauft ein Haus.

Hörst du zu?!«

»O ja. Jemand kauft ein Haus.«

»Zum Beispiel euer Geburtshaus in Görz. (Er machte die Sache spannender, indem er geschickt Wissenschaft und Familienverhältnisse in eine ziemlich nahe Beziehung brachte.) Es kostet 20000 Gulden. Wie viel muß er an Zins einnehmen, damit es 5% trage?!«

Der Engel sagte: »Das kann niemand wissen ––. Papa, kommt Onkel Viktor noch oft zu uns?!«

»Nein, er kommt selten. Wenn er kommt, setzt er sich immer in dein leeres Zimmer. Merke auf. 20000 Gulden. Wieviel ist 5% bei 20000 fl.?! Nun, doch jedenfalls soviel mal 5 Gulden als hundert in 20000 enthalten ist?! Das ist doch einfach, nicht?!«

»O ja –––«, sagte das Kind und begriff nicht, warum Onkel Viktor so selten komme.

Der Vater sagte: »Also wieviel muß er einnehmen?! Nun, 1000 Gulden ganz einfach.«

»Ja, 1000 Gulden. Papa, raucht die große weiße Lampe im Speisezimmer noch immer beim Anzünden?!«

»Natürlich. Also hast du jetzt eine Idee von Capitalrechnung?!«

»O ja. Aber wieso trägt Geld überhaupt Zinsen? Es ist doch nicht wie ein Birnbaum?! Es ist doch ganz tot, Geld.«

»Dummerl –––«, sagte der Vater und dachte: »Übrigens, es ist Sache des Institutes.«

Stille –––.

Sie sagte leise: »Ich möchte nach Hause zu euch ––.«

»No, du bist doch ein gescheites Mäderl, nicht –?!«

Zwei Tränen kamen langsam die Wangen heruntergeschwommen.

Erlösung! Tränen! Schimmernde Perlen gewordenes Heimweh!!

Dann sagte sie lächelnd: »Papa, es sind drei kleine Mädchen im Institute. Die Älteste darf drei Buchteln essen, die Jüngere nur zwei und die Jüngste eine. So diätetisch sind sie! Ob sie nächstes Jahr gesteigert werden?!«

Der Vater lächelte: »Siehst du, wie lustig es bei euch ist?!«

»Wieso lustig?! Uns kommt es so vor, weil es lächerlich ist. Das Lächerliche ist doch nicht das Lustige?!«

»Kleine Philosophin ––«, sagte der Vater glücklich und stolz und sah an den feuchtglänzenden Augen seines Töchterchens, daß Philosophie und Leben zweierlei seien.

Sie wurde rosig und bleich, bleich und rosig –. Wie ein Kampf war es auf diesem süßen Antlitz. Es stand darauf geschrieben: »Adieu, Papa, oh, adieu –.«

Ich hätte dem Vater gerne gesagt: »Herr, schauen Sie dieses Marien-Antlitz an! Sie hat ein brechendes kleines Herz! –––.«

Er hätte mir geantwortet: »Mein Herr, c'est la vie! So ist das Leben! Es können nicht alle Menschen im Caféhaus sitzen und vor sich hinträumen ––.«

Der Vater sagte: »Wie weit seid ihr in Geschichte?!«

Er dachte: »Man muß sie ablenken. Das ist mein Prinzip.«

»Wir sind in Ägypten«, sagte das kleine Mädchen.

»Oh, in Ägypten«, sagte der Vater und machte, wie wenn dieses Land einen wirklich ganz ausfüllen könne. Er war geradezu erstaunt, daß man sich noch etwas anderes wünsche als Ägypten.

»Die Pyramiden«, sagte er, »die Mumien, die Könige Sesostris, Cheops! Dann kommen die Assyrer, dann die Babylonier.«

Er dachte: »Je mehr ich aufmarschieren lasse, desto besser.«

»So?!« sagte das Kind. Wie wenn man sagte: »Versunkene Völker –––!«

»Wann habt ihr Tanzen?!« sagte der Vater. Er dachte: »Tanzen ist ein lustiges Thema.«

»Heute ––.«

»Wann?!«

»Gleich, wenn du weggefahren sein wirst. Dann ist Tanzen, von 7–8.«

»Oh, Tanzen ist sehr gesund. Tanze nur fleißig –.«

13

Als der Herr sich erhob, um wegzugehen, und mich freundlich grüßte, sagte ich: »Verzeihen Sie, mein Herr, oh, verzeihen Sie mir, ich habe eine große, große Bitte an Sie –––.«

»An mich?! Was ist es?!«

»Oh, bitte, lassen Sie heute Ihr Töchterchen von der Tanzstunde dispensieren.«

Er sah mich an ––– und drückte mir die Hand.

»Gewährt!«

»Wieso verstehst du mich, fremder Mensch?!« sagte der Engel zu mir mit seinen schimmernden Augen.

»Gehe voraus –––«, sagte der Herr zu dem Kinde.

Dann sagte er zu mir: »Pardon, halten Sie es für ein richtiges Prinzip?!«

»Jawohl«, sagte ich, *was die Seele betrifft, ist das einzige Prinzip, keine Prinzipien zu haben!«*

(1896)

HUGO VON HOFMANNSTHAL

Das Erlebnis des Marschalls
von Bassompierre

Zu einer gewissen Zeit meines Lebens brachten es meine Dienste mit sich, daß ich ziemlich regelmäßig mehrmals in der Woche um eine gewisse Stunde über die kleine Brücke ging (denn der Pont neuf war damals noch nicht erbaut) und dabei meist von einigen Handwerkern oder anderen Leuten aus dem Volk erkannt und gegrüßt wurde, am auffälligsten aber und regelmäßigsten von einer sehr hübschen Krämerin, deren Laden an einem Schild mit zwei Engeln kenntlich war, und die, sooft ich in den fünf oder sechs Monaten vorüberkam, sich tief neigte und mir soweit nachsah, als sie konnte. Ihr Betragen fiel mir auf, ich sah sie gleichfalls an und dankte ihr sorgfältig. Einmal, im Spätwinter, ritt ich von Fontainebleau nach Paris, und als ich wieder die kleinen Brücke heraufkam, trat sie an ihre Ladentür und sagte zu mir, indem ich vorbeiritt: »Mein Herr, Ihre Dienerin!« Ich erwiderte ihren Gruß, und indem ich mich von Zeit zu Zeit umsah, hatte sie sich weiter vorgelehnt, um mir soweit als möglich nachzusehen. Ich hatte einen Bedienten und einen Postillon hinter mir, die ich noch diesen Abend mit Briefen an gewisse Damen nach Fontainebleau zurückschicken wollte. Auf meinen Befehl stieg der Bediente ab und ging zu der jungen Frau, ihr in meinem Namen zu sagen, daß ich ihre Neigung, mich zu sehen und zu grüßen, bemerkt hätte; ich wollte, wenn sie wünschte mich näher kennenzulernen, sie aufsuchen, wo sie verlangte.

Sie antwortete dem Bedienten: er hätte ihr keine erwünschtere Botschaft bringen können, sie wollte kommen, wohin ich sie bestellte.

Im Weiterreiten fragte ich den Bedienten, ob er nicht etwa einen Ort wußte, wo ich mit der Frau zusammenkommen könnte. Er antwortete, daß er sie zu einer gewissen Kupplerin führen wollte; da er aber ein sehr besorgter und gewissenhafter Mensch war, dieser Diener Wilhelm aus Courtrai, so setzte er gleich hinzu: da die Pest sich hie und da zeige und nicht nur Leute aus dem niedrigen und schmutzigen Volk, sondern auch ein Doktor und ein Domherr

15

schon daran gestorben seien, so rate er mir, Matratzen, Decken und Leintücher aus meinem Hause mitbringen zu lassen. Ich nahm den Vorschlag an, und er versprach, mir ein gutes Bett zu bereiten. Vor dem Absteigen sagte ich noch, er solle auch ein ordentliches Waschbecken dorthin tragen, eine kleine Flasche mit wohlriechender Essenz und etwas Backwerk und Äpfel; auch solle er dafür sorgen, daß das Zimmer tüchtig geheizt werde, denn es war so kalt, daß mir die Füße im Bügel steif gefroren waren, und der Himmel hing voll Schneewolken. Den Abend ging ich hin und fand eine sehr schöne Frau von ungefähr zwanzig Jahren auf dem Bette sitzen, indes die Kupplerin, ihren Kopf und ihren runden Rücken in ein schwarzes Tuch eingemummt, eifrig in sie hineinredete. Die Tür war angelehnt, im Kamin lohten große frische Scheiter geräuschvoll auf, man hörte mich nicht kommen, und ich blieb einen Augenblick in der Tür stehen. Die Junge sah mit großen Augen ruhig in die Flamme; mit einer Bewegung ihres Kopfes hatte sie sich wie auf Meilen von der widerwärtigen Alten entfernt; dabei war unter einer kleinen Nachthaube, die sie trug, ein Teil ihrer schweren dunklen Haare vorgequollen und fiel, zu ein paar natürlichen Locken sich ringelnd, zwischen Schulter und Brust über das Hemd. Sie trug noch einen kurzen Unterrock von grünwollenem Zeug und Pantoffeln an den Füßen. In diesem Augenblick mußte ich mich durch ein Geräusch verraten haben: Sie warf ihren Kopf herum und bog mir ein Gesicht entgegen, dem die übermäßige Anspannung der Züge fast einen wilden Ausdruck gegeben hätte, ohne die strahlende Hingebung, die aus den weit aufgerissenen Augen strömte und aus dem sprachlosen Maul wie eine unsichtbare Flamme herausschlug. Sie gefiel mir außerordentlich; schneller, als es sich denken läßt, war die Alte aus dem Zimmer und ich bei meiner Freundin. Als ich mir in der ersten Trunkenheit des überraschenden Besitzes einige Freiheiten herausnehmen wollte, entzog sie sich mir mit einer unbeschreiblich lebenden Eindringlichkeit zugleich des Blickes und der dunkeltönenden Stimme. Im nächsten Augenblick aber fühlte ich mich von ihr umschlungen, die noch inniger mit dem fort und fort empordrängenden Blick der unerschöpflichen Augen als mit den Lippen und den Armen an mir haftete; dann wieder war es, als wollte sie sprechen, aber die von Küssen zuckenden Lippen bildeten keine Worte, die Kehle ließ keinen deutlicheren Laut als ein gebrochenes Schluchzen empor.

Nun hatte ich einen großen Teil dieses Tages zu Pferde auf frostigen Landstraßen verbracht, nachher im Vorzimmer des Königs einen sehr ärgerlichen und heftigen Auftritt durchgemacht und darauf, meine schlechte Laune zu betäuben, sowohl getrunken als mit dem Zweihänder stark gefochten, und so überfiel mich mitten unter diesem reizenden und geheimnisvollen Abenteuer, als ich von weichen Armen im Nacken umschlungen und mit duftendem Haar bestreut dalag, eine so plötzliche heftige Müdigkeit und beinahe Betäubung, daß ich mich nicht mehr zu erinnern wußte, wie ich denn gerade in dieses Zimmer gekommen wäre, ja sogar für einen Augenblick die Person, deren Herz so nahe dem meinigen klopfte, mit einer ganz anderen aus früherer Zeit verwechselte und gleich darauf fest einschlief.

Als ich wieder erwachte, war es noch finstere Nacht, aber ich fühlte sogleich, daß meine Freundin nicht mehr bei mir war. Ich hob den Kopf und sah beim schwachen Schein der zusammensinkenden Glut, daß sie am Fenster stand: Sie hatte den einen Laden aufgeschoben und sah durch den Spalt hinaus. Dann drehte sie sich um, merkte, daß ich wach war, und rief (ich sehe noch, wie sie dabei mit dem Ballen der linken Hand an ihrer Wange emporfuhr und das vorgefallene Haar über die Schulter zurückwarf): »Es ist noch lange nicht Tag, noch lange nicht!« Nun sah ich erst recht, wie groß und schön sie war, und konnte den Augenblick kaum erwarten, daß sie mit wenigen der ruhigen großen Schritte ihrer schönen Füße, an denen der rötliche Schein emporglomm, wieder bei mir wäre. Sie trat aber noch vorher an den Kamin, bog sich zur Erde, nahm das letzte schwere Scheit, das draußen lag, in ihre strahlenden nackten Arme und warf es schnell in die Glut. Dann wandte sie sich, ihr Gesicht funkelte von Flammen und Freude, mit der Hand riß sie im Vorbeilaufen einen Apfel vom Tisch und war schon bei mir, ihre Glieder noch vom frischen Anhauch des Feuers umweht und dann gleich aufgelöst und von innen her von stärkeren Flammen durchschüttert, mit der Rechten mich umfassend, mit der Linken zugleich die angebissene kühle Frucht und Wangen, Lippen und Augen meinem Mund darbietend. Das letzte Scheit im Kamin brannte stärker als alle anderen. Aufsprühend sog es die Flamme in sich und ließ sie dann wieder gewaltig emporlohen, daß der Feuerschein über uns hinschlug, wie eine Welle, die an der Wand sich brach und unsere umschlungenen Schatten jäh emporhob und wieder sinken ließ. Immer wieder knisterte das starke Holz und nährte aus seinem Innern immer wieder neue Flammen, die emporzüngelten und das schwere Dunkel mit Güssen und Garben von rötlicher Helle verdrängten. Auf einmal aber sank die Flamme hin, und ein kalter Lufthauch tat leise wie eine Hand den Fensterladen auf und entblößte die fahle widerwärtige Dämmerung.

Wir setzten uns auf und wußten, daß nun der Tag da war. Aber das da draußen glich keinem Tag. Es glich nicht dem Aufwachen der Welt. Was da draußen lag, sah nicht aus wie eine Straße. Nichts Einzelnes ließ sich erkennen: es war ein farbloser, wesenloser Wust, in dem sich zeitlose Larven hinbewegen mochten. Von irgendwoher, weit her, wie aus der Erinnerung heraus, schlug eine Turmuhr, und eine feuchtkalte Luft, die keiner Stunde angehörte, zog sich immer stärker herein, daß wir uns schaudernd aneinanderdrückten. Sie bog sich zurück und heftete ihre Augen mit aller Macht auf mein Gesicht; ihre Kehle zuckte, etwas drängte sich in ihr herauf und quoll bis an den Rand der Lippen vor: es wurde kein Wort daraus, kein Seufzer und kein Kuß, aber etwas, was ungeboren allen dreien glich. Von Augenblick zu Augenblick wurde es heller und der vielfältige Ausdruck ihres zuckenden Gesichts immer redender; auf einmal kamen schlürfende Schritte und Stimmen von draußen so nahe am Fenster vorbei, daß sie sich duckte und ihr Gesicht gegen die Wand kehrte. Es waren zwei Männer, die vorbeigingen: einen Augenblick fiel der Schein einer kleinen Laterne, die der eine trug, herein; der andere schob einen Karren, dessen Rad quietschte und knarrte. Als sie vorüber waren, stand ich auf, schloß den Laden und zündete ein Licht an. Da lag noch ein halber Apfel: wir aßen ihn zusammen, und dann fragte ich sie, ob ich sie nicht noch einmal sehen könnte, denn ich verreise erst Sonntag. Dies war aber die Nacht vom Donnerstag auf den Freitag gewesen.

Sie antwortete mir: daß sie es gewiß sehnlicher verlange als ich; wenn ich aber nicht den ganzen Sonntag bliebe, sei es ihr unmöglich; denn nur in der Nacht vom Sonntag auf den Montag könnte sie mich wiedersehen.

Mir fielen zuerst verschiedene Abhaltungen ein, so daß ich einige Schwierigkeiten machte, die sie mit keinem Worte, aber mit einem überaus schmerzlich fragenden Blick und einem gleichzeitigen fast unheimlichen Hart- und Dunkelwerden ihres Gesichts anhörte. Gleich darauf versprach ich natürlich, den Sonntag zu bleiben, und setzte hinzu, ich wollte also Sonntag abend mich wieder an dem nämlichen Ort einfinden. Auf dieses Wort sah sie mich fest an und sagte mir mit einem ganz rauhen und gebrochenen Ton in der Stimme: »Ich weiß recht gut, daß ich um deinetwillen in ein schändliches Haus gekommen bin; aber ich habe es freiwillig getan, weil ich mit dir sein *wollte*, weil ich *jede* Bedingung eingegangen wäre. Aber jetzt käme ich mir vor wie die letzte, niedrigste Straßendirne, wenn ich ein zweites Mal hieher zurückkommen könnte. Um deinetwillen hab' ich's getan, weil du für mich der bist, der du bist, weil du der Bassompierre bist, weil du der Mensch auf der Welt bist, der mir durch seine Gegenwart dieses Haus da ehrenwert macht!« Sie sagte ›Haus‹; einen Augenblick war es, als wäre ein verächtlicheres Wort ihr auf der Zunge; indem sie das Wort aussprach, warf sie auf diese vier Wände, auf dieses Bett, auf diese Decke, die herabgeglitten auf dem Boden lag, einen solchen Blick, daß unter der Garbe von Licht, die aus ihren Augen hervorschoß, alle diese häßlichen und gemeinen Dinge aufzuzucken und geduckt vor ihr zurückzuweichen schienen, als wäre der erbärmliche Raum wirklich für einen Augenblick größer geworden.

Dann setzte sie mit einem unbeschreiblich sanften und feierlichen Tone hinzu: »Möge ich eines elenden Todes sterben, wenn ich außer meinem Mann und dir je irgendeinem andern gehört habe und nach irgendeinem anderen auf der Welt verlange!«, und schien, mit halboffenen, lebenhauchenden Lippen leicht vorgeneigt, irgendeine Antwort, eine Beteuerung meines Glaubens zu erwarten, von meinem Gesicht aber nicht das zu lesen, was sie verlangte, denn ihr gespannter suchender Blick trübte sich, ihre Wimpern schlugen auf und zu, und auf einmal war sie am Fenster und kehrte mir den Rücken, die Stirn mit aller Kraft an den Laden gedrückt, den ganzen Leib von lautlosem, aber entsetzlich heftigem Weinen so durchschüttert, daß mir das Wort im Munde erstarb und ich nicht wagte, sie zu berühren. Ich erfaßte endlich eine ihrer Hände, die wie leblos herabhingen, und mit den eindringlichsten Worten, die mir der Augenblick eingab, gelang es mir nach langem, sie soweit zu besänftigen, daß sie mir ihr von Tränen überströmtes Gesicht wieder zukehrte, bis plötzlich ein Lächeln, wie ein Licht zugleich aus den Augen und rings um die Lippen hervorbrechend, in einem Moment alle Spuren des Weinens wegzehrte und das ganze Gesicht mit Glanz überschwemmte. Nun war es das reizendste

Spiel, wie sie wieder mit mir zu reden anfing, indem sie sich mit dem Satz: »Du willst mich noch einmal sehen? so will ich dich bei meiner Tante einlassen!« endlos herumspielte, die erste Hälfte zehnfach aussprach, bald mit süßer Zudringlichkeit, bald mit kindischem gespielten Mißtrauen, dann die zweite mir als das größte Geheimnis zuerst ins Ohr flüsterte, dann mit Achselzucken und spitzem Mund, wie die selbstverständlichste Verabredung von der Welt, über die Schulter hinwarf und endlich, an mir hängend, mir ins Gesicht lachend und schmeichelnd wiederholte. Sie beschrieb mir das Haus aufs genaueste, wie man einem Kind den Weg beschreibt, wenn es zum erstenmal allein über die Straße zum Bäcker gehen soll. Dann richtete sie sich auf, wurde ernst – und die ganze Gewalt ihrer strahlenden Augen heftete sich auf mich mit einer solchen Stärke, daß es war, als müßten sie auch ein totes Geschöpf an sich zu reißen vermögend sein – und fuhr fort: »Ich will dich von zehn Uhr bis Mitternacht erwarten und auch noch später und immerfort, und die Tür unten wird offen sein. Erst findest du einen kleinen Gang, in dem halte dich nicht auf, denn da geht die Tür meiner Tante heraus. Dann stößt dir eine Treppe entgegen, die führt dich in den ersten Stock, und dort bin ich!« Und indem sie die Augen schloß, als ob ihr schwindelte, warf sie den Kopf zurück, breitete die Arme aus und umfing mich, und war gleich wieder aus meinen Armen und in die Kleider eingehüllt, fremd und ernst, und aus dem Zimmer; denn nun war völlig Tag.

Ich machte meine Einrichtung, schickte einen Teil meiner Leute mit meinen Sachen voraus und empfand schon am Abend des nächsten Tages eine so heftige Ungeduld, daß ich bald nach dem Abendläuten mit meinem Diener Wilhelm, den ich aber kein Licht mitnehmen ließ, über die kleine Brücke ging, um meine Freundin wenigstens in ihrem Laden oder in der daranstoßenden Wohnung zu sehen und ihr allenfalls ein Zeichen meiner Gegenwart zu geben, wenn ich mir auch schon keine Hoffnung auf mehr machte, als etwa einige Worte mit ihr wechseln zu können.

Um nicht aufzufallen, blieb ich an der Brücke stehen und schickte den Diener voraus, um die Gelegenheit auszukundschaften. Er blieb längere Zeit aus und hatte beim Zurückkommen die niedergeschlagene und grübelnde Miene, die ich an diesem braven Menschen immer kannte, wenn er einen meinigen Befehl nicht hatte erfolgreich ausführen können. »Der Laden ist versperrt«, sagte er,

»und scheint auch niemand darinnen. Überhaupt läßt sich in den Zimmern, die nach der Gasse zu liegen, niemand sehen und hören. In den Hof könnte man nur über eine hohe Mauer, zudem knurrt dort ein großer Hund. Von den vorderen Zimmern ist aber eines erleuchtet, und man kann durch einen Spalt im Laden hineinsehen, nur ist es leider leer.«

Mißmutig wollte ich schon umkehren, strich aber doch noch einmal langsam an dem Haus vorbei, und mein Diener in seiner Beflissenheit legte nochmals sein Auge an den Spalt, durch den ein Lichtschimmer drang, und flüsterte mir zu, daß zwar nicht die Frau, wohl aber der Mann nun im Zimmer sei. Neugierig, diesen Krämer zu sehen, den ich mich nicht erinnern konnte, auch nur ein einziges Mal in seinem Laden erblickt zu haben, und den ich mir abwechselnd als einen unförmlichen dicken Menschen oder als einen dürren gebrechlichen Alten vorstellte, trat ich ans Fenster und war überaus erstaunt, in dem guteingerichteten vertäfelten Zimmer einen ungewöhnlich großen und sehr gut gebauten Mann umhergehen zu sehen, der mich gewiß um einen Kopf überragte und, als er sich umdrehte, mir ein sehr schönes tiefernstes Gesicht zuwandte, mit einem braunen Bart, darin einige wenige silberne Fäden waren, und mit einer Stirn von fast seltsamer Erhabenheit, so daß die Schläfen eine größere Fläche bildeten, als ich noch je bei einem Menschen gesehen hatte. Obwohl er ganz allein im Zimmer war, so wechselte doch sein Blick, seine Lippen bewegten sich, und indem er unter dem Aufundabgehen hie und da stehenblieb, schien er sich in der Einbildung mit einer anderen Person zu unterhalten: einmal bewegte er den Arm, wie um eine Gegenrede mit halb nachsichtiger Überlegenheit wegzuweisen. Jede seiner Gebärden war von großer Lässigkeit und fast verachtungsvollem Stolz, und ich konnte nicht umhin, mich bei seinem einsamen Umhergehen lebhaft des Bildes eines sehr erhabenen Gefangenen zu erinnern, den ich im Dienst des Königs während seiner Haft in einem Turmgemach des Schlosses zu Blois zu bewachen hatte. Diese Ähnlichkeit schien mir noch vollkommener zu werden, als der Mann seine rechte Hand emporhob und auf die emporgekrümmten Finger mit Aufmerksamkeit, ja mit finsterer Strenge hinabsah.

Denn fast mit der gleichen Gebärde hatte ich jenen erhabenen Gefangenen öfter einen Ring betrachten sehen, den er am Zeigefinger der rechten Hand trug und von welchem er sich niemals trennte. Der Mann im Zimmer trat dann an den Tisch, schob die Wasserkugel vor das Wachslicht und brachte seine beiden Hände in den Lichtkreis, mit ausgestreckten Fingern: er schien seine Nägel zu betrachten. Dann blies er das Licht aus und ging aus dem Zimmer und ließ mich nicht ohne eine dumpfe zornige Eifersucht zurück, da das Verlangen nach seiner Frau in mir fortwährend wuchs und wie ein um sich greifendes Feuer sich von allem nährte, was mir begegnete, und so durch diese unerwartete Erscheinung in verworrener Weise gesteigert wurde, wie durch jede Schneeflocke, die ein feuchtkalter Wind jetzt zertrieb und die mir einzeln an Augenbrauen und Wangen hängenblieben und schmolzen.

Den nächsten Tag verbrachte ich in der nutzlosesten Weise, hatte zu keinem Geschäft die richtige Aufmerksamkeit, kaufte ein Pferd, das mir eigentlich nicht gefiel, wartete nach Tisch dem Herzog von Nemours auf und verbrachte dort einige Zeit mit Spiel und mit den albernsten und widerwärtigsten Gesprächen. Es war nämlich von nichts anderem die Rede als von der in der Stadt immer heftiger um sich greifenden Pest, und aus allen diesen Edelleuten brachte man kein anderes Wort heraus als dergleichen Erzählungen von dem schnellen Verscharren der Leichen, von dem Strohfeuer, das man in den Totenzimmern brennen müsse, um die giftigen Dünste zu verzehren, und so fort; der Albernste aber erschien mir der Kanonikus von Chandieu, der, obwohl dick und gesund wie immer, sich nicht enthalten konnte, unausgesetzt nach seinen Fingernägeln hinzuschielen, ob sich an ihnen schon das verdächtige Blauwerden zeige, womit sich die Krankheit anzukündigen pflegt.

Mich widerte das alles an, ich ging früh nach Hause und legte mich zu Bette, fand aber den Schlaf nicht, kleidete mich vor Ungeduld wieder an und wollte, koste es was es wolle, dorthin, meine Freundin zu sehen, und müßte ich mit meinen Leuten gewaltsam eindringen. Ich ging ans Fenster, meine Leute zu wecken, die eisige Nachtluft brachte mich zur Vernunft, und ich sah ein, daß dies der sichere Weg war, alles zu verderben. Angekleidet warf ich mich aufs Bett und schlief endlich ein.

Ähnlich verbrachte ich den Sonntag bis zum Abend, war viel zu früh in der bezeichneten Straße, zwang mich aber, in einer Nebengasse auf und nieder zu gehen, bis es zehn Uhr schlug. Dann fand ich sogleich das Haus und die Tür, die sie mir beschrieben hatte, und die Tür auch offen, und dahinter den Gang und die Treppe.

Oben aber die zweite Tür, zu der die Treppe führte, war verschlossen, doch ließ sie unten einen feinen Lichtstreif durch. So war sie drinnen und wartete und stand vielleicht horchend drinnen an der Tür wie ich draußen. Ich kratzte mit dem Nagel an der Tür, da hörte ich drinnen Schritte: es schienen mir zögernd unsichere Schritte eines nackten Fußes. Eine Zeit stand ich ohne Atem, und dann fing ich an zu klopfen: aber ich hörte eine Mannesstimme, die mich fragte, wer draußen sei. Ich drückte mich ins Dunkel des Türpfostens und gab keinen Laut von mir: die Tür blieb zu, und ich klomm mit der äußersten Stille, Stufe für Stufe, die Stiege hinab, schlich den Gang hinaus ins Freie und ging mit pochenden Schläfen und zusammengebissenen Zähnen, glühend vor Ungeduld, einige Straßen auf und ab. Endlich zog es mich wieder vor das Haus: ich wollte noch nicht hinein; ich fühlte, ich wußte, sie würde den Mann entfernen, es müßte gelingen, gleich würde ich zu ihr können. Die Gasse war eng; auf der anderen Seite war kein Haus, sondern die Mauer eines Klostergartens: an der drückte ich mich hin und suchte von gegenüber das Fenster zu erraten. Da loderte in einem, das offen stand, im oberen Stockwerk, ein Schein auf und sank wieder ab, wie von einer Flamme. Nun glaubte ich alles vor mir zu sehen: sie hatte ein großes Scheit in den Kamin geworfen wie damals, wie damals stand sie jetzt mitten im Zimmer, die Glieder funkelnd von der Flamme, oder saß auf dem Bette und horchte und wartete. Von der Tür würde ich sie sehen und den Schatten ihres Nackens, ihrer Schultern, den die durchsichtige Welle an der Wand hob und senkte. Schon war ich im Gang, schon auf der Treppe; nun war auch die Tür nicht mehr verschlossen: angelehnt, ließ sie auch seitwärts den schwankenden Schein durch. Schon streckte ich die Hand nach der Klinke aus, da glaubte ich drinnen Schritte und Stimmen von mehreren zu hören. Ich wollte es aber nicht glauben: ich nahm es für das Arbeiten meines Blutes in den Schläfen, am Halse, und für das Lodern des Feuers drinnen. Auch damals hatte es laut gelodert. Nun hatte ich die Klinke gefaßt, da mußte ich begreifen, daß Menschen drinnen waren, mehrere Menschen. Aber nun war es mir gleich: denn ich fühlte, ich wußte, sie war auch drinnen, und sobald ich die Türe aufstieß, konnte ich sie sehen, sie ergreifen und, wäre es auch aus den Händen anderer, mit einem Arm sie an mich reißen, müßte ich gleich den Raum für sie und mich mit meinem Degen, mit meinem Dolch aus einem Gewühl schreiender

Menschen herausschneiden! Das einzige, war mir ganz unerträglich schien, war, noch länger zu warten.

Ich stieß die Tür auf und sah: In der Mitte des leeren Zimmers ein paar Leute, welche Bettstroh verbrannten, und bei der Flamme, die das ganze Zimmer erleuchtete, abgekratzte Wände, deren Schutt auf dem Boden lag, und an einer Wand einen Tisch, auf dem zwei nackte Körper ausgestreckt lagen, der eine sehr groß, mit zugedecktem Kopf, der andere kleiner, gerade an der Wand hingestreckt, und daneben der schwarze Schatten seiner Formen, der emporspielte und wieder sank.

Ich taumelte die Stiege hinab und stieß vor dem Haus auf zwei Totengräber: der eine hielt mir seine kleine Laterne ins Gesicht und fragte mich, was ich suche, der andere schob seinen ächzenden, knirschenden Karren gegen die Haustür. Ich zog den Degen, um sie mir vom Leibe zu halten, und kam nach Hause. Ich trank sogleich drei oder vier große Gläser schweren Weins und trat, nachdem ich mich ausgeruht hatte, den anderen Tag die Reise nach Lothringen an.

Alle Mühe, die ich mir nach meiner Rückkunft gegeben, irgend etwas von dieser Frau zu erfahren, war vergeblich. Ich ging sogar nach dem Laden mit den zwei Engeln; allein die Leute, die ihn jetzt innehatten, wußten nicht, wer vor ihnen darin gesessen hatte.

M. de Bassompierre, Journal de ma vie, Köln 1663. –
Goethe, Unterhaltungen deutscher Ausgewanderten.

(1900)

ARTHUR SCHNITZLER

Leutnant Gustl

Wie lange wird denn das noch dauern? Ich muß auf die Uhr schauen... schickt sich wahrscheinlich nicht in einem so ernsten Konzert. Aber wer sieht's denn? Wenn's einer sieht, so paßt er gerade so wenig auf, wie ich, und vor dem brauch' ich mich nicht zu genieren... Erst Viertel vor zehn?... Mir kommt vor, ich sitz' schon drei Stunden in dem Konzert. Ich bin's halt nicht gewohnt... Was ist es denn eigentlich? Ich muß das Programm anschauen... Ja, richtig: Oratorium? Ich hab' gemeint: Messe. Solche Sachen gehören doch nur in die Kirche. Die Kirche hat auch das Gute, daß man jeden Augenblick fortgehen kann. – Wenn ich wenigstens einen Ecksitz hätt'! – Also Geduld, Geduld! Auch Oratorien nehmen kein End'! Vielleicht ist es sehr schön, und ich bin nur nicht in der Laune. Woher sollt' mir auch die Laune kommen? Wenn ich denke, daß ich hergekommen bin, um mich zu zerstreuen... Hätt' ich die Karte lieber dem Benedek geschenkt, dem machen solche Sachen Spaß; er spielt ja selber Violine. Aber da wär' der Kopetzky beleidigt gewesen. Es war ja sehr lieb von ihm, wenigstens gut gemeint. Ein braver Kerl, der Kopetzky! Der einzige, auf den man sich verlassen kann... Seine Schwester singt ja mit unter denen da oben. Mindestens hundert Jungfrauen, alle schwarz gekleidet; wie soll ich sie da herausfinden? Weil sie mitsingt, hat er auch das Billett gehabt, der Kopetzky... Warum ist er denn nicht selber gegangen? – Sie singen übrigens sehr schön. Es ist sehr erhebend – sicher! Bravo! Bravo!... Ja, applaudieren wir mit. Der neben mir klatscht wie verrückt. Ob's ihm wirklich so gut gefällt? – Das Mädel drüben in der Loge ist sehr hübsch. Sieht sie mich an oder den Herrn dort mit dem blonden Vollbart?... Ah, ein Solo! Wer ist das? Alt: Fräulein Walker, Sopran: Fräulein Michalek... das ist wahrscheinlich Sopran... Lang' war ich schon nicht in der Oper. In der Oper unterhalt' ich mich immer, auch wenn's langweilig ist. Übermorgen könnt' ich eigentlich wieder hineingehn, zur ›Traviata‹. Ja, übermorgen bin ich vielleicht schon eine tote Leiche! Ah, Unsinn, das glaub' ich selber nicht! Warten S' nur, Herr Doktor, Ihnen wird's

25

vergeh'n, solche Bemerkungen zu machen! Das Nasenspitzel hau' ich Ihnen herunter...

Wenn ich die in der Loge nur genau sehen könnt'! Ich möcht' mir den Operngucker von dem Herrn neben mir ausleih'n, aber der frißt mich ja auf, wenn ich ihn in seiner Andacht stör'... In welcher Gegend die Schwester vom Kopetzky steht? Ob ich sie erkennen möcht'? Ich hab' sie ja nur zwei- oder dreimal gesehen, das letzte Mal im Offizierskasino... Ob das lauter anständige Mädeln sind, alle hundert? O jeh!... ›Unter Mitwirkung des Singvereins!‹ – Singverein... komisch! Ich hab' mir darunter eigentlich immer so was Ähnliches vorgestellt wie die Wiener Tanzsängerinnen, das heißt, ich hab' schon gewußt, daß es was anderes ist!... Schöne Erinnerungen! Damals beim ›Grünen Tor‹... Wie hat sie nur geheißen? Und dann hat sie mir einmal eine Ansichtskarte aus Belgrad geschickt... auch eine schöne Gegend! – Der Kopetzky hat's gut, der sitzt jetzt längst im Wirtshaus und raucht seine Virginia!...

Was guckt mich denn der Kerl dort immer an? Mir scheint, der merkt, daß ich mich langweil' und nicht herg'hör'... Ich möcht' Ihnen raten, ein etwas weniger freches Gesicht zu machen, sonst stell' ich Sie mir nachher im Foyer! – Schaut schon weg!... Daß sie alle vor meinem Blick so eine Angst hab'n... ›Du hast die schönsten Augen, die mir je vorgekommen sind!‹ hat neulich die Steffi gesagt... O Steffi, Steffi, Steffi! – Die Steffi ist eigentlich schuld, daß ich dasitz' und mir stundenlang vorlamentieren lassen muß. – Ah, diese ewige Abschreiberei von der Steffi geht mir wirklich schon auf die Nerven! Wie schön hätt' der heutige Abend sein können. Ich hätt' große Lust, das Brieferl von der Steffi zu lesen. Da hab' ich's ja. Aber wenn ich die Brieftasche herausnehm', frißt mich der Kerl daneben auf! – Ich weiß ja, was drinsteht... sie kann nicht kommen, weil sie mit ›ihm‹ nachtmahlen gehen muß... Ah, das war komisch vor acht Tagen, wie sie mit ihm in der Gartenbaugesellschaft gewesen ist, und ich vis-à-vis mit'm Kopetzky; und sie hat mir immer die Zeichen gemacht mit den Augerln, die verabredeten. Er hat nichts gemerkt – unglaublich! Muß übrigens ein Jud' sein! Freilich, in einer Bank ist er, und der schwarze Schnurrbart... Reserveleutnant soll er auch sein! Na, in mein Regiment sollt' er nicht zur Waffenübung kommen! Überhaupt, daß sie noch immer so viel Juden zu Offizieren machen – da pfeif' ich auf'n ganzen Antisemitismus! Neulich in der Gesellschaft, wo die G'schicht' mit dem

Doktor passiert ist bei den Mannheimers... die Mannheimer sollen ja auch Juden sein, getauft natürlich... denen merkt man's aber gar nicht an – besonders die Frau... so blond, bildhübsch die Figur... War sehr amüsant im ganzen. Famoses Essen, großartige Zigarren... Na ja, wer hat's Geld?...

Bravo, bravo! Jetzt wird's doch bald aus sein? – Ja, jetzt steht die ganze G'sellschaft da droben auf... sieht sehr gut aus – imposant! – Orgel auch?... Orgel hab' ich sehr gern... So, das laß ich mir g'fall'n – sehr schön! Es ist wirklich wahr, man sollt' öfter in Konzerte gehen... Wunderschön ist's g'wesen, werd' ich dem Kopetzky sagen... Werd' ich ihn heut' im Kaffeehaus treffen? – Ah, ich hab' gar keine Lust, ins Kaffeehaus zu geh'n; hab' mich gestern so gegiftet! Hundertsechzig Gulden auf einem Sitz verspielt – zu dumm! Und wer hat alles gewonnen? Der Ballert, grad' der, der's nicht notwendig hat... Der Ballert ist eigentlich schuld, daß ich in das blöde Konzert hab' gehen müssen... Na ja, sonst hätt' ich heut wieder spielen können, vielleicht doch was zurückgewonnen. Aber es ist ganz gut, daß ich mir selber das Ehrenwort gegeben hab', einen Monat lang keine Karte anzurühren... Die Mama wird wieder ein G'sicht machen, wenn sie meinen Brief bekommt! – Ah, sie soll zum Onkel geh'n, der hat Geld wie Mist; auf die paar hundert Gulden kommt's nicht an. Wenn ich's nur durchsetzen könnt', daß er mir eine regelmäßige Sustentation gibt... aber nein, um jeden Kreuzer muß man extra betteln. Dann heißt's wieder: Im vorigen Jahr war die Ernte schlecht!... Ob ich heuer im Sommer wieder zum Onkel fahren soll auf vierzehn Tag'? Eigentlich langweilt man sich dort zum Sterben... Wenn ich die... wie hat sie nur geheißen?... Es ist merkwürdig, ich kann mir keine Namen merken!... Ah, ja: Etelka!... Kein Wort deutsch hat sie verstanden, aber das war auch nicht notwendig... hab' gar nichts zu reden brauchen!... Ja, es wird ganz gut sein, vierzehn Tage Landluft und vierzehn Nächt' Etelka oder sonstwer... Aber acht Tag' sollt' ich doch auch wieder beim Papa und bei der Mama sein... Schlecht hat sie ausg'seh'n heuer zu Weihnachten... Na, jetzt wird die Kränkung schon überwunden sein. Ich an ihrer Stelle wär' froh, daß der Papa in Pension gegangen ist. – Und die Klara wird schon noch einen Mann kriegen... Der Onkel kann schon was hergeben... Achtundzwanzig Jahr, das ist doch nicht so alt... Die Steffi ist sicher nicht jünger... Aber es ist merkwürdig: die Frauenzimmer erhalten

sich länger jung. Wenn man so bedenkt: die Maretti neulich in der
›Madame Sans-Gêne‹ – siebenunddreißig Jahr ist sie sicher, und
sieht aus… Na, ich hätt' nicht Nein g'sagt! – Schad', daß sie mich
nicht g'fragt hat…

Heiß wird's! Noch immer nicht aus? Ah, ich freu' mich so auf die
frische Luft! Werd' ein bißl spazieren geh'n, übern Ring… Heut'
heißt's: früh ins Bett, morgen nachmittag frisch sein! Komisch, wie
wenig ich daran denk', so egal ist mir das! Das erstemal hat's mich
doch ein bißl aufgeregt. Nicht, daß ich Angst g'habt hätt'; aber nervös bin ich gewesen in der Nacht vorher… Freilich, der Oberleutnant Bisanz war ein ernster Gegner. – Und doch, nichts ist mir
g'scheh'n!… Auch schon anderthalb Jahr her. Wie die Zeit ver-
geht! Und wenn mir der Bisanz nichts getan hat, der Doktor wird
mir schon gewiß nichts tun! Obzwar, gerade diese ungeschulten
Fechter sind manchmal die gefährlichsten. Der Doschintzky hat
mir erzählt, daß ihn ein Kerl, der das erstemal einen Säbel in der
Hand gehabt hat, auf ein Haar abgestochen hätt'; und der Doschintzky ist heut Fechtlehrer bei der Landwehr. Freilich – ob er damals schon so viel können hat… Das Wichtigste ist: kaltes Blut.
Nicht einmal einen rechten Zorn hab' ich mehr in mir, und es war
doch eine Frechheit – unglaublich! Sicher hätt' er sich's nicht ge-
traut, wenn er nicht Champagner getrunken hätt' vorher… So eine
Frechheit! Gewiß ein Sozialist! Die Rechtsverdreher sind doch heut-
zutag' alle Sozialisten! Eine Bande… am liebsten möchten sie
gleich's ganze Militär abschaffen; aber wer ihnen dann helfen
möcht', wenn die Chinesen über sie kommen, daran denken sie
nicht. Blödisten! – Man muß gelegentlich ein Exempel statuieren.
Ganz recht hab' ich g'habt. Ich bin froh, daß ich ihn nimmer auslassen hab' nach der Bemerkung. Wenn ich dran denk', werd' ich ganz
wild! Aber ich hab' mich famos benommen; der Oberst sagt auch,
es war absolut korrekt. Wird mir überhaupt nützen, die Sache. Ich
kenn' manche, die den Burschen hätten durchschlüpfen lassen.
Der Müller sicher, der wär' wieder objektiv gewesen oder so was.
Mit dem Objektivsein hat sich noch jeder blamiert… ›Herr Leutnant!‹… schon die Art, wie er ›Herr Leutnant‹ gesagt hat, war un-
verschämt!… ›Sie werden mir doch zugeben müssen‹… – Wie
sind wir denn nur d'rauf gekommen? Wieso hab' ich mich mit dem
Sozialisten in ein Gespräch eingelassen? Wie hat's denn nur angefangen?… Mir scheint, die schwarze Frau, die ich zum Büfett ge-

führt hab', ist auch dabei gewesen... und dann dieser junge Mensch, der die Jagdbilder malt – wie heißt er denn nur?... Meiner Seel', der ist an der ganzen Geschichte schuld gewesen! Der hat von den Manövern geredet; und dann erst ist dieser Doktor dazugekommen und hat irgendwas g'sagt, was mir nicht gepaßt hat, von Kriegsspielerei oder so was – aber wo ich noch nichts hab' reden können... Ja, und dann ist von den Kadettenschulen gesprochen worden... ja, so war's... und ich hab' von einem patriotischen Fest erzählt... und dann hat der Doktor gesagt – nicht gleich, aber aus dem Fest hat es sich entwickelt – »Herr Leutnant, Sie werden mir doch zugeben, daß nicht alle Ihre Kameraden zum Militär gegangen sind, ausschließlich um das Vaterland zu verteidigen!« So eine Frechheit! Das wagt so ein Mensch einem Offizier ins Gesicht zu sagen! Wenn ich mich nur erinnern könnt', was ich d'rauf geantwortet hab'?... Ah ja, etwas von Leuten, die sich in Dinge dreinmengen, von denen sie nichts versteh'n... Ja, richtig... und dann war einer da, der hat die Sache gütlich beilegen wollen, ein älterer Herr mit einem Stockschnupfen... Aber ich war zu wütend! Der Doktor hat das absolut in dem Ton gesagt, als wenn er direkt mich gemeint hätt'. Er hätt' nur noch sagen müssen, daß sie mich aus dem Gymnasium hinausg'schmissen haben, und daß ich deswegen in die Kadettenschul' gesteckt worden bin... Die Leut' können eben unserein'n nicht versteh'n, sie sind zu dumm dazu... Wenn ich mich so erinner', wie ich das erstemal den Rock angehabt hab', so was erlebt eben nicht ein jeder... Im vorigen Jahr bei den Manövern – ich hätt' was drum gegeben, wenn's plötzlich Ernst gewesen wär'... Und der Mirovic hat mir g'sagt, es ist ihm ebenso gegangen. Und dann, wie Seine Hoheit die Front abgeritten sind, und die Ansprache vom Obersten – da muß einer schon ein ordentlicher Lump sein, wenn ihm das Herz nicht höher schlägt... Und da kommt so ein Tintenfisch daher, der sein Lebtag nichts getan hat, als hinter den Büchern gesessen, und erlaubt sich eine freche Bemerkung!... Ah, wart' nur, mein Lieber – bis zur Kampfunfähigkeit... jawohl, du sollst kampfunfähig werden...

Ja, was ist denn? Jetzt muß es doch bald aus sein?... ›Ihr, seine Engel, lobet den Herrn‹... – Freilich, das ist der Schlußchor... Wunderschön, da kann man gar nichts sagen. Wunderschön! – Jetzt hab' ich ganz die aus der Loge vergessen, die früher zu kokettieren angefangen hat. Wo ist sie denn?... Schon fortgegangen...

Die dort scheint auch sehr nett zu sein... Zu dumm, daß ich keinen Operngucker bei mir hab'! Der Brunnthaler ist ganz gescheit, der hat sein Glas immer im Kaffeehaus bei der Kassa liegen, da kann einem nichts g'scheh'n... Wenn sich die Kleine da vor mir nur einmal umdreh'n möcht'! So brav sitzt s' allweil da. Das neben ihr ist sicher die Mama. – Ob ich nicht doch einmal ernstlich ans Heiraten denken soll? Der Willy war nicht älter als ich, wie er hineingesprungen ist. Hat schon was für sich, so immer gleich ein hübsches Weiberl zu Haus vorrätig zu haben... Zu dumm, daß die Steffi grad heut' keine Zeit hat! Wenn ich wenigstens wüßte, wo sie ist, möcht' ich mich wieder vis-à-vis von ihr hinsetzen. Das wär' eine schöne G'schicht', wenn ihr der draufkommen möcht', da hätt' ich sie am Hals... Wenn ich so denk', was dem Fließ sein Verhältnis mit der Winterfeld kostet! Und dabei betrügt sie ihn hinten und vorn. Das nimmt noch einmal ein Ende mit Schrecken... Bravo, bravo! Ah, aus!... So, das tut wohl, aufsteh'n können... Na, vielleicht! Wie lang' wird der da noch brauchen, um sein Glas ins Futteral zu stecken?

»Pardon, pardon, wollen mich nicht hinauslassen?«

Ist das ein Gedränge! Lassen wir die Leut' lieber vorbeipassieren...

Elegante Person... ob das echte Brillanten sind?... Die da ist nett... Wie sie mich anschaut!... O ja, mein Fräulein, ich möcht' schon!... Oh, die Nase! – Jüdin... Noch eine... Es ist doch fabelhaft, da sind auch die Hälfte Juden... nicht einmal ein Oratorium kann man mehr in Ruhe genießen... So, jetzt schließen wir uns an... Warum drängt denn der Idiot hinter mir? Das werd' ich ihm abgewöhnen... Ah, ein älterer Herr!... Wer grüßt mich denn dort von drüben?... Habe die Ehre, habe die Ehre! Keine Ahnung hab' ich, wer das ist... das Einfachste wär, ich ging gleich zum Leidinger hinüber nachtmahlen... oder soll ich in die Gartenbaugesellschaft? Am End' ist die Steffi auch dort? Warum hat sie mir eigentlich nicht geschrieben, wohin sie mit ihm geht? Sie wird's selber noch nicht gewußt haben. Eigentlich schrecklich, so eine abhängige Existenz... Armes Ding! – So, da ist der Ausgang... Ah, die ist aber bildschön! Ganz allein? Wie sie mich anlacht. Das wär' eine Idee, der geh' ich nach!... So, jetzt die Treppen hinunter... Oh, ein Major von Fünfundneunzig... Sehr liebenswürdig hat er gedankt... Bin doch nicht der einzige Offizier hier gewesen... Wo ist denn das hübsche Mädel? Ah, dort... am Geländer steht sie... So, jetzt heißt's noch zur Garderobe... Daß mir die Kleine nicht auskommt... Hat ihm schon! So ein elender Fratz! Läßt sich da von einem Herrn abholen, und jetzt lacht sie noch auf mich herüber! – Es ist doch keine was wert... Herrgott, ist das ein Gedränge bei der Garderobe!... Warten wir lieber noch ein bissel... So! Ob der Blödist meine Nummer nehmen möcht'?...

»Sie, zweihundertvierundzwanzig! Da hängt er! Na, hab'n Sie keine Augen? Da hängt er! Na, Gott sei Dank... Also bitte!«... Der Dicke da verstellt einem schier die ganze Garderobe... »Bitte sehr!«...

»Geduld, Geduld!«

Was sagt der Kerl?

»Nur ein bissel Geduld!«

Dem muß ich doch antworten... »Machen Sie doch Platz!«

»Na, Sie werden's auch nicht versäumen!«

Was sagt er da? Sagt er das zu mir? Das ist doch stark! Das darf ich mir nicht gefallen lassen! »Ruhig!«

»Was meinen Sie?«

Ah, so ein Ton? Da hört sich doch alles auf!

»Stoßen Sie nicht!«

»Sie, halten Sie das Maul!« Das hätt' ich nicht sagen sollen, ich war zu grob... Na, jetzt ist's schon g'scheh'n!

»Wie meinen?«

Jetzt dreht er sich um... Den kenn' ich ja! – Donnerwetter, das ist ja der Bäckermeister, der immer ins Kaffeehaus kommt... Was macht denn der da? Hat sicher auch eine Tochter oder so was bei der Singakademie... Ja, was ist denn das? Ja, was macht er denn? Mir scheint gar... ja, meiner Seel', er hat den Griff von meinem Säbel in der Hand... Ja, ist der Kerl verrückt?... »Sie, Herr...«

»Sie, Herr Leutnant, sein S' jetzt ganz stad.«

Was sagt er da? Um Gottes willen, es hat's doch keiner gehört? Nein, er red't ganz leise... Ja, warum läßt er denn meinen Säbel net aus?... Herrgott noch einmal... Ah, da heißt's rabiat sein... ich bring' seine Hand vom Griff nicht weg... nur keinen Skandal jetzt!... Ist nicht am End' der Major hinter mir?... Bemerkt's nur jemand, daß er den Griff von meinem Säbel hält? Er red't ja zu mir! Was red't er denn?

»Herr Leutnant, wenn Sie das geringste Aufsehen machen, so

zieh' ich den Säbel aus der Scheide, zerbrech' ihn und schick' die Stück' an Ihr Regimentskommando. Versteh'n Sie mich, Sie dummer Bub?«

Was hat er g'sagt? Mir scheint, ich träum'! Red't er wirklich zu mir? Ich sollt' was antworten... Aber der Kerl macht ja Ernst – der zieht wirklich den Säbel heraus. Hergott – er tut's!... Ich spür's, er reißt schon dran. Was red't er denn?... Um Gottes willen, nur kein' Skandal –– Was red't er denn noch immer?

»Aber ich will Ihnen die Karriere nicht verderben... Also, schön brav sein!... So, hab'n S' keine Angst, 's hat niemand was gehört... es ist schon alles gut... so! Und damit keiner glaubt, daß wir uns gestritten haben, werd' ich jetzt freundlich mit Ihnen sein! – Habe die Ehre, Herr Leutnant, hat mich sehr gefreut – habe die Ehre.«

Um Gottes willen, hab' ich geträumt?... Hat er das wirklich gesagt?... Wo ist er denn?... Da geht er... Ich müßt' ja den Säbel ziehen und ihn zusammenhauen –– Um Gottes willen, es hat's doch niemand gehört?... Nein, er hat ja nur ganz leise geredet, mir ins Ohr... Warum geh' ich denn nicht hin und hau ihm den Schädel auseinander?... Nein, es geht ja nicht, es geht ja nicht... gleich hätt' ich's tun müssen... Warum hab' ich's denn nicht gleich getan?... Ich hab's ja nicht können... er hat ja den Griff nicht auslassen, und er ist zehnmal stärker als ich... Wenn ich noch ein Wort gesagt hätt', hätt' er mir wirklich den Säbel zerbrochen... Ich muß ja noch froh sein, daß er nicht laut geredet hat! Wenn's ein Mensch gehört hätt', so müßt' ich mich ja *stante pede* erschießen... Vielleicht ist es doch ein Traum gewesen... Warum schaut mich denn der Herr dort an der Säule so an? – hat er am End' was gehört?... Ich werd' ihn fragen... Fragen? Ich bin ja verrückt! – Wie schau' ich denn aus? – Merkt man mir was an? – Ich muß ganz blaß sein. – Wo ist der Hund?... Ich muß ihn umbringen!... Fort ist er... Überhaupt schon ganz leer... Wo ist denn mein Mantel?... Ich hab' ihn ja schon angezogen... Ich hab's gar nicht gemerkt... Wer hat mir denn geholfen?... Ah, der da... dem muß ich ein Sechserl geben... So!... Aber was ist denn das? Ist es denn wirklich gescheh'n? Hat wirklich einer so zu mir geredet? Hat mir wirklich einer ›dummer Bub‹ gesagt? Und ich hab' ihn nicht auf der Stelle zusammengehauen?... Aber ich hab' ja nicht können... er hat ja eine Faust gehabt wie Eisen... ich bin ja dagestanden wie angenagelt...

Nein, ich muß den Verstand verloren gehabt haben, sonst hätt' ich mit der anderen Hand... Aber da hätt' er ja meinen Säbel herausgezogen und zerbrochen, und aus wär's gewesen – alles wär' aus gewesen! Und nachher, wie er fortgegangen ist, war's zu spät... ich hab' ihm doch nicht den Säbel von hinten in den Leib rennen können.

Was, ich bin schon auf der Straße? Wie bin ich denn da herausgekommen? – So kühl ist es... ah, der Wind, der ist gut... Wer ist denn das da drüben? Warum schau'n denn die zu mir herüber? Am Ende haben die was gehört... Nein, es kann niemand was gehört haben... ich weiß ja, ich hab' mich gleich nachher umgeschaut! Keiner hat sich um mich gekümmert, niemand hat was gehört... Aber gesagt hat er's, wenn's auch niemand gehört hat; gesagt hat er's doch. Und ich bin dagestanden und hab' mir's gefallen lassen, wie wenn mich einer vor den Kopf geschlagen hätt'!... Aber ich hab' ja nichts sagen können, nichts tun können; es war ja noch das einzige, was mir übrig geblieben ist; stad sein, stad sein!... 's ist fürchterlich, es ist nicht zum Aushalten; ich muß ihn totschlagen, wo ich ihn treff'!... Mir sagt das einer! Mir sagt das so ein Kerl, so ein Hund! Und er kennt mich... Herrgott noch einmal, er kennt mich, er weiß, wer ich bin!... Er kann jedem Menschen erzählen, daß er mir das g'sagt hat!... Nein, nein, das wird er ja nicht tun, sonst hätt' er auch nicht so leise geredet... er hat auch nur wollen, daß ich es allein hör'!... Aber wer garantiert mir, daß er's nicht doch erzählt, heut' oder morgen, seiner Frau, seiner Tochter, seinen Bekannten im Kaffeehaus. –– Um Gottes willen, morgen seh' ich ihn ja wieder! Wenn ich morgen ins Kaffeehaus komm', sitzt er wieder dort wie alle Tag' und spielt seinen Tapper mit dem Herrn Schlesinger und mit dem Kunstblumenhändler... Nein, nein, das geht ja nicht, das geht ja nicht... Wenn ich ihn seh', so hau' ich ihn zusammen... Nein, das darf ich ja nicht... gleich hätt' ich's tun müssen, gleich!... Wenn's nur gegangen wär! Ich werd' zum Obersten geh'n und ihm die Sache melden... ja, zum Obersten... Der Oberst ist immer sehr freundlich – und ich werd' ihm sagen: Herr Oberst, ich melde gehorsamst, er hat den Griff gehalten, er hat ihn nicht aus'lassen; es war genauso, als wenn ich ohne Waffe gewesen wäre... – Was wird der Oberst sagen? – Was er sagen wird? – Aber da gibt's ja nur eins: quittieren mit Schimpf und Schand' – quittieren!... Sind das Freiwillige da drüben?... Ekelhaft, bei der Nacht schau'n sie aus wie Offiziere ... sie salutieren! – Wenn die wüßten – wenn die wüßten! ... – Da ist das Café Hochleitner ... Sind jetzt gewiß ein paar Kameraden drin ... vielleicht auch der eine oder der andere, den ich kenn' ... Wenn ich's dem ersten besten erzählen möcht', aber so, als wär's einem andern passiert? ... – Ich bin ja schon ganz irrsinnig ... Wo lauf' ich denn da herum? Was tu' ich denn auf der Straße? – Ja, aber wo soll ich denn hin? Hab' ich nicht zum Leidinger wollen? Haha, unter Menschen mich niedersetzen ... ich glaub', ein jeder müßt' mir's anseh'n ... Ja, aber irgendwas muß doch gescheh'n ... Was soll denn gescheh'n? ... Nichts, nichts – es hat ja niemand was gehört ... es weiß ja niemand was ... in dem Moment weiß niemand was ... Wenn ich jetzt zu ihm in die Wohnung ginge und ihn beschwören möchte, daß er's niemanden erzählt? ... – Ah, lieber gleich eine Kugel vor den Kopf, als so was! ... Wär' so das Gescheiteste! ... Das Gescheiteste? – Gibt ja überhaupt nichts anderes ... gibt nichts anderes ... Wenn ich den Oberst fragen möcht', oder den Kopetzky – oder den Blany – oder den Friedmair: – jeder möcht' sagen: Es bleibt dir nichts anderes übrig! ... Wie wär's, wenn ich mit dem Kopetzky spräch'? ... Ja, es wär' doch das Vernünftigste ... schon wegen morgen ... Ja, natürlich – wegen morgen ... um vier in der Reiterkasern' ... ich soll mich ja morgen um vier Uhr schlagen ... und ich darf's ja nimmer, ich bin satisfaktionsunfähig ... Unsinn! Unsinn! Kein Mensch weiß was, kein Mensch weiß was! – Es laufen viele herum, denen ärgere Sachen passiert sind, als mir ... Was hat man nicht alles von dem Deckener erzählt, wie er sich mit dem Rederow geschossen hat ... und der Ehrenrat hat entschieden, das Duell darf stattfinden ... Aber wie möcht' der Ehrenrat bei mir entscheiden? – Dummer Bub – dummer Bub ... und ich bin dagestanden – heiliger Himmel, es ist doch ganz egal, ob ein anderer was weiß! ... ich weiß es doch, und das ist die Hauptsache! Ich spür', daß ich jetzt wer anderer bin, als vor einer Stunde. – Ich weiß, daß ich satisfaktionsunfähig bin, und darum muß ich mich totschießen ... Keine ruhige Minute hätt' ich mehr im Leben ... immer hätt' ich die Angst, daß es doch einer erfahren könnt', so oder so ... und daß mir's einer einmal ins Gesicht sagt, was heut' abend gescheh'n ist! – Was für ein glücklicher Mensch bin ich vor einer Stund' gewesen ... Muß mir der Kopetzky die Karte schenken – und die Steffi muß mir absagen, das Mensch! – Von so was hängt man ab ... Nachmittag war noch alles gut und

schön, und jetzt bin ich ein verlorener Mensch und muß mich totschießen... Warum renn' ich denn so? Es läuft mir ja nichts davon... Wieviel schlagt's denn?... 1, 2, 3, 4, 5, 6, 7, 8, 9, 10, 11... elf,
elf... ich sollt' doch nachtmahlen geh'n! Irgendwo muß ich doch
schließlich hingeh'n... ich könnt' mich ja in irgendein Beisl setzen,
wo mich kein Mensch kennt – schließlich, essen muß der Mensch,
auch wenn er sich nachher gleich totschießt... Haha, der Tod ist ja
kein Kinderspiel... wer hat das nur neulich gesagt?... Aber das ist
ja ganz egal...

   Ich möcht' wissen, wer sich am meisten kränken möcht'?... die
Mama, oder die Steffi?... die Steffi... Gott, die Steffi... die dürft'
sich ja nicht einmal was anmerken lassen, sonst gibt ›er‹ ihr den Abschied... Arme Person! – Beim Regiment – kein Mensch hätt' eine
Ahnung, warum ich's getan hab'... sie täten sich alle den Kopf zerbrechen... warum hat sich denn der Gustl umgebracht? – Darauf
möcht' keiner kommen, daß ich mich hab' totschießen müssen,
weil ein elender Bäckermeister, ein so niederträchtiger, der zufällig
stärkere Fäust' hat... es ist ja zu dumm, zu dumm! – Deswegen soll
ein Kerl wie ich, so ein junger, fescher Mensch... Ja, nachher
möchten's gewiß alle sagen: das hätt' er doch nicht tun müssen, wegen so einer Dummheit; ist doch schad'!... Aber wenn ich jetzt wen
immer fragen tät', jeder möcht' mir die gleiche Antwort geben...
und ich selber, wenn ich mich frag'... das ist doch zum Teufelholen... ganz wehrlos sind wir gegen die Zivilisten... Da meinen die
Leut', wir sind besser dran, weil wir einen Säbel haben... und
wenn schon einmal einer von der Waffe Gebrauch macht, geht's
über uns her, als wenn wir alle die geborenen Mörder wären... In
der Zeitung möcht's auch steh'n... ›Selbstmord eines jungen Offi-
ziers‹... Wie schreiben sie nur immer?... ›Die Motive sind in Dunkel gehüllt‹... Haha!... ›An seinem Sarge trauern‹... – Aber es ist
ja wahr... mir ist immer, als wenn ich mir eine Geschichte erzählen
möcht'... aber es ist wahr... ich muß mich umbringen, es bleibt
mir ja nichts anderes übrig – ich kann's ja nicht drauf ankommen
lassen, daß morgen früh der Kopetzky und der Blany mir ihr Mandat zurückgeben und mir sagen: wir können dir nicht sekundie-
ren!... Ich wär' ja ein Schuft, wenn ich's ihnen zumuten möcht'...
So ein Kerl wie ich, der dasteht und sich einen dummen Buben heißen läßt... morgen wissen's ja alle Leut'... das ist zu dumm, daß
ich mir einen Moment einbilde, so ein Mensch erzählt's nicht wei-

ter... überall wird er's erzählen... seine Frau weiß's jetzt schon...
morgen weiß es das ganze Kaffeehaus... die Kellner werden's wissen... der Herr Schlesinger – die Kassierin –– Und selbst wenn er
sich vorgenommen hat, er red't nicht davon, so sagt er's übermorgen... und wenn er's übermorgen nicht sagt, in einer Woche...
Und wenn ihn heut nacht der Schlag trifft, so weiß ich's... ich weiß
es... und ich bin nicht der Mensch, der weiter den Rock trägt und
den Säbel, wenn ein solcher Schimpf auf ihm sitzt!... So, ich muß
es tun, und Schluß! – Was ist weiter dabei? – Morgen nachmittag
könnt' mich der Doktor mit 'm Säbel erschlagen... so was ist schon
einmal dagewesen... und der Bauer, der arme Kerl, der hat eine
Gehirnhautentzündung 'kriegt und war in drei Tagen hin... und
der Brenitsch ist vom Pferd gestürzt und hat sich's Genick gebrochen... und schließlich und endlich: es gibt nichts anderes – für
mich nicht, für mich nicht! – Es gibt ja Leut', die's leichter näh-
men... Gott, was gibt's für Menschen!... Dem Ringeimer hat ein
Fleischselcher, wie er ihn mit seiner Frau erwischt hat, eine Ohrfeige gegeben, und er hat quittiert und sitzt irgendwo auf'm Land
und hat geheiratet... Daß es Weiber gibt, die so einen Menschen
heiraten!... – Meiner Seel', ich gäb ihm nicht die Hand, wenn er
wieder nach Wien käm'... Also, hast's gehört, Gustl: – aus, aus, abgeschlossen mit dem Leben! Punktum und Streusand drauf!... So,
jetzt weiß ich's, die Geschichte ist ganz einfach ... So! Ich bin eigentlich ganz ruhig... Das hab' ich übrigens immer gewußt:
wenn's einmal dazu kommt, werd' ich ruhig sein, ganz ruhig...
aber daß es so dazu kommt, das hab' ich doch nicht gedacht... daß
ich mich umbringen muß, weil so ein... Vielleicht hab' ich ihn doch
nicht recht verstanden... am End' hat er ganz was anderes gesagt... Ich war ja ganz blöd von der Singerei und der Hitz'... vielleicht bin ich verrückt gewesen, und es ist alles gar nicht wahr?...
Nicht wahr, haha, nicht wahr! – Ich hör's ja noch... es klingt mir
noch immer im Ohr... und ich spür's in den Fingern, wie ich seine
Hand vom Säbelgriff hab' wegbringen wollen... Ein Kraftmensch
ist er, ein Jagendorfer... Ich bin doch auch kein Schwächling... der
Franziski ist der einzige im Regiment, der stärker ist als ich...

Die Aspernbrücke... Wie weit renn' ich denn noch? – Wenn ich
so weiterrenn', bin ich um Mitternacht in Kagran... Haha! – Herrgott, froh sind wir gewesen, wie wir im vorigen September dort ein-
gerückt sind. Noch zwei Stunden, und Wien... todmüd' war ich,

wie wir angekommen sind… den ganzen Nachmittag hab' ich geschlafen wie ein Stock, und am Abend waren wir schon beim Ronacher… der Kopetzky, der Ladinser und… wer war denn nur noch mit uns? – Ja, richtig, der Freiwillige, der uns auf dem Marsch die jüdischen Anekdoten erzählt hat… Manchmal sind's ganz nette Burschen, die Einjährigen… aber sie wollten alle nur Stellvertreter werden – denn was hat das für einen Sinn? Wir müssen uns jahrelang plagen, und so ein Kerl dient ein Jahr und hat genau dieselbe Distinktion wie wir… es ist eine Ungerechtigkeit! – Aber was geht mich denn das alles an? – Was scher' ich mich denn um solche Sachen? – Ein Gemeiner von der Verpflegsbranche ist ja jetzt mehr als ich… ich bin ja überhaupt nicht mehr auf der Welt… es ist ja aus mit mir… Ehre verloren, alles verloren!… Ich hab' ja nichts anderes zu tun, als meinen Revolver zu laden und… Gustl, Gustl, mir scheint, du glaubst noch immer nicht recht dran? Komm' zur Besinnung… es gibt nichts anderes… wenn du auch dein Gehirn zermarterst, es gibt nichts anderes! – Jetzt heißt's nur mehr, im letzten Moment sich anständig benehmen, ein Mann sein, ein Offizier sein, so daß der Oberst sagt: Er ist ein braver Kerl gewesen, wir werden ihm ein treues Andenken bewahren!… Wieviel Kompanien rücken denn aus beim Leichenbegängnis von einem Leutnant?… Das müßt' ich eigentlich wissen… Haha! Wenn das ganze Bataillon ausrückt, oder die ganze Garnison, und sie feuern zwanzig Salven ab, davon wach' ich doch nimmer auf! – Vor dem Kaffeehaus, da bin ich im vorigen Sommer einmal mit dem Herrn von Engel gesessen, nach der Armee-Steeple-Chase… Komisch, den Menschen hab' ich seitdem nie wieder gesehn… Warum hat er denn das linke Aug' verbunden gehabt? Ich hab' ihn immer drum fragen wollen, aber es hätt' sich nicht gehört… Da geh'n zwei Artilleristen… die denken gewiß, ich steig' der Person nach… Muß sie mir übrigens anseh'n… O schrecklich! – Ich möcht' nur wissen, wie sich so eine ihr Brot verdient… da möcht' ich doch eher… Obzwar, in der Not frißt der Teufel Fliegen… in Przemysl – mir hat's nachher so gegraut, daß ich gemeint hab', nie wieder rühr' ich ein Frauenzimmer an… Das war eine gräßliche Zeit da oben in Galizien… eigentlich ein Mordsglück, daß wir nach Wien gekommen sind. Der Bokorny sitzt noch immer in Sambor und kann noch zehn Jahre dort sitzen und alt und grau werden… Aber wenn ich dort geblieben wär', wär' mir das nicht passiert, was mir heut passiert ist… und ich möcht' lieber in Galizien alt und grau werden, als daß... als was? Als was? – Ja, was ist denn? Was ist denn? – Bin ich denn wahnsinnig, daß ich das immer vergeß'? – Ja, meiner Seel', vergessen tu' ich's jeden Moment... ist das schon je erhört worden, daß sich einer in ein paar Stunden eine Kugel durch'n Kopf jagen muß, und er denkt an alle möglichen Sachen, die ihn gar nichts mehr angeh'n? Meiner Seel', mir ist geradeso, als wenn ich einen Rausch hätt'! Haha! Ein schöner Rausch! Ein Mordsrausch! Ein Selbstmordsrausch! – Ha! Witze mach' ich, das ist sehr gut! – Ja, ganz gut aufgelegt bin ich – so was muß doch angeboren sein... Wahrhaftig, wenn ich's einem erzählen möcht', er würd' es nicht glauben. – Mir scheint, wenn ich das Ding bei mir hätt'... jetzt würd' ich abdrükken – in einer Sekunde ist alles vorbei... Nicht jeder hat's so gut – andere müssen sich monatelang plagen... meine arme Cousin', zwei Jahr ist sie gelegen, hat sich nicht rühren können, hat die gräßlichsten Schmerzen g'habt – so ein Jammer!... Ist es nicht besser, wenn man das selber besorgt? Nur Obacht geben heißt's, gut zielen, daß einem nicht am End' das Malheur passiert, wie dem Kadett-Stellvertreter im vorigen Jahr... Der arme Teufel, gestorben ist er nicht, aber blind ist er geworden... Was mit dem nur geschehen ist? Wo er jetzt lebt? – Schrecklich, so herumlaufen, wie der – das heißt: herumlaufen kann er nicht, g'führt muß er werden – so ein junger Mensch, kann heut noch keine Zwanzig sein... seine Geliebte hat er besser getroffen... gleich war sie tot... Unglaublich, weswegen sich die Leut' totschießen! Wie kann man überhaupt nur eifersüchtig sein?... Mein Lebtag hab' ich so was nicht gekannt... Die Steffi ist jetzt gemütlich in der Gartenbaugesellschaft; dann geht sie mit ›ihm‹ nach Haus... Nichts liegt mir daran, gar nichts! Hübsche Einrichtung hat sie – das kleine Badezimmer mit der roten Latern'. – Wie sie neulich in dem grünseidenden Schlafrock hereingekommen ist... den grünen Schlafrock werd' ich auch nimmer seh'n – und die ganze Steffi auch nicht... und die schöne, breite Treppe in der Gußhausstraße werd' ich auch nimmer hinaufgeh'n... Das Fräulein Steffi wird sich weiter amüsieren, als wenn gar nichts gescheh'n wär'... nicht einmal erzählen darf sie's wem, daß ihr lieber Gustl sich umgebracht hat... Aber weinen wird's schon – ah ja, weinen wird's... Überhaupt, weinen werden gar viele Leut'... Um Gottes willen, die Mama! – Nein, nein, daran darf ich nicht denken. – Ah, nein, daran darf absolut nicht gedacht werden... An zu Haus wird nicht gedacht, Gustl, verstanden? – nicht mit dem allerleisesten Gedanken...

Das ist nicht schlecht, jetzt bin ich gar im Prater... mitten in der Nacht... das hätt' ich mir auch nicht gedacht in der Früh, daß ich heut' nacht im Prater spazierengeh'n werd'... Was sich der Sicherheitswachmann dort denkt?... Na, geh'n wir nur weiter... es ist ganz schön... Mit'm Nachtmahlen ist's eh' nichts, mit dem Kaffeehaus auch nichts; die Luft ist angenehm, und ruhig ist es... sehr... Zwar, ruhig werd' ich's jetzt bald haben, so ruhig, als ich's mir nur wünschen kann. Haha! – aber ich bin ja ganz außer Atem... ich bin ja gerannt wie nicht g'scheit... langsamer, langsamer, Gustl, versäumst nichts, hast gar nichts mehr zu tun – gar nichts, aber absolut nichts mehr! – Mir scheint gar, ich fröstel'? – Es wird halt doch die Aufregung sein... dann hab' ich ja nichts gegessen... Was riecht denn da so eigentümlich?... es kann doch noch nichts blühen?... Was haben wir denn heut'? – den vierten April... freilich, es hat viel geregnet in den letzten Tagen... aber die Bäume sind beinah' noch ganz kahl... und dunkel ist es, hu! Man könnt' schier Angst kriegen... Das ist eigentlich das einzige Mal in meinem Leben, daß ich Furcht gehabt hab', als kleiner Bub, damals im Wald... aber ich war ja gar nicht so klein... vierzehn oder fünfzehn... Wie lang ist das jetzt her? – neun Jahr'... freilich – mit achtzehn war ich Stellvertreter, mit zwanzig Leutnant... und im nächsten Jahr werd' ich... Was werd' ich im nächsten Jahr? Was heißt das überhaupt: nächstes Jahr? Was heißt das, in der nächsten Woche? Was heißt das: übermorgen?... Wie? Zähneklappern? Oho! – Na lassen wir's nur ein bissel klappern... Herr Leutnant, Sie sind jetzt allein, brauchen niemandem einen Pflanz vorzumachen... es ist bitter, es ist bitter...

Ich will mich auf die Bank setzen – Ah! – Wie weit bin ich denn da? – So eine Dunkelheit! Das da hinter mir, das muß das zweite Kaffeehaus sein... bin ich im vorigen Sommer auch einmal gewesen, wie unsere Kapelle konzertiert hat... mit'm Kopetzky und mit'm Rüttner – noch ein paar waren dabei... – Ich bin aber müd'... nein, ich bin müd', als wenn ich einen Marsch von zehn Stunden gemacht hätt'... Ja, das wär' so was, da einschlafen. – Ha! Ein obdachloser Leutnant... Ja, ich sollt' doch eigentlich nach Haus... was tu' ich denn zu Haus? Aber was tu' ich denn im Prater? – Ah, mir wär's am liebsten, ich müßt' gar nicht aufsteh'n – da ein-

39

schlafen und nimmer aufwachen... ja, das wär' halt bequem! – Nein, so bequem wird's Ihnen nicht gemacht, Herr Leutnant... Aber wie und wann? – Jetzt könnt' ich mir doch endlich einmal die Geschichte ordentlich überlegen... überlegt muß ja alles werden... so ist es schon einmal im Leben... Also überlegen wir... Was denn?... – Nein, ist die Luft gut... man sollt' öfters bei der Nacht in' Prater geh'n... Ja, das hätt' mir eben früher einfallen müssen, jetzt ist's aus mit'm Prater, mit der Luft und mit'm Spazierengeh'n... Ja, also was ist denn? – Ah, fort mit dem Kappl; mir scheint, das drückt mir aufs Gehirn... ich kann ja gar nicht ordentlich denken... Ah... so!... Also jetzt Verstand zusammennehmen, Gustl... letzte Verfügungen treffen! Also morgen früh wird Schluß gemacht... morgen früh um sieben Uhr... sieben Uhr ist eine schöne Stund'. Haha! – Also um acht, wenn die Schul' anfangt, ist alles vorbei... der Kopetzky wird aber keine Schul' halten können, weil er zu sehr erschüttert sein wird... Aber vielleicht weiß er's noch gar nicht... man braucht ja nichts zu hören... Den Max Lippay haben sie auch erst am Nachmittag gefunden, und in der Früh hat er sich erschossen, und kein Mensch hat was davon gehört... Aber was geht mich das an, ob der Kopetzky Schul' halten wird oder nicht?... Ha! – Also um sieben Uhr! – Ja... na, was denn noch?... Weiter ist ja nichts zu überlegen. Im Zimmer schieß' ich mich tot, und dann is basta! Montag ist die Leich'... Einen kenn' ich, der wird eine Freud' haben: das ist der Doktor... Duell kann nicht stattfinden wegen Selbstmord des einen Kombattanten... Was sie bei Mannheimers sagen werden? – Na, er wird sich nicht viel draus machen... aber die Frau, die hübsche, blonde... mit der wär was zu machen... O ja, mir scheint, bei der hätt' ich Chance gehabt, wenn ich mich nur ein bissel zusammengenommen hätt'... ja, das wär' doch was anders gewesen, als die Steffi, dieses Mensch... Aber faul darf man halt nicht sein... da heißt's: Cour machen, Blumen schicken, vernünftig reden... das geht nicht so, daß man sagt: Komm' morgen nachmittag zu mir in die Kasern'!... Ja, so eine anständige Frau, das wär' halt was g'wesen... Die Frau von meinem Hauptmann in Przemysl, das war ja doch keine anständige Frau... ich könnt' schwören: der Libitzky und der Wermutek und der schäbige Stellvertreter, der hat sie auch g'habt... Aber die Frau Mannheimer... ja, das wär' was anders, das wär' doch auch ein Umgang gewesen, das hätt' einen beinah' zu einem andern Menschen gemacht – da hätt' man doch noch einen andern Schliff gekriegt – da hätt' man einen Respekt vor sich selber haben dürfen. – Aber ewig diese Menscher... und so jung hab' ich ang'-fangen – ein Bub war ich ja noch, wie ich damals den ersten Urlaub gehabt hab' und in Graz bei den Eltern zu Haus war... der Riedl war auch dabei – eine Böhmin ist es gewesen... die muß doppelt so alt gewesen sein wie ich – in der Früh bin ich erst nach Haus gekommen... Wie mich der Vater ang'schaut hat... und die Klara... Vor der Klara hab' ich mich am meisten g'schämt... Damals war sie verlobt... warum ist denn nichts draus geworden? Ich hab' mich eigentlich nicht viel drum gekümmert... Armes Hascherl, hat auch nie Glück gehabt – und jetzt verliert sie noch den einzigen Bruder... Ja, wirst mich nimmer seh'n, Klara – aus! Was, das hast du dir nicht gedacht, Schwesterl, wie du mich am Neujahrstag zur Bahn begleitet hast, daß du mich nie wieder seh'n wirst? – Und die Mama... Herrgott, die Mama... nein, ich darf daran nicht denken... wenn ich daran denk', bin ich imstand, eine Gemeinheit zu begehen... Ah... wenn ich zuerst noch nach Haus fahren möcht'... sagen, es ist ein Urlaub auf einen Tag... noch einmal den Papa, die Mama, die Klara seh'n, bevor ich einen Schluß mach'... Ja, mit dem ersten Zug um sieben kann ich nach Graz fahren, um eins bin ich dort... Grüß dich Gott, Mama... Servus Klara! Na, wie geht's euch denn?... Nein, das ist eine Überraschung!... Aber sie möchten was merken... wenn niemand anders... die Klara... die Klara gewiß... Die Klara ist ein so gescheites Mädel... Wie lieb sie mir neulich geschrieben hat, und ich bin ihr noch immer die Antwort schuldig – und die guten Ratschläge, die sie mir immer gibt... ein so seelengutes Geschöpf... Ob nicht alles ganz anders geworden wär', wenn ich zu Haus geblieben wär'? Ich hätt' Ökonomie studiert, wär' zum Onkel gegangen... sie haben's ja alle wollen, wie ich noch ein Bub war... Jetzt wär' ich am Ende schon verheiratet, ein liebes, gutes Mädel... vielleicht die Anna, die hat mich so gern gehabt... auch jetzt hab' ich's noch gemerkt, wie ich das letztemal zu Hause war, obzwar sie schon einen Mann hat und zwei Kinder... ich hab's g'seh'n, wie sie mich ang'schaut hat... Und noch immer sagt sie mir ›Gustl‹ wie früher... Der wird's ordentlich in die Glieder fahren, wenn sie erfährt, was es mit mir für ein End' genommen hat – aber ihr Mann wird sagen: Das hab' ich vorausgesehen – so ein Lump! – Alle werden meinen, es ist, weil ich Schulden gehabt hab' ... und es ist doch gar nicht wahr, es ist doch alles bezahlt... nur die letzten hundertsechzig Gulden – na, und die sind morgen da ... Ja, dafür muß ich auch noch sorgen, daß der Ballert die hundertsechzig Gulden kriegt... das muß ich niederschreiben, bevor ich mich erschieß'... Es ist schrecklich, es ist schrecklich!... Wenn ich lieber auf und davon fahren möcht' – nach Amerika, wo mich niemand kennt... In Amerika weiß kein Mensch davon, was hier heut' abend gescheh'n ist... da kümmert sich kein Mensch drum... Neulich ist in der Zeitung gestanden von einem Grafen Runge, der hat fort müssen wegen einer schmutzigen Geschichte, und jetzt hat er drüben ein Hotel und pfeift auf den ganzen Schwindel... Und in ein paar Jahren könnt' man ja wieder zurück... nicht nach Wien natürlich... auch nicht nach Graz... aber aufs Gut könnt' ich... und der Mama und dem Papa und der Klara möcht's doch tausendmal lieber sein, wenn ich nur lebendig blieb'... Und was geh'n mich denn die andern Leut' an? Wer meint's denn sonst gut mit mir? – Außerm Kopetzky könnt' ich allen gestohlen werden... der Kopetzky ist doch der einzige... Und gerad der hat mir heut das Billett geben müssen... und das Billett ist an allem schuld... ohne das Billett wär' ich nicht ins Konzert gegangen, und alles das wär' nicht passiert... Was ist denn nur passiert?... Es ist grad', als wenn hundert Jahr seitdem vergangen wären, und es kann noch keine zwei Stunden sein... Vor zwei Stunden hat mir einer ›dummer Bub‹ gesagt und hat meinen Säbel zerbrechen wollen... Herrgott, ich fang' noch zu schreien an mitten in der Nacht! Warum ist denn das alles gescheh'n? Hätt' ich nicht länger warten können, bis es ganz leer wird in der Garderobe? Und warum hab' ich ihm denn nur gesagt: ›Halten Sie's Maul!‹ Wie ist mir denn das nur ausgerutscht? Ich bin doch sonst ein höflicher Mensch... nicht einmal mit meinem Burschen bin ich sonst so grob... aber natürlich, nervös bin ich gewesen – alle die Sachen, die da zusammengekommen sind... das Pech im Spiel und die ewige Absagerei von der Steffi – und das Duell morgen nachmittag – und zu wenig schlafen tu' ich in der letzten Zeit – und die Rackerei in der Kasern' – das halt' man auf die Dauer nicht aus!... Ja, über kurz oder lang wär' ich krank geworden – hätt' um einen Urlaub einkommen müssen... Jetzt ist es nicht mehr notwendig – jetzt kommt ein langer Urlaub – mit Karenz der Gebühren – haha!...

Wie lang werd' ich denn da noch sitzenbleiben? Es muß Mitternacht vorbei sein... hab' ich's nicht früher schlagen hören? – Was ist denn das... ein Wagen fährt da? Um diese Zeit? Gummiradler – kann mir schon denken... Die haben's besser als ich – vielleicht ist es der Ballert mit der Berta... Warum soll's grad der Ballert sein? – Fahr' nur zu! – Ein hübsches Zeug'l hat Seine Hoheit in Przemysl gehabt... mit dem ist er immer in die Stadt hinuntergefahren zu der Rosenberg... Sehr leutselig war Seine Hoheit – ein echter Kamerad, mit allen auf du und du... War doch eine schöne Zeit... obzwar... die Gegend war trostlos und im Sommer zum Verschmachten... an einem Nachmittag sind einmal drei vom Sonnenstich getroffen worden... auch der Korporal von meinem Zug – ein so verwendbarer Mensch... Nachmittag haben wir uns nackt auf's Bett gelegt. – Einmal ist plötzlich der Wiesner zu mir hereingekommen; ich muß grad' geträumt haben und steh' auf und zieh' den Säbel, der neben mir liegt... muß gut ausg'schaut haben... der Wiesner hat sich halb totgelacht – der ist jetzt schon Rittmeister... – Schad', daß ich nicht zur Kavallerie gegangen bin... aber das hat der Alte nicht wollen – wär' ein zu teurer Spaß gewesen – jetzt ist es ja doch alles eins... Warum denn? – Ja, ich weiß schon: sterben muß ich, darum ist alles eins – sterben muß ich... Also wie? – Schau, Gustl, du bist doch extra da herunter in den Prater gegangen, mitten in der Nacht, wo dich keine Menschenseele stört – jetzt kannst du dir alles ruhig überlegen... Das ist ja lauter Unsinn mit Amerika und quittieren, und du bist ja viel zu dumm, um was anderes anzufangen – und wenn du hundert Jahre alt wirst, und du denkst dran, daß dir einer hat den Säbel zerbrechen wollen und dich einen dummen Buben geheißen, und du bist dag'standen und hast nichts tun können – nein, zu überlegen ist da gar nichts – gescheh'n ist gescheh'n – auch das mit der Mama und mit der Klara ist ein Unsinn – die werden's schon verschmerzen – man verschmerzt alles... Wie hat die Mama gejammert, wie ihr Bruder gestorben ist – und nach vier Wochen hat sie kaum mehr dran gedacht... auf den Friedhof ist sie hinausgefahren... zuerst alle Wochen, dann alle Monat – und jetzt nur mehr am Todestag. – Morgen ist mein Todestag – fünfter April. – Ob sie mich nach Graz überführen? Haha! Da werden die Würmer in Graz eine Freud' haben! – Aber das geht mich nichts an – darüber sollen sich die andern den Kopf zerbrechen... Also, was geht's mich denn eigentlich an?... Ja, die hundertsechzig Gulden für den Ballert... das ist alles – weiter brauch' ich keine Verfügungen zu

upter's chlucken

treffen. – Briefe schreiben? Wozu denn? An wen denn?... Abschied nehmen? – Ja, zum Teufel hinein, das ist doch deutlich genug, wenn man sich totschießt! – Dann merken's die andern schon, daß man Abschied genommen hat... Wenn die Leut wüßten, wie egal mir die ganze Geschichte ist, möchten sie mich gar nicht bedauern – ist eh' nicht schad' um mich... Und was hab' ich denn vom ganzen Leben gehabt? – Etwas hätt' ich gern noch mitgemacht: einen Krieg – aber da hätt' ich lang warten können... Und alles übrige kenn' ich... Ob so ein Mensch Steffi oder Kunigunde heißt, bleibt sich gleich. – Und die schönsten Operetten kenn' ich auch – und im Lohengrin bin ich zwölfmal drin gewesen – und heut' abend war ich sogar bei einem Oratorium – und ein Bäckermeister hat mich einen dummen Buben geheißen – meiner Seel', es ist grad' genug! – Und ich bin gar nimmer neugierig... – Also geh'n wir nach Haus, ganz langsam... Eile hab' ich ja wirklich keine. – Noch ein paar Minuten ausruhen da im Prater, auf einer Bank – obdachlos. – Ins Bett leg' ich mich ja doch nimmer – hab' ja genug Zeit zum Ausschlafen. – Ah, die Luft! – Die wird mir abgeh'n.

Was ist denn? – He, Johann, bringen S' mir ein Glas frisches Wasser... Was ist?... Wo... Ja, träum' ich denn?... Mein Schädel... o, Donnerwetter... Fischamend... Ich bring' die Augen nicht auf! – Ich bin ja angezogen! Wo sitz' ich denn? – Heiliger Himmel, eingeschlafen bin ich! Wie hab' ich denn nur schlafen können; es dämmert ja schon! – Wie lang hab' ich denn geschlafen? – Muß auf die Uhr schau'n... Ich seh' nichts?... Wo sind denn meine Zündhölzeln?... Na, brennt eins an?... Drei... und ich soll mich um vier duellieren – nein, nicht duellieren, totschießen soll ich mich! – Es ist gar nichts mit dem Duell; ich muß mich totschießen, weil ein Bäckermeister mich einen dummen Buben genannt hat... Ja, ist es denn wirklich g'schehn? – Mir ist im Kopf so merkwürdig... wie in einem Schraubstock ist mein Hals – ich kann mich gar nicht rühren – das rechte Bein ist eingeschlafen. – Aufstehn! Aufstehn!... Ah, so ist es besser! – Es wird schon lichter... Und die Luft... ganz wie damals in der Früh, wie ich auf Vorposten war und im Wald kampiert hab'... Das war ein anderes Aufwachen – da war ein anderer Tag vor mir... Mir scheint, ich glaub's noch nicht recht. – Da liegt die Straße, grau, leer – ich bin jetzt sicher der einzige Mensch im Prater. – Um vier Uhr früh war ich schon einmal herunten, mit'm Pausinger – geritten sind wir – ich auf dem Pferd vom Hauptmann Mirovic und der Pausinger auf seinem eigenen Krampen – das war im Mai, im vorigen Jahr – da hat schon alles geblüht – alles war grün. Jetzt ist's noch kahl – aber der Frühling kommt bald – in ein paar Tagen ist er schon da. – Maiglöckerln, Veigerln – schad', daß ich nichts mehr davon haben werd' – jeder Schubiak hat was davon, und ich muß sterben! Es ist ein Elend! Und die andern werden im Weingartl sitzen beim Nachtmahl, als wenn gar nichts g'wesen wär' – so wie wir alle im Weingartl g'sessen sind, noch am Abend nach dem Tag, wo sie den Lippay hinausgetragen haben... Und der Lippay war so beliebt... sie haben ihn lieber g'habt, als mich, beim Regiment – warum sollen sie denn nicht im Weingartl sitzen, wenn ich ab-kratz'? – Ganz warm ist es – viel wärmer als gestern – und so ein Duft – es muß doch schon blühen... Ob die Steffi mir Blumen brin-gen wird? – Aber fallt ihr ja gar nicht ein! Die wird grad' hinausfah-ren... Ja, wenn's noch die Adel' wär'... Nein, die Adel'! Mir scheint, seit zwei Jahren hab' ich an die nicht mehr gedacht... Was die für G'schichten gemacht hat, wie's aus war... mein Lebtag hab' ich kein Frauenzimmer so weinen gesehn... Das war doch eigent-lich das Hübscheste, was ich erlebt hab'... So bescheiden, so an-spruchslos, wie die war – die hat mich gern gehabt, da könnt' ich drauf schwören. – War doch was ganz anderes, als die Steffi... Ich möcht' nur wissen, warum ich die aufgegeben hab'... so eine Ese-lei! Zu fad ist es mir geworden, ja, das war das Ganze... So jeden Abend mit ein und derselben ausgehn... Dann hab' ich eine Angst g'habt, daß ich überhaupt nimmer loskomm' – eine solche Raunzen. – Na, Gustl, hätt'st schon noch warten können – war doch die einzige, die dich gern gehabt hat... Was sie jetzt macht? Na was wird's machen? – Jetzt wird's halt einen andern haben... Freilich, das mit der Steffi ist bequemer – wenn man nur gelegent-lich engagiert ist und ein anderer hat die ganzen Unannehmlichkei-ten, und ich hab' nur das Vergnügen... Ja, da kann man auch nicht verlangen, daß sie auf den Friedhof hinauskommt... Wer ging den überhaupt mit, wenn er nicht müßt'! – Vielleicht der Kopetzky, und dann wär' Rest! – Ist doch traurig, so gar niemanden zu haben...

Aber so ein Unsinn! Der Papa und die Mama und die Klara... Ja, ich bin halt der Sohn, der Bruder... aber was ist denn weiter zwi-schen uns? Gern haben sie mich ja – aber was wissen sie denn von mir? – Daß ich meinen Dienst mach', daß ich Karten spiel' und daß ich mit Menschern herumlauf'... aber sonst? – Daß mich manchmal selber vor mir graust, das hab' ich ihnen ja doch nicht geschrieben – na, mir scheint, ich hab's auch selber gar nicht recht gewußt. – Ah, was, kommst du jetzt mit solchen Sachen, Gustl? Fehlt nur noch, daß du zum Weinen anfangst... pfui Teufel! – Ordentlich Schritt... so! Ob man zu einem Rendezvous geht oder auf Posten oder in die Schlacht... wer hat das nur gesagt?... ah ja, der Major Lederer, in der Kantin', wie man von dem Wingleder erzählt hat, der so blaß geworden ist vor seinem ersten Duell – und gespieben hat... Ja: ob man zu einem Rendezvous geht oder in den sichern Tod, am Gang und am G'sicht läßt sich das der richtige Offizier nicht anerkennen! – Also Gustl – der Major Lederer hat's g'sagt! ha! –

Immer lichter... man könnt' schon lesen... Was pfeift denn da?... Ah, drüben ist der Nordbahnhof... Die Tegetthoffsäule... so lang hat sie noch nie ausg'schaut... Da drüben stehen Wagen.... Aber nichts als Straßenkehrer auf der Straße... meine letzten Straßenkehrer – ha! ich muß immer lachen, wenn ich dran denk'... das versteh' ich gar nicht... Ob das bei vielen Leuten so ist, wenn sie's einmal ganz sicher wissen? Halb vier auf der Nordbahnuhr... jetzt ist nur die Frage, ob ich mich um sieben nach Bahnzeit oder nach Wiener Zeit erschieß'?... Sieben... ja, warum grad' sieben?... Als wenn's gar nicht anders sein könnt'... Hunger hab' ich – meiner Seel', ich hab' Hunger – kein Wunder... seit wann hab' ich denn nichts gegessen?... Seit – seit gestern sechs Uhr abends im Kaffeehaus... ja! Wie mir der Kopetzky das Billett gegeben hat – eine Melange und zwei Kipfel. – Was der Bäckermeister sagen wird, wenn er's erfahrt?... der verfluchte Hund! – Ah, der wird wissen, warum – dem wird der Knopf aufgeh'n – der wird drauf kommen, was es heißt: Offizier! – So ein Kerl kann sich auf offener Straße prügeln lassen, und es hat keine Folgen, und unsereiner wird unter vier Augen insultiert und ist ein toter Mann... Wenn sich so ein Fallot wenigstens schlagen möcht' – aber nein, da wär' er ja vorsichtiger, da möcht' er so was nicht riskieren... Und der Kerl lebt weiter, ruhig weiter, während ich – krepieren muß! – Der hat mich doch umgebracht... Ja, Gustl, merkst d' was? – Der ist es, der dich umbringt! Aber so glatt soll's ihm doch nicht ausgeh'n! – Nein, nein, nein! Ich werd' dem Kopetzky einen Brief schreiben, wo alles drinsteht, die ganze G'schicht schreib' ich auf... oder noch besser: ich schreib's dem Obersten, ich mach' eine Meldung ans Regimentskommando... ganz wie eine dienstliche Meldung... Ja, wart', du glaubst, daß so was geheim bleiben kann? – Du irrst dich – aufgeschrieben wird's zum ewigen Gedächtnis, und dann möcht' ich sehen, ob du dich noch ins Kaffeehaus traust – Ha! »das möcht' ich sehen«, ist gut!... Ich möcht' noch manches gern sehen, wird nur leider nicht möglich sein – aus is! –

Jetzt kommt der Johann in mein Zimmer, jetzt merkt er, daß der Herr Leutnant nicht zu Haus geschlafen hat. – Na, alles mögliche wird er sich denken; aber daß der Herr Leutnant im Prater übernachtet hat, das, meiner Seel', das nicht... Ah, die Vierundvierziger! zur Schießstätte marschieren s' – lassen wir sie vorübergeh'n... so, stellen wir uns daher... – Da oben wird ein Fenster aufgemacht – hübsche Person – na, ich möcht' mir wenigstens ein Tüchel umnehmen, wenn ich zum Fenster geh'... Vorigen Sonntag war's zum letztenmal... Daß grad' die Steffi die letzte sein wird, hab' ich mir nicht träumen lassen. – Ach Gott, das ist doch das einzige reelle Vergnügen... Na ja, der Herr Oberst wird in zwei Stunden nobel nachreiten... die Herren haben's gut – ja, ja, rechts g'schaut! – Ist schon gut... Wenn ihr wüßtet, wie ich auf euch pfeif'! – Ah, das ist nicht schlecht: der Katzer... seit wann ist denn der zu den Vierundvierzigern übersetzt? – Servus, servus! – Was der für ein G'sicht macht?... Warum deut' er denn auf seinen Kopf? – Mein Lieber, dein Schädel interessiert mich sehr wenig... Ah, so! Nein, mein Lieber, du irrst dich: im Prater hab' ich übernachtet... wirst schon heut' im Abendblatt lesen. – ›Nicht möglich!‹ wird er sagen, ›heut' früh, wie wir zur Schießstätte ausgerückt sind, hab' ich ihn noch auf der Praterstraße getroffen!‹ – Wer wird denn meinen Zug kriegen? – Ob sie ihn dem Walterer geben werden? – Na, da wird was Schönes herauskommen – ein Kerl ohne Schneid, der hätt' auch lieber Schuster werden sollen... Was, geht schon die Sonne auf? – Das wird heut ein schöner Tag – so ein rechter Frühlingstag... Ist doch eigentlich zum Teufelholen! – Der Komfortabelkutscher wird noch um achte in der Früh auf der Welt sein, und ich... na, was ist denn das? He, das wär' so was – noch im letzten Moment die Kontenance verlieren wegen eines Komfortabelkutschers... Was ist denn das, daß ich auf einmal so ein blödes Herzklopfen krieg'? – Das wird doch nicht deswegen sein... Nein, o nein... es ist, weil ich so lang' nichts gegessen hab'. – Aber Gustl, sei doch aufrichtig mit dir selber: – Angst hast du – Angst, weil du's noch nie probiert hast... Aber das hilft dir ja nichts, die Angst hat noch keinem was geholfen, jeder muß es einmal durchmachen, der eine früher, der andere später, und du kommst halt früher dran... Viel wert bist du ja nie gewesen, so benimm dich wenigstens anständig zu guter Letzt, das verlang' ich von dir! – So, jetzt heißt's nur überlegen – aber was denn?... Immer will ich mir was überlegen... ist doch ganz einfach: – im Nachtkastelladel liegt er, geladen ist er auch, heißt's nur: losdrucken – das wird doch keine Kunst sein! –

Die geht schon ins Geschäft... die armen Mädeln! Die Adel' war auch in einem G'schäft – ein paarmal hab' ich sie am Abend abg'holt... Wenn sie in einem Geschäft sind, werd'n sie doch keine solchen Menscher... Wenn die Steffi mir allein g'hören möcht', ich ließ sie Modistin werden oder so was... Wie wird sie's denn erfahren? – Aus der Zeitung!... Sie wird sich ärgern, daß ich ihr's nicht geschrieben hab'... Mir scheint', ich schnapp' doch noch über... Was geht denn das mich an, ob sie sich ärgert... Wie lang' hat denn die ganze G'schicht gedauert?... Seit'm Jänner?... Ah, nein, es muß doch schon vor Weihnachten gewesen sein... ich hab' ihr ja aus Graz Zuckerln mitgebracht, und zu Neujahr hat sie mir ein Brieferl g'schickt... Richtig, die Briefe, die ich zu Haus hab' – sind keine da, die ich verbrennen sollt'?... Hm, der vom Fallsteiner – wenn man den Brief findet... der Bursch könnt' Unannehmlichkeiten haben... Was mir das schon aufliegt! – Na, es ist ja keine große Anstrengung... aber hervorsuchen kann ich den Wisch nicht... Das beste ist, ich verbrenn' alles zusammen... Und meine paar Bücher könnt' ich dem Blany vermachen. – ›Durch Nacht und Eis‹... schad', daß ich's nimmer auslesen kann... bin wenig zum Lesen gekommen in der letzten Zeit... Orgel – ah, aus der Kirche... Frühmesse – bin schon lang bei keiner gewesen... das letztemal im Feber, wie mein Zug dazu kommandiert war... Aber das galt nichts – ich hab' auf meine Leut' aufgepaßt, ob sie andächtig sind und sich ordentlich benehmen... – Möcht' in die Kirche hineingeh'n... am End' ist doch was dran... – Na, heut nach Tisch werd' ich's schon genau wissen... Ah, ›nach Tisch‹ ist sehr gut!... Also, was ist, soll ich hineingehn? – Ich glaub', der Mama wär's ein Trost, wenn sie das wüßt'!... Die Klara gibt weniger drauf... Na, geh'n wir hinein – schaden kann's ja nicht!

Orgel – Gesang – hm! – Was ist denn das? – Mir ist ganz schwindlig... O Gott, o Gott, o Gott! Ich möcht' einen Menschen haben, mit dem ich ein Wort reden könnt' vorher! – Das wär' so was – zur Beicht' geh'n! Der möcht' Augen machen, der Pfaff', wenn ich zum Schluß sagen möcht': Habe die Ehre, Hochwürden; jetzt geh' ich mich umbringen!... – Am liebsten läg' ich da auf dem Steinboden und tät' heulen... Ah, nein, das darf man nicht tun! Aber weinen tut manchmal so gut... Setzen wir uns einen Moment – aber nicht wieder einschlafen wie im Prater!... – Die Leut', die eine Religion haben, sind doch besser dran... Na, jetzt fangen mir gar die Händ' zu zittern an!... Wenn's so weitergeht, werd' ich mir selber auf die Letzt' so ekelhaft, daß ich mich vor lauter Schand' umbring'! – Das alte Weib da – um was betet denn die noch?... Wär' eine Idee, wenn ich ihr sagen möcht': Sie, schließen Sie mich auch ein... ich hab' das nicht ordentlich gelernt, wie man das macht... Ha! mir scheint, das Sterben macht blöd'! – Aufsteh'n! – Woran erinnert mich denn nur die Melodie? – Heiliger Himmel! gestern abend! – Fort, fort! das halt' ich gar nicht aus!... Pst! keinen solchen Lärm, nicht mit dem Säbel schleppern – die Leut' nicht in der Andacht stören – so! – doch besser im Freien... Licht... Ah, es kommt immer näher – wenn es lieber schon vorbei wär'! – Ich hätt's gleich tun sollen – im Prater... man sollt' nie ohne Revolver ausgehn... Hätt' ich gestern abend einen gehabt... Herrgott noch einmal! – In das Kaffeehaus könnt' ich geh'n frühstücken... Hunger hab' ich... Früher ist's mir immer sonderbar vorgekommen, daß die Leut', die verurteilt sind, in der Früh noch ihren Kaffee trinken und ihr Zigarrl rauchen... Donnerwetter, geraucht hab' ich gar nicht! Gar keine Lust zum Rauchen! – Es ist komisch: ich hätt' Lust, in mein Kaffeehaus zu geh'n... Ja, aufgesperrt ist schon, und von uns ist jetzt doch keiner dort – und wenn schon... ist höchstens ein Zeichen von Kaltblütigkeit. ›Um sechs hat er noch im Kaffeehaus gefrühstückt, und um sieben hat er sich erschossen‹... – Ganz ruhig bin ich wieder... das Gehen ist so angenehm – und das Schönste ist, daß mich keiner zwingt. – Wenn ich wollt', könnt' ich noch immer den ganzen Krempel hinschmeißen... Amerika... Was ist das: ›Krempel‹? Was ist ein ›Krempel‹? Mir scheint, ich hab' den Sonnenstich!... Oho, bin ich vielleicht deshalb so ruhig, weil ich mir immer noch einbild', ich muß nicht?... Ich muß! Ich muß! Nein, ich will! – Kannst du dir denn überhaupt vorstellen, Gustl, daß du dir die Uniform ausziehst

49

und durchgehst? Und der verfluchte Hund lacht sich den Buckel
voll – und der Kopetzky selbst möcht' dir nicht mehr die Hand geben... Mir kommt vor, ich bin ganz rot geworden. – Der Wachmann salutiert mir... ich muß denken... »Servus!« – Jetzt hab' ich
gar ›Servus‹ gesagt!... Das freut so einen armen Teufel immer...
Na, über mich hat sich keiner zu beklagen gehabt – außer Dienst
war ich immer gemütlich. – Wie wir auf Manöver waren, hab' ich
den Chargen von der Kompanie Britannikas geschenkt; – einmal
hab' ich gehört, wie ein Mann hinter mir bei den Gewehrgriffen
was von ›verfluchter Rackerei‹ g'sagt hat, und ich hab' ihn nicht
zum Rapport geschickt – ich hab' ihm nur gesagt: »Sie, passen S'
auf, das könnt' einmal wer anderer hören – da ging's Ihnen
schlecht!«... Der Burghof... Wer ist denn heut auf der Wach'? –
Die Bosniaken – schau'n gut aus – der Oberstleutnant hat neulich
g'sagt: Wie wir im 78er Jahr unten waren, hätt' keiner geglaubt, daß
uns die einmal so parieren werden!... Herrgott, bei so was hätt' ich
dabei sein mögen – Da steh'n sie alle auf von der Bank. – Servus,
servus! – Das ist halt zuwider, daß unsereiner nicht dazu kommt. –
Wär' doch schöner gewesen, auf dem Felde der Ehre, fürs Vaterland, als so... Ja, Herr Doktor, Sie kommen eigentlich gut weg!...
Ob das nicht einer für mich übernehmen könnt'? – Meiner Seele',
das sollt' ich hinterlassen, daß sich der Kopetzky oder der Wymetal
an meiner Statt mit dem Kerl schlagen... Ah, so leicht sollt' der
doch nicht davonkommen! – Ah, was! Ist das nicht egal, was nachher geschieht? Ich erfahr's ja doch nimmer! – Da schlagen die
Bäume aus... Im Volksgarten hab' ich einmal eine angesprochen –
ein rotes Kleid hat sie angehabt – in der Strozzigasse hat sie gewohnt – nachher hat sie der Rochlitz übernommen... Mir scheint,
er hat sie noch immer, aber er red't nichts mehr davon – er schämt
sich vielleicht... Jetzt schlaft die Steffi noch... so lieb sieht sie aus,
wenn sie schläft... als wenn sie nicht bis fünf zählen könnt'! – Na,
wenn sie schlafen, schau'n sie alle so aus! – Ich sollt' ihr doch noch
ein Wort schreiben... warum denn nicht? Es tut's ja doch ein jeder,
daß er vorher noch Briefe schreibt. – Auch der Klara sollt' ich schreiben, daß sie den Papa und die Mama tröstet – und was man halt so
schreibt! – und dem Kopetzky doch auch... Meiner Seel', mir
kommt vor, es wär' viel leichter, wenn man ein paar Leuten Adieu
gesagt hätt'... Und die Anzeige an das Regimentskommando –
und die hundertsechzig Gulden für den Ballert... eigentlich noch

viel zu tun... Na, es hat's mir ja keiner g'schafft, daß ich's um sieben tu... von acht an ist noch immer Zeit genug zum Totsein!...
Totsein, ja – so heißt's – da kann man nichts machen...

Ringstraße – jetzt bin ich ja bald in meinem Kaffeehaus... Mir scheint gar, ich freu' mich aufs Frühstück... es ist nicht zum Glauben. –– Ja, nach dem Frühstück zünd' ich mir eine Zigarre an, und dann geh' ich nach Haus und schreib'... Ja, vor allem mach' ich die Anzeige ans Kommando; dann kommt der Brief an die Klara – dann an den Kopetzky – dann an die Steffi... Was soll ich denn dem Luder schreiben... ›Mein liebes Kind, Du hast wohl nicht gedacht‹...
– Ah, was, Unsinn! – ›Mein liebes Kind, ich danke Dir sehr‹...
›Mein liebes Kind, bevor ich von hinnen gehe, will ich es nicht verabsäumen‹... – Na, Briefeschreiben war auch nie meine starke Seite... ›Mein liebes Kind, ein letztes Lebewohl von Deinem Gustl‹... – Die Augen, die sie machen wird! Ist doch ein Glück, daß ich nicht in sie verliebt war... das muß traurig sein, wenn man eine gern hat und so... Na, Gustl, sei gut: so ist es auch traurig genug...
Nach der Steffi wär' ja noch manche andere gekommen, und am End' auch eine, die was wert ist – junges Mädel aus guter Familie mit Kaution – es wär' ganz schön gewesen... – Der Klara muß ich ausführlich schreiben, daß ich nicht hab' anders können... ›Du mußt mir verzeihen, liebe Schwester, und bitte, tröste auch die lieben Eltern. Ich weiß, daß ich Euch allen manche Sorge gemacht habe und manchen Schmerz bereitet; aber glaube mir, ich habe Euch alle immer sehr lieb gehabt, und ich hoffe, Du wirst noch einmal glücklich werden, meine liebe Klara, und Deinen unglücklichen Bruder nicht ganz vergessen‹... – Ah, ich schreib' ihr lieber gar nicht!... Nein, da wird mir zum Weinen... es beißt mich ja schon in den Augen, wenn ich dran denk'... Höchstens dem Kopetzky schreib' ich – ein kameradschaftliches Lebewohl, und er soll's den andern ausrichten... – Ist's schon sechs? – Ah, nein: halb – dreiviertel. – Ist das ein liebes G'sichtel!... Der kleine Fratz mit den schwarzen Augen, den ich so oft in der Florianigasse treff'! – Was die sagen wird? – Aber die weiß ja gar nicht, wer ich bin – die wird sich nur wundern, daß sie mich nimmer sieht... Vorgestern hab' ich mir vorgenommen, das nächste Mal sprech' ich sie an. – Kokettiert hat sie genug... so jung war die – am End' war die gar noch eine Unschuld!... Ja, Gustl! Was du heute kannst besorgen, das verschiebe nicht auf morgen!... Der da hat sicher auch die

ganze Nacht nicht geschlafen. – Na, jetzt wird er schön nach Hause geh'n und sich niederlegen – ich auch! – Haha! jetzt wird's ernst, Gustl, ja!... Na, wenn nicht einmal das biß'l Grausen wär', so wär' ja schon gar nichts dran – und im ganzen, ich muß's schon selber sagen, halt' ich mich brav... Ah, wohin denn noch? Da ist ja schon mein Kaffeehaus... auskehren tun sie noch... Na, geh'n wir hinein...

Da hinten ist der Tisch, wo die immer Tarock spielen... Merkwürdig, ich kann's mir gar nicht vorstellen, daß der Kerl, der immer da hinten sitzt an der Wand, derselbe sein soll, der mich... – Kein Mensch ist noch da... Wo ist denn der Kellner?... He! Da kommt er aus der Küche... er schlieft schnell in den Frack hinein... Ist wirklich nimmer notwendig!... ah, für ihn schon... er muß heut noch andere Leut' bedienen! –

»Habe die Ehre, Herr Leutnant!«

»Guten Morgen.«

»So früh heute, Herr Leutnant?«

»Ah, lassen S' nur – ich hab' nicht viel Zeit, ich kann mit'm Mantel dasitzen.«

»Was befehlen Herr Leutnant?«

»Eine Melange mit Haut.«

»Bitte gleich, Herr Leutnant!«

Ah, da liegen ja Zeitungen... schon heutige Zeitungen?... Ob schon was drinsteht?... Was denn? – Mir scheint, ich will nachseh'n, ob drinsteht, daß ich mich umgebracht hab'! Haha! – Warum steh' ich denn noch immer?... Setzen wir uns da zum Fenster... Er hat mir ja schon die Melange hingestellt... So, den Vorhang zieh' ich zu; es ist mir zuwider, wenn die Leut' hereingucken... Es geht zwar noch keiner vorüber... Ah, gut schmeckt der Kaffee – doch kein leerer Wahn, das Frühstücken!... Ah, ein ganz anderer Mensch wird man – der ganze Blödsinn ist, daß ich nicht genachtmahlt hab'... Was steht denn der Kerl schon wieder da? – Ah, die Semmeln hat er mir gebracht...

»Haben Herr Leutnant schon gehört?«...

»Was denn?« Ja, um Gottes willen, weiß der schon was?... Aber, Unsinn, es ist ja nicht möglich!

»Den Herrn Habetswallner...«

Was? So heißt ja der Bäckermeister... was wird er jetzt sagen?... Ist der am End' schon dagewesen? Ist der am End' gestern schon dagewesen und hat's erzählt?... Warum red't er denn nicht weiter?... Aber er red't ja...

»...hat heut' nacht um zwölf der Schlag getroffen.«

»Was?...« Ich darf nicht so schreien... nein, ich darf mir nichts anmerken lassen... aber vielleicht träum' ich... ich muß ihn noch einmal fragen... »Wen hat der Schlag getroffen?« – Famos, famos! – ganz harmlos hab' ich das gesagt! –

»Den Bäckermeister, Herr Leutnant!... Herr Leutnant werd'n ihn ja kennen... na, den Dicken, der jeden Nachmittag neben die Herren Offiziere seine Tarockpartie hat... hat'n Herrn Schlesinger und 'n Herrn Wasner von der Kunstblumenhandlung vis-à-vis!«

Ich bin ganz wach – stimmt alles – und doch kann ich's noch nicht recht glauben – ich muß ihn noch einmal fragen... aber ganz harmlos...

»Der Schlag hat ihn getroffen?... Ja, wieso denn? Woher wissen S' denn das?«

»Aber Herr Leutnant, wer soll's denn früher wissen, als unsereiner – die Semmel, die der Herr Leutnant da essen, ist ja auch vom Herrn Habetswallner. Der Bub, der uns das Gebäck um halber fünfe in der Früh bringt, hat's uns erzählt.«

Um Himmels wissen, ich darf mich nicht verraten... ich möcht' ja schreien... ich möcht' ja lachen... ich möcht' ja dem Rudolf ein Bussel geben... Aber ich muß ihn noch was fragen!... Vom Schlag getroffen werden, heißt noch nicht: tot sein... ich muß fragen, ob er tot ist... aber ganz ruhig, denn was geht mich der Bäckermeister an – ich muß in die Zeitung schau'n, während ich den Kellner frag'...

»Ist er tot?«

»Na, freilich, Herr Leutnant; auf'm Fleck ist er tot geblieben.«

Oh, herrlich, herrlich! – Am End' ist das alles, weil ich in der Kirchen g'wesen bin...

»Er ist am Abend im Theater g'wesen; auf der Stiegen ist er umg'-fallen – der Hausmeister hat den Krach gehört... na, und dann haben s' ihn in die Wohnung getragen, und wie der Doktor gekommen ist, war's schon lang' aus.«

»Ist aber traurig. Er war doch noch in den besten Jahren.« – Das hab' ich jetzt famos gesagt – kein Mensch könnt' mir was anmerken... und ich muß mich wirklich zurückhalten, daß ich nicht schrei' oder aufs Billard spring'...

»Ja, Herr Leutnant, sehr traurig; war ein so lieber Herr, und zwanzig Jahr' ist er schon zu uns kommen – war ein guter Freund von unserem Herrn. Und die arme Frau...«

Ich glaub', so froh bin ich in meinem ganzen Leben nicht gewesen... Tot ist er – tot ist er! Keiner weiß was, und nichts ist g'scheh'n! – Und das Mordsglück, daß ich in das Kaffeehaus gegangen bin... sonst hätt' ich mich ja ganz umsonst erschossen – es ist doch wie eine Fügung des Schicksals... Wo ist denn der Rudolf? – Ah, mit dem Feuerburschen redt' er... – Also, tot ist er – tot ist er – ich kann's noch gar nicht glauben! Am liebsten möcht' ich hingeh'n, um's zu seh'n. –– Am End' hat ihn der Schlag getroffen aus Wut, aus verhaltenem Zorn... Ah, warum, ist mir ganz egal! Die Hauptsach' ist: er ist tot, und ich darf leben, und alles g'hört wieder mein!... Komisch, wie ich mir da immerfort die Semmel einbrock', die mir der Herr Habetswallner gebacken hat! Schmeckt mir ganz gut, Herr von Habetswallner! Famos! – So, jetzt möcht' ich noch ein Zigarrl rauchen...

»Rudolf! Sie, Rudolf! Sie, lassen S' mir den Feuerburschen dort in Ruh'!«

»Bitte, Herr Leutnant!«

»Trabucco«... – Ich bin so froh, so froh!... Was mach' ich denn nur?... Was mach ich denn nur?... Es muß ja was gescheh'n, sonst trifft mich auch noch der Schlag vor lauter Freud'!... In einer Viertelstund' geh' ich hinüber in die Kasern' und laß mich vom Johann kalt abreiben... um halb acht sind die Gewehrgriff', und um halb zehn ist Exerzieren. – Und der Steffi schreib' ich, sie muß sich für heut abend frei machen, und wenn's Graz gilt! Und nachmittag um vier... na wart', mein Lieber, wart', mein Lieber! Ich bin grad' gut aufgelegt... Dich hau' ich zu Krenfleisch!

(1900)

STEFAN ZWEIG

Vergessene Träume

Die Villa lag hart am Meer.

In den stillen, dämmerreichen Piniengängen atmete die satte Kraft der salzhaltigen Seeluft, und eine leichte, beständige Brise spielte um die Orangenbäume und streifte hie und da, wie mit vorsichtigen Fingern, eine farbenbunte Blüte herab. Die sonnenumglänzten Fernen, Hügel, aus denen zierliche Häuser wie weiße Perlen hervorblitzten, ein meilenweiter Leuchtturm, der einer Kerze gleich steil emporschoß, alles schimmerte in scharfen, abgegrenzten Konturen und war, ein leuchtendes Mosaik, in den tiefblauen Azur des Äthers eingesenkt. Das Meer, in das nur selten weit, weit in der Ferne, weiße Funken fielen, die schimmernden Segel von einsamen Schiffen, schmiegte sich mit der beweglichen Weise seiner Wogen an die Stufenterrasse an, von der sich die Villa erhob, um immer tiefer in das Grün eines weiten, schattendunklen Gartens zu steigen und sich dort in dem müden, märchenstillen Park zu verlieren.

Von dem schlafenden Hause, auf dem die Vormittagshitze lastete, lief ein schmaler, kiesbedeckter Weg wie eine weiße Linie zu dem kühlen Aussichtspunkte, unter dem die Wogen in wilden, unaufhörlichen Anstürmen grollten und hie und da schimmernde Wasseratome heraufstäubten, die beim grellen Sonnenlichte im regenbogenfunkelnden Glanz von Diamanten prahlten. Dort brachen sich die leuchtenden Sonnenpfeile teils an den Pinienwichseln, die dicht beisammen wie im vertrauten Gespräche standen, teils hielt sie ein weitausgespannter japanischer Schirm ab, auf dem lustige Gestalten mit scharfen, unangenehmen Farben festgehalten waren.

Innerhalb des Schattenbereiches dieses Schirmes lehnte in einem weichen Strohfauteuil eine Frauengestalt, die ihre schönen Formen wohlig in das nachgiebige Geflecht schmiegte. Die eine schmale, unberingte Hand hing wie vergessen herab und spielte mit leisem, behaglichem Schmeicheln in dem glitzernden Seidenfelle eines Hundes, während die andere ein Buch hielt, auf das die dunkeln, schwarzbewimperten Augen, in denen es wie ein verhaltenes Lächeln lag, ihre ununterbrochene Aufmerksamkeit konzentrierten. Es waren große, unruhige Augen, deren Schönheit noch ein matter verschleierter Glanz erhöhte. Überhaupt war die starke, anziehende Wirkung, die das ovale, scharfgeschnittene Gesicht ausübte, keine natürliche, einheitliche, sondern ein raffiniertes Hervorstechen einzelner Detailschönheiten, die mit besorgter, feinfühliger Koketterie gepflegt waren. Das anscheinend regellose Wirrnis der duftenden, schimmernden Locken war die mühevolle Konstruktion einer Künstlerin, und auch das leise Lächeln, das während des Lesens die Lippen umzitterte und dabei den weißen, blanken Schmelz der Zähne entblößte, war das Resultat einer mehrjährigen Spiegelprobe, aber jetzt schon zur festen, unablegbaren Gewohnheitskunst geworden.

Ein leises Knistern im Sande.

Sie sieht hin, ohne ihre Stellung zu ändern, wie eine Katze, die im blendenden warmflutenden Sonnenlichte gebadet liegt und nur träge mit phosphoreszierenden Augen dem Kommenden entgegenblinzelt.

Die Schritte kommen rasch näher, und ein livrierter Diener steht vor ihr, um ihr eine schmale Visitenkarte zu überreichen und dann ein wenig wartend zurückzutreten.

Sie liest den Namen mit dem Ausdrucke der Überraschung in den Zügen, den man hat, wenn man auf der Straße von einem Unbekannten in familiärster Weise begrüßt wird. Einen Augenblick graben sich kleine Falten oberhalb der scharfen, schwarzen Augenbrauen ein, die das angestrengte Nachdenken markieren, und dann plötzlich spielt ein fröhlicher Schimmer um das ganze Gesicht, die Augen blitzen in übermütiger Helligkeit, wie sie an längst verflogene, ganz und gar vergangene Jugendtage denkt, deren lichte Bilder der Name in ihr neu erweckt hat. Gestalten und Träume gewinnen wieder feste Formen und werden klar wie die Wirklichkeit.

»Ach so«, erinnnerte sie sich plötzlich zum Diener gewandt, »der Herr möchte natürlich vorsprechen.«

Der Diener ging mit leisen devoten Schritten. Eine Minute war diese Stille, nur der nimmermüde Wind sang leise in den Gipfeln, die voll schweren Mittagsgoldes hingen.

Und dann plötzlich elastische Schritte, die energisch auf dem

Kieswege hallten, ein langer Schatten, der bis zu ihren Füßen lief, und eine hohe Männergestalt stand vor ihr, die sich lebhaft von ihrem schwellenden Sitze erhoben hatte.

Zuerst begegneten sich ihre Augen. Er überflog mit einem raschen Blicke die Eleganz der Gestalt, während ihr leises ironisches Lächeln auch in den Augen aufleuchtete.

»Es ist wirklich lieb von Ihnen, daß Sie noch an mich gedacht haben«, begann sie, indem sie ihm die schmalschimmernde, feingepflegte Hand hinstreckte, die er ehrfürchtig mit den Lippen berührte.

»Gnädige Frau, ich will ehrlich mit Ihnen sein, weil dies ein Wiedersehen ist seit Jahren und auch, wie ich fürchte, – für lange Jahre. Es ist mehr ein Zufall, daß ich hierher gekommen bin, der Name des Besitzers dieses Schlosses, nach dem ich mich wegen seiner herrlichen Lage erkundigte, rief mir Ihre Gestalt wieder in den Sinn. So bin ich denn eigentlich als ein Schuldbewußter da.«

»Darum aber nicht minder willkommen, denn auch ich konnte mich nicht im ersten Moment an Ihre Existenz erinnern, obwohl sie einmal für mich ziemlich bedeutsam war.«

Jetzt lächelten beide. Der süße leichte Duft der ersten halbverschwiegenen Jugendliebe war mit seiner ganzen berauschenden Süßigkeit in ihnen erwacht wie ein Traum, über den man beim Erwachen verächtlich die Lippen verzieht, obwohl man wünscht, ihn noch einmal nur zu träumen, zu leben. Der schöne Traum der Halbheit, die nur wünscht und nicht zu fordern wagt, die nur verspricht und nicht gibt. –

Sie sprachen weiter. Aber es lag schon eine Herzlichkeit in den Stimmen, eine zärtliche Vertraulichkeit, wie sie nur ein so rosiges, schon halbverblaßtes Geheimnis gewähren kann. Mit leisen Worten, in die hie und da ein fröhliches Lachen seine rollenden Perlen warf, sprachen sie von vergangenen Dingen, von vergessenen Gedichten, verwelkten Blumen, verlorenen und vernichteten Schleifen, kleinen Liebeszeichen, die sie sich in der kleinen Stadt, in der sie damals ihre Jugend verbrachten, gegenseitig gegeben. Die alten Geschichten, die wie verschollene Sagen in ihren Herzen langverstummte, stauberstickte Glocken rührten, wurden langsam, ganz langsam von einer wehen, müden Feierlichkeit erfüllt, der Ausklang ihrer toten Jugendliebe legte in ihr Gespräch einen tiefen, fast traurigen Ernst. –

Und seine dunkelmelodisch klingende Stimme vibrierte leise, wie er erzählte: »In Amerika drüben bekam ich die Nachricht, daß Sie sich verlobt hätten, zu einer Zeit, wo die Heirat wohl schon vollzogen war.«

Sie antwortete nichts darauf. Ihre Gedanken waren zehn Jahre weiter zurück.

Einige lange Minuten lastete ein schwüles Schweigen auf beiden. Und dann fragte sie leise, fast lautlos:

»Was haben Sie damals von mir gedacht?«

Er blickte überrascht auf.

»Ich kann es Ihnen ja offen sagen, denn morgen fahre ich wieder meiner neuen Heimat zu. – Ich habe Ihnen nicht gezürnt, nicht Augenblicke voller wirrer, feindlicher Entschlüsse gehabt, denn das Leben hatte schon damals die farbige Lohe der Liebe zu einer glimmenden Flamme der Sympathie erkaltet. Ich habe Sie nicht verstanden, nur – bedauert.«

Eine leichte dunkelrote Stelle flog über ihre Wangen und der Glanz ihrer Augen wurde intensiv, wie sie erregt ausrief:

»Mich bedauert! Ich wüßte nicht warum.«

»Weil ich an Ihren zukünftigen Gemahl dachte, den indolenten, immer erwerben wollenden Geldmenschen – widersprechen Sie mir nicht, ich will Ihren Mann, den ich immer geachtet habe, durchaus nicht beleidigen – und weil ich an Sie dachte, das Mädchen, wie ich es verlassen habe. Weil ich mir nicht das Bild denken konnte, wie Sie, die Einsame, Ideale, die für das Alltagsleben nur eine verächtliche Ironie gehabt, die ehrsame Frau eines gewöhnlichen Menschen werden konnten.«

»Und warum hätte ich ihn denn doch geheiratet, wenn dies alles sich so verhielte?«

»Ich wußte es nicht so genau. Vielleicht besaß er verborgene Vorzüge, die dem oberflächlichen Blicke entgehen und erst im intimen Verkehr zu leuchten beginnen. Und dies war mir dann des Rätsels leichte Lösung, denn eines konnte und wollte ich nicht glauben.«

»Das ist?«

»Daß Sie ihn um seiner Grafenkrone und seiner Millionen genommen hätten. Das war mir die einzige Unmöglichkeit.«

Es war, als hätte sie das letzte überhört, denn sie blickte mit vorgehaltenen Fingern, die im Sonnenlichte in blutdunkelm Rosa wie eine Purpurmuschel erstrahlten, weit hinaus, weithin zum schleierumzogenen Horizonte, wo der Himmel sein blaßblaues Kleid in die dunkle Pracht der Wogen tauchte.

Auch er war in tiefen Gedanken verloren und hatte beinahe die letzten Worte vergessen, als sie plötzlich kaum vernehmlich, von ihm abgewendet sagte:

»Und doch ist es so gewesen.«

Er sah überrascht, fast erschreckt zu ihr hin, die in langsamer, offenbar künstlicher Ruhe sich wieder in ihren Sessel niedergelassen hatte und mit einer stillen Wehmut monoton und die Lippen kaum bewegend weitersprach:

»Ihr habt mich damals keiner verstanden, als ich noch das kleine Mädchen mit den verschüchterten Kinderworten war, auch Sie nicht, der Sie mir so nah standen. Ich selbst vielleicht auch nicht. Ich denke jetzt noch oft daran und begreife mich nicht, denn was wissen noch Frauen von ihren wundergläubigen Mädchenseelen, deren Träume wie zarte, schmale, weiße Blüten sind, die der erste Hauch der Wirklichkeit verweht? Und ich war nicht wie all die andern Mädchen, die von mannesmutigen, jugendkräftigen Helden träumten, die ihre suchende Sehnsucht zu leuchtendem Glücke, ihr stilles Ahnen zum beseligenden Wissen machen sollten und ihnen die Erlösung bringen von dem ungewissen, unklaren, nicht zu fassenden und doch fühlbaren Leid, das seinen Schatten über ihre Mädchentage wirft, und immer dunkler und drohender und lastender wird. Das habe ich nie gekannt, auf anderen Traumeskähnen steuerte meine Seele dem verborgenen Hain der Zukunft zu, der hinter den hüllenden Nebeln der kommenden Tage lag. Meine Träume waren eigen. Ich träumte mich immer als ein Königskind, wie sie in den alten Märchenbüchern stehen, die mit funkelnden, strahlenschillernden Edelsteinen spielen, deren Hände sich im goldigen Glanz von Märchenschätzen versenken und deren wallende Kleider von unnennbaren Werten sind. – Ich träumte von Luxus und Pracht, weil ich beides liebte. Die Lust, wenn meine Hände über zitternde, leise singende Seide streifen durften, wenn meine Finger in den weichen, dunkelträumenden Daunen eines schweren Sammetstoffes wie im Schlafe liegen konnten! Ich war glücklich, wenn ich Schmuck an den schmalen Gliedern meiner von Freude zitternden Finger wie eine Kette tragen konnte, wenn weiße Steine aus der dichten Flut meines Haares wie Schaumperlen schimmerten, mein höchstes Ziel war es, in den weichen Sitzen eines eleganten Wagens zu ruhen. Ich war damals in einem Rausche von Kunstschönheit befangen, der mich mein wirkliches Leben verachten ließ. Ich haßte mich, wenn ich in meinen Alltagskleidern war, bescheiden und einfach wie eine Nonne und blieb oft tagelang zu Hause, weil ich mich vor mir selbst in meiner Gewöhnlichkeit schämte, ich versteckte mich in meinem engen, häßlichen Zimmer, ich, deren schönster Traum es war, allein am weiten Meere zu leben, in einem Eigentum, das prächtig ist und kunstvoll zugleich, in schattigen grünen Laubengängen, wo nicht die Niedrigkeit des Werkeltags seine schmutzigen Krallen hinreckt, wo reicher Friede ist – fast so wie hier. Denn was meine Träume gewollt, hat mir mein Mann erfüllt, und eben weil er dies vermochte, ist er mein Gemahl geworden.«

Sie ist verstummt und ihr Gesicht ist von bacchantischer Schönheit umloht. Der Glanz in ihren Augen ist tief und drohend geworden, und das Rot der Wangen flammt immer heißer auf.

Es ist tiefe Stille.

Nur drunten der eintönige Rhythmus der glitzernden Wellen, die sich an die Stufen der Terrasse werfen, wie an eine geliebte Brust.

Da sagt er leise, wie zu sich selbst:

»Aber die Liebe?«

Sie hat es gehört. Ein leichtes Lächeln zieht über ihre Lippen.

»Haben Sie heute noch alle Ihre Ideale, *alle*, die Sie damals in die ferne Welt trugen? Sind Ihnen alle geblieben, unverletzt, oder sind Ihnen einige gestorben, dahingewelkt? Oder hat man sie Ihnen nicht am Ende gewaltsam aus der Brust gerissen und in den Kot geschleudert, wo die Tausende von Rädern, deren Wagen zum Lebensziele strebten, sie zermalmt haben? Oder haben Sie keine verloren?«

Er nickt trübe und schweigt.

Und plötzlich führt er ihre Hand zu den Lippen, küßt sie stumm. Dann sagt er mit herzlicher Stimme:

»Leben Sie wohl!«

Sie erwidert es ihm kräftig und ehrlich. Sie fühlt keine Scham, daß sie einem Menschen, dem sie durch Jahre fremd war, ihr tiefstes Geheimnis entschleiert und ihre Seele gezeigt. Lächelnd sieht sie ihm nach und denkt an die Worte, die er von der Liebe gesprochen, und die Vergangenheit stellt sich wieder mit leisen, unhörbaren Schritten zwischen sie und die Gegenwart. Und plötzlich denkt sie, daß *jener* ihr Leben hätte leiten können, und die Gedanken malen in Farben diesen bizarren Einfall aus.

Und langsam, langsam, ganz unmerklich, stirbt das Lächeln auf ihren träumenden Lippen...

(1900)

Die Turnstunde

In der Militärschule zu Sankt Severin. Turnsaal. Der Jahrgang steht in den hellen Zwillichblusen, in zwei Reihen geordnet, unter den großen Gaskronen. Der Turnlehrer, ein junger Offizier mit hartem braunen Gesicht und höhnischen Augen, hat Freiübungen kommandiert und verteilt nun die Riegen. »Erste Riege Reck, zweite Riege Barren, dritte Riege Bock, vierte Riege Klettern! Abtreten!« Und rasch, auf den leichten, mit Kolophonium isolierten Schuhen, zerstreuen sich die Knaben. Einige bleiben mitten im Saale stehen, zögernd, gleichsam unwillig. Es ist die vierte Riege, die schlechten Turner, die keine Freude haben an der Bewegung bei den Geräten und schon müde sind von den zwanzig Kniebeugen und ein wenig verwirrt und atemlos.

Nur einer, der sonst der allerletzte blieb bei solchen Anlässen, Karl Gruber, steht schon an den Kletterstangen, die in einer etwas dämmerigen Ecke des Saales, hart vor den Nischen, in denen die abgelegten Uniformröcke hängen, angebracht sind. Er hat die nächste Stange erfaßt und zieht sie mit ungewöhnlicher Kraft nach vorn, so daß sie frei an dem zur Übung geeigneten Platze schwankt. Gruber läßt nicht einmal die Hände von ihr, er springt auf und bleibt, ziemlich hoch, die Beine ganz unwillkürlich im Kletterschluß verschränkt, den er sonst niemals begreifen konnte, an der Stange hängen. So erwartet er die Riege und betrachtet – wie es scheint – mit besonderem Vergnügen den erstaunten Ärger des kleinen polnischen Unteroffiziers, der ihm zuruft, abzuspringen. Aber Gruber ist diesmal sogar ungehorsam und Jastersky, der blonde Unteroffizier, schreit endlich:»Also, entweder Sie kommen herunter oder Sie klettern hinauf, Gruber! Sonst melde ich dem Herrn Oberleutenant...« Und da beginnt Gruber, zu klettern, erst heftig mit Überstürzung, die Beine wenig aufziehend und die Blicke aufwärts gerichtet, mit einer gewissen Angst das unermeßliche Stück Stange abschätzend, das noch bevorsteht. Dann verlangsamt sich seine Bewegung; und als ob er jeden Griff genösse, wie etwas Neues, Angenehmes, zieht er sich höher, als man gewöhnlich zu klettern pflegt. Er beachtet nicht die Aufregung des ohnehin gereizten Unteroffiziers, klettert und klettert die Blicke immerfort aufwärts gerichtet, als hätte er einen Ausweg in der Decke des Saales entdeckt und strebte danach, ihn zu erreichen. Die ganze Riege folgt ihm mit den Augen. Und auch aus den anderen Riegen richtet man schon da und dort die Aufmerksamkeit auf den Kletterer, der sonst kaum das erste Drittel der Stange keuchend, mit rotem Gesicht und bösen Augen erklomm. »Bravo, Gruber!« ruft jemand aus der ersten Riege herüber. Da wenden viele ihre Blicke aufwärts, und es wird eine Weile still im Saal – aber gerade in diesem Augenblick, da alle Blicke an der Gestalt Grubers hängen, macht er hoch oben unter der Decke eine Bewegung, als wolle er sie abschütteln; und da ihm das offenbar nicht gelingt, bindet er alle diese Blicke oben an den nackten eisernen Haken und saust die glatte Stange hinunter, so daß alle immer noch hinaufsehen, als er schon längst, schwindelnd und heiß, unten steht und mit seltsam glanzlosen Augen in seine glühenden Handflächen schaut. Da fragt ihn der eine oder der andere der ihm zunächst stehenden Kameraden, was denn heute in ihn gefahren sei. »Willst wohl in die erste Riege kommen?« Gruber lacht und scheint etwas antworten zu wollen, aber er überlegt es sich und senkt schnell die Augen. Und dann, als das Geräusch und Getöse wieder seinen Fortgang hat, zieht er sich leise in die Nische zurück, setzt sich nieder, schaut ängstlich um sich und holt Atem, zweimal rasch, und lacht wieder und will was sagen . . . aber schon achtet niemand mehr seiner. Nur Jerome, der auch in der vierten Riege ist, sieht, daß er wieder seine Hände betrachtet, ganz darüber gebückt wie einer, der bei wenig Licht einen Brief entziffern will. Und er tritt nach einer Weile zu ihm hin und fragt: »Hast du dir weh getan?« Gruber erschrickt. »Was?« macht er mit seiner gewöhnlichen, in Speichel watenden Stimme. »Zeig mal!« Jerome nimmt die eine Hand Grubers und neigt sie gegen das Licht. Sie ist am Ballen ein wenig abgeschürft. »Weißt du, ich habe etwas dafür«, sagt Jerome, der immer Englisches Pflaster von zu Hause geschickt bekommt, »komm dann nachher zu mir.« Aber es ist, als hätte Gruber nicht gehört; er schaut geradeaus in den Saal hinein, aber so, als sähe er etwas Unbestimmtes, vielleicht nicht im Saal, draußen vielleicht, vor den Fenstern, obwohl es dunkel ist, spät und Herbst.

In diesem Augenblick schreit der Unteroffizier in seiner hochfahrenden Art: »Gruber!« Gruber bleibt unverändert, nur seine Füße, die vor ihm ausgestreckt sind, gleiten, steif und ungeschickt, ein wenig auf dem glatten Parkett vorwärts. »Gruber!« brüllt der Unteroffizier und die Stimme schlägt ihm über. Dann wartet er eine Weile und sagt rasch und heiser, ohne den Gerufenen anzusehen: »Sie melden sich nach der Stunde. Ich werde Ihnen schon...« Und die Stunde geht weiter. »Gruber«, sagt Jerome und neigt sich zu dem Kameraden, der sich immer tiefer in die Nische zurücklehnt, »es war schon wieder an dir, zu klettern, auf dem Strick, geh mal, versuchs, sonst macht dir der Jastersky irgendeine Geschichte, weißt du...« Gruber nickt. Aber statt aufzustehen, schließt er plötzlich die Augen und gleitet unter den Worten Jeromes durch, als ob eine Welle ihn trüge, fort, gleitet langsam und lautlos tiefer, tiefer, gleitet vom Sitz, und Jerome weiß erst, was geschieht, als er hört, wie der Kopf Grubers hart an das Holz des Sitzes prallt und dann vornüberfällt... »Gruber!« ruft er heiser. Erst merkt es niemand. Und Jerome steht ratlos mit hängenden Händen und ruft: »Gruber, Gruber!« Es fällt ihm nicht ein, den anderen aufzurichten. Da erhält er einen Stoß, jemand sagt ihm: »Schaf«, ein anderer schiebt ihn fort, und er sieht, wie sie den Reglosen aufheben. Sie tragen ihn vorbei, irgendwohin, wahrscheinlich in die Kammer nebenan. Der Oberlieutenant springt herzu. Er gibt mit harter, lauter Stimme sehr kurze Befehle. Sein Kommando schneidet das Summen der vielen schwatzenden Knaben scharf ab. Stille. Man sieht nur da und dort noch Bewegungen, ein Ausschwingen am Gerät, einen leisen Absprung, ein verspätetes Lachen von einem, der nicht weiß, um was es sich handelt. Dann hastige Fragen: »Was? Was? Wer? Der Gruber? Wo?« Und immer mehr Fragen. Dann sagt jemand laut: »Ohnmächtig.« Und der Zugführer Jastersky läuft mit rotem Kopf hinter dem Oberlieutenant her und schreit mit seiner boshaften Stimme, zitternd vor Wut: »Ein Simulant, Herr Oberlieutenant, ein Simulant!« Der Oberlieutenant beachtet ihn gar nicht. Er sieht geradeaus, nagt an seinem Schnurrbart, wodurch das harte Kinn noch eckiger und energischer vortritt, und gibt von Zeit zu Zeit eine knappe Weisung. Vier Zöglinge, die Gruber tragen, und der Oberlieutenant verschwinden in der Kammer. Gleich darauf kommen die vier Zöglinge zurück. Ein Diener läuft durch den Saal. Die vier werden groß angeschaut und mit Fragen bedrängt: »Wie sieht er aus? Was ist mit ihm? Ist er schon zu sich gekommen?« Keiner von ihnen weiß eigentlich was. Und da ruft auch schon der Oberleutenant herein, das Turnen möge weitergehen, und übergibt dem Feldwebel Goldstein das Kommando. Also wird wieder geturnt, beim Barren, beim Reck, und die kleinen dicken Leute der dritten Riege kriechen mit weitgegrätschten Beinen über den hohen Bock. Aber doch sind alle Bewegungen anders als vorher; als hätte ein Horchen sich über sie gelegt. Die Schwingungen am Reck brechen so plötzlich ab und am Barren werden nur lauter kleine Übungen gemacht. Die Stimmen sind weniger verworren und ihre Summe summt feiner, als ob alle immer nur ein Wort sagten: »Ess, Ess, Ess . . .«. Der kleine schlaue Krix horcht inzwischen an der Kammertür. Der Unteroffizier der zweiten Riege jagt ihn davon, indem er zu einem Schlage auf seinen Hintern aushalt. Krix springt zurück, katzenhaft, mit hinterlistig blitzenden Augen. Er weiß schon genug. Und nach einer Weile, als ihn niemand betrachtet, gibt er dem Pawlowitsch weiter: »Der Regimentsarzt ist gekommen.« Nun, man kennt ja den Pawlowitsch; mit seiner ganzen Frechheit geht er, als hätte ihm irgendwer einen Befehl gegeben, quer durch den Saal von Riege zu Riege und sagt ziemlich laut: »Der Regimentsarzt ist drin.« Und es scheint, auch die Unteroffiziere interessieren sich für diese Nachricht. Immer häufiger wenden sich die Blicke nach der Tür, immer langsamer werden die Übungen; und ein Kleiner mit schwarzen Augen ist oben auf dem Bock hocken geblieben und starrt mit offenem Mund nach der Kammer. Etwas Lähmendes scheint in der Luft zu liegen. Die Stärksten bei der ersten Riege machen zwar noch einige Anstrengungen, gehen dagegen an, kreisen mit den Beinen; und Pombert, der kräftige Tiroler, biegt seinen Arm und betrachtet seine Muskeln, die sich durch den Zwillich hindurch breit und straff ausprägen. Ja, der kleine, gelenkige Baum schlägt sogar noch einige Armwellen – und plötzlich ist diese heftige Bewegung die einzige im ganzen Saal, ein großer flimmernder Kreis, der etwas Unheimliches hat inmitten der allgemeinen Ruhe. Und mit einem Ruck bringt sich der kleine Mensch zum Stehen, läßt sich einfach unwillig in die Knie fallen und macht ein Gesicht, als ob er alle verachte. Aber auch seine kleinen stumpfen Augen bleiben schließlich an der Kammertür hängen.

Jetzt hört man das Singen der Gasflammen und das Gehen der Wanduhr. Und dann schnarrt die Glocke, die das Stundenzeichen gibt. Fremd und eigentümlich ist heute ihr Ton; sie hört auch ganz unvermittelt auf, unterbricht sich mitten im Wort. Feldwebel Goldstein kennt seine Pflicht. Er ruft: »Antreten!« Kein Mensch hört ihn. Keiner kann sich erinnern, welchen Sinn dieses Wort besaß – vorher. Wann vorher? »Antreten!« krächzt der Feldwebel böse und gleich schreien jetzt die anderen Unteroffiziere ihm nach: »Antreten!« Und auch mancher von den Zöglingen sagt wie zu sich selbst, wie im Schlaf: »Antreten! Antreten!« Aber im Grunde wissen alle, daß sie noch etwas abwarten müssen. Und da geht auch schon die Kammertür auf; eine Weile nichts; dann tritt Oberleutnant Wehl heraus und seine Augen sind groß und zornig und seine Schritte fest. Er marschiert wie beim Defilieren und sagt heiser: »Antreten!« Mit unbeschreiblicher Geschwindigkeit findet sich alles in Reihe und Glied. Keiner rührt sich. Als wenn ein Feldzeugmeister da wäre. Und jetzt das Kommando: »Achtung!« Pause und dann, trocken und hart: »Euer Kamerad Gruber ist soeben gestorben. Herzschlag. Abmarsch!« Pause.

Und erst nach einer Weile die Stimme des diensttuenden Zöglings, klein und leise: »Links um! Marschieren: Compagnie, Marsch!« Ohne Schritt und langsam wendet sich der Jahrgang zur Tür. Jerome als der letzte. Keiner sieht sich um. Die Luft aus dem Gang kommt, kalt und dumpfig, den Knaben entgegen. Einer meint, es rieche nach Karbol. Pombert macht laut einen gemeinen Witz in bezug auf den Gestank. Niemand lacht. Jerome fühlt sich plötzlich am Arm gefaßt, so angesprungen. Krix hängt daran. Seine Augen glänzen und seine Zähne schimmern, als ob er beißen wollte. »Ich hab' ihn gesehen«, flüstert er atemlos und preßt Jeromes Arm und ein Lachen ist innen in ihm und rüttelt ihn hin und her. Er kann kaum weiter: »Ganz nackt ist er und eingefallen und ganz lang. Und an den Fußsohlen ist er versiegelt...«

Und dann kichert er, spitz und kitzlich, kichert und beißt sich in den Ärmel Jeromes hinein.

(1902)

Eifersucht

Dr. Theiner, Valentin Theiner, war glücklich bis zu dem Tag, wo er Verdacht gegen seine Frau faßte.

Woher es ihm angeflogen war, wußte er selbst nicht. Aus einem Blick, der zwischen Mila und dem Schloßherrn hin und her ging? Einem Wort, einer Gebärde nur? Dem Klang ihrer Stimme? Der Verdacht war einmal plötzlich da, setzte sich fest und fraß und bohrte Tag und Nacht. Der arme Theiner rang mit der Qual, er konnte sie nicht abschütteln, und noch weniger konnte er sie tragen.

Ging die Frau an ihm vorbei im Ordinationszimmer und strich ihm leis über den Kopf: da hätt er vor Glück schreien mögen. »Es ist nicht wahr.« Und Wonnen der Befreiung durchrieselten ihn: für Minuten. Ertappte er sie, wie sie gedankenverloren am Fenster stand: warum sieht sie so sehnsüchtig über den Marktplatz? »Es« war wieder da.

»Wohin guckst du?« fuhr er sie an, »woran denkst du?« fuhr sie so heftig an, daß sie zusammenzuckte. Er hatte ihre Handgelenke umspannt und starrte ihr in die Augen und wollt ihr durch die Schädeldecke bis ins Hirn sehen.

Sie lächelte: »Ich denke an nichts.«

»Das gibt's nicht. An nichts kann man nicht denken.«

»Na, so habe ich überlegt, was ich morgen kochen soll.«

Er ließ sie los und verging in machtlosem Zorn. Jetzt... jetzt haßte er sie. Sie will ihn verhöhnen, das ist klar. Und sie betrügt ihn.

Er spionierte. Kam er von einem Krankenbesuch, so schlich er unhörbaren Schrittes durch den Flur und riß die Stubentür mit einem Ruck auf. Er brach heimlich in die Schubladen und durchstöberte ihre Briefe: nichts; ein paar Karten ihrer Mutter, ein paar Rechnungen, nichts. Oh, die beiden sind schlau, sie geben's einander nicht schriftlich. Er kehrte die Kleidertaschen seiner Frau um und fuhr des Nachts leise tastend unter ihr Kissen. Als sie erwachte, log er stammelnd: er hätte es im Traum getan.

Einmal brach er los:

»So? Töring ist dagewesen?! Schon wieder? Was hatte er hier zu suchen?«

»Er hat dich gesucht.«

»Mich?! Hältst du mich für so dumm? Ich verbitte mir seine Besuche. Verstehst du? Wenn er mich braucht, soll er den Diener schikken.«

»Ja, ich höre. Aber warum sagst du es mir? Wende dich doch an ihn! Du kannst ihn ja hinausweisen – du, der Hausherr.«

Er wies ihn aber nicht hinaus. Er... er fürchtete sich vor Töring, diesem großen, freien, lächelnd sicheren Menschen – er, der kleine Doktor... Und mit dem Schloßherrn anbinden, der Abgeordneter ist und bei der Regierung gut genug angeschrieben, einen armen Bezirksarzt schleunigst nach dem letzten Provinznest zu befördern...

Wenn er aber Mut faßt und den Machtvollen hinausweist: was wird aus dem Verdacht? Wie kann je Gewißheit werden?

Er spähte weiter durch die Fensterspalten, horchte an den Schlüssellöchern – hätte sich fürs Leben gern, oh, für den Tod gern unsichtbar gemacht, um nur einmal dabeizusein, wenn Töring mit ihr sprach... Er sehnte sich, etwas zu erlauschen – und wär's das Schrecklichste. Ja, er wünschte das Schreckliche herbei. Nur heraus, heraus aus Pein und Zweifeln.

Einmal nahm er sein Bübchen auf den Schoß; bebte vor inbrünstiger Wißbegier und herzte das Bübchen.

»Was tut Mama, wenn Vater nicht daheim ist?« Und dringender: »Was tut Mama...?«

Das Kind erschrak und strebte hinab von Papis Knien.

»Was tut Mama?« fragte er wild-beharrlich.

Das Bübchen brach in Weinen aus.

Papa ließ es seufzend los.

Die Tür öffnete sich hinter ihm, und Mila blickte herein.

»Ah, da bist du, Valentin! Der Oberknecht aus Gradatz ist hier. Seinen Sohn hat man angeschossen – du sollst gleich hinaus, der Wagen wartet.«

Sie lächelte, und Theiner blickte sie blöd an. Sie mußte ihre Meldung wiederholen. Da stampfte auch schon schwer und groß der Oberknecht ins Zimmer und begann weitschweifig den Unfall zu erzählen: Jagd – Schrote – in den Bauch getroffen...

»Ja, ja«, wehrte der Doktor, weitab mit dem Gedanken; und suchte das Handwerkszeug zusammen: Besteck, Jodoformgaze und Lysol.

Auf dem Hof, unterwegs nach dem Wagen, kam er vorbei an der Hundehütte. Cäsar kroch ihm nach, sprang schmeichelnd an ihm empor, soweit die Kette es erlaubte.

Valentin Theiner tätschelte den Kopf und blickte in die stummen, klugen Hundeaugen.

»Du hast es gut«, murmelte er bitter. »Kannst vor deinem Haus liegen und es vor... Dieben bewachen.«

Valentin Theiner stieg in den Wagen. Der Bauer schrie sein »Hajde!« – und der Karren hüpfte und schütterte davon, daß einem das Mark in den Knochen fror.

Theiner war in sein ratloses Grübeln versunken. Es hatte sich wieder geregt. Es brannte und stach mit eisernen Nadeln. Ihm fiel plötzlich der Ausdruck ein, den er in Milas Gesicht erhascht hatte, als sie ihm die Fahrt ansagte da weit nach Gradatz. Mit dem rechten Wort für ihre Miene fand er auch das Verständnis ihrer Seelenregung: Freude. Freude war in Mila. So sicher, als hätte sie ihm's klar gestanden, wußte er auf einmal: jetzt erwartet sie, ruft ihn – ihren Töring.

Das Gefährt war eben auf den Berg gelangt, wo die Straße und der Weg sich kreuzen. Der Doktor klopfte dem Bauern auf die Schulter.

»Nachbar, ihr müßte umkehren. Ich habe meine Instrumente daheim vergessen. Fahrt zurück und bleibt unterhalb meines Gartens stehen. Ich laufe dann rasch nach Hause.«

Seufzend wendete der Alte und fuhr das weiche, tiefausgefahrene Gleis zurück. Als er hielt, sprang der Doktor mit einem Satz ab und hastete mit langen Schritten den Gartenpfad empor.

Still und ungesehen trat er ins Haus. Still, unhörbar öffnete er die Tür. Ah, er hatte sie fein geölt, daß sie sich lautlos in den Angeln drehte. Er hob den Vorhang, der den Eingang in den Salon verhüllte.

In der nächsten Sekunde ließ er ihn wieder fallen.

Und verschwand wie ein Gespenst.

Gehetzt lief er den Garten abwärts über die Schienen, obwohl der Zug kaum zwanzig Schritt weit daherpustete. Den Damm herab stolperte er über einen Strauch und schlug hin. Er raffte sich empor und merkte nicht, daß er voll Staub und trockenen Grases war. Er sah überhaupt nichts als einen roten Nebel vor den Augen, worin es quirlte und sprühte von grellen Blitzen. Und wenn sich das Funkenmeer zerteilte, da bog es eirund einen glitzernden Rahmen um ein Bild, das der Doktor eben gesehen hatte: Töring – und an Törings Schulter gelehnt das blonde Haupt Frau Milas.

Die Krankenstube war voll weinender Weiber. Er mußte sie erst mit barschen Worten hinausschicken, ehe er an den Patienten konnte.

Nur in diesen Augenblicken der Arbeit, des Berufes verließ ihn sein Vampir.

Es dämmerte, als er heimfuhr. Leichtflatternder Nebel stieg aus den Wiesen.

Die Bäuerin hatte einen Korb Erdbeeren in den Wagen gestellt, »für die Frau und die Kinder«. Die Früchte im Korb dufteten.

Mila stand vor der Tür. Zuerst wollte er sie schlagen, Ja, schlagen. Doch er überwand sich und umarmte sie, küßte sie auch. Den Mund einmal – und noch einmal.

Und sie saßen stumm beisammen und aßen.

Gegen zehn Uhr sagte der Doktor:

»Mila, hol eine Flasche Wein! Ich werde eine Erdbeerbowle brauen.«

Die Frau holte Wein, und der Doktor braute die Bowle.

»Deine ist extrasüß, mein Herz«, sagte er. »Du mußt brav trinken. Stoß mit mir an, auf unser Eheglück!«

»Bist du heute sonderbar... lustig, Valentin! So hab ich dich schon lange nicht gesehen.«

Die Gläser klangen, sie tranken bis auf die Nagelprobe.

»Jetzt bin ich aber müde, Mila, gehen wir schlafen!«

Sie zündete die Kerze im Schlafzimmer an, er löschte die Hängelampe. Und beide gingen zu Bett.

Fünf Minuten später waren die Fenster dunkel. Der Doktor atmete ruhig und tief, wie in sanftem Schlummer.

Die Frau warf sich herum und murrte leis. Endlich sagte sie:

»Valentin, hörst du? Valentin, ich fühle mich nicht wohl.«

»Ja, ja, was ist denn?« rief er und fuhr empor.

Strich ein Zündholz an. Sah in das grünlichblasse Antlitz der Frau und sprang aus den Federn.

»Mich brennt es wie Feuer. Ach, ach, Valentin, es sind furchtbare Krämpfe.«

»Nur ruhig, das kann so arg nicht sein. Du hast dir den Magen verdorben.«

»Sollt ich nicht Tropfen nehmen?«

»Nein, es wird von selbst gut.«

Die Frau wimmerte und ächzte. Der Doktor stand neben ihrem Bett und wischte ihre Stirn mit einem kühlen Schwamm.

»Willst du mir nicht ein Mittel gegen die großen Schmerzen geben? Es reißt und zerrt mich mit spitzen Zähnen.«

»Nein, Mila. Wenn ich es dir auch gäbe, es würde dir nichts helfen.

Sie sah in seine Augen und wurde für Minuten still. Ganz still. Es hatte sich ihr ein Stück Eis aufs Herz gelegt. Sie wußte... sie sah plötzlich dem Tod ganz nah ins grausame Gesicht.

»Ich werde sterben, Valentin!«

Und als er schwieg, wiederholte sie:

»Ich muß sterben.«

Er strich ihr die feuchten Locken aus der Stirn.

Die Krämpfe krümmten den schlanken Körper. Die Lippen wurden blau.

Sie erhaschte seine Hand.

»Du bist so gut, Valentin, so gut – und ich... ach, verzeih mir!«

»Und du? Bist du nicht auch gut, Mila?«

»Nein... ich... ich habe dich betrogen...«

»Ich weiß«, sagte er und nickte. »Deshalb, mein armes Kind – deshalb habe ich dich vergiftet.«

Theiner fuhr ihr mit dem kühlen Tuch übers Gesicht und wischte ihr den Schweiß ab.

Mila öffnete die Augen weit... überweit – und plötzlich stieß sie einen kläglichen Schrei aus.

Das Kindermädchen, in Hemd und Unterrock, kam erschrocken herbeigelaufen.

Der Doktor drängte sie ins Speisezimmer.

»Schnell, Kati, laufen Sie um Doktor Jäger, die Frau stirbt.«

Mila lag bewußtlos. Er tupfte den leichten Schaum ab, der aus ihrem Mund perlte, und stand unbeweglich.

Doktor Jäger kam zu einer Toten. Der asthmatische, kurzsichtige, fast achtzigjährige Kollege hüstelte ein langes und breites von dem Herzschlag, der dem Leben der blühenden Frau so jäh ein Ende bereitet habe. Er drückte dem Witwer die Hand, tröstete mit dem Willen Gottes und zottelte hüstelnd ab.

Am dritten Tag war die Beerdigung.

Doktor Theiner empfand nichts, begriff nichts. Er stand am offenen Grab und dachte:

»Wie bin ich nur so gleichgültig? Ich sollte doch jubeln: sie ist tot und ›Es‹ ist auch tot.«

Ihm war, als sei er nicht von dieser Welt. Was soll das Gekribble, das Getue, die Menschen?

Ihn quälte und peinigte nichts mehr. So ruhvoll und friedvoll, so kühl war es ihm in der Brust. Er drückte die Hände, die sich ihm entgegenstreckten, und sah all den Leuten stumpfsinnig ins Gesicht. Auch Herrn von Töring – als wäre Töring ein Fremder.

Am Abend stand er im Zimmer und sah in den sternenbesäten Himmel. Und sah einen Stern glimmen, der aus dem Fenster des Schloßturms leuchtete. Das Licht dort oben glänzte – wie sieghaft sicheres Lächeln – süße Erinnerung.

Theiner zuckte zusammen. Da war »Es« wieder. Es schrie nicht mehr: »Er besitzt sie.« Es höhnte und grinste: »Er hat an der Tafel ihrer Liebe geschwelgt, und du hast die Brosamen gesammelt.«

Oh, mit den Fingernägeln aus der Erde scharren hätte er sie mögen – flammendheiß umhalsen und noch einmal töten. Ausscharren, umhalsen, immer wieder – und immer wieder martern und töten. Was bist du, Mensch? Ein armseliger Wurm. Was bist du, Becher der Rache? Ein Schlückchen Wasser. Du große Stunde? Ein Fetzen Traum. Äonenlang müßte man lieben, leiden und sich rächen dürfen.

... Als man den Doktor zu Grabe trug, sprach die Postmeisterin zur Rentmeisterin:

»Erschossen auf ihrem Grab! Ein junger, fescher Mann. Hätt noch eine so gute Partie machen können.«

(1909)

ALFRED POLGAR

Einsamkeit

Die Einsamkeit Tobias Klemms, ja das war Einsamkeit!

Er lebte in einer Stadt von zwei Millionen Menschen; aber es war so gar keine Beziehung zwischen ihm und ihnen, daß er sich diese zwei Millionen nicht als eine Summe von Einzelwesen denken konnte, sondern nur als eine formlose Masse, gehüllt in einen ungeheuren Nebel von Atem und Ausdünstung.

Er war Schreiber in einem kleinen Amt, verabscheute heimlich seine Kollegen und wurde von ihnen nicht beachtet. Keiner sprach ein überflüssiges Wort zu ihm. Bei einer alten Frau, die in Häuser waschen ging, logierte er. In dem trübseligen Zimmerchen standen Möbel, die aussahen wie die Leichen von Möbeln. Jedenfalls hatte Klemm auch zu ihnen keine Beziehung. Wenn sein Bett unter ihm knarrte, empfand er das als einen feindseligen Akt. Die Kerze, die ihm des Abends leuchtete, brannte verdrießlich und unwirsch, als ob es sie ärgerte, ihm zu dienen. Der Spiegel erblindete absichtlich, um Klemms Gesicht nicht deutlich wahrnehmen zu müssen.

Klemm war fast fünfzig alt. Seit etwa zwanzig Jahren lebte er so, ohne Freund, ohne Frau. Niemand kümmerte sich um ihn. Einmal wurde er als Zeuge eines Tramwayunfalls vor Gericht geladen, und an diesen Tag dachte er noch lange. Denn da fragte man ihn, wie er heiße, und wo er wohne, und wann er geboren sei, kurz, seine Existenz hatte für irgend jemand Bedeutung an diesem Tage. Im Wirtshaus, wo er seit zwanzig Jahren speiste, war er der Niemand. Kein Mensch setzte sich an seinen Tisch, kein Kellner tat vertraulich. Er hing dort in seiner Ecke wie die Spinnfäden, die ziemlich zur selben Zeit mit ihm in die Wirtsstube eingezogen waren, in der ihren: ein grauer Fleck mit etlichem Leben mittendrin. Etwas, das bestand, nur weil die Umwelt zu faul oder zu gleichgültig war, es wegzuputzen.

Eines Tages las er in der Zeitung, die Frau des Ingenieurs Robinson, Maria, habe sich erschossen, und der verzweifelte Gatte wisse nicht, warum. Robinson war Klemms Schulkamerad gewesen, und Klemm hatte um seine Liebe geworben. Aber vergeblich. Und als in späteren Jahren doch etwas wie eine Freundschaft zwischen den beiden zustande kommen wollte, da war Frau Maria dazwischengetreten und hatte den Freund für sich genommen. In der Nacht, die der Selbstmordnachricht folgte, träumte Klemm absonderliche Dinge. Er sah sich als Ursache von Frau Robinsons Selbstmord, und in der verworrenen Logik des Traumes spannen sich Fäden zwischen diesem Vorfall und Klemms einstigem Werben um den Jugendgefährten. Das war ein schöner Traum! Der Träumer sah sich am offenen Grabe Marias stehen, und über die klaffende Erde hinüber, in die die Tote hinabgesenkt worden war, reichte ihm der Freund die Hand, ihre Stirnen berührten einander, und ihre Tränen flossen in die Gruft. So standen Chingachgock und Lederstrumpf über Inkas, des letzten Mohikaners, frischem Grabe! Und dann hob Robinson das Haupt und sah Klemm mit Augen an, in denen das Naß einer zwiefachen Rührung schimmerte: der Trauer und der Freundschaft. Und da erwachte er. Er lag in seiner feindseligen Stube, und es war das Auge des winterlichen Morgens, das ihn anstarrte, kalt und böse.

An diesem Tage schrieb er Robinson einen Brief, in dem er sich der Schuld an Marias Selbstmord bezichtigte. Er hatte sich hierzu eine komplizierte, romanhafte Erzählung ausgedacht, redete von Klemm in der dritten Person und ließ den Brief ohne Unterschrift, so, als ob ihn ein Fremder geschrieben hätte. Der Einsame, den keiner mochte, warb um ein Stückchen Haß. Er trug den Brief zur Post und wartete, was nun kommen würde. Oh, jetzt dachte wohl jemand seiner! Jetzt war er nicht mehr einsam, war das Ziel von jemandes Neugier und Zorn! Er wärmte seine Seele an diesem Zorn. Er fühlte sich von ihm bestrahlt und überallhin verfolgt, wie die Gespenster auf der Bühne von ihrem Lichtkegel. Er patrouillierte vor Robinsons Haus und freute sich auf die Begegnung, auf die schreckliche Zwiesprache, auf den Faustschlag ins Gesicht und den warmen Regen der Schimpfworte. Aber Robinson ging, am Arm eines wachsamen Herrn, stumm vorbei, mit leerem Blick und einem schiefen Lächeln. Andern Tags las man in der Zeitung, der Ingenieur sei über den Verlust seiner Frau wahnsinnig geworden.

Das war ein harter Schlag für Klemm! Nun stand er wieder da und hatte nichts. Nun gerannen Tage und Nächte wieder zu einer breiigen Masse, die schweigend vor ihm auseinanderwich und hinter ihm sich schweigend wieder schloß. Er selbst war nur ein

Klümpchen verhärteter Zeit, bestimmt, sich allmählich und spurlos in die Unendlichkeit aufzulösen.

Er sah Gedränge auf der Straße und mischte sich unter die Leute. Eine Frau klammerte sich an seinen Arm, und ein Mann stützte sich auf seine Schulter, um besser zu sehen, was vorgehe. Klemm hatte einen guten Augenblick. Er fühlte mit Behagen die Hände, die ihn als Stütze gebrauchten. Die Leute schrien aufgeregt, und er schrie mit, ohne zu wissen, weshalb man schrie. Dann sah er berittene Polizei herankommen. Das Geschrei schwoll zu einem Heulen an, und Klemm heulte, daß ihn Kehle und Lunge schmerzten. Jetzt fielen Schüsse. Der Menschenknäuel, von Angst erfaßt, wurde um und um gewirbelt, in Stücke zerfetzt und die Fetzen nach allen Windrichtungen auseinandergeblasen.

Klemm landete in einer Nebengasse, keuchend, ohne Hut und Stock. Er hinkte in ein kleines Wirtshaus, das voll gepfropft war von Aufgeregten. Alle sprachen von dem Vorgefallenen. Klemm hörte zu, sprach dazwischen, trank und schlug mit der Faust auf den Tisch und trank. Es war ihm, als hätte er hier auf seiner langen Wanderung durch Öde und Dunkel eine sichere Zuflucht gefunden. Die ganze Nacht blieb er, schreiend und trinkend. Dann verzogen sich die Gäste, und draußen schlich schon das Tageslicht um das Haus, feindselig durch die Fenster lugend, ein Scherge der Einsamkeit, die ihren Gefangenen wiederhaben wollte.

Als Klemm heimwärts ging, sah er am Fenster eines Zeitungsladens die »Illustrierte Tageszeitung« hängen. Ein großes Bild schmückte ihre erste Seite... War er betrunken oder verwirrt? Das konnte doch nur Trug und Täuschung sein! Von der ersten Seite der »Illustrierten« herab lächelte sein eigenes Bild die Vorübergehenden an. Sein Jugendbild mit dem kurzen, runden Vollbart, wie er es daheim über dem Bett festgenagelt hatte. Und unter dem Bild stand mit fetten Buchstaben: Tobias Klemm.

Fünfzehn Jahre lang wohnte Klemm in seiner Stube, und während dieser ganzen fünfzehn Jahre war er nicht ein einziges Mal über die Zehnuhrabendstunde ausgeblieben. Als es in jener ereignisreichen Nacht elf und zwölf geworden, lief die besorgte Wirtin zur Polizei und meldete den Abgang ihres Mieters. Man sagte ihr, bei den Straßenkrawallen sei ein Mann erschossen worden, auf den ihre Schilderung des Vermißten so ziemlich zutreffe. Dann setzte man sie in einen Wagen, und der Detektiv fuhr mit ihr in die Totenkammer. Die gute Frau zitterte vor gruseligem Behagen beim Gedanken an die Möglichkeit, daß ihr Zimmerherr der Tote sein könne, und, alle Wonnen der nachbarlichen Neugier und des Aufsehens und der vielen erregten Debatten vorschmeckend, waren in ihrem Bewußtsein der Tote und Klemm längst eins geworden, als der Wagen vor der Totenkammer haltmachte. Sie sah auch kaum auf die Leiche hin, fiel in einen Stuhl, band mit zitternden Fingern das Kopftuch locker, schluckte vor Aufregung und rief einmal um das andere Mal: »Freili is er's...« und: »Na so was!« und noch viele Male: »Na so was!« Und diese Nacht würde die Gute ohnedies nicht mehr geschlafen haben, auch wenn nicht der unerbittliche Reporter der »Illustrierten Zeitung« bei ihr erschienen wäre und sich ein Bild des toten Klemm ausgebeten hätte.

Solcherart also erfuhr Klemm aus der »Illustrierten«, daß er gestern totgeschossen worden war, als Opfer im Kampfe um Freiheit und Recht. Er kaufte noch andere Zeitungen. Klemm, überall Klemm! Dem Vorkämpfer für Freiheit und Recht wurde schwach zumute; er mußte in eine Branntweinstube treten und Schnaps trinken. Wovon sprach man in der Schenke? Von Klemm, dem Opfer im Klassenkampfe. Und wie man von ihm sprach! Mit Ehrerbietung, mit Wärme, mit Rührung. Und bei den Zeitungskiosken, um sein Bild mit dem kurzen Vollbart geschart, standen die Leute und sagten: »Ja, ja.« Gestern noch ein Nichts, eine Bakterie im Kot der Großstadt, heute ihr Held, der Gegenstand des Interesses von Hunderttausenden. Als ob eine unsichtbare Riesenglocke ›Klemm‹ schmetternd durch die Straßen läute, so dröhnte die Stadt von diesem Namen. Und Klemm, wonnig betäubt von dem Gedröhne, beschloß, die Seligkeit noch ein Weilchen auszukosten, vorderhand nicht nach Hause zurückzukehren und tot zu bleiben.

In den folgenden Tagen, da er sich, ohne Geld, als Vagabund und Bettler, fortbrachte und in Asylen nächtigte, in diesen Tagen sah er seinen Ruhm gewaltig anschwellen. Die Kollegen im Amt hatten den Zeitungen viel von ihm erzählt, und Klemm war sehr ergriffen, wie nett sie sich über ihn äußerten. Die Wirtin war unermüdlich in der Beibringung kleiner Züge seines großen Charakters. Er selbst, Klemm, hockte in der Branntweinstube und erzählte gerührt von Klemm, den er so gut gekannt hätte wie kein anderer. Die Augen gingen ihm über, und die vielen Falten und Fältchen seines alten Gesichtes waren wie ein System von Kanälen, das dem Bartgestrüpp Bewässerung zuführte. Als er bestattet wurde, stand er in der vordersten Reihe der Leidtragenden. Viele Menschen füllten die breiten Wege zwischen den Gräbern. Auf einer schwarzbehängten Kiste stand ein Mann und schrie: »Denn er war unser!« Alle weinten, und Klemm schluchzte so laut, daß die Umstehenden ihn ansahen und sich zuflüsterten: »Der muß ein naher Verwandter von ihm gewesen sein.« Ja, das war er nun allerdings.

Den Höhepunkt erreichte Klemms Karriere, als im Parlament der Abgeordnete aufstand und sagte: »Wir rufen dem Herrn Minister nur ein Wort zu, ein Donnerwort: Tobias Klemm!« Damit war Klemms Schicksal entschieden. Er beschloß, die Stellung eines Donnerwortes dauernd zu behalten, seine frühere Stellung als leerer Schall nie mehr wieder einzunehmen. Ins Leben zurückkehren, das hieße ja für ihn sterben, und tot sein, das hieß für ihn leben.

Eigentlich war Tobias, dem erbarmungslosen, innersten Gesetze seiner Existenz zufolge, jetzt noch einsamer als zuvor. Früher hatte er doch sich selbst gehabt, sein trübes Ich. Das hatte er jetzt auch nicht mehr. Früher hatte er einen Namen gehabt. Jetzt war der Name verloren. Er war von ihm gefallen, in Glorie zwar und Herrlichkeit, aber immerhin, er war fort. Und was blieb übrig? Ein entklemmter Klemm, ein geschundener Bettler, ein leeres Gerüst armer Menschlichkeiten. Und allmählich geschah es, daß in Klemms namenloser Vagabundenseele Neid und Groll gegen den ermordeten Tobias aufkeimte. Er fing an, wie früher großartige, so jetzt bösartige Geschichten von dem Toten zu erzählen. Da ging's ihm aber schlecht. Prügel und Hinauswürfe und böse Worte lohnten die Lästerung. Solches Unglück nährte seinen Haß, wie der Haß sein Unglück nährte. Er fühlte sich betrogen und bestohlen von dem anderen, dem großen Klemm, und schmähte sein Andenken, wo er nur konnte. Als man ihn am Friedhof erwischte, wie er das Reliefbild auf Klemms Grabstein – es stellte einen idealisierten Männerkopf mit kurzgeschorenem Vollbart dar – unflätig bespülte, wollte man ihn einsperren. Er behauptete aber so hartnäckig, mit dem Grabstein könne er machen, was er wolle, denn er sei ja der, der drunter liege, daß man ihn ins Irrenhaus brachte. Wen traf er dort? Robinson, den trauernden Witwer. Er kniete vor einem Stuhl, das Haupt in den Rohrsitz gepreßt, die Arme zärtlich um die Stuhlbeine geschlungen. Klemm wurde feuerrot vor Eifersucht, wollte den Stuhl zertrümmern. Die Wärter sperrten ihn ins Isolierzimmer.

Als die Epidemie durch die Stadt ging, kam sie auch zu den Irren und holte sich einige, unter ihnen Klemm. Er wurde mit Genossen auf einen Tisch in die Totenkammer gelegt, und tags darauf sollten sie in ein gemeinsames Grab versenkt werden. Vorher aber erschien der Arzt und suchte sich Klemm für sein Seziermesser. Man brachte den Toten in die Anatomie, klappte ihn auf, stöberte ein Weilchen neugierig in seinem Bauch herum wie in einer aufgesprengten Geheimtruhe, erkannte neuerdings den hohen Wert der Autopsie als diagnostisches Hilfsmittel, klappte Tobias wieder zu und schaffte ihn dorthin zurück, von wo man ihn hergenommen hatte. Seine Genossen waren inzwischen schon begraben worden, und den Leichenträgern hatte es gleich so geschienen, als fehle einer. Wie sie nun Klemm dort liegen sahen, mokierten sie sich über seine zeitweilige Abwesenheit.

»Hoho«, sagte der eine Spitalmensch, »der hat sich unsichtbar gemacht!«

»Die Gesellschaft war ihm halt zuwider.«

Und sie begruben ihn allein.

(1912)

FRANZ KAFKA

Das Urteil
Eine Geschichte

Es war an einem Sonntagvormittag im schönsten Frühjahr. Georg Bendemann, ein junger Kaufmann, saß in seinem Privatzimmer im ersten Stock eines der niedrigen, leichtgebauten Häuser, die entlang des Flusses in einer langen Reihe, fast nur in der Höhe und Färbung unterschieden, sich hinzog. Er hatte gerade einen Brief an einen sich im Ausland befindlichen Jugendfreund beendet, verschloß ihn in spielerischer Langsamkeit und sah dann, den Ellbogen auf den Schreibtisch gestützt, aus dem Fenster auf den Fluß, die Brücke und die Anhöhen am anderen Ufer mit ihrem schwachen Grün.

Er dachte darüber nach, wie dieser Freund, mit seinem Fortkommen zu Hause unzufrieden, vor Jahren schon nach Rußland sich förmlich geflüchtet hatte. Nun betrieb er ein Geschäft in Petersburg, das anfangs sich sehr gut angelassen hatte, seit langem aber schon zu stocken schien, wie der Freund bei seinen immer seltener werdenden Besuchen klagte. So arbeitete er sich in der Fremde nutzlos ab, der fremdartige Vollbart verdeckte nur schlecht das seit den Kinderjahren wohlbekannte Gesicht, dessen gelbe Hautfarbe auf eine sich entwickelnde Krankheit hinzudeuten schien. Wie er erzählte, hatte er keine rechte Verbindung mit der dortigen Kolonie seiner Landsleute, aber auch fast keinen gesellschaftlichen Verkehr mit einheimischen Familien und richtete sich so für ein endgültiges Junggesellentum ein.

Was sollte man einem solchen Manne schreiben, der sich offenbar verrannt hatte, den man bedauern, dem man aber nicht helfen konnte. Sollte man ihm vielleicht raten, wieder nach Hause zu kommen, seine Existenz hierherzuverlegen, alle die alten freundschaftlichen Beziehungen wiederaufzunehmen – wofür ja kein Hindernis bestand – und im übrigen auf die Hilfe der Freunde zu vertrauen? Das bedeutete aber nichts anderes, als daß man ihm gleichzeitig, je schonender, desto kränkender, sagte, daß seine bisherigen Versuche mißlungen seien, daß er endlich von ihnen ablas-

sen solle, daß er zurückkehren und sich als ein für immer Zurückge-
kehrter von allen mit großen Augen anstaunen lassen müsse, daß
nur seine Freunde etwas verstünden und daß er ein altes Kind sei,
das den erfolgreichen, zu Hause gebliebenen Freunden einfach zu
folgen habe. Und war es dann noch sicher, daß all die Plage, die man
ihm antun müßte, einen Zweck hätte? Vielleicht gelang es nicht einmal, ihn überhaupt nach Hause zu bringen – er sagte ja selbst, daß er
die Verhältnisse in der Heimat nicht mehr verstünde –, und so bleibe
er dann trotz allem in seiner Fremde, verbittert durch die Ratschläge
und den Freunden noch ein Stück mehr entfremdet. Folgte er aber
wirklich dem Rat und würde hier – natürlich nicht mit Absicht, aber
durch die Tatsachen – niedergedrückt, fände sich nicht in seinen
Freunden und nicht ohne sie zurecht, litte an Beschämung, hätte
jetzt wirklich keine Heimat und keine Freunde mehr, war es da nicht
viel besser für ihn, er blieb in der Fremde, so wie er war? Konnte man
denn bei solchen Umständen daran denken, daß er es hier tatsächlich vorwärtsbringen würde?

Aus diesen Gründen konnte man ihm, wenn man noch überhaupt die briefliche Verbindung aufrechterhalten wollte, keine eigentliche Mitteilung machen, wie man sie ohne Scheu auch den
entferntesten Bekannten machen würde. Der Freund war nun
schon über drei Jahre nicht in der Heimat gewesen und erklärte dies
sehr notdürftig mit der Unsicherheit der politischen Verhältnisse in
Rußland, die demnach also auch die kürzeste Abwesenheit eines
kleinen Geschäftsmannes nicht zuließen, während Hunderttau-
sende Russen ruhig in der Welt herumfuhren. Im Laufe dieser drei
Jahre hatte sich aber gerade für Georg vieles verändert. Von dem
Todesfall von Georgs Mutter, der vor etwa zwei Jahren erfolgt war
und seit welchem Georg mit seinem alten Vater in gemeinsamer
Wirtschaft lebte, hatte der Freund wohl noch erfahren und sein Beileid in einem Brief mit einer Trockenheit ausgedrückt, die ihren
Grund nur darin haben konnte, daß die Trauer über ein solches Ereignis in der Fremde ganz unvorstellbar wird. Nun hatte aber Georg seit jener Zeit, so wie alles andere, auch sein Geschäft mit größerer Entschlossenheit angepackt. Vielleicht hatte ihn der Vater bei
Lebzeiten der Mutter dadurch, daß er im Geschäft nur seine Ansicht gelten lassen wollte, an einer wirklichen eigenen Tätigkeit gehindert, vielleicht war der Vater seit dem Tode der Mutter, trotzdem er noch immer im Geschäft arbeitete, zurückhaltender gewor-

den, vielleicht spielten – was sogar sehr wahrscheinlich war – glückliche Zufälle eine weit wichtigere Rolle, jedenfalls aber hatte sich das Geschäft in diesen zwei Jahren ganz unerwartet entwikkelt, das Personal hatte man verdoppeln müssen, der Umsatz hatte sich verfünffacht, ein weiterer Fortschritt stand zweifellos bevor.

Der Freund aber hatte keine Ahnung von dieser Veränderung. Früher, zum letztenmal vielleicht in jenem Beileidsbrief, hatte er Georg zur Auswanderung nach Rußland überreden wollen, und sich über die Aussichten verbreitet, die gerade für Georgs Geschäftszweig in Petersburg bestanden. Die Zimmer waren verschwindend gegenüber dem Umfang, den Georgs Geschäft jetzt angenommen hatte. Georg aber hatte keine Lust gehabt, dem Freund von seinen geschäftlichen Erfolgen zu schreiben, und hätte er es jetzt nachträglich getan, es hätte wirklich einen merkwürdigen Anschein gehabt.

So beschränkte sich Georg darauf, dem Freund immer nur über bedeutungslose Vorfälle zu schreiben, wie sie sich, wenn man an einem ruhigen Sonntag nachdenkt, in der Erinnerung ungeordnet aufhäufen. Er wollte nichts anderes, als die Vorstellung ungestört lassen, die sich der Freund von der Heimatstadt in der langen Zwischenzeit wohl gemacht und mit welcher er sich abgefunden hatte. So geschah es Georg, daß er dem Freund die Verlobung eines gleichgültigen Menschen mit einem ebenso gleichgültigen Mädchen dreimal in ziemlich weit auseinanderliegenden Briefen anzeigte, bis sich dann allerdings der Freund, ganz gegen Georgs Absicht, für diese Merkwürdigkeit zu interessieren begann.

Georg schrieb ihm aber solche Dinge viel lieber, als daß er zugestanden hätte, daß er selbst vor einem Monat mit einem Fräulein Frieda Brandenfeld, einem Mädchen aus wohlhabender Familie, sich verlobt hatte. Oft sprach er mit seiner Braut über diesen Freund und das besondere Korrespondenzverhältnis, in welchem er zu ihm stand. »Er wird also gar nicht zu unserer Hochzeit kommen«, sagte sie, »und ich habe doch das Recht, alle deine Freunde kennenzulernen.« »Ich will ihn nicht stören«, antwortete Georg, »verstehe mich recht, er würde wahrscheinlich kommen, wenigstens glaube ich es, aber er würde sich gezwungen und geschädigt fühlen, vielleicht mich beneiden und sicher unzufrieden und unfähig, diese Unzufriedenheit jemals zu beseitigen, allein wieder zurückfahren. Allein – weißt du, was das ist?« »Ja, kann er denn von unserer Heirat nicht auch auf andere Weise erfahren?« »Das kann ich allerdings nicht verhindern, aber es ist bei seiner Lebensweise unwahrscheinlich.« »Wenn du solche Freunde hast, Georg, hättest du dich überhaupt nicht verloben sollen.« »Ja, das ist unser beider Schuld; aber ich wollte es auch jetzt nicht anders haben.« Und wenn sie dann, rasch atmend unter seinen Küssen, noch vorbrachte: »Eigentlich kränkt es mich doch«, hielt er es wirklich für unverfänglich, dem Freund alles zu schreiben. ›So bin ich und so hat er mich hinzunehmen‹, sagte er sich, ›ich kann nicht aus mir einen Menschen herausschneiden, der vielleicht für die Freundschaft mit ihm geeigneter wäre, als ich es bin.‹

Und tatsächlich berichtete er seinem Freunde in dem langen Brief, den er an diesem Sonntagvormittag schrieb, die erfolgte Verlobung mit folgenden Worten: ›Die beste Neuigkeit habe ich mir bis zum Schluß aufgespart. Ich habe mich mit einem Fräulein Frieda Brandenfeld verlobt, einem Mädchen aus wohlhabender Familie, die sich hier erst lange nach Deiner Abreise angesiedelt hat, die Du also kaum kennen dürftest. Es wird sich noch Gelegenheit finden, Dir Näheres über meine Braut mitzuteilen, heute genüge Dir, daß ich recht glücklich bin und daß sich in unserem gegenseitigen Verhältnis nur insofern etwas geändert hat, als Du jetzt in mir statt eines ganz gewöhnlichen Freundes einen glücklichen Freund haben wirst. Außerdem bekommst Du in meiner Braut, die Dich herzlich grüßen läßt, und die Dir nächstens selbst schreiben wird, eine aufrichtige Freundin, was für einen Junggesellen nicht ganz ohne Bedeutung ist. Ich weiß, es hält Dich vielerlei von einem Besuche bei uns zurück, wäre aber nicht gerade meine Hochzeit die richtige Gelegenheit, einmal alle Hindernisse über den Haufen zu werfen? Aber wie dies auch sein mag, handle ohne alle Rücksicht und nur nach Deiner Wohlmeinung.‹

Mit diesem Brief in der Hand war Georg lange, das Gesicht dem Fenster zugekehrt, an seinem Schreibtisch gesessen. Einem Bekannten, der ihn im Vorübergehen von der Gasse aus gegrüßt hatte, hatte er kaum mit einem abwesenden Lächeln geantwortet.

Endlich steckte er den Brief in die Tasche und ging aus seinem Zimmer quer durch einen kleinen Gang in das Zimmer seines Vaters, in dem er schon seit Monaten nicht gewesen war. Es bestand auch sonst keine Nötigung dazu, denn er verkehrte mit seinem Vater ständig im Geschäft, das Mittagessen nahmen sie gleichzeitig in einem Speisehaus ein, abends versorgte sich zwar jeder nach Belieben, doch saßen sie dann meistens, wenn nicht Georg, wie es am häufigsten geschah, mit Freunden beisammen war oder jetzt seine Braut besuchte, noch ein Weilchen, jeder mit seiner Zeitung, im gemeinsamen Wohnzimmer. Georg staunte darüber, wie dunkel das Zimmer des Vaters selbst an diesem sonnigen Vormittag war. Einen solchen Schatten warf also die hohe Mauer, die sich jenseits des schmalen Hofes erhob. Der Vater saß beim Fenster in einer Ecke, die mit verschiedenen Andenken an die selige Mutter ausgeschmückt war, und las die Zeitung, die er seitlich vor die Augen hielt, wodurch er irgendeine Augenschwäche auszugleichen suchte. Auf dem Tisch standen die Reste des Frühstücks, von dem nicht viel verzehrt zu sein schien.

»Ah, Georg!« sagte der Vater und ging ihm gleich entgegen. Sein schwerer Schlafrock öffnete sich im Gehen, die Enden umflatterten ihn –›Mein Vater ist noch immer ein Riese‹, sagte sich Georg.

»Hier ist es ja unerträglich dunkel«, sagte er dann.

»Ja, dunkel ist es schon«, antwortete der Vater.

»Das Fenster hast du auch geschlossen?«

»Ich habe es lieber so.«

»Es ist ja ganz warm draußen«, sagte Georg, wie im Nachhang zu dem Früheren, und setzte sich.

Der Vater räumte das Frühstücksgeschirr ab und stellte es auf einen Kasten.

»Ich wollte dir eigentlich nur sagen«, fuhr Georg fort, der den Bewegungen des alten Mannes ganz verloren folgte, »daß ich nun doch nach Petersburg meine Verlobung angezeigt habe.« Er zog den Brief ein wenig aus der Tasche und ließ ihn wieder zurückfallen.

»Nach Petersburg?« fragte der Vater.

»Meinem Freunde doch«, sagte Georg und suchte des Vaters Augen. – Im Geschäft ist er doch ganz anders, dachte er, wie er hier breit sitzt und die Arme über der Brust kreuzt.

»Ja. Deinem Freunde«, sagte der Vater mit Betonung.

»Du weißt doch, Vater, daß ich ihm meine Verlobung zuerst verschweigen wollte. Aus Rücksichtnahme, aus keinem anderen Grunde sonst. Du weißt selbst, er ist ein schwieriger Mensch. Ich sage mir, von anderer Seite kann er von meiner Verlobung wohl erfahren, wenn das auch bei seiner einsamen Lebensweise kaum wahrscheinlich ist – das kann ich nicht hindern –, aber von mir selbst soll er es nun einmal nicht erfahren.«

»Und jetzt hast du es dir wieder anders überlegt?« fragte der Vater, legte die große Zeitung auf den Fensterbord und auf die Zeitung die Brille, die er mit der Hand bedeckte.

»Ja, jetzt habe ich es mir wieder überlegt. Wenn er mein guter Freund ist, sagte ich mir, dann ist meine glückliche Verlobung auch für ihn ein Glück. Und deshalb habe ich nicht mehr gezögert, es ihm anzuzeigen. Ehe ich jedoch den Brief einwarf, wollte ich es dir sagen.«

»Georg«, sagte der Vater und zog den zahnlosen Mund in die Breite, »hör einmal! Du bist wegen dieser Sache zu mir gekommen, um dich mit mir zu beraten. Das ehrt dich ohne Zweifel. Aber es ist nichts, es ist ärger als nichts, wenn du mir jetzt nicht die volle Wahrheit sagst. Ich will nicht Dinge aufrühren, die nicht hierher gehören. Seit dem Tode unserer teueren Mutter sind unschöne Dinge vorgegangen. Vielleicht kommt auch für sie die Zeit, und vielleicht kommt sie früher, als wir denken. Im Geschäft entgeht mir manches, es wird mir vielleicht nicht verborgen – ich will jetzt gar nicht die Annahme machen, daß es mir verborgen wird –, ich bin nicht mehr kräftig genug, mein Gedächtnis läßt nach, ich habe nicht mehr den Blick für alle die vielen Sachen. Das ist erstens der Ablauf der Natur, und zweitens hat mich der Tod unseres Mütterchens viel mehr niedergeschlagen als dich. – Aber weil wir gerade bei dieser Sache halten, bei diesem Brief, so bitte ich dich, Georg, täusche mich nicht. Es ist eine Kleinigkeit, es ist nicht des Atmens wert, also täusche mich nicht. Hast du wirklich diesen Freund in Petersburg?«

Georg stand verlegen auf. »Lassen wir meine Freunde sein. Tausend Freunde ersetzen mir nicht meinen Vater. Weißt du, was ich glaube? Du schonst dich nicht genug. Aber das Alter verlangt seine Rechte. Du bist mir im Geschäft unentbehrlich, das weißt du ja sehr genau, aber wenn das Geschäft deine Gesundheit bedrohen sollte, sperre ich es noch morgen für immer. Das geht nicht. Wir müssen da eine andere Lebensweise für dich einführen. Aber von Grund aus. Du sitzt hier im Dunkeln und im Wohnzimmer hättest du schönes Licht. Du nippst vom Frühstück, statt dich ordentlich zu stärken. Du sitzt bei geschlossenem Fenster, und die Luft würde dir so guttun. Nein, mein Vater! Ich werde den Arzt holen, und seinen

Vorschriften werden wir folgen. Die Zimmer werden wir wechseln, du wirst ins Vorderzimmer ziehen, ich hierher. Es wird keine Veränderung für dich sein, alles wird mir übertragen werden. Aber das alles hat Zeit, jetzt lege dich noch ein wenig ins Bett, du brauchst unbedingt Ruhe. Komm, ich werde dir beim Ausziehn helfen, du wirst sehn, ich kann es. Oder willst du gleich ins Vorderzimmer gehn, dann legst du dich vorläufig in mein Bett. Das wäre übrigens sehr vernünftig.«

Georg stand knapp neben seinem Vater, der den Kopf mit dem struppigen weißen Haar auf die Brust hatte sinken lassen.

»Georg«, sagte der Vater leise, ohne Bewegung.

Georg kniete sofort neben dem Vater nieder, er sah die Pupillen in dem müden Gesicht des Vaters übergroß in den Winkeln der Augen auf sich gerichtet.

»Du hast keinen Freund in Petersburg. Du bist immer ein Spaßmacher gewesen und hast doch auch mir gegenüber nicht zurückgehalten. Wie solltest du denn gerade dort einen Freund haben! Das kann ich gar nicht glauben.«

»Denk doch einmal nach, Vater«, sagte Georg, hob den Vater vom Sessel und zog ihm, wie er nun doch recht schwach dastand, den Schlafrock aus, »jetzt wird es bald drei Jahre her sein, da war mein Freund hier bei uns zu Besuch. Ich erinnere mich noch, daß du ihn nicht besonders gern hattest. Wenigstens zweimal habe ich ihn vor dir verleugnet, trotzdem er gerade bei mir im Zimmer saß. Ich konnte ja deine Abneigung gegen ihn ganz gut verstehn, mein Freund hat seine Eigentümlichkeiten. Aber dann hast du dich doch auch wieder ganz gut mit ihm unterhalten. Ich war damals noch so stolz darauf, daß du ihm zuhörtest, nicktest und fragtest. Wenn du nachdenkst, mußt du dich erinnern. Er erzählte damals unglaubliche Geschichten von der Russischen Revolution. Wie er zum Beispiel auf einer Geschäftsreise in Kiew bei einem Tumult einen Geistlichen auf einem Balkon gesehen hatte, der sich ein breites Blutkreuz in die flache Hand schnitt, diese Hand erhob und die Menge anrief. Du hast ja selbst diese Geschichte hier und da wiedererzählt.«

Währenddessen war es Georg gelungen, den Vater wieder niederzusetzen und ihm die Trikothose, die er über den Leinenunterhosen trug, sowie die Socken vorsichtig auszuziehn. Beim Anblick der nicht besonders reinen Wäsche machte er sich Vorwürfe, den

Vater vernachlässigt zu haben. Es wäre sicherlich auch seine Pflicht gewesen, über den Wäschewechsel seines Vaters zu wachen. Er hatte mit seiner Braut darüber, wie sie die Zukunft des Vaters einrichten wollten, noch nicht ausdrücklich gesprochen, denn sie hatten stillschweigend vorausgesetzt, daß der Vater allein in der alten Wohnung bleiben würde. Doch jetzt entschloß er sich kurz mit aller Bestimmtheit, den Vater in seinen künftigen Haushalt mitzunehmen. Es schien ja fast, wenn man genauer hinsah, daß die Pflege, die dort dem Vater bereitet werden sollte, zu spät kommen könnte.

Auf seinen Armen trug er den Vater ins Bett. Ein schreckliches Gefühl hatte er, als er während der paar Schritte zum Bett hin merkte, daß an seiner Brust der Vater mit seiner Uhrkette spielte. Er konnte ihn nicht gleich ins Bett legen, so fest hielt er sich an dieser Uhrkette.

Kaum war er aber im Bett, schien alles gut. Er deckte sich selbst zu und zog dann die Bettdecke noch besonders weit über die Schultern. Er sah nicht unfreundlich zu Georg hinauf.

»Nicht wahr, du erinnerst dich schon an ihn?« fragte Georg und nickte ihm aufmunternd zu.

»Bin ich jetzt gut zugedeckt?« fragte der Vater, als könnte er nicht nachschauen, ob die Füße genug bedeckt seien.

»Es gefällt dir also schon im Bett«, sagte Georg und legte das Deckzeug besser um ihn.

»Bin ich gut zugedeckt?« fragte der Vater noch einmal und schien auf die Antwort besonders aufzupassen.

»Sei nur ruhig, du bist gut zugedeckt.«

»Nein!« schrie der Vater, daß die Antwort an die Frage stieß, warf die Decke zurück mit einer Kraft, daß sie einen Augenblick im Fluge sich ganz entfaltete, und stand aufrecht im Bett. Nur eine Hand hielt er leicht an den Plafond. »Du wolltest mich zudecken, das weiß ich, mein Früchtchen, aber zugedeckt bin ich noch nicht. Und ist es auch die letzte Kraft, genug für dich, zuviel für dich. Wohl kenne ich deinen Freund. Es wäre ein Sohn nach meinem Herzen. Darum hast du ihn auch betrogen die ganzen Jahre lang. Warum sonst? Glaubst du, ich habe nicht um ihn geweint? Darum doch sperrst du dich in dein Büro, niemand soll stören, der Chef ist beschäftigt – nur damit du deine falschen Briefchen nach Rußland schreiben kannst. Aber den Vater muß glücklicherweise niemand lehren, den Sohn zu durchschauen. Wie du jetzt geglaubt hast, du hättest ihn untergekriegt, so untergekriegt, daß du dich mit deinem Hintern auf ihn setzen kannst und er rührt sich nicht, da hat sich mein Herr Sohn zum Heiraten entschlossen!«

Georg sah zum Schreckbild seines Vaters auf. Der Petersburger Freund, den der Vater plötzlich gut kannte, ergriff ihn wie noch nie. Verloren im weiten Rußland sah er ihn. An der Türe des leeren, ausgeraubten Geschäftes sah er ihn. Zwischen den Trümmern der Regale, den zerfetzten Waren, den fallenden Gasarmen stand er gerade noch. Warum hatte er so weit wegfahren müssen!

»Aber schau mich an!« rief der Vater, und Georg lief, fast zerstreut, zum Bett, um alles zu fassen, stockte aber in der Mitte des Weges.

»Weil sie die Röcke gehoben hat«, fing der Vater zu flöten an, »weil sie die Röcke so gehoben hat, die widerliche Gans«, und er hob, um das darzustellen, sein Hemd so hoch, daß man auf seinem Oberschenkel die Narbe aus seinen Kriegsjahren sah, »weil sie die Röcke so und so und so gehoben hat, hast du dich an sie herangemacht, und damit du an ihr ohne Störung dich befriedigen kannst, hast du unserer Mutter Andenken geschändet, den Freund verraten und deinen Vater ins Bett gesteckt, damit er sich nicht rühren kann. Aber kann er sich rühren oder nicht?« Und er stand vollkommen frei und warf die Beine. Er strahlte vor Einsicht.

Georg stand in einem Winkel, möglichst weit vom Vater. Vor einer langen Weile hatte er sich fest entschlossen, alles vollkommen genau zu beobachten, damit er nicht irgendwie auf Umwegen, von hinten her, von oben herab überrascht werden könne. Jetzt erinnerte er sich wieder an den längst vergessenen Entschluß und vergaß ihn, wie man einen kurzen Faden durch ein Nadelöhr zieht.

»Aber der Freund ist nun doch nicht verraten!« rief der Vater, und sein hin und her bewegter Zeigefinger bekräftigte es. »Ich war sein Vertreter hier am Ort.«

»Komödiant!« konnte sich Georg zu rufen nicht enthalten, erkannte sofort den Schaden und biß, nur zu spät –, die Augen erstarrt – in seine Zunge, daß er vor Schmerz einknickte.

»Ja, freilich habe ich Komödie gespielt! Komödie! Gutes Wort! Welch anderer Trost blieb dem alten verwitweten Vater? Sag – und für den Augenblick der Antwort sei du noch immer lebender Sohn –, was blieb mir übrig, in meinem Hinterzimmer, verfolgt vom ungetreuen Personal, als bis in die Knochen? Und mein Sohn ging im

Jubel durch die Welt, schloß Geschäfte ab, die ich vorbereitet hatte, überpurzelte sich vor Vergnügen und ging vor seinem Vater mit dem verschlossenen Gesicht eines Ehrenmannes davon! Glaubst du, ich hätte dich nicht geliebt, von dem du ausgingst?«

Jetzt wird er sich vorbeugen, dachte Georg, wenn er fiele und zerschmetterte! Dieses Wort durchzischte seinen Kopf.

Der Vater beugte sich vor, fiel aber nicht. Da Georg sich nicht näherte, wie er erwartet hatte, erhob er sich wieder.

»Bleib, wo du bist, ich brauche dich nicht! Du denkst, du hast noch die Kraft, hierherzukommen, und hältst dich bloß zurück, weil du so willst. Daß du dich nicht irrst! Ich bin noch immer der viel Stärkere. Allein hätte ich vielleicht zurückweichen müssen, aber so hat mir die Mutter ihre Kraft abgegeben, mit deinem Freund habe ich mich herrlich verbunden, deine Kundschaft habe ich hier in der Tasche!«

›Sogar im Hemd hat er Taschen!‹ sagte sich Georg und glaubte, er könne ihn mit dieser Bemerkung in der ganzen Welt unmöglich machen. Nur einen Augenblick dachte er das, denn immerfort vergaß er alles.

»Häng dich nur in deine Braut ein und komm mir entgegen! Ich fege sie dir von der Seite weg, du weißt nicht, wie!«

Georg machte Grimassen, als glaubte er das nicht. Der Vater nickte bloß, die Wahrheit dessen, was er sagte, beteuernd, in Georgs Ecke hin.

»Wie du mich doch heute unterhalten, als du kamst und fragtest, ob du deinem Freund von der Verlobung schreiben sollst. Er weiß doch alles, dummer Junge, er weiß doch alles! Ich schrieb ihm doch, weil du vergessen hast, mir das Schreibzeug wegzunehmen. Darum kommt er schon seit Jahren nicht, er weiß ja alles hundertmal besser als du selbst, deine Briefe zerknüllt er ungelesen in der linken Hand, während er in der rechten Hand meine Briefe zum Lesen sich vorhält!«

Seinen Arm schwang er vor Begeisterung über dem Kopf. »Er weiß alles tausendmal besser!« rief er.

»Zehntausendmal!« sagte Georg, um den Vater zu verlachen, aber noch in seinem Munde bekam das Wort einen todernsten Klang.

»Seit Jahren passe ich schon auf, daß du mit dieser Frage kämest! Glaubst du, mich kümmert etwas anderes? Glaubst du, ich lese Zeitungen? Da!« und er warf Georg ein Zeitungsblatt, das irgendwie mit ins Bett getragen worden war, zu. Eine alte Zeitung, mit einem Georg schon ganz unbekannten Namen.

»Wie lange hast du gezögert, ehe du reif geworden bist! Die Mutter mußte sterben, sie konnte den Freudentag nicht erleben, der Freund geht zugrunde in seinem Rußland, schon vor drei Jahren war er gelb zum Wegwerfen, und ich, du siehst ja, wie es mit mir steht. Dafür hast du doch Augen!«

»Du hast mir also aufgelauert!« rief Georg.

Mitleidig sagte der Vater nebenbei: »Das wolltest du wahrscheinlich früher sagen. Jetzt paßt es ja gar nicht mehr.«

Und lauter: »Jetzt weißt du also, was es noch außer dir gab, bisher wußtest du nur von dir! Ein unschuldiges Kind warst du ja eigentlich, aber noch eigentlicher warst du ein teuflischer Mensch! – Und darum wisse: Ich verurteile dich jetzt zum Tode des Ertrinkens!«

Georg fühlte sich aus dem Zimmer gejagt, den Schlag, mit dem der Vater hinter ihm aufs Bett stürzte, trug er noch in den Ohren davon. Auf der Treppe, über deren Stufen er wie über eine schiefe Fläche eilte, überrumpelte er seine Bedienerin, die im Begriffe war, hinaufzugehen, um die Wohnung nach der Nacht aufzuräumen. »Jesus!« rief sie und verdeckte mit der Schürze das Gesicht, aber er war schon davon. Aus dem Tor sprang er, über die Fahrbahn zum Wasser trieb es ihn. Schon hielt er das Geländer fest, wie ein Hungriger die Nahrung. Er schwang sich über, als der ausgezeichnete Turner, der er in seinen Jugendjahren zum Stolz seiner Eltern gewesen war. Noch hielt er sich mit schwächer werdenden Händen fest, erspähte zwischen den Geländerstangen einen Autoomnibus, der mit Leichtigkeit seinen Fall übertönen würde, rief leise: »Liebe Eltern, ich habe euch doch immer geliebt«, und ließ sich hinabfallen.

In diesem Augenblick ging über die Brücke geradezu unendlicher Verkehr.

(1913)

Barbara

Sie hieß Barbara. Klang ihr Name nicht wie Arbeit? Sie hatte eines jener Frauengesichter, die so aussehen, als wären sie nie jung gewesen. Man kann ihr Alter auch nicht mutmaßen. Es lag verwittert in den weißen Kissen und stach von diesen ab durch eine Art gelblichgrauer Sandsteinfärbung. Die grauen Augen flogen rastlos hin und her, wie Vögel, die sich in den Wust der Pölster verirrt; zuweilen aber kam eine Starrheit in diese Augen; sie blieben an einem dunklen Punkt oben an der weißen Zimmerdecke kleben, einem Loch oder an einer rastenden Fliege. Dann überdachte Barbara ihr Leben.

Barbara war 10 Jahre alt, als ihre Mutter starb. Der Vater war ein wohlhabender Kaufmann gewesen, aber er hatte angefangen zu spielen und hatte der Reihe nach Geld und Laden verloren; aber er saß weiter im Wirtshause und spielte. Er war lang und dürr und hielt die Hände krampfhaft in den Hosentaschen versenkt. Man wußte nicht: wollte er auf diese Art das noch übrige Geld festhalten oder es verhüten, daß jemand in seine Tasche greife und sich von deren Inhalt oder Leere überzeuge. Er liebte es, seine Bekannten zu überraschen, und wenn es seinen Partnern beim Kartenspiel schien, daß er schon alles verloren habe, zog er zur allgemeinen Verblüffung noch immer irgendeinen Wertgegenstand, einen Ring oder eine Berlocke, hervor und spielte weiter. Er starb schließlich in einer Nacht, ganz plötzlich, ohne Vorbereitung, als wollte er die Welt überraschen. Er fiel, wie ein leerer Sack, zu Boden und war tot. Aber die Hände hatte er noch immer in den Taschen, und die Leute hatten Mühe, sie ihm herauszuzerren. Erst damals sah man, daß die Taschen leer waren und daß er vermutlich nur deshalb gestorben war, weil er nichts mehr zu verspielen hatte...

Barbara war 16 Jahre alt. Sie kam zu einem Onkel, einem dicken Schweinehändler, dessen Hände wie die Pölsterchen ›Ruhe sanft‹ oder ›Nur ein halbes Stündchen‹ aussahen, die zu Dutzenden in seinem Salon herumlagen. Er tätschelte Barbara die Wange, und ihr schien es, als kröchen fünf kleine Ferkelchen über ihr Gesicht. Die

Tante war eine große Person, dürr und mager wie eine Klavierlehrerin. Sie hatte große, rollende Augen, die aus den Höhlen quollen, als wollten sie nicht im Kopf sitzenbleiben, sondern rastlos spazierengehen. Sie waren grünlichhell, von jener unangenehmen Grüne, wie sie die ganz billigen Trinkgläser haben. Mit diesen Augen sah sie alles, was im Hause und im Herzen des Schweinehändlers vorging, über den sie übrigens eine unglaubliche Macht hatte. Sie beschäftigte Barbara, ›so gut es ging‹, aber es ging nicht immer gut. Barbara mußte sich sehr in acht nehmen, um nichts zu zerbrechen, denn die grünen Augen der Tante kamen gleich wie schwere Wasserwogen heran und rollten kalt über den heißen Kopf der Barbara.

Als Barbara 20 Jahre alt war, verlobte sie der Onkel mit einem seiner Freunde, einem starkknochigen Tischlermeister mit breiten, schwieligen Händen, die schwer und massiv waren wie Hobel. Er zerdrückte ihre Hand bei der Verlobung, daß es knackte und sie aus seiner mächtigen Faust mit Not ein Bündel lebloser Finger rettete. Dann gab er ihr einen kräftigen Kuß auf den Mund.

Die Hochzeit, die bald darauf stattfand, verlief regelrecht und vorschriftsmäßig mit weißem Kleide und grünen Myrten, einer kleinen, öligen Pfarrersrede und einem asthmatischen Toast des Schweinehändlers. Der glückliche Tischlermeister zerbrach ein paar der feinsten Weingläser, und die Augen der Schweinehändlerin rollten über seine starken Knochen, ohne ihm was anhaben zu können. Barbara saß da, als säße sie auf der Hochzeit einer Freundin. Sie wollte es gar nicht begreifen, daß sie Frau war. Aber sie begriff es schließlich doch. Als sie Mutter war, kümmerte sie sich mehr um ihren Jungen als um den Tischler, dem sie täglich in die Werkstätte sein Essen brachte. Sonst machte ihr der fremde Mann mit den starken Fäusten keine Umstände. Er schien von einer eichenhölzernen Gesundheit, roch immer nach frischen Hobelspänen und war schweigsam wie eine Ofenbank. Eines Tages fiel ihm in seiner Werkstätte ein schwerer Holzbalken auf den Kopf und tötete ihn auf der Stelle.

Barbara war 22 Jahre alt, nicht unhübsch zu nennen, sie war Meisterin, und es gab Gesellen, die nicht übel Lust hatten, Meister zu werden. Der Schweinehändler kam und ließ seine fünf Ferkel über die Wange Barbaras laufen, um sie zu trösten. Er hätte es gar zu gerne gesehen, wenn Barbara sich noch einmal verheiratet hätte.

Sie aber verkaufte bei einer günstigen Gelegenheit ihre Werkstätte und wurde Heimarbeiterin. Sie stopfte Strümpfe, strickte wollene Halstücher und verdiente ihren Unterhalt für sich und ihr Kind.

Sie ging fast auf in der Liebe zu ihrem Knaben. Es war ein starker Junge, die groben Knochen hatte er von seinem Vater geerbt, aber er schrie nur zu gerne und strampelte mit seinen Gliedmaßen so heftig, daß die zusehende Barbara oft meinte, der Junge hätte mindestens ein Dutzend fetter Beinchen und Arme. Der Kleine war häßlich, von einer geradezu robusten Häßlichkeit. Aber Barbara sah nichts Unschönes an ihm. Sie war stolz und zufrieden und lobte seine guten geistigen und seelischen Qualitäten vor allen Nachbarinnen. Sie nähte Häubchen und bunte Bänder für das Kind und verbrachte ganze Sonntage damit, den Knaben herauszuputzen. Mit der Zeit aber reichte ihr Verdienst nicht aus, und sie mußte andere Einnahmequellen suchen. Da fand sich, daß sie eigentlich eine zu große Wohnung hatte. Und sie hängte eine Tafel an das Haustor, an der mit komischen, hilflosen Buchstaben, die jeden Augenblick vom Papier herunterzufallen und auf dem harten Pflaster zu zerbrechen drohten, geschrieben stand, daß in diesem Hause ein Zimmer zu vermieten wäre. Es kamen Mieter, fremde Menschen, die einen kalten Hauch mit sich in die Wohnung brachten, eine Zeitlang blieben und sich dann wieder von ihrem Schicksal hinausfegen ließen in eine andere Gegend. Dann kamen neue.

Aber eines Tages, es war Ende März, und von den Dächern tropfte es, kam er. Er hieß Peter Wendelin, war Schreiber bei einem Advokaten und hatte einen treuen Glanz in seinen goldbraunen Augen. Er machte keine Scherereien, packte gleich aus und blieb wohnen.

Er wohnte bis in den April hinein. Ging in der Früh aus und kam am Abend wieder. Aber eines Tages ging er überhaupt nicht aus. Seine Türe blieb zu. Barbara klopfte an und trat ein, da lag Herr Wendelin im Bette. Er war krank. Barbara brachte ihm ein Glas Milch, und in seine goldbraunen Augen kam ein warmer, sonniger Glanz.

Mit der Zeit entwickelte sich zwischen beiden eine Art Vertraulichkeit. Das Kind Barbaras war ein Thema, das sich nicht erschöpfen ließ. Aber man sprach auch natürlich von vielem anderen. Vom Wetter und von den Ereignissen. Aber es war so, als steckte etwas ganz anderes hinter den gewöhnlichen Gesprächen und als wären die alltäglichen Worte nur Hüllen für etwas Außergewöhnliches, Wunderbares.

Es schien, als wäre Herr Wendelin eigentlich schon längst wieder gesund und arbeitsfähig und als läge er nur so zu seinem Privatvergnügen länger im Bett als notwendig. Schließlich mußte er doch aufstehen. An jenem Tage war es warm und sonnig, und in der Nähe war eine kleine Gartenanlage. Sie lag zwar staubig und trist zwischen den grauen Mauern, aber ihre Bäume hatten schon das erste Grün. Und wenn man die Häuser rings vergaß, konnte man für eine Weile meinen, in einem schönen, echten Park zu sitzen. Barbara ging zuweilen in jenen Park mit ihrem Kinde. Herr Wendelin ging mit. Es war ein Nachmittag, die junge Sonne küßte eine verstaubte Bank, und sie sprachen. Aber alle Worte waren wieder nur Hüllen, wenn sie abfielen, war nacktes Schweigen um die beiden, und im Schweigen zitterte der Frühling.

Aber einmal ergab es sich, daß Barbara Herrn Wendelin um eine Gefälligkeit bitten mußte. Es galt eine kleine Reparatur an dem Haken der alten Hängelampe, und Herr Wendelin stellte einen Stuhl auf den wackligen Tisch und stieg auf das bedenkliche Gerüst. Barbara stand unten und hielt den Tisch. Als Herr Wendelin fertig war, stützte er sich zufällig auf die Schulter der Barbara und sprang ab. Aber er stand schon lange unten und hatte festen Boden unter seinen Füßen, und er hielt immer noch ihre Schulter umfaßt. Sie wußten beide nicht, wie ihnen geschah, aber sie standen fest und rührten sich nicht und starrten nur einander an. So verweilten sie einige Sekunden. Jedes wollte sprechen, aber die Kehle war wie zugeschnürt, sie konnten kein Wort hervorbringen, und es war ihnen wie ein Traum, wenn man rufen will und doch nicht kann. Sie waren beide blaß. Endlich ermannte sich Wendelin. Er ergriff Barbaras Hand und würgte hervor: »Du!« »Ja!« sagte sie, und es war, als ob sie einander erst jetzt erkannt hätten, als wären sie auf einer Maskerade nur so nebeneinander hergegangen und hätten erst jetzt die Masken abgelegt.

Und nun kam es wie eine Erlösung über beide. »Wirklich? Barbara? Du?« stammelte Wendelin. Sie tat die Lippen auf, um »Ja« zu sagen, da polterte plötzlich der kleine Philipp von einem Stuhl herab und erhob ein jämmerliches Geschrei. Barbara mußte Wendelin stehenlassen, sie eilte zum Kinde und beruhigte es. Wendelin folgte ihr. Als der Kleine still war und nur noch ein restliches Glucksen durch das Zimmer flatterte, sagte Wendelin: »Ich hol' sie mir morgen! Leb wohl!« Er nahm seinen Hut und ging, aber um ihn war es wie Sonnenglanz, als er im Türrahmen stand und noch einmal auf Barbara zurückblickte.

Als Barbara allein war, brach sie in lautes Weinen aus. Die Tränen erleichterten sie, und es war ihr, als läge sie an einer warmen Brust. Sie ließ sich von dem Mitleid, das sie mit sich selbst hatte, streicheln. Es war ihr lange nicht so wohl gewesen, ihr war wie einem Kinde, das sich in einem Wald verirrt und nach langer Zeit wieder zu Hause angekommen war. So hatte sie lange im Walde des Lebens herumgeirrt, um jetzt erst nach Hause zu treffen. Aus einem Winkel der Stube kroch die Dämmerung hervor und wob Schleier um Schleier um alle Gegenstände. Auf der Straße ging der Abend herum und leuchtete mit einem Stern zum Fenster herein. Barbara saß noch immer da und seufzte still in sich hinein. Das Kind war in einem alten Lehnstuhl eingeschlummert. Es bewegte sich plötzlich im Schlafe, und das brachte Barbara zur Besinnung. Sie machte Licht, brachte das Kind zu Bett und setzte sich an den Tisch. Das helle, vernünftige Lampenlicht ließ sie klar und ruhig denken. Sie überdachte alles, ihr bisheriges Leben, sie sah ihre Mutter, ihren Vater, wie er hilflos am Boden lag, ihren Mann, den plumpen Tischler, sie dachte an ihren Onkel, und sie fühlte wieder seine fünf Ferkel.

Aber immer und immer wieder war Peter Wendelin da, mit dem sonnigen Glanz in seinen guten Augen. Gewiß würde sie morgen »Ja« sagen, der gute Mensch, wie lieb sie ihn hatte. Warum hatte sie ihm eigentlich nicht schon heute »Ja« gesagt? Aha! Das Kind! Plötzlich fühlte sie etwas wie Groll in sich aufsteigen. Es dauerte bloß den Bruchteil einer Sekunde, und sie hatte gleich darauf die Empfindung, als hätte sie ihr Kind ermordet. Sie stürzte zum Bett, um sich zu überzeugen, daß dem Kind kein Leid geschehen war. Sie beugte sich darüber und küßte es und bat es mit einem hilflosen Blick um Verzeihung. Nun dachte sie, wie doch jetzt alles so ganz anders werden müßte. Was geschah mit dem Kinde? Es bekam einen fremden Vater, würde er es liebhaben können? Und sie, sie selbst? Dann kamen andere Kinder, die sie mehr liebhaben würde. – War das möglich? Mehr lieb? Nein, sie blieb ihm treu, ihrem armen Kleinen. Plötzlich war es ihr, als würde sie morgen das arme, hilflose Kind verlassen, um in eine andere Welt zu gehen. Und der

Kleine blieb zurück. – Nein, sie wird ja bleiben, und alles wird gut sein, sucht sie sich zu trösten. Aber immer wieder kommt diese Ahnung. Sie sieht es, ja, sie sieht es schon, wie sie den Kleinen hilflos läßt. Selbst wird sie gehen mit einem fremden Manne. Aber er war ja gar nicht fremd! Auf einmal schreit der Kleine laut auf im Schlafe. »Mama! Mama!« lallt das Kind; sie läßt sich zu ihm nieder, und er streckt ihr die kleinen Händchen entgegen. Mama! Mama! es klingt wie ein Hilferuf. Ihr Kind! – So weint es, weil sie es verlassen will. Nein! Nein! Sie will ewig bei ihm bleiben.

Plötzlich ist ihr Entschluß reif. Sie kramt aus der Lade Schreibzeug und Papier und zeichnet mühevoll hinkende Buchstaben auf das Blatt. Sie ist nicht erregt, sie ist ganz ruhig, sie bemüht sich sogar, so schön als möglich zu schreiben. Dann hält sie den Brief vor sich und überliest ihn noch einmal.

›Es kann nicht sein. Wegen meines Kindes nicht!‹ Sie steckt das Blatt in einen Umschlag und schleicht sich leise in den Flur zu seiner Tür. Morgen würde er es finden.

Sie kehrt zurück, löscht die Lampe aus, aber sie kann keinen Schlaf finden, und sie sieht die ganze Nacht zum Fenster hinaus.

Am nächsten Tage zog Peter Wendelin aus. Er war müde und zerschlagen, als hätte er selbst alle seine Koffer geschleppt, und es war kein Glanz mehr in seinen braunen Augen. Barbara blieb den ganzen Tag über in ihrem Zimmer. Aber ehe Peter Wendelin endgültig fortging, kam er mit einem Sträußlein Waldblumen zurück und legte es stumm auf den Tisch der Barbara. Es lag ein verhaltenes Weinen in ihrer Stimme, und als sie ihm die Hand zum Abschied gab, zitterte sie ein wenig. Wendelin sah sich noch eine Weile im Zimmer um, und wieder kam ein goldener Glanz in seine Augen, dann ging er. Drüben im kleinen Park sang eine Amsel, Barbara saß still und lauschte. Draußen am Haustor flatterte wieder die Tafel mit der Wohnungsanzeige im Frühlingswind.

Mieter und Monde kamen und gingen, Philipp war groß und ging in die Schule. Er brachte gute Zeugnisse heim, und Barbara war stolz auf ihn. Sie bildete sich ein, aus ihrem Sohne müsse etwas Besonderes werden, und sie wollte alles anwenden, um ihn studieren zu lassen. Nach einem Jahre sollte es sich entscheiden, ob er Handwerker werden oder ins Gymnasium kommen sollte. Barbara wollte mit ihrem Kinde höher hinauf. Alle die Opfer sollten nicht umsonst gebracht sein.

Zuweilen dachte sie noch an Peter Wendelin. Sie hatte seine vergilbte Visitenkarte, die vergessen an der Tür steckengeblieben war, und die Blumen, die er ihr zum Abschied gebracht hatte, in ihrem Gebetbuch sorgfältig aufbewahrt. Sie betete selten, aber an Sonntagen schlug sie die Stelle auf, wo die Karte und die Blumen lagen, und verweilte lange über den Erinnerungen.

Ihr Verdienst reichte nicht, und sie begann, vom kleinen Kapital zu zehren, das ihr vom Verkauf der Werkstätte geblieben war. Aber es konnte auf die Dauer nicht weitergehen, und sie sah sich nach neuen Verdienstmöglichkeiten um. Sie wurde Wäscherin. In der Früh ging sie aus, und in der Mittagsstunde schleppte sie einen schweren Pack schmutziger Wäsche heim. Sie stand halbe Tage im Dunst der Waschküche, und es war, als ob der Dampf des Schmutzes sich auf ihrem Gesicht ablagerte.

Sie bekam eine fahle, sandsteinfarbene Haut, um die Augen zitterte ein engmaschiges Netz haarfeiner Falten. Die Arbeit verunstaltete ihren Leib, ihre Hände waren rissig, und die Haut faltete sich schlaff an den Fingerspitzen unter der Wirkung des heißen Wassers. Selbst wenn sie keinen Pack trug, ging sie gebückt. Die Arbeit lastete auf ihrem Rücken. Aber um den bittern Mund spielte ein Lächeln, sooft sie ihren Sohn ansah.

Nun hatte sie ihn glücklich ins Gymnasium hinüberbugsiert. Er lernte nicht leicht, aber er behielt alles, was er einmal gehört hatte, und seine Lehrer waren zufrieden. Jedes Zeugnis, das er nach Hause brachte, war für Barbara ein Fest, und sie versäumte es nicht, ihrem kleinen Sohn kleine Freuden zu bereiten. Extratouren gewissermaßen, die sie um große Opfer erkaufen mußte. Philipp ahnte das alles nicht, er war ein Dickhäuter. Er weinte selten, ging robust auf sein Ziel los und machte seine Aufgaben mit einer Art Aufwand von körperlicher Kraft, als hätte er ein Eichenbrett zu hobeln. Er war ganz seines Vaters Sohn, und er begriff seine Mutter gar nicht. Er sah sie arbeiten, aber das schien ihm selbstverständlich, er besaß nicht die Feinheit, um das Leid zu lesen, das in der Seele seiner Mutter lag und in jedem Opfer, das sie ihm brachte.

So schwammen die Jahre im Dunst der schmutzigen Wäsche. Allmählich kam eine Gleichgültigkeit in die Seele Barbaras, eine stumpfe Müdigkeit. Ihr Herz hatte nur noch einige seiner stillen Feste, zu denen die Erinnerung an Wendelin gehörte und ein Schulzeugnis Philipps. Ihre Gesundheit war stark angegriffen, sie mußte zuweilen in ihrer Arbeit einhalten, der Rücken schmerzte gar sehr. Aber keine Klage kam über ihre Lippen. Und auch wenn sie gekommen wäre, an der Elefantenhaut Philipps wäre sie glatt abgeprallt.

Er mußte nun daran gehen, an einen Beruf zu denken. Zu einem weiteren Studium mangelte es an Geld, zu einer anständigen Stelle an Protektion. Philipp hatte keine besondere Vorliebe für einen Beruf, er hatte überhaupt keine Liebe. Am bequemsten war ihm noch die Theologie. Man konnte Aufnahme finden im Seminar und hatte vor sich ein behäbiges und unabhängiges Leben. So glitt er denn, als er das Gymnasium hinter sich hatte, in die Kutte der Religionswissenschaft. Er packte seine kleinen Habseligkeiten in einen kleinen Holzkoffer und übersiedelte in die engbrüstige Stube seiner Zukunft.

Seine Briefe waren selten und trocken wie Hobelspäne. Barbara las sie mühevoll und andächtig. Sie begann, häufiger in die Kirche zu gehen, nicht weil sie ein religiöses Verlangen danach verspürte, sondern um den Priester zu sehen und im Geiste ihren Sohn auf die Kanzel zu versetzen. Sie arbeitete noch immer viel, trotzdem sie es jetzt nicht nötig hatte, aber sie glich einem aufgezogenen Uhrwerk etwa, das nicht stehenbleiben kann, solange sich die Rädchen drehen. Doch ging es merkwürdig abwärts mit ihr. Sie mußte sich hie und da ins Bett legen und etliche Tage liegen bleiben. Der Rücken schmerzte heftig, und ein trockenes Husten schüttelte ihren abgemagerten Körper. Bis eines Tages das Fieber dazu kam und sie ganz hilflos machte.

Sie lag eine Woche und zwei. Eine Nachbarin kam und half aus. Endlich entschloß sie sich, an Philipp zu schreiben. Sie konnte nicht mehr, sie mußte diktieren. Sie küßte den Brief verstohlen, als sie ihn zum Absenden übergab. Nach acht langen Tagen kam Philipp. Er war gesund, aber nicht frisch und steckte in einer blauen Kutte. Auf dem Kopfe trug er eine Art Zylinder. Er legte ihn sehr sanft aufs Bett, küßte seiner Mutter die Hand und zeigte nicht das mindeste Erschrecken. Er erzählte von seiner Promotion, zeigte sein Doktordiplom und stand selbst dabei so steif, daß er aussah wie die steife Papierrolle und seine Kutte mit dem Zylinder wie eine Blechkapsel. Er sprach von seinen Arbeiten, trotzdem Barbara nichts davon verstand. Zeitweilig verfiel er in einen näselnden, fetten Ton, den er seinen Lehrern abgelauscht und für seine Bedürfnisse zugeölt haben mochte. Als die Glocken zu läuten begannen, bekreuzigte er sich, holte ein Gebetbuch hervor und flüsterte lange mit einem andächtigen Ausdruck im Gesicht.

Barbara lag da und staunte. Sie hatte sich das alles so ganz anders vorgestellt. Sie begann, von ihrer Sehnsucht zu sprechen und wie sie ihn vor ihrem Tode noch einmal hatte sehen wollen. Er hatte bloß das Wort ›Tod‹ gehört, und schon begann er, über das Jenseits zu sprechen und über den Lohn, der die Frommen im Himmel erwartete. Kein Schmerz lag in seiner Stimme, nur eine Art Wohlgefallen an sich selbst und die Freude darüber, daß er am Lager seiner todkranken Mutter zeigen konnte, was er gelernt hatte.

Über die kranke Barbara kam mit Gewalt das Verlangen, in ihrem Sohn ein bißchen Liebe wachzurufen. Sie fühlte, daß es das letzte Mal war, da sie sprechen konnte, und wie von selbst und als hauche ihr ein Geist die Worte ein, begann sie, langsam und zögernd von der einzigen Liebe ihres Lebens zu sprechen und von dem Opfer, das sie ihrem Kinde gebracht. Als sie zu Ende war, schwieg sie erschöpft, aber in ihrem Schweigen lag zitternde Erwartung. Ihr Sohn schwieg. So etwas begriff er nicht. Es rührte ihn nicht. Er blieb stumpf und steif und schwieg. Dann begann er, verstohlen zu gähnen, und sagte, er gehe für eine Weile weg, um sich ein bißchen zu stärken.

Barbara lag da und begriff gar nichts. Nur eine tiefe Wehmut bebte in ihr und der Schmerz um das verlorene Leben. Sie dachte an Peter Wendelin und lächelte müde. In ihrer Todesstunde wärmte sie noch der Glanz seiner goldbraunen Augen. Dann erschütterte sie ein starker Hustenanfall. Als er vorüber war, blieb sie bewußtlos liegen. Philipp kam zurück, sah den Zustand seiner Mutter und begann, krampfhaft zu beten. Er schickte um den Arzt und um die Priester. Beide kamen; die Nachbarinnen füllten das Zimmer mit ihrem Weinen. Inzwischen aber taumelte Barbara, unverstanden und verständnislos, hinüber in die Ewigkeit.

(1918)

Die Grüßer

Es häufen sich die Fälle, daß Individuen behaupten, daß sie mich
›persönlich kennen‹ und indem sie ihr Ansehen bei den Leuten, denen sie's erzählen, zu heben suchen, das meine herabsetzen. Denn
was sollen diese noch von mir halten, wenn ich jene persönlich
kenne? Sie selbst würden doch, wenn's wahr wäre, allen Respekt
vor mir verlieren. Weil sie diesen aber nicht haben, und es ihnen
eben nur darauf ankommt, mit einem Gott sei's geklagt berühmten
Menschen persönlich bekannt zu sein, welchem Zweck der Fritz
Werner besser entgegenkommen würde, so pflegen sie, um aller
Welt und speziell ihren Begleitern den Beweis der persönlichen Bekanntschaft zu liefern, auf offener, infolgedessen von mir immer
mehr gemiedener Straße in zudringlicher Weise zu grüßen, wobei
meine Kurzsichtigkeit nicht als Gegenbeweis, sondern nur als Entschuldigung meiner Unhöflichkeit in Betracht kommt. Selbst solche, die mich verachten und wenn sie mir allein begegnen, wegsehen würden, grüßen vertraut, sobald noch ein Zweiter, dem sie mit
solcher Legitimierung aufwarten wollen, mit ihnen geht. Sie wären
natürlich ganz ebenso imstande, wenn sie mich wirklich kennten,
bloß zu grüßen, wenn wir uns zeugenlos begegnen, und aus Furcht
vor irgendeiner sozialen Vergeltung wegzusehen, sobald einer dabei ist. Dann kommt es wieder vor, daß Leute, die mich nicht persönlich kennen, in einem Lokal, zu dessen Besuch mich das Leben
zwingt, nachdem sie sich beim Kellner erkundigt haben, ob ich es
wirklich sei, förmliche Purzelbäume vor mir schlagen, aber nicht
etwa aus jener Verehrung, die ich verabscheue, sondern nur um
sich selbst zu beweisen, daß sie mich persönlich kennen. Auch sie
müssen unbedankt von hinnen ziehn. Der hauptsächliche Grund,
warum ich nicht mehr ins Theater gehe – wichtiger noch als Selbst-
bewahrung vor schauspielerischer Impotenz und als die Furcht, am
Abend vor der Arbeit schläfrig zu werden –, ist das Bedenken, mit
so vielen Leuten, die ich nicht persönlich kenne, ins Theater zu gehen. Denn nicht nur, daß der Sitznachbar, feige die Gelegenheit
vollkommener Wehrlosigkeit – Sperrsitz! erhaschend, plötzlich zu

grüßen beginnt; selbst wenn er's nicht tut, glaubt jeder – und keines Wieners Phantasie reichte aus, sich die Sitznachbarschaft als Zufall vorzustellen –, der X. sei mit mir im Theater gewesen, was ihm entweder nützt oder schadet. Vor zwanzig Jahren hatte einer der wenigen anständigen Menschen der hiesigen Literatur das Pech, im Burgtheater neben mir zu sitzen; ich bat ihn, mit mir nicht zu sprechen, da die Kritik im Mittelgang es bemerken und ihm nach dem Leben trachten würde. Es geschah; denn, hieß es, der J. J. David sei ›mit ihm ins Theater gegangen‹. Die Wiener Personalnachricht war lange Zeit hindurch – neben Schönpflug – der tiefste Ausdruck dieses Lebens, das die falsche Perspektive des Zufalls zum Gesetz erhebt. Im Hotel zum König von Ungarn sind zum Beispiel gestern der Kommerzialrat Goldberger *und* die Gräfin Andrassy aus Budapest abgestiegen. Da bin ich vorsichtig. Muß ich einmal über die Straße, so sehe ich mich ganz genau um, wie der Mensch aussieht, neben dem ich zufällig gehe, denn die Leute zeigen mit Fingern auf einen, da können Ungenauigkeiten unterlaufen und ich will nicht, daß es immer wieder heißt, ich hätte einen Vollbart. Ein verstorbener Privatkauz, der mehr Witz hatte als ein Haufen von Wiener Librettisten, tröstete eine Dame, die sich über üble Nachrede beklagte, mit der Unabänderlichkeit dieses Wiener Verhängnisses: gehe er mit einer Frau auf der Ringstraße, so heiße es, er habe ein Verhältnis; gehe er mit einem Herrn auf der Ringstraße, so heiße es, er sei homosexuell; gehe er, um all dem zu entgehen, allein auf der Ringstraße, so heiße es, er sei ein Onanist. Aber das letztere wird niemandem in Wien nachgesagt werden, da doch immer eine Frau oder ein Mann in der Nähe ist, ›mit‹ denen man gesehen wird. Das Publikum verblödet von Jahr zu Jahr, und weil dieser Stadt das eigentliche Lebensmittel, die Ehre, längst vor allen andern ausgegangen ist und der schäbige Rest noch ans Ausland, von dem nichts hereinkommt, weggeworfen wurde, so ist das alles möglich. Ein Gang durch sie, nämlich durch die allerwertloseste, die innere, der Anblick dieser Graben- und Galgenbrut würde mir vor Ekel die Kehle würgen. Ich arbeite, vermutlich als einziger Mensch in Wien, wie eh und je die Nacht durch, oft bis in den Vormittag hinein, schlafe bis zum Abend und sehe jahraus, jahrein kaum mehr als drei, vier Menschen in dieser Stadt. Irgendwie erfahre ich aber doch, daß ich ›einflußreiche Beziehungen habe‹, daß ich auf der Redoute war, daß ich eine Premiere mitgemacht habe, daß ich verheiratet bin, daß ich Damen zum ›Tee‹ lade, daß ich mit dem Müller einmal intim war und daß sich nur, weil ich ihn einmal mit der Meier gesehen habe, das Blatt gewendet hat, daß mich der und jener persönlich kennt, also einen Umgang zu haben behauptet, den ich von ihm nehme. Ich muß nachdrücklich drauf aus sein, solche Zumutungen abzulehnen, weil sonst die notgedrungene Abweisung eines Verkehrs mit manchem Würdigen grausame Ungerechtigkeit wäre. Ein für allemal bitte ich zu glauben, daß mich jene schlecht kennen, die da glauben, sie kennten mich gut, und die, die's ihnen glauben, nicht besser. Es ist jede solche Angabe erstunken und erlogen, und ich ermächtige jeden, jeden, der sie vorbringt, für einen Schwindler zu halten und ihm zu sagen, daß er mit der Fackel ausschließlich den Zusammenhang dieser einzigen Stelle habe, die sich ganz ausdrücklich auf ihn, gerade auf ihn und nur auf ihn bezieht. Damit hoffe ich dem Grüßerpack, das mit fremdem Ruhm schachert und mit einem, der mir so hassenswert dünkt wie jeder seine Parasiten, das Handwerk gelegt zu haben. Denn wenn es eine Eigenschaft gibt, für die ich noch lange nicht berühmt genug bin, so ist es die meines Gedächtnisses, das nicht den Schatten des kleinsten Eindrucks seit meinem zweiten Lebensjahr, kein Geräusch, keinen Namen, keine Nase, keinen Schritt verloren hat und sich an jeden, den ich nicht kenne, ganz genau erinnert und ferner ebenso genau zu unterscheiden weiß zwischen solchen, die ich nicht kenne, weil ich nicht wollte, und jenen, die ich nicht kenne, weil ich nicht will.

(*1921*)

Der neue Hamlet

1
Nach Heinrich Mann

Der Prinz trat aus dem Tor und ging die Mauer der Seebastion entlang, den im Dunkel Wartenden entgegen. Sehr aufrecht ging er an den sechs Zinnen vorüber und nickte kurz, wie die beiden Wachen sich neigten, daß die Hellebarden im Sternenlicht schimmerten. Er hatte keine Veranlassung, sie aus ihrem Geschäft zu drängen. So war der Staatskonkurs nicht aufzuhalten.

Horatio verbeugte sich tief. »Welche Freude, daß du kommst, Prinz.« Hierauf atmete er stark aus. Vom Schloß her klirrte noch immer Festlärm durch die Mondwolkennacht.

Einer der Krieger, der erprobteste der dänischen Garde, trat näher, starr. »Das Gespenst ist versäumt, Prinz Hamlet. Mein Speer ging durch Luft.« Er verwirrte sich unter dem Flirrblick aus den Augen des jäh Zugewandten.

Nah seinem Ohr sagte Horatio halblaut: »Es war der Geist deines Vaters.«

»Traurig?«

»Gedankenvoll.«

Der Prinz schloß einen Moment die Lider, überlegend. Er betrachtete tief den wartenden Horatio und zögerte. Sollte er Schwäche zeigen? Untragbar. War dieses jetzige Gespenst dir nicht früher Erzeuger? Erst dem Gereiften ein Spukbild? Zwischen Sein und Nichtsein entschied er mit einer Handbewegung. Er war im Bilde. Nach einer Pause, mit besonders hochgetragenem Kopf. »Ich werde warten.« Nochmals umgewendet, fast ganz Drohung. »Keiner tritt dazwischen. Ich unterrede mich mit ihm.« Kehrte geändert Horatio sein gesittetes Lächeln zu.

Der bückt sich. »Wir werden gehorchen.« Er denkt: gerne gehorchen. Der Geist kam, schritt weiter, verschwand. Vom Prinzen gefolgt. Aus den hellen Scheiben des Schlosses klirrte weiter Festlärm mit nahem Meerrauschen zusammen. Ein Hahn schrie.

2
Nach Thomas Mann

Der Sproß des kriegerischen Geschlechtes nordischer Fürsten, das schwächlich kraftvolle Kind einer königlich leidenschaftlichen und gewissermaßen durch einen Überschwang schicksalhaften Geschehens jähe auseinandergerissenen Ehe, der prinzliche Scholar und Freund der Komödie, der Urheber endlich (und damit glauben wir die wichtigsten Seiten seines Charakters und Wirkens kurz bezeichnet zu haben) jener Kriegszüge, Feste, Raufhändel und blutig ernsten Disputationen über Kirche und Gott, die den westlichen Norden Europas durch Jahrzehnte in Atem zu halten vermochten: Hamlet von Dänemark also sah sich bemüßigt, in einem Augenblick großer Müdigkeit und innerer Abkehr die festlich erleuchtete Halle des väterlichen Palastes zu verlassen und heimlich, in einer wenig fürstlichen und fast ungebührlichen Hast, einer Gruppe Wartender sich zu gesellen, die ihn halblaut begrüßten, nicht in kameradschaftlicher Aufgeräumtheit, sondern mit jener gedämpften Vertraulichkeit, die bei Leichenzügen und ähnlichen funebren Veranstaltungen im Schwange ist. Nach dem knappen Berichte der Mannschaft – einem Bericht im übrigen, den der Prinz trotz aller Bekräftigung seines Jugendgefährten, jenes Horatio, nicht wahr haben wollte – nach einigen Minuten der Überlegung, gewidmet der abenteuerlichen und beklemmenden Nachricht, daß eine absonderliche Gestalt, das offenbar befremdlich wesenhafte Abbild des kürzlich verstorbenen Königs, ein irdisch spukhaftes Wahngebilde demnach, ein Gespenst, um es endlich und mit einem Worte zu sagen, den nächtlich verlassenen Strand entlangzuschreiten beliebe, beschloß der auf solche Weise vorgerufene und also verantwortliche Nachfahr des grausig luftigen Gastes, noch schwankend zwischen Lächeln, Kühnheit und Angst, dem Phantom, wenn anders es wieder erschiene, schlechtweg die Stirne zur bieten und sich entgegenzustellen.

3

Nach Ernst Lissauer

Hamlet: Also – berichten mal! Was denn los, hä? Sind ja ganz weiß! Soldat wie Sie –! Dolle Sache das.

Horatio: Wir sahen –

Hamlet: Wer – wir?

Bernardo (Ruck): Leutnant Bernardo vom Drittnartillrierement Helsingfors.

Marcellus (Ruck): Hauptmann Marcellus vom Gardedragorrrt Helsingborg.

Horatio (Ruck): Major Horatio vom Generalstab, abkommandiert auf Kriegsschule Wittenberg.

Hamlet: Also was denn Neues? Schießen mal los!

Horatio: Der Geist Seiner Majestät weiland Ihres hochseligen Herrn Vaters –

Marcellus: Da geht er wieder!

Hamlet: Donnerschockschwere – (Ruck): Abtreten!

Horatio, Marcellus, Bernardo Stechschritt ab

Hamlet: Majestät! Ich –

Der Geist des Königs: Wer – ich?

Hamlet (Ruck): Prinz Hamlet, kriegsdienstuntauglich.

Der Geist des Königs: Tjatjatja – Wünschen?

Hamlet: Majestät – Vater! Ich – werde – ich muß – ich werde –

Der Geist des Königs: Mein Sohn – ich in der Hölle sein. Keine ganzen Sätze reden dürfen. Na – Wiedersehn!

Hamlet (Ruck): Rrrechts Frront!

Man hört draußen das Klappern der Absätze.
Der Geist verschwindet fluchtartig.

Vorhang

4
Nach Carl Sternheim

Hamlet: Elf Uhr zwoundfunfzich. Demnach acht Minuten verfrüht.
Horatio: Werde Schofföhr zu Verantwortung ziehen. Gespenst kommt von links, wählt vorzugsweise Abgang rechts hinten.
Hamlet: Kommt grundsätzlich es Punkt Mitternacht?
Horatio: Geistprogrammgemäß.
Hamlet: Demnach Marcellus mit Blitzlicht und Kurbelkasten hinter jene Kulisse. Filmfritze.
Horatio: In Vormerkung genommen. M. w.
Hamlet: Elf Uhr neunundfunfzich.
Horatio: Filmlich aufzunehmender Geistererscheinung steht sonach unsererseits nur mehr noch nicht eingesetzter Mitternachtuhrschlag im Wege.

Uhr tönt zwölf

Hamlet: Hiemit eingetreten.
Geist (kommt von links): Sohn! Sohn! Sohn!
Hamlet: Wortwiederholend sentimental antiquierst du.
Geist: Von wannen schlägt mir dies Lautgestammel ins Ohr?
Hamlet: Lyristisch! Berlinisch aufstümmelnd Klangpräzision arriviere ich.
Geist: Weh! Weh! (Er versinkt.)
Hamlet (aufzwirbelt Schnurrbartende): Schnoddrigst.

Exit

Vorhang

(1927)

Das Fräulein wird bekehrt

Als sich das Fräulein und der Herr Reithofer kennen lernten, fielen sie sich zuerst gar nicht besonders auf. Jeder dachte nämlich gerade an etwas wichtigeres. So dachte der Herr Reithofer, daß sich der nächste Weltkrieg wahrscheinlich in Thüringen abspielen wird, weil er gerade in der Zeitung gelesen hatte, daß die echten Kuomintang wieder mal einhundertdreiundvierzig Kommunisten erschlagen haben. Und das Fräulein dachte, es sei doch schon sehr schade, daß sie monatlich nur hundertzehn Mark verdient, denn sie hätte ja jetzt bald Urlaub und wenn sie zwohundertzehn Mark verdienen würde, könnte sie in die Berge fahren. Bis dorthin, wo sie am höchsten sind.

Gesetzlich gebührten nämlich dem Fräulein jährlich sechs bezahlte Arbeitstage – jawohl, das Fräulein hatte ein richtiggehendes Recht auf Urlaub und es ist doch noch gar nicht lange her, da hatte solch Fräulein überhaupt nichts zu fordern, sondern artig zu kuschen und gegebenenfalls zu kündigen, sich zu verkaufen oder drgl., was zwar auch heute noch vorkommen soll. Aber heute beschützen uns ja immerhin einige Paragraphen, während noch vor zwanzig Jahren die Gnade höchst unkonstitutionell herrschte, und infolgedessen konnte man es sich gar nicht vorstellen, daß auch Lohnempfänger Urlaub haben dürfen. Es lag allein in des Brotherrn Ermessen, ob solch Fräulein zu Weihnachten oder an einem anderen christlichen Doppelfeiertage auch noch den zweiten Tag feiern durfte. Aber damals war ja unser Fräulein noch kaum geboren – eigentlich beginnt ihr Leben mit der sozialen Gesetzgebung der Weimarer Republik.

Wie schön war doch die patriarchalische Zeit! Wie ungefährdet konnte Großmama ihre Mägde kränken, quälen und davonjagen, wie war es doch selbstverständlich, daß Großpapa seine Lehrlinge um den Lohn prellte und durch Prügel zu fleißigen Charakteren erzog. Noch lebten Treu und Glauben zwischen Maas und Memel, und Großpapa war ein freisinniger Mensch. Großzügig gab er seinen Angestellten Arbeit, von morgens vier bis Mitternacht. Kein

Wunder, daß das Vaterland immer mächtiger wurde! Und erst als sich der weitblickende Großpapa auf maschinellen Betrieb umstellte, da erst ging es empor zu höchsten Zielen, denn er ließ ja die Maschinen nur durch Kinder bedienen, die waren nämlich billiger als ihre Väter, maßen das Volk gesund und ungebrochen war. Also kam es nicht darauf an, daß mannigfache Kinder an der Schwindsucht krepierten, kein Nationalvermögen wächst ohne Opfersinn. Und während Bismarck, der eiserne Kanzler, erbittert das Gesetz zum Schutze der Kinderarbeit bekämpfte, wuchs Großpapas einfache Werkstatt zur Fabrik. Schlot stand an Schlot, als ihn der Schlag traf. Er hatte sich überarbeitet. Künstler, Gelehrte, Richter und hohe Beamte, ja sogar ein Oberstleutnant a. D. gaben ihm das letzte Geleit. Trotzdem blieb aber Großmama immer die bescheidene tiefreligiöse Frau.

Nämlich als Großmama geboren wurde, war es natürlich Nacht, so eine richtige kleinbürgerlich-romantische Nacht und Spätherbst. Alles stand blau am Horizont und der Mond hing über schwarzen Teichen und dem Wald.

Natürlich hatte Großmama auch ein Gebetbuch mit einer gepreßten Rose mittendrin. Wenn sie in ihrem gemütlichen Sorgenstuhl saß, betrachtete sie die Rose und dann trat ihr je eine Träne in das rechte und das linke Auge, denn die Rose hatte ihr einst der nunmehr längst verstorbene Großpapa gepflückt und dieser tote Mann tat ihr nun leid, denn als er noch lebendig gewesen ist, hatte sie ihn oft heimlich gehaßt, weil sie sich nie von einem anderen Großpapa hatte berühren lassen. Und Großmama erzählte Märchen, dann schlief sie ein und wachte nimmer auf.

Das Gebetbuch mit der Rose wurde ihr in den Sarg gelegt, Großmama ließ sich nicht verbrennen, weil sie unbedingt wiederauferstehen wollte. Und beim Anblick einer Rose zieht noch heute eine sanfte Wehmut durch ihrer Enkelkinder Gemüt, die bis heute bereits Regierungsrat, Sanitätsratsgattin, Diplomlandwirt, Diplomingenieur und zwo Hausbesitzergattinnen sind.

Auch unseres Fräulein Großmama hatte solche Rose in ihrem Gebetbuch, aber ihre Kinder gingen in der Inflation zugrunde und sieben Jahre später treffen wir das Fräulein im Kontor einer Eisenwarenhandlung in der Schellingstraße mit einem monatlichen Verdienst von hundertundzehn Mark.

Aber das Fräulein zählte nicht zum Proletariat, weil ihre Eltern mal zugrunde gegangen sind. Sie war überzeugt, daß die Masse nach Schweiß riecht, sie leugnete jede Solidarität und beteiligte sich an keiner Betriebsratswahl. Sie tat sehr stolz, weil sie sich nach einem Sechszylinder sehnte. Sie war wirklich nicht glücklich und das hat mal ein Herr, der sie in der Schellingstraße angesprochen hatte, folgendermaßen formuliert: »In der Stadt wird man so zur Null«, meinte der Herr und fuhr fort: »Ich bin lieber draußen auf dem Lande auf meinem Gute. Mein Vetter ist Diplomlandwirt. Wenn zum Beispiel, mit Verlaub zu sagen, die Vögel zwitschern –« und er fügte rasch hinzu: »Wolln ma mal ne Tasse Kaffee?« Das Fräulein wollte und er führte sie auf einen Dachgarten. Es war dort sehr vornehm und plötzlich schämte sich der Herr, weil der Kellner über das Täschchen des Fräuleins lächelte und dann wurde der Herr unhöflich, zahlte und ließ das Fräulein allein auf dem Dachgarten sitzen. Da dachte das Fräulein, sie sei halt auch nur eine Proletarierin, aber dann fiel es ihr wieder ein, daß ihre Eltern zugrunde gegangen sind, und sie klammerte sich daran.

Das war am vierten Juli und zwei Tage später begegnete das Fräulein zufällig dem Herrn Reithofer in der Schellingstraße. »Guten Abend«, sagte der Herr Reithofer. »Haben Sie schon gehört, daß England in Indien gegen Rußland ist? Und, daß der Reichskanzler operiert werden muß.«

»Ich kümmere mich nicht um Politik«, sagte das Fräulein.

»Das ist aber Staatsbürgerpflicht«, sagte der Herr Reithofer.

»Ich kanns doch nicht ändern«, meinte das Fräulein.

»Oho!« meinte der Herr Reithofer. »Es kommt auf jeden einzelnen an, zum Beispiel bei den Wahlen. Mit Ihrer Ansicht, Fräulein, werden Sie nie in die Berge fahren, obwohl diese ganzen Wahlen eigentlich nur eine kapitalistische Mache sind.«

Der Herr Reithofer war durchaus Marxist, gehörte aber keiner Partei an, teils wegen Noske, teils aus Pazifismus. »Vielleicht ist das letztere nur Gefühlsduselei«, dachte er und wurde traurig. Er sehnte sich nach Moskau und war mit einem sozialdemokratischen Parteifunktionär befreundet. Er spielte in der Arbeiterwohlfahrtslotterie und hoffte mal sehr viel zu gewinnen und das war das einzig Bürgerliche an ihm.

»Geben Sie acht, Fräulein«, fuhr er fort, »wenn ich nicht vor drei Jahren zweihundert Mark gewonnen hätt, hätt ich noch nie einen Berg gesehen. Vom Urlaub allein hat man doch nichts, da gehört noch was dazu, ein anderes Gesetz, ein ganz anderes Gesetzbuch. Es ist schön in den Bergen und still.«

Und dann sagte er dem Fräulein, daß er für die Befreiung der Arbeit kämpft. Und dann klärte er sie auf, und das Fräulein dachte: er hat ein angenehmes Organ. Sie hörte ihm gerne zu, und er bemerkte es, daß sie ihm zuhörte. »Langweilt Sie das?« fragte er. »Oh, nein!« sagte sie.

Da fiel es ihm auf, daß sie so rund war rundherum, und er mußte direkt achtgeben, daß er nicht an sie ankommt.

»Herr Reithofer«, sagte plötzlich das Fräulein, »Sie wissen aber schon sehr viel und Sie können es einem so gut sagen« – aber der Herr Reithofer ließ sich nicht stören, weil er gerade über den Apostel Paulus sprach und darüber ist es sehr schwer zu sprechen. »Man muß sich schon sehr konzentrieren«, dachte der Herr Reithofer und ging über zur französischen Revolution.

Er erzählte ihr, wie Marat ermordet wurde, und das Fräulein überraschte sich dabei, wie sehr sie sich anstrengen mußte, wenn sie an einen Sechszylinder denken wollte. Es war ihr plötzlich, als wären nicht die Eltern, sondern bereits ihre Ururureltern zugrunde gegangen. Sie sah so plötzlich alles anders, daß sie einen Augenblick stehen bleiben mußte. Der Herr Reithofer ging aber weiter, und sie betrachtete ihn von hinten.

Es war ihr, als habe der Herr Reithofer in einem dunklen Zimmer das Licht angeknipst und nun könne sie den Reichswehrminister, den Prinz von Wales und den Poincaré, den Mussolini und zahlreiche Aufsichtsräte sehen. Auf dem Bette saß ihr Chef, auf dem Tische stand ein Schupo, vor dem Spiegel ein General und am Fenster ein Staatsanwalt – als hätten sie immer schon in ihrem Zimmer gewohnt. Aber dann öffnete sich die Türe und herein trat ein mittelgroßer stämmiger Mann, der allen Männern ähnlich sah. Er ging feierlich auf den Herrn Reithofer zu, drückte ihm die Hand und sprach: »Genosse Reithofer, du hast ein bürgerliches Fräulein bekehrt. Das ist sehr schön von dir.« Und das Fräulein dachte: »Ich glaub gar, dieser Herr Reithofer ist ein anständiger Mensch.«

»Die Luft ist warm heut abend«, sagte der anständige Mensch. »Wollen Sie schon nach Haus oder gehen wir noch etwas weiter?«

»Wohin?«

»Dort drüben ist die Luft noch besser, das ist immer so in den Anlagen«, sagte er und dann fügte er noch hinzu, der Imperialismus sei die jüngste Etappe des Kapitalismus und dann sprach er kein Wort.

Warum er denn kein Wort mehr sage, fragte das Fräulein. Weil es so schwer sei, die Menschen auf den rechten Weg zu bringen, sagte der Herr Reithofer. Hierauf konnte man beide nicht mehr sehen, denn es war sehr dunkel in den Anlagen.

Wollen wir ihnen folgen? Nein. Es ist doch häßlich, zwei Menschen zu belauschen, von denen man doch schon weiß, was sie voneinander wollen. Kaufen wir uns lieber eine Zeitung, die Sportnachrichten sind immer interessant.

Ich liebe den Fußball – und Sie? Wie? Sie wollen, daß ich weitererzähle? Sie finden, daß das kein Schluß ist? Sie wollen wissen, ob sich das Fräulein wirklich bekehrt hat? Sie behaupten, es sei unfaßbar, daß solch ein individualistisches Fräulein so rasch eine andere Weltanschauung bekommt? Sie sagen, das Fräulein wäre katholisch? Hm.

Also wenn Sie es unbedingt hören wollen, was sich das Fräulein dachte, nachdem sich der Herr Reithofer von ihr verabschiedet hatte, so muß ich es Ihnen wohl sagen, Frau Kommerzienrat. Entschuldigen Sie, daß ich weitererzähle.

Es war ungefähr dreiundzwanzig Uhr, als das Fräulein ihr Zimmer betrat. Sie setzte sich und zog sich aus, so langsam, als wöge jeder Strumpf zehn Pfund.

Ihr gegenüber an der Wand hing ein heiliges Bild: ein großer weißer Engel schwebte in einem Zimmer und verkündete der knienden Madonna: »Bei Gott ist kein Ding unmöglich!«

Und das Fräulein dachte, der Herr Reithofer hätte wirklich schön achtgegeben und sei überhaupt ein anständiger Mensch, aber leider kein solch weißer Engel, daß man unbefleckt empfangen könnte. Warum dürfe das nur Maria, warum sei gerade sie auserwählt unter den Weibern? Was habe sie denn schon so besonderes geleistet, daß sie so fürstlich belohnt wurde? Nichts habe sie getan, sie sei doch nur Jungfrau gewesen und das hätten ja alle mal gehabt. Auch sie selbst hätte das mal gehabt.

Die Mutter Gottes hätte eben Protektion gehabt genau wie die Henny Porten, Lia de Putty, Dolores del Rio und Carmen Cartellieri. »Wenn man keine Protektion hat, indem daß man keinen Regisseur kennt, so wird man halt nicht auserwählt«, konstatierte das Fräulein.

»Auserwählt«, wiederholte sie, und es tat ihr alles weh. »Bei Gott ist kein Regisseur unmöglich«, lächelte der große weiße Engel, und das Fräulein meinte: »Sei doch nicht so ungerecht!« Und bevor sie einschlief, fiel es ihr noch ein, eigentlich sei alles ungerecht, jeder Mensch, jedes Ding. Sicher sei auch der Stuhl ungerecht, der Schrank, der Tisch, das Fenster, der Hut, der Mantel, die Lampe. Vielleicht sei auch der Herr Reithofer trotzdem ungerecht, obwohl er wahrscheinlich gar nichts dafür kann.

Gute Nacht, Frau Kommerzienrat.

(1929)

Kakanien

In dem Alter, wo man noch alle Schneider- und Barbierangelegenheiten wichtig nimmt und gerne in den Spiegel blickt, stellt man sich oft auch einen Ort vor, wo man sein Leben zubringen möchte, oder wenigstens einen Ort, wo es Stil hat, zu verweilen, selbst wenn man fühlt, daß man für seine Person nicht gerade gern dort wäre. Eine solche soziale Zwangsvorstellung ist nun schon seit langem eine Art überamerikanische Stadt, wo alles mit der Stoppuhr in der Hand eilt oder stillsteht. Luft und Erde bilden einen Ameisenbau, von den Stockwerken der Verkehrsstraßen durchzogen. Luftzüge, Erdzüge, Untererdzüge, Rohrpostmenschensendungen, Kraftwagenketten rasen horizontal, Schnellaufzüge pumpen vertikal Menschenmassen von einer Verkehrsebene in die andre; man springt an den Knotenpunkten von einem Bewegungsapparat in den andern, wird von deren Rhythmus, der zwischen zwei losdonnernden Geschwindigkeiten eine Synkope, eine Pause, eine kleine Kluft von zwanzig Sekunden macht, ohne Überlegung angesaugt und hineingerissen, spricht hastig in den Intervallen dieses allgemeinen Rhythmus miteinander ein paar Worte. Fragen und Antworten klinken ineinander wie Maschinenglieder, jeder Mensch hat nur ganz bestimmte Aufgaben, die Berufe sind an bestimmten Orten in Gruppen zusammengezogen, man ißt während der Bewegung, die Vergnügungen sind in andern Stadtteilen zusammengezogen, und wieder anderswo stehen die Türme, wo man Frau, Familie, Grammophon und Seele findet. Spannung und Abspannung, Tätigkeit und Liebe werden zeitlich genau getrennt und nach gründlicher Laboratoriumserfahrung ausgewogen. Stößt man bei irgendeiner dieser Tätigkeiten auf Schwierigkeit, so läßt man die Sache einfach stehen; denn man findet eine andre Sache oder gelegentlich einen besseren Weg, oder ein andrer findet den Weg, den man verfehlt hat; das schadet gar nichts, während durch nichts so viel von der gemeinsamen Kraft verschleudert wird wie durch die Anmaßung, daß man berufen sei, ein bestimmtes persönliches Ziel nicht locker zu lassen. In einem von Kräften durchflossenen Gemeinwesen führt jeder Weg an ein gutes Ziel, wenn man nicht zu lange zaudert und überlegt. Die Ziele sind kurz gesteckt; aber auch das Leben ist kurz, man gewinnt ihm so ein Maximum des Erreichens ab, und mehr braucht der Mensch nicht zu seinem Glück, denn was man erreicht, formt die Seele, während das, was man ohne Erfüllung will, sie nur verbiegt; für das Glück kommt es sehr wenig auf das an, was man will, sondern nur darauf, daß man es erreicht. Außerdem lehrt die Zoologie, daß aus einer Summe von reduzierten Individuen sehr wohl ein geniales Ganzes bestehen kann.

Es ist gar nicht sicher, daß es so kommen muß, aber solche Vorstellungen gehören zu den Reiseträumen, in denen sich das Gefühl der rastlosen Bewegung spiegelt, die uns mit sich führt. Sie sind oberflächlich, unruhig und kurz. Weiß Gott, was wirklich werden wird. Man sollte meinen, daß wir in jeder Minute den Anfang in der Hand haben und einen Plan für uns alle machen müßten. Wenn uns die Sache mit den Geschwindigkeiten nicht gefällt, so machen wir doch eine andre! Zum Beispiel eine ganz langsame, mit einem schleierig wallenden, meerschneckenhaft geheimnisvollen Glück und dem tiefen Kuhblick, von dem schon die Griechen geschwärmt haben. Aber so ist es ganz und gar nicht. Die Sache hat uns in der Hand. Man fährt Tag und Nacht in ihr und tut auch noch alles andre darin; man rasiert sich, man ißt, man liebt, man liest Bücher, man übt seinen Beruf aus, als ob die vier Wände stillstünden, und das Unheimliche ist bloß, daß die Wände fahren, ohne daß man es merkt, und ihre Schienen vorauswerfen, wie lange, tastend gekrümmte Fäden, ohne daß man weiß wohin. Und überdies will man ja womöglich selbst noch zu den Kräften gehören, die den Zug der Zeit bestimmen. Das ist eine sehr unklare Rolle und es kommt vor, wenn man nach längerer Pause hinaussieht, daß sich die Landschaft geändert hat; was da vorbeifliegt, fliegt vorbei, weil es nicht anders sein kann, aber bei aller Ergebenheit gewinnt ein unangenehmes Gefühl immer mehr Gewalt, als ob man über das Ziel hinausgefahren oder auf eine falsche Strecke geraten wäre. Und eines Tags ist das stürmische Bedürfnis da: Aussteigen! Abspringen! Ein Heimweh nach Aufgehaltenwerden, Nichtsichentwickeln, Stekkenbleiben, Zurückkehren zu einem Punkt, der vor der falschen Abzweigung liegt! Und in der guten alten Zeit, als es das Kaisertum Österreich noch gab, konnte man in einem solchen Falle den Zug der Zeit verlassen, sich in einen gewöhnlichen Zug einer gewöhnlichen Eisenbahn setzen und in die Heimat zurückfahren.

Dort, in Kakanien, diesem seither untergegangenen, unverstandenen Staat, der in so vielem ohne Anerkennung vorbildlich gewesen ist, gab es auch Tempo, aber nicht zuviel Tempo. So oft man in der Fremde an dieses Land dachte, schwebte vor den Augen die Erinnerung an die weißen, breiten, wohlhabenden Straßen aus der Zeit der Fußmärsche und Extraposten, die es nach allen Richtungen wie Flüsse der Ordnung, wie Bänder aus hellem Soldatenzwillich durchzogen und die Länder mit dem papierweißen Arm der Verwaltung umschlangen. Und was für Länder! Gletscher und Meer, Karst und böhmische Kornfelder gab es dort, Nächte an der Adria, zirpend von Grillenunruhe, und slowakische Dörfer, wo der Rauch aus den Kaminen wie aus aufgestülpten Nasenlöchern stieg und das Dorf zwischen zwei kleinen Hügeln kauerte, als hätte die Erde ein wenig die Lippen geöffnet, um ihr Kind dazwischen zu wärmen. Natürlich rollten auf diesen Straßen auch Automobile; aber nicht zuviel Automobile! Man bereitete die Eroberung der Luft vor, auch hier; aber nicht zu intensiv. Man ließ hie und da ein Schiff nach Südamerika oder Ostasien fahren; aber nicht zu oft. Man hatte keinen Weltwirtschafts- und Weltmachtehrgeiz; man saß im Mittelpunkt Europas, wo die alten Weltachsen sich schneiden; die Worte Kolonie und Übersee hörte man an wie etwas noch gänzlich Unerprobtes und Fernes. Man entfaltete Luxus; aber beileibe nicht so überfeinert wie die Franzosen. Man trieb Sport; aber nicht so närrisch wie die Angelsachsen. Man gab Unsummen für das Heer aus; aber doch nur gerade so viel, daß man sicher die zweitschwächste der Großmächte blieb. Auch die Hauptstadt war um einiges kleiner als alle andern größten Städte der Welt, aber doch um ein Erkleckliches größer, als es bloß Großstädte sind. Und verwaltet wurde dieses Land in einer aufgeklärten, wenig fühlbaren, alle Spitzen vorsichtig beschneidenden Weise von der besten Bürokratie Europas, der man nur einen Fehler nachsagen konnte: sie empfand Genie und geniale Unternehmungssucht an Privatpersonen, die nicht durch hohe Geburt oder einen Staatsauftrag dazu privilegiert waren, als vorlautes Benehmen und Anmaßung. Aber wer ließe sich gerne von Unbefugten dreinreden! Und in Kakanien wurde überdies immer nur ein Genie für einen Lümmel gehalten, aber niemals, wie es anderswo vorkam, schon der Lümmel für ein Genie.

Überhaupt, wie vieles Merkwürdige ließe sich über dieses versunkene Kakanien sagen! Es war zum Beispiel kaiserlich-königlich und war kaiserlich und königlich; eines der beiden Zeichen k. k. oder k. u. k. trug dort jede Sache und Person, aber es bedurfte trotzdem einer Geheimwissenschaft, um immer sicher unterscheiden zu können, welche Einrichtungen und Menschen k. k. und welche k. u. k. zu rufen waren. Es nannte sich schriftlich Österreichisch-Ungarische Monarchie und ließ sich mündlich Österreich rufen; mit einem Namen also, den es mit feierlichem Staatsschwur abgelegt hatte, aber in allen Gefühlsangelegenheiten beibehielt, zum Zeichen, daß Gefühle ebenso wichtig sind wie Staatsrecht und Vorschriften nicht den wirklichen Lebensernst bedeuten. Es war nach seiner Verfassung liberal, aber es wurde klerikal regiert. Es wurde klerikal regiert, aber man lebte freisinnig. Vor dem Gesetz waren alle Bürger gleich, aber nicht alle waren eben Bürger. Man hatte ein Parlament, welches so gewaltigen Gebrauch von seiner Freiheit machte, daß man es gewöhnlich geschlossen hielt; aber man hatte auch einen Notstandsparagraphen, mit dessen Hilfe man ohne das Parlament auskam, und jedesmal, wenn alles sich schon über den Absolutismus freute, ordnete die Krone an, daß nun doch wieder parlamentarisch regiert werden müsse. Solcher Geschehnisse gab es viele in diesem Staat, und zu ihnen gehörten auch jene nationalen Kämpfe, die mit Recht die Neugierde Europas auf sich zogen und heute ganz falsch dargestellt werden. Sie waren so heftig, daß ihretwegen die Staatsmaschine mehrmals im Jahr stockte und stillstand, aber in den Zwischenzeiten und Staatspausen kam man ausgezeichnet miteinander aus und tat, als ob nichts gewesen wäre. Und es war auch nichts Wirkliches gewesen. Es hatte sich bloß die Abneigung jedes Menschen gegen die Bestrebungen jedes andern Menschen, in der wir heute alle einig sind, in diesem Staat noch früh, und man kann sagen, zu einem sublimierten Zeremoniell ausgebildet, das noch große Folgen hätte haben können, wenn seine Entwicklung nicht durch eine Katastrophe vor der Zeit unterbrochen worden wäre. Denn nicht nur die Abneigung gegen den Mitbürger war dort bis zum Gemeinschaftsgefühl gesteigert, sondern es nahm auch das Mißtrauen gegen die eigene Person und deren Schicksal den Charakter tiefer Selbstgewißheit an. Man handelte in diesem Land – und mitunter bis zu den höchsten Graden der Leidenschaft und ihren Folgen – immer anders, als man dachte, oder dachte anders, als man handelte. Unkundige Beobachter haben das für Liebenswürdigkeit oder gar für Schwäche des ihrer Meinung nach österreichischen Charakters gehalten. Aber das war falsch; und es ist immer falsch, die Erscheinungen in einem Land einfach mit dem Charakter seiner Bewohner zu erklären. Denn ein Landesbewohner hat mindestens neun Charaktere, einen Berufs-, einen National-, einen Staats-, einen Klassen-, einen geographischen, einen Geschlechts-, einen bewußten, ein unbewußten und vielleicht auch noch einen privaten Charakter; er vereinigt sie in sich, aber sie lösen ihn auf, und er ist eigentlich nichts als eine kleine, von diesen vielen Rinnsalen ausgewaschene Mulde, in die sie hineinsickern und aus der sie wieder austreten, um mit andern Bächlein eine andre Mulde zu füllen. Deshalb hat jeder Erdbewohner auch noch einen zehnten Charakter, und dieser ist nichts als die passive Phantasie unausgefüllter Räume; er gestattet dem Menschen alles, nur nicht das eine: das ernst zu nehmen, was seine mindestens neun andern Charaktere tun und was mit ihnen geschieht; also mit andern Worten, gerade das nicht, was ihn ausfüllen sollte. Dieser, wie man zugeben muß, schwer zu beschreibende Raum ist in Italien anders gefärbt und geformt als in England, weil das, was sich von ihm abhebt, andre Farbe und Form hat, und ist doch da und dort der gleiche, eben ein leerer, unsichtbarer Raum, in dem die Wirklichkeit darinsteht wie eine von der Phantasie verlassene kleine Steinbaukastenstadt.

Soweit das nun überhaupt allen Augen sichtbar werden kann, war es in Kakanien geschehen, und darin war Kakanien, ohne daß die Welt es schon wußte, der fortgeschrittenste Staat; es war der Staat, der sich selbst irgendwie nur noch mitmachte, man war negativ frei darin, ständig im Gefühl der unzureichenden Gründe der eigenen Existenz und von der großen Phantasie des Nichtgeschehenen oder doch nicht unwiderruflich Geschehenen wie von dem Hauch der Ozeane umspült, denen die Menschheit entstieg.

Es ist passiert, sagte man dort, wenn andre Leute anderswo glaubten, es sei wunder was geschehen; das war ein eigenartiges, nirgendwo sonst im Deutschen oder einer andern Sprache vorkommendes Wort, in dessen Hauch Tatsachen und Schicksalsschläge so leicht wurden wie Flaumfedern und Gedanken. Ja, es war, trotz vielem, was dagegen spricht, Kakanien vielleicht doch ein Land für Genies; und wahrscheinlich ist es daran auch zugrunde gegangen.

(1930)

Dienstag, 12. Oktober 1916

Der Reservekorporal Georg Pichler, im Zivilverhältnis zweiter Buchhalter eines Konfektionshauses in der Zelinkagasse, geriet im Oktober 1916 als Feldwachtkommandant verwundet in russische Kriegsgefangenschaft. Er hatte einen Bein- und einen Schulterschuß. Mehrere Monate hindurch lag er in Tiflis in einem kleinen Kriegsspital, das ehemals ein ›Han‹, ein Einkehrhaus für durchreisende Kaufleute gewesen war.

Es ging ihm nicht schlecht. Nur das Wechseln seines Verbandes verursachte ihm Furcht und Unbehagen. Wenn er dann wieder im Bette lag, verspürte er ein Wohlgefühl bei dem Gedanken, daß er nun wieder zwei Tage Ruhe hatte, 48 Stunden hindurch ungestört blieb.

Die Vorstellung, daß, während er sich behaglich unter seiner warmen Decke dehnen durfte, sein ehemaliger Vorgesetzter, der Stabsfeldwebel Votrubec, fröstelnd, ohne Tabak, mit leerem Magen und Aussicht auf einen Bauchschuß in dem regendurchweichten Schützengraben auf und ab marschierte – diese Vorstellung versöhnte ihn vollends mit seinem Schicksal.

Anfangs war er apathisch und ohne Interesse für seine Umgebung. Er freute sich seines wiedergewonnenen Lebens, freute sich, daß er dem Krieg für immer entronnen war. Die Zeit verging aufs beste mit dem Warten auf die Menage. Mittags gab es Krautsuppe oder einen Hirsebrei, ›Kascha‹ genannt, abends Tee. Wenn er sonntags eine Portion Sülze erhielt, so gab ihm dieses überraschende Ereignis Stoff zum Nachdenken für viele Tage.

Erst zu Beginn der siebenten Woche seines Aufenthaltes im Spital stellte sich die Langeweile ein. Er fing an, die Gesichter seiner Zimmergenossen zu studieren. Sie waren auf ärgerliche Art einander ähnlich. Er bemühte sich – ohne jeden Erfolg – ein Gespräch mit seinem Krankenwärter, einem mürrischen, alten Tataren, der beim Gehen das rechte Bein nachschleppte, anzuknüpfen. Er unterdrückte den Groll gegen seinen Bettnachbarn, der ihn mit seinem endlosen Husten allnächtlich aus dem Schlaf weckte, verzieh ihm diese und andere Untugenden und versuchte, sich ihm verständlich zu machen. Er sprach zu ihm wie zu einem Kinde: Langsam, mit viel Geduld und in merkwürdig vereinfachten Redewendungen. Der Versuch mißlang, Georg Pichler sprach kein Wort Russisch und sein Nachbar zudem vermutlich nur Tatarisch.

Allmorgendlich machen die beiden Ärzte die Runde. Der eine von ihnen, der Ältere, verstand französisch. Georg Pichler verwendete einige Nachmittagsstunden dazu, sich Redensarten in französischer Sprache zurechtzulegen. Als er dann am Morgen in der Sprache Racines Bemerkungen über die wahrscheinliche Kriegsdauer und über seine eigene Person machte, nickte der Arzt ihm freundlich zu, klopfte ihm auf die linke, die gesunde Schulter und trat an das nächste Bett. Er hatte kein Wort verstanden.

Schließlich gelang es Georg Pichler dennoch, mit dem Aufgebot einiger lateinischer Verba und Substantiva, die ihm vom Untergymnasium her in Erinnerung geblieben waren, dem Arzt begreiflich zu machen, daß er Lektüre wünsche. Am nächsten Morgen erhielt er: eine polnische Grammatik, den ersten Band eines zerlesenen ungarischen Romanes und eine albanische Bibel. Da die Außenwelt ihm versperrt war, zog sich Georg Pichler gänzlich in sich zurück. Er erfand allerlei Methoden, sich die Zeit, die sich zwischen Erwachen und Einschlafen endlos dehnte, zu verkürzen. Er zerlegte das Räderwerk seiner Uhr und setzte es wieder zusammen, und dies wiederholte er so lange, bis sie ihm gestohlen wurde. Er studierte seine Zugsliste, legte eine Statistik der Vornamen seiner ehemaligen Untergebenen an und stellte fest, daß der Name Anton siebenmal, der Name Johann fünfmal und die Namen Franz und Heinrich je dreimal in der Zugsliste vorkamen. Er wettete mit sich selbst, aus wieviel Silben und Buchstaben sich die Gedichte zusammensetzten, die er noch von der Schulzeit her auswendig wußte: ›Burg Niedeck liegt im Elsaß‹ bestand aus 241 Silben und 1172 Buchstaben. ›Gott grüß Euch, Alter, schmeckt das Pfeifchen?‹ zählte beinahe ebensoviel Buchstaben wie ›Placidus, ein edler Feldherr‹. Eben als er mit der Zerlegung des ›Kaisers Rotbart lobesam‹ beschäftigt war, trat das unerwartete Ereignis ein, das seinem bisherigen Zeitvertreib ein für allemal ein Ende setzte.

Ein neuer Transport leichtverwundeter Kriegsgefangener traf ein, der noch am selben Tag weiterbefördert wurde. Eine Stunde lang hörte sie Pichler auf den Gängen hin und her gehen. Keinen von ihnen bekam er zu Gesicht. Aber am nächsten Morgen warf der Arzt eine Zeitung auf Pichlers Bett. Es war eine Wiener Zeitung und sie trug das Datum: 12. Oktober 1916.

Dem Korporal Pichler stockte eine Sekunde lang der Atem vor Aufregung und Freude. Er begriff es plötzlich nicht, wie es möglich war, daß er so viele Wochen hindurch das Leben ohne die tägliche Zeitung ertragen hatte. Einen Augenblick lang kämpfte er mit dem Entschluß, ökonomisch vorzugehen, mit der Fülle der Sensationen, die das Blatt enthalten mußte, hauszuhalten, jeden Tag des Morgens nur eine halbe Spalte zu lesen. Jedoch das Fleisch war schwach: Er las die Zeitung in einer halben Stunde, las sie in einem Zug von der ersten Zeile bis zu den Annoncen.

Als er die Lektüre beendet hatte, warf er das Blatt achtlos auf den Erdboden. Es hatte ausgedient, ihm eine halbe Stunde hindurch die Zeit vertrieben, war zu nichts mehr nütze.

Eine Stunde später zwang ihn die Langeweile, das Blatt vom Boden aufzuheben. Er hatte es – sagte er sich – ja nur flüchtig gelesen, vieles überflogen, den Börsenbericht und den volkswirtschaftlichen Teil kaum angesehen. Er las die Zeitung mit Gründlichkeit ein zweites Mal und entdeckte in der Lokalchronik und in der Theaterrubrik Einzelheiten, die ihm entgangen waren.

Am nächsten Morgen erwachte er mit dem bestimmten Vorgefühl, daß der Arzt ihm die nächste Nummer aufs Bett legen werde, die Nummer vom 13. Oktober 1916. Diesmal, nahm er sich vor, werde er den Lesestoff planvoll auf den ganzen Tag verteilen. Vormittags den politischen Teil, nachmittags den Gerichtssaal. –

Der Arzt kam und brachte keine Zeitung. Er klopfte dem Patienten auf die Schulter und trat an das nächste Bett.

Georg Pichler las die Zeitung vom 12. Oktober zum drittenmal. Diesmal las er auch die Annoncen, die Marktberichte und die amtlichen Verlautbarungen.

Als er das Blatt eine Woche später zum siebzehntenmal las, war die ewig wechselnde Physiognomie der Zeit für ihn zu einer unbeweglichen Maske erstarrt. Immer wieder ereignete sich in aller Welt das gleiche. Abend für Abend wurde in der Oper das Ballett ›Harlekin als Elektriker‹ und in der Burg ›Don Carlos‹ gegeben. Unermüdlich verurteilte der Bezirksrichter Dr. Bendiener den Kaufmann Emanuel Grünberg wegen Preistreiberei zu sechs Wochen Arrest und 600 Kronen Geldstrafe. Restlos geriet die sechzigjährige

Private Ludmilla Stangl unter die Schutzvorrichtung der Elektrischen und erlitt täglich neue, schmerzhafte Kontusionen in der Gegend des rechten Hüftgelenks. Ein unerbittliches Gesetz trieb den zwanzigjährigen, beschäftigungslosen Markthelfer Karl Fiala allabendlich in den Trödlerladen des Moriz Wassermann, wo er dem Verkäufer Tag für Tag mit einer Eisenklammer einen wuchtigen Schlag auf den Kopf versetzte. Zum siebzehntenmal wurde der unseligen Frau Melitta Neuhäusl, Fabrikantengattin, Rathausstraße 14, eine Brillantbrosche im Werte von 40000 Kronen entwendet. Gespenstisch erschien alle Tag um die dritte Stunde der Trauerzug am Tor des Zentralfriedhofes, der die Leiche des nach kurzem Leiden verschiedenen kaiserlichen Rates Emil Kronfeld unaufhörlich zur ewigen Ruhe geleitete. In jeder Sitzung des Gemeinderates hielt der Stadtrat Dr. Adolf Lichtvoll unverdrossen die gleiche Rede und immer wieder unterbrach ihn sein Kollege, der Gemeiderat Wowerka, mit der Bemerkung. »Aber tun S' Ihna nichts an!«

Wenn Georg Pichler die alte, zerlesene Zeitung zur Hand nahm, war er nicht mehr im Kriegsspital in Tiflis, sondern daheim in Wien. Nach der vierzigsten Lektüre des Blattes wußte er den Leitartikel vom ersten bis zum letzten Worte auswendig. Eine ›Zuschrift aus Leserkreisen‹ hatte seine Weltanschauung aufs gründlichste verändert und ihn zu einem begeisterten Vorkämpfer der Feuerbestattung gemacht. Er lechzte danach, endlich einen Versuch mit der Frostsalbe ›Agathol‹ zu machen, war in andauernder Spannung, ob sich nicht endlich ein Lizenznehmer für das österreichische Patent Nr. 96137 ›Kugelzapfen für Kupplungsanlagen‹ finden werde und sann Tag und Nacht darüber nach, wer aus Mutwillen oder Bosheit den Schuß abgefeuert haben mochte, der die große Spiegelscheibe des Café Nizza auf dem Althanplatz zertrümmert hatte.

Er kannte nunmehr die billigsten Bezugsquellen für alle Lebensnotwendigkeiten. Er wußte, wo man Nutz- und Schlachtziegen, einzelne Briefmarken und ganze Sammlungen, Trikotseidenreformhosen, Limonadensaft, Dachpappe, dünne Bleche jeder Art, Prachtfüchse, Freilaufräder, Viehsalz, Messingluster und Isolierflaschen preiswert erwerben konnte. Wenn er die Augen schloß, sah er lange Züge von Menschen, die alle zu M. Goldammer, Kleine Sperlgasse 8, pilgerten, um dort ihre alten Hosen, Wäsche, Schuhe, Chiffons, Uniformen, Pelzwaren und ganze Verlassenschaften ›Zu erstaunlich hohen Preisen‹ zu verkaufen.

Im Frühjahr 1918 wurde Georg Pichler als Austauschinvalider in die Heimat entlassen. Um diese Zeit hatte er das Morgenblatt vom Dienstag, den 12. Oktober 1916, zweihundertsiebzigmal gelesen.

Dieser Tag – der 12. Oktober 1916 – hatte von ihm Besitz ergriffen. Dieser Tag hatte ewiges Leben, hatte alle anderen Tage verschlungen, es gab nur ihn. Was sich an ihm ereignet hatte, war unverwischbar in Georg Pichlers Erinnerung eingegraben. Die Zeit war stehengeblieben am Dienstag, dem 12. Oktober 1916.

Als Georg Pichler aus dem Bahnhof auf die Wiener Straße trat – seine alte Mutter und sein jüngerer Bruder hatten ihn abgeholt –, sah er einen großen struppigen Köter, der sich vor der Türe einer Schankwirtschaft herumtrieb. Er erklärte sogleich, das sei kein anderer als Frau Therese Endlichers verlaufener Bully, der auf den Namen Riki hörte und im 3. Bezirk, Ungargasse 23, gegen hohe Belohnung abzugeben sei. Er versuchte, sich dem Hund mit freundlichen Worten zu nähern. Der Hund knurrte, fletschte die Zähne und fuhr nach Georg Pichlers rechter Wade.

Sie fuhren in der Elektrischen. Der Bruder trug den Rucksack und bot Georg ›Ägyptische‹ an. Die Mutter verlangte, er solle etwas aus Rußland berichten. Georg Pichler sagte, aus Rußland wisse er nichts Erzählenswertes. Sein Blick war im Vorüberfahren auf das Firmenschild einer Rasierstube gefallen.

»Friedrich Huschak, Friseur« las er: – »Ich möchte wissen, ob dieser Huschak ein Verwandter des Professors Huschak ist, der am 12. Oktober 1916 im großen Saale des anatomischen Instituts den Vortrag über den mikroskopischen Aufbau der menschlichen Lunge gehalten hat.« – Am Abend fand sich Georg Pichler in ›Otto Remisch's Bierhalle‹, Mariahilfergürtel 18, ein. Er trat auf den Wirt zu und hielt ihm die Hand hin.

»Meine herzlichsten Glückwünsche, wenn auch verspätet.«

Der Wirt sog an dem Stummel seiner Zigarre und machte ein dummes Gesicht.

»Meine herzlichsten Glückwünsche zum fünfundzwanzigsten Geschäftsjubiläum«, wiederholte Pichler.

»Ah so«, meinte der Wirt. »Ist schon lang nimmermehr wahr. I' hab eh net wollen, daß 's in die Zeitungen einerkummt. Aber der Herr Doktor, der was alle Abend auf an G'spritzten herkommt – dort sitzt er, die Ehre, Herr Doktor, die Ehre! – hat sich's net nehmen lassen.«

»Und wie ist denn eigentlich der Prozeß der Holzverwertungsgesellschaft ausgegangen?« fragte Pichler.

Der Wirt erklärte, er hätte niemals einen Prozeß geführt.

»Ich meine den interessanten Prozeß, den damals die Holzverwertungsaktiengesellschaft gegen das Ärar angestrengt hat.«

Der Wirt sagte, von diesem Prozeß wisse er nichts.

In Georg Pichlers Vorstellung waren die Personen, die er aus dem Zeitungsblatt vom 12. Oktober kannte, untrennbar miteinander verknüpft. Jeder wußte von allen andern. Der Bezirksrichter Dr. Bendiener zitterte mit Frau Therese Endlicher um den Bully ›Riki‹, der ihr abhanden gekommen war. Tieferschüttert schritt Professor Huschak im Leichenzug des nach kurzem Leiden verblichenen kaiserlichen Rates Kronfeld.

»Der Prozeß«, belehrte Pichler den Wirt, »fand am 12. Oktober 1916, dem Tag Ihres fünfundzwanzigjährigen Geschäftsjubiläums statt. Sie müssen unbedingt davon wissen.«

Der Wirt sah ihn mißtrauisch an, machte dem Oberkellner ein Zeichen, zuckte die Achseln und verschwand hinter dem Schanktisch.

Am nächsten Morgen las der Georg Pichler die Zeitung. Die Lektüre langweilte ihn. Er fand in ihr Ereignisse, die ihn verwirrten und Namen von Menschen, die ihm gar nichts bedeuteten.

»Es ist merkwürdig«, sagte er zu seinem Bruder, »wie wenig Interessantes seit einiger Zeit die Zeitungen bringen. Man liest die Sachen und eine Stunde später weiß man nicht mehr, was man gelesen hat.«

(1930)

Der Mann aus dem Borinage

Eines Abends fegte der Bergmann Henrik Wouwers die Schüsseln und Gläser vom Tisch und machte sich an seinen Brief.

Wenn er am rußflimmernden und feuchten Morgen nach seiner Kapuze griff, um zur Grube zu gehen, wenn er schweren und stampfenden Schrittes durch das Abendrot heimkam, wenn er feiertags mit seiner Leinwand in die dürren Felder lief, stand seine Frau Marie an der Tür und fragte leise: »Schreibst du ihn heute?«

An diesem Abend schrieb er ihn. Aus seinem müden Gehirn riß er die Namen, wie er sie in der Mairie erfahren hatte, und setzte mit breiten Zügen auf den Umschlag: »*An die Herren Pierre und Héctor de Louwage, Kunsthändler in Brüssel, 17 Avenue Seghers.*«

Um ihn verglomm der Raum in braunen Schatten, Marie saß im Dunkel und bewegte strickend die Finger. Als er fertig war, drehte er sich um und las ihr stockend den Brief vom Anfang bis zum Ende vor. Marie stand auf und umarmte ihn, danach gingen sie Schulter an Schulter zum Bahnhof und klebten das Bild des Königs auf den Brief.

Herr Pierre de Louwage, als er ihn bekam, öffnete die Tür zum Zimmer seines Bruders und rief mit zitternder Stimme: »Van Loon hat geschrieben!«

Héctor hob den Kopf, er rührte mit spitzem Finger an die Brille. »Und wo?«, fragte er langsam, »wo befindet sich also Van Loon?«

»Im Land«, rief sein Bruder glücklich. »Van Loon, mein Alter, sitzt zur Zeit bei den Kohlengruben im Borinage.«

Der andere legte die Feder hin. »Jetzt muß man überlegen«, sagte er vor sich hin, »was man mit dem Burschen alles anfangen kann. Er hat auf dieser Reise sicherlich genug gemalt, um mit dem übrigen das Jeu de paume zu füllen. Dazu kommen die Verhandlungen mit Amerika. Man wird dieser Tage nach Paris fahren müssen. Zeig den Brief her. Aber du hast ihn ja noch gar nicht aufgemacht.«

Er griff nach dem Umschlag und schlitzte ihn mit einem Messer aus Porphyr. Dann entfaltete er den Bogen und strich ihn glatt. Pierre beugte sich über seine Schulter. Sie lasen:

Messieurs,

Ihre Namen habe ich aus dem Adreßbuch erfahren. Wenn Sie Kunsthändler sind in Brüssel, dann ist der Brief für Sie.

Ich bin arm, und ich male. Meine Farben hat mir ein Agent geschenkt, den man seitdem nicht wieder gesehen hat. Das Gelb ist bald zu Ende, darum wende ich mich an Sie.

Ich mache meine Bilder, so gut ich kann, in der Zeit, wo ich nicht in die Grube muß. Das ist meistens am Tag, aber auch in der Nacht. Die Leinwand spannt meine Frau, nachher richte ich sie mir allein zurecht. Wir haben schon fast alle unsere Bettlaken verschnitten. Ich kann wegen der Grube nicht zu Ihnen kommen, sonst würde ich mit meinen Bildern bis nach Brüssel gehen. Ich habe kein Geld, um meine Bilder mit der Post aufzugeben, darum bitte ich Sie, schicken Sie mir Geld.

Ich verbleibe Ihr

Henrik Wouwers, Grubenarbeiter im Borinage.

Pierre sprang auf und stöhnte: »Imbécile!« rief er außer sich. »Und ich habe gedacht, es ist Van Loon.«

Sein Bruder zog schweigend den Schlüsselbund hervor. Er sperrte eine kleine Lade des Schreibtischs auf und nahm ein gebündeltes Paket von Briefen heraus. Es waren darunter manche auf alte Rechnungen geschrieben und andere auf die Kehrseite von Eisenbahn- und Schiffsbillets. Es waren welche auf gekröntem Bütten und welche auf dem zartesten Reispapier. Héctor löste das Band von den Briefen und legte sie neben Henriks Blatt. »Du hast trotz allem recht gehabt«, sagte er gelassen. »Trotz allem, Pierre – es ist seine Schrift.«

Pierre schwang sich auf den Schreibtisch und runzelte die Stirn. Dann lachte er plötzlich auf. »Eine neue Verrücktheit?« rief er und lachte immer weiter, bis Héctor die Hände hob und ihn um Ruhe bat.

»Am besten ist es, darauf einzugehen«, sagte Héctor und strich mit den dünnen Fingern über seine Schläfe. »Man wird ihm das Porto für fünfzehn Bilder schicken. Wenn sie da sind, wird man ihm erwidern, daß sie besser seien als die eines gewissen Van Loon. Und nachher werden wir in Brüssel unseren Freund auftauchen sehen, der vergnügt mit den Fäusten auf den Schreibtisch schlägt und mit dem man nach drei Tagen die Ausstellung machen kann.«

»Was für ein Spaß!« rief Pierre. Er klopfte seinem Bruder ein wenig zu heftig auf die Schulter, so daß Héctor zusammenzuckte und ihm einen gepeinigten Blick zuwarf. »Was für ein Spaß, mein Alter, mit dem guten Van Loon!«

Von dem Geld erfuhr Henrik schon, als er nach der Ausfahrt am Postbeamten vorbeikam. Er rannte nach Hause und schüttelte seinen Rock, daß die Tropfen zischend auf dem Ofen versprangen. »Wo ist es?« fragte er eilig. »Hier«, rief Marie, zitternd vor Freude, »hier liegt das Geld und auch Garn und Papier, wir können sie gleich verpacken.«

Henrik stand mit breiten Beinen da und starrte, dann ging er zum Schrank und holte ein Bild nach dem anderen hervor. Die sonngetränkte Kammer Maries und ihr Bildnis mit dem Kürbis, die glimmergraue Schlange der Gefährten vor der Grube und die Nacht über einem fahlen Stoppelfeld. Bis zum nebligen Morgengrauen hämmerte er an den Rahmen und verknotete das Garn. Als er zur Arbeit mußte, ging neben ihm Marie über die verkrustete Erde und zog den Leiterwagen hinter sich her zur Bahn.

Die Bilder reisten nicht länger und nicht kürzer als einen Tag. Sie reisten in einem Zug, der zwanzig Wagen Kohle führte. Auf dem Bahnhof der Stadt Brüssel lagerten sie noch eine ganze Nacht. Doch während sie endlich zur Avenue Seghers rollten, saßen Pierre und Héctor de Louwage vor dem belgischen ›Kurier‹ und schüttelten die Köpfe.

In der Zeitung war zu lesen, daß der große flämische Maler Van Loon auf seiner Reise um die Welt auf den Philippinen angelangt war, und daneben sah man ihn auf einem Schiff Ihrer holländischen Majestät, wie er eben den Kopf unwillig zur Seite wandte.

Die Bilder von Henrik wurden indessen aufgeschnürt und in das Zimmer der beiden Herren getragen. Der Jüngere warf die Zeitung weg und rannte zu ihnen hinüber. Héctor wartete noch eine Weile, bis man seinen Rollstuhl in ihre Nähe schob.

Aber so vor Henrik Wouwers' Bildern stehend, griff Pierre sich an den Kopf und zog das Taschentuch, um den Angstschweiß von der Stirn zu wischen. Auch Héctor erbleichte und nahm die Brille ab. »Als ob er sie gemalt hätte«, sprach er, indem er sich die Augen rieb. »Das geht über meinen Verstand, Pierre, und über deinen auch.«

Pierre zerrte nachher die Bilder zum Licht und fuhr mit dem Finger darüber. »Es ist nicht zu ändern«, flüsterte er, »das ist Van Loon in seinen Anfängen und mit seinen eigenen Farben. Das ist Van Loon im Grau und im Braun und im Gelb, und Van Loon in den wüsten pastosen Strichen.«

Sie saßen und berieten hin und her; dem Diener gebot man, die Bilder unter Tüchern zu verbergen. Pierre schrie, man müsse Van Loon davon berichten, aber Héctor schüttelte nur den Kopf. Zuletzt fingen sie von anderen Dingen zu sprechen an und beruhigten allmählich ihre entsetzten Gemüter. Gegen Abend ließ Héctor die Bilder in das letzte ihrer Magazine überführen, und da am nächsten Tag nicht mehr die Rede davon war, vergaßen sie beide das Ereignis und diesen Henrik Wouwers wie einen bösen Traum.

Henrik aber ging durch den kohlenflimmernden Morgen zur Grube und fuhr schwer atmend ein, in der Abenddämmerung kehrte er müden Schrittes zurück. An Feiertagen saß er vor der Hütte und blinzelte aus verhangenen Lidern zur Sonne hinauf und konnte sie nicht malen, denn er hatte kein Geld. Er rannte auch nicht mehr aufs nächtliche Feld, so blieben Marie ihre letzten Laken. Er wartete eine lange Zeit auf die Antwort der Herren de Louwage, darüber brach der Winter auf und schmolz in einem rieselnden Frühling. Im März riß die Erde und lockerte sich aus ihrem Schlaf, und eines Tages wühlte es wie eine Hand darin empor und zerrte an den Wänden der Gruben.

Am Abend stand Marie wie die anderen vor der Einfahrt, umhüllt mit einem grauen gestrickten Tuch. Der Regen fiel in schmutzigen Fäden, und vor ihr trugen sie die Männer vorüber. Bei jedem, den man trug, stürzte eine von ihnen zu Boden, Léonie, Joséphine, Céline, Coletteje und wie sie alle hießen.

Unter den letzten trug man Henrik vorbei.

Die Herren de Louwage indes, als sie auf der Liste der toten Bergleute auch den Namen jenes Wouwers lasen, gaben Auftrag, in das letzte Magazin zu gehen und seine Bilder zu zerhacken und zu verbrennen. Hernach setzten sie sich hin und schrieben einen Brief an Van Loon, in dem nichts anderes stand, als daß sie das Jeu de paume für ihn zu interessieren gedächten und daß man auch in Amerika auf seine letzten Werke begierig sei.

Aber Van Loon blieb noch ein ganzes Jahr auf den Philippinen.

(ca. 1930)

Schattenstadt

Einhundertfünf Kilometer!

Fest die Gesichter! Die Muskeln angerissen, bis sich die Haut strammt – zum Bersten!

Einhundertzwanzig!

Der rote Wagen ist ein rasendes Tier geworden, das sich zum Himmel bäumen möchte, aber mit zangenharten Schenkeln reiten wir auf ihm, geben ihm wütend die Sporen!

Einhundertfünfzig!

»Schneller!« zischelt die Frau. Und das ist ja Dummheit, Rausch, besoffener Irrsinn, und man möchte doch brüllen vor Lust! Die Straße stürzt in uns hinein; wie Schnitterschlag sirrt uns die Luft an den Ohren; hinter uns fegt Staub, wogt, schwillt, wirbelt, balgt sich mit dem Sturm, den wir hochreißen; Felder flitzen vorbei, Gesträuch sträubt uns drohend Ruten nach, verknorpelte Weiden grinsen. Etwas fetzt über den Weg. Tier? Mensch –? – Drüber!!!

Mir fiel auf, daß wir grau und elend aussahen – alle. Der Regisseur am Lenkrad, in sein verbindliches Lächeln vereist, seine Frau neben mir genau wie damals, als ich sie auffand mit klaffenden Lippen: das Veronal hatte doch nicht gereicht. Und ich selbst im Sucher am Schutzglas gespiegelt, hohl, staubgetüncht, ein schlechter Harlekin!

Einhundertachtzig!

Der Wagen hupt heulend wie unter einem unerträglichen Schmerz.

Quoll nicht eine Stadt über den Horizont? Staub verwischt sie; eben war sie wieder da. Speicher, ungeheuren Särgen gleichend, drehen sich mit den Äckern vorbei, sie gleiten, stillere Schiffe, durch die wogende Erde um uns. Kirchtürme verkritzeln das Blau. Pappeln sprudeln an den Flanken unserer Chaussee empor, stehen Parade: schnurgrad hineingefeilt! – Als führen wir in einen Friedhof – denke ich, sehe fernher, doch wachsend das Stadttor, düstern, das unsere Straße verriegelt; Mauer und Fachwerk häuft sich dort, drängt sich daran, als fröre den Steinen.

Ein Ruck: der Regisseur am Lenkrad hebt sich aus einer Starre zu einem wahrhaftigen Lachen, wie ich es an ihm noch nie wahrnahm; das verstört mich – da fliegt mir ein rotes Netz um den Schädel, der Pulsschlag schlenkert, vergluckst; so etwas schreckt mich nicht mehr. »Praecordialangst«, nennt das der Doktor. Ein Lasso fängt mein Herz ab, schleift es mir durch alle Adern, läßt aber dann immer wieder nach, noch immer. Wie jetzt! Ich fasse Luft, tauche auf aus mir, mein erlöstes Blut übertrommelt den Motor. Hurra! Vor uns die Stadt, die wir erstürmen: mauergegürtet das Tor; schlanker Belfried, verknitterte Giebel – das jagt uns entgegen, wächst an und verschlingt uns. Und drinnen fallen wir ab, versunken wie unter Wasser ist alles um uns, so leise gleiten wir. Die enge Straße bändigt uns. Still lief sie voran, menschenleer, obschon die Luft warm und lockend wehte, voll von jener balsamisch satten Sonne der Frühlingsdämmerung. Denn es ist Mai.

Es ist Mai. Die Schauspielerin neben mir sieht meinen streichelnden Blick nicht, sie schaut nach ihrem Mann. Sie quälen sich nun schon neun Jahre, doch diese neun Jahre machen ein Jahrtausend quitt. Beide leben sie aneinander grenzend; die Worte zwischen ihnen schweigen ermüdet; sie hält sich Freunde, er wechselt rasch seine Geliebten, an denen ihn nur die Eroberung reizt. Aber im Grunde liebt sie nur ihn, er nur sie, ganz klar, erbarmungslos, unausweichlich, als sei das so Bestimmung vom Anbeginn der Welt her. Und bisweilen finden sie sich auch und wissen dann nicht, ob sie einander töten oder für einander sterben sollen.

Der Regisseur blickt vom Lenkrad nach seiner Frau zurück, er blickt zugleich nach mir, und seine stets unbeteiligten Augen spielen dabei über uns beide weg. »Schattenstadt«, sagt er; ich verstehe nur nicht: heißt der Ort so, oder hat er das eben ersonnen? Und wozu mißt er dabei seine Frau? Sie muß unterliegen – entdecke ich plötzlich, denn er ist ja hundertmal mehr Weib als sie, und mit Wille und Hirn eines Mannes dazu!

Die Gassen quetschen uns, führen im Kreis oder verschrumpfen zu Stümpfen. Eine Mauer kehrt immer zurück; drüber hinaus schimmert ein See. Eine alte Frau tritt aus einem der ganz niederen Häuser, ja, bloß niedere Häuser gibt es da, die sich die Dächer tief über die Ohren gezogen haben! Die Alte sieht kaum nach uns. »Wie kommen wir weiter?« frage ich; sie verneint mit dem Kopf, als sei das unmöglich, und drückt sich in ein Gewölbe.

Wir werden uns in diesem Städtchen doch nicht verirren – oder sollen wir nie mehr ins Freie? Lächerlich, solcher Einfall! Die große rote Kirche, die ich bei der Einfahrt gesehen, die dient uns jetzt zum Zeichen; wir steuern ihr an den Leib. Sie stand, ein riesiges Tier, wachsam für das Gassenwirrsal zu ihren Füßen; in Kurven und Winkeln zog es uns ihr näher. Aber der Weg hin spaltet sich, äfft uns, immer glaubt man sich gleich am Ziel. Domherrenschlößchen, uraltes Gemäuer, wohl das Pfarrhaus, und alles ohne Leben, schoben sich dazwischen; endlich umrang uns der Platz. Hier richtete sich der Dom auf, gotischer Backstein, zweitürmig, ein harter Mönch mit zum Himmel gereckten Armen. Über dem Gesimse wucherte Gras und Bäumchen; dort kehrte die Form wieder heim – zur Natur.

Das verschlossene Tor wies uns ab. Im Türsturz verblüffte ein seltsames Relief: wir traten ganz nahe heran, es zu sehen. Ein heiliger Georg erwürgte mit bloßen Händen die Schlange, die sich ihm zwischen die geschienten Beine gewunden hatte und nun emporstrebte an ihm. Den Halfter um den Paradiesesbaum geschlungen wartete sein Reittier, ein Einhorn. Nur dieses Symbol der Keuschheit begleitete ihn: nirgends – wie überall sonst – war die Frau, die er befreite. In seinem Triumph lag Leid; seinen Zügen entströmte die schmerzhafte Reinheit von lange Gemarterten.

Eine schwere Traurigkeit befiel mich, die offenbar auch die anderen niederzog. Die Schauspielerin bückte sich jäh über die Hand ihres Gatten und küßte sie; sie saß jetzt an seiner Seite, und ihre Schultern sanken hoffnungslos nieder an ihm, das Weh der ganzen Welt schien ihnen aufgebürdet. Er ließ nicht die Hand vom Lenkrad; nur sein Lächeln verschattete sich, eine kühle Strenge machte seine Züge fast jenen des Ritters am Dome ähnlich. »Fahren wir!« fühlte ich heftig, denn schon stieg auch mir das Herz zu Kopf; man mußte dort wieder den Rhythmus der Maschine eingesetzt bekommen; das brachte alles zurecht. Und es geschah; der stumme Wunsch erfüllte sich.

Ein Armenhaus duckte sich vor uns; sein klösterlicher Bau glich der Kirche, deren Zeit es wohl entstammte. Und dort stand jemand, wieder die alte Frau; erstaunlich, wie sie sich beeilt haben mochte – oder glichen die greisen Menschen dieser sonderbaren Stadt so sehr einander? Waren sie sich durch die vielen Jahre schon verwandt geworden, wie niedergetretene Erde sich ähnelt, Erde, zu der sie recht nahe hatten? »Mach sie sprechen!« befahl ich mir, doch es bedurfte dazu einer Frage nach etwas sehr Alltäglichem, wo Leute sich in grober Wirklichkeit bewegten, etwa nach einem Gasthaus; da verlöre unsere Rembrandtgreisin ihren Zauber. Und Antwort wurde mir wieder, ehe ich redete. »Zur guten Ruhe«, rief es wie aus einer Gruft, und die Alte tat dazu ein paar Gebärden mit der Hand; schlug sie das Kreuz über uns oder wies sie die Richtung? Mein Freund nahm das zweite wohl an; er fuhr weiter.

Vom Domplatz her fielen sechs hallende Schläge schwer zu Boden; dies war die Avestunde, die Stunde der Empfängnis göttlicher Gedanken, doch auch die weiche Stunde der Verführung, des Verrates. Eine sonderbare Helle enthüllte alles; trotz der bereits welkenden Sonne waren wir und die Dinge um uns überscharf, qualvoll deutlich da; man schaute einander fast hinter die Stirnen. Ich wollte die Frau darauf lenken, aber ihr Blick hielt den Gatten umfaßt. So sieht man kleine Kinder an, wenn man selbst keine hat! – besann ich mich.

Durch ein gewölbtes Tor schwebte der Wagen – ja, man mochte das »schweben« nennen; man spürte kaum den Boden, so leicht kamen wir vorwärts. Aus einer Nische reckte sich ein eksatischer Heiliger über einer Streckfolter; die steinernen Arme, abgeschlagen, machten einen wehen Eindruck. Über ihm zog eine Sonnenuhr in einer Schleife um ihr Zifferblatt einen seltsamen Spruch: »Quaelibet vulnerat, ultima necat« – »Jede verwundet, die letzte tötet« – das stand hier um den Kreis der Stunden. Und damit hatte alles Befremdende wohl sein Ende, denn jenseits des Tores empfing uns das Gasthaus, ein breites, graues, uraltes Gehöft; ein großer Wirt mit einem stillen Gesicht, das mir nicht unbekannt schien, stand in seiner Schwelle.

Nichts war bei unserem Eintritt besonders zu nennen. Im Saal, einem ländlichen Festraum, die Decke pendelnd von verdorrten Kränzen, stießen wir, wie erwartet, auf Leben. Das heißt: es saßen viele Menschen in der Dämmerung; sie tranken oder rauchten, sie redeten nur nichts. Es sah eher aus, als hätten sie sich längst alles gesagt, und fürchteten, nun schon durch den Klang ihrer Stimmen einander zu reizen.

Auch der Wirt trat jetzt stumm und sanft hinter die Schank; »wie ein Gestorbener«, fühlte ich, denn ich seinem Antlitz lag eine weise Müdigkeit, die so allein die Toten haben dürfen, die sich richtig vollendet haben, reife Früchte Gottes. Jetzt unterließ ich es, das meinen Freunden mitzuteilen, aus einem Gefühl, das in mir seit unsrer Einfahrt in die Stadt stets anstieg – als wüßten wir plötzlich so viel voneinander, daß Sprache zwischen uns unnötig sei.

Aus einem Nebengemach zuckte Musik. Es war eine javanische Tanzweise; sie wiederholte verzweifelt eine Tonfolge, die wohl den Totengesängen jenes Volkes entstammen mochte; übrigens wurde linkisch gespielt, immer mit gleichen Fehlern.

»Wir müssen noch deine Rolle durchsprechen«, mahnte der Regisseur die Schauspielerin, indes wir an einem Tische Platz nahmen, wo schon ein Mann saß, das Gesicht in den Schatten gekehrt. Ich staunte. Sie spielte doch nicht in der nächsten Zeit, und dennoch tat mein Freund, als sei nichts so dringend. Und dazu waren das wahrhaftig die ersten Worte gewesen, die er an sie gerichtet seit der Fahrt durch das Stadttor.

Der sanfte Wirt bringt Wein. Er redet nichts, er sieht uns nur aus matten Augen an, als wolle er etwas äußern, aber sicherlich sagt er fast nichts, nur »Abend« – oder »Amen«; ja, eher »Amen« war das. Und der Mann an meinem Tisch wendet mir das Gesicht zu, und es ist mein Bruder. »Julian«, murmle ich ohne Staunen. Er nickt.

In meinem Rücken beginnt der Regisseur der Schauspielerin etwas vorzuraunen; das ist wohl die Rolle. Die Dichtung, aus der sie stammt, meine ich zu kennen, bloß der Verfasser fällt mir nicht ein. Es wird immer nur der eine Satz gesagt: »Vater unser, der du bist im Himmel –«

Und da weiß ich mit einmal, mein Bruder Julian ist ja im Kriege geblieben, am Stryj; er liegt in Rußland begraben, irgendwo. Und doch sitzt er hier. Und nun winkt mir von der Türe her eine weiche Frau, ein Puma in Kleidern; Evelyne ist das, Evelyne, die Tote vom Vorjahr, die mit allerhand Manntieren so lange lachend spielte, bis sie in Liebe fiel und unterging, und da grinst mir der Theaterdirektor Heinrich sardonisch zu, von dessen selbstgewähltem Ende ich zur selben Zeit vernommen und viele sind noch da von drüben; mählich erkenne ich sie. Und der Java rieselt weiter. Und ein Paar steht auf und tanzt danach, ganz langsam. Und der Wirt schaut sanft und traurig über alle. Und der Rotwein schmeckt bittersüß. Und die Schauspielerin hinter mir sagt immer wieder ihrem Mann nach: »Vater unser, der du bist im Himmel –«

Nein, ich träume wohl, ich versuche also, die Augen im Traume zu schließen: davon erwacht man! Das ist ein altes Mittel, das uns die Kindermagd riet, einen Alp zu verscheuchen. Aber das, was ich jetzt mit zugedrückten Lidern sehe, das ist doch erst der Traum? Denn da liegt ein zerschmettertes Auto, und Blut rinnt am Boden, so viel Blut, und Körper schreien mit offenem Fleisch. Und im Hinschauen rädert mich ein gräßlicher Schmerz an den Armen und im Genick. Die Augen muß ich öffnen; verdammt! Aufwachen will ich doch! »Vater unser, der du bist im Himmel –« höre ich neben mir, die sind also alle noch da, alle sind sie um mich; warum wollen sie mir dann nicht helfen?! Dein Rat war schlecht, alte Aja! Ich heule, ich höre mich nicht, ich weiß aber, daß ich heule. Ich sehe bloß viele dumme Fratzen, die starren mich entsetzt an; was wollen sie? Ich schlafe ja, ich träume –

Aber da ist endlich ein menschliches Antlitz über mir; die alte Kinderfrau schaut mich an. »Aja«, spüre ich, »führe mich heim!« Und sie streichelt mich, und nun ist es jene Greisin aus der Stadt, freilich, sie ist es, und ich kann schon die Augen auftun, behutsam, und aus einem Nebel kehrt alles zurück, das Gasthaus und die dort um mich, doch sie haben Farbe, als wäre Blut in sie gekommen; ganz lebendig sind sie wie ich. Und der Java geht weiter, und ein Paar tanzt –. Und die Schauspielerin sagt immer lauter: »Vater unser, der du bist im Himmel –« Und mein Bruder lächelt, und ich möchte ihn umhalsen, aber jemand hält mir die Hände fest. Oder habe ich keine Hände mehr –?

Was tut's? Ich bin wieder wach. Wieder im Leben bin ich, mitten im Leben dieser kleinen Stadt, die schließlich gar nicht so wunderlich ist, als sie uns erst erschien. Im Gegenteil: hier geschieht alles sehr einfach; eher, was vorher gelegen sein muß, dünkt mich nun sinnloser Umweg. Und auch mein Bruder meint das wohl, denn er nickt mir herzlich zu, und die Schauspielerin lächelt ihrem Mann erlöst entgegen, der nach ihr schaut zum erstenmal ganz klar, voll Liebe, und der Satz, den sie sagt, hat einen Sinn von Heimat, und über mich beugt sich wieder die alte Amme, und überall um mich ist sie nun wie eine schwarze, gute Höhle, die mich schützt und in der ich jetzt einschlafen will – wie ein Toter –

Nein – wie ein Kind –

(1931)

Im Irrgarten

Der Anfang des Prater-Ausfluges mit Pauline ließ sich gut an. René wußte in keiner Weise, woran er mit ihr eigentlich war, und manchmal schien es ihm, als sei es dieser jungen Frau wirklich um das Vergnügen des Karussellfahrens zu tun und als seien ihre gestrigen Äußerungen der Freude, bei dem Gedanken, wieder einmal in den Wiener ›Wurstelprater‹ zu kommen – auch Volksprater genannt – schlechthin ernst zu nehmen und nicht nur der Titel ihres Stelldicheins mit ihm. Als er auf der Rutschbahn ihre Wärme neben sich spürte und in den scharfen Kurven noch mehr von ihrer anmutigen Person, war es noch immer nicht möglich, aus den gröblichen Wirkungen der sogenannten Zentrifugalkraft eine vielleicht doch vorhandene persönliche Note herauszuspüren. Er vergaß zudem auch zeitweise ganz seiner eigenen Verliebtheit und tummelte sich fröhlich in einer jenen goldenen Schulpausen des Lebens, die, man möchte es kaum mehr glauben, dann und wann einmal wirklich entstehen, dadurch nämlich, daß etwa ein Lastzug mit Sorgen zufällig den Anschluß an einen Schnellzug der Unannehmlichkeiten, in welchen umzusteigen gewesen wäre, verpaßt.

Der Mai aber war, am hellichten Tage doch geheimnisvoll, hinter jedes neu entfaltete Blatt getreten, hatte eine grün-goldene Aura herumgezeichnet und das Getümmel der vielen Blätterschatten am sonnigen Boden durch kleine Windstöße lebhaft gemacht. Der Kies der Alleen wurde auf solche Weise gesprenkelt und ständig bewegt, als sei's eine Wasserfläche. Pauline wollte jetzt unbedingt ins Wachsfigurenkabinett gehen oder, wie man auch zu sagen pflegt, ›Panoptikum‹, sie versprach sich einen Hauptspaß von dieser Darbietung. René trat hinter ihr ein und nahm dabei einen kleinen raschen und beinahe wehmütigen Abschied von draußen. Denn hier war dieser Frühling abgestellt, als hätte man einen Schalter gedreht. Dafür erholte sich allerdings das schmerzhaft mit Licht überfüllte Auge in den gedämpften, stillen Räumen – es war ein Werktagsnachmittag, und sonst hier kaum ein Besucher außer den zweien. Was jedoch alsbald in Erscheinung trat, war weniger geeignet, Erholung zu bieten. Man wußte zwar, daß man sich im Prater und in einer Schaubude befand: jedoch alle diese, teils frei, teils in Glaskasten aufgestellten Figuren traten doch mit dem Ansprüche heran, ernst genommen zu werden und die persönliche Neugier des da und dort hin sich wendenden Blickes zog auch den mit Verstand begabten Besucher hinein in diesen Wust. Pauline schien die besseren Nerven zu haben, denn der in seinem Blute liegende und doch noch schwach atmende Zar Alexander der Zweite bildete für sie insofern einen Gegenstand der Unterhaltung, als sein Gesicht das eines gänzlich unbeteiligten Herrn mit goldenem Kragen war, der mit einer gewissen Indignation zu dem Schaukasten Nummer sechsundachtzig hinübersah: denn diese Vitrine enthielt tanzende Bajaderen in Originalkostümen. Daneben hatte sich das ›Mittelalter‹ mit zahlreichen Folterwerkzeugen ausgebreitet, und noch tiefer ging es in die Zeiten hinein, denn die Fortsetzung dieser Reihe bildeten Feuersteingeräte und Modelle von Pfahldörfern. René suchte an alledem vorbeizukommen, es gelang ihm auch, denn ihr Interesse hakte sich freilich nirgends fest. Diese Gleichgültigkeit empfand er merkwürdigerweise als ebenso unecht wie ihre Heiterkeit von vorhin.

Am Ende des Saales aber befand sich in Rot und Gold das Tor zum ›Spiegel-Irrgarten‹. Dieses Tor erschien René als willkommener Ausweg aus einer unerwünschten Vergnügung und zugleich als überraschend geschenkte Verheißung traulichen Alleinseins mit Pauline. Sie schritt auch sogleich hindurch und höchst angeregt zwischen den Spiegelwänden der Gänge weiter – das eigene Bild kam hier bei jeder Kreuzung gleich vier- und fünffach entgegen – während René ihr für solche Bereitwilligkeit rasch das ganze Wachsfigurenkabinett samt sämtlichen Zeitaltern, Originalkostümen und staubigen Gerüchen verzieh.

Zunächst kamen sie viermal zu der – wie sie glaubten – gleichen Stelle zurück, und als sie ein fünftes Mal, nun mit Absicht, dahingelangen wollten, wurden sie durch die immer gleichen Spiegelgänge und Kreuzungen woanders hingeführt, nämlich offenbar tiefer hinein und wohl in den Mittelpunkt der ganzen Anlage: denn hier gab es einen runden Raum mit roten Polsterbänken: Sie ließ sich vergnügt nieder, in jener übermütigen Weise, wie sich Schulmädchen rücklings in eine Bank fallen lassen, so daß beide Beine einen Augenblick lang in der Luft schwebten. René bemerkte scharfen

Auges an der nächsten Eckleiste zwischen zwei Spiegeln einen elektrischen Druckknopf mit der Umschrift ›Zum Herbeirufen des Personals‹. Er setzte sich derart, daß sein Oberkörper diesen Knopf verdeckte. Pauline begann sofort rasch und viel zu plaudern, und während er einmal leichthin und schnell ihr Händchen küßte, entrollte sich ein Rundblick auf den kleinen Kreis ihres täglichen Lebens. Dessen Schwerpunkt schien, wie bald sichtbar wurde, durchaus in ihrer Tugend zu liegen, die offenbar bei allen ihren Erlebnissen die Hauptrolle spielte, jedoch niemals wirklich gefährdet war, weil, wie sie betonte, gewöhnliche Menschen sich bei der Beurteilung ihrer Person immer täuschten. Und so schien auch, auf den ersten Eindruck hin zu schließen, Entrüstung die häufigste Regung ihrer Seele zu sein, und die Anlässe dazu boten sich ihr offenbar in größter Fülle. Kein Ausgang, ohne daß nicht jemand ihr ›nachgestiegen‹ wäre – wie man das, wohl in Gedanken an einen Hahn, benennt – kein Besuch eines Restaurants mit dem Gatten, ohne Angriffe auf ihre Ehe von irgendeinem Nachbartische aus. René stimmte erst beiläufig zu, mit der Bemerkung, er räume gern ein, daß alle Männer im Grunde ekelhaft seien. Dabei streichelte er ihren Arm und legte schließlich wie tröstend den seinen um ihre Mitte, was sie zuließ. Während sie nun, rasch und gleichmäßig sprechend, ein Erlebnis zu erzählen begann, das ihr schon seit Jahren die größte Belästigung bereite – ein Berufsgenosse ihres Gatten verfolge sie, natürlich ganz vergeblich und ohne jede Aussicht auf Erfolg, mit seiner Liebe – hauchte René die ersten zarten Küsse in ihr Genick und auf den Ausschnitt ihres Kleides. Als er sie aber auf den Mund küßte, nahm sie dies nur ganz rasch und zwischendurch hin, indem sie für einen Augenblick ihr Puppenköpfchen ruhig hielt, gerade so lange als nötig, um den Kuß in Empfang zu nehmen; und schon sprach sie mit der größten Lebhaftigkeit weiter. Dieser liebestolle Berufsgenosse des Gatten nämlich mußte ein wahres Wunder von einem Manne sein: nicht nur schön, reich und klug, ein erstklassiger Automobilist und Sportsmann überhaupt; sondern das merkwürdigste an ihm war seine ganz eigenartige und zweifellos bedeutende Persönlichkeit, die ihn trotz aller glänzenden Eigenschaften und seines Reichtums, zu einem einsamen und zurückgezogenen Leben veranlaßte. Für Frauen habe er sonst, so sagte sie, überhaupt kein Auge, obgleich er von jenen geradezu umschwärmt werde.

»Darin scheint er ja Ihnen gewissermaßen zu gleichen«, meinte René, der diesen langen Bericht über einen zwar herrlichen, aber für ihn im Augenblicke doch eher fernen Menschen gern unterbrochen hätte. Er war zudem bereits so weit gekommen, seine Ahnungen von der Rutschbahn her erfreulich bestätigt zu finden. Sie schien übrigens, ganz in der Trance ihrer Erzählungen befangen, seine Bemerkung gar nicht aufzufassen. Während sie halb auf seinen Knien saß, ergänzte sie nun die Gestalt ihres Helden – von dessen herrlich eingerichteter Villa und besonders seiner einzigartig wertvollen Briefmarkensammlung sie schon erzählt hatte – sie ergänzte also die Gestalt dieses Helden noch durch die Schilderung seines ungemein zartfühlenden und edlen Charakters, René war nahe daran, sie zu fragen, warum sie dann eigentlich hier im Prater auf seinen Knien sitze, aber er machte immerhin noch einen tatkräftigen Versuch, von diesem Idealbild eines Mannes wegzusteuern, und wirklich gelang es ihm, wenigstens für eine Minute, in ein schweigendes und herzhaftes gegenseitiges Abküssen zu entkommen. Aber zwischen Lipp' und Kelchesrand begann sie jetzt, und zwar sofort anschließend, mit dem eigentlichen Hauptteil ihrer Erzählung, nämlich mit der Geschichte der – freilich ganz aussichtslosen – Verfolgungen, denen sie von seiten dieses Halbgottes seit Jahren ausgesetzt sei. Daß sie von René dabei allmählich abgesetzt wurde, daß er aufstand, ihr den Blick auf den Taster ›Zum Herbeirufen des Personals‹ freigab, ja, daß er sie mit einem geheuchelten »Nun, was ist denn *das* hier!?« auf diesen Taster geradezu aufmerksam machte, hatte alles nur den Erfolg von bestenfalls augenblickslangen kleinen Pausen.

Er aber kniete jetzt, zum Äußersten entschlossen, vor ihr nieder, und seine zärtlichen Werbungen näherten sich entschieden einem Höhepunkt. Jedoch Pauline, von ihrer eigenen Erzählung fortgerissen, berichtete eben, wie es trotz ihrer Standhaftigkeit dahin gekommen war, daß ihr Gatte einen gänzlich ungerechtfertigten Verdacht faßte; nun ging sie zu der Schilderung einer Szene über, die sich in einem Café zwischen ihrem Manne und dessen erfolglosem Rivalen abgespielt hätte und die nur durch ihr entschiedenes Dazwischentreten noch zum Guten gewendet worden sei, wobei sich allerdings der Edelmut des unglücklichen Liebenden wahrhaft glorreich erwiesen habe. Renés Zärtlichkeiten hatten indessen ihren Höhepunkt erreicht, von ihr zwar herzhaft, aber nur gelegentlich und zwischendurch erwidert, und sogleich neuerlich vom Heldenlied der unerschütterlichen Tugend überrauscht.

Er stand plötzlich auf, stellte sich neben den Druckknopf und zählte im stillen bis dreißig. Sie war eben noch mit der Schilderung eines erhabenen Charakters vollauf beschäftigt, als schrillend und anhaltend die Alarmglocke ertönte, wie ein letzter, verzweifelter Hilferuf. Alsbald hörte man die eilig herankommenden Schritte eines Bedienten. Nun konnte René die Bestätigung dafür haben, daß Entrüstung eine der hauptsächlichsten Regungen in Paulines Seele war. Denn *diese* Entrüstung trat so offen in ihr Gesicht, daß, nachdem das Paar aus diesem Irrgarten erlöst worden war, dem jungen Manne nichts anderes übrig blieb, als seine Dame zur Straßenbahn zu bringen. Dies geschah noch dazu unter beinahe gänzlichem Schweigen. René aber schien es, als hätte er nun den idealen Fall überhaupt für das Ende einer Liebesgeschichte erlebt: durch Druck auf einen Knopf.

(entstanden 1932)

Ein Abend Angst
Novelle

Unter dem gestreiften Sonnensegel, das auch jetzt bei Nacht ausgespannt ist, stehen die leichten Korbtische und die Korbstühle. Zwischen den Häuserreihen, durch die jungbelaubten Kronen der Alleen streicht der leise Nachtwind, man könnte meinen, der käme vom Meer. Aber es ist wohl nur das feuchte Pflaster; der Sprengwagen ist soeben durch die leere Straße gefahren. Ein paar Ecken weiter liegt der Boulevard, von dort hört man das Hupen der Autos.

Der junge Mann war vielleicht schon ein wenig angetrunken. Ohne Hut, ohne Weste ist er die Straße heruntergekommen; er hielt die Hände im Gürtel, damit der Rock weit aufklaffte und der Wind möglichst bis zum Rücken gelange: das war wie ein lau-kühles Bad.

Der Boden vor dem Café ist mit leicht stickig riechenden, braunen Kokosmatten belegt. Ein wenig unsicher wand sich der junge Mann zwischen den Korbstühlen hindurch, streifte da und dort einen Gast, lächelte entschuldigend und gelangte zu der offenstehenden Glastür. Im Lokal war es womöglich noch kühler. Der junge Mann setzte sich auf die Lederbank, die unter der Spiegelreihe die Wände entlang lief, er setzte sich mit Bedacht der Türe gegenüber, damit er die kleinen Windstöße sozusagen aus erster Hand in die Lunge bekäme. Daß das Grammophon auf dem Bartisch gerade jetzt sein Spiel abbrach, ein paar Augenblicke lang zischte es noch kreiselnd und dann überließ er das Lokal seinen eigenen stillen Geräuschen – das war unangenehm boshaft, und der junge Mann schaute auf das blauweiße Schachbrett des Marmorfußbodens. Ein Glas dunkles Bier stand vor ihm, und die Bläschen des Schaumes dehnten sich und zerplatzten.

Am Nebentisch, gleichfalls auf der Lederbank, saß jemand. Es wurde ein Gespräch geführt. Aber der junge Mann war zu faul, den Kopf hinzuwenden. Es waren eine fast knabenhafte männliche Stimme und die Stimme einer Frau. Ein dickes und dunkles Mädchen muß das sein, dachte der junge Mann, guttural-mütterlich ist sie. Aber jetzt sah er absichtlich nicht hin.

Die männliche Stimme sagte:

»Wieviel Geld brauchst du?«

Als Antwort kam ein guttural dunkles Lachen.

»So sag mir doch, wieviel du brauchst.« (Stimme eines gereizten Knaben.)

Wieder das dunkle Lachen. Der junge Mann denkt: Jetzt hat sie nach seiner Hand gegriffen. Sodann hört er:

»Woher hast du denn soviel Geld...? und selbst wenn du's hättest, von dir nähme ich es nicht.«

Der junge Mann schaut auf den Marmorfußboden. Reste von Sägespänhäufchen sind noch sichtbar, sie verdichten sich um die Grundplatten der gußeisernen Tischfüße zu kleinen Dünen.

Nach einer Weile denkt der junge Mann: Wahrscheinlich ist ihr mit hundert Franken geholfen; ich habe noch zweihundert, ich könnte ihr also hundert geben.

Dabei hat er das Gespräch danebeб verloren. Jetzt hört er wieder hin. Die Knabenstimme sagt:

»Ich liebe dich ja.«

»Eben deshalb darfst du nicht von Geld sprechen.«

Der junge Mann denkt: Beide schicken sie ihre Stimmen aus, aus ihrer beiden Münder kommt der Atem mit der Stimme, über ihren Tisch hin fließen Atem, fließen die Stimmen zusammen, sie vermählen sich, das ist das Wesen eines Liebesduetts.

Und richtig hört er wiederum:

»Ich liebe dich ja.«

Ganz leise kommt es zurück:

»Oh, mein Kleiner.«

Jetzt küssen sie sich, denkt der junge Mann. Es ist gut, daß drüben kein Spiegel ist, sonst würde ich sie sehen.

»Noch einmal«, sagt die tiefe Stimme der Frau.

»Brauchst du das Ganze auf einmal...? In Raten könnte ich es schon aufbringen.«

»Lieber stürbe ich, als daß ich von dir Geld annähme.«

Hallo, denkt der junge Mann, das ist falsch; so spricht eine mütterliche Frau nicht, mit mir dürfte sie nicht so sprechen; sie will ihm das Geld doch wegnehmen. Und dann fiel ihm ein, daß man den Knaben vor dieser Frau schützen müsse. Aber weil er schon einiges getrunken hatte, vermochte er den Gedanken nicht weiter zu verfolgen; er hatte nun auch das Bier mit einem Zug geleert und fühlte sich ein wenig übel. Um die Magengegend fühlte er sich kalt, das Hemd klebte, und er holte tief Atem, um die vorherige Behaglichkeit wiederzugewinnen. Es wäre gut, eine mütterliche Frau an der Seite zu haben.

Wenn ich mich umbringe, dachte er plötzlich, so gehe ich mit gutem Beispiel voran und der Kleine ist von ihr befreit.

Hinter der Bar bewegte sich eine ältliche Person in einem nicht sehr reinen rosa Kleid. Wenn sie mit dem Kellner dort sprach, dann sah man ihr Profil und zwischen Ober- und Unterkiefer ergab sich ein Dreieck, das sich öffnete und schloß.

Ich bin froh, daß ich die Frau neben mir nicht sehen muß, dachte er, und dann halblaut sagte er unversehens.

»Man kann sich ruhig umbringen.«

Das hatte er gesagt, er war darüber selbst erschrocken, aber nun erwartete er, daß seine Stimme sich mit den Stimmen jener beiden verflechten werde, und er maß aus, an welchem Punkte der Luft vor ihm dies geschehen könnte, so etwa zwei Meter vor seinem Tisch mußten sich die Linien der Stimmen treffen. Jetzt wird es ein Trio, dachte er, und er horchte, wie sich die beiden dazu verhalten würden.

Aber sie hatten es wohl nicht beachtet, denn die Frau sagte halb spielerisch, halb ängstlich:

»Wenn er jetzt käme!«

»Er würde uns töten«, sagte die Knabenstimme, »aber er kommt nicht.« Die beiden reden Mist, dachte der junge Mann, jetzt ist mir wohler, ich will jetzt einen Schnaps, und als der herbeigerufene Kellner kam, sagte er etwas deutlicher als zuvor:

»Jetzt kommt er.«

Aber die beiden gaben wieder nicht darauf acht, obwohl sie es möglicherweise doch gehört hatten, denn nun sagte die Frau:

»Vielleicht wäre es doch besser, wegzugehen.«

»Ja«, sagte der junge Mann.

»Nein«, sagte daneben die Knabenstimme, »das wäre sinnlos... wir können ihn ebensowohl auf der Straße treffen.«

Dort stehen Polizisten, dachte der junge Mann, und laut setzte er hinzu:

»Und hier bin nur ich.«

Doch die Frau sagte:

»Auf der Straße kann man davonlaufen.«

Sie hat mich doch gehört, dachte der junge Mann, aber sie enttäuscht mich, eine mütterliche Frau läuft nicht davon. Jetzt habe ich wieder Durst, was könnte ich noch trinken? Milch? Kellner, noch ein Bock, wollte er sagen, aber es war, als müßte er seine Stimme aufsparen, und so wartete er vorderhand. Dagegen rief die Frau am Nebentisch den Kellner, und es war ein Beweis für die vollzogene Verflochtenheit der Stimmen, als sie nun verlangte: »Eine heiße Milch.«

Ich sollte weggehen, sagte sich der junge Mann, ich werde immer tiefer in dieses Schicksal verflochten, es geht mich nicht an, ich bin allein, er aber wird uns alle töten.

Der Kellner hatte eine spiegelnde Glatze. Wenn er unbeschäftigt war, lehnte er an der Theke und die Kassiererin mit auf- und zuklappendem Gebiß sprach mit ihm. Es war gut, daß man nicht verstand, was ihre Stimmen redeten.

Knäuel der Stimmen, die sich ineinander verflechten, die einander verstehen und von denen doch eine jede allein bleibt.

Nun sagte die Knabenstimme am Nebentisch:

»Oh, wie ich dich liebe... wir werden uns immer verstehen.«

»Das ist meine Angelegenheit«, sagte der junge Mann, und er dachte: ich bin besoffen.

Die Frau aber hatte geantwortet:

»Wir lieben uns bis zum Tode.«

»Er wird schon kommen und schießen«, sagte der junge Mann und war sehr befriedigt, weil er den Reflex der Mittellampe auf der Glatze des Kellners entdeckt hatte.

»Ich werde dich schützen«, sagte es nebenan.

Das hätte nicht er, das hätte sie sagen müssen, dachte der junge Mann, so ein kleiner blonder Bursch kann niemanden schützen, ich werde ihm eine herunterhauen und zur Mutter nach Hause schikken; es ist lächerlich, so einen Jungen ermorden zu lassen.

»Wir werden uns an den Händen halten«, sagte nun die Frau.

Ein Mann war hereingekommen, ein etwas dicklicher Mann mit schwarzem Schnurrbart; ohne ins Lokal zu schauen, hatte er sich an die Bar gelehnt, die Zeitung aus der Tasche gezogen, und während sein Vermouth neben ihm stand, begann er zu lesen.

Der junge Mann dachte: sie sehen ihn nicht. Und laut sagte er: »Jetzt ist er da.«

Und weil sich nichts rührte, und auch der Mann an der Bar sich nicht umdrehte, rief er überlaut:

»Kellner, noch ein Bock.«

Der Wind draußen war stärker geworden, die herabhängenden Zacken des Sonnendaches bewegten sich, und wer an den Korbtischen dort Zeitung las, mußte oftmals die Blätter mit einem kurzen, knisternden Schlag glätten.

Er hält die Zeitung verkehrt, dachte der junge Mann, aber das schien doch nicht zu stimmen, denn der Gast an der Theke unterhielt sich mit dem Fräulein offenbar über den Inhalt des Gelesenen; zumindest schlug er oftmals wie empört mit dem Handrücken und mit den Fingerknöcheln gegen eine bestimmte Stelle des Blattes.

Er liest schon seinen eigenen Prozeß, dachte der junge Mann, und er ist darüber empört. Es ist sein gutes Recht, sie zu töten, uns alle zu töten. Und der junge Mann starrte auf die Stelle, an der sich seine Stimme mit denen der beiden verflochten hatte, verflochten, um sich immer wieder dort zu verflechten.

»Wir sind hier«, sagte er schließlich.

»Wenn ich das Geld aufbringe«, sagte die Frau, ». . . er ist käuflich.«

»Ich werde zahlen«, sagte der junge Mann, »ich. . .« und er legte einen Hundertfrankenschein auf den Tisch.

Das Blut auf dem Marmorboden wird aufgewaschen und Sägespäne werden darüber gestreut werden.

»Ich will nicht, daß du Sorgen hast«, sagte die Knabenstimme, »ich. . .«

»Ich will zahlen«, sagte angeekelt der junge Mann, und starrte auf den Punkt der Verflechtung in der Luft. »Hier«, rief er, erwartend, daß der Mann an der Bar sich endlich umdrehen und einen Schrei des Erkennens ausstoßen werde, einen Schrei, der mit den anderen Stimmen an diesem Punkt sich treffen werde.

Doch nichts geschah. Sogar der Kellner kam nicht, der war draußen auf der Terrasse beschäftigt, seine weiße Schürze wurde von der auffrischenden Brise hin- und hergeweht. Der Mensch an der Bar aber sprach ungerührt mit dem Fräulein weiter, der er das Zeitungsblatt hinübergereicht hatte. Die Frau am Nebentisch sagte:

»Ich mache mir keine Sorgen, aber meine Füße und Hände sind schwer, wenn er käme, ich wäre wie gelähmt. . .«

»Man kann nicht fortgehen. . .«, sagte der junge Mann.

»Wir wollen heute nicht mehr daran denken«, sagte die Knabenstimme.

»Es nützt nichts...«, erwiderte der junge Mann, und er fühlte, daß sein Gesicht blaß war und wie der Schweiß auf seiner Stirne stand.

»Oh, mein süßer Freund...«, sagte nun leise die Frau.

Der junge Mann nickte. Nun nimmt sie Abschied. Der Mensch an der Bar hat nun auch wirklich den Revolver hervorgezogen und zeigt dem Kellner, wie die Waffe funktionieren wird. Die Sache mit der Zeitung war also Vorbereitung gewesen, eine sehr richtige Vorbereitung, warum soll nicht alles einmal verkehrt ablaufen?

Um den Kellner abzulenken, rief der junge Mann:

»Noch ein Bock«, und dabei schwenkte er die Hundertfranknote, um sie dem Schützen zu zeigen. Aber er kehrte sich nicht daran, sondern schraubte an der Waffe weiter herum, um sie schußbereit zu machen.

Das Fräulein setzte eine Reihe Gläser auf den Bartisch, eine Kette von Gläsern, und immer, wenn sie eines hinstellte, klirrte es leise und klingend. Der Revolver knackte. Die Instrumente werden gestimmt, dachte der junge Mann, wenn alle Stimmen zusammenklingen, dann ist der Augenblick des Todes da.

»Schön ist heute die Nacht unter den Bäumen, unter den klingenden Sternen«, sagte die sanfte Stimme der Frau.

»Unter den klingenden Sternen des Todes«, sagte der junge Mann, und wußte nicht, ob er es gesagt hatte.

Die Knabenstimme aber sagte:

»In einer solchen Nacht könnte ich an deiner Brust sterben.«

»Ja«, sagte der junge Mann.

»Ja«, sagte die Frauenstimme ganz tief, »komm.«

Und nun bewegte sich der Mensch an der Bar, ganz ohne Eile und ganz langsam bewegte er sich. Er nahm erst das Zeitungsblatt aus den Händen der Kassiererin zurück, und nochmals schlug er bekräftigend auf die Stelle, die von seinem Prozeß berichtete. Hierauf wandte er sich langsam zum Lokal und sagte laut und deutlich:

»Die Exekution kann beginnen.«

Seine Stimme war weich und doch abgehackt. Sie trug bis zu dem Punkt der Verflechtung, bis zu diesem Punkt, auf den der junge Mann mit aller Anstrengung hinstarrte, und dort blieb sie hängen.

Der junge Mann aber sagte: »Nun ist die Kette geschlossen.«

Und wohl, weil es galt, die gebannten und gelähmten Blicke aller Anwesenden auf sich zu ziehen, hob der Mensch an der Bar mit großer runder Geste den Revolver, er hob ihn empor und dann verbarg er ihn hinter seinem Rücken. So kam er näher. Man hörte seinen Atem. Selbstverständlich. Und weil nun der Augenblick der Katastrophe da war, weil die rücklaufende Zeit das Jetzt nun erreicht hatte, um an diesem Punkte des Todes zur Vergangenheit zu werden, da gestattete sich der junge Mann, den Traum aufzudekken, ehe er endgültig in ihn versinken sollte, und den daherkommenden Menschen verfolgend, blickte er zum Nebentisch.

Der Nebentisch war leer, das Paar war verschwunden. Und gleichzeitig begann das Grammophon, den ›Père de la Victoire‹ zu spielen.

Der Kellner war dem Menschen gefolgt. Der junge Mann hielt ihm den Hundertfrankschein hin:

»Haben die Herrschaften, die hier saßen, gezahlt?«

Der Kellner sah ihn verständnislos an.

»Ich wollte nämlich auch für sie bezahlen.«

»Alles ist bezahlt, mein Herr«, sagte der Kellner.

Der Fremde sagte mit seiner weichen und eigentlich fettigen Stimme:

»Seien Sie doch nicht so ehrlich, mein Freund.«

Ich bin wirklich besoffen, dachte der junge Mann, zum Sterben besoffen.

Die Kassiererin begann nun die Gläserreihe zu reinigen. Sie nahm ein Glas nach dem andern, es klirrte klingend, und jedes Glas spiegelte die Lichter des Lokals. Doch der Wind draußen war abgeflaut.

(1933)

EGON ERWIN KISCH

Der tote Hund
und der lebende Jude

Steif, von braun-runzliger Haut umhüllt, streckte sich den Knien
der kleinen Kamilla ein menschlicher Nacken entgegen. Da sie
plötzlich erschrak und ihr Kleid hinunterschob, sah ich diesen
fremden Körper und habe ihn nie vergessen. Es ist lange her, seit
diese Begegnung die ersten Regungen meiner Pubertät er-
schreckte. Das Jahrhundert hatte kaum begonnen. Die kleine Kamilla war fünfzehn Jahre alt, zwei oder drei Monate jünger als ich.
Im Stadtpark, wo wir uns nach der Rückkehr aus der Sommerfri-
sche zunächst unverabredet und dennoch nicht zufällig getroffen
hatten, konnte man nicht küssen oder nur schwer, und im Para-
diesgarten gab es zwar keine Mütter, Mitschülerinnen oder andere
Bekannten, aber doch Erwachsene genug, die ein Liebespaar derart
kleinen Formats impertinent belächelten.

Damals fanden wir uns den Judenfriedhof. Die Menschen hier
belächelten und beklatschten schon lange niemanden mehr, sie
waren tot, selbst die Würmer, die sich einst von ihnen genährt hatten, waren längst in Atome zerstäubt.

Äste überhängend und verfilzt, geneigte Steine, Grabhügel und
vermeißelte Sarkophage schlossen sich zu schützenden Verstecken
zusammen. Im westlichen Teil, dem unwegsamsten, wirrsten der
Totenstadt, stand eine Steinbank, auf der es sich besser sitzen ließ,
als auf der feuchten Friedhofserde oder den kalten Grabplatten.
Dort haben die kleine Kamilla und ich das Gelöbnis der ewigen
Treue mit primitivem Petschaft, den Küssen von Halbwüchsigen
besiegelt. »Laß mich fühlen, wie dein Herz klopft«, habe ich gesagt,
weil diese Phrase in einem Roman vor einer Zeile vielsagender Gedankenstriche stand. Die Gedankenstriche in jenem Buch haben sicherlich entscheidendere Vorgänge angedeutet, aber anders als
durch Gedankenstriche ließe sich auch das schwerlich erzählen,
was zur Zeit unserer Pubertät auf der versteckten Bank geschah.

Uns störten die Hände nicht, die die Grabsteine der Hohepriester
entsetzt-abwehrend von sich streckten. Uns redeten die Steine

nicht, nicht das Gebein darunter und nicht die Gottheit, die mit unverständlichen Zeichen beschworen war. Wir waren allein.

An jenem Tage mit der kleinen Kamilla war draußen Regen gewesen und auf dem Friedhof war er noch. Er klammerte sich ans Gestrüpp und an die Dolden, bevor er den letzten Rest seines Sturzes tat, wenn ein Windhauch ihn anstieß, und vor den silbern schimmernden Grabsteinen starb er in die Erde. Pfützen verlegten unseren Weg, die Bank war naß, ich opferte mein Taschentuch, um sie zu trocknen, und meinen Paletot, damit Kamilla sich darauf setzte.

Ein Baumstrunk, kaum zwei bis drei Schritte vor uns, blieb unbeachtet, wir begannen mit den Küssen, mit meiner Untersuchung ihrer Herztätigkeit, und meine Hand schob ihren kurzen Mädchenrock über das Knie und streichelte die Haut, als Kamilla zusammenfuhr und ihren Rock hinabzerrte, mit entsetzten Augen, deren Richtung die meinen folgten. Da sah ich den Nacken, diesen unflätigen Nacken mit der gebräunten, runzligen Haut, gerichtet auf Kamillas Knie. Der Baumstrunk war kein Baumstrunk, er war ein Mensch. Vor einem schwarzsteinernen Sarkophag, auf dessen Flächen das seichte Relief der Quadratschrift feucht schimmerte, gleich flüssigem Zinn, stand er und betete: Jetzt hörte ich auch die fast lautlos gemurmelte Litanei; er unterbrach sein Gebet nicht, während er mit gerecktem Hals die jugendliche Frivolität eines Liebespaares belauerte, während sein Blick die Waden Kamillas abwärts strich und dann wieder emporriß. Kamilla sprang auf, ich hielt sie nieder, fortzulaufen kam mir dumm vor. Ich redete ihr zu, forciert und Belangloses, und schielte auf den Mann.

Sein weißes Haar, kleingelockt wie Wolle, stand unter dem schäbigen, flachen Velourhut ab. Kaum ein Drittel seines Gesichts war mir sichtbar, die gierige Pupille, die Wölbung eines Tränensacks, die Spitze der vorspringenden Nase und der zerzauste, ungestutzte Rand des grauen Spitzbarts auf gegerbter Wange. Wie aus Büffelleder war die Hand, die in den Rhythmen des Gebets schaukelte. Der Mann war ein Greis, aber sein Körper war nicht der eines Greises. Eine schwarze Tuchhose lag prall an seinen Schenkeln und glänzte tranig, unten steckte sie in hohen Stiefeln. Vom Rist bis zum Schritt schienen die Beine, sehnige, junge Beine, gleich breit, erst in der Höhe der Beckenknochen verjüngten sie sich unnatürlich, die Hüfte war schmal. Der Mann trug weder Kaftan noch Mantel, sein schwarzer Rock war ihm zu groß, selbst der Regen hatte ihn nicht an den Leib zu pressen vermocht; die Breite der Schultern gab dem Oberkörper die Form eines Dreiecks. In der linken Hand des Alten, die ich nicht sah, baumelte ein Ledersack. Kamilla und ich wollten warten, bis er gegangen war. Aber er betete vertieft. So gingen wir. Erst nach zwanzig Schritten wagten wir, hinter einem Stein verborgen, uns nach ihm umzusehen: er war wieder Baumstamm, der braune dürre Ast stand hart in der Richtung auf uns. Ich sah sein Gesicht. Die Lippen bewegten sich im Gebet.

So oft nachher Kamilla und ich uns irgendwo im Freien niederließen, bat sie mit gespielter Herzlichkeit: »Schau nach, ob der Baum dort wirklich ein Baum ist.«

Die Liebschaft ging vorbei und die Jahre, ich war doppelt so alt geworden, als ich an die Begegnung des Alten erinnert wurde. Man schrieb Ende 1914 und das k. u. k. Infanterie-Regiment Nr. II lag in Ofutak bei Neusatz im Winterquartier. Von den Serben geschlagen und über die Donau zurückgejagt, sollten wir hier zu frischen Taten aufgepäppelt, neu ausgerüstet und diszipliniert werden. Allabendlich, ehe der diensthabende Offizier seinen Rundgang durch die Stadt machte, um Soldaten zu erwischen, die sich nach dem Zapfenstreich noch umhertrieben, nahm er einige Mann von der Bereitschaftswache zu seiner Deckung mit; einmal gehörte auch ich zur Patrouille.

Draußen, wo sich der Umriß der Ortschaft verlor, stand das ›Kuppeleihaz‹. Der Offizier stellt von außen fest, welche Zimmer beleuchtet waren, denn in dem Augenblick, da eine Inspektion das Haus betritt, verlöschen immer alle Lichter, das weiß jeder, der nicht zum erstenmal Dienst macht. Diesmal war nur das rechte Eckzimmer hell, der Inspektionsoffizier trat mit uns ein, hörte nicht auf die Eide der Madame, daß kein Soldat im Haus sei, klopfte an die Tür des rechten Eckzimmers: »Aufmachen! Inspektion!« Ein nacktes Mädchen schloß ungeniert auf, ihr Gast war ein Zivilist, ein steinalter Jude, den wir gestört hatten. Der Offizier schaute sich im Zimmer um, als suche er doch noch einen versteckten Soldaten. »Wie schmierig das Bett ist«, sagte er, um etwas zu sagen.

»Ich habe auch nicht darin gelegen«, verwahrte sich der Alte, an den der Satz nicht gerichtet war.

»Was machen Sie hier?« herrschte ihn der Offizier an, besann sich aber, daß diese Frage ziemlich überflüssig sei, und fügte hinzu:

»Sind Sie aus Ofutak?«

»Ich bin ein Hausierer, ich komm' schon viele Jahre her... mich kennt jeder Mensch in Ofutak, ich...«

»Also schauen Sie, daß Sie nach Hause kommen«, zerschnitt der Offizier seine Rede, »es ist Ausnahmezustand, nach zehn Uhr abends müssen alle Leute zu Hause sein, eigentlich sollte ich sie verhaften.«

»Kann ich nicht noch einen Moment bleiben«, bat der Greis.

Der Offizier lachte: »Sie haben doch gesagt, daß Sie sich nicht in das schmierige Bett legen.«

»Kérém szépen, der da legt sich nie in Bett, wann er mit Madel beisamm' ist«, bemerkte die Madame, die scheu an der hinter uns offengebliebenen Zimmertür lauerte. Wir setzten den Dienstgang fort. Den ganzen Abend lang dachte ich nach, an wen mich der Alte erinnerte, diese braungegerbte Gesichtshaut, Kopf, Wange und Kinn beklebt mit weißem Negerhaar, dieser Körperbau von der Form einer Sanduhr, die starken sehnigen Beine in unternehmungslustigen Reiterstiefeln.

Erst am Morgen kam mit der Gedanke, der gestrige Bordellgast sei mit dem Baumstrunk des Ghettofriedhofs aus meiner Pubertätszeit identisch. Unsinn! Was hätte ein südungarischer Dorfhausierer in Prag zu suchen gehabt, und wie könnte ich ihn wiedererkennen nach so vielen Jahren? Kamilla ist längst verheiratet und Mutter, und der Mann, der uns belauscht hatte, war schon damals ein Greis gewesen; nein, die Identität des betenden Friedhofsgastes mit dem geilen Bordellbesucher konnte nicht stimmen. Aber ich erinnerte mich des gesteiften Nackens, Stativ eines Blicks, der damals Kamillas Kleidchen emporzureißen schien. War nicht die gleiche Gier in dem Greis von heute nacht? Unmittelbar nach fatalem Interruptus, unmittelbar nachdem er der Gefahr, verhaftet zu werden, entgangen war, bat er um die Bewilligung, sein Schäferstündchen zu vollenden.

Wäre ich in Ofutak dem Alten auf der Straße begegnet, hätte ich ihn angesprochen, aber es mußten wieder zehn Jahre vergehen, ehe ich ihn auf dem Prager Judenfriedhof wiedersah. Im ersten Augenblick glaubte ich an eine Halluzination. Er stand da und betete da, wo Kamilla und ich ihn vor einem Menschenalter stehen und beten gesehen. Ganz scharf schaute ich hin: kein Zweifel, es war der Hausierer von Ofutak.

Ich ging wie zufällig an ihm vorbei und redete ihn an: »Ich wollte Sie nur aufmerksam machen, daß der Friedhof gleich gesperrt wird.« – »Ich werde schon hinauskommen, die Tür in den Hausflur bleibt offen.« Dennoch beendete er sein Gebet, wählte aus dem Sack, den er in der Hand trug, sorgsam ein Steinchen, und legte es auf das dreihundertjährige Grab. »Ein Stein aus Jerusalem«, sagte er, mich musternd. »Das ist das Grab von Medigo del Kandia, nicht wahr?« – »Wieso wissen Sie das? Sind Sie von der Chewra?«

Nein, ich sei nicht von der Beerdigungsbrüderschaft.

»Woher wissen Sie also, wessen Grab das ist?« – »Ich interessiere mich für den Friedhof.« Da ich merkte, daß er mich wieder mit einer Frage nach meiner Zugehörigkeit zu irgendeiner religiösen Institution unterbrechen wollte, fügte ich hinzu: »Nur ganz privat.« »Sind Sie ein Doktor?« Es schien mir einfacher, bejahend zu nicken, als meinen Beruf anzugeben, der ihn möglicherweise zu Mißtrauen oder Zurückhaltung veranlassen könnte.

»Was wissen Sie von Medigo del Kandia?« Er fragte nicht wie einer, der prüfen will, sondern als wundere er sich, daß ein Fremder über seine Privatangelegenheiten unterrichtet sei: wie kommst du dazu, meinen Toten zu kennen?

Das Grabmal sei doch eine Sehenswürdigkeit, sagte ich, und der Kretenser Medigo aus Büchern bekannt, »er war, glaube ich, Weltreisender, Mathematiker und Astronom, Schüler Galileo Galileis, ein Arzt und frommer Mann.«

»So? Sagen das die Bücher?« Er schien erstaunt.

»Ja. Steht das nicht auch hier auf dem Grabstein?« – »Auf Grabsteinen stehen lauter Lügen.« – »Also war Medigo kein Gelehrter? nicht weitgereist?« – »Ob er gelehrt war! Ob er herumgekommen ist in der Welt! Vielleicht mehr als ich...« – »Und seine Frömmigkeit?« – »Er war frommer als alle, die hier liegen. Die wahre Frömmigkeit hat er gehabt, Rabbenu Jossef Schloime ben Eliahu.« – »Warum wundern Sie sich dann, daß das auch in Büchern steht?« – »Ja, nachher schreiben sie es in die Bücher. Wenn einer tot ist, dann lassen sie ihn leben.« – »Wer?« – »Wer? Die Menschen! Solange man lebt, wird man gehetzt von einem Ort zum andern, unstet und flüchtig, und erst wenn einer tot ist, läßt man ihn leben. Nur *ein* Glück, glauben Sie mir das, junger Mann nur *ein* Glück gibt es auf dieser Welt: zu sterben. Dann hat man seine Ruhe und seinen Frieden, bekommt einen Grabstein, und darauf schreiben sie, wie man war, trotzdem sie einen gerade deshalb angefeindet haben, weil man so war.« – »Aber Sie haben doch vorhin gesagt, Herr..., Herr...« – »Meine Name tut nichts zur Sache. Was habe ich vorhin gesagt?«

Er erwartete ruhig meinen Einwand, wie jemand, der sicher ist, sich in keinen Widerspruch verwickeln, oder sich herausreden zu können, auch wenn er etwas Falsches gesagt hätte. Seine Art war nicht die eines Hausierers, Sprache und Wortschatz ließen auf einen gebildeten Rheinländer schließen, nur manchmal klang der Tonfall orientalisch, so als er die Segnung des Todes pries.

»Sie sagten doch vorhin, daß die Inschriften auf den Steinen lügen?« – »Ja, sie lügen! Mit steinernen Zungen lügen die Gräber. Lesen Sie, was hier über Jossef Schloime del Medigo steht!«

Er fuhr mit dem Finger über das längst plattgedrückte Relief der bemoosten Runen, und übersetzte in unlogisch abgeteilten Wortgruppen, aber fließend den Panegyrikus auf den Toten:

»...und es ist gegangen ein Wehklagen, ein großes, durch ganz Israel...«

Wie ein schlankes Haus, das einst frei stand und nun verschüttet ist bis zu den Giebeln und dem spitz zulaufenden Dach, war das Grab. Als der Alte sich über das Haus beugte, wirkte er groß, riesengroß. Seine Hand las weiter in der gemeißelten Trauerode:

»...alle Gottesfürchtigen verehrten ihn...«

Unwillig wandte er sich von der Platte: »Wer hat ihn verehrt? Die da, die sich's selbst in Stein kratzen, daß sie Gottesfürchtige sind? Vertrieben haben sie ihn aus Wilna, aus Grodek, aus Hamburg, aus Amsterdam, die Karäer haben ihn angefeindet, weil er die Kabbala verteidigt hat, die rabbinischen Juden haben ihn angefeindet, weil er den Sohar beschimpft haben soll, in Amsterdam haben sie ihm das Leben verbittert, in Frankfurt haben sie ihn wie einen Sträfling gehalten, überall hat er Not gelitten und Verfolgung –, und nachher schreiben sie in den Stein, es ist gegangen ein Wehklagen durch ganz Israel, alle Gottesfürchtigen verehrten ihn... und was da alles steht.«

»Vielleicht hat man ihn in Prag anders aufgenommen?« – »In Prag? Weggejagt haben sie ihn von hier, einen sechzigjährigen Menschen, vier Jahre vor seinem Tod. Zu Fuß hat er fort müssen aus dieser schwerreichen Gemeinde, eine Blase hat er auf der rechten Ferse gehabt, so groß...« (der Alte zeigte, Daumen und Zeigefinger rundend, das Ausmaß der Fußblase Medigos) »...und seine

Sandalen waren zerrissen. Zum Glück hat er bei Eger einen jüdischen Schuster getroffen, der ihm...«

Was wollte der Alte mit dem Schuster? Wollte er sich für den Mann ausgeben, der vor Jahrhunderten die Schuhe eines Wanderers besohlt hat?

Er merkte mein Mißtrauen und fiel sich selbst ins Wort: »... irgendein Schuster aus der Umgebung von Eger vielleicht, ein junger Mensch, viel kleiner als ich, der hat ihm die Sohlen geflickt und die Bänder...«

»Aber Medigo ist doch in Prag gestorben, und man hat ihm dieses schöne Grabmal gesetzt.«

»Er hat dann nochmals nach Prag müssen und ist hier gestorben. Da haben sie ihm, auf Ehre, ein schönes Grabmal gemacht. Warum? Weil er berühmt war, Rabbenu Jossef Schloime ben Eliahu, und weil sie sich großmachen wollten, die Prager, was für bedeutende Leute bei ihnen beerdigt liegen. Die Fremdenführer können jetzt den Besuchern erzählen, wie geachtet und wie fromm und wie groß all die Toten waren, die da liegen. Und in den Büchern steht auch solches Zeug.«

Der Alte sprang zur Vorderplatte des Grabmals, neigte sich wieder über das Dach, Hände und Augen suchten in dem Zement, mit dem der First revoniert war:

»... Rabbiner von Hamburg ... und in der Umgebung von Amsterdam ... hafilosof elchi abor harofim – ein Philosoph des Göttlichen unter allen Weisen – der stärkste unter den Ärzten, ein Astronom und Astrolog ... sein Hauptwerk Taalimos lechochmo, die Geheimnisse der Weisheit ...« Er wollte weiterlesen.

»Ist das alles nicht wahr?«

Des Alten Augenbrauen runzelten sich, er zischte: »Eine Wahrheit, die in einem Wust von Lügen steckt, ist tausendmal ärger als eine Lüge! Das ist ein Stück Fleisch in einer Falle. Das ist ein zerrissener Stiefel mit Schusterpech verklebt, statt geflickt. Das ist ein Buch, das einen Spruch Salomonis enthält und sonst Heuchelei predigt. Ich trete in keinen Sumpf, auch wenn sich darin die Sonne spiegelt. Ich will keine Wahrheit an einem Ort, wo lauter Lüge ist.«

Er lief zu einem Grab, dessen Stein schwarz und schräg dastand, moosüberwachsen und von Buchstaben durchfurcht: »Da haben Sie eine andere Lebensbeschreibung, *und sie tat Gutes allen Armen ... und niemals fehlte sie bei der Morgenandacht ...* Aber es steht nicht da, was die fromme Frummet gemacht hat, als sie noch jung war und ihr Vater Hausjud beim Grafen Collalto. Ein lustiger Herr, der Graf Collalto, und ohne Vorurteile, nicht viele Ghettomädchen konnten sich rühmen, ein Maskenfest im Palais Collalto mitgemacht zu haben, nicht Frummetele? Und dann hast du den Jakob Budiner geheiratet, er hat sein Glück gemacht, der miese Jakob Budiner, so eine schöne Frau zu kriegen, und gleich darauf ist er Hausjud beim Grafen Collalto geworden und später beim Baron Popel. Der war auch ein fescher Kavalier, nicht wahr, Frummetele, und hat viel Wechsel unterschrieben, und dann hast du...« Er beugte sich über den Grabstein: »*einen Vorhang gekauft für die Synagoge, aus dunkler, grüner Seide mit silbernen Schellen und goldgestickten Buchstaben und geschmückt mit vielen Edelsteinen.*«

Schon sprang er zu einer anderen Gruft: »*Hersch Leibniz. Seine Gelehrsamkeit war groß und die hohen Herren hörten auf sein Wort.* Und wie sie hörten auf sein Wort! Sie hörten so sehr darauf, daß der Kaiser Ferdinand befahl, Rabbi Jontow Lippmann Heller soll in Ketten gelegt nach Wien gebracht werden, als ein Sünder gegen des Kaisers Majestät. Hersch Leibniz hatte ihn nämlich denunziert.« Keine Pose war mehr an dem Alten, er war jetzt nurmehr Haß gegen alles Tote, neidisch bestritt er das Lob, mit dem die längst Vermoderten hier bedacht waren, schrill brachte er intimste Privatangelegenheit vor, um die Begrabenen zu profanieren, er riß die Toten aus dem Erdreich und schleuderte sie mit hämischem, höhnischem Wort wieder hinab.

Ein neues Opfer hatte er erspäht: »Da können Sie lesen: *Allhier liegt Josef Baroch, Gold- und Silberschmied, ein Mann von streng redlichem Charakter.* Von streng redlichem Charakter! Er hat von einem Soldaten goldene Wandleuchter mit den eingravierten Buchstaben E. W. und einem Wappen gekauft. Nachher als bekannt wurde, daß die Leuchter dem Statthalter gehörten, hat er sie vor den Eingang der Judenstadt gelegt. Der Statthalter Graf Ernst Waldstein hat den alten Jakob Lämmel, den Gemeindevorsteher verhaftet und einen Galgen bauen lassen, vor dem Tor draußen – wie heißt nur das Tor bei der Heuwage? – ja, vor dem Neutor, dort sollte Jakob Lämmel gehängt werden, wenn der Hehler nicht gefunden wird. Josef Baroch hat sich nicht gemeldet, der Mann, wie steht es da? *von streng redlichem Charakter.* Er hat sich nicht gemeldet, und die Judenschaft konnte froh sein, als die Hinrichtung ihres Vorstehers unter der Bedingung ausblieb, daß die zehn Judenältesten eine Buße von zehntausend Gulden in zehn Säcken öffentlich ins Rathaus bringen. Und von diesen zehntausend Gulden hat Graf Waldstein eine ewige Stiftung für jene Juden gemacht, die sich taufen lassen. Aber Josef Baroch liegt da als Ehrenmann in einem marmornen Haus mit Segenssprüchen. Solche Leute dürfen sterben . . . «

»Hat den niemand gewußt, daß Baroch der Hehler war?«

»Wer hätte es wagen dürfen, ihn zu verdächtigen? Er war doch von *streng redlichem Charakter!*«

»Woher wissen *Sie* es denn?«

Er zuckte die Achseln und blickte mich an, als fürchte er, er habe verraten, wer er sei. »Ich bin ein alter Mann und viel herumgekommen in der Welt. Da erfährt man allerhand.«

Wir gingen weiter. Von einigen Gräbern schien er nichts zu wissen. Bei den kleinen Grabtafeln, auf denen eine ungelenk eingeritzte Figur (eher ein Ornament als eine Überschreitung des religiösen Porträtierungsverbots) anzeigte, daß hier eine Jungfrau liege, machte er zynische Bemerkungen. »Die war es vielleicht, sie war erst zehn Jahre alt, als sie das Glück hatte zu sterben . . . « Oder: »Wenn Eine stirbt, weil sie sich ein Kind hat nehmen lassen, so ist sie eine Jungfrau.« Hielt die Figur eine Rose, zum Zeichen, daß hier eine Braut ruhe, so lachte der Alte ein meckerndes Lachen: »Nevesta heißt man hierzulande als Braut, das kommt aus dem Lateinischen: non vesta.« Sein braungerunzelter Nacken steifte sich wie damals, als er, vor langer Zeit, meine jugendliche Liebesszene belauert hatte. Einen Namen lesend, geiferte er: »Der da ist an einer schönen Krankheit gestorben. Von einer französischen Marketenderin hat er sich das geholt . . . « Er entzifferte im Epitaph: »Und dabei hat er acht Kinder gehabt! Er wollte eben auch eine Französin probieren, das ist ihm teuer zu stehen gekommen: drei Gulden Rheinisch hat er ihr geben müssen, daß sie sich mit ihm einläßt, und ein Jahr später ist er gestorben, gerade an dem Tag, an dem der Marschall Belle-Isle aus Prag abgezogen ist.« Manches Grab schändete er nur durch eine verächtliche Handbewegung, vor anderen blieb er stehen, dachte nach, wer der Tote sei, und suchte nach Anhaltspunkten für Blasphemien. Hier und da warf er sich mit erstaunlicher Gelenkigkeit bäuchlings auf die Erde, die Augen scharf einstellend, einen Satz zu entziffern; es gelang ihm nicht immer, manchmal bewegten sich seine Lippen im Lesen, ohne daß er eine gehässige Glosse zu machen hatte.

Seit Jahrhunderten ist der Prager Friedhof nichts als eine Sehenswürdigkeit, Wirrsal des Sagenhaften, Geheimnisvollen und Vergrabenen, und nun schritt einer neben mir, der die Steine zu hören, persönliche Beziehungen zu allen vergangenen Geschlechtern zu haben vorgab, der die Intervalle der Zeiten ausfüllte mit Reminiszenzen. Und diese Reminiszenzen waren nur Lästerungen.

Neugierig wartete ich, was er über den Hohen Rabbi Löw sagen werde, vor dessen roten Tempelchen er stehen blieb und mit schiefgezogenem Mund nickte. Er gab seiner Stimme bedauernde Ironie, als er las:

»Erhebt ein Klagen und Weinen und Trauern des furchtbarsten Schmerzes, ein Wehgeheul, wie die Hyänen, denn ein großer Fürst im Lager ist gestorben . . .

Sie heulen noch immer wie die Hyänen!« Sein Zeigefinger deutete auf schwarze Flecken in der Steinplatte, Spuren von Kerzen, bei deren Schein galizische Flüchtlinge während des Weltkrieges nächtelang an dem Grab des wundertätigen Rabbi für ihre verschollenen Angehörigen gebetet hatten.

»Sie heulen vergeblich wie die Hyänen! Warum vergeblich? Da steht es: *Er wagte sich hinein in den Irrgarten Pardes, aber er kam rechtzeitig heraus und unversehrt.* Ja, ja. Rechtzeitig und unversehrt. Deshalb kann er auch keinem helfen. Und alle die Kwitel dahier sind sinnlos –, sehen Sie her, wie alles voll ist von ihnen.« Ich lugte durch die Lücke des Sarkophags, auf die er wies, hunderte von Zetteln mit hebräischen Schriftzeichen waren dort aufgestapelt. »Sie helfen keinem, diese Bitten«, wiederholte er, »und keinem hilft der tote Rabbi Löw. Mag ihn der Nachruf noch so preisen, mag ich noch so oft im Mond die Stelle sehen, die nach ihm benannt ist. Ich werfe hier kein Kwitel hinein.«

Auf dem First mancher Grabmonumente lagen Reihen von Kieselsteinen, ein Zeichen der Pietät, das aus der Zeit der Wüstenwanderung Israels stammt. Damals, vor Jahrtausenden, wälzte man über die Gräber jener, die in der Sahara tot niederbrachen, große Steine, damit es den Geiern und Schakalen nicht zu leicht falle, den Leichnam aus dem Wüstensand zu scharren; jedes Nachzüglers fromme Pflicht war es, den Toten in gleicher Weise vor Raubtieren zu schützen. Diese Maßnahme hat sich als Brauch erhalten, und auf dem Prager Friedhof mag mancher Kiesel im Mittelalter auf ein Grab gelegt worden sein und mancher erst heute. Der greise Zyniker an meiner Seite fegte die von Generationen gewundenen mineralen Kränze mit seinen Reden brutal hinweg.

»Die kleinen Steine lügen genau so wie die großen! Die Steine, mit denen man den guten Menschen bewirft, legt man dem schlechten aufs Grab. Wer tot ist, wird verwöhnt, wer lebt, wird gehetzt von Ort zu Ort.«

»Sie haben doch auch einen Stein auf ein Grab gelegt?«

»Ich weiß, wem ich es gebe. Ich kannte die Herren, die hier liegen –, das heißt –, ich meine – ich kenne ihr Leben. Aber die anderen wissen nur die Märchen der Friedhofsdiener. Was kostet es, ein Steinchen niederzulegen? Diese Haufen sind ein Spielzeug, der Feldmarschall Wallenstein hat ganz recht!«

»Wer?«

»Der Feldmarschall Wallenstein, der Herzog. Er wollte sich mit Bath-Schewi, seinem Finanzjuden beraten, ob die Wallensteinischen Taler entwertet werden, wenn sich die Armee auflehnt gegen Majestät Ferdinand, und wieviel ihm Bath-Schewi kreditieren kann für eine Kampagne gegen den Kaiser. Aber weil der Palast des Herzogs voll war von Spionen, ist der Herzog nachts im Kaftan in die Judenstadt gekommen. Am Grab von Hendel Bath-Schewi haben sie verhandelt –, Schmiles Bath-Schewi war gewöhnt, seine Geschäfte im Beisein seiner Frau abzuwickeln, und da sie gerade gestorben war, hat er den Herzog zu ihrem Grab geführt. Während des Gesprächs, hat der Herzog, in Gedanken verloren, die Steine vom Grab genommen und mit ihnen gespielt. Da ist Schmiles Bath-Schewi auf den Herzog zugesprungen und hat seine Hand gepackt. Der Feldmarschall zuckte erschrocken zusammen. Zwar hat Schmiles sich demütig entschuldigt, daß er es gewagt hat, – ein Jud einen Fürsten, den Wallenstein! – anzurühren, aber der Herzog hat gezittert und konnte kein Wort reden. Er ist weggegangen, und hat nie mehr mit Schmiles Bath-Schewi verhandelt.«

Hier wandte ich ein: »Wallenstein hat doch den Bassewi noch später zu sich kommen lassen.«

»Nach dieser Unterredung? Wie können Sie das wissen – Sie haben ja keine Ahnung gehabt von diesem Gespräch am Grab der Frau Hendel? Also lassen Sie sich dienen: der Herzog Wallenstein ist seither nie mehr mit Schmiles Bath-Schewi zusammengekommen.«

»Bassewi ist doch auf dem Schloß des Fürsten gestorben.«

Als ob er sich nun erinnere, gab mir der Alte recht. »Stimmt schon. Wie es losgegangen ist gegen die schmutzigen Geschäfte von Schmiles, und er geflüchtet ist, hat ihn der Herzog aufnehmen müssen, neben der Karthause, bei Jitschin. Ob er aber dort mit ihm gesprochen hat, weiß ich nicht, in Prag sind sie jedenfalls nicht mehr zusammengekommen. Schmiles Bath-Schewi ist draußen begraben, in Münchengrätz. Er hätte hierher gehört, unter die Prager, wo lauter...«

Er unterbrach sich. Um es wettzumachen, daß er eben etwas Falsches erzählt hatte, oder als ob er bereue, sich mit der harmlosen Geschichte von den als Spielzeug verwendeten Steinchen aufgehalten zu haben, statt in seiner Orgie der Blasphemien fortzufahren, faßte er meinem Arm: »Kommen Sie, ich werde Ihnen etwas zeigen!«

Mich hatte schon vorhin die Gelenkigkeit des Greises überrascht, jetzt staunte ich über die Geschwindigkeit, mit der er einem Ziel zustrebte. Den Rabbinerweg quer überspringend, machte er Halt auf dem Rasen, der an der Mauer der Salnitergasse hoch wuchert, und schob mit dem Fuß eine dichtverschlungene Efeuranke beiseite. Ein schmaler, zum größten Teil in der Erde versunkener Stein wurde sichtbar. »*Bekanntmachung für kommende Geschlechter*«, las der Alte die erste Zeile vor und fragte mich: »Kennen Sie das Grab?«

Ich war auf dem Kies stehengeblieben und sah das Grabmal an, das auf dieser Seite des Weges das einzige war. Warum ragte nur ein so auffallend kleiner Teil aus der Aufschüttung hervor? Warum lag es abseits, warum unter Efeu verborgen? Nie hatte ich es bemerkt, nie war ich von einem Führer darauf aufmerksam gemacht worden, niemals habe ich in einem der Bücher, die über den Prager Friedhof Aufklärung geben, auch nur die geringste Erwähnung davon gefunden, obwohl sein Stein eine Bekanntmachung für künftige Generationen trug. »Sie kennen es nicht?« – »Nein, ich habe es nie gesehen und nie davon gehört.« – »Das glaube ich. Schauen Sie es sich gut an: hier ist der einzige Grabspruch, der nicht lügt!« – »Was steht denn darauf?«

Er beugte sich wieder über die Inschrift:

»*Kurz nachdem dieser umfriedete Raum gekauft worden war, ist, wie aus dem Protokollbuch der Chewra Kadischa, Seite 5, ersichtlich ist ... mit Bewilligung der hohen Regierung...*« Unter dieser Zeile begann die Hügelwelle – »Weiter kann man nicht lesen!«

»Warum nicht?«

Sein Lachen ließ intakte, auffallende Zahnreihen sehen. Kiefer eines Tiers. »Warum man nicht weiterlesen kann? Weil da die Wahrheit steht! Nur deshalb! Hier ist ein Hund begraben, so wahr ich lebe. Da, unter der Erde, ist die Inschrift versteckt: *Po nikwar niwlass – wurde hier ein toter Hund begraben.*«

»Wie kam der her?« – »Wie ein wirklicher Hund herkommt unter so viele Hunde, die man für Menschen gehalten hat, meinen Sie? Der Franzek Mrschak hat ihn herübergeworfen, der Knecht vom Schinder drüben«, der Alte wies über die Mauer, »um die Juden zu ärgern.« Vielleicht war noch mehr über diese Begebenheit zu erfahren, die Schinderknecht und Totengräber in der mystischen Szenerie des Prager Judenfriedhofs vor einem geheimen Grab agieren ließ. Ich versuchte, dem Alten ›ein Hölzel zu werfen‹: »War also ein gehässiger Kerl, der Franzek Mrschak, nicht?«

»Gehässiger Kerl hin – gehässiger Kerl her. Er war kein gehässiger Kerl. Er war sogar fromm. Jeden Morgen ist er in die Kirche gegangen zu den Kreuzherren drüben. Und auf Kaiser Joseph hat er geschimpft, weil der damals die Klöster aufgehoben hat. Er war nicht besonders gescheit, der Franzek, aber ein gehässiger Kerl war er nicht, obwohl er Grund gehabt hätte, es zu sein. Wütende Hunde einzufangen, Katzenkadaver zu sammeln und krepierte Pferde wegzuführen, ist ein übler Beruf. Werktags hat er die Mütze in die Stirn gedrückt und den Schnurrbart herunterhängen lassen, um am Sonntag sein Aussehen verändern zu können. Sonntags hat er sich gewaschen, gestriegelt und den Bart aufgezwirbelt, und ist über die steinerne Brücke gegangen –, sagen Sie, steht noch das Kodosch, Kodosch, Kodosch auf der steinernen Brücke?«

»Ja, auf dem Kruzifix steht die hebräische Inschrift.« – »Ich gehe niemals über die steinerne Brücke. Lieber lasse ich mich mit der Fähre übersetzen.« – »Warum gehen Sie nicht über eine andere Brücke?« – »Seitdem andere Brücken da sind, gehe ich manchmal über irgendeine. Aber an dem Kodosch, Kodosch, Kodosch gehe ich nicht vorbei...« – »Wer war denn der Jude, der die Inschrift auf dem Kruzifix bezahlen mußte?« – »Es war gar kein Jude. Der Graf Pachta hat es aus eigener Tasche bezahlt.« – »Aber auf dem Sockel steht doch: *Dreymaliges Heilig, Heilig, Heilig aus dem Strafgelde eines wider das heilige Kreuz schmähenden Juden, aufgerichtet von einem hochlöblichen Appelationstribunal im Herbstmonat 1754.*«

»Das haben sie dort eingemeißelt, eine Lüge in Stein, wie die vielen hier auf dem Friedhof. Ein Jude ist froh, wenn er selbst nicht geschmäht wird.« – »Weshalb wurde es also hingeschrieben?« – »Um den Einen zu verhöhnen, der wirklich geschmäht hat, aber das ist schon lange, lange her, Jahrtausende schon, und Gott selbst hat ihn gestraft.«

Ich kam wieder auf den Schinderknecht zu sprechen. »Wohin ging denn der Franzek Mrschak am Sonntag, so aufgezwirbelt und geputzt?«

»In ein Gasthaus am Sandtor, dort wurde getanzt, ich erinnere mich nicht mehr, wie es geheißen hat. Der Franzek war immer dort, aber niemand hat gewußt, wer er ist. Sein Mädchen hieß Peptscha –, damals haben fast alle Mädchen Josephine geheißen und alle Burschen Joseph – und einige Burschen waren eifersüchtig. Denen war es verdächtig, daß der Franzek nicht einmal seiner Peptscha sagen wollte, welchen Beruf er hat und wo er wohnt. So sind sie ihm einmal nachgegangen, und haben gesehen, daß der Franzek in der Schinderei verschwindet. Als am nächsten Sonntag der Franzek in den Saal kommt und die Peptscha zum Tanz auffordern will, schreit jemand: ›Franzek Mrschak, aufgepaßt! Ein schönes Stück Ware für dich!‹ Und ein toter Hund fliegt in den Saal, ein verwester Kadaver, schon grün und aufgedunsen und mit bloßgelegten Zähnen, Würmer im räudigen Fell. Der arme Franzek wollte verschwinden, aber alle hielten ihn zurück, er mußte den krepierten Hund nehmen und mit ihm durch die Stadt laufen, im Sonntagsanzug, geradewegs vom Fest, verhöhnt und für immer vertrieben von seiner Peptscha.

Wie er so läuft, kommt ihm aus der Pinkasgasse ein Hausierer entgegen, und sie stoßen zusammen. ›Kannst du nicht aufpassen, schmutziger Handeljud?‹ wütet der Franzek, und will mit dem krepierten Hund auf den Juden losschlagen. Der ist schnell davon. Da fällt dem Franzek Mrschak ein, daß es Menschen gibt, die noch verächtlicher sind als ein Schinderknecht. ›Aber die haben es verdient‹, denkt er, ›einer von ihnen hat Gott verhöhnt, als er zur Hinrichtung ging. Sollen *die* die schmutzigen Geschäfte besorgen. Dieser Handeljud hat mich fast umgerannt! Auch mit dem Friedhof machen sie sich breit, ihr Grundstück reicht schon bis an unsere Mauer. Warum nehmen sie nicht gleich unsere ganze Schinderei dazu? Ich, ein katholischer Christenmensch, darf nicht in den

Tanzsaal, darf nicht mit der Peptscha tanzen, aber die Juden, die unseren Herrn verspottet haben auf seinem letzten Weg, machen sich überall breit. Sollen *sie* den krepierten Hund begraben, die Spötter des Heilands. Ich schenke ihn ihnen für den neuen Friedhofsteil!‹ Und deshalb warf der Franzek Mrschak den Hund zu den Juden.«

»Warum hat man ihn hier eingescharrt?« – »Was sollte man machen? Ihn wieder hinüberwerfen, damit ein Geschrei losgehe, die Juden schmeißen Aas über ihre Friedhofsmauer? Oder den Abdekker auf den Friedhof rufen lassen? Die Beerdigungsbrüderschaft hat den Kadaver auf dem noch unbenützten Teil des Friedhofs begraben.« Er zertrat die Efeuranke. »Gerade dieses Grab versteckt man! Kann ein Hund nicht gut sein und treu? Warum schändet man gerade ihn nach dem Tod? Warum schleudert man ihn in einen Tanzsaal und schämt sich für das Grab?«

Der Alte beugte sich vornüber und betete. Dann suchte er ein Steinchen aus seinem Hausierersack und legte es behutsam auf die spitze Kante der Grabtafel: »Vielleicht war er noch ganz jung, der Hund da, und Gott tat ihm die Gnade, ihn schon sterben zu lassen.«

Wir schritten dem Ausgang zu, traten durch den Hausflur in die Josephstädterstraße hinaus und begegneten Herrn Lieben, der meinen Begleiter unwillig maß und auf dessen gemurmelten Gruß keine Antwort gab.

»Das war Jonas Lieben, der Herr, den wir eben getroffen haben, nicht wahr?« fragte ich. Dem Alten war es sichtlich unangenehm, daß ich Herrn Lieben kannte. »Herr Lieben ist ein frommer Mann«, bemerkte ich, mein Begleiter schwieg. »Ist er nicht fromm?« fragte ich weiter, neugierig, ob er gegen die lebenden Juden auch so gehässig eingestellt sei wie gegen die toten. »Andere Leute sind auch fromm«, brummte er. – »Das ändert doch nichts!«

Da legte er los: »Man ist nicht fromm, wenn man andere Menschen nicht in Ruhe läßt, wenn man glaubt, alle Frömmigkeit gepachtet zu haben. Leute, die nicht zu seinem Kreis gehören, läßt er nicht gelten, die sind für ihn Betrüger und Schwindler.«

Wir überquerten den freien Platz vor dem Rudolphinum, eine Straßenbahn fuhr vorbei, auf den Bänken am Kai saßen Paare, sonst waren nur wenig Menschen zu sehen. »Ich möchte austreten«, sagte der Alte zu mir, »glauben Sie, daß ich mich hierher hokken kann?« – »Kommen Sie ein paar Schritte weiter, ich werde Ihnen einen Abort zeigen.« – »Ich benütze keinen Abort. Ich setze mich niemals.« – Und schon schnallte er seinen Leibriemen ab und kauerte sich hin.

Zum erstenmal seit zwei Stunden bin ich für einen Augenblick allein. Ich stehe vor dem Kunstgewerbemuseum; an der Glastür einer Telefonzelle hängt eine Tafel. »Einwurf eine Metallkrone oder zwei Fünfzighellerstücke.« Oben auf der Marienschanze sind einige Villenfenster beleuchtet. Ein Kanaldeckel drückt sich in das Straßenpflaster, wie ein karierter Flicken auf grauem Stoff.

Was will der Alte? Wozu spielt er mir eine Ahasverusrolle vor? ›Ich setze mich niemals‹, war vorhin sein letzter Satz. Das war plump. Aber hatte nicht auch vor neun Jahren die Bordellwirtin in Südungarn ungefragt bestätigt: »Der da legt sich niemals in Bett, wann er mit Madel beisamm' ist.«

Stundenlang hat mir der Alte jetzt Dinge erzählt, die Jahrzehnte zurückliegen, unkontrollierte Geschichten. Kein Enkel dieser Toten lebt mehr, kein Urenkel, niemand, der anderes über sie wissen kann, als das, was in Büchern steht oder auf Grabsteinen. Seltsam immerhin, daß er unbeobachtet an einem Grabe betete, lange betete, an dem gleichen, an dem ich ihn vor einem Vierteljahrhundert beten sah. Schon damals war er ein uralter Mann gewesen. Von der kleinen Kamilla habe ich lange nichts mehr gehört, ihre Kinder müssen weit älter sein, als Kamilla damals war.

Der Alte hockt an der Ecke wie ein Gassenjunge. Aus den Fenstern könnte man ihn sehen.

Warum hat er auf Herrn Lieben geschimpft? Will er dessen abfälligem Urteil im voraus entgegentreten? Herr Lieben hat seinen Gruß nicht erwidert. Das kann darauf zurückzuführen sein, daß Fremde verdächtig sind, die so spät aus dem Haus kommen.

Von Ahasver erzählt die Sage, er habe den, der sich mit dem Kreuz schleppte, höhnisch von der Schwelle seines Hauses gestoßen –, das entspräche dem Charakter meines Begleiters. Selbst Tote stieß er aus dem Grab und schmähte sie.

Der Alte ist wieder bei mir. Er scheint zur Realität zurückkehren zu wollen. Ob ich ein Prager sei? Mein Name? Aus der Zderasgasse?

»Nein, aus der Melantrichgasse.«

Er kennt die Straße nicht. Ich beschreibe sie ihm. »Ach so, die

Schwefelgasse.« Er weiß nur den alten Namen. Die Zderasgasse kannte er, den verrufenen Winkel der Neustadt, und gerade jene Kischs, die dort ein toleriertes Haus innehatten.

Ich frage ihn, womit er handle. »Mit Kameen.« – »Mit geschnittenen Steinen?« – »Nein, mit geschriebenen. Mit heiligen Kameen gegen Unbill.« – »Mit Amuletten also?« – »Wir nennen es Kameen. Ich werde Ihnen eine zeigen.«

Er lehnt sich an die Kaibrüstung und kramt in seinem Sack. Ein Liebespaar geht langsam in die Richtung zum Akademischen Gymnasium. Er wartet, bis die beiden vorbei sind. Dann rollt er ein kleines sechseckiges Pergament auseinander, beschrieben mit hebräischen Worten von je fünf Buchstaben, die über- und untereinander angeordnet sind; durch die obere Spitze des Sechsecks schlingt sich ein Seidenfaden.

»Diese Kamee ist sehr alt, und erprobt gegen Not und Krankheit. Hundert Kronen kostet sie.« – »Ich will nachsehen, wieviel ich bei mir habe.«

Die Augen des Alten, der wie mit dem ewigen Unheil beladen durch die Welt wandert und, o Ironie, Glücksbringer verschleißt, schleichen in meine Brieftasche. »Kaufen Sie das Stück, es wird Ihnen nützen. Ich aber bin ein alter Mann, der nicht leben kann und nicht sterben, und nicht liegen und nicht sitzen. So wahr ich sterben will: ich beneide den krepierten Hund, von dem ich Ihnen erzählt habe.« Wir gehen weiter. Ich möge die Kamee um den Hals tragen, rät er mir, sie jedoch am Freitagabend ablegen und erst am Samstag nach Sonnenuntergang wieder nehmen, denn am Sabbat dürfe man nichts tragen als die Kleider. Ob ich nicht vermögende Leute kenne, vor allem Frauen, die sich für Wunder und Voraussagen interessieren, für die Weisheit der Zahlen: die Kabbala. »Ich kann viel erklären, vieles berechnen, was kommen wird, und ich habe einen ewig leuchtenden Totenkopf gegen alles Ungemach.«

Ich bestelle ihn für den nächsten Tag zu mir. Aus dem Wirtshaus ›Beranek‹ auf dem Frantischek dringen die Klänge eines Grammophons. Der Alte bleibt am Fenster stehen. »Das ist Jazzbandmusik, die höre ich sehr gern, sie macht aus den traurigsten Weisen lustige.« Nahe der Stefanik-Brücke verabschiedet er sich: »Morgen komme ich bestimmt zu Ihnen.« Nach ein paar Schritten drehe ich mich um, neugierig, wohin er sich wenden wird, aber er ist nicht mehr zu sehen.

Ich gehe zu Herrn Lieben und frage, wer der Alte ist. »Ein Gauner ist das. Er heißt Isaschar Mannheimer und stammt aus Worms. Hat in Prag schon mit der Polizei zu tun gehabt, einmal kaufte er Wandleuchter von preußischen Soldaten, obwohl das streng verboten war, Leuchter mit den Initialen W. E., er hat genau gewußt, daß sie dem Statthalter gehören.«

»Dem Grafen Ernst Waldstein?«

»Wie kommen Sie auf Waldstein? Keine Spur! Dem Statthalter Weber-Ebenhof, im Jahre 1866.«

»Da muß doch dieser Mannheimer heute sehr alt sein?«

»Sehr, sehr alt. Er war schon damals kein Jüngling mehr. Die ganze Judenstadt hat unter der Sache zu leiden gehabt. Der Kultusvorsteher Lämmel wurde als Geisel verhaftet, und die Gemeindevorsteher mußten Buße zahlen. Der Mannheimer wird sich nicht lange in Prag aufhalten, nachdem ich ihn gesehen habe.«

»Er weiß erstaunlich viel.«

»Er redet viel und lügt noch mehr. Bei den Landjuden gibt er sich als Sendbote vom Oberrabbinat in Palästina aus, bei den Christen – Sie werden lachen! – als der ewige Jude. In der ganzen Welt macht er den Juden Schande. Was wollte er eigentlich von Ihnen?« »Er hat mir bloß den Friedhof erklärt.«

»Schöne Erklärungen, ich kann mir das vorstellen. Sicherlich lauter Lügen!«

»Ist es wahr, Herr Lieben, daß an der Salnitermauer ein toter Hund begraben ist?«

»Gerade *das* Grab hat er Ihnen gezeigt? Das sieht ihm ähnlich!« Der Alte hat seinen Besuch bei mir nicht abgestattet.

(1934)

Die Muschel

Die Trauung ging in aller Stille vor sich. Als Zeugen fungierten ein alter Dienstmann, der aus seinem zerbrochenen Leib letzte kleine Leistungen schlug, und ein fideler Schuster, der, jeder eigenen Trauung mit List entwischt, sich fremde für sein versoffenes Leben gern ansah. Feinere Kunden bat er inständig um eine baldige Heirat ihrer Töchter und Söhne. Für den Wert früher Ehen fand er überzeugende Worte. »Liegen die Kinder erst beieinander, no so kommen auch gleich die Enkel. Jetzt schaun Sie, daß die Enkel auch bald heiraten, das gibt dann Urenkel.« Zum Schluß verwies er auf seinen guten Anzug, der ihm eine x-beliebige Anwesenheit erlaube. Vor besseren Ehen lasse er ihn auswärts bügeln, bei gewöhnlichen bügle er ihn selbst zu Hause. Um eines flehte er, um rechtzeitigen Bescheid. War er schon lange nicht mehr dabeigewesen, so bot er, von Natur aus ein langsamer Arbeiter, prompte Reparaturen gratis an. Versprechen, die sich auf diesen Bereich bezogen, hielt er, sonst unverläßlich, pünktlich ein und forderte wirklich einen geringen Preis. Kinder, die so entartet waren, gegen den Willen ihrer Eltern heimlich zu heiraten, aber nicht entartet genug, um auf die Trauung zu verzichten, meist Mädchen, pflegten sich seiner zuweilen zu bedienen. Die Geschwätzigkeit selbst, war er hierin verschwiegen. Nicht durch die leiseste Andeutung verriet er sich, wenn er ahnungslosen Müttern breit und pompös von der Trauung ihrer eigenen Töchter erzählte. Bevor er sich in sein ›Ideal‹, wie er es nannte, begab, hängte er an die Tür der Werkstatt ein mächtiges Schild. Da las man in krausen, kohlschwarzen Buchstaben: »Bin bei einem Bedürfnis. Komme vielleicht. Der Unterzeichnete: Hubert Beredinger.«

Er war der erste, der von Theresens Glück erfuhr. Er zweifelte so lange an der Wahrheit ihrer Worte, bis sie ihn beleidigt aufs Standesamt lud. Als es geschehen war, folgten die Zeugen dem Paar auf die Straße. Der Dienstmann nahm sein Entgelt mit krummem Dank entgegen. Gratulationen murmelnd entfernte er sich. »...mich wieder brauchen...«, klang es Kiens in den Ohren. Noch zehn

Schritt weit weg war der leere Mund voller Eifer. Hubert Beredinger aber war bitter enttäuscht. Um so eine Trauung stand er nicht an. Er hatte seinen Anzug zum Bügeln gegeben, der Bräutigam war wie am Werktag erschienen, mit schiefen Sohlen, das Gewand zerschlissen, ohne Lust und Liebe, statt der Braut sah er immer die Akten an. Das »Ja« sagte er, als hätte er danke gesagt, nachher bot er der Schachtel keinen Arm und der Kuß, von dem der Schuster wochenlang lebte – ein fremder Kuß gab ihm für zwanzig eigene aus –, der Kuß, für den er was springen ließ, der Kuß, der als Bedürfnis vor der Werkstatt hing, der öffentliche Kuß, dem ein Beamter zusah, der Kuß in Ehren, der Kuß auf ewig, der Kuß, der Kuß fand überhaupt nicht statt. Beim Abschied verweigerte der Schuster seine Hand. Seine Kränkung verbarg er hinter einem gehässigen Grinsen. »Einen Moment bitte«, kicherte er, wie ein Fotograf, Kiens zögerten. Da beugte er sich plötzlich nieder zu einer Frau, zupfte sie am Kinn, sagte laut ›Gu-gu‹ und prüfte lüstern ihre vollen Formen. Dicker und dicker wurde sein rundes Gesicht, die Backen strafften sich, ein Doppelkinn quetschte sich wüst hervor, um die Augen zuckten kleine, flinke Schlangen, seine steifen Hände beschrieben immer weitere Bögen. Von Sekunde zu Sekunde nahm die Frau zu. Zwei Blicke galten ihr, mit dem dritten munterte er den Hochzeiter auf. Dann riß er sie ganz an sich und griff mit der Linken frech an ihre Brust.

Zwar war die Frau, mit welcher der Schuster es trieb, nicht vorhanden, aber Kien begriff das schamlose Spiel und zog Therese, die zusah, fort.

»Das säuft schon am hellichten Vormittag!« sagte Therese und klammerte sich an den Arm ihres Mannes, auch sie war empört.

Bei der nächsten Haltestelle warteten sie auf die Elektrische. Um zu betonen, daß ein Tag wie der andere sei, auch dieser, nahm Kien kein Auto. Ihr Wagen kam; als erster sprang er die Stufen hinauf. Schon auf der Plattform, fiel ihm ein, daß seine Frau der Vortritt gebühre. Mit dem Rücken zur Straße stieg er hinunter und stieß auf das heftigste gegen Therese an. Der Schaffner gab ein zorniges Fahrtsignal. Die Tram fuhr ohne die beiden fort. »Was gibt's?« fragte Therese vorwurfsvoll. Er hatte ihr wohl sehr weh getan. »Ich wollte Ihnen hinaufhelfen – dir – Pardon.« – »So«, sagte sie, »das wär' noch schöner.«

Als sie endlich saßen, zahlte er für zwei. So hoffte er seine Ungeschicklichkeit wieder gutzumachen. Der Schaffner gab die Fahrkarten ihr in die Hand. Statt zu danken, zog sie den Mund in die Breite; mit der Schulter stieß sie den Mann neben sich an. »Ja?« fragte er. »Man könnte glauben«, meinte sie spöttisch und schwenkte die Karten hinterm feisten Rücken des Schaffners. Sie lacht ihn aus, dachte Kien und schwieg.

Er begann sich unbehaglich zu fühlen. Der Wagen füllte sich. Eine Frau nahm ihm gegenüber Platz. Sie führte im ganzen vier Kinder mit, eins kleiner als das andere. Zwei drückte sie fest auf ihren Schoß, zwei blieben stehen. Ein Herr, der rechts von Therese saß, stieg aus. »Da, da!« rief die Mutter und gab ihren Bälgen rasch einen Wink. Die Kinder drängten hin, ein Knabe, ein Mädchen, im schulpflichten Alter war noch keins. Von der anderen Seite näherte sich ein älterer Herr. Therese hielt die Hände schützend über den freien Platz. Die Kinder krochen von unten durch. Sie hatten es eilig, etwas selbst zu tun. Hart bei der Bank tauchten ihre Köpfe auf. Therese wischte sie weg wie Staub. »Meine Kinder!« schrie die Mutter, »was fällt Ihnen ein?«

»Aber ich bitt' Sie«, entgegnete Therese und sah ihren Mann bedeutungsvoll an. »Kinder kommen zuletzt.« Da war der ältere Herr so weit, bedankte sich und saß.

Kien erfaßte den Blick seiner Frau. Er wünschte sich seinen Bruder Georg her. Der hatte sich als Frauenarzt in Paris etabliert. Noch keine fünfunddreißig Jahre alt, genoß er einen verdächtig guten Ruf. In Frauen kannte er sich besser als in Büchern aus. Kaum zwei Jahre, nachdem sein Studium beendet war, überlief ihn die gute Gesellschaft, soweit sie krank war, und sie war es immer, mit all ihren leidenden Frauen. Schon dieser äußere Erfolg trug ihm die verdiente Verachtung Peters ein. Seine Schönheit hätte er Georg vielleicht verziehen, sie war ihm angeboren, er konnte nichts dafür. Eine künstliche Verunstaltung, um den lästigen Wirkungen von soviel Schönheit zu entgehen, brachte er nicht über den Charakter, der leider schwach war. Wie schwach, bewies der Umstand, daß er sein einmal erwähltes Spezialfach verriet und mit fliegenden Fahnen zur Psychiatrie überging. Da hatte er angeblich einiges geleistet. Im Herzen blieb er Frauenarzt. Das unsittliche Leben lag ihm nun einmal im Blut. Vor bald acht Jahren hatte Peter, über Georgs Wankelmut entrüstet, die Korrespondenz mit ihm kurzerhand abgebrochen und eine Anzahl besorgter Briefe zerrissen.

Die Heirat jetzt hätte die beste Gelegenheit geboten, wieder anzuknüpfen. Peters Anregungen verdankte Georg die Liebe zur wis-
senschaftlichen Laufbahn. Seinen Rat in Anspruch zu nehmen, da
er doch in sein eigentliches, natürliches Fach fiele, wäre durchaus
keine Schande. Wie sollte man dieses scheue, zurückhaltende Wesen behandeln? Sie war nicht mehr jung und nahm das Leben sehr
ernst. Die Frau ihr gegenüber, sicher viel jünger, hatte bereits vier
Kinder, sie noch keines. »Kinder kommen zuletzt.« Das klang sehr
klar, aber was meinte sie wirklich damit? Sie wollte vielleicht keine
Kinder; er auch nicht. Er hatte nie an Kinder gedacht. Wozu sagte
sie das? Vielleicht hielt sie ihn für einen unsittlichen Mann. Sie
kannte sein Leben. Seit acht Jahren war sie mit seinen Gewohnhei-
ten vertraut. Sie wußte, daß er Charakter hatte. Ging er denn
nachts je aus? Hatte ihn je eine Frau besucht, auch für eine Viertelstunde nur? Als sie damals bei ihm den Dienst antrat, hatte er ihr
ausdrücklich erklärt, daß er Besuche, männliche oder weibliche,
von Säuglingen angefangen bis zu Greisen, prinzipiell nicht emp-
fange. Sie solle jedermann wegschicken. »Ich habe nie Zeit!« Das
waren seine eigenen Worte. Welcher Teufel war in sie gefahren?
Der haltlose Schuster vielleicht. Sie war ein naives, unschuldiges
Geschöpf, wie hätte sie sonst, bei ihrer Unbildung, zu Büchern eine
solche Liebe gefaßt? Aber der schmutzige Kerl hatte zu drastisch
gespielt. Seine Bewegungen waren deutlich, ein Kind, selbst ohne
zu wissen, warum er das treibt, hätte begriffen, daß er eine Frau berührte. Solche Leute, die sogar auf offener Straße ihre Beherr-
schung verlieren, gehören in geschlossene Anstalten. Sie bringen
fleißige Menschen auf häßliche Gedanken. Fleißig ist sie. Der Schuster hat sie infiziert. Wie käme sie sonst zu den Kindern? Es ist nicht
ausgeschlossen, daß sie davon gehört hat. Frauen reden viel untereinander. Sie muß eine Geburt gesehen haben, in einer früheren
Stellung. Was wäre dabei, wenn sie alles wüßte. Besser, als man
hätte sie selbst aufzuklären. Eine gewisse Verschämtheit liegt in ihrem Blick, bei ihrem Alter wirkt das beinahe komisch.

Ich habe nie gedacht, Gemeinheiten von ihr zu fordern, nicht im
entferntesten. Ich hab' nie Zeit. Sechs Stunden Schlaf brauch' ich.
Bis zwölf arbeite ich, um sechs muß ich aufstehn. Hunde und sonstige Tiere mögen sich auch bei Tag mit derlei abgeben. Vielleicht
erwartet sie das von einer Ehe. Kaum. Kinder kommen zuletzt.
Dummkopf. Sie wollte sagen, daß sie alles weiß. Sie kennt die

Kette, an deren Ende fertige Kinder stehen. Sie drückt das auf anmutige Weise aus. Sie knüpft an ein kleines Abenteuer an, die Kinder waren zudringlich, der Satz lag nahe, doch der Blick galt mir allein, statt jeder Beichte. Begreiflich. Solche Kenntnisse sind ja peinlich. Ich habe wegen der Bücher geheiratet, Kinder kommen zuletzt. Das muß nichts bedeuten. Sie fand damals, daß Kinder zu wenig lernen. Ich las ihr ein Stück aus Arai Hakuseki vor. Sie war ganz benommen vor Freude. So hat sie sich zuerst verraten. Wer weiß, wann ich ihre Beziehung zu Büchern erkannt hätte. Damals sind wir uns nahegekommen. Vielleicht will sie nur daran erinnern. Sie ist noch dieselbe. Ihre Meinung über Kinder hat sich seither nicht verändert. Meine Freunde sind ihre Freunde. Meine Feinde bleiben es auch für sie. Der kurzen Rede unschuldiger Sinn. Von anderen Beziehungen hat sie keine Ahnung. Ich muß aufpassen. Sie könnte erschrecken. Ich werde vorsichtig sein. Wie sag' ich es ihr? Sprechen ist schwer. Bücher darüber hab' ich nicht. Kaufen? Nein. Was denkt sich der Buchhändler? Ich bin kein Schwein. Jemand hinschicken? Wen? Sie selbst – pfui – meine eigene Frau! Wie kann man so feig sein. Ich muß es versuchen. Ich selbst. Wenn sie nicht will. Sie wird schreien. Hausparteien – Hausbesorger – Polizei – Gesindel. Man kann mir nichts tun. Ich bin verheiratet. Mein gutes Recht. Widerwärtig. Wie komm' ich drauf. *Mich* hat der Schuster infiziert, nicht sie. Schäm' dich. Vierzig Jahre lang. Auf einmal. Ich werd' sie schonen. Kinder kommen zuletzt. Wenn man wüßte, was sie wirklich gemeint hat. Sphinx.

Da stand die Mutter von vier Kindern auf. »Achtung!« warnte sie, und schob sie links voran. Auf der Rechten, neben Therese hielt *sie* sich, ein tapferer Offizier. Gegen Kiens Erwartung nickte sie, grüßte freundlich ihre Feindin, sagte: »Sie haben's gut, Sie sind noch ledig!« und lachte, Goldzähne winkten zum Abschied aus ihrem Mund. Erst als sie draußen war, fuhr Therese hoch und schrie mit verzweifelter Stimme: »Bitte, mein Mann, bitte, mein Mann! Wir wollen eben keine Kinder! Bitte, mein Mann!« Sie wies auf ihn, sie riß ihn am Arm. Ich muß sie beruhigen, dachte er. Die Szene war ihm peinlich, sie bedurfte seines Schutzes, sie schrie und schrie. Endlich erhob er sich zu voller Länge und sagte vor allen Fahrgästen: »Ja.« Man hatte sie beleidigt, sie mußte sich wehren. Ihre Erwiderung war so unfein wie der Angriff. Sie trug keine Schuld. Therese sank auf ihren Sitz zurück. Niemand, auch der Herr neben ihr nicht, dem sie den Platz verschafft hatte, nahm für sie Partei. Die Welt war von Kinderfreundlichkeit verseucht. Zwei Stationen weiter stiegen Kiens aus. Therese ging voran. Er hörte plötzlich jemand hinter ihm sagen: »Das Beste an ihr ist der Rock.« »Eine Festung.« »Der arme Mann.« »Was willst du, eine harte Schachtel.« Alle lachten. Der Schaffner und Therese, die schon auf der Plattform ruhte, hatten nichts gehört. Der Schaffner lachte doch. Auf der Straße empfing Therese froh ihren Mann und meinte: »Lustig ist der Mensch!« Der Mensch beugte sich zum fahrenden Wagen hinaus, hielt die Hand vor den Mund und brüllte zwei unverständliche Silben. Er schüttelte sich, gewiß vor Lachen. Therese winkte und entschuldigte sich, auf einen befremdeten Blick, mit den Worten: »Er fällt mir noch herunter.«

Kien aber betrachtete verstohlen ihren Rock. Er war blauer als gewöhnlich und noch steifer gestärkt. Der Rock gehörte zu ihr, wie die Schale zur Muschel. Versuch' es wer, mit Gewalt die Schale einer geschlossenen Muschel zu öffnen. Einer Riesenmuschel, so groß wie dieser Rock. Man muß sie zertreten, zu Schleim und Splittern, wie damals als Junge am Meeresstrand. Die Muschel gab keine Ritze nach. Er hatte noch nie eine nackt gesehen. Was für ein Tier hielt die Schale mit solcher Kraft zu? Er wollte es wissen, sofort, er hatte das harte, hartnäckige Ding auf den Händen, mit Fingern und Nägeln plagte er sich, die Muschel plagte sich auch. Er gelobte sich, nicht einen Schritt von der Stelle zu tun, bevor sie erbrochen war. Sie gelobte das Gegenteil, sie wollte nicht gesehen sein. Warum schämt sie sich, dachte er, ich laß sie dann laufen, meinetwegen mach' ich sie wieder zu, ich tu' ihr nichts, ich versprech' es, wenn sie taub ist, soll ihr doch der liebe Gott mein Versprechen ausrichten. Er verhandelte einige Stunden mit ihr. Seine Worte waren so schwach wie seine Finger. Umwege haßte er, nur gerade gelangte er gern an sein Ziel. Gegen Abend fuhr ein großes Schiff vorbei, weit draußen. Er stürzte sich auf die mächtigen, schwarzen Buchstaben an der Seite und las den Namen ›Alexander‹. Da lachte er mitten in seiner Wut, zog sich blitzrasch die Schuhe an, schleuderte die Muschel mit aller Kraft zu Boden und führte einen gordischen Freudentanz auf. Jetzt war ihre ganze Schale umsonst. Seine Schuhe zerdrückten sie. Bald lag sie splitternackt vor ihm da, ein Häuflein Elend, Schleim und Schwindel und überhaupt kein Tier.

Therese ohne Schale – ohne Rock existierte nicht. Er ist immer tadellos gestärkt. Er ist ihr Einband, blaues Ganzleinen. Sie hält was auf gute Einbände. Warum fallen die Falten mit der Zeit nicht zusammen? Es ist klar, daß sie ihn sehr oft bügelt. Vielleicht besitzt sie zwei. Man merkt keinen Unterschied. Eine geschickte Person. Ich darf ihr doch nicht den Rock zerdrücken. Sie wird ohnmächtig vor Kummer. Was tu' ich, wenn sie plötzlich ohnmächtig wird? Ich werde sie vorher um Entschuldigung bitten. Sie kann den Rock dann gleich wieder bügeln. Ich gehe indessen in ein anderes Zimmer. Warum zieht sie nicht einfach den zweiten an? Viel zuviel Schwierigkeiten legt sie mir in den Weg. Sie war meine Haushälterin, ich hab' sie geheiratet. Sie soll sich ein Dutzend Röcke kaufen und öfters wechseln. Dann genügt es, sie weniger steif zu stärken. Übertriebene Härte ist lächerlich. Die Leute in der Tram haben recht.

Es ging sich nicht leicht die Treppe hinauf. Ohne es zu merken, verlangsamte er seinen Schritt. Im zweiten Stock meinte er schon bei sich oben zu sein und erschrak. Da kam der kleine Metzger singend gelaufen. Kaum hatte er Kien erblickt, als er auf Therese zeigte und klagte: »Sie läßt mich nicht herein! Sie schlägt immer die Tür zu. Schimpfen Sie doch mit ihr, Herr Professor!«

»Was soll das heißen?« fragte Kien drohend, dankbar für den Prügelknaben, der ihm plötzlich wie gerufen in die Arme lief.

»Sie haben mir's doch erlaubt. Ich hab's ihr gesagt.«

»Wer ist ›sie‹?«

»Die.«

»Die?«

»Ja, meine Mutter hat gesagt, sie soll nicht frech sein, sie ist nur ein Dienstbot'.«

»Elender Lümmel!« rief Kien und holte zu einer Ohrfeige aus. Der Junge bückte sich, stolperte, fiel hin und klammerte sich, um nicht über die Treppe herunterzukollern, an Theresens Rock. Man hörte das Geräusch, das gestärkte Wäsche beim Brechen gibt.

»Was!« schrie Kien, »frech wirst du auch noch!« Der Bengel verhöhnte ihn. Außer sich vor Zorn, trat er ihn einigemal mit Füßen, riß ihn keuchend am Schopf in die Höhe, haute ihm zwei, drei knochige Ohrfeigen herunter und warf ihn dann weg. Der Kleine rannte weinend die Stufen hinauf. »Ich sag's meiner Mutter! Ich sag's meiner Mutter!« Eine Tür ging oben auf und wieder zu. Eine Frauenstimme begann zu keifen.

»Es ist ja schad' um den schönen Rock«, entschuldigte Therese die harten Schläge, blieb stehen und blickte ihren Schützer irgendwie an. Es war höchste Zeit, sie vorzubereiten. Etwas mußte gesagt sein. Auch er blieb stehen.

»Ja, wirklich, der schöne Rock. Was hat Bestand?« zitierte er, glücklich über den Einfall, mit den Worten eines schönen, alten Gedichtes anzudeuten, was später auf jeden Fall kommen mußte. Mit einem Gedicht läßt sich alles am besten sagen. Gedichte passen in jede Situation. Sie nennen das Ding bei seinem umständlichsten Namen und man versteht sie doch. Schon im Weitergehen drehte er sich zu ihr um und meinte:

»Ein schönes Gedicht, nicht wahr?«

»O ja, Gedichte sind immer schön. Verstehen muß man sie eben.«

»Alles muß man verstehn«, sagte er, langsam und betont, und wurde rot.

Therese stieß ihm den Ellbogen in die Rippen, zuckte mit der rechten Schulter, warf den Kopf auf die ungewohnte Seite herum und sagte spitz und herausfordernd:

»Man wird ja sehen. Stille Wasser sind tief.«

Er hatte das Gefühl, sie meine ihn damit. Ihre Äußerung faßte er als Mißbilligung auf. Er bereute seine schamlose Anspielung. Der spöttische Ton ihrer Antwort raubte ihm den letzten Rest von Mut.

»Ich – ich hab's nicht so gemeint«, stotterte er.

Die Wohnungstür rettete ihn vor weiterer Verlegenheit. Er war froh, in die Tasche zu greifen und nach den Schlüsseln zu suchen. So durfte er wenigstens unauffällig den Blick senken. Er fand sie nicht.

»Ich hab' die Schlüssel vergessen«, sagte er. Jetzt mußte er die Wohnung aufbrechen, wie damals die Muschel. Schwierigkeiten auf Schwierigkeiten, nichts gelang einem. Kleinlaut griff er in die andre Hosentasche. Nein, die Schlüssel waren nirgends. Er suchte noch, da hörte er vom Schloß her ein Geräusch. Einbrecher! fuhr ihm ein Blitz durch den Kopf. Im selben Augenblick bemerkte er ihre Hand am Schloß.

»Dafür hab' ich meine mit«, sagte sie, vor Zufriedenheit strotzend.

Ein Glück, daß er nicht ›zu Hilfe‹ gerufen hat. Es lag ihm schon auf der Zunge. Sein Lebtag hätte er sich vor ihr schämen müssen.

Er benahm sich wie ein kleiner Junge. Daß er die Schlüssel nicht mit hatte, passierte ihm zum erstenmal.

Endlich standen sie in der Wohnung. Therese öffnete die Tür zu seinem Schlafzimmer und wies ihn hinein. »Ich komm' gleich«, sagte sie, und ließ ihn allein zurück. Er blickte sich um und atmete auf, aus einem Zuchthaus in die Freiheit entlassen.

Ja, das ist seine Heimat. Hier kann ihm nichts geschehen. Er lächelte bei der Vorstellung, daß ihm hier was geschehen könnte. Er vermeidet es, in die Richtung des Schlafdiwans zu sehen. Jeder Mensch braucht eine Heimat, nicht eine, wie primitive Faustpatrioten sie verstehn, auch keine Religion, matten Vorgeschmack einer Heimat im Jenseits, nein, eine Heimat, die Boden, Arbeit, Freude, Erholung und geistigen Fassungsraum zu einem natürlichen, wohlgeordneten Ganzen, zu einem eigenen Kosmos zusammenschließt. Die beste Definition der Heimat ist Bibliothek. Frauen hält man am klügsten von seiner Heimat fern. Entschließt man sich doch, eine aufzunehmen, so trachte man, sie der Heimat erst völlig zu assimilieren, so wie er es getan hat. In acht langen, stillen, zähen Jahren haben die Bücher für ihn die Unterwerfung dieser Frau besorgt. Er persönlich hat keinen Finger dazu gerührt. Seine Freunde haben die Frau in seinem Namen erobert. Sicher läßt sich viel gegen die Frau sagen, nur ein Narr heiratet ohne Probezeit. *Er* war so klug, bis zu seinem vierzigsten Lebensjahr zu warten. Diese achtjährige Probezeit soll ihm ein anderer nachmachen. Was kommen mußte, ist allmählich herangereift. Herr seines Schicksals ist der Mensch allein. Wenn man es genau bedenkt, hat ihm nur noch eine Frau gefehlt. Er ist kein Lebemann – bei ›Lebemann‹ sieht er seinen Bruder Georg, den Frauenarzt, vor sich –, er ist alles, nur kein Lebemann. Aber die schweren Träume der letzten Zeit dürften mit seinem übertrieben strengen Leben zusammenhängen. Das wird jetzt anders.

Es ist lächerlich, sich weiterhin vor der Aufgabe zu drücken. Er ist ein Mann, was hat jetzt zu geschehen? Geschehen? Das geht zu weit. Erst sei festgestellt, wann es zu geschehen hat. Jetzt, sie wird sich verzweifelt wehren. Er darf sich daran nicht stoßen. Es ist begreiflich, wenn eine Frau sich um ihr Letztes wehrt. Sobald es geschehen ist, wird sie ihn bewundern, weil er ein Mann ist. So sollen die Frauen sein. Es geschieht also jetzt. Abgemacht. Er gibt sich sein Ehrenwort.

Zweitens: Wo hat es zu geschehen? Eine häßliche Frage. Tatsächlich hat er schon die ganze Zeit über einen Diwan vor Augen. Sein Blick war an den Regalen entlanggeglitten, der Diwan glitt mit. Die Muschel vom Strand lag drauf, riesengroß und blau. Wo er sein Auge verweilen ließ, stellte sich auch der Diwan hin, erniedrigt und plump. Er sah aus, als trüge er die Lasten der Regale. Geriet Kien in die Nähe des wirklichen Diwans, so riß er den Kopf auf die Seite herüber und wanderte den weiten Weg zurück. Jetzt, wo ein ehrenwörtlicher Beschluß gefaßt ist, nimmt er ihn schärfer und länger her. Wohl prallt das Auge, aus Gewohnheit vielleicht, noch einigemal ab. Schließlich bliebt es doch haften. Der Diwan, der eigentliche, lebendige Diwan ist leer und trägt weder Muschel noch Lasten. Und wenn er nun künstlich Lasten trüge? Wenn man ihn mit einer Schicht schöner Bücher belüde? Wenn er ganz verdeckt wäre von Büchern, daß man ihn fast nicht sieht?

Kien gehorcht seinem genialen Impuls. Er trägt eine Menge von Bänden zusammen und türmt sie vorsichtig auf dem Diwan auf. Am liebsten hätte er oben welche ausgesucht, doch die Zeit ist knapp, sie hat gesagt, sie kommt gleich. Er verzichtet, die Leiter läßt er Leiter sein und begnügt sich mit ausgewählten Werken von unten. Vier bis fünf schwere Stücke legte er übereinander und streichelt sie in der Eile, bevor er neue holt. Schlechtere Sachen nimmt er nicht, um die Frau nicht zu kränken. Zwar versteht sie wenig davon, aber er sorgt für sie, weil sie Büchern gegenüber Einsicht und Takt hat. Gleich wird sie da sein. Sobald sie den überladenen Diwan sieht, wird sie, ordnungsliebend, wie sie ist, darauf zugehen und fragen, wo die Bände hingehören. So lockt er das ahnungslose Geschöpf in die Falle. An die Namen der Bücher knüpft sich leicht ein Gespräch. Schritt um Schritt geht er vor und lenkt langsam hinüber. Die Erschütterung, die ihr bevorsteht, ist das größte Ereignis im Leben einer Frau. Er will sie nicht erschrecken, er will ihr helfen. Die einzige Möglichkeit, kühn und entschieden zu handeln. Überstürzung haßt er. Er segnet die Bücher. Wenn sie nur nicht schreit.

Schon vorhin hat er ein leises Geräusch gehört, als ob die Tür im vierten Zimmer gegangen wäre. Er achtet nicht darauf, er hat Wichtigeres zu tun. Er betrachtet den gepanzerten Diwan vom Schreibtisch her, auf seine Wirkung hin, und fließt von Liebe und Ergebenheit gegen die Bücher über. Da sagt ihre Stimme:

»Jetzt bin ich da.«

Er dreht sich um. Sie steht auf der Schwelle zum Nebenzimmer, in einem blendend weißen Unterrock, der mit breiten Spitzen besetzt ist. Aufs Blau, die Gefahr, hat er zuerst geblickt. Er gleitet erschreckt an der Gestalt hinauf: ihre Bluse hat sie anbehalten.

Gott sei Dank. Der Rock ist weg. Jetzt brauch' ich nichts zu zerdrücken. Ist das anständig? So ein Glück. Ich hätt' mich geschämt. Wie kann sie das tun. Ich hätte gesagt: Leg ihn weg. Das hätt' ich nicht können. So selbstverständlich steht sie da. Wir müssen uns schon sehr lange kennen. Natürlich, meine Frau. Bei jeder Ehe. Woher sie das weiß. Sie war in Stellung. Bei einem Ehepaar. Hat alles mit angesehen. Wie die Tiere. Die finden das Richtige, von selbst. Sie hat keine Bücher im Kopf.

Therese nähert sich mit wiegenden Hüften. Sie gleitet nicht, sie watschelt. Das Gleiten kommt also nur vom gestärkten Rock. Sie sagt freudig: »So nachdenklich? Ja, die Mannsbilder!« Sie krümmt den kleinen Finger, droht und zeigt mit ihm auf den Diwan. Ich muß auch hingehn, denkt er, und steht schon, er weiß nicht wie, neben ihr. Was soll er jetzt tun – auf die Bücher hinlegen? Er schlottert vor Angst, er betet zu den Büchern, der letzten Schranke. Therese fängt seinen Blick, sie bückt sich und fegt mit einem umfassenden Schlag des linken Armes sämtliche Bücher zu Boden. Er macht eine hilflose Bewegung, zu ihnen hin, er will aufschreien, Entsetzen schnürt ihm die Kehle zu, er schluckt und bringt keinen Laut hervor. Ein furchtbarer Haß steigt langsam hoch: das hat sie gewagt. Die Bücher!

Therese zieht sich den Unterrock aus, faltet ihn besorgt zusammen und legt ihn auf die Bücher am Boden. Dann macht sie sich's auf dem Diwan bequem, krümmt den kleinen Finger, grinst und sagt: »So!«

Kien stürzt in langen Sätzen aus dem Zimmer, sperrt sich ins Klosett, dem einzigen bücherfreien Raum der Wohnung ein, zieht sich an diesem Ort mechanisch die Hosen herunter, setzt sich aufs Brett und weint wie ein kleines Kind.

(1935)

Maresi

Ein unglaublicher Zwischenfall ereignete sich vor zwanzig und einigen Jahren in einer der großen Straßen von Wien.

Als nämlich der Kutscher Matthias Loy, inmitten von Lastfuhrwerk und andrem starkem städtischem Verkehr, auf seinem von zwei Pferden gezogenen Frachtwagen den Getreidemarkt hinabfuhr, trat ganz unvermittelt ein offenbar den besseren Ständen angehöriger Mensch, vom Gehsteig her, an das Fahrzeug, das sich im Schritt weiterbewegte, heran und streckte das eine der beiden Pferde, eine alte, magere Fuchsstute, durch mehrere rasch nacheinander aus einer Repetierpistole abgefeuerte Schüsse zu Boden.

Indessen das Pferd, das zuerst nur in die Knie genickt war, im Geschirr langsam weiter zusammensank, bäumte sich das andre entsetzt empor; und der Kutscher, nach einigen Augenblicken der Fassungslosigkeit, warf sich mit einem Wutgeheul vom Bock und fuhr dem Attentäter an den Hals. Dieser hatte die Pistole fallenlassen und stand nun bleich und aufgeregt da, wobei er sich bloß obenhin der Angriffe des Kutschers und einiger rasch zusammengelaufener Chauffeure und Passanten erwehrte, die ihrer Empörung Luft machten, indem sie ihn immerzu anschrien und hin und her stießen. Zwei gleichfalls herbeieilende Polizisten gelang es denn alsbald auch nur mehr mit Mühe, den Menschen vor der Wut der Leute zu retten, die sich um so mehr erbitterten, als er auf keine ihrer Fragen: warum er die Tollheit begangen habe, ein wildfremdes Pferd zu erschießen, und was ihm denn das arme Vieh getan, auch nur die geringste Antwort gab. Zerdroschen, ohne Hut und mit zerfetztem Rock, ward er schließlich fortgeführt, und das Geheul der Menge verfolgte ihn. Er mochte zwei- oder dreiundvierzig Jahre alt sein und früher einmal ganz gut ausgesehen haben, jetzt aber war er abgemagert und vernachlässigt. Der Kutscher lief noch eine Strecke weit neben ihm her und beschimpfte ihn fortwährend. Er tat jedoch, als höre er ihn gar nicht. Auch auf dem Polizeikommissariat gab er nur unbefriedigende und mangelhafte Auskünfte. Insbesondere sagte er, man werde den Grund, aus dem er das

Pferd niedergeschossen, ja doch nicht verstehen; zudem konnte er kein Quartier angeben, wo er in letzter Zeit gewohnt; und weil auch, von einem der verirrten Geschosse, ein Mädchen an der Hand gestreift worden war, behielt man ihn in Haft. Erst als sein Fall vor Gericht verhandelt wurde, entschloß er sich zu ausführlichen Erklärungen.

Seine absurde Tat beschäftigte die Gemüter der Öffentlichkeit immer noch in solchem Maße, daß, als er vorgeführt ward, eine Menge Neugieriger sich im Saale drängte. Auf die einleitenden, formalen Fragen gab er an, er heiße Franz von Hübner, sei vierundvierzig Jahre alt, ledig und seit Monaten erwerbslos.

Der Richter, in den vor ihm liegenden Papieren blätternd, erklärte fürs erste, einen Franz von Hübner gäbe es nicht mehr, es gäbe nur noch einen Franz Hübner. Darnach verlas er den Tatbestand und richtete an den Angeklagten die Frage, ob er sich nun also zu einer Erklärung bequemen wolle, warum er das Pferd des Matthias Loy erschossen habe.

Hübner blickte zu Boden und schwieg noch immer.

»Nun?« fragte der Richter, schon ziemlich scharf.

Hübner sah auf und streifte den Loy, der als Zeuge dasaß, mit einem Blick.

»Weil«, sagte er schließlich, »der Kutscher das Pferd geschlagen hat.«

»Geschlagen?«

»Ja. Und dann war es doch auch schon alt.«

»So«, schrie der Richter, »weil er es geschlagen hat und weil es alt war, haben Sie es glattweg niedergeschossen?« Und die Zuhörer brachen in empörte Rufe aus. Auch sprang der Kutscher auf und rief, es sei gar nicht wahr, daß er das Pferd geschlagen habe, bloß angetrieben habe er's hin und wieder mit der Peitsche, wie das ja gestattet sei; der Kerl aber, womit er Hübner meinte, habe ihn aus purer Bosheit um das wertvolle Tier gebracht. Doch fuhr der Richter dazwischen und befahl ihm, zu schweigen, bis er gefragt werde; und das Publikum ward zur Ruhe verwiesen. Inzwischen sah der Angeklagte den Richter an, und als wieder Stille eingetreten war, sagte er:

»Ich habe doch schon gesagt, daß man nicht verstehen wird, warum ich das Pferd getötet habe.«

Das zu beurteilen, schrie der Richter, stehe dem Gericht zu und nicht dem Angeklagten.

Hübner zuckte die Achseln. »Meinen Sie?« sagte er. »Nun, zunächst einmal war dieses Pferd überhaupt gar kein gewöhnliches Zugpferd, sondern eine Vollblutstute, mehr als zwanzig Jahre alt allerdings; und in dem Zustand, in dem sie zuletzt war, konnte man ihr natürlich auch gar nicht mehr anmerken, was für ein schönes Pferd sie früher gewesen. Sie hieß Maresi, ihr Vater war Scherasmin, ein berühmter Hengst aus dem Lesczynskischen Gestüt, und ihre Mutter hieß Scheherazade.«

»So?« sagte der Richter. »Woher wollen Sie denn das alles wissen?«

»Das weiß ich deshalb«, sagte der Angeklagte, »und zwar sogar sehr genau, weil die Stute, früher einmal, mir gehört hat, und weil ich selber sie aufgezogen habe, auf meinem Gut, als ich noch eins hatte.«

Eine Bewegung ging durch den Saal.

»Dieses Gut«, fuhr Hübner fort. »hieß Sankt Marien. Ich hatte es nach meinem Vater übernommen. Ich war damals allerdings noch nicht zwanzig. Aber auch die kleine Vollblutzucht, die wir hatten, versuchte ich weiterzuführen. Ich besaß drei Zuchtstuten: Ayescha, Fatima und Scheherazade. Scheherazade erwartete ein Fohlen. Ich erinnere mich noch genau an den Tag, an dem es zur Welt kam. Meine Mutter, die damals noch lebte, hatte unsere nächsten Nachbarn zum Tee gebeten, einen Grafen und eine Gräfin Steinville. Sie brachten auch Blanka mit. Blanka war ihre kleine Tochter. Sie war damals fünf Jahre alt.«

Der Richter trommelte mit dem Bleistift auf den Tisch. »Gehört das hierher?« fragte er.

»Ja«, sagte Hübner kurz; und nach einem Moment fuhr er fort: »Es war im September. Wir tranken Tee in unserem kleinen Salon, dann traten Steinville und ich ans Fenster, das Fenster stand offen, wir zündeten uns Zigaretten an und sahen in den Hof hinab. Eben ward, unten, Scheherazade vorübergeführt. Ich hatte nämlich Befehl gegeben, daß die Stute vormittags und nachmittags aus dem Stalle zu holen und an der Hand je eine Stunde lang zu bewegen sei. Ich sagte dem Grafen, das Fohlen sei nun schon täglich zu erwarten. In diesem Moment hörten wir das Blasen von Trompeten.«

»Von was für Trompeten?« fragte der Richter.

»Es war eine Kavalleriedivision in der Nähe zusammengezogen worden und manövrierte schon seit dem frühen Morgen auf den abgeernteten Feldern. Der Schall der Trompeten kam erst nur von ferne her, dennoch wurde Scheherazade unruhig. Auf fast alle Pferde, auch wenn sie nicht im Heere gedient haben, wirkt der Klang von Trompeten und kriegerischer Musik. Auch Scheherazade begann zu tänzeln und sich um den Reitburschen, der sie am Halfter zurückhielt, zu drehen. Sie ließ sich jedoch wieder beruhigen. Als aber gleich darauf das Blasen, nun schon aus größerer Nähe, von neuem ertönte, versuchte sie vorne hochzugehen. Doch hing der Reitbursch am Halfter. Da tat sie zwei oder drei Sprünge und riß den Burschen um. Wir schrien in den Hof hinab, da schleifte die Stute den Burschen noch ein Stück weit mit, dann streifte sie, mit einer geschickte Bewegung, den Halfter ab und jagte um die Hausecke und in den Park hinein. Der Bursche sprang sogleich wieder auf und rannte ihr nach, konnte sie aber nicht einholen. Sie ging im Galopp durch den Park, und wir sahen noch, wie sie die Gartenmauer übersprang. Dann liefen auch wir die Treppe hinab und ihr nach.«

»Nun?« fragte der Richter. »Und?«

»Sie jagte den Regimentern nach, die, wie wir an den Signalen merkten, eben zur Attacke gegeneinander ansetzten. Als wir zur Gartenmauer kamen, sahen wir die Stute schon hinter der einen der beiden langen, glitzernden und klirrenden Reiterfronten, unter deren Hufen der Staub aufquoll, einherfegen und alsbald selber im Staube verschwinden. Man erzählte uns später, sie habe die Schwadronen sehr bald erreicht, sei mitten unter der Mannschaft, die mit ergriffenen Säbeln dahingaloppierte, hindurchgerast, habe schließlich auch die Offiziere überholt und erst angehalten, als man sich den feindlichen Reihen auf etwa hundert Schritte genähert hatte und als zum Halten geblasen ward. Da sah man Scheherazade, als der Staub verwehte, in der Nähe der Generale stehen, sie tänzelte und wieherte, und es begann ein Schimpfen und Lachen und Fragen, woher das fremde Pferd denn sei. In diesem Augenblick jedoch fing sie auch schon zu taumeln an, verfiel dann in eine Art Krampf und begann, ihrem Fohlen das Leben zu schenken...«

Ein Murmeln ging durch die Menge der Leute, die zuhörten.

»Zunächst«, sagte Hübner, »wußte man nicht, was da eigentlich vor sich ging, alsbald jedoch sprengten zwei oder drei Tierärzte aus den Regimentern heran, warfen sich von den Pferden und standen der Gebärenden bei. Als wir die Stute erreichten, waren die Regimenter schon in Kolonnen seitwärts abmarschiert, und das Fohlen war da. Es war ein sehr schönes Stutenfohlen. Auch Blanka kam nun über das Feld gerannt, sie war ihrer Mutter davongelaufen und außer sich vor Freude über das kleine Pferd. Sie schrie und lachte und streichelte es, wenngleich es noch ganz naß war, und wir alle waren glücklich, daß alles noch gut ausgegangen war. Auch gaben wir dem Fohlen gleich einen Namen. Zwar hatte ich, für den Fall, daß es eine Stute sein würde, beschlossen gehabt, es Sobeide zu nennen. Da es jedoch, wie die Tierärzte sagten, vor der Front des Dragonerregiments Maria Theresia zur Welt gekommen war, so nannten wir es Maresi.« – »Wie?« fragte der Richter.

»Maresi. Das ist der Kosename für Maria Theresia. – Die Stute führten wir nun langsam heim, und das Fohlen lief bereits mit. Es wollte auch schon von der Mutter trinken, und Blanka streichelte es immerzu, sie fragte mich tausend Dinge über Pferde, und ich mußte ihr alle Geschichten von Pferden erzählen, die ich wußte. Denn als ich ihr sagte, das Fohlen werde nun, weil sich das bei Vollblütern so gehöre, mit vollem Namen, das heißt mit seinem eigenen Namen und mit den beiden Namen seiner Eltern, Maresi von Scherasmin aus der Scheherazade heißen, wollte sie auch wissen, wer die Großeltern des Fohlens und wer seine Urgroßeltern gewesen seien; und ich erzählte ihr, das Vollblut stamme von angelsächsischen und arabischen Pferden, die Araber aber kämen von den berühmten Stuten des Propheten her, und alle Pferde überhaupt gingen auf die Wildpferde zurück, die klein und falb gewesen seien, mit feisten Hälsen und schwärzlichem Mähnenhaar, und von denen es auch heute noch in der inneren Monoglei einige wenige gäbe. Aber auch von den großen Pferdeherden in Amerika erzählte ich ihr, aus denen die Indios ihre Pferde herausfinden, und daß die amerikanischen Pferde von verwilderten Pferden der Spanier abstammten, die vor langen Zeiten auf Befehl des Kaisers über das Meer gefahren wären, denn das Reich des Kaisers sei ehedem so groß gewesen, daß darin die Sonne nicht unterging.«

Da der Angeklagte jedoch nicht sogleich weitersprach, sondern seinen Erinnerungen nachzuhängen schien, so rief der Richter: »Weiter! Aber beschränken Sie sich auf das Notwendige.«

»Das Fohlen«, fuhr Hübner sohin fort, »blieb eine Zeitlang bei seiner Mutter, dann kam es auf die Weide. Als das Pferd zwei Jahre alt war, übergab ich es einem Trainer. Auf der Bahn erwies es sich zunächst als vorbildlich, versagte aber schon im nächsten Jahr in zwei Flachrennen, das heißt: während es auf kurze Strecken nichts erreichte, stand es lange Strecken sehr gut durch, auch sprang es ausgezeichnet, und so siegte es schließlich in mehreren Hindernisrennen. Dann nahm ich es heim und ritt nun selbst auf diesem Pferde zwei oder drei Jahre lang fast alle Jagden, denn es war ein sehr ausdauerndes Jagdpferd. Als solches hatte es natürlich auch Chancen für Pardubitz, und ich siegte, im November 1913, mit Maresi in der Großen Pardubitzer Steeplechase.«

Aber weder der Richter noch die Zuhörer schienen eine rechte Vorstellung davon zu haben, daß die Große Pardubitzer das schwerste Hindernisrennen der Monarchie gewesen sei; und der Richter sagte bloß: »So? Und was geschah dann?«

»Dann«, sagte Hübner, »kam der Krieg, und ich rückte mit der Stute und zwei anderen Pferden zu meinem Regiment ein; und das Regiment ging sogleich ins Feld. Die Kavallerie kämpfte in den ersten Monaten des Krieges noch in farbigen Uniformen. Wir trugen rote Hosen und Stulpenhandschuhe, goldne Kartuschriemen und hohe Helme, mit funkelnden Reliefs, Löwen darstellend, zu beiden Seiten des Helmkammes, die Pelzröcke hatten wir um die Schultern gehängt, und die Goldschnüre der Pelze wanden wir uns um die Hälse, zum Schutz gegen Säbelhiebe. Die Regimenter sahen wundervoll aus, und wir dachten, wir würden nun zu Pferde kämpfen. Aber dazu kam es natürlich gar nicht. Wo immer die farbigen Reiter sich zeigten, wurden sie vom Feuer der Russen zugedeckt, die, in ihren erdbraunen Uniformen, in unzähligen Schwärmen heranrückten, und wir mußten von den Pferden absitzen und zu Fuß kämpfen. Die Pferde bekamen wir oft monatelang nicht mehr zu Gesicht, zum letztenmal sahen wir sie während des Vormarsches im Jahre 1915, als wir die Russen durch ganz Polen zurücktrieben, aber auch da ritten wir nur während der Märsche, und dann begann überhaupt der Grabenkrieg. Die Pferde standen Gott weiß wo hinter der Front, und im übernächsten Frühjahr nahm man sie uns ganz weg. Sie hatten Geschütze und Trainfuhrwerke zu ziehen; und auch die Offizierspferde mußten verkauft werden, denn wir bekamen für sie kein Futter mehr zugewiesen. Ich verkaufte also auch Maresi, obgleich mir's sehr leid um sie war. Gott weiß, was sie in den folgenden Jahren erlebt haben mag. Vielleicht ist sie einem Intendanten zugewiesen worden, der ein Dienstpferd brauchte, wenngleich er nicht reiten konnte, vielleicht ging sie im überladenen Train, vielleicht zog sie schwere Geschütze. Ich dachte oft an sie, und daß es kein Leben mehr für ein Pferd sei, wenn es Gas und Tanks gäbe, Traktoren und Motorbatterien. Vielleicht, dachte ich, ist sie überhaupt schon tot. Und ich dachte daran, wie lieblich ihr Schnauben gewesen war, wenn sie ihre Nüstern an meiner Hand gerieben hatte.«

Der Angeklagte machte eine Pause, während der es ganz still im Saal war.

»Nach dem Krieg«, fuhr er schließlich fort, »kehrte ich auf das Gut zurück. Aber meine Mutter war inzwischen gestorben, und die Wirtschaft war ganz vernachlässigt. Auch bei den Steinvilles sah es nicht viel besser aus. Sie hatten gleichfalls keine Arbeiter und keine Pferde mehr gehabt. Wir sagten uns, daß wir zunächst möglichst viele von den Pferden, die aus dem Felde zurückkamen, aufkaufen müßten. Denn überall auf den Straßen und in den Städten lösten damals die Trains und die Batterien sich auf; und Pferde bekam man auf einmal wieder für ein Butterbrot. In den Provinzstädten gab es sogar ganze Rudel von Pferden, die niemand mehr gehörten und die sich da tage- und wochenlang herumtrieben. Wir erwarben also so viele Pferde, als wir glaubten ernähren zu können, und brachten sie mit Mühe über den Winter hinweg. Denn wir mußten das Futter zu Phantasiepreisen kaufen. Im Frühjahr aber schickten wir sie auf die Weide, und alsbald begannen wir auch mit dem Anbau.

Steinvilles Sohn war im Kriege gefallen, und Blanka mochte, als ich sie wiedersah, vierzehn oder fünfzehn Jahre alt sein. Das erste, was sie mich damals fragte, war, wo Maresi sei. Ich antwortete, ich wisse es nicht, ich hätte das Pferd verkaufen müssen; und sie sagte, das sei schade, denn sie habe es sehr lieb gehabt und könne sich noch genau an den Tag erinnern, an dem es zur Welt gekommen sei. Sie sprach auch in der Folge immer wieder von dem Pferde, bis ich ihr versprach, mich umzusehen, ob es noch lebe. Vielleicht, sagte ich, werde sich ermitteln lassen, wohin es die Kommission, die es, 1917, übernommen, weitergegeben habe; und als ich bald darauf nach Wien kam, erkundigte ich mich im Kriegsministerium und bei den noch liquidierenden Kommanden nach dem Pferde. Doch war, da der Verkauf in Polen stattgefunden hatte, kein Dokument mehr darüber aufzutreiben. Ich schrieb zwar an Freunde in Polen und Ungarn und bat sie, sich der Sache anzunehmen. Allein es war von der Stute keine Spur mehr vorhanden, und wenn sie überhaupt noch am Leben war, konnte sie nun ebensogut in Istrien oder Rumänien sein, in Böhmen oder Kroatien oder in irgendeiner andern Gegend der auseinandergefallenen Monarchie. Zuletzt wandte ich mich dann auch noch an die Pferdehändler und beschrieb ihnen die Stute und ihre Brände, so gut ich konnte; und im Laufe der Zeit erschienen nun in der Tat alle möglichen Leute mit Pferden bei mir und wollten sie mir anhängen, indem sie behaupteten, eins davon sei das meine. Doch kam ich endlich auf sehr sonderbare Art wieder zu diesem Pferde.

Es tauchte nämlich, im zweiten Jahr nach dem Kriege, ganz plötzlich in einer Reitschule in Wien auf. Woher es die beiden Kerle, denen die Reitschule gehörte, eigentlich erworben hatten, war später nicht mehr festzustellen. Jedenfalls verwendeten sie es als Schulpferd. Leute, die im Kriege Geld gemacht hatten, begannen damals zu reiten, weil sie fanden, das gehöre zum guten Ton: und wenn sie, im Sommer, in die Kurorte reisten, so gingen die Reitschulen mit auf das Land und veranstalteten da Geländeritte, ist der Sommerfrischler doch auch sonst der Affe des Landbewohners. Jedenfalls kam Maresi auf solche Art, im Juli vor etwa zehn Jahren, in einen Badeort in der Nähe von Sankt Marien.

Die Leute, die in solchen Reitschulen ritten, waren natürlich meist rechte Krippenreiter. Eines Tages nun, während eines Terrainrittes, warf Maresi ihren Kriegsgewinner ab und ging durch. Nun ist die Intelligenz eines Pferdes eine sehr beschränkte, man sollte sich da keinen Täuschungen hingeben. Ein Pferd mag zwar ein paar große und heroische Instinkte haben, den Willen zum Sieg im Rennen vielleicht und die Freude am Kampf, aber die Charaktereigenschaften eines Pferdes lassen sich mit denen etwa eines Hundes natürlich gar nicht vergleichen. Immerhin merken Pferde sich wenigstens den Weg zum Stall und erinnern sich vielleicht auch an Gegenden, in denen sie schon einmal gewesen sind. Kurzum, als Maresi durchging, mochte die Landschaft ihr plötzlich bekannt vorgekommen sein, und sie galoppierte immer weiter. Jedenfalls, als ich, an jenem Tag, auf dem Hofe stand und wiederum mit einem

Pferdehändler verhandelte, der mir irgendeine Fuchsstute für diejenige andrehen wollte, die ich suchte, hörte ich plötzlich aus dem Stall, in meinem Rücken, ein helles und schmetterndes Wiehern, über das ich mich wunderte, weil alle meine Pferde mit dem Einfahren der Ernte beschäftigt waren. Ich sprach zwar noch einige Worte mit dem Händler, da sich das Wiehern aber wiederholte, so traten wir, um nachzusehen, was denn los sei, in den Stall; und da kam mir Maresi, die hinter unserem Rücken in den Stall getrabt war, mit schleifendem Zügel und auf den Bauch gerutschtem Sattel, doch hocherhobenen Hauptes, entgegen, und ihr Wiehern klang heller als Silber.«

Ein Gemurmel setzte unter den Zuhörern ein und verriet, daß sie sich sentimental bewegt fühlten, etwa wie in einem Rührfilm. Doch zog Hübner die Brauen zusammen und sprach ziemlich schnell weiter:

»Ich kaufte das Pferd den Besitzern der Reitschule natürlich sogleich ab. Als sie merkten, daß ich es durchaus haben wollte, verlangten sie zwar reichlich viel dafür, ich zahlte aber schließlich den Preis. Dann ritt ich auf Maresi zu den Steinvilles hinüber. Blanka war mehr als glücklich; und noch am gleichen Abend verlobte ich mich mit ihr.«

Bei diesen Worten stieg dem Angeklagten eine leichte Röte ins Gesicht. »Wir wollten«, fuhr er jedoch rasch fort, »heiraten, sobald Blanka zwanzig Jahre alt sein würde. Ich ging also daran, meine Wirtschaft zu verbessern, um meiner Frau ein anständiges Leben bieten zu können. Ich schaffte zunächst neue landwirtschaftliche Maschinen an und ging im nächsten Jahr sogar auf Traktorenwirtschaft über. Die Zugpferde gab ich alle auf, nur Maresi behielt ich, um über die Felder reiten zu können, aber auch die Wagenpferde gab ich auf und kaufte mir einen amerikanischen Wagen.

Doch kam ich mit allen diesen Veränderungen schon in eine schlechte Zeit. Zunächst hatte ich eine Mißernte, und dann übernahm ich mich mit Krediten in eben dem Augenblick, in welchem die Inflation ein Ende fand. Ich war zu leichtsinnig gewesen, und es sollte sich zeigen, daß ich die Kredite nicht mehr würde zurückzahlen können.

Steinville hatte dem Ganzen mit Unbehagen zugesehen, er mochte ahnen, was sich da anbahnte, es kursierten von mir schon eine Menge Wechsel. Zudem fingen die Getreidepreise an zu fallen, teils wegen der ungarischen, rumänischen und der überseeischen Produktion, teils wegen der Überproduktion überhaupt, die durch die Einstellung von Maschinen in die meisten landwirtschaftlichen Betriebe entstanden war. Steinville selbst aber ging viel ruhiger in die Krise als ich. Er hatte in den letzten Jahren gut gewirtschaftet und war schuldenfrei. Auch war er vom Pferdebetrieb nicht abgegangen. Ich hingegen konnte bald nur mehr mit Mühe meine Schuldzinsen zahlen und meine Wechsel prolongieren lassen.

Wir sprachen von der Verschlechterung meiner Lage zwar nie direkt, als aber der Zeitpunkt heranrückte, zu dem Blanka und ich heiraten sollten, trafen die Steinvilles keine Vorbereitungen dazu, und der Termin der Hochzeit wurde stillschweigend verschoben. Blanka ging mit verweinten Augen umher, und ich selbst war nicht weniger unglücklich als sie. Doch wagte ich nicht, auf eine Eheschließung zu dringen. Denn meine Situation war eine so unsichere geworden und verschlechterte sich im Laufe der Zeit so sehr, daß ich es nicht mehr auf mich nehmen konnte, das Schicksal einer Frau an mein eigenes ungewisses Schicksal zu ketten. Ich versuchte zwar, meine Lage dadurch zu bessern, daß ich verschiedene Grundstücke losschlug, wobei ich, den Steinvilles gegenüber, angab, sie seien für meine Wirtschaft ohne jede Bedeutung; und ich verkaufte auch den ganzen Schmuck, den ich von meiner armen Mutter geerbt hatte. Aber das alles reichte nur zur Befriedigung der zudringlichsten Gläubiger hin. Zudem brachte mich am Ende auch noch Steinville selbst in die peinlichste Lage.

Er kaufte nämlich, vielleicht auf das Drängen seiner Tochter, vielleicht auch weil er selbst sich über meine Situation vergewissern wollte, mehrere meiner Wechsel auf, machte mir einen Besuch und verständigte mich dahingehend, daß er sie nun in seinem Besitze habe. In zwei Wochen seien sie zwar fällig, falls es mir aber unbequem sein werde, sie einzulösen, so könne man sie ja prolongieren; und überhaupt komme es ihm sehr gelegen, daß er, wie er sagte, durch Zufall in den Besitz der Wechsel gelangt sei. Denn daß nun er sie besitze, statt irgendeines Fremden, könne doch auch mir nur lieb sein.

Wahrscheinlich meinte er's wirklich so, wie er sagte; und wenn Blanka ihn gedrängt hatte, die Wechsel aufzukaufen, so hatte sie es gewiß nur getan, um mir Unannehmlichkeiten zu ersparen, indem sie annahm, ich könne meine Angelegenheiten mit ihrem Vater leichter als mit irgendwem anders ordnen. Dennoch traf mich Steinvilles Eröffnung wie ein Schlag. Ich wollte die Wechsel allerdings prolongieren lassen, aber natürlich nicht bei ihm; und da nun er sie besaß, war an ein Prolongieren nicht mehr zu denken. So blieb mir denn nichts übrig, als sie eben einzulösen. Denn einen wirklichen Einblick in meine Lage durfte ich ihm, wie ich glaubte, unter keinen Umständen gestatten. Ich hätte sonst jede Hoffnung, Blanka schließlich doch noch heiraten zu können, aufgeben müssen.

Ich erhob mich somit und erklärte, so gefaßt ich konnte, daß ich die Wechsel selbstverständlich einlösen werde, wann immer er es wünsche; und die nächsten vierzehn Tage verbrachte ich damit, Geld aufzutreiben, von wo es nur möglich war. Ich mußte aber auch mehrere antike Bilder verkaufen, die ich noch besaß, dann fast mein ganzes Silber und schließlich auch Maresi.

Ich bekam nicht mehr viel für sie. Sie war inzwischen alt geworden, und Pferde erzielten schlechte Preise. Aber daß man sie mir aus dem Stall führte, hätte mir dennoch das Herz gebrochen, wenn meine andern fortwährenden Sorgen mich das Pferd nicht sehr bald hätten vergessen lassen.

Als die Wechsel fällig waren, erschien Blanka statt des alten Steinville. Er fühlte sich, sagte sie, nicht ganz wohl, sie fürchte, er könne ernstlich erkranken. Das Geld für die Wechsel wollte sie zunächst gar nicht nehmen. Das ganze, sagte sie, sei ja doch nur eine Formalität. Vielleicht hatte sie Vollmachten bekommen, wie sie über die Sache hinweggehen wolle, falls ich das Geld nicht besäße. Ich drängte ihr's aber dennoch auf. Dann gingen wir noch ein paar Minuten lang durch die Wirtschaft. Maresis Box stand leer. Ich sagte, das Pferd sei beim Tierarzt. Ehe Blanka in den Wagen stieg, brach sie auf einmal in Schluchzen aus. Ich tröstete sie, indem ich ihr das Haar streichelte, brachte aber kein Wort heraus. Was hätte ich ihr auch sagen sollen!

Von da an ging ich meinem Ruin sehr rasch entgegen, und einige Monate später schon sah ich, daß ich das Gut nicht mehr würde halten können. Das war vor zwei Jahren im Herbst. Was von mir an Wechseln noch lief, wurde protestiert, und nach Abwicklung der Formalitäten ward die Versteigerung von Sankt Marien auf Mitte November festgesetzt.

Ich sah die Steinvilles gar nicht mehr, es wäre mir unerträglich gewesen, mich ihnen jetzt noch unter die Augen zu wagen; und auch sie schienen meine Stimmung zu achten und zeigten sich nicht. Steinville, hieß es überdies, sei bettlägerig. Er war herzkranz geworden. Erst ein paar Tage vor der Versteigerung entschloß ich mich, ihn anzurufen und ihn um Hilfe zu bitten.

Blanka kam an den Apparat. Sie sagte mir, ihr Vater sei sehr krank, sie werde ihm jedoch meine Bitte sofort weitergeben. Auf die Frage, wie er sich fühle, sagte sie, es sei Wassersucht eingetreten, schon vor Wochen.

Am nächsten Tag brachte sein Verwalter mir einen Brief, in welchem er mir schrieb: wenn es ihm bei der Versteigerung möglich sein werde, das Gut zu erstehen, so könne ich darauf rechnen. Er habe schon einen Bevollmächtigten bestimmt.

Ich dankte ihm brieflich und wünschte ihm alles Gute.

Zwei Tage später war er tot.

Damit war auch ich verloren. Denn aus der Hinterlassenschaft, ehe sie nicht geregelt war (und das konnte Monate dauern), durften die Steinvilles nun kein Geld mehr ziehen; und überdies mußten sie gewiß auch hohe Erbschaftssteuern zahlen, so daß sie für mich kein Geld flüssig haben konnten.

Am Tage der Versteigerung verließ ich, frühmorgens, Sankt Marien in einem Mietwagen. Es hatte in der Nacht geschneit, nun zerschmolz der Schnee zu trüben Lachen, welche den Himmel spiegelten, der immer noch grau wie Asche war.

Als ich durch das Dorf fuhr, läuteten die Glocken. Man begrub eben Steinville. Ich ließ halten, stieg aus und stellte mich zu den Bauern und kleinen Leuten, die das Grab umgaben. Blanka und die Gräfin standen, in langen schwarzen Schleiern, in einer Gruppe von Verwandten. Ich hielt mich abseits und hoffte, daß mich niemand sehen werde. Als ich aber, noch vor Beendigung des Rituals, wieder in den Wagen steigen wollte, stand plötzlich Blanka neben mir.

Sie schlug den Schleier zurück, und ihre Augen waren so verweint, als sei auf zwei Saphire ein Tau von Blut gefallen. Sie hängte sich mir schluchzend an den Hals und bat mich, sie jetzt nicht zu verlassen. Sie liebe mich, wie sie mich immer schon geliebt, und nun sie Erbin geworden sei, solle ich sie heiraten und das Gut führen.

Es wurde mir entsetzlich schwer, ihr zu sagen: ich könne das nicht tun. Ich sei nun niemand mehr und besäße nichts mehr, sie aber werde gewiß eine Ehe mit einem vermögenden jungen Menschen schließen können, zu dem sie besser passen werde als zu mir. Es sei genug, daß ich mein eigenes Gut verloren, ich bräuchte nun nicht auch noch das ihre zugrunde zu richten.

Damit küßte ich sie, stieg rasch in den Wagen und befahl dem Kutscher: ›Fahr zu!‹ Blanka wollte mich zurückhalten und rief mir nach, aber ich brachte es nicht mehr übers Herz, mich auch nur noch *einmal* umzuwenden.

Am Abend war ich in Wien.

Um es kurz zu sagen, so versuchte ich mich, mit dem Rest des Geldes, das mir nach der Versteigerung des Gutes geblieben war, in verschiedenen Unternehmungen, doch verlor ich dabei auch noch diesen Rest. Dann nahm ich eine Stellung in einem Bauunternehmen an, verlor jedoch, als das Unternehmen sich auflöste, auch diese; und von da an fand ich überhaupt keine Stellung mehr. Als ich mein letztes Geld ausgegeben hatte, steckte ich meine Armeepistole zu mir, schrieb, in einem Kaffeehaus, noch ein paar Abschiedsbriefe und trat dann auf die Straße, um mich irgendwo in einem der Parks zu erschießen. In diesem Moment sah ich Maresi.

Ich erkannte sie sofort wieder, wenngleich sie ganz heruntergekommen aussah. Sie war noch mehr gealtert, mager und ganz verwahrlost. Sie ging, zusammen mit einem schlechten Grauschimmel, im Wagen dieses Kutschers da.«

Dabei zeigte der Angeklagte auf Matthias Loy. Alles sah auf den Kutscher, der sich auf einmal ziemlich unbehaglich zu fühlen und darüber nachzudenken schien, wie er sich aus der Situation ziehen könne.

»Ja, so gut wie bei Ihnen«, sagte er schließlich, »wo Sie nichts zu tun hatten, konnten die Pferde es bei mir natürlich nicht haben.«

»Der Wagen«, sagte Hübner, »war hochbeladen, die Pferde brachten ihn nur mit Mühe vorwärts, und dieser Mensch schlug sie immer mit der Peitsche.«

»Wer?« rief Loy. »Ich?«

»Ja, Sie. Ich trat«, wendete der Angeklagte sich wieder an den Richter, »sofort zu Maresi hin, und indem ich neben dem Pferd herging und ihm die Mähnenzotten aus der Stirn strich, wandte ich mich halb zurück und rief dem Kutscher zu, was ihm einfalle, die

Pferde zu schlagen, sie zögen doch, so gut sie könnten. Er aber schrie mich an, was mich das angehe.«

»Es ist Sie ja auch«, rief der Kutscher, »nichts angegangen, und dann ist es auch gar nicht wahr, daß ich die Pferde geschlagen habe, bloß ein wenig angetrieben habe ich sie!«

Er solle schweigen, fuhr jedoch der Richter dazwischen, jetzt rede der Angeklagte.

»Ich sagte ihm«, fuhr Hübner fort, »daß es gemein sei, ein Pferd zu schlagen, noch dazu ein so altes und herabgekommenes. Er aber schrie, wer herabgekommen sei, seine Pferde vielleicht? Es sei eine Frechheit, das zu behaupten, und wenn ich nicht sofort abfahre, so werde er mit der Peitsche auch mir noch eins überziehen! Und damit schlug er auch schon wieder auf die Pferde ein.«

»Ah«, fuhr der Kutscher auf, »der Kerl soll sein Maul halten! Habe ich nicht schon gesagt, daß ich nicht wirklich zugeschlagen habe?« Und er fuhr fort zu schreien, er lasse sich nicht anschwärzen, bis dem Richter die Geduld riß. Er schrie ihn an, er werde ihn aus dem Saale werfen lassen, und als der andere drauf mit Flüchen antwortete, befahl der Richter mit kreischender Stimme, ihn sofort in Haft zu nehmen. Unter dem Applaus des Publikums ward der Kutscher aus dem Saale gestoßen; und der Angeklagte blickte ihm nach. Dann, als wieder Stille eingetreten war, wandte sich Hübner zum Richter zurück und fuhr fort:

»Ich stritt mit diesem Menschen weiter, bis wir an einem Polizisten vorbeikamen, an den ich mich wendete. Doch hatte der Kutscher inzwischen natürlich aufgehört die Pferde zu schlagen, so daß mir der Schutzmann nicht glaubte. Aber kaum waren wir ihm aus den Augen, so begann der Kerl schon wieder auf die Tiere einzuhauen. Ich glaube, er tat es nun schon weniger um sie zu quälen, als um mir selber eine Bosheit anzutun. Sobald ich das merkte, trat ich von den Pferden weg, ging aber auf dem Gehsteig neben dem Wagen her.

Vier Tage ging ich so neben dem Wagen. Ich vermochte nicht, mich von meinem Pferde zu trennen und es seinem Schicksal zu überlassen. Ich begleitete es, bis es abends in den Stall gebracht wurde, ich übernachtete irgendwo auf einer Bank und war am Morgen schon wieder da, wenn der Wagen bespannt wurde. Ich mußte zusehen, wie die Pferde geschlagen wurden, aber immer, wenn ich bei einem Polizisten Anzeige gegen den Kutscher erstattete, benahm er sich so scheinheilig und schlau, daß man seinen Versicherungen mehr Glauben schenkte als den meinen. Bei einigen von den Wachleuten traf es sich, daß sie anderntags wiederum Dienst taten, wenn wir vorbeikamen; und wenn ich mich erneut an sie wendete, hielten sie mich für einen Querulanten und hörten mich gar nicht mehr an. Schließlich kam ich auf den Gedanken, dem Kutscher das Pferd abzukaufen. Das Geld dazu hätte ich vielleicht noch irgendwo auftreiben können. Viel war die Stute ja nicht mehr wert. Ich hätte zwar nicht gewußt, was ich dann mit ihr anfangen sollte, aber der Kerl verlangte ohnedies einen so unverschämten Preis, daß an den Kauf nicht zu denken war. So viel Geld hätte ich dafür nicht mehr entleihen können, billiger aber wollte er sie mir nicht geben; und nachdem ich ihn, Gott weiß wie lang, gebeten hatte, mir Maresi dennoch abzulassen, stieg er wieder auf den Bock, fuhr weiter und prügelte die Pferde. Da ging ich noch ein paar Stunden lang nebenher, um die ärgsten Mißhandlungen zu verhüten, schließlich aber sagte ich mir, helfen könne ich dem Pferd auf die Dauer ja doch nicht, auch sei es schon so alt, daß es keine Zukunft mehr habe, und so trat ich denn auf das Gespann zu, zog rasch die Pistole, und schoß Maresi nieder.«

Es folgte eine gänzliche Stille. Dann fügte der Angeklagte noch hinzu:

»Ich war, schließlich, österreichischer Reiteroffizier, und ich weiß, daß es meine Pflicht war, zu tun, was ich getan habe. – In der Haft hat mich dann Blanka Steinville besucht. Ich habe sie gebeten, dem Kutscher das Pferd zu ersetzen; und sie hat mir's sogleich zugesagt. Ich gehe später, wenn ich wieder freigekommen sein werde, doch zu den Steinvilles auf das Gut. Ich werde mein Leben nicht mehr wegzuwerfen versuchen. Denn letzten Endes hat mich die Stute, die ich getötet habe, ja doch davor bewahrt, mich selbst zu töten. Ich habe alle sieben Schüsse, die ich in der Waffe hatte, auf sie abgefeuert, denn als ich sah, wie langsam sie zu Boden ging, wollte ich ihren Todeskampf verkürzen, indem ich alle meine Patronen auf sie verschoß. So ist mir denn keine mehr für mich selbst geblieben; und das war vielleicht auch der eigentliche Sinn dessen, daß ich Maresi wiedergesehen habe. Wirklich erkannt wird sie mich ja gar nicht mehr haben, ein Pferd erkennt einen Menschen kaum wieder. Aber daß sie mir, hart vor meinem Tod, überhaupt noch einmal in den Weg gekommen ist, war ihrer Dienste schon genug. Es war alles, was sie für mich noch tun konnte, obwohl sie, in ihrem einfachen, dumpfen Tiergehirn, natürlich nicht ahnen konnte, was sie da tat. Aber wir alle wissen ja nicht, was für Aufträge es sind, die wir erfüllen.«

Der Richter erhob sich. Mit ein paar gemurmelten Worten sprach er den Angeklagten frei.

(1936)

Zauber der Roulette
Aus den Memoiren eines Wiener Privatbeamten

Ich bin ein bescheidener Mensch, liebe Freunde; bescheiden in meinen Bedürfnissen und Zielen, bescheiden auch in meiner Weltanschauung. Letzteres ist so zu verstehen, daß ich eigentlich gar keine habe. Ja, nichts scheint mir weniger passend, als wenn ein Mensch meines niederen Ranges plötzlich – wie es hie und da immer noch vorkommt – sich nach einer Weltanschauung umsieht. Von allen Anschaffungen, zu denen ein Privatbeamter mit netto 160 Schilling Gehalt in leichtsinnigen Momenten verlockt werden mag, ist diese die verderblichste. Und wenn solche Leute dann elend zugrunde gehen, so dürfen sie nicht auf mein Mitleid rechnen. Wer sich heutzutage nicht einschränken kann, verdient nichts Besseres.

Doch will ich gestehen, daß ich selbst bis vor kurzem mir den Luxus einer eigenen Ansicht geleistet habe. Es war eine einzige Ansicht, bitte. Und, um jedes Mißverständnis zu vermeiden, durchaus keine politische, sondern eher eine philosophische. Sie war durchaus von eigener Prägung und, wie ich mir zu schmeicheln wage, ziemlich originell. Jetzt habe ich auch sie aus meinem kleinen Budget streichen müssen, wie das Krügel Bier nach dem Mittagessen und die Extraausgabe der Sportresultate am Sonntagabend. Es ist schade um meine Ansicht, aber die bittere Maßnahme war unvermeidlich. Urteilen Sie selbst, ich will Ihnen alles erzählen.

Was zunächst meine Ansicht selbst betrifft, so lief sie, roh ausgedrückt, darauf hinaus, daß Glück im menschlichen Leben nicht Zufallssache ist, sondern eine Charaktereigenschaft. Ich weiß, das ist ein kühner Gedanke. In meinen Praktikantenjahren, als ich an ihm zu arbeiten begann, hielt ich ihn zeitweise sogar für genial. Und als diese Illusion mit vielen anderen schwand, blieb immer noch die schlichte Tatsache übrig: es ist dies der einzige wirklich eigene, urwüchsige Gedanke meines ganzen nunmehr fünfundvierzigjährigen Beamtenlebens.

Glück – eine Charaktereigenschaft! Nicht leichtfertig, sondern mit guten Gründen sprach ich diesen Gedanken aus. Ich glaubte eine lückenlose Beweiskette für meine Theorie zu besitzen: nämlich den vollständigen Verlauf meines Daseins. Ja, ich selbst mit Haut und Haaren, mit Frau und fünf Kindern, mit Zimmer-Küche-Kabinett-Wohnung und 160 Schilling netto, schien die unwiderlegbare Bestätigung zu sein: entweder man hat Glück – oder man hat es nicht; und wer es aber nicht hat, dem kann es ebensowenig zustoßen wie einem eingefleischten Geizhals Verschwendungssucht oder einem Feigling Tapferkeit. Und wenn auch auf Minuten, wenn auch als eine Art plötzlichen Kollers, so doch niemals auf die Dauer, niemals bleibend und mit Erfolg. Dasselbe mit umgekehrten Vorzeichen, so meinte ich, gelte für die Glücklichen.

In diesem klaren System zählte ich mich entschieden zu den Pechvögeln. Und, wohlgemerkt, das Wort: ›Pechvogel‹ besaß für mich nichts von seiner banalen Bedeutung. Zum Unterschied von anderen, die sich so nennen, hatte ich längst die alberne Hoffnung fallen gelassen, daß ›das Blatt sich eines Tages wenden könnte‹, daß ›die Pechsträhne zu Ende gehen möchte‹, daß ›noch nicht aller Tage Abend wäre‹ – und wie der Unsinn sonst noch heißt.

Verstehen Sie mich recht! Ich war längst ein reifer Mann geworden. Meinen Charakter zu ändern, war es viel zu spät. Und auch als es noch Zeit gewesen war, einst, in meinen Praktikantenjahren, hatte ich nichts vermocht; nichts – wie sehr ich auch gegen mich selbst gekämpft hatte. Und welch ein Kampf war das gewesen! Man müßte eigentlich mein ganzes Leben kennen, um die Größe dieses Kampfes zu ermessen. Wenn wir als Buben auslosten, wer hinter dem Rücken des Wachmannes den versprungenen Gummiball aus den Blumenbeeten des Stadtparks zu holen habe, zog ich regelmäßig den kürzeren. Als wir mit fünfzehn eine Kupfermünze befragten, wer das blonde Fräulein vom Delikatessengeschäft ansprechen solle, entschied das Los für mich; und als ich demzufolge stotternd, brennend vor Scham ins finstere Abenteuer ging, mein Gott – wie sehnte ich mich nach dem drohenden Wachmann zurück, nach den versprungenen Gummibällen! Als ich siebzehn wurde, entschied sich der Chef, mich im Geschäft zu behalten und die anderen zwei Praktikanten zu entlassen. Sie heißen Müller und Steyskal, sind heute Inhaber der größten brasilianischen Speditionsfirma und beschäftigen 500 Angestellte und einen Staatspräsidenten. Als ich, im Alter von fünfundzwanzig, mich um ein Fräulein Hahnemann bewarb, wies sie mich ab. Drei Jahre lang machte ich ihr hartnäckig den Hof. Gerade als ich diesen Zustand gründlich satt hatte und auf das Fräulein pfiff, erhörte sie mich unvermutet. Unsere Ehe wurde fünfmal gesegnet. Meine Frau ist mir in zwingender Weise treu. Wir besitzen ein kleines Holzhäuschen in der Umgebung, welches gegen Feuersbrunst versichert ist. Voriges Jahr brannte die ganze Siedlung mit Stumpf und Stiel nieder; wie durch ein Wunder blieb nur mein Häuschen verschont!

Aber wozu die Beispiele häufen? Solange ich atme, habe ich Pech gehabt. In einer derart konsequenten, manchmal derart komplizierten Weise, daß alle Berechnungen des Gehirns sinnlos wurden, läppisch geradezu.

Und da, liebe Freunde, glaubte ich zu begreifen: was dir fehlt, ist einfach die Eigenschaft des Glück-Habens. Das Nähere dieser Eigenschaft wird die Wissenschaft vielleicht erst in hundert Jahren erforschen. Vielleicht ist Glück-Haben nichts anderes als eine besondere Wachsamkeit aller Sinne, irgendeine ständige unbewußte Sprungbereitschaft des ganzen Menschen, vielleicht auch dreht es sich da um irgendeinen noch unbekannten Instinkt. Und was es auch sei – ich habe es nun einmal nicht.

Sicherlich werden Sie sich wundern, liebe Freunde, wenn Sie nach alledem erfahren, daß ich mein Leben lang nichts so gern getan habe wie Hasardieren. Die Erklärung mag kompliziert klingen, ist aber in Wirklichkeit denkbar einfach. Sie erfordert nichts als ein wenig Sympathie für meine bescheidene Person, nichts als ein wenig Einfühlungsvermögen.

Bedenken Sie doch, bitte! Was hat mir das Leben geboten? Was wurde mir von jenem Außerordentlichen, Merkwürdigen, Erregenden zuteil, nach dem wir uns doch alle sehnen? Mein Leben war durchschnittlichster Durchschnitt; und nur eines besaß ich, was über alles Übliche hervorragte: mein Pech! Mein Pech war mein Schicksal. Ein raffiniertes, unerbittliches Schicksal, wahrhaft groß in seiner rätselhaften Mechanik. Mein unergründliches Pech war einer griechischen Tragödie würdig. Wie die Rache der Götter mit Ödipus, so befaßte sich mein Pech mit mir. Seine Ungeheuerlichkeit, seine Unentrinnbarkeit war nicht von dieser Erde. Und doch: zu welchen Kniffen ließ es sich herab! Welche Listen ersann es, speziell um mich niederzuringen! Ja, das war es, was mich berauschte: ich durfte ringen mit ihm, und so sicher mir jeweils die Niederlage war, so erhebend war's, dieses Unbeschreibliche zu spüren, das ich den Atem des Schicksals zu nennen mir erlauben möchte!

Sehen Sie sich in meiner Wohnung um, zählen Sie die sieben Betten! Sehen Sie sich unauffällig meine Frau an, wenn sie wieder ins Zimmer kommt! Betrachten Sie diese Fotografie meines Chefs. Verstehen Sie mich nun, liebe Freunde?

Ja, Hasardieren, das war die Nachtseite meines scheinbar so ruhigen Daseins. Ich log meiner Frau zahllose Lügen vor, um mir Spielkapital zu verschaffen. Die Stoß-Spieler in den Hinterräumen kleiner Kaffeehäuser zählen mich zu ihren treuesten Opfern. Im Prater gibt es keinen Strizzi, der mir nicht mit ›Kopf oder Adler‹ ein paar Schillinge abgewonnen hätte. Ich war dominosüchtig, wettnärrisch und ein ständiger Gast beim Turf. Ich konnte an keinem Spielautomaten vorbeigehen, ohne dort mindestens fünfzig Groschen zu hinterlassen; und an keiner Trafik, ohne irgendein Lotterielos zu kaufen. Und ich verlor überall, verlor ausnahmslos. Ich kämpfte nächtelang Brust an Brust mit meinem Schicksal, und im Morgengrauen ging ich heim, mit hinkender Lende, wie Jakob in der biblischen Geschichte. Und glaubt mir: so zu verlieren ist fast zu lustvoll, nein, ist lustvoller als zu gewinnen! Schöne, unvergeßliche Zeiten!

Jetzt sind sie vorbei. Und das Ende kam so schnell, daß ich es kaum zu erzählen vermag.

Ich hatte viel gespielt, aber immer nur standesgemäß bescheidene Beträge. Etwa fünfzehn Schilling hatten ausgereicht, um Schicksalsnächte von ungeheurer Wucht zu bestreiten. Und da kam eines Tages die Versuchung über mich, ein Spiel zu wagen, wie noch nie in meinem Leben. Ich beschloß, das unbezwingliche Glück dort herauszufordern, wo es seine größten Schlachten liefert: am Roulettetisch eines internationalen Kasinos. Mein Einsatz sollte dementsprechend bedeutend sein: hundert Schilling!

Bitte, fragen Sie mich nicht, welche Mittel ich anwandte, um mir diese gewaltige Summe zu beschaffen! Ich tat es in den Grenzen des Gesetzes, das möge Ihnen genügen. Und eines Samstagabends verließ ich mit der weißen Elektrischen das Weichbild der Stadt. Wie lange die Reise gedauert hat, können Sie sich selbst ausrechnen. Meine Erregung auf der Fahrt läßt sich nicht schildern. So – nein, nicht annähernd so war mir mit fünfzehn zumute gewesen, als ich mich dem blonden Fräulein vor dem Delikatessengeschäft näherte, in dem ganz bestimmten Bewußtsein: Sie hat dir schon zugenickt! Sie wird ja sagen! Ganz zweifellos ja! Und es ist aus mit dir! Und du bist ihr verfallen, du Pechvogel!

Ach, diese Fahrt war schön! Und wenn ich nicht genau wüßte, daß Sie das Ende hören wollen, würde ich meine Erzählung an diesem Höhepunkt beenden. Denn was dann kam, liebe Freunde...

Machen wir's kurz. Dann kam zunächst eine sehr würdige Einführungszeremonie. Ich mußte mich mehreren Herren vorstellen, die ich nicht näher schildern kann, weil meine Erregung mich fast blind machte. Im ganzen benahmen sie sich wie ein Empfangskomitee oder dergleichen. Und es freute sie angeblich sehr, mich als neuen Gast des Kasinos begrüßen zu dürfen. All dies dauerte etwa eine gute Viertelstunde.

Nach weiteren zehn Minuten hatte ich mein Vermögen in Jetons umgewechselt, hatte die Scheu vor den livrierten Dienern überwunden und pulsierte mit vielen anderen animiert durch den Spielsaal mit dem Roulettetisch als Ziel.

Ich begann nicht sogleich zu spielen, sondern betrachtete eine Zeitlang den Gang der Ereignisse. Diese Verzögerung war in meinem Plan vorgesehen gewesen. Ich wollte mich über das Wie und Was sorgfältig informieren. Eine törichte Absicht! Mein Hirn war keineswegs in der Lage, Informationen irgendwelcher Art aufzunehmen. Die Stimme des Croupiers, das Gemurmel des Publikums, weiße Frackbrüste, Abendkleider, verkniffene Münder, unruhige Hände, das Schwirren der Roulettekugel, die immer wieder zu Tausenden ungreifbarer Kugeln lebendig wurde, um immer wieder langsam auf irgendeiner Nummer zu einer einzigen zu erstarren – all das verschwamm mir zu einer traumhaften Vielfalt. Und ich hatte mich selbst ganz vergessen, als mein Blick zufällig auf eine Uhr fiel, die halb zwei zeigte. Fast drei Stunden war ich so dagestanden!

Ich erschrak und begann sofort zu setzen. Liebe Freunde! Das menschliche Wort ist so langsam, so unbeholfen! Wenn ich euch sage: ich begann zu setzen, so heißt das zugleich: ich hörte auf. Denn in einem unaussprechlichen Zeitbruchteil scheint dann geschehen zu sein, woran ich mich nur verschwommen erinnere. Es flitzte vorbei wie ein letzter Traumfetzen vor dem Erwachen: unfaßbar für die Empfindung, so schnell, so unsäglich schnell, daß es Erinnerung ist, fast ehe es noch Ereignis wurde. Ja, fast ehe ich noch gesagt hatte, hatte ich meine hundert Schilling – ›verloren!‹ werden Sie sagen.

Nein, ich habe sie nicht verloren! Wenn jemand mir auf der Straße Geld aus der Hand reißt und ums Eck verschwindet, habe ich dann mein Geld verloren?

Später wurde mir gesagt, hundert Schilling seien für einen Pechvogel zu wenig, um im Kasino das Glück herauszufordern. Das ist ein grausam unsinniges Gerede. Tatsächlich mögen hundert Schilling zu wenig sein. Aber mehr kann ich keinesfalls aufbringen. Mich unter solchen Umständen Pechvogel zu nennen, ist purer Hohn. Ich glaubte es zu sein; glaubte dreißig Jahre lang, mit dem Schicksal zu ringen. Doch als ich ihm zum erstenmal wirklich entgegentrat, schlug es mich mit einem nachlässigen Nasenstüber zu Boden. Und alles andere war Illusion gewesen.

Eine schöne Illusion. Man hat sie mir im Kasino geraubt. Man hat mir meine Theorie vom Glück geraubt, die einzige originelle Ansicht meines Lebens. Geraubt hat man mir alles, was mich aus dem Durchschnitt herauszuheben schien. Ich schwöre Ihnen: nicht meine hundert Schilling – nein, dieser Verlust ist es, den ich nie verwinden werde.

Und doch, irgendwie wird man weiterleben müssen mit dieser herben Erkenntnis des kleinen Mannes, daß unsereins, sogar um Pech zu haben, zu arm ist.

(1937)

FRANZ WERFEL

Par l'amour

Bertrand, ein Junggeselle, fuhr jeden Morgen zwischen zehn und elf von der verträumten Station Le Vesinet mit dem Vorortszug zum Bahnhof St. Lazare. Er fuhr in ›sein‹ Ministerium, wo er wie so mancher seiner literarischen Kollegen eine Sinekure innehatte; ein erstaunliches Fremdwort übrigens, dieses Ohnesorg, das aus dem Sprachschatz des unglücklichen Frankreich noch immer nicht geschwunden ist. Bertrand pflegte sich während der täglichen Fahrzeiten gewöhnlich in seine Zeitung zu vertiefen, wobei ›vertiefen‹ einen übertriebenen Ausdruck für oberflächlich schläfriges Zeilenschlucken und Sogleich-Vergessen bedeutet. Der Junggeselle nämlich gehörte zu jenen Auserwählten und Unverwundbaren, denen die Zeit und die Zeitung nicht weh tun konnten, es sei denn durch allfällig unfreundliche Anmerkungen über eines seiner Geistesprodukte.

Auch heute, an einem blendenden Maitag, oberflächlich in die Zeitung vertieft, nahm Bertrand seine Umgebung ebensowenig zur Kenntnis wie sonst. So geschah es, daß er lange Zeit die herzbewegende Erscheinung gar nicht bemerkte, die auf einer der flüchtigen Haltestellen eingestiegen war und ihm gegenüber Platz genommen hatte. Als seine Augen dann plötzlich diese Erscheinung umfaßten, tat ihnen sogleich das Blick-Versäumnis der wenigen Minuten bitter leid. Es war eine Frau, nein, ein Mädchen, dem Anschein nach äußerst jung. Die überzarte Gestalt in eine Art Trauer oder Halbtrauer gekleidet, stach gegen die übrige leicht geschürzte Weiblichkeit ringsum ab, deren sommerlich nackte Arme und Waden das starke Tageslicht in dem Eisenbahnwagen durch ihr fröhliches Fleischeslicht zu vervielfältigen schien. Bertrands Gegenüber saß ganz regungslos da, von seiner Umgebung nicht nur durch das bißchen Zwischenraum getrennt, sondern durch ganze Zeitläufte, als der holde Revenant, als das reizende Gespenst irgendeines vergangenen Jahrzehnts, von den schwarzen Lackschuhen unten bis zum punktierten Hutschleier oben. Das Ensemble erweckte jedoch den Eindruck eines besonderen modischen Raffinements. Dieses wundersame Mädchenbild hielt den Kopf gesenkt. Bertrand konnte nichts vom Gesicht sehen. Der punktierte Hutschleier, der die geahnte Helligkeit des Antlitzes umkränzte, zitterte in der Vibration der Fahrt. Hie und da verriet er eine Locke braunen Haares. Die Schöne hielt den Kopf deshalb tief gesenkt, weil sie las und vermutlich ein wenig kurzsichtig war. Was sie las, schien in merkwürdiger Weise ihrem Kleid und Wesen angepaßt zu sein. Es war ein Romanheft, Großquart, doppelspaltig gedruckt. Bertrand wunderte sich darüber, daß dergleichen vergilbtes Lesefutter mit blaß bewegten Illustrationen mitten im Text noch immer verkauft werde, nicht anders wie in seiner Jugendzeit. Er bemühte sich, den Titel der Geschichte zu entziffern, die das Mädchen gegenüber so völlig gefangenhielt, daß es wie in einer Wolke von seliger Abwesenheit anwesend war. Doch es gelang ihm erst, als die Lesende, die letzten Zeilen der Spalte genießend, mit ihren matt leuchtenden Fingern im schwarzen Netzhandschuh das Blatt zögernd umwandte, als könne sie sich wie von dem gelesenen Leben nicht trennen.

Wie ein lichter Widerschein spiegelten sich die emsigen Zeilen des wahrscheinlich recht trüben ›Par l'amour‹ auf dem unsichtbaren Gesicht des Mädchens. Bertrand fühlte diesen Widerschein. Es war, als ob die verschiedenen Schattengrade eines bilderraschen Films über eine verborgene Leinwand liefen und man gewahre nichts andres als das Heller- und Dunklerwerden zwischen Reflektor und Bild: Vereinigungen und Abschiede, Küsse und Schüsse, Fluchten und Rettungen, und all das durch den gierigen Zeitraffer des lesenden Auges wunderbar beschleunigt. Ohne es zu sehen, sah Bertrand dieses ungeduldige Auge, wie es atemlos die Zeilen entlangwanderte, so innig, ja so inbrünstig, daß der ausgelesene, der abgeerntete Teil der Seite hinterher grau wurde und zu erlöschen schien. Mehr als die zeitfremde Schönheit, als die unbewußte Anmut der Erscheinung entzückte ihn dieses ganz und gar verlorene Lesen, diese bedingungslos saugende Kraft der Hingabe an ein Phantasiewerk in antiquiertem Format, von dem er selbst gewiß nicht zwanzig Zeilen würde herabwürgen können. Doch, was auch immer ›Par l'amour‹ erzählen mochte, erst heute, erst angesichts des Mädchens mit dem Romanheft, hatte Bertrand das leibhaftige Wunder des Lesens kennengelernt.

Der Junggeselle war vor wenigen Tagen vierundvierzig Jahre alt geworden. Mehr denn je den Abenteuern des Auges verfallen, und nicht nur denen des Auges, hatte sich in letzter Zeit eine neue schwermütige Ungeduld in sein Herz eingeschlichen. Wie lange noch wird der kleine Tod, der Tod im Tode auf sich warten lassen? Dieser ›kleine Tod‹ – ein halbwüchsiger, aber echtbürtiger Verwandter des großen Todes – das war für Bertrand der gefürchtete Augenblick, in welchem das Gegen-Lächeln der Frau aufhören und ihr Auge ihn keiner Antwort mehr würdig finden würde. Beim Anblick der leidenschaftlich Lesenden bedrängte ihn aber nicht diese neue Unsicherheit des Endes, sondern die alte Unsicherheit des Anfangs, die fiebrische Scheu des Knaben, die er doch schon in undenklicher Vergangenheit verloren zu haben glaubte. Unterm Anhauch dieses errötenden Gefühls kannte er sich selbst nicht mehr. Verlegen drückte er seinen Körper, der ihm plötzlich unbequem war, in die Ecke, um der unberührten Erscheinung nicht zu nah zu kommen. Sein ängstlich stockender Blick streichelte den punktierten Hutschleier, die geahnte Helligkeit des Gesichts, den langen untadligen Hals, dessen gelbliches Elfenbein in den gleichfarbigen Spitzenkragen verfloß, die kindhafte Wölbung der Brüste unter dem glänzenden Seidenschwarz; er tastete sich weiter bis zu den matt leuchtenden Händen in Netzhandschuhen, die den Roman ›Par l'amour‹ festhielten, und er gab seine Pilgerfahrt nicht auf, bevor er die feinen Füße in Trauerstrümpfen aus halbgeschlossenen Lidern geliebkost hatte, blinzelnd, als tue er etwas Unerlaubtes.

Bertrand besaß keine Einbildungskraft, die sonst leicht in Gang zu bringen war. An seinen Büchern arbeitete er sehr schwer. Man wußte, daß er weit eher ein skrupelhafter Meister der Konstruktion war als ein gesegneter Jünger der Eingebung und Phantasie. Ein bohrender Trieb zur Rechenschaft stellte sich ihm wieder in den Weg. Jetzt aber, während der Zug über die boots- und wimpelbunte Seine rauschte und das leise Parfüm seines Gegenübers ihn wie ein verstohlener, aber unabweisbarer Bote anrührte, verließ, anrührte – jetzt überfiel Träumerei ohne Rechenschaft diesen kritischen Geist. Konnte das Mädchen da, das er noch vor fünf Minuten nicht gesehen hatte, diese zeitfremde Lieblichkeit inmitten offen dargebotenen Weiberfleisches, diese in einen altertümlichen Roman Verlorene und Eingepuppte, konnte sie nicht die große Wunder-Chance sein, vom Schicksal im letzten Augenblick ihm zugesprochen, im Frühling vierundvierzig seines sich neigenden Lebens?

Überflüssige Frage. Sie ist diese Chance. Seit gestern sind sie verheiratet und nun auf der Reise in ihre ersten Ferien. Er wunderte sich nicht besonders, daß zwischen Jetzt und Jetzt das Jahr seiner Werbung liegt, so inständig, so heiß, wie er sich's selbst nie zugetraut hätte. Sie liest leidenschaftlich wie sie damals gelesen hatte, als sie einander im Zuge nach St. Lazare das erste Mal begegneten. Liest sie vielleicht jetzt eines seiner Bücher? Nein, nein! Sie soll durch keinen seiner gebosselten Sätze verwirrt werden. Hingegen hat er einen ganzen Nachmittag damit verbracht, auf dem rechten Seine-Ufer einen großen Stoß von mumifizierten Romanheften aufzutreiben, die den Vorzug haben, ›Par l'amour‹ zu gleichen. Und nun ist sie wieder verloren und verpuppt – zum Glück nicht in seine mühselig um die Wahrheit kämpfenden Stilkünste, sondern in diese spannend sentimentale Liebesgeschichte, die ihr unsichtbares Antlitz noch immer wie mit einer fernen Glut anhaucht. Bertrand erwägt ernsthaft, ob er das in sich überwinden könnte, was man ›literarisches Niveau‹ nennt, dieses sonderbare Geflecht aus Hochmut, Ehrfurcht, Snobismus, Wahrheitsdrang, Wirklichkeitsscheu und Resignation. Freilich, zu solcher kühnen Hoffnung versteigt er sich nicht, für diese Frau jemals ein ›Par l'amour‹ schreiben zu können. Doch vielleicht werden sie einander auf halbem Wege entgegenkommen dürfen, er als Schreibender und sie als Lesende. Bertrand rührt sich nicht, schließt die Augen. Er ist entschlossen, sein junges Weib nicht zu stören, und sollte es bis zum Ziel der Fahrt vom Hefte nicht aufschauen. Ist es nicht mehr als genug, dem späten Wunder so nahe zu sein, dieser unglaublichen Erfüllung eines zerfahrenen und vergeudeten Junggesellenlebens? Er wird diesmal das eigenlebendige Bild der Frau vor sich selbst verteidigen, vor seiner männlichen Rücksichtslosigkeit, Gier, Sättigung und Fluchtbereitschaft. Demütig wird er mit geschlossenen Augen und mit geschlossenem Egoismus das Gottesgeschenk ihrer Existenz genießen, das mit ihm verbunden ist in seltsam luftiger Weise und doch ganz und gar. Deshalb hat er sie ja in edelster Selbstüberwindung bis zu dieser Stunde noch nicht berührt, nicht einmal mit dem Ferngefühl der Spitze seines Mittelfingers. Deshalb winkt er unausgesetzt begütigend seinen aufgeputschten Sinnen ab, die hinter den Gitterstäben seiner selbst meutern. Die Lesende soll nicht vorzeitig seine Geliebte sein, nicht einmal in der Vergewaltigung durch den Gedanken. Im Frühjahr vierundvierzig hat man es endlich, es war auch höchste Zeit, zur Meisterschaft der Liebesgeduld gebracht. Man hat sich ohne einen Schatten von Ironie oder Kritik dem Sippengesetz einer Familie unterworfen, deren labyrinthische Strengbürgerlichkeit in unserm Zeitalter stehn geblieben ist wie das kühle, ein wenig schon verschollene Haus, in dem sie wohnt. Statt des verstorbenen Vaters nimmt dessen vergrößerte Fotografie den leeren Ehrenplatz an der Familientafel ein. Die Argusaugen von zwanzig Onkeln und Tanten haben Bertrand aufs Korn genommen und allerlei Hausgeistern hat er Prüfungsfragen aus dem vorigen Jahrhundert beantworten müssen, ehe man die Braut mit ihm ziehen ließ. Zuletzt wurde noch ein Hundertjähriger hereingeschoben, der älteste des Geschlechtes, der das Ehrenbändchen an seinem Krankenhemde trug. Er gab unter vielen Vorbehalten seinen miselsüchtigen Segen, der eher wie eine Verstoßungsformel klang.

Bertrand denkt sich dies alles nicht aus. Die Kraft seiner durch die dichte Nähe der Lesenden aufgewirbelten Träumerei ist so neuartig, so tief, daß keine richtigen Bilder seinen Geist durchziehen – das wäre nichts Besonderes –, vielmehr die beinahe schon bildlose Erinnerung an Bilder, an durchlebte Szenen, überwundene Schwierigkeiten, an lange Spaziergänge, Gespräche, Bekenntnisse – der füllige, duftende Nachklang dessen, was sich niemals begeben hat, nicht einmal im Traum des Träumers. Es ist ungefähr ähnlich, als wenn einen alten Bergsteiger bei bloßer Nennung eines Gipfelnamens die atemlose Erschöpfung des vollendeten Aufstiegs befiele.

Wahrhaftig, Bertrand spürte Herzklopfen. Der rebellierende Liebeswunsch in ihm hatte sich der Lesenden schon so tief eingelassen, daß er erschrak. Es wäre geradezu schmachvoll gewesen, so zu tun, als habe sich nichts ereignet. Schon bestand eine heimliche Pflicht, die ihn mit der ahnungslosen Geliebten verband. Die große letzte Chance: War nicht die überraschende Heftigkeit seines Gefühls der Ruf des Schicksals selbst? Er durfte sich beim Aussteigen nicht einfach wegstehlen wie ein banaler Liebesschwindler und die große letzte Chance seines Lebens verpassen.

Bertrand begann zu erwägen, wie er am feinsten und natürlichsten sich dem Mädchen nähern könnte. Ein Schweißtropfen trat auf seine Stirn. Trotz seines abenteuerreichen Lebens kostete es ihm schwere Selbstüberwindung, eine Frau anzusprechen. Er drehte den Kopf von der noch immer inbrünstig Lesenden zum Fenster ab. An einer trostlosen Mauer lief in großen schwarzen Lettern die Aufschrift: ›7 km bis zum Bahnhof St. Lazare.‹ Noch zehn Minuten. Ein Wort vielleicht über ›Par l'amour‹, ein lächelndes Wort über dieses Zauberwerk, welches so herrlich zu bannen versteht, daß man nichts hört und sieht und fühlt, auch nicht die Blicke der Bewunderung. Das mit den ›Blicken der Bewunderung‹ unterbleibt besser, beschloß das literarische Niveau in Bertrand, das sich nicht geschlagen gab. Seltsam gequält starrte er auf die verrauchten Feuermauern der Häuser, auf die häßliche Hinterseite von Paris. Plötzlich fiel ihm ein: Ich habe ihr Gesicht noch gar nicht gesehen. Und er wunderte sich sehr darüber, daß er dieses Gesicht, das er noch nicht gesehen hatte, schon so lange in sich trug und hegte und liebte.

Langsam wandte Bertrand seinen Blick. Die Lesende hatte zu lesen aufgehört. Das Heft mit ›Par l'amour‹ lag verbraucht, ausgesogen, erschlafft in ihrem Schoß. Das Gesicht, das er noch nicht gesehen hatte, sah ihn an, sehr aufmerksam, sehr offen. Es war ein junges Gesicht, wenn auch nicht achtzehnjährig, wie er geträumt hatte, so doch auch nicht mehr als fünfundzwanzig Jahre alt. Es war ein recht schönes Gesicht, wenn auch nicht die Schönheit, die Bertrand in seinem Gemüt gehegt hatte, ohne an ihr zu zweifeln. Und doch, seine Hände waren kalt von schwer beschreiblicher Ernüchterung. Wäre dieses Gesicht durch ein Feuermal entstellt gewesen, oder häßlich, oder auch nur mittelmäßig hübsch, der Junggeselle hätte die süße Liebesphantasie dieses Maitages zwischen Le Vesinet und Saint Lazare sofort vergessen und sich wieder oberflächlich in die Zeitung vertieft. Wäre dieses Gesicht dirnenhaft gewesen, der Junggeselle hätte, durch den nicht gerade originellen Widerspruch zwischen Lastermund und Trauerkleidung aufgereizt, ein praktisches Abenteuer in die Wege geleitet. Dieses Gesicht war aber weder mittelmäßig hübsch, noch auch lasterhaft. Es wurde von sehr dunklen, leuchtenden Augen beherrscht. Die Augen in diesem jungen Gesicht aber, sosehr sie auch leuchteten, waren böse und alt. Und sie waren (warum?) strafend auf Bertrand gerichtet. Er hielt ihren Blick aus, obgleich furchtsames Unbehagen ihn erfüllte. Schnellten die Augen dieser Frau das endgültige Urteil gegen ihn ab? War er anstatt der späten Chance seines Lebens dem ›kleinen Tode‹ in dieser tückisch Lesenden unversehens begegnet, ja, wirklich unversehens? Nein, eine andre Feindschaft traf ihn aus diesen dunklen Augen, die ätzten und stachen. In seiner Träumerei hatte er eines hellsüchtig herausgefühlt: den Widerwillen der Sippe, die sich in dem Mädchen verkörperte, gegen seinesgleichen. Bourgeoise Wespennatur, dachte er, voll berechnender Gewöhnlichkeit und gekränkter Selbstverkapselung. Selbst die ätherische Gestalt, vor zwei Sekunden herzbewegend, nahm plötzlich eine andere Bedeutung an. Sie war durchsichtig und feingliedrig, doch so wie Insekten es sind. Und diese Blicke waren wahrhaftig Insektenstiche mit Widerhaken. Das ganze Gift, das sie aus der sentimentalen Süßigkeit von ›Par l'amour‹ gesogen hatten, spritzten sie nun gegen ihn, den Gegner erkennend. Sie verteidigten ›Par l'amour‹ gegen seinen Hochmut. Zwischen ihm und ›Par l'amour‹ war beim besten Willen kein Bund zu flechten. Der unbegreifliche Haß einer trauerbekleideten Abgeschlossenheit ballte sich in diesen unnachgiebigen Blicken zusammen, ein Haß, an dem die vielen Toten des Clans beteiligt waren, für die man jahraus, jahrein in Schwarz ging. Die strafenden Augen wandten sich von Bertrand nicht ab. Er hätte sich geschämt, ihnen zu weichen, und so hielt er mit einem mageren und hilflosen Lächeln stand. Es war eine vollkommene Niederlage. Ohne Zweifel hatte sich Bertrands zarte Liebes- und Ehephantasie an der Seele der Lesenden abgespiegelt und ihren höhnischen Widerstand hervorgerufen. Denn nicht nur in, sondern auch zwischen den Menschen geht zehntausendmal mehr vor als sie erahnen dürfen. Die großen dunklen Augen schonten den Durchschauten noch immer nicht. Sie erhoben die Anklage als alte Bekannte, vor denen kein dunkler Winkel sicher ist. Sie nahmen nicht nur Rache an Bertrands eigensüchtiger Träumerei, sie gaben ihm plötzlich die ganze Zweifelhaftigkeit seiner Natur schmerzlich zu spüren.

Als einige Minuten später die liebliche Gestalt in gemilderter Trauer mitten im Gedränge des Bahnhofs Saint Lazare verschwunden war, dachte Bertrand: Ich habe mich verliebt, habe geheiratet, habe eine Ehe geführt und schließlich einen langwierigen Scheidungsprozeß verloren. Und während er die Treppe zur Metro hinabstieg, nahm es ihn wunder, daß er sich ausgesprochen erleichtert fühlte.

(1938)

Hans

Ich habe immer ein unbehagliches Gefühl, wenn Bauern an meinen Zaun kommen, während ich im Garten arbeite. Nicht, daß ich mich meiner Arbeit schämen müßte, ich bin noch heute fast so gut wie jeder Knecht, das darf ich wohl sagen. Übrigens ist es gar keine Kunst, Heu zu machen, das Gras wächst von selber. Tomaten hingegen, Melonen und zartes Gemüse zwischen Junifrost und Oktoberschnee reifen zu lassen, davon begreift der Bauer gar nichts, in seinem Unverstand verachtet er den Gärtner. Ich muß das erwähnen, weil ich bemerkt habe, daß ich auch bei meinen Hausgenossen ein wenig im Ansehen gesunken bin, besonders seit dem Abenteuer mit Hans.

Da tritt also der Bauer an den Zaun, er hängt sogar seine Kuh an und lehnt sich herüber und betrachtet mich nachdenklich, wie ich im Blumengarten mit bloßen Händen Erde herumschleppe, Misterde und sandige Erde und Torfmull dahin und dorthin. Der Mann bewegt abgründige Pläne in seinem Kopf, ich weiß das genau. Vielleicht hat er Brennholz auf dem Anger liegen, schon ein wenig überständig und kernfaul, oder er hat ein uraltes Schaf umgebracht und ist nun unterwegs, einen Narren zu suchen, der es kauft. Eine Weile unterhalten wir uns über allerlei, was das Wetter betrifft, die Gesundheit beiderseits, aber plötzlich zieht er mich am Ärmel zu sich und vertraut mir etwas an: Er hat einen Rehbock zu Hause. So, sage ich, hast du einen! Meinetwegen, mich geht es nichts an.

Ja, aber das Verteufelte dabei ist, daß er einen lebendigen Rehbock zu Hause hat. Sehr zahm und leibig, das soll heißen gut genährt, und noch ganz klein, versteht sich.

Wie klein? frage ich.

So, beiläufig. Wie ein Hüthündchen. Er hat ihn auf der Weide gefunden und aufgezogen wie sein eigenes Kind, aus Gutherzigkeit, die mutterlose Waise. Aber jetzt kommen die Schafe heim, es ist kein Platz im Stall. Und wenn er sich das hier so betrachtet, den Garten und das Krautzeug herum, so meint er, daß ich vielleicht den Bock dazu kaufen möchte.

Gut soweit. Ich habe einmal sieben kleine Igel in meiner Schreibstube gehalten, von dem jungen Habicht gar nicht zu reden, der mir den halben Daumen von der Hand fraß. Warum sollte ich nicht einen Rehbock im Garten haben können? Das würde sich großartig machen, denke ich, so ein Rehlein zwischen meinen Blumen, und abends läge es dann wiederkäuend unter der Holunderstaude. Wenn junge Damen kämen, fräße ihnen der Rehbock aus der Hand, und es wäre dann gar nicht schwierig, etwas Passendes dazu zu sagen.

Aber vielleicht mochte er gar nicht unter den Stauden liegen, sondern er fräße den Holunder und die Astern, die Gladiolen und meine kostbaren Gräser. Ich habe eine Leidenschaft für alle Arten von Gras; mein weiblicher Hausgenosse meint, das hänge mit meiner Gemütsart zusammen. Aber Gräser sind beseelte Geschöpfe, zart und doch voll Kraft, prunkend im Sommer mit den wehenden Fahnen ihrer Ähren und Rispen, verklärt noch im härtesten Frost.

Schließlich kaufe ich den Rehbock doch. Meine beiden Hausgenossen haben sich dazugesellt, von nun an verhandelt der Bauer gar nicht mehr mit mir.

Weil nämlich die Schafe heimkommen, sagt er zur weiblichen Hälfte meines Gefolges, weil kein Platz im Stall ist, darum müßte er den Bock einfach abschlagen – schlachten, erklärt der männliche Hausgenosse. Und das will ich gern zugeben, so etwas ist nicht auszudenken, ein geschlachtetes Reh.

Am Abend wird der Rehbock Hans im Garten freigelassen. Er ist ein stattliches Tier, sein brandrotes Fell leuchtet in der Sonne, unwahrscheinlich dünn sind seine Läufe, und die Augen blicken wirklich so groß und mild und fromm, wie bei den Dichtern geschrieben steht – seine Lichter, erklärt der Hausgenosse. Wir lehnen am Gatter und strecken ihm Hände voll Laub und Zucker entgegen, kein Hans ist jemals mit zärtlicheren Worten herbeigelockt worden. Aber er kümmert sich gar nicht darum, plötzlich schnellt er mit zwei mühelosen Sätzen über alle Beete weg. Ich sehe mit Herzklopfen, was er vorhat: daß er nämlich sogleich darangeht, den Zaun zu untersuchen. Die Hausgenossin streift mich mit einem fragenden Blick, und ich zucke beleidigt die Schultern. Das weiß der Himmel, ob alle Latten standhalten werden, mein Zaun ist mehr auf das Malerische angelegt, nicht für wilde Tiere.

Allein Hans denkt offenbar nicht daran, jetzt schon auszubrechen; er ist nur in allem, was er tut, behender und lebhafter als unsereins. Jetzt wendet er sich dem Gemüse zu. Gut, den Kohl soll er fressen, ich mag keinen Kohl. Ich baute ihn nur an, damit niemand denken soll, er gedeihe nicht bei mir. Hans beschnuppert auch die Sträucher und rupft sich da und dort ein Blättchen. Ich höre zwar, daß ein Reh nicht schnuppert, sondern windet, und daß es Blätter äst und nicht rupft, aber jedenfalls stößt die Hausgenossin plötzlich einen beglückten Schrei aus. Er frißt! ruft sie begeistert.

Ja, das tut er wirklich. Carex plantaginea, erkläre ich bekümmert, meine schöne grüne Schleppensegge.

Ach Gott, ich mit meiner langweiligen Botanik! Ich sollte lieber zusehen, wie niedlich Hans sei; humorvoll könne man ihn nennen, anmutig. Er nimmt ein Büschel Gras auf, das hängt ihm wie ein grüner Schnurrbart unter der Nase. Dann schaut er um sich und kaut den Bart langsam in sich hinein.

Ich finde ja auch, daß er sich gut benimmt; aber schließlich habe ich es satt, mir immerfort sagen zu lassen, ich möge doch endlich ruhig stehen, und ich sei überhaupt viel zu ungeduldig und zu grob mit meiner tiefen Stimme. Seht her, ich öffne einfach das Gatter und gehe auf ihn zu, jetzt soll es sich einmal zeigen, ob ich wirklich Erdgeruch an mir habe. Die Arme breite ich aus, ein friedfertiger Adam im Garten Eden, und Hans flieht nicht vor meinem zärtlichen Gebrumm, er streckt den Hals, und dann nimmt er wirklich ein paar Körner aus meiner hohlen Hand. Das Herz stirbt mir ab vor Freude, während das geschieht, und auch vor Kummer, weil ich nichts Besseres tun kann. Nicht seine Brust umfangen, um ihn zu liebkosen und das glatte Haar an der Wange zu fühlen. Ich lasse es genug sein, die Tiere trauen uns doch nicht mehr. Wir riechen alle nach Schießpulver.

In der Nacht wird mir wieder angst: ich schleiche in die Tenne und suche ein paar leere Kisten zusammen, die will ich über meine Gräser stülpen. Es ist schon bitter kalt. Ich finde Hans unter den Büschen, wir rufen uns mit leisen Lauten an, und nun, im ungewissen Licht der Gestirne, sind wir uns viel vertrauter. Lange sitze ich auf meiner Kiste und rede ihm zu, während er vor mir auf und ab trabt, und einmal duldet er sogar einen Augenblick meine Hand auf dem nachtfeuchten Fell.

Hans, sage ich, sei nur ruhig, wir werden das schon in Ordnung bringen. Ich verstehe dich gut, mein Bruder, mein Leben ist Flucht, du brauchst die Freiheit des Flüchtigen. Aber nun wird es mit dem Winter ernst. Bald wird Schnee fallen. und du weißt noch gar nicht, was das ist, Schnee und Kälte. Sieh her, du hast dein warmes Bett im Gartenhaus, Laub und Heu genug, du bist noch ein ganz junger Bock, bleib ein paar Wochen. Halte dich an den Hafer, damit du ein wenig Speck unter den Pelz bekommst, das wirst du brauchen, denn der Frühling ist weit. Und das Gatter im Zaun wollen wir offen lassen, du kannst dann immer einmal kommen, in der härtesten Zeit oder im Spätwinter, wenn der Schnee brüchig wird und deine Läufe wund reibt. Das verspreche ich dir, du wirst immer eine Schüssel Körner im Gartenhaus finden, und wenn dir mein blauer Hafer schmeckt, so friß auch den in Gottesnamen.

Inzwischen gibt es freilich noch allerhand Abenteuer. Eifersucht nistet sich im Hause ein. Zunächst, meint der Hausgenosse, müßte doch einmal ein richtiges Gehege aufgestellt werden, von einem Fachmann natürlich. Hans bekommt dies und jenes von zarten Händen gereicht, Rosinen und Äpfel, und ich höre auch, daß es unfein ist, nachts um seine Gunst zu buhlen.

Ein anderes Mal raschelt es hinter mir, während ich am Schreibtisch arbeite, und ich traue meinen Augen nicht: da schaut Hans durch das Fenster und knabbert an den Nelkenstöcken. Ach du lieber Gott, niemand ist im Hause, er ist mir auf Hals und Leben anvertraut worden, aber das Gatter war nicht geschlossen, und nun steht er in seiner Unschuld draußen auf der Straße, allen Bauernkötern preisgegeben! Ich überlege blitzschnell; dann hole ich eine Tafel Schokolade aus dem Fach und pirsche mich hinaus. Schokolade ist immer ein zuverlässiges Lockmittel, das habe ich erprobt, wenn auch nicht bei Rehböcken.

Anfangs kümmert sich Hans wenig um meine flehentlichen Bitten und Gebärden; er freut sich seiner Schlauheit und läuft vor mir her die Gasse hinauf. Wie soll das enden, denke ich, vielleicht muß man dem heiligen Hubertus eine Kerze geloben. Der schickt dann auch wirklich eine singende Kinderschar aus der Schule. Hans stutzt plötzlich und kehrt um. Ich mache das Gatter weit auf und ziehe ihn am Faden meiner Herzensangst in den Garten zurück.

Soviel ist gewiß: ich verdiene längst mein Brot nicht mehr. Statt auf die Stimme meines Inneren zu horchen, stecke ich hundertmal den Kopf durch das Fenstergitter und sehe doch nur, daß Hans immer ungebärdiger wird, je mehr er zu Kräften kommt. Seit Schnee liegt, scharrt er die Pflanzen aus der Erde, und das ist nicht zu ertragen. Eine trostlose Wildnis, wo im Sommer Lilien blühen sollen, die blauen Türme des Rittersporns.

Nein, es wird Zeit. Eines Abends unternehme ich noch einen heimlichen Gang ins Freie, im Vorbeistreifen löse ich ein paar Latten vom Zaun. Es schneit in großen Flocken, das ist das rechte Wetter. Schon am frühen Morgen bin ich wieder unterwegs. Ich finde sogleich die vertraute Spur im frischen Schnee; anfangs verirrt sie sich zwischen den Häusern, aber dann entdecke ich sie bewegten Herzens auf den Feldern wieder, von hier weg läuft sie geradewegs dem Walde zu. Hasenfährten kreuzen sie, einmal schlüpft ein Wiesel vor mir in den Busch. Still ist der Wald, noch grün und saftig das Moos und Staudenzeug zwischen den Stämmen. Ich krieche durch das Unterholz, die frische Kälte brennt mir in den Lungen, und weiter oben verliere ich die Spur im Jungwald einer Lichtung. Der Himmel bricht auf, der weite Himmel über den Wipfeln; bald wird die Sonne kommen, und das ist gut für den ersten Tag.

Daheim fülle ich eine große Schüssel mit Hafer, die stelle ich in das Gartenhaus. Dann nagle ich die zwei Latten verstohlen wieder fest, aber das Gatter öffne ich weit, und so soll es bleiben.

(1944)

Das ist Liebe

Mit den Prominierenden auf der Hauptstraße einer italienischen Stadt ging auch ein sehr großer, sehr schlanker Herr. Schwer bestimmbaren Alters. Weil er ein Taschentuch an Nase und Mund hielt und, was vom Antlitz sichtbar blieb, so gut einem Ahn als einem Enkel gehören konnte.

Am Rande des mit schönen Menschen dahinrollenden Gehsteigs standen ein gewöhnlicher Einheimischer, der entweder ein Wichtigtuer war oder ein bezahlter Führer, und ein Fremder, der kein Hehl daraus machte, einer zu sein. Dem wurden zu den vollsten Titeln die wohltönendsten Namen genannt. So gewann oft ein nichts als hübscher und eleganter Junge fast ein Gesicht dadurch, daß ein berühmtes Geschlecht einen Vorschuß darauf gab. Der Fremde hätte gerne gefragt, wer jener Mann sei mit diesen Bruchstücken von Gesicht, deren jedes bedeutender war als alles, was da ganz und unverhüllt sich bewegte. Aber der Führer schien den Gemeinten nicht gesehen zu haben, und dem Anderssprachigen fehlten im Augenblicke die das Entschwindende auf kürzestem Wege einholenden Worte.

Bei einer Statue der Madonna, vor der er nicht nur das Haupt, sondern auch Nase und Mund entblößte, verließ der junge Mann – denn nun sah man, daß er noch nicht dreißig zählte – das Gedränge und schlug den Weg zu den öffentlichen Gärten ein, die um diese Stunde bereits geschlossen waren.

Dort war er nicht mehr der von ungewöhnlicher Länge und Hagerkeit, von kränklichem Taschentuch und gebeugter Haltung zum Gatten der ätherischen Tuberkulose bestimmte Sproß einer alten Familie, sondern beinahe ein Pariser Apache und fast ein Boxer. Wie er seine Cappa über die Goldspitzen des Parkgitters schleuderte und drei Sekunden lang zögerte in der Gestalt eines gekrätschten Blitzes, der sozusagen noch sucht, wen er treffen solle: das wählte mit Recht diesen einsamen Platz, um zu geschehn. Es war ein wirkliches Wunder der Verwandlung.

Die Büsche jenseits des Parkgitters hatten noch nicht ausgerauscht, als schon der Lauf jenes Dioskurenpaares, das trotz seiner napoleonischen Uniform einer modernen Polizei trefflich erfüllt, im Schalltrichter einer Calle schnell sich vergrößerte. Die Karabinieri übersetzten das Gitter an derselben Stelle wie der junge Mann. Nur eine Viertelminute später und ein wenig besser. Denn sie schlitzten nicht ihre Hosen und ließen kein Stückchen ihres Mantels daran.

Drüben aber standen sie doch in der vollkommensten und schönsten Stille, die es gibt. An den immergrünen Gewächsen rührte sich kein Blatt, und von den sterblicheren Bäumen war das letzte schon gefallen. Den verfolgten Mann hatte also die Erde verschluckt oder der Nebel aufgesogen. Trotzdem schlug sein Herz ganz in ihrer Nähe. Einem gaukelnden Gespenste gleich teilte er langsam und lautlos die schwerere Materie der Äste und dankte bei jedem Schritte seinem Schuster für das weiche Leder und die dünne Sohle, schmiegsam wie eine Affenhand. Als ein großer Künstler erschien ihm jener Handwerker, den er von Angesicht gar nicht und der hinwiederum seines Klienten Fuß nur in Gips kannte.

Inzwischen hatten die Unzertrennlichen beschlossen, sich voneinander zu trennen, und des überall und nirgend daseienden Wildes wegen ihre Pistolen gezogen. Der Mann wagte nicht, einen gehobenen Fuß niederzusetzen. Er wußte, daß die trefflichen Burschen beim ersten Laute, der die jetzt verdächtige Stille unterbricht, »Halt!« rufen und, wenn keine Antwort kommt, auf den ersten Schatten, der ein bißchen dunkler als das Dunkle, schießen werden. Trotzdem wäre kein Laut aus seinem Munde gekommen. Dessen war der große und schlanke Herr, kurz zuvor noch unbestimmbaren Alters, sicher. Wie auch natürlich, daß es rühmlichere und allgemein verständlichere Gelegenheiten für seinesgleichen gäbe, den Heldentod zu sterben. Aber mit keinem Gedanken bedauerte er, in diese ebenso gefährliche als lächerliche Lage geraten zu sein. Die übrigens mit jedem Schritte der von keinem so guten Schuster bedienten Polizisten sich verbesserte. Dürre Ästchen knackten, Kies knirschte, Gott sei Dank nicht mehr so nahe, und dann immer ferner. Sie würden so schnell nicht nach hier zurückkehren, wenn auch so bald den Garten nicht verlassen. Der aber war groß, unübersichtlich schon am Tage, immer wieder in der Breite verstellt durch Taxushecken und Reihen junger Zypressen, voll von Grotten, Statuen, Tempelchen, und jetzt auch erfüllt von Nebel, und so konnten ganz gut drei Indianer eine beträchtliche Zeit einander beschleichen, ohne zum ersehnten Skalpe zu gelangen.

Eben schlugen die zimperlichen und blechernen Uhren der vergangenen Jahrhunderte die siebente Stunde. In etwa fünf Minuten also mußte das vorgenommene Geschäft verrichtet sein. Der Schnellzug nach dem Norden geht um neun. Er begann wieder zu schweben. Erst über die Zufallsirrwege zwischen den Büschen wie eine Natter durchs Wasser segelt: ganz ruhigen Kopfs und ganz knochenlosen Körpers. Dann war ein Wäldchen zu durchdringen. Es schlief schon auf der Stufe einer merklich kälteren Feuchtigkeit in einem abwehrend schwarzen Grün. Er schloß die Augen, um keinen spitzen Ast zu sehen oder sonst ein Hindernis, und ließ sich wie einen befreundeten, bloß dichteren Stoff durch den dünneren fallen. Die Täuschung gelang. Die ungeweckten Zweige fielen lautlos in den Gesamtschlaf zurück. Er überflog von Stand aus den gar nicht schmalen Kanal, der von der Kaskade kommt, die ihr schon nächtliches Rauschen dem Verwegenen wie einen schützenden Mantel entgegenhielt, und war, wohin er gewollt hatte. Seine Schuhspitzen hatten sogar das am Morgen ins Auge gefaßte Beet gerammt. Wie jetzt seine übermäßig langen und etwas dürren Finger sogleich mit der Exaktheit von Instrumenten zufuhren, diesen und jenen Blumenkörper ergriffen, in der Mitte entzweibrachen, zu den übrigen legten wie herausoperierte Teile auf die von einer Schwester hingehaltenen Schüssel: das war ohne Zweifel ein Verbrechen, ein verbotener Eingriff, ein Mord, ein sadistischer Akt von seltener Grausamkeit und Unheimlichkeit, von einem zerstörten Gehirn mit höchster chirurgischer Kunst und bewunderungswürdiger Geistesgegenwart verübt.

Er nahm sich noch Zeit, seine Opfer, kümmerliche Kinder Floras aus den Armeleutevierteln der Natur, zwischen die Seiten eines schwarzgebundenen und engbedruckten schmalen Büchleins zu betten, aus dem die bunten Fäden des priesterlichen Breviers hingen, und die arg beschädigten Kleider glattzustreifen. Dann reckte er sich zur Flucht. Mit noch größerer Vorsicht als früher – denn nun galt es, den Raub in Sicherheit zu bringen und ein schon halbgelungenes Werk auch zu krönen – ja, beinahe wie ein Schleierfisch durch den Urwald seines Aquariums, schwamm er weich und schaukelnd, auf- und untertauchend, aber auch entschlossen, nicht nur sich zu verteidigen, wenn er angegriffen werden sollte, sondern selber anzugreifen, sollte er die Polizisten überraschen. Er fühlte in sich, wie das Zeitmaß eines viel schnelleren, feurigeren Lebens, das rasche Reifen und Steigen der bösen Tat zu vielen andern und höheren bösen Taten, und in der hintern Hosentasche den Revolver, den er zu sich gesteckt hatte, ohne Grund, aber doch, aus Feigheit oder aus Übermut, er wußte es nicht. Ein Glück, daß die Karabinieri schon wieder sich beruhigt hatten und, während der geheimnisvolle Mann ihnen ernstlich gefährlich wurde, bereits ihre Zigaretten rauchten am Eingangstor, das sie mit einem Nachschlüssel zu öffnen versuchten. Dies gelang den Faulpelzen auch und zu derselben Zeit, da am andern Ende des Gartens der von ihnen Verfolgte mit diesmal vollendeter turnerischer Meisterschaft das Gitter übersprang. Eine Viertelstunde später entstieg vor der Hinterfront eines festungsähnlichen Palastes der nämliche Herr einer klapprigen Droschke. Er stieß den Bronzeklöppel mehrere Male stark gegen die Erzplatte und einmal mit dem Fuß die Tür.

Eine kleine Ewigkeit verging ihm, ehe vorsichtig geöffnet wurde. »Ich bin's, Matteo! Bring andere Kleider. Und ein Hemd. Rasch!« Er warf dem ohne Zweifel Mitwissenden und Dienenden die Cappa über den Arm und stand erdbefleckt und zerrissen da. »Ich warte hier.« In einem feuchtkalten, von einer schmutzigen Birne hoch an der Decke schwach erleuchteten Geviert, in dem Scherben großer terrakottafarbener Krüge lagen, ein halbes Fahrrad, drei im Zusammenbruch erstarrte Stühle und, auf einem Wandbrette, wenigstens dreißig ausgeweitete, klaffende und eingeschnurrte Bauernschuhe standen, zog er sich um, wusch er sich über einem blauen Waschbecken, während von seiten des Matteo Genannten kein Wort fiel, nur genau die auf den Augenblick notwendigen Handreichungen kamen. »Nun spanne an und warte vor der Haupttreppe. Du fährst zur Bahn.« Dann schritt er, obwohl es schon gegen acht ging, ruhig die vielen steinernen Stufen empor zu der Eisenpforte, die unvermittelt – auch zum Verschwinden geschaffen – in eine ganz andere Welt führte. Eine Flucht von Zimmern lag vor ihm, deren einige erleuchtet waren. In den dunklen loderten die Kamine. Hier und dort standen auf weißen Strümpfen, bei unstörbarer Verrichtung oder nur durch die Gardinen blickend, Diener, die, offenbar über Befehl, des Kömmlings nicht achteten. Hitzige Gerüche von sehr süßen und gewürzten Bäckereien, von offen verbranntem Spiritus, aufgefrischter Politur, gebohnertem Parkette, getrockneten Rosenblättern, orientalischen Zigaretten und echtem Kölnischwasser legten sich an die Wangen, wie die dicken Teppiche um den Fuß und die gehäuften kostbaren Möbelstücke in Braun und Gold ans Auge. Die bleichen, verstümmelten Marmorwerke in den Ecken, die schwarzen Bilder mit den sinnlos gebliebenen Farbflecken, die großen Ornamente der verschlissenen Seidentapete trugen das Ihre zu der vornehmen Verwirrung bei oder zu jenem unantastbaren Wahnsinn, der die Logik der reichen Leute von der der Armen scheidet.

Der junge Mann, der vor kurzem noch wie eine Gazelle gesprungen, wie ein Fisch geschwommen ist, wie ein Krebs geknickt und geschnitten hat, schritt jetzt müde, nach vorne gebeugt, zwar ohne das kränkliche Taschentuch vor dem Munde, dafür aber verschlossen oder eingeschlafenen Gesichts, rasch durch die prächtigen Räume, auch durch den Wintergarten, dessen Orchideenmünder, Palmblattspitzen und Luftwurzeln ihn anhauchten, ritzten und zu entern suchten, ihn, der die blutarmen Körper proletarischer Blumen in seinem Taschenbuche trug. Eine Stimme hielt ihn auf, deren außerordentliche Ruhe für die Meisterung einer außerordentlichen Unruhe, entweder des Herzens oder des Gewissens, sprach. »Willst du Onkel Benito nicht guten Tag sagen? Er ist deinetwegen von Padua herübergekommen.« Es war Mama, die in einem schwarzen Spitzenkleid, und wie gefesselt mit glänzenden Schmuckstücken an einen geschmacklosen Rohrsessel, in einer Art von Laube saß. »Er will wohl darüber mich trösten, daß es ihm endlich gelungen ist, mein Kurator zu werden«, sagte der Sohn, ohne der Mutter das Gesicht zuzuwenden und die Augen aufzuschlagen. »Aber Andrea! Andrea!« rief wohlwollend der Onkel aus einer Laube gegenüber. »Du mußt doch nicht immer wieder die alten Sachen aufwärmen, Andrea!« meinte Mama so ruhig wie vorhin.

Er ging, ohne den Onkel zu begrüßen, der mit einem kummerheuchelnden Seufzer der Erleichterung die Zeitung wieder vornahm, wie Mama den Rosenkranz, der ihre Lippen sofort in eine bonbonlutschende Bewegung setzte, sehr langsam durch den Wintergarten. In seinen Gemächern angelangt, setzte sich der Entmündigte an den Schreibtisch und kalligraphierte die folgenden Worte auf ein wappengeschmücktes Papier: »Geliebteste, eben hatte ich wieder eine heftige Auseinandersetzung mit meinen Verwandten

Deinetwegen! Sonst nichts Neues. Ich besuche meine Patienten, aber das Wetter (Nebel! Feucht!) macht mich krank. Du meine Sonne!! Aber ach, wie fern! Anbei ein paar Blümchen, die ich für Dich gepflückt habe. Dein Andrea.‹

(1947)

FRITZ VON HERZMANOVSKY-ORLANDO

Der verirrte böse Hund

Um Irrtümer zu vermeiden: das bin nicht ich. Ich bin weder verirrt noch böse. Leider bin ich aber kein Hund, sondern nur ein Mensch und gehöre als solcher zu einer Lebewesenform, die schon so unendlich viel Unverzeihliches und Blödes über die Welt gebracht hat. Oder glaubst du, lieber Leser, daß ein Rudel Hunde, die zu Beriechungen zusammengekommen sind, jemals etwa *den Frieden von Versailles* oder einen ähnlichen Monumentalblödsinn ausgeknobelt hätte, der ein Meer von Thränen über die Welt gebracht hat? Homo sapiens... geh in dich!

Die beherzigenswerte Geschichte, die ich hier berichte, spielt in München, in der herrlichen Zeit, da die Menschheit, außer in fernen Staaten, die mit Achselzucken behandelt wurden, den Begriff »Paß« nur als eine Gangart von Pferden, Kamelen und Mauleseln kannte.

Aber, es war keineswegs »in der guten alten Zeit« (wehe, wenn man da zum Zahnarzt mußte!), als München noch einen großen, hölzernen Bahnhof hatte, den man unter strengster Strafe nur dann betreten durfte, wenn die Glocke am Giebel einmal geläutet hatte. Und als die Maß eines Bieres, das so gehaltvoll war, daß der Steinkrug am Tisch picken blieb, vier Kreuzer kostete. Und als die Schönheiten lange, unten beim Knöchel mit Falberln verzierte Unterhöschen trugen... und der unvergeßliche König Ludwig I. auf dem größten Trödelmarkt – der Auer Dult – einen Praxitelestorso um 42 Kreuzer kaufen konnte. (Er hat ihn dann vom Justizminister – oder war es der Unterrichtsminister Baron Frumbesel? – in einer Kraxen abholen lassen.) Und wo es passieren konnte, daß man beim Selcher den Wurstaufschnitt in die kostbarsten Kupferstiche eingewickelt erhielt...

Aber laßt uns jetzt auf den Hund kommen.

An einem nebligen Oktobermorgen war es. In der Luft lag dieser bezaubernde Geruch, der feinfühlenden Fremden München so lieb macht, dieser ganz feine Duft nach Malz und Torfrauch, den man sonst in keiner Großstadt findet.

Ich schritt über den Bahnhofplatz. Da fiel mir – Gott sei Dank nur bildlich – ein überaus großer, ein wenig krummer Hund – schon mehr ein ausgesprochener Köter – ins Auge, der ganz verwirrt im Gewirr der Trambahnen herumtorkelte.

Er war graugelb, äußerst unsoigniert, ohne Halsband. Das einzige ein bißchen Nette an ihm war: ein Wagenschmierfleck auf der rechten Gesäßpartie. Er hatte den verstörten Blick eines Volksschullehrers vom Land, der, ein Billett in der Hand, seinen Platz in einem Hoftheater sucht. Mir als leidenschaftlichem Hundefreund bangte es davor, daß der arme Kerl überfahren werden könnte.

Zum Glück hatte ich ein großes Stück Leberwurst bei mir, mit dem ich den Findling bis in mein nahe gelegenes Hotel lockte.

Ich übergab den ungeheuren Lackel dem Hausknecht, der ihn sofort als Metzgerhund von »da draußen wo« taxierte. »Bsonders in Allach, Menzing oder gar in Pipping haben s' soliche«, meinte der biedre Bursche. »Er kann aber auch aus Feldmoching sein... da bin i z'haus... ja, ja, da kenn i mehrere... und die ham gern Wagenschmierflecken. Den sein Herrl is bstimmt a Metzger. Die san schon in aller Herrigotts Früh besoffen, und wird wo umanandliegn. Und in Hund wird dös zu fad gwordn sein. Und er hat wieder ham wolln, a bißl nach 'm Vieh schaun.«

Ich unterbrach die mir langweilig gewordene Konversation, beauftragte den Burschen, meinem düstern Schützling ordentlich zu fressen zu geben, und begab mich aufs Polizeiamt in der Weinstraße. Als ich dort angelangt war und das Wort »zugelaufener Hund« ein wenig scheu hervorbrachte, bemerkte der wachhabende Schutzmann mit dumpfer Stimme: »O bluatiga Heanadreck! dees san Sachn, dees san Sachen... a gfundener Hund... da wern S' afn drieten Schtock... da san die nit gweenlichen Hund... auf Nummer... warten S'... 347«, und er wies mit dem zitternden Säbel steil in die Höhe.

Bei 347 klopfte ich an. Richtig! es knurrte. Aha, dachte ich mir, da bist du bei der richtigen Schmiede.

Kaum stand ich im Vorraum vor dem Schalterfenster, als der dort sitzende, offenbar sehr übellaunige Beamte – nebenbei das Urbild eines wild aussehenden schottischen Terriers mit viereckigem Vollbart, kaum vorhandener Fliehstirn und buschigen Brauen –, die Arme in zwei schwarzen Schreibärmeln, viel zu kurz, am Schalterbrett aufgestützt, auftauchte.

»Können S' nit an Hut abnehmen! Sie sein in an keeniglichen Amtszimmer... und machen S' gfälligst Eanare Sach kurz ab... mir ham andres a noch z'tun... mir kriegn jetzt die Hundswut... da wern ma glei bis zum Krawattl drin stecka... in Pipping is s' bereits ausgebrochen... da kennt man sich vor Arweit nit aus!«

Ein Krach unterbrach seine Rede. Offenbar war ein Maßkrug vom Schreibtisch gefallen.

Unter dumpfem Schimpfen verschwand der düstre Terrier vom Schiebefenster und kroch polternd am Boden herum.

Als er fertig gekrochen war, ging das Verhör los.

»Also – was is? Wegen was für an Hund kommen S'? Begehren Sie eine Hundemarke für Ihnen selbst? Weil S' am Hundemarkenschalter sein.« Bescheiden wehrte ich ab. Aber die innere Stimme der unter der Schwelle des Bewußtseins lauernden Aufstandsbereitschaft glotzte mich – sozusagen – tückisch an und raunte mir zu: »Wauwau« zu rufen... und noch einmal »Wauwau« und dann in das so überaus wirksame Jammergeheul eines auf einem Klubfauteuil eingeschlummerten Hundes überzugehen, auf den sich ein kurzsichtiger Dickwanst von drei Zentnern Lebendgewicht gesetzt hat. Ich hatte mir dieses phonetische, so ungeheuer wirksame Vortragsstück schon als halbwüchsiger Knabe eingelernt und es darin zu einer großen Fertigkeit gebracht und verschiedentlich sehr große Störungen hervorgerufen.

Besonders schön wirkt das bei Pianissimostellen nächtlicher Gesangsvereinsständchen in dunklen Kurparks, wenn die angeschwärmte Schöne endlich am Balkon erscheint.

Später – als ich schon ein Gentleman war und auf Reisen meine Bildung erweiterte – habe ich in sehr feinen Restaurants, wo sowohl lautlos gegessen als auch auf stillen Sohlen serviert wird, plötzlich einen unsichtbaren Dackel auftreten lassen, der unter herzzerreißendem Gesang um ein Stückchen Beefsteak oder dergleichen bettelt. Dabei muß man natürlich mit eisiger, ja über den unpassenden Lärm indignierter Miene dasitzen. Erwischt wurde ich nie.

»Warum tun Sie da sein tun?« bekam ich zu hören. »Dees tut ein keenigliches Amtslokal sein tun, wo der Deansthabende die Zeit nicht gestohlen haben tun tut. Alsdann: hat Eanara Hund schon a Marken? Warum san S' dann da? Wo tuat er sein tun, Eanara Hund.«

Ich: »Mir gehört gar kein Hund.«

Der königliche Beamte: »Warum tun Sie dann da sein?«

Ich: »Weil mir ein Hund zugelaufen ist.«

Der Beamte: »O mei, o mei. Dees gibt an Arbeit... da muß i die grean' Drucksorten nehmen!... Herr Mottenmelcher!« rief er einen bisher unsichtbaren Kollegen. Der tauchte sofort auf. Er ragte nur wenig über das Schalterbrett, war aber sehr was Feines – das menschgewordene Substrat eines Skie-Terriers – als königlicher Beamter natürlich von seinem Schutzengel hergerichtet, damit er so sein Brot verdienen und eine Familie erhalten kann. Schwarze Haare hingen ihm überall ins Angesicht, und da er offenbar von einem Stockschnupfen mit Nasenbluten gequält war, hatte er die Zunge ein wenig vorgeschoben.

»Was wolle Sie denn, Herr Käsbohrer?« sagte die neue Erscheinung zum ersten Protokollierenden. »Um e verlaufenes Hündle tut es sich handle? Du blutiges Herrgöttle von Biberach! Dreimal angnageltes und dreimal wieder herabgfallenes und dreimal wieder neu angnageltes und wieder hinabgfallenes... wo is Ihne dann s' Hündle zuglauffe?« (Das sprach er zu mir.)

Ich: »Am Bahnhofsplatz. Er wäre fast von einer Trambahn überfahren worden.«

»So«, hörte man wieder den finstren Käsbohrer von zuerst. »Von was für einer Linie denn? So, von der Zweier. Was für eine Nummer hat der Wagen gehabt? Wie heißt der Wagenführer?«

Ich: »Das weiß ich nicht. Übrigens ist dem Hund nichts geschehen. Somit war auch keine Amtshandlung und Namensbefragung. Und der Hund hat zur Ableitung des Schreckens Wasser gelassen...«

Käsbohrer: »Das Wasserlassen gehört nicht hierher. Dees ist ein königliches Amtszimmer! Unterlassen Sie solche Versuche, Milderungsgründe zu suchen. Alsdann weiter: Wie tut der Hund heißen tun? – So. Das wissen Sie nicht! Was tut der Hund sein tun?«

Ich: »Von Beruf? Ich glaube, er dürfte ein Metzgerhund sein...«

Käsbohrer: »Das interessiert uns vorläufig nicht! Ich meine: ob er ein Männlein sein tut oder ein Weibchen?«

»Am Ende gar ein Kaschtratle?« fiel Sekretär Mottenmelcher ein.

»Das weiß ich alles nicht«, war meine Antwort.

Auf das hin schob sich der erste Inquisitor mit halbem Oberleib zum Schalterfenster heraus, um mich mit funkelnder Brille zu betrachten. Der kleine Kollege versuchte auch höher neben Käsbohrer hinaufzuklettern.

»Sie tun angeblich nicht wissen, wessen Geschlechtes Ihr Hund sein tun tut? Das ist stark. Eine Behörde ist keine Gehschule in einem Kindergarten!«

»Noi, noi, noi!« sekundierte schwerathmend Mottenmelcher, der übrigens den Titel »Hundelistenkonduktör« führte.

Und Käsbohrer fuhr fort: »Was für a Rass' is er? Was für a Farb hat er? Wie hoch ist er in Zentimetern? Und was wiegt er? Is er gegen Staupe geimpft und wann? Steht der Name von sei'm Herrle am Halsband?... so! Kein Halsband hat er? Und Sie sind mit einem Hund ohne Halsband zum Führen und ohne Marke auf der Straße herumgegangen? Wissen Sie, daß Sie strafbar sein tun?! Das wird Sie drei Tage Arrest oder 300 March Geldstrafe kosten!«

»Was?!« protestierte ich. »Nun ist's genug. Das ist zu stark. Ich werde mich bei meiner Gesandtschaft beschweren. Ich bin Österreicher!«

»O mei – o mei –«, stöhnte der plötzlich klein gewordene Käsbohrer. »Dees wird Komplikationa geben... gar nimmer zum Ausdenken... o mei... jetzt... wo Sie am End auch noch hundswutverdächtig sein können... wann S' 'n Hund angriffen haben, wo dieser kein Halsband nicht anhabend gewesen sein tut... und wann der Hund a geborener Pippinger sein tun könnte... wofür die Fundstelle am Bahnhofsplatz spricht... o mei... o mei...«

Er nötigte mich ganz dicht zum Schalter und flüsterte mir zu: »Ich geb Ihna an guten Rat, an guten. Passen S' fein auf: Nehmen S' 'n erschten Zug und fahren S' ab... und kommen S' nie wieder nach Minka.«

Kaum im Hotel angekommen sah ich den Hausknecht. Die eine Pratze steckte in einem ungeheuren, kopfkissenähnlichen Verband aus rot-weiß-kariertem Dienstbotenbettzeugstoff.

»... bissen hat mi der Malefizsakra, der ausgschammte. Zerscht hat er um zwoa March finfundfimzich gfressn... dann hat er sich losgrissen, dann hat er mi biss'n, und dann ist er davongloffen... sehn S' – da is er dahin, durch d' Arnulfstraßn... auf Pipping zu!«

Ich packte meinen Koffer und bin lang nicht mehr nach München gekommen.

(1949)

ILSE AICHINGER

Spiegelgeschichte

Wenn einer dein Bett aus dem Saal schiebt, wenn du siehst, daß der Himmel grün wird, und wenn du dem Vikar die Leichenrede ersparen willst, so ist es Zeit für dich, aufzustehen, leise, wie Kinder aufstehen, wenn am Morgen Licht durch die Läden schimmert, heimlich, daß es die Schwester nicht sieht – und schnell.

Aber da hat er schon begonnen, der Vikar, da hörst du seine Stimme, jung und eifrig und unaufhaltsam, da hörst du ihn schon reden. Laß es geschehen! Laß seine guten Worte untertauchen in dem blinden Regen. Dein Grab ist offen. Laß seine schnelle Zuversicht erst hilflos werden, daß ihr geholfen wird. Wenn du ihn läßt, wird er am Ende nicht mehr wissen, ob er schon begonnen hat. Und weil er es nicht weiß, gibt er den Trägern das Zeichen. Und die Träger fragen nicht viel und holen deinen Sarg wieder herauf. Und sie nehmen den Kranz vom Deckel und geben ihn dem jungen Mann zurück, der mit gesenktem Kopf am Rand des Grabes steht. Der junge Mann nimmt seinen Kranz und streicht verloren alle Bänder glatt, er hebt für einen Augenblick die Stirne, und da wirft ihm der Regen ein paar Tränen über die Wangen. Dann bewegt sich der Zug die Mauern entlang wieder zurück. Die Kerzen in der kleinen häßlichen Kapelle werden noch einmal angezündet, und der Vikar sagt die Totengebete, damit du leben kannst. Er schüttelt dem jungen Mann heftig die Hand und wünscht ihm vor Verlegenheit viel Glück. Und ehe er sich verbessern kann, ist auch der junge Mann verschwunden. Was bleibt jetzt zu tun? Wenn einer einem Trauernden viel Glück gewünscht hat, bleibt ihm nichts übrig, als den Toten wieder heimzuschicken.

Gleich darauf fährt der Wagen mit deinem Sarg die lange Straße wieder hinauf. Links und rechts sind Häuser, und an allen Fenstern stehen gelbe Narzissen, wie sie ja auch in alle Kränze gewunden sind, dagegen ist nichts zu machen. Kinder pressen ihre Gesichter an die verschlossenen Scheiben, es regnet, aber eins davon wird trotzdem aus der Haustür laufen. Es hängt sich hinten an den Leichenwagen, wird abgeworfen und bleibt zurück. Das

Kind legt beide Hände über die Augen und schaut euch böse nach. Wo soll denn eins sich aufschwingen, solang es auf der Friedhofstraße wohnt?

Dein Wagen wartet auf der Kreuzung auf das grüne Licht. Es regnet schwächer. Die Tropfen tanzen auf dem Wagendach. Das Heu riecht aus der Ferne. Die Straßen sind frisch getauft, und der Himmel legt seine Hand auf alle Dächer. Dein Wagen fährt aus reiner Höflichkeit ein Stück neben der Trambahn her. Zwei kleine Buben am Straßenrand wetten um die Ehre. Aber der auf die Trambahn gesetzt hat, wird verlieren. Du hättest ihn warnen können, aber um dieser Ehre willen ist noch keiner aus dem Sarg gestiegen.

Sei geduldig. Es ist ja Frühsommer. Da reicht der Morgen noch lange in die Nacht hinein. Ihr kommt zurecht. Bevor es dunkel wird und alle Kinder von den Straßenrändern verschwunden sind, biegt auch der Wagen schon in den Spitalshof ein, ein Streifen Mond fällt zugleich in die Einfahrt. Gleich kommen die Männer und heben deinen Sarg vom Leichenwagen. Und der Leichenwagen fährt fröhlich nach Hause. Sie tragen deinen Sarg durch die zweite Einfahrt über den Hof in die Leichenhalle. Dort wartet der leere Sockel schwarz und schief erhöht, und sie setzen den Sarg darauf und öffnen ihn wieder, und einer von ihnen flucht, weil die Nägel zu fest eingeschlagen sind. Diese verdammte Gründlichkeit!

Gleich darauf kommt auch der junge Mann und bringt den Kranz zurück, es war schon hohe Zeit. Die Männer ordnen die Schleifen und legen ihn vorne hin, da kannst du ruhig sein, der Kranz liegt gut. Bis morgen sind die welken Blüten frisch und schließen sich zu Knospen. Die Nacht über bleibst du allein, das Kreuz zwischen den Händen, und auch den Tag über wirst du viel Ruhe haben. Du wirst es später lange nicht mehr fertig bringen, so still zu liegen.

Am nächsten Tag kommt der junge Mann wieder. Und weil der Regen ihm keine Tränen gibt, starrt er ins Leere und dreht die Mütze zwischen seinen Fingern. Erst bevor sie den Sarg wieder auf das Brett heben, schlägt er die Hände vor das Gesicht. Er weint. Du bleibst nicht länger in der Leichenhalle. Warum weint er? Der Sargdeckel liegt nur mehr lose, und es ist heller Morgen. Die Spatzen schreien fröhlich. Sie wissen nicht, daß es verboten ist, die Toten zu erwecken. Der junge Mann geht vor deinem Sarg her, als stünden Gläser zwischen seinen Schritten. Der Wind ist kühl und verspielt, ein unmündiges Kind.

Sie tragen dich ins Haus und die Stiegen hinauf. Du wirst aus dem Sarg gehoben. Dein Bett ist frisch gerichtet. Der junge Mann starrt durch das Fenster in den Hof hinunter, da paaren sich zwei Tauben und gurren laut, geekelt wendet er sich ab.

Und da haben sie dich schon in das Bett zurückgelegt. Und sie haben dir das Tuch wieder um den Mund gebunden, und das Tuch macht dich so fremd. Der Mann beginnt zu schreien und wirft sich über dich. Sie führen ihn sachte weg. »Bewahret Ruhe!« steht an den Wänden, die Krankenhäuser sind zur Zeit überfült, die Toten dürfen nicht zu früh erwachen.

Vom Hafen heulen die Schiffe. Zur Abfahrt oder zur Ankunft? Wer soll das wissen? Still! Bewahret Ruhe! Erweckt die Toten nicht, bevor es Zeit ist, die Toten haben einen leisen Schlaf. Doch die Schiffe heulen weiter. Und ein wenig später werden sie dir das Tuch vom Kopf nehmen müssen, ob sie es wollen oder nicht. Und sie werden dich waschen und deine Hemden wechseln, und einer von ihnen wird sich schnell über dein Herz beugen, schnell, solange du noch tot bist. Es ist nicht mehr viel Zeit, und daran sind die Schiffe schuld. Der Morgen wird schon dunkler. Sie öffnen deine Augen und die funkeln weiß. Sie sagen jetzt auch nichts mehr davon, daß du friedlich aussiehst, dem Himmel sei Dank dafür, es erstirbt ihnen im Mund. Warte noch! Gleich sind sie gegangen. Keiner will Zeuge sein, denn dafür wird man heute noch verbrannt.

Sie lassen dich allein. So allein lassen sie dich, daß du die Augen aufschlägst und den grünen Himmel siehst, so allein lassen sie dich, daß du zu atmen beginnst, schwer und röchelnd und tief, rasselnd wie eine Ankerkette, wenn sie sich löst. Du bäumst dich auf und schreist nach deiner Mutter. Wie grün der Himmel ist!

»Die Fieberträume lassen nach«, sagt eine Stimme hinter dir, »der Todeskampf beginnt!«

Ach die! Was wissen die?

Geh jetzt! Jetzt ist der Augenblick! Alle sind weggerufen. Geh, eh sie wiederkommen und eh ihr Flüstern wieder laut wird, geh die Stiegen hinunter, an dem Pförtner vorbei, durch den Morgen, der Nacht wird. Die Vögel schreien in der Finsternis, als hätten deine Schmerzen zu jubeln begonnen. Geh nach Hause! Und leg dich in dein eigenes Bett zurück, auch wenn es in den Fugen kracht und noch zerwühlt ist. Da wirst du schneller gesund! Da tobst du nur drei Tage lang gegen dich und du trinkst dich satt am grünen Himmel, da stößt du nur drei Tage lang die Suppe weg, die dir die Frau von oben bringt, am vierten nimmst du sie.

Und am siebenten, der Tag der Ruhe ist, am siebenten gehst du weg. Die Schmerzen jagen dich, den Weg wirst du ja finden. Erst links, dann rechts und wieder links, quer durch die Hafengassen, die so elend sind, daß sie nicht anders können, als zum Meer zu führen. Wenn nur der junge Mann in deiner Nähe wäre, aber der junge Mann ist nicht bei dir, im Sarg warst du viel schöner. Doch jetzt ist dein Gesicht verzerrt von Schmerzen, die Schmerzen haben zu jubeln aufgehört. Und jetzt steht der Schweiß wieder auf deiner Stirne, den ganzen Weg lang, nein, im Sarg, da warst du viel schöner!

Die Kinder spielen mit den Kugeln am Weg. Du läufst in sie hinein, du läufst, als liefest du mit dem Rücken nach vorn, und keines ist dein Kind. Wie soll denn auch eines davon dein Kind sein, wenn du zur Alten gehst, die bei der Kneipe wohnt? Das weiß der ganze Hafen, wovon die Alte ihren Schnaps bezahlt.

Sie steht schon an der Tür. Die Tür ist offen, und sie streckt dir ihre Hand entgegen, die ist schmutzig. Alles ist dort schmutzig. Am Kamin stehen die gelben Blumen, und das sind dieselben, die sie in Kränze winden, das sind schon wieder dieselben. Und die Alte ist viel zu freundlich. Und die Treppen knarren auch hier. Und die Schiffe heulen, wohin du immer gehst, die heulen überall. Und die Schmerzen schütteln dich, aber du darfst nicht schreien. Die Schiffe dürfen heulen, aber du darfst nicht schreien. Gib der Alten das Geld für den Schnaps! Wenn du ihr erst das Geld gegeben hast, hält sie dir deinen Mund mit beiden Händen zu. Die ist ganz nüchtern von dem vielen Schnaps, die Alte. Die träumt nicht von den Ungeborenen. Die unschuldigen Kinder wagen's nicht, sie bei den Heiligen zu verklagen, und die schuldigen wagen's auch nicht. Aber du – du wagst es!

»Mach mir mein Kind wieder lebendig!«

Das hat noch keine von der Alten verlangt. Aber du verlangst es. Der Spiegel gibt dir Kraft. Der blinde Spiegel mit den Fliegenflecken läßt dich verlangen, was noch keine verlangt hat.

»Mach es lebendig, sonst stoß ich deine gelben Blumen um, sonst kratz ich dir die Augen aus, sonst reiß ich deine Fenster auf und schrei über die Gasse, damit sie hören, was sie wissen, ich schrei––«

Und da erschrickt die Alte. Und in dem großen Schrecken, in dem blinden Spiegel erfüllt sie deine Bitte. Sie weiß nicht, was sie tut, doch in dem blinden Spiegel gelingt es ihr. Die Angst wird furchtbar, und die Schmerzen beginnen endlich wieder zu jubeln. Und eh du schreist, weißt du das Wiegenlied: Schlaf, Kindlein, schlaf! Und eh du schreist, stürzt dich der Spiegel die finsteren Treppen wieder hinab und läßt dich gehen, laufen läßt er dich. Lauf nicht zu schnell. Heb lieber deinen Blick vom Boden auf, sonst könnt' es sein, daß du da drunten an den Planken um den leeren Bauplatz in einen Mann hineinläufst, in einen jungen Mann, der seine Mütze dreht. Daran erkennst du ihn. Das ist derselbe, der zuletzt an deinem Sarg die Mütze gedreht hat, da ist er schon wieder! Da steht er, als wäre er nie weggewesen, da lehnt er an den Planken. Du fällst in seine Arme. Er hat schon wieder keine Tränen, gib ihm von deinen. Und nimm Abschied, eh du dich an seinem Arm hängst. Nimm von ihm Abschied! Du wirst es nicht vergessen; wenn er es auch vergißt: Am Anfang nimmt man Abschied. Ehe man miteinander weitergeht, muß man sich an den Planken um den leeren Bauplatz für immer trennen. Dann geht ihr weiter. Es gibt da einen Weg, der an den Kohlenlagern vorbei zur See führt. Ihr schweigt. Du wartest auf das erste Wort, du läßt es ihm, damit dir nicht das letzte bleibt. Was wird er sagen? Schnell, eh ihr an der See seid, die unvorsichtig macht! Was sagt er? Was ist das erste Wort? Kann es denn so schwer sein, daß es ihn stammeln läßt, daß es ihn zwingt, den Blick zu senken? Oder sind es die Kohlenberge, die über die Planken ragen und ihm Schatten unter die Augen werfen und ihn mit ihrer Schwärze blenden? Das erste Wort – jetzt hat er es gesagt: es ist der Name einer Gasse. So heißt die Gasse, in der die Alte wohnt. Kann denn das sein? Bevor er weiß, daß du das Kind erwartest, nennt er dir schon die Alte, bevor er sagt, daß er dich liebt, nennt er die Alte. Sei ruhig! Er weiß nicht, daß du bei der Alten schon gewesen bist, er kann es auch nicht wissen, er weiß nichts von dem Spiegel. Aber kaum hat er's gesagt, hat er es auch vergessen. Im Spiegel sagt man alles, daß es vergessen sei. Und kaum hast du gesagt, daß du das Kind erwartest, hast du es auch verschwiegen. Der Spiegel spiegelt alles.

Die Kohlenberge weichen hinter euch zurück, da seid ihr an der See und seht die weißen Boote wie Fragen an der Grenze eures Blicks, seid still, die See nimmt euch die Antwort aus dem Mund, die See verschlingt, was ihr noch sagen wolltet.

Von da ab geht ihr viele Male den Strand hinauf, als ob ihr ihn hinabgingt, nach Hause, als ob ihr wegliert, und weg, als gingt ihr heim.

Was flüstern die in ihren hellen Hauben? »Das ist der Todeskampf!« Die laßt nur reden.

So, eines Tages wird der Himmel blaß genug sein, so blaß, daß seine Blässe glänzen wird. Gibt es denn einen anderen Glanz als den der letzten Blässe?

An diesem Tag spiegelt der blinde Spiegel das verdammte Haus. Verdammt nennen die Leute ein Haus, das abgerissen wird, verdammt nennen sie das, sie wissen es nicht besser. Es soll euch nicht erschrecken. Der Himmel ist jetzt blaß genug. Und wie der Himmel in der Blässe erwartet auch das Haus am Ende der Verdammung die Seligkeit. Vom vielen Lachen kommen leicht die Tränen. Du hast genug geweint. Nimm deinen Kranz zurück. Jetzt wirst du auch die Zöpfe bald wieder lösen dürfen. Alles ist im Spiegel. Und hinter allem, was ihr tut, liegt grün die See. Wenn ihr das Haus verlaßt, liegt sie vor euch. Wenn ihr durch die eingesunkenen Fenster wieder aussteigt, habt ihr vergessen.

Im Spiegel tut man alles, daß es vergeben sei.

Von da ab drängt er dich, mit ihm hineinzugehen. Aber in dem Eifer entfernt ihr euch davon und biegt vom Strand ab. Ihr wendet euch nicht um. Und das verdammte Haus bleibt hinter euch zurück. Ihr geht den Fluß hinauf, und euer eigenes Fieber fließt euch entgegen, es fließt an euch vorbei. Gleich läßt sein Drängen nach. Und in demselben Augenblick bist du nicht mehr bereit, ihr werdet scheuer. Das ist die Ebbe, die die See von allen Küsten wegzieht. Sogar die Flüsse sinken zur Zeit der Ebbe. Und drüben auf der anderen Seite lösen die Wipfel endlich die Krone ab. Weiße Schindeldächer schlafen darunter.

Gib acht, jetzt beginnt er bald von der Zukunft zu reden, von den vielen Kindern und vom langen Leben, und seine Wangen brennen vor Eifer. Sie zünden auch die deinen an. Ihr werdet streiten, ob ihr Söhne oder Töchter wollt, und du willst lieber Söhne. Und er wollte sein Dach lieber mit Ziegeln decken, und du willst lieber – – – aber da seid ihr den Fluß schon viel zu weit hinauf gegangen. Der Schrecken packt euch. Die Schindeldächer auf der anderen Seite sind verschwunden, da drüben sind nur mehr Auen und feuchte Wiesen. Und hier? Gebt auf den Weg acht. Es dämmert – so nüchtern, wie es nur am Morgen dämmert. Die Zukunft ist vorbei. Die Zukunft ist ein Weg am Fluß, der in die Augen mündet. Geht zurück!

Was soll jetzt werden?

Drei Tage später wagt er nicht mehr, den Arm um deine Schultern zu legen. Wieder drei Tage später fragt er dich, wie du heißt, und du fragst ihn. Nun wißt ihr voneinander nicht einmal mehr den Namen. Und ihr fragt auch nicht mehr. Es ist schöner so. Seid ihr nicht zum Geheimnis geworden?

Jetzt geht ihr endlich wieder schweigend nebeneinander her. Wenn er dich jetzt noch etwas fragt, so fragt er, ob es regnen wird. Wer kann das wissen? Ihr werdet immer fremder. Von der Zukunft habt ihr schon lange zu reden aufgehört. Ihr seht euch nur mehr selten, aber noch immer seid ihr einander nicht fremd genug. Wartet, seid geduldig. Eines Tages wird es so weit sein. Eines Tages ist er dir so fremd, daß du ihn auf einer finsteren Gasse vor einem offenen Tor zu lieben beginnst. Alles will seine Zeit. Jetzt ist sie da.

»Es dauert nicht mehr lang«, sagen die hinter dir, »es geht zu Ende!«

Was wissen die? Beginnt nicht jetzt erst alles?

Ein Tag wird kommen, da siehst du ihn zum erstenmal. Und er sieht dich. Zum erstenmal, das heißt: Nie wieder. Aber erschreckt nicht! Ihr müßt nicht voneinander Abschied nehmen, das habt ihr längst getan. Wie gut es ist, daß ihr es schon getan habt!

Es wird ein Herbsttag sein, voller Erwartung darauf, daß alle Früchte wieder Blüten werden, wie er schon ist, der Herbst, mit diesem hellen Rauch und mit den Schatten, die wie Splitter zwischen den Schritten liegen, daß du die Füße daran zerschneiden könntest, daß du darüberfällst, wenn du um Äpfel auf den Markt geschickt bist, du fällst vor Hoffnung und vor Fröhlichkeit. Ein junger Mann kommt dir zu Hilfe. Er hat die Jacke nur lose umgeworfen und lächelt und dreht die Mütze und weiß kein Wort zu sagen. Aber ihr seid sehr fröhlich in diesem letzten Licht. Du dankst ihm und wirfst ein wenig den Kopf zurück, und da lösen sich die aufgesteckten Zöpfe und fallen herab. »Ach«, sagt er, »gehst du nicht noch zur Schule?« Er dreht sich um und geht und pfeift ein Lied. So trennt ihr euch, ohne einander nur noch einmal anzuschauen, ganz ohne Schmerz und ohne es zu wissen, daß ihr euch trennt. Jetzt darfst du wieder mit deinen kleinen Brüdern spielen, und du darfst mit ihnen den Fluß entlanggehen, den Weg am Fluß unter den Erlen, und drüben sind die weißen Schindeldächer wie immer zwischen den Wipfeln. Was bringt die Zukunft? Keine Söhne. Brüder hat sie dir gebracht, Zöpfe, um sie tanzen zu lassen, Bälle, um zu fliegen. Sei ihr nicht böse, es ist das Beste, was sie hat. Die Schule kann beginnen.

Noch bist du wenig groß, noch mußt du auf dem Schulweg während der großen Pause in Reihen gehen und flüstern und erröten und durch die Finger lachen. Aber warte noch ein Jahr, und du darfst wieder über die Schnüre springen und nach den Zweigen haschen, die über die Mauern hängen. Die fremden Sprachen hast du schon gelernt, doch so leicht bleibt es nicht. Deine eigene Sprache ist viel schwerer. Noch schwerer wird es sein, lesen und schreiben zu lernen, doch am schwersten ist es, alles zu vergessen. Und wenn du bei der ersten Prüfung alles wissen mußtest, so darfst du doch am Ende nichts mehr wissen. Wirst du das bestehen? Wirst du still genug sein? Wenn du genug Furcht hast, um den Mund nicht aufzutun, wird alles gut.

Du hängst den blauen Hut, den alle Schulkinder tragen, wieder auf den Nagel und verläßt die Schule. Es ist wieder Herbst. Die Blüten sind lange schon zu Knospen geworden, die Knospen zu nichts und nichts wieder zu Früchten. Überall gehen kleine Kinder nach Hause, die ihre Prüfung bestanden haben, wie du. Ihr alle wißt nichts mehr. Du gehst nach Hause, dein Vater erwartet dich, und die kleinen Brüder schreien so laut sie können und zerren an deinem Haar. Du bringst sie zur Ruhe und tröstest deinen Vater.

Bald kommt der Sommer mit den langen Tagen. Bald stirbt deine Mutter. Du und dein Vater, ihr beide holt sie vom Friedhof ab. Drei Tage liegt sie noch zwischen den knisternden Kerzen, wie damals du. Blast alle Kerzen aus, eh sie erwacht. Aber sie riecht das Wachs und hebt sich auf die Arme und klagt leise über die Verschwendung. Dann steht sie auf und wechselt ihre Kleider.

Es ist gut, daß deine Mutter gestorben ist, denn länger hättest du es mit den kleinen Brüdern allein nicht machen können. Doch jetzt ist sie da. Jetzt besorgt sie alles und lehrt dich auch das Spielen noch viel besser, man kann es nie genug gut können. Es ist keine leichte Kunst. Aber das schwerste ist es noch immer nicht.

Das schwerste bleibt es doch, das Sprechen zu vergessen und das Gehen zu verlernen, hilflos zu stammeln und auf dem Boden zu

kriechen, um zuletzt in Windeln gewickelt zu werden. Das schwerste bleibt es, alle Zärtlichkeiten zu ertragen und nur mehr zu
schauen. Sei geduldig! Bald ist alles gut. Gott weiß den Tag, an dem
du schwach genug bist.

Es ist der Tag deiner Geburt. Du kommst zur Welt und schlägst
die Augen auf und schließt sie wieder vor dem starken Licht. Das
Licht wärmt dir die Glieder, du regst dich in der Sonne, du bist da,
du lebst. Dein Vater beugt sich über dich.

»Es ist zu Ende –« sagen die hinter dir, »sie ist tot!«

Still! Laß sie reden!

(1952)

Hafen der Venus

Er starrte auf die abendlich spiegelnde Scheibe hinter Therese: der Ort bestand hauptsächlich aus den paar grell gestrichenen Hotelterrassen, die vom Schirokko mit Sand angeweht wurden. Dahinter verloren sich die Reste des Feuerrings, mit dem die Sonne ihren Abschied genommen hatte, an die grauviolette Nacht, indes oben die reglose Bläue mit den Sternen wartete.

Er zögerte noch immer –

Wieder tat Therese zu angelegentlich, als bemerke sie nichts von seinem Wunsch, die Abreise vorzuschlagen, wieder war es unmöglich, von dem kleinen mageren Mann mit dem Etruskerbart zu reden, vielleicht deshalb, weil er mit Frau und Kind gerade eintrat (Thereses Miene war in dem Punkt nicht mißzuverstehen, ihre Selbstbeherrschung versagte hier völlig). Wenn sie sofort auf ihren Tisch zusteuerten, mußten sie gleich vorbeikommen.

Er voran, das behaarte Kinn waagrecht von sich gestreckt, die Lider ein wenig deckend über den unbestimmt-lichten Augen, wodurch der sonderbare Ausdruck des Unzugänglichen, Befehlerischen, die Mischung aus Trance und Gewalttätigkeit zustande kam. Hinter ihm der Bub, höchstens siebenjährig, den Oberarm in ein Tuch eingebunden, die Folge der Boxübung, die der Vater vormittags am Strand mit ihm veranstaltet hatte (ihr Platz lag zwei Schirme von Thereses Segelmatte; die ostentativ brutalen Schläge des Papas waren nicht zu übersehen gewesen). Zuletzt die Mama, kaum jünger als der ungefähr Dreißigjährige, allzu weiblich, auffallend heller Teint und sehr dunkle Augen, nußbraunes Haar mit goldgelben, jetzt unterm Luster besonders effektvollen Obertönen (ausgezeichnete Kosmetik, wenn es Kosmetik war), schmaler abstehender Busen –. Aber das Entscheidende war ihr Gesicht, dem sich alles, der ganze Körper unterordnete: eine duldende Passivität, ein Hinnehmen weitab von jedem Gedanken an Auflehnung, das sich in gewissen Situationen – bei seinem kurzen deutenden Blick, der heftigen, Widerspruch ausschließenden Art mit dem Bart in die gewollte Richtung zu weisen, oder wenn er von ihr eine

228

Handreichung verlangte, nach etwas fragte – zu leidensvoller Hilflosigkeit steigerte.

Mit Therese wiederholt durchgesprochen, bis in die Einzelheiten empört belacht und abgetan, einig in der Vermutung, daß der Frau nicht zu helfen sei – aber warum, *warum* brachte Therese es fertig, jetzt lächelnd, gleichsam zur Rechtfertigung der andern zu sagen: »Ah – leben wir nicht viel zu sehr in der Vernunft und Rücksicht, in den Konventionen? Sogar unsere wichtigsten Bedürfnisse rechtfertigen wir aus...« spöttisch, beinahe feindselig vorgebracht, »also aus den Gründen der Hygiene!«

Als trenne sie von ihm eine neue Einsicht, ein bestimmtes Erlebnis, jedenfalls etwas, worüber sich auseinanderzusetzen zwecklos war.

»Ja«, entgegnete er und wunderte sich über seine gallig verdeckte Stimme, »du gibst dir Mühe, daß es wenigstens so aussieht.«

»Mühe –?« Sie vollendete viel zu heiter, als daß er ihr hätte glauben können, »wir sterben ja direkt an unserer Humanität, an dieser letzten gemeinsamen Phase.«

Ein bisher nicht wahrgehabtes Bild: er stand irgendwo auf einem Stück fester Erde, während Therese von ihm forttrieb – die unbestimmte Vorstellung ausholender verschlingender Wogen, die sie, ohne daß sie auch nur eine Bewegung der Gegenwehr versuchte, begruben.

Aber das war Phantasie, vielleicht ein Wunsch. Deshalb sagte er:

»Na, jedenfalls merkt der dort drüben nicht, daß er nur ein bißchen den Barbaren spielt. Wenn wenigstens die Frau –«

»Oh«, unterbrach sie ihn gereizt, mit diesem krampfhaft-spöttisch durchschauenden Blick, »eine Frau, die nicht bereit ist, das weltanschauliche Vollbad, das ihr der Mann in der Ehe anrichtet, dauernd zu benutzen... die soll man eben nicht heiraten. Das gilt nicht nur für deinen Fall, mein Lieber.«

»Nun, da das Unglück geschehen ist ––«

Er brach ab, verärgert über die Banalität, die er da im Begriffe war, von sich zu geben. Schließlich ist es unsere Hochzeitsreise, dachte er. Sie lächelte wie in einem Gedankengang, den sie ihm nicht erst verbergen mußte, weil er ihm ohnedies fremd war.

»Langeweile und Neugierde –«, sagte sie mit einer wegwerfenden Geste, »oh, ich weiß! Aber manchmal, manchmal...«

Nun lachte sie ungeniert und wandte sich dabei zu dem Etruskerbart hinüber, der ihren Blick verächtlich-wütend aufnahm, wohl in der Absicht sie zu bewegen, daß sie still wurde.

Doch sie hielt ihm stand, ihr Lachen klang von neuem auf, sogar seine Frau wagte herüberzusehen. Mit einemmal waren vierzehn Tage des gegenseitigen Belauerns vor aller Öffentlichkeit in ein, zwei Minuten zusammengedrängt, eine Enthüllung sichtbar gemacht. Irritiert, fast beschämt hatte Alfred seine großen blassen Hände aneinandergelegt, daß die Fingerspitzen in ununterbrochen zitternder Bewegung waren, durchscheinende Hände mit viereckigen flachen Nägeln (während ihr plötzlich einfiel, daß der Altersunterschied zwischen ihnen achtzehn Jahre betrug). Was für auffallend kleine harte Hände der drüben hatte. Und wie er die Frau jetzt beim Tanz anfaßte. Sie hatte wieder dieses Gesicht als würge er sie. Was *ihm* nicht gelang, die Frau brachte es zustande: Therese mußte wegsehen; die andere machte tatsächlich den Eindruck, als könnte sie vor ihm hinsinken.

Die Rücksichtslosigkeit, dieses Beiseiteschieben und Liegenlassen – vernichtend, genau wie damals als sie ihn zum erstenmal... Und am beklemmendsten: als könne es sich noch und nochmals nur wiederholen. Der Himmel war wie eine riesige Milchglaswand gewesen, beklebt mit albern großen eckigen Sternen, und die grünen Kübel mit den Palmen, grotesken Kunstpflanzen, versanken in dem angewehten fahlgelben Sand.

Auch die Bank, auf die sie zuschritt, war halb im Sand versunken. Sie schritt auf die Bank zu im gleichen Augenblick als sie ihn erblickte, schon das war ein Beweis, daß er ihr nicht zum erstenmal auffiel, wie sie sich einredete. Undeutlich im dicken schleiernden Mondlicht gab es seinen bärtigen Kopf noch einige Male. Erinnerungen, Vorboten zu dem, was vor ihr stand mit dunklen Augenhöhlen und blauen vorgewölbten Lippen, überströmt aus den gelbbläulichen Lichtröhren. Diese Serie im Hintergrund, immer sein Kopf, hieß wohl, daß sie nicht erst jetzt ihre Gedanken an ihn hing. Er stand da – nicht zu sagen, woher er kam oder wohin er ging – trug eine weiße Uniformjacke mit allerlei Bändchen und... Sah er sie wirklich an, bemerkte er sie? Jedenfalls war sein Gesicht, wie geformt aus starrem Plastikstoff, ihr zugewendet.

Sie hatte nur zwei, drei Schritte bis zur Bank hin und den niederen Abendschuh abzustreifen (ohne die Hand zu Hilfe zu nehmen) war keine Sache; als verliere sie ihn tatsächlich. Sie saß bereits, die

Szene war primitiv, vielleicht zu simpel, aber nur diese Art bringt den Erfolg. Es gab nichts anderes für ihn, als den Schuh aufzuheben. Hier war der Faden anzuspinnen, sogar eine leichte intime Variante wäre noch unauffällig. Er sah auf den Schuh, und nun war es ihr klar, daß er auch sie ansah, trotzdem sein Gesicht – aber das machte das Licht, diese blauen Röhren waren an allem schuld – völlig unbeweglich, geradezu ohne Ausdruck blieb. Sie blickte zu ihm auf, die Lippen schon in der Vorform liebenswürdiger Entgegnung. Plötzlich stieß er den Schuh mit einem ausholenden Tritt von sich, er flog hinter die Bank, hinter einen der grünen Palmenkübel, die dort so dicht standen, daß sie unmöglich hindurchkonnte. Dann drehte er sich um. Es brauchte eine Weile bis sie begriff; sie saß lange, ohne sich zu rühren. Schließlich winkte sie einem vorbeikommenden Kellner, der sein Erstaunen über den ungewöhnlichen Platz des Schuhes nicht verbarg.

Ihr Lachen jetzt brach nicht ab, mochte Alfred davon halten, was er wollte. Was lag daran, wie sie sich wieder in die Gewalt bekam! Die Direktheit ihres Blickes war nicht zu überbieten.

»Geh hinüber, bitte ihn um den Tanz mit ihr, fordere sie auf!«
»Wenn er zuerst kommt –«
»Sieh ihn dir doch an, Himmel, sieh ihn dir an, seinetwegen willst du abreisen?«

Ihre Kraft der Übertragung, ihr ungehemmtes Drängen? Fred erhob sich, machte drüben seine Verbeugung. Überrascht, zögernd legte sie sich Fred in die Arme – etwas leidend über sie Verhängtes, wie in einem Akt des Gehorsams, aber sie legte sich in seine Arme, anders ließ sich der Vorgang nicht bezeichnen. Therese klammerte sich an die Tischplatte, preisgegeben, allein gelassen wie nie.

Warum wartet *er* bis Fred ihm die Frau zurückbrachte? Und als er sie zurückgebracht hatte, wartete nun sie. Fred sagte:
»Gib dir keine Mühe, die mögen uns ja gar nicht.«

Benommen von seinem Mißgeschick; er hatte alles falsch gemacht. Hätte er sie doch gewalttätig an sich gedrückt, sie herumgewirbelt. Statt dessen mit ihr – – über das »Ausgelöschtsein im andern« zu reden! Sie hatte erstaunt geschwiegen, aus ihren Zügen sah er, sie erfaßte es, wand sich immer wieder ein Stückchen aus seinen Armen, schon erweckte es den Eindruck als hielte er sie von sich, während ihn ihre Blicke in der Abwehr und zuletzt in etwas wie Haß oder Verachtung von sich stießen. Plötzlich:

»Führen Sie mich zurück!«

Die Nachahmung *seines* Tones; sogar die Bewegung des Kinns war von ihm. Und da saß Therese, ließ sich das Glas füllen und hatte im Auge diesen Funken Ironie, ihre Sicherheit und Erfahrung. Vielleicht war das zuviel, vielleicht sah er mehr in sie hinein, als... als trüge sie darunter schon den Entschluß, ihn aufzugeben. Keine Falte, auch nicht ein Zug im Gesicht mit dem Etruskerbart hatte sich verschoben, vielleicht verglomm eine gewisse Gereiztheit in seinem Blick – das einzige, von dem Alfred annehmen durfte, daß es Therese veranlaßte, aufzustehen. Sie warf die Serviette auf den Tisch. Auf ihr Bett sinken, dem Schluchzen, das ihr in der Kehle saß, freien Lauf lassen.

Als sie zur Glastür des Korridors kam, an dem ihr Zimmer lag, hielt sie noch einmal inne. Es durchfuhr sie wie flüssige Glut – nicht zu denken, nicht für möglich zu halten: *er* war tatsächlich hinter ihr her. Sie hatte gerade noch Zeit, die Tür zuzuwerfen, den Schlüssel umzudrehen. Dann standen sie einander gegenüber, die trennende Scheibe zwischen sich. Kam er deshalb so nahe heran, weil sie sich unwillkürlich an die Scheibe preßte? Sie lächelte auffordernd und höhnisch zugleich, höhnischer als sie wußte. Ah – sie mußte die Augen schließen... würde er die Scheibe zerschlagen, den Schlüssel umdrehen? Er hätte sich eine Chance geschaffen, die sie ihm nie vergessen hätte.

Aber als sie die Augen öffnete... War er wirklich verschwunden, wie vom Erdboden verschluckt? Etwas Unnennbares drückte ihr die Brust zusammen, stieg krampfig, unter schmerzhaften Stichen, schmachvoll demütigend, nie zu verwinden in ihr empor. Sie stieß die geöffneten Lippen gegen die Scheibe, hinter der nichts mehr war, sie sog sich daran fest als könne ihn das zurückbringen, sie hatte eine Bewegung als öffnete sie ihr Kleid, während sie sich mit dem ganzen Körper an die Scheibe drängte. Sie breitete die Arme aus... War die Glastür nicht herrlich, hinter der sie endlich ihre deutlichste Sprache fand! Und sie, Therese selbst, würde diese Tür zertrümmern – Er hielt sie schon eine Weile am Arm gepackt, als es ihr schließlich zu Bewußtsein kam. In aller Eile war er von der andern Seite herbeigelaufen, nun riß er sie zurück, mit sich fort. Es zeigte sich, daß er ihre Tür genau kannte; er zerrte sie hinein (vielleicht glitten im Hintergrund ein paar Gestalten, Kellner, Hotelgäste vorüber, es war gleichgültig), sperrte sorgfältig ab.

Und da – völlig wider Erwarten die Sekunde, in der sich alles grausam zusammenzog, als würde ihre Feindschaft jetzt durchbrechen. Sein Blick, die Haltung, seine vorgestreckten Hände? Oder machte es der Gedanke an seine Frau... als zwänge sie sich in ihre Form, als schlüpfe sie unter ihre Haut, vollziehe mit fast angenehmer Nötigung seine Befehle, gehorche – ah, endlich ganz die andere geworden – seinen kurzen rücksichtslosen Gesten. Als wäre es nicht der Schock, das Unvorhergesehene, sondern das im tiefsten Erwartete, so daß es einfach nichts mehr abzuwehren gab; mit einemmal wußte sie sogar seinen Namen – Mario...

War das wirklich sie, zu der sie zurückfand? (Schreckhaft, als käme sie aus dem Fremdesten oder Vertrautesten, das sich ausdenken ließ.) Sie fühlte ihre Feindschaft wie eine verzweifelte Möglichkeit, sich abzugrenzen. Überbot sie ihn nun an Kühle, an der schweigenden Vernichtung? Sie zitterte, ob er wiederkäme. Was sie ihm heute gezeigt hatte, war nichts, beinahe nichts. Aber das nächste Mal würde es ihr gelingen, und sie würde ihn überschütten mit ihrer Gleichgültigkeit und Verachtung.

Aufs peinlichste zurechtgemacht, nahm sie wiederum Fred gegenüber Platz. Er sah ihren zuckenden Mund, fühlte das Überbesorgte an ihr, die Maske, fast eine Barrikade.

»Reisen wir oder bleiben wir?« fragte er sie, als die Pause kein Ende nahm.

Sie lachte viel zu unfrei, wie in der Qual des Entschlusses, aber doch schon ein wenig im nachher; und während sie seinen Blick noch vermied, schien es ihr wirklich, sie habe eine Richtung geändert, ein unangenehmes Erlebnis bis auf den Rest seiner Täuschung ausgelotet.

»Welchen Grund hätten wir abzureisen!«

Sie hatte es sich nicht vorstellen können, daß sie ihm jetzt entgegentrete, es war ausgeschlossen, sie würde bestimmt unsinken. Statt dessen sagte sie wie in einer plötzlichen, sie selber überraschenden Eröffnung:

»Du weißt doch, wie nötig ich dich habe.«

Und weil er die Wahrheit ihrer Worte fühlte oder weil sein Einverständnis und beider Vertrautheit es verlangte, strich er ihr leise und rasch über die Schulter.

(1959)

FRIEDRICH TORBERG

Traktat über das Wiener Kaffeehaus

Wien ist die Stadt der funktionierenden Legenden. Böswillige behaupten, daß die Legenden überhaupt das einzige seien, was in Wien funktioniert, aber das geht entschieden zu weit. Wer sich an das depravierte, schlaff dahinvegetierende Wien der Zwischenkriegszeit erinnert oder an das von Bomben- und Besetzungsschäden durchfurchte Wien nach 1945, wird auf den ersten Blick feststellen können, zu welchem Vorteil es sich verändert hat und wie neuartig, wie real, wie legendenfern und legendenfremd diese Veränderungen sind. Ob es sich nun um die Bewältigung großstädtischer Verkehrsprobleme handelt, um die weiträumigen Untergrundpassagen an den überlasteten Straßenkreuzungen, um Rolltreppen und Wohnbauten, um Stadion und Höhenstraße, um die moderne Ausgestaltung der öffentlichen Gartenanlagen – ach, es ist viel geleistet worden, und auf den Plakaten einer Wanderausstellung über das heutige Wien, die vor kurzem durch etliche Städte der Bundesrepublik zog, prangte in großen Lettern der Slogan »Wien – die Stadt der Arbeit«, ohne daß ringsumher das schallendste Gelächter ausgebrochen wäre.

Indessen sind Siedlungshäuser und soziales Grün und neuzeitliche Verkehrsregelungen, wie verdienstlich sie auch sein mögen, keineswegs typisch für Wien. Das gibt's auch anderswo, und häufig gibt es anderswo nichts als das. Typisch für Wien, und nur für Wien, ist nach wie vor, daß die Legenden funktionieren. Und das werden sie tun, solange es Wirklichkeiten gibt, die sich nach ihnen richten. In Wien nämlich verhält sich's nicht so, daß die Realität eines Tatbestands allmählich verblaßt und legendär wird. In Wien entwickelt sich die Legende zur Wirklichkeit. Als die Wiener einander beim Heurigen lang genug vorgesungen hatten, wie gemütlich sie seien, konnten sie sich nicht mehr Lügen strafen und wurden gemütlich. Als Arthur Schnitzler in seinen Theaterstücken den Typ des »süßen Mädels« schuf, entstand das süße Mädel. Auch daß Wien je nachdem die Stadt der Lieder, eine sterbende Märchenstadt oder stets die Stadt meiner Träume sein soll, wurde erst durch die entsprechenden Texte stipuliert, und die Befürchtung drängt sich auf, daß im Prater die Bäume nicht blühen könnten, wenn sie vorher nicht die gesungene Bewilligung erteilt bekommen hätten. (Bei genauerem Zusehen wird man allerdings von einer schönen Konzessionsbereitschaft des Textdichters beruhigt: »Im Prater blühn *wieder* die Bäume«, sagt er ganz ausdrücklich und überläßt damit der Natur doch ein gewisses Prioritätsrecht.)

Wie immer dem sei: von den Lipizzanern der Spanischen Hofreitschule bis zu Burg und Oper, vom Restaurant Sacher bis zur Konditorei Demel ist es die Wirklichkeit, die der Legende nachkommt, ja geradezu nacheifert, sind es die funktionierenden Legenden, die das Charakterbild Wiens entscheidend mitbestimmen.

Die weitaus komplizierteste dieser Legenden ist das Wiener Kaffeehaus.

Versuchen wir, uns der Komplikation auf geradem Wege zu nähern. Bilden wir einen reinen, einfachen Aussagesatz:

»Ein Gast sitzt im Kaffeehaus und trinkt Kaffee.«

Man sollte meinen, daß dieser Satz an Klarheit nichts zu wünschen überläßt. In Wahrheit läßt er alles zu wünschen übrig. Er sagt zwar etwas aus, aber er besagt nichts. Kein einziger Begriff, mit denen er operiert, ist eindeutig. Vielmehr stellt sich sofort eine Reihe weiterer Fragen, von denen wir hier nur die drei wichtigsten anführen wollen:

1. Wer ist der Gast?
2. In welcher Art von Kaffeehaus sitzt er?
3. Was ist es für ein Kaffee, den er trinkt?

Die letzte Frage läßt sich am leichtesten – und für den Laien am leichtesten verständlich – beantworten. Auch dem Laien wird es einleuchten, daß man etwa in London nicht zur Cunard Line gehen und auf die Frage, was man wünscht, nicht einfach antworten kann: »Ein Schiff.« Ebensowenig kann man in ein Wiener Kaffeehaus gehen und einfach »einen Kaffee« bestellen. Man muß sich da schon etwas genauer ausdrücken. Denn die Anzahl der Gattungen, Zubereitungen, Farben und Quantitäten, unter denen es zu wählen gibt, hat keine Grenzen oder hat sie erst in nebelhafter Ferne, und wer da nicht irregehen will, wird gut tun, sich wenigstens ein paar Grundbegriffe einzuprägen. Sonst könnte er versucht sein, die Bestellung »Nußbraun«, die der Kellner soeben in lässiger Verkürzung an die Küche weitergegeben hat, lediglich für die Farbangabe des bestellten Kaffees zu halten, indessen sie sich doch in erster Linie auf das Größenmaß der Schale bezieht, in der er serviert wird; sie würde vollständig nicht etwa »eine Schale nußbraun«, sondern »eine Nußschale braun« zu lauten haben. »Nußschale« bezeichnet in sinnvoll-poetischer Chiffre das kleinste der drei gebräuchlichen Größenmaße. Das mittlere heißt »Piccolo« und darf nicht mit dem gleichnamigen Zuträgerlehrling verwechselt werden, der in der Kellnerhierarchie den untersten Rang innehat und sozusagen die Nußschale unter den Kellnern ist. Als oberstes Größenmaß gilt die »Teeschale«, die, wenn sie tatsächlich Tee enthält, nicht »Teeschale« heißt, sondern »eine Schale Tee« (unter »Tasse« versteht man in Wien die Untertasse).

Was die Zubereitungsarten betrifft, so muß man heute den »normalen« Kaffee oft schon eigens verlangen, sonst bekommt man automatisch einen nach der Espresso-Methode hergestellten. In vielen Lokalen gibt es gar keinen andern mehr, zumal in den kleineren, die sich zwei verschiedene Maschinen nicht leisten können und die rentablere Espresso-Maschine vorziehen. Der Espresso kann »kurz« oder »gestreckt« zubereitet werden, je nach der Menge des verwendeten Wassers. Als »Kurzer« verdrängt er allmählich den einst seiner Stärke wegen geschätzten »Türkischen«, der in der Kupferkanne gekocht und serviert wird. Der in Frankreich beheimatete »Café filtre« hat sich in Österreich niemals durchgesetzt. Und daß in den als »Espresso« bezeichneten Lokalen kein »normal« gekochter Kaffee ausgeschenkt wird, versteht sich von selbst.

Es war aber dieser »normale«, auf »Wiener« oder »Karlsbader« Art zubereitete Kaffee, der den Ruhm des Wiener Kaffeehauses begründet hat und die Vielfalt der möglichen Bestellungen bis heute gewährleistet, dem wir die »Melange« verdanken und den »Kapuziner«, den »Braunen« und die »Schale Gold« – Bezeichnungen, deren manche bereits offenbaren, in welchem Verhältnis Kaffee und Milch gemischt sind: bei der »Melange« zu ungefähr gleichen Teilen, bei der »Schale Gold« mit einem deutlichen Übergewicht der Milch, dem »Braunen« mit einem ebenso deutlichen Übergewicht des Kaffees, beim »Kapuziner« mit einem noch deutlicheren. Die Kenntnis dieser Kombinationen ist für eine halbwegs fachmännische Bestellung unbedingt erforderlich. Hinzu kommen der keiner

Erklärung bedürftige »Schwarze« oder »Mokka«, der »Einspänner« (ein Schwarzer im Glas mit sehr viel Schlagobers), der »Mazagran« (ein durch Eiswürfel gekühlter, mit Rum versetzter Mokka) und eine schier unübersehbare Menge von Variationen der oben angeführten Grundfarben, je nach Neigung und Sekkatur des Gastes, und gewöhnlich durch ein an die Bestellung angehängtes »mehr licht« oder »mehr dunkel« angedeutet. Ein Perfektionist unter den einstigen Kellnern des Café Herrenhof trug ständig eine Lackierer-Farbskala mit zwanzig numerierten Schattierungen von Braun bei sich und hatte den erfolgreichen Ehrgeiz, seinen Stammgästen den Kaffee genau in der gewünschten Farbtönung zu servieren. Bestellungen und Beschwerden erfolgten dann nur noch unter Angabe der Nummer: »Bitte einen Vierzehner mit Schlag!« oder »Hermann, was soll das? Ich habe einen Achter bestellt, und Sie bringen mir einen Zwölfer!« Aber das waren Mätzchen, die über ihren engern Ursprungsbezirk nicht hinauskamen und keine Allgemeingültigkeit beanspruchten, so wenig wie der »Sperbertürke«, ein doppelt starker, mit Würfelzucker aufgekochter »Türkischer«, den der Wiener Rechtsanwalt Hugo Sperber im Café Herrenhof, vor anstrengenden Verhandlungen einzunehmen liebte; oder der »überstürzte Neumann«, die Erfindung eines andern, Neumann geheißenen Stammgastes, die darin bestand, daß das Schlagobers nicht auf den bereits fertigen Kaffee, sondern auf den Boden der noch leeren Schale gelagert und sodann mit heißem Kaffee »überstürzt« wurde.

Die Kenntnis all dieser Nuancen und Finessen darf jedoch vom durchschnittlichen Kaffeehausbesucher schon deshalb nicht verlangt werden, weil auch der durchschnittliche Kaffeehauskellner heute nur über äußerst mangelhafte Kenntnisse verfügt und selbst im Allgemeingültigen nicht immer Bescheid weiß. Wie es denn überhaupt Zeit zu der Feststellung ist, daß vieles vom bisher Gesagten sich auf unwiederbringlich Vergangenes bezieht und daß im Wiener Kaffeehausleben sehr erhebliche, ja fundamentale Veränderungen vor sich gegangen sind.

Damit haben wir die verschiedenen Arten von Kaffee, die ein Gast in einem Wiener Kaffeehaus trinken kann (oder konnte), hinter uns gelassen und kommen zu unserer zweiten Frage, zur Frage nach den verschiedenen Arten von Kaffeehaus, die es gibt – und die es nicht mehr gibt. Weil aber zwischen Kaffeehaustypen und

Gästetypen ein unlöslicher Kausalnexus besteht, weil sie einander formen und bedingen, wird in diesem Zusammenhang auch die Frage nach dem Gast zu beantworten sein, der im Wiener Kaffeehaus sitzt – und nicht mehr sitzt.

Es wäre ein aussichtsloses Unterfangen, das vielschichtige Phänomen »Kaffeehaus« auf einen Nenner bringen zu wollen. Seine Typen liegen zu weit auseinander. Jenes »kleine Café in Hernals«, von dem ein populäres Lied der Dreißigerjahre zu singen und zu sagen wußte, daß dort »ein Grammophon mit leisem Ton an English Valse« spielt, hat so gut wie nichts mit dem als »Literatencafé« bekannten Typ gemeinsam; das gleißnerisch verchromte, meist an ein vornehmes Hotel angeschlossene Kaffeehaus der City so gut wie nichts mit dem kleinen, in einer engen Nebengasse gelegenen »Beisl«, das den Schweizern in der Gasthausform »Beitz« bekannt ist.* Periphere Erscheinungen wie die »Café-Konditorei« oder die »Jausenstation« draußen im Grünen können hier außer Betracht bleiben.

Anders und verwirrender verhält es sich mit dem »Café-Restaurant«, das um 1925 aufkam und lange vor dem »Espresso« die eigentliche, radikale Erschütterung der klassischen Kaffeehausatmosphäre mit sich brachte. Bis dahin hatte man – außer den zahllosen Arten von Weißgebäck und sonstigen Bäckereien (denen ein eigenes Kapitel zu widmen wäre) – im Kaffeehaus nichts »Richtiges« zu essen bekommen. Es gab belegte Brote und, wenn es unbedingt etwas Warmes sein mußte, ein Paar Würstel oder eine Eierspeise: Notlösungen, als solche gemeint und beabsichtigt. Denn ins Kaffeehaus kam man ja nicht *zum*, sondern *nach* dem Essen, nicht um der fleischlichen, sondern um der geistigen Nahrung willen. Der Einbruch von Küche und Keller in den Kaffeehausbetrieb, das Auftauchen umfangreicher Speisen- und Getränkekarten mit regulären »Menus« war mehr als ein bloß formaler Bruch mit jahrhundertealten Traditionen. Es war die erste, verhängnisvolle Konzession an die veränderten Zeitläufte, ein Zurückweichen vor ihren materialistischen Tendenzen, ein resigniertes Eingeständnis, daß immer weniger Menschen bereit waren, für Colloquium und Convivium

* Die schweizerische »Beitz« wurzelt ebenso wie das wienerische »Beisel« im hebräischen »Bajis« = Haus.

auch nur eine warme Mahlzeit zu opfern (oder diese Mahlzeit anderswo einzunehmen). Der Dienst am Kunden obsiegte über den Dienst am Geist.

Aber wie das in Wien schon geht, und wie es späterhin auch dem »Espresso« ergehen sollte: der Sieg wurde nicht ausgenützt, sondern nützte sich ab, versandete, verschlampte und blieb in jener Halbschlächtigkeit stecken, aus der noch stets die einzige Entscheidung erwachsen ist, die der Österreicher mühelos zu treffen vermag: keine Entscheidung zu treffen. In gewisser Hinsicht war es sogar ein Pyrrhussieg. Denn das große Kaffeehaussterben, das nach dem Zweiten Weltkrieg einsetzte, betraf hauptsächlich die Café-Restaurants und ging ohne Zweifel auch darauf zurück, daß für diese Mischform keine rechte Notwendigkeit mehr bestand. Im Gasthaus, wo man ohnedies besser und billiger essen konnte, gab es seit Einführung der Espresso-Maschinen auch sehr guten Kaffee (was früher nicht immer der Fall gewesen war), und wem es darauf ankam, Zeitungen zu lesen oder mit Freunden beisammen zu sitzen, der hielt es lieber mit den »echten« Kaffeehäusern, die nach wie vor bestanden.

Und nach wie vor bestehen. Es kann gar nicht genug unterstrichen werden, daß sie es sind, die den Begriff des »Wiener Kaffeehauses« verkörpern, sie und nicht das Literatencafé, das man besonders im Ausland gerne mit dem Wiener Kaffeehaus identifiziert – verständlicherweise, denn es waren notwendig Literaten, die über das Kaffeehaus schrieben, und sie stützten sich dabei notwendig auf die Wahrnehmungen, die sie in »ihrem« Kaffeehaus, also in einem Literatencafé gemacht hatten. Das Literatencafé mag immerhin die ziselierteste Ausprägung des Kaffeehausbegriffs sein, aber es ist nicht repräsentativ für ihn, und es stellt nicht einmal in sich einen fest umrissenen Typus dar, der sich eindeutig definieren ließe. Eindeutig war, in neuerer Zeit, immer nur das jeweils »führende« Literatencafé festzustellen, das Café Griensteidl etwa, wo sich um 1890 die Vertreter des damaligen »Jung-Wien« – Schnitzler, Hofmannsthal, Beer-Hofmann, Hermann Bahr – zusammenfanden, und von dessen Abbruch Karl Kraus die Anregung zu seiner ersten, noch vor Gründung der »Fackel« erschienenen Streitschrift empfing (»Die demolirte Litteratur«, 1896). Es folgte – mit Karl Kraus, Peter Altenberg, Egon Friedell und Alfred Polgar als sozusagen »gründenden« Stammgästen – das Café Central, das seinen

Rang bis zum Ende des Ersten Weltkriegs beibehielt und vom Café Herrenhof abgelöst wurde, dem letzten der großen Reihe, dessen Glanzbesetzung etwa durch die Namen Hermann Broch, Robert Musil, Franz Werfel und Joseph Roth gekennzeichnet ist, und das nach dem Zweiten Weltkrieg noch eine kurze, schon ein wenig asthmatische Renaissance erleben durfte, ehe es zum Mittagstisch für die Beamten der umliegenden Ministerien herabsank und 1960 endgültig seine Pforten schloß.

Dies also waren die führenden, die Literatencafés im engeren Sinn. Im weiteren Sinn entsprachen der gängigen Vorstellung, die sich mit dieser Bezeichnung verband, mehr oder weniger alle Kaffeehäuser, in denen eine gewisse Anzahl geistig und künstlerisch interessierter Menschen – das, was man heute »Intellektuelle« nennt – sich regelmäßig einfand. Solche Kaffeehäuser gab es sehr, sehr viele, und solche Kaffeehäuser gibt es heute nur noch sehr, sehr wenige.

Die Ursachen – politischer, soziologischer und technischer Art – liegen auf der Hand. Das Stammpublikum dieser Kaffeehäuser war, wie das geistig und künstlerisch interessierte Publikum insgesamt, zu großem Teil jüdisch. Vor 1938 lebte in Wien fast eine Viertelmillion Juden. Heute zählen sie knappe Zehntausend. Das ist das eine, und daran ist nicht zu rütteln. Es macht sich wahrlich auch auf anderen Gebieten des öffentlichen Lebens geltend, aber auf keinem so nachhaltig und mit so einschneidenden Folgen wie hier. Was nicht etwa besagen soll, daß es in Wien keine Literaten, keine Intellektuellen, keine geistig und künstlerisch interessierten Menschen mehr gäbe. Natürlich gibt es sie. Aber sie sind nicht nur in ihrer Anzahl empfindlich reduziert, sie sind es auch in ihren Möglichkeiten zum Kaffeehausbesuch. Sie sind – und damit kommt die Soziologie ins Spiel – beschäftigt. Sie haben zu tun. Sie sind nur noch potentielle Kaffeehaus-Stammgäste, keine praktischen mehr. Sie bringen alle Erfordernisse eines Stammgastes mit, nur sich selber nicht. Sie haben keine Zeit. Und Zeithaben ist die wichtigste, die unerläßliche Voraussetzung jeglicher Kaffeehauskultur (ja am Ende wohl jeglicher Kultur). Auch die Stammgäste der früheren Literatencafés waren beschäftigt: zum Teil eben damit, im Kaffeehaus zu sitzen, zum Teil mit Dingen, die sie im Kaffeehaus erledigen konnten und wollten. Dort schrieben und dichteten sie. Dort empfingen und beantworteten sie ihre Post. Dort wurden sie telephonisch angerufen, und wenn sie zufällig nicht da waren, nahm der Ober die Nachricht für sie entgegen. Dort trafen sie ihre Freunde und ihre Feinde, dort mußte man hingehen, wenn man mit ihnen sprechen wollte, dort lasen sie ihre Zeitungen, dort diskutierten sie, dort lebten sie. (Kürschners Literaturkalender verzeichnete jahrelang als Peter Altenbergs Adresse: »Café Central, Wien I.«) In ihrer Wohnung schliefen sie nur. Ihr wirkliches Zuhause war das Kaffeehaus.

Warum ist es das nicht mehr? Auch für jene nicht, die konstitutionell dafür geeignet wären? Liegt es an ihnen, daß sie im Kaffeehaus nicht mehr arbeiten können? Liegt es am Kaffeehaus?

Es liegt an ihrer Arbeit. Es liegt an der Technik, die sich mit Politik und Soziologie zu unheimlichem Trifolium zusammengeschlossen hat. Es liegt an dem, daß die heutigen Dichter direkt in die Schreibmaschine dichten, und die kann man ins Kaffeehaus nicht mitnehmen; daß sie ihre Hörspiele der Sekretärin diktieren, die man ins Kaffeehaus gleichfalls nicht mitnehmen kann (oder nicht zum Diktieren); daß auch der Produktionsleiter der Fernseh-Dramaturgie, der Programmdirektor der Funkabteilung »Kulturelles Wort« nicht ins Kaffeehaus kommen können, sondern in ihren Studios und Büros aufgesucht werden wollen – mit Recht, denn sie haben ebensowenig Zeit wie ihre Autoren und bekommen dafür ebensoviel Geld. Und selbstverständlich haben sie alle sowohl zu Hause wie im Büro ein Telephon, so daß sie nicht darauf angewiesen sind, sich im Kaffeehaus kostenlos anrufen zu lassen oder die sechs Minuten Sprechdauer, die ihnen der einmalige Münzeinwurf zugesteht, für drei Gespräche auszunützen. Nicht nur ihr eigenes Telephon haben sie, die meisten von ihnen haben auch ihr eigenes Auto. Das sind Berufsbehelfe. Das ist längst kein Luxus mehr. Ein Luxus ist es, Zeit zu haben. Noch die armseligsten Insassen der alten Literaturcafés konnten sich diesen Luxus leisten. Sie waren arm und selig. Geld zu verdienen, galt ihnen beinahe als schimpflich. Zur Bezahlung der Zeche – wofern man sie nicht einfach schuldig blieb – waren die Mäzene da, die es gleichfalls nicht mehr gibt, und gäbe es sie, dann hätten sie gleichfalls keine Zeit. Die Insassen der heutigen Literaturcafés sind ihre eigenen Mäzene. Das Kaffeehaus ist nicht mehr das Um und Auf ihres Daseins, sondern bestenfalls das Drum und Dran. Es spielt keine Rolle mehr. Es ist ihnen gleichgültig, vielleicht sogar angenehm, aber nicht unentbehrlich. Sie können ins

Kaffeehaus gehen, aber sie müssen nicht. Wenn sie hingehen, tun sie dem Kaffeehaus einen Gefallen, nicht sich. Es ist ihnen keine Lebensnotwendigkeit mehr, es ist nicht mehr der Humus, ohne den sie verdorren würden, ohne den sie nicht gedeihen könnten und nichts hervorbringen.

Denn die Produktivität des einstigen Literatencafés, im engern wie im weitern Sinn verstanden, war enorm. Im Kaffeehaus wurden literarische Schulen und Stile geboren und verworfen, vom Kaffeehaus nahmen neue Richtungen der Malerei, der Musik, der Architektur ihren Ausgang.

Überflüssig zu sagen, daß jedes dieser Kaffeehäuser seine eigene, unverwechselbare, eifersüchtig gehütete Note und Atmosphäre hatte. Ein Stammgast des »Central« oder des »Herrenhof« hätte sich im »Museum«, dem Kaffeehaus der Maler so fremd und verlassen und ausgestoßen gefühlt wie ein Stammgast des Musikercafés »Parsifal« im Journalistencafé »Rebhuhn«. Heute eignen Reste von Unverwechselbarkeit allenfalls noch dem »Raimund« und dem »Hawelka«, zwei echten Kaffeehäusern jenes zur Literatur, dieses zur bildenden Kunst tendierend. Aber die Grenzen verfließen. Man sieht im »Hawelka« auch Schriftsteller und Journalisten, im »Raimund« auch avantgardistische Malerbärte, und Schauspieler in beiden. Unverwischte und unverfälschte Atmosphäre ist eigentlich nur noch dort zu finden, wo sie nicht von den Gästen abhängt, wo eine Lokalität als solche ihren eigenen Stil entwickelt und aufrechterhalten hat: beim »Demel«, oder in der von Wiens rebellischem Architekten Adolf Loos 1907 erbauten und unter Denkmalschutz stehenden »Kärntner-Bar«, oder in einigen der kleinen, versteckten Heurigen. Und das sind keine Kaffeehäuser.

Dennoch verfügen sie über Wesenszüge, die sie mit dem echten Kaffeehaus inniger verbinden, als das echte mit dem unechten verbunden ist. Zu diesen Wesenszügen gehören Kontinuität, Regelmaß, Selbstbescheidung, gehört die Fähigkeit, Grenzen zu ziehen und sie nicht zu überschreiten. Genau diese Wesenszüge wird man in den echten Kaffeehäusern finden, die trotz den Kassandrarufen oberflächlicher Reisefeuilletonisten und klischeefreudiger Untergangsstimmungsmacher keineswegs aussterben, sondern sich lediglich in die ihnen gemäßen Grenzen – welche sie kennen – zurückgezogen haben. Zurück aus der City, die sich auch hier, dem internationalen Reisepublikum zu schnödem Gefallen, einer so trostlosen Nivellierung anheimgibt, daß man in wenigen Jahren nicht mehr wissen wird, ob das Lokal, in dem man gerade sitzt, zu Wien oder Kopenhagen oder Buenos Aires gehört. In solchem Weichbild hat das Wiener Kaffeehaus nichts zu suchen.

Aber gleich jenseits des Rings, wo's auf die Gürtellinie zugeht und wo Wien noch Wien ist, lebt auch das Wiener Kaffeehaus unverändert weiter, mit unverrückbaren Stammtischen und Stammgästen, jahrzehntelang vom selben Ober betreut, mit Tarock- und Schach- und Billardpartien wie eh und je, mit Zeitungen für viele Stunden und immer neu herangetragenen Gläsern voll frischen Wassers, mit Abgeschiedenheit oder Gesprächen, mit Stille oder Geselligkeit ganz nach Wunsch. Und wenn nicht alles trügt, hat von dort her sogar ein Rückstoß eingesetzt, schickt das Kaffeehaus sich an, sein in der City verlorenes Terrain wieder zu erobern und zu kultivieren. Als vor etwa einem Jahrzehnt die ersten »Espresso« geheißenen Lokale sich auftaten, gebärdeten sie sich als völlig neuer Typ, taten wenig für die Bequemlichkeit und alles für die Eile des hastigen Großstädters, hießen ihn seine Konsumation im Stehen oder bestenfalls auf Barhockern vertilgen, offerierten unter schaurig eisgekühltem Glas allerlei vertrockneten Imbiß und ließen sich's überhaupt angelegen sein, ihrer Bezeichnung in jeder Weise gerecht zu werden. Aber schon bald begann es dort minder expreß herzugehen. Verstohlen und erst nur im Hintergrund tauchten kleine Tische und Stühle auf, die sich immer kühner nach vorn schoben und an denen man wenig später ein rechtschaffen belegtes Brot, ein Paar Würstel oder eine Eierspeise serviert bekam, ganz wie im echten Kaffeehaus. Und als das Lokal sich entweder rückwärts oder ins darübergelegene Stockwerk ausdehnte, als wie zufällig die ersten Mittagsblätter auf den Tischen herumlagen und allmählich die Morgenblätter und die wichtigsten ausländischen Zeitungen hinzukamen: da konnte es keinen Zweifel mehr geben, wo die Entwicklung hinsteuerte.

Wenn es schon nicht der reine Geist war, der hier obsiegte – der Geist des Kaffeehauses war es ganz gewiß. Der schlampige, korrupte, unbezwingliche und unvergleichliche Geist des Wiener Kaffeehauses.

(1959)

Die Straße mit dem Autosalon

Als ich einem meiner Bekannten vor kurzem erzählte, ich würde in eine neue Wohnung ziehen, und ihm die Straße nannte, sagte er: Die kenne ich, dort habe ich mein Auto geholt; und ein zweiter sagte dasselbe, und ein dritter, er müsse nächste Woche dahin – auf die Art kam heraus, daß er sich ein Auto bestellt hatte. Es genierte ihn ein wenig, denn er hatte schon seinerzeit das schmalspurige Wägelchen, das sein erstes Fahrzeug gewesen war, als Auto angesprochen; und von dem kaum größeren, das er zur Zeit fuhr, noch vor wenigen Wochen erklärt, es genüge ihm völlig. Aber was gestern genug war, ist heute zu wenig; jetzt genügte ihm eben noch der gewöhnliche landläufige Wagen, den es überall gab und von dem nur ich nicht gewußt hatte, daß er für unsere Stadt in der Straße ausgeliefert wurde, in der ich wohnen sollte – in der Straße nicht nur, sondern auf dem Platz gegenüber dem Haus, das soeben fertig gebaut wurde. Es war mir nicht aufgefallen. Ich hatte das Wort ›Auslieferungssalon‹ gelesen, aber dieses Wort, das – noch dazu in vergoldeten und schwungvollen Buchstaben, wie sie auf Visitenkarten üblich sind – auf eine schwarze Glaswand geschrieben war, hatte mich an ein vornehm-stilles Detailgeschäft denken lassen, nicht an eine Auslieferung en gros. Ich war der Meinung gewesen, in eine beliebige Straße zu ziehen; nun erfuhr ich, daß meine Straße einen ›Namen‹ hatte, und es entging mir nicht, daß er bei vielen Leuten freudige Empfindungen hervorrief: Erinnerung und Spannung des Augenblicks, da sie dort zu Autobesitzern geworden waren, so daß ich den Eindruck gewann, als wäre ich zu beglückwünschen, in einer solchen Straße zu wohnen.

Es erging mir ein paar Mal so, und auch meine Empfindungen belebten sich durch diesen Zusammenhang. Aber erst seit ich eingezogen bin, sehe ich, wie die Sache wirkt. Ich bin an einem Ort, an dem Wünsche in Erfüllung gehen. Ich begegne auf dem kurzen Stück bis zur Hauptstraße hin immer nur unternehmungslustigen Gesichtern, von Zuversicht gestrafften Gestalten; und meinen zu Anfang erwähnten Bekannten erkannte ich kaum wieder, als er an seinem Abholtag bei mir anklopfte. Zunächst überraschte es mich, daß er überhaupt kam; er hatte davon nichts gesagt und war sonst eher scheu. Aber nun hatte er keine Hemmung; warum sollte er nicht nachsehen, wie es mir ginge; er klopfte mir auf die Schulter, beanstandete dies und jenes: Tapeten, Fußböden, Anstriche, in meiner Wohnung, das zu bestimmen nicht viel Überlegung gekostet hatte; er fand, daß eine sachliche Kritik niemandem schaden könne. Immerhin sprach er mir guten Willen, Geschmack zu zeigen, nicht ab; und als ich ihn an seinen Wagen begleitete, lud er mich in die Gastwirtschaft neben der Fahrschule auf ein Glas Bier ein. Was sage ich: Bier – er disponierte um und ließ eine Flasche Sekt kommen, obwohl er sonst ein ängstlicher Spargroschenrechner war; und als wir sie austranken, entwickelte er Zukunftspläne, die weit über das hinausgingen, was ich ihm je zugetraut hatte.

Nun schien mir das alles nur natürlich, er war in einer gewissen Hochstimmung; aufmerksam wurde ich erst, als mir an meinen Mitwohnern in der Straße, die keine Autokäufer waren, ein ähnliches, allgemein aufgemuntertes Betragen auffiel: bei dem Wirt, dem Kaufmann, der Frau im Tabakladen, dem Mädchen im Blumengeschäft. Doch da ich bei allem nach einer Ursache zu forschen gewohnt bin, hatte ich auch hierfür bald die Erklärung gefunden. Die Kundschaft auf dem Autoplatz drüben war in ihrer gehobenen Laune spendabel; und weil es oft Stunden dauerte, bis alles, Papiere und Erprobungen, fertig war, frequentierten die Autokäufer die Läden; und weil es ihnen auf ein bißchen mehr Geld nun auch nicht ankam, hatten gerade die sonst Sparsamen mancherlei Einfälle, die den Ladenbesitzern zugute kamen; ein Blumenstrauß wurde abgeschickt, eine extra Flasche Wein mitgenommen, eine Lage ausgegeben; von den Einfällen der Damen nicht zu reden, die sich in der Langeweile umsahen und entzückt waren, welch hübsche Sachen, wie sie es gar nicht erwartet hatten, in diesen kleinen Läden zu finden waren. Die Geschäfte florierten, und die Kaufleute, wenn sie auch wußten, daß es der gute Platz war, der ihnen das gute Geschäft brachte, kamen doch nebenher für sich zu der Überzeugung, daß es ihr Verdienst mit sei, und begannen sich für besonders tüchtig zu halten; und da sie sich dafür hielten, wurden sie es auch; tüchtiger als unter anderen gewöhnlichen Umständen; und wer, wie ich, seine Sorgen hatte, profitierte davon: er wurde von ihnen nicht von oben herab, sondern mit ruhigem Wohlwollen behandelt wie jemand, der auch noch Hoffnungen hat und manche Chance; und fand sich dadurch selbst angehalten, die Dinge freundlicher zu sehen.

Ich will nicht sagen, daß sie es davon auch wurden, aber eine Therapie hoffnungsvoller Stimmungen wirkte beständig an dem Ort, und ihr konnte sich niemand entziehen. Auch wer keinen Grund hatte, besonders froh in die Welt zu sehen, tat es auf einmal von selber, ähnlich wie sich in der Gesellschaft Höhergestellter, wenn sie ihm liebenswürdig begegnen, der Nichtzugehörige plötzlich beträgt, als wäre er einer der Ihren, und sie in Wichtigkeit und Ernst der Gesinnung, die er auf ihre ihm durchaus unzugänglichen Angelegenheiten wendet, womöglich übertrifft. Bei allen nichtaristokratischen Anhängern der Aristokratie, bei allen Referenten hoher Beamter, bei allen Amtsdienern in Ministerien kann man diese Vergrößerung zu Persönlichkeit und Würde erkennen. Ähnlich ging auch auf mich etwas über von den Gefühlen der Leute, die hier ihre Autos abholten. Das eigentlich Belebende dabei war die ununterbrochene Folge des Vorgangs. Von ihr kam es, daß ich mich vor die Frage, ob ich mir je selber eines anschaffen könne, gar nicht gestellt sah. Ich hatte die Wirkung, sie ließ auch nicht nach, wenn ich allein in meiner Wohnung war. Sie verlor sich auswärts in anderen Stadtvierteln, stellte sich aber bei Annäherung wieder ein. Auch heute noch ergreift mich jedesmal diese besondere Stimmung, wenn ich in unsere Straße einbiege. Sich in ihr nicht mit der Zuversicht eines Autobesitzers zu bewegen, würde beinahe unschicklich wirken. Ein solches dargestelltes Leben aber führt zu Verwechslungen, und eine erlebte ich schon in den ersten Tagen, die ich hier wohnte.

Es war, als ich meinen, während der Übersiedlung vernachlässigten geschäftlichen Briefwechsel endlich nachholen konnte und die Briefe, ehe ich sie zur Post gab, noch einmal überlas. Ich zögerte. Es war mir ein bißchen zuviel an flotter Bestimmtheit in meinen Briefen. Ich wollte sie nochmals schreiben; aber unten, vor dem Laden, wohin ich gegangen war, um Papier zu holen, versuchte gerade eine junge Dame das Rolldach ihres neuen Wagens zu öffnen. Sie konnte es nicht. Ich konnte ihr zeigen, wie man es machte; und plötzlich fand ich den Inhalt der geschriebenen Briefe ganz angemessen, kaufte nicht das Papier, schrieb sie nicht noch einmal, sondern kehrte in meine Wohnung zurück, entschlossen, die Post, so wie sie war, aufzugeben. Ich hatte Eile, es war gleich fünf Uhr. Unten stand noch die junge Dame und übte an ihrem Rolldach. Ich fragte: Geht es? Sie sagte: Ja, aber wohin wollen Sie jetzt noch mit Ihren Briefen?

Sie brachte mich aufs Amt.

Am Abend überlegte ich mir, ob ich nicht doch besser täte, diese Wohnung wieder aufzugeben, wo es zu dergleichen Verwechslungen kommen konnte, daß man sich für die Person, die man darstellen konnte, hielt, und nicht für die, die man wirklich war. Aber vermutlich war die Entscheidung darüber schon am Nachmittag bei den Briefen gefallen. Ich zog nicht aus.

So ungefähr ist der Punkt, an dem ich jetzt halte: ich blicke aus dem Fenster, drüben die Autos, unten die Gesichter der Käufer, von Zuversicht belebt; Erinnerung an Gespräche, und ein ständig sich erneuerndes, von frischen Abholern genährtes Hoffnungsklima – und unübersehbare Entwicklungen...

(1960)

Undine geht

Ihr Menschen! Ihr Ungeheuer!

Ihr Ungeheuer mit Namen Hans! Mit diesem Namen, den ich nie vergessen kann.

Immer wenn ich durch die Lichtung kam und die Zweige sich öffneten, wenn die Ruten mir das Wasser von den Armen schlugen, die Blätter mir die Tropfen von den Haaren leckten, traf ich auf einen, der Hans hieß.

Ja, diese Logik habe ich gelernt, daß einer Hans heißen muß, daß ihr alle so heißt, einer wie der andere, aber doch nur einer. Immer einer nur ist es, der diesen Namen trägt, den ich nicht vergessen kann, und wenn ich euch auch alle vergesse, ganz und gar vergesse, wie ich euch ganz geliebt habe. Und wenn eure Küsse und euer Samen von den vielen großen Wassern – Regen, Flüssen, Meeren – längst abgewaschen und fortgeschwemmt sind, dann ist doch der Name noch da, der sich fortpflanzt unter Wasser, weil ich nicht aufhören kann, ihn zu rufen, Hans, Hans...

Ihr Monstren mit den festen und unruhigen Händen, mit den kurzen blassen Nägeln, den zerschürften Nägeln mit schwarzen Rändern, den weißen Manschetten um die Handgelenke, den ausgefransten Pullovern, den uniformen grauen Anzügen, den groben Lederjacken und den losen Sommerhemden! Aber laßt mich genau sein, ihr Ungeheuer, und euch jetzt einmal verächtlich machen, denn ich werde nicht wiederkommen, euren Winken nicht mehr folgen, keiner Einladung zu einem Glas Wein, zu einer Reise, zu einem Theaterbesuch. Ich werde nie wiederkommen, nie wieder ja sagen und du und ja. All diese Worte wird es nicht mehr geben, und ich sage euch vielleicht, warum. Denn ihr kennt doch die Fragen, und sie beginnen alle mit ›Warum?‹. Es gibt keine Fragen in meinem Leben. Ich liebe das Wasser, seine dichte Durchsichtigkeit, das Grün im Wasser und die sprachlosen Geschöpfe (und so sprachlos bin auch ich bald!), mein Haar unter ihnen, in ihm, dem gerechten Wasser, dem gleichgültigen Spiegel, der es mir verbietet, euch anders zu sehen. Die nasse Grenze zwischen mir und mir...

Ich habe keine Kinder von euch, weil ich keine Fragen gekannt habe, keine Forderung, keine Vorsicht, Absicht, keine Zukunft und nicht wußte, wie man Platz nimmt in einem anderen Leben. Ich habe keinen Unterhalt gebraucht, keine Beteuerung und Versicherung, nur Luft, Nachtluft, Küstenluft, Grenzluft, um immer wieder Atem holen zu können für neue Worte, neue Küsse, für ein unaufhörliches Geständnis: Ja. Ja. Wenn das Geständnis abgelegt war, war ich verurteilt zu lieben; wenn ich eines Tages freikam aus der Liebe, mußte ich zurück ins Wasser gehen, in dieses Element, in dem niemand sich ein Nest baut, sich ein Dach aufzieht über Balken, sich bedeckt mit einer Plane. Nirgendwo sein, nirgendwo bleiben. Tauchen, ruhen, sich ohne Aufwand von Kraft bewegen – und eines Tages sich besinnen, wieder auftauchen, durch eine Lichtung gehen, *ihn* sehen und »Hans« sagen. Mit dem Anfang beginnen.

»Guten Abend.«

»Guten Abend.«

»Wie weit ist es zu dir?«

»Weit ist es, weit.«

»Und weit ist es zu mir.«

Einen Fehler immer wiederholen, den einen machen, mit dem man ausgezeichnet ist. Und was hilft's dann, mit allen Wassern gewaschen zu sein, mit den Wassern der Donau und des Rheins, mit denen des Tiber und des Nils, den hellen Wassern der Eismeere, den tintigen Wassern der Hochsee und der zaubrischer Tümpel? Die heftigen Menschenfrauen schärfen ihre Zungen und blitzen mit den Augen, die sanften Menschenfrauen lassen still ein paar Tränen laufen, die tun auch ihr Werk. Aber die Männer schweigen dazu. Fahren ihren Frauen, ihren Kindern treulich übers Haar, schlagen die Zeitung auf, sehen die Rechnungen durch oder drehen das Radio laut auf und hören doch darüber den Muschelton, die Windfanfare, und dann noch einmal, später, wenn es dunkel ist in den Häusern, erheben sie sich heimlich, öffnen die Tür, lauschen den Gang hinunter, in den Garten, die Alleen hinunter, und nun hören sie es ganz deutlich: Den Schmerzton, den Ruf von weit her, die geisterhafte Musik. Komm! Komm! Nur einmal komm!

Ihr Ungeheuer mit euren Frauen!

Hast du nicht gesagt: Es ist die Hölle, und warum ich bei ihr bleibe, das wird keiner verstehen. Hast du nicht gesagt: Meine Frau, ja, sie ist ein wunderbarer Mensch, ja, sie braucht mich, wüßte nicht, wie ohne mich leben –? Hast du's nicht gesagt! Und hast du nicht gelacht und im Übermut gesagt: Niemals schwer nehmen, nie dergleichen schwer nehmen. Hast du nicht gesagt: So soll es immer sein, und das andere soll nicht sein, ist ohne Gültigkeit! Ihr Ungeheuer mit euren Redensarten, die ihr die Redensarten der Frauen sucht, damit euch nichts fehlt, damit die Welt rund ist. Die ihr die Frauen zu euren Geliebten und Frauen macht, Eintagsfrauen, Wochenendfrauen, Lebenslangfrauen und euch zu ihren Männern machen laßt. (Das ist vielleicht ein Erwachen wert!) Ihr mit eurer Eifersucht auf eure Frauen, mit eurer hochmütigen Nachsicht und eurer Tyrannei, eurem Schutzsuchen bei euren Frauen, ihr mit eurem Wirtschaftsgeld und euren gemeinsamen Gutenachtgesprächen, diesen Stärkungen, dem Rechtbehalten gegen draußen, ihr mit euren hilflos gekonnten, hilflos zerstreuten Umarmungen. Das hat mich zum Staunen gebracht, daß ihr euren Frauen Geld gebt zum Einkaufen und für die Kleider und für die Sommerreise, da ladet ihr sie ein (ladet sie ein, zahlt, es versteht sich). Ihr kauft und laßt euch kaufen. Über euch muß ich lachen und staunen, Hans, Hans, über euch kleine Studenten und brave Arbeiter, die ihr euch Frauen nehmt zum Mitarbeiten, da arbeitet ihr beide, jeder wird klüger an einer anderen Fakultät, jeder kommt voran in einer anderen Fabrik, da strengt ihr euch an, legt das Geld zusammen und spannt euch vor die Zukunft. Ja, dazu nehmt ihr euch die Frauen auch, damit ihr die Zukunft erhärtet, damit sie Kinder kriegen, da werdet ihr mild, wenn sie furchtsam und glücklich herumgehen mit den Kindern in ihrem Leib. Oder ihr verbietet euren Frauen, Kinder zu haben, wollt ungestört sein und hastet ins Alter mit eurer gesparten Jugend. O das wäre ein großes Erwachen wert! Ihr Betrüger und ihr Betrogenen. Versucht das nicht mit mir. Mit mir nicht!

Ihr mit euren Musen und Tragtieren und euren gelehrten, verständigen Gefährtinnen, die ihr zum Reden zulaßt . . . Mein Gelächter hat lang die Wasser bewegt, ein gurgelndes Gelächter, das ihr manchmal nachgeahmt habt mit Schrecken in der Nacht. Denn gewußt habt ihr immer, daß es zum Lachen ist und zum Erschrecken und daß ihr euch genug seid und nie einverstanden wart. Darum ist es besser, nicht aufzustehen in der Nacht, nicht den Gang hinunterzugehen, nicht zu lauschen im Hof, nicht im Garten, denn es wäre nichts als das Eingeständnis, daß man noch mehr als durch alles andere verführbar ist durch einen Schmerzton, den Klang, die Lockung und ihn ersehnt, den großen Verrat. Nie wart ihr mit euch einverstanden. Nie mit euren Häusern, all dem Festgelegten. Über jeden Ziegel, der fortflog, über jeden Zusammenbruch, der sich ankündigte, wart ihr froh insgeheim. Gern habt ihr gespielt mit dem Gedanken an Fiasko, an Flucht, an Schande, an die Einsamkeit, die euch erlöst hätte von allem Bestehenden. Zu gern habt ihr in Gedanken damit gespielt. Wenn ich kam, wenn ein Windhauch mich ankündigte, dann sprangt ihr auf und wußtet, daß die Stunde nah war, die Schande, die Ausstoßung, das Verderben, das Unverständliche. Ruf zum Ende. Zum Ende. Ihr Ungeheuer, dafür habe ich euch geliebt, daß ihr wußtet, was der Ruf bedeutet, daß ihr euch rufen ließt, daß ihr nie einverstanden wart mit euch selber. Und ich, wann war ich je einverstanden? Wenn ihr allein wart, ganz allein, und wenn eure Gedanken nichts Nützliches dachten, nichts Brauchbares, wenn die Lampe das Zimmer versorgte, die Lichtung entstand, feucht und rauchig der Raum war, wenn ihr so dastandet, verloren, für immer verloren, aus Einsicht verloren, dann war es Zeit für mich. Ich konnte eintreten mit dem Blick, der auffordert: Denk! Sei! Sprich es aus! – Ich habe euch nie verstanden, während ihr euch von jedem Dritten verstanden wußtet. Ich habe gesagt: Ich verstehe dich nicht, verstehe nicht, kann nicht verstehen! Das währte eine herrliche und große Weile lang, daß ihr nicht verstanden wurdet und selbst nicht verstandet, nicht warum dies und das, warum Grenzen und Politik und Zeitungen und Banken und Börse und Handel und dies immerfort.

Denn ich habe die feine Politik verstanden, eure Ideen, eure Gesinnungen, Meinungen, die habe ich sehr wohl verstanden und noch etwas mehr. Eben darum verstand ich nicht. Ich habe die Konferenzen so vollkommen verstanden, eure Drohungen, Beweisführungen, Verschanzungen, daß sie nicht mehr zu verstehen waren. Und das war es ja, was euch bewegte, die Unverständlichkeit all dessen. Denn das war eure wirkliche große verborgene Idee von der Welt, und ich habe eure große Idee hervorgezaubert aus euch, eure unpraktische Idee, in der Zeit und Tod erschienen und flammten, alles niederbrannten, die Ordnung, von Verbrechen bemäntelt, die Nacht, zum Schlaf mißbraucht. Eure Frauen, krank von eurer Gegenwart, eure Kinder, von euch zur Zukunft verdammt, die haben euch nicht den Tod gelehrt, sondern nur beigebracht kleinweise. Aber ich habe euch mit einem Blick gelehrt, wenn alles vollkommen, hell und rasend war – ich habe euch gesagt: Es ist der Tod darin. Und: Es ist die Zeit daran. Und zugleich: Geh Tod! Und: Steh still, Zeit! Das habe ich euch gesagt. Und du hast geredet, mein Geliebter, mit einer verlangsamten Stimme, vollkommen wahr und gerettet, von allem dazwischen frei, hast deinen traurigen Geist hervorgekehrt, den traurigen, großen, der wie der Geist aller Männer ist und von der Art, die zu keinem Gebrauch bestimmt ist. Weil ich zu keinem Gebrauch bestimmt bin und ihr euch nicht zu einem Gebrauch bestimmt wußtet, war alles gut zwischen uns. Wir liebten einander. Wir waren vom gleichen Geist.

Ich habe einen Mann gekannt, der hieß Hans, und er war anders als alle anderen. Noch einen kannte ich, der war auch anders als alle anderen. Dann einen, der war ganz anders als alle anderen und er hieß Hans, ich liebte ihn. In der Lichtung traf ich ihn, und wir gingen so fort, ohne Richtung, im Donauland war es, er fuhr mit mir Riesenrad, im Schwarzwald war es, unter Platanen auf den großen Boulevards, er trank mit mir Pernod. Ich liebte ihn. Wir standen auf einem Nordbahnhof, und der Zug ging vor Mitternacht. Ich winkte nicht; ich machte mit der Hand ein Zeichen für Ende. Für das Ende, das kein Ende findet. Es war nie zu Ende. Man soll ruhig das Zeichen machen. Es ist kein trauriges Zeichen, es umflort die Bahnhöfe und Fernstraßen nicht, weniger als das täuschende Winken, mit dem so viel zu Ende geht. Geh, Tod, und steh still, Zeit. Keinen Zauber nutzen, keine Tränen, kein Händeverschlingen, keine Schwüre, Bitten. Nichts von alledem. Das Gebot ist: Sich verlassen, daß Augen den Augen genügen, daß ein Grün genügt, daß das Leichteste genügt. So dem Gesetz gehorchen und keinem Gefühl. So der Einsamkeit gehorchen. Einsamkeit, in die mir keiner folgt.

Verstehst du es wohl? Deine Einsamkeit werde ich nie teilen, weil da die meine ist, von länger her, noch lange hin. Ich bin nicht gemacht, um eure Sorgen zu teilen. Diese Sorgen nicht! Wie könnte ich sie je anerkennen, ohne mein Gesetz zu verraten? Wie könnte ich je an die Wichtigkeit eurer Verstrickungen glauben? Wie euch glauben, solange ich euch wirklich glaube, ganz und gar glaube, daß ihr mehr seid als eure schwachen, eitlen Äußerungen, eure schäbigen Handlungen, eure törichten Verdächtigungen. Ich habe immer geglaubt, daß ihr mehr seid, Ritter, Abgott, von einer Seele nicht weit, der allerköniglichsten Namen würdig. Wenn dir nichts mehr einfiel zu deinem Leben, dann hast du ganz wahr geredet, aber auch nur dann. Dann sind alle Wasser über die Ufer getreten, die Flüsse haben sich erhoben, die Seerosen sind gleich hundertweis erblüht und ertrunken, und das Meer war ein machtvoller Seufzer, er schlug, schlug und rannte und rollte gegen die Erde an, daß seine Lefzen trieften von weißem Schaum.

Verräter! Wenn euch nichts mehr half, dann half die Schmähung. Dann wußtet ihr plötzlich, was euch an mir verdächtig war, Wasser und Schleier und was sich nicht festlegen läßt. Dann war ich plötzlich eine Gefahr, die ihr noch rechtzeitig erkanntet, und verwünscht war ich und bereut war alles im Handumdrehen. Bereut habt ihr auf den Kirchenbänken, vor euren Frauen, euren Kindern, eurer Öffentlichkeit. Vor euren großen, großen Instanzen wart ihr so tapfer, mich zu bereuen und all das zu befestigen, was in euch unsicher geworden war. Ihr wart in Sicherheit. Ihr habt die Altäre rasch aufgerichtet und mich zum Opfer gemacht. Hat mein Blut geschmeckt? Hat es ein wenig nach dem Blut der Hindin geschmeckt und nach dem Blut des weißen Wales? Nach deren Sprachlosigkeit?

Wohl euch! Ihr werdet viel geliebt, und es wird euch viel verziehen. Doch vergeßt nicht, daß ihr mich gerufen habt in die Welt, daß euch geträumt hat von mir, der anderen, dem anderen, von eurem Geist und nicht von eurer Gestalt, der Unbekannten, die auf euren Hochzeiten den Klageruf anstimmt, auf nassen Füßen kommt und von deren Kuß ihr zu sterben fürchtet, so wie ihr zu sterben wünscht und nie mehr sterbt: ordnungslos, hingerissen und von höchster Vernunft.

Warum sollt ich's nicht aussprechen, euch verächtlich machen, ehe ich gehe.

Ich gehe ja schon.

Denn ich habe euch noch einmal wiedergesehen, in einer Sprache reden gehört, die ihr mit mir nicht reden sollt. Mein Gedächtnis ist unmenschlich. An alles habe ich denken müssen, an jeden Verrat und jede Niedrigkeit. An denselben Orten habe ich euch wiedergesehen; da schienen mir Schandorte zu sein, wo einmal helle Orte waren. Was habt ihr getan! Still war ich, kein Wort habe ich gesagt. Ihr sollt es euch selber sagen. Eine Handvoll Wasser habe ich über die Orte gesprengt, damit sie grünen mögen wie Gräber. Damit sie zuletzt hell bleiben mögen.

Aber so kann ich nicht gehen. Darum laßt mich euch noch einmal Gutes nachsagen, damit nicht so geschieden wird. Damit nichts geschieden wird.

Gut war trotzdem euer Reden, euer Umherirren, euer Eifer und euer Verzicht auf die ganze Wahrheit, damit die halbe gesagt wird, damit Licht auf die eine Hälfte der Welt fällt, die ihr grade noch wahrnehmen könnt in eurem Eifer. So mutig wart ihr und mutig gegen die anderen – und feig natürlich auch und oft mutig, damit ihr nicht feige erschient. Wenn ihr das Unheil vor dem Streit kommen saht, strittet ihr dennoch weiter und beharrtet auf eurem Wort, obwohl euch kein Gewinn davon wurde. Gegen ein Eigentum und für ein Eigentum habt ihr gestritten, für die Gewaltlosigkeit und für die Waffen, für das Neue und für das Alte, für die Flüsse und für die Flußregulierung, für den Schwur und gegen das Schwören. Und wißt doch, daß ihr gegen euer Schweigen eifert und eifert trotzdem weiter. Das ist vielleicht zu loben.

In euren schwerfälligen Körpern ist eure Zartheit zu loben. Etwas so besonders Zartes erscheint, wenn ihr einen Gefallen erweist, etwas Mildes tut. Viel zarter als alles Zarte von euren Frauen ist eure Zartheit, wenn ihr euer Wort gebt oder jemand anhört und versteht. Eure schweren Körper sitzen da, aber ihr seid ganz schwerelos, und eine Traurigkeit, ein Lächeln von euch können so sein, daß selbst der bodenlose Verdacht eurer Freunde einen Augenblick lang ohne Nahrung ist. Zu loben sind eure Hände, wenn ihr zerbrechliche Dinge in die Hand nehmt, sie schont und zu erhalten wißt, und wenn ihr die Lasten tragt und das Schwere aus einem Weg räumt. Und gut ist es, wenn ihr die Körper der Menschen und der Tiere behandelt und ganz vorsichtig einen Schmerz aus der Welt schafft. So Begrenztes kommt von euren Händen, aber manches Gute, das für euch einstehen wird.

Zu bewundern ist auch, wenn ihr euch über Motoren und Maschinen beugt, sie macht und versteht und erklärt, bis vor lauter Erklärungen wieder ein Geheimnis daraus geworden ist. Hast du nicht gesagt, es sei dieses Prinzip und jene Kraft? War das nicht gut und schön gesagt? Nie wird jemand wieder so sprechen können von den Strömen und Kräften, den Magneten und Mechaniken und von den Kernen aller Dinge.

Nie wird jemand wieder so sprechen von den Elementen, vom Universum und allen Gestirnen.

Nie hat jemand so von der Erde gesprochen, von ihrer Gestalt, ihren Zeitaltern. In deinen Reden war alles so deutlich: die Kristalle, die Vulkane und Aschen, das Eis und die Innenglut.

So hat niemand von den Menschen gesprochen, von den Bedingungen, unter denen sie leben, von ihren Hörigkeiten, Gütern, Ideen, von den Menschen auf dieser Erde, auf einer früheren und einer künftigen Erde. Es war recht, so zu sprechen und so viel zu bedenken.

Nie war so viel Zauber über den Gegenständen, wie wenn du geredet hast, und nie waren Worte so überlegen. Auch aufbegehren konnte die Sprache durch dich, irre werden oder mächtig werden. Alles hast du mit den Worten und Sätzen gemacht, hast dich verständigt mit ihnen oder hast sie gewandelt, hast etwas neu benannt; und die Gegenstände, die weder die geraden noch die ungeraden Worte verstehen, bewegten sich beinahe davon.

Ach, so gut spielen konnte niemand, ihr Ungeheuer! Alle Spiele habt ihr erfunden, Zahlenspiele und Wortspiele, Traumspiele und Liebesspiele.

Nie hat jemand so von sich selber gesprochen. Beinahe wahr. Beinahe mörderisch wahr. Übers Wasser gebeugt, beinah aufgegeben. Die Welt ist schon finster, und ich kann die Muschelkette nicht anlegen. Keine Lichtung wird sein. Du anders als die anderen. Ich bin unter Wasser. Bin unter Wasser.

Und nun geht einer oben und haßt Wasser und haßt Grün und versteht nicht, wird nie verstehen. Wie ich nie verstanden habe.

Beinahe verstummt,
beinahe noch
den Ruf
hörend.
Komm. Nur einmal.
Komm.

(1961)

GERTRUD FUSSENEGGER

Das Zimmer

Poloff hatte Vorschuß bekommen, in seiner rückwärtigen Hosentasche knisterten die Scheine, und in der Tasche seines Überrockes
klimperte das Silber. Poloff war vergnügt, zu vergnügt jedenfalls,
um gleich nach Hause an den Schwieloch-See zu fahren, wo er das
ganze Jahr über wohnte. Er schlenderte durch die Stadt und hielt
Ausschau, mit wem er den Vorschuß feiern könnte, den er heute
von seinem Verleger erhalten hatte.

– Ich denke, Ihre Geschichten werden sich verkaufen lassen,
hatte der Mann gesagt und nach der Kasse gegriffen. Poloff hatte
geglaubt, Engelsmusik zu hören, ganz dumm vor Glück hatte er
das Geld in Empfang genommen. Und jetzt wollte er feiern und in
würdiger Gesellschaft einen hinter die Binde gießen.

Würdige Gesellschaft! Poloff hatte so seine Vorstellung davon,
was *würdige* Gesellschaft sei. Er pfiff was auf Familie und Verwandtschaft, er wollte seinesgleichen treffen, also Dichter und,
wenn möglich, sogar einen besseren, als er selbst war. Denn – um
die Wahrheit zu sagen – von sich selbst hielt Poloff nicht allzuviel,
trotz Vorschuß und Verkäuflichkeit seiner Geschichten. Sie waren
gut verwendbare Ware, lustige Histörchen mit einem kleinen
Schuß pikanter Spannung. Aber im Grunde hätte Poloff viel lieber
Gedichte geschrieben.

Poloff durchstreifte ein paar Lokale, ohne jemanden zu finden.
Er wurde allmählich traurig, das Geld juckte ihn; es ist eine triste
Sache, Geld im Sack und keine Seele zu haben, mit der man etwas
davon verjubeln könnte.

Poloff wollte schon die Segel streichen und den Schlesischen
Bahnhof ansteuern, um den Bummelzug in Richtung Schwieloch
zu nehmen, da fiel ihm Barnabay ein, der alte Barnabay, der ver-
lumpte Vagabund, der überall und nirgends war und sich, wie es
hieß, ohne Quartier durchbrachte, sogar im Winter, wenn es Stein
und Bein fror, und der trotzdem oder vielleicht gerade deshalb so
schöne Gedichte schrieb, Gedichte, die sich zwar nicht verkaufen
ließen, aber in einer kleinen auserlesenen Gesellschaft die Runde

machten, auf Zettel geschrieben von Hand zu Hand wanderten, dann und wann auch zitiert wurden, geheimnisvoll tönende Verse, nicht ganz verständlich, doch darum nur um so schöner. Poloff hatte sie bei einer solchen Gelegenheit gehört, ihm war eng ums Herz geworden dabei vor Kummer, daß *er* nie ein solches Gedicht machen würde, weil er eben Poloff und nur Poloff war.

Will sehen, ob ich Barnabay nicht finden kann! Poloff drehte sich auf dem Absatz um und machte sich auf die Suche.

Er suchte lange: im Wartesaal des Anhalter Bahnhofs, dort war Barnabay Stammgast, in Aschingers Stehbierhalle am Nollendorfplatz und endlich im Tiergarten. Im Tiergarten, hatte man Poloff erzählt, treibe sich Barnabay am liebsten herum.

Es wurde ziemlich spät und begann schon zu dämmern, als er endlich eine gebeugte Gestalt erblickte, die seitab von den vielbegangenen Wegen mit schlurfenden Schritten dahinzog. Barnabay trug Filzstiefel wie ein russischer Kriegsgefangener und einen uralten zerrissenen Pelzrock, dessen Taschen schwer und ausgebeult gegen seine krummen Knie niederhingen. Darin schleppte Barnabay seine ganze Habe und vor allem einen Wust schmutziger und zerknitterter Papiere, sein Gesamtwerk, mit sich herum.

Heh, Barnabay, rief Poloff hinter ihm her, daß ich dich endlich sichte, alter Kumpel, was ist los mit dir? Wo schleichst du hin? Barnabay ließ sich gerne einladen. Er lebte ja davon, daß man ihn hie und da einlud, er konnte ja nicht nur vom Kippenklauben und vom Stöbern in den Abfallkörben leben, bei dem ihn nur das Auftauchen eines Uniformierten stören konnte. Die Uniformierten waren nämlich seine Feinde, die Schupos vor allem, die blankgewichsten Wachtmeister in ihren strammsitzenden Röcken, mit ihren runden, rotbackigen, von Mißtrauen gespannten Gesichtern. Sie glaubten ja immer, ihn, Barnabay, zur Rede stellen zu müssen, wo er wohne, was er treibe und wofür er eigentlich gehalten werden sollte. Sie wollten es durchaus nicht gelten lassen, daß er eben Barnabay war, ohne Quartier, ohne Einkommen, zu nichts anderem auf der Welt, als Gedichte zu schreiben, wenn vielleicht auch nur ein Dutzend im ganzen Jahr. Aber diese Gedichte, diese Gedichte –! Nein, mit diesen Gedichten konnte er den Burschen auch nicht kommen, die waren nichts für sie: Er war und blieb in ihren Augen nichts als ein alter, höchst verdächtiger Lüderjahn.

Heute war der alte Barnabay von dieser Art Leben ziemlich zermürbt. Es war ja auch schon recht kalt, die öden Nebelwochen, die die langen Nächte brachten: *Oh, ausgelebtes Jahr, grau und versponnen in Vergeblichkeit, die morsche Schläfe, bette sie in Schnee –*. Und Barnabays Stiefel waren zerrissen, und das zitternde Elend saß ihm in den Knochen.

So kannst du nicht weitermachen, sagte Poloff. Er hatte Barnabay in eine Kneipe geführt und ihm Königsberger Klops und einen Glühwein bestellt, und noch einmal Königsberger Klops, die Barnabay gerne aß, und noch einen Glühwein, den Barnabay noch lieber trank. So geht das nicht weiter mit dir, mein lieber Kumpel, sonst sitzt du noch eines Tages hartgefroren auf einem Bänkchen. Weißt du was? Ich miete dir ein Zimmer, ja, ein Zimmer miet' ich dir, eine richtige Bude, wo du's gemütlich warm hast, jawoll, ich habe Geld, schau her! Hübsche blaue Scheinchen, Stücker vier. Dafür kannst du 'ne prima Bleibe haben. Komm, los, wir gehen gleich mieten.

Der alte Barnabay mußte schon wirklich sehr zermürbt sein, denn er gab gleich nach, und die beiden machten sich auf den Weg, um ein Zimmer zu suchen.

Sie brauchten sich nicht lange umzuschauen, denn an vielen Häusern steckten Karten, daß vermietet werde. Aber hier am Tiergarten waren die Häuser zu vornehm, da wollte Barnabay nicht hinein, so trieben sie sich eine Weile herum, bis sie eins fanden, das Barnabay angemessen schien. Dort stiegen sie hinauf in den vierten Stock und läuteten an.

Die Vermieterin öffnete und zeigte ihnen das Zimmer. Als sie hörte, daß Barnabay bei ihr einziehen wollte, wurde ihre Miene sauer.

Schauen Sie nicht so drein, Sie! sagte Poloff. Sie werden einen großen Dichter beherbergen, das sollten Sie zu schätzen wissen. Übrigens: Herr Barnabay ist mein Freund, und daß Sie's wissen, ich bezahle das Zimmer im voraus – im voraus für ein halbes Jahr, mit Frühstück. Mit Frühstück, versteht sich, wandte er sich an Barnabay, dann hast du doch jeden Morgen was Warmes im Magen, dann kann dir im Grunde nichts mehr passieren, und die Kerle von der Polente werden sich wundern, wenn du ihnen sagen kannst: Jetzt hab' ich 'ne Wohnung, und was für eine! Wollen Sie mich vielleicht besuchen? – Hehe, dann können sie dir nicht mehr an.

Poloff zahlte mit seinen Scheinen, drei hübsche blaue Scheine legte er der Wirtin auf den Tisch, und die wurde mit einem Male überaus höflich und versicherte, daß sie ihr Bestes tun und Herrn Barnabay ganz gewiß sehr zufriedenstellen werde. Ist gut, ist gut! sagte Barnabay und zitterte ein wenig, wie ein Mensch, der sein Glück noch nicht glauben kann und auch nichts Rechtes damit anzufangen weiß, aber einmal trat er doch an das Bett und legte seine hagere, gichtige Hand auf das Kissen und drückte ein wenig: es fühlte sich unvorstellbar weich und wohlig an. Und jetzt, sagte Poloff, müssen wir eins drauf trinken, daß du von nun an kein Vagabund mehr bist.

Sie gingen trinken und ließen sich's wohl sein und saßen beisammen, bis das Lokal geschlossen wurde, dann zogen sie zum nächsten, das länger offenhielt, und dann noch in ein drittes, und die ganze Nacht redeten sie über Gedichte. Über Barnabays Gedichte und die anderer Leute, über das apollinische Element der Syntax und über das dionysische des reinen Wortklanges und über das ontologische Schema, das vom Abbild der Realität ins Ideal-Absolute reicht, und über die infinitesimale Funktion des Nichts, deren ein echtes Gedicht auch nicht entbehren kann.

Poloffs Herz klopfte, und sein Geist schlug Räder, er begriff, was Barnabay meinte, und weil er es begriff, fühlte er sich erhoben, leicht, als schwebte er, und beinahe auch schon zu hohem Dichtertum berufen. Irgend etwas flüsterte ihm zu, daß, wenn er Barnabay früher getroffen hätte, er vielleicht nicht nur verkäufliche Geschichten geschrieben und seine Zeit mit banalem Plunder vertan hätte, sondern daß auch er über das apollinische Vorfeld der Syntax zu den dionysischen Heiligtümern des Urklanges vorgestoßen wäre, unbelohnt wahrscheinlich von seinem Verleger, aber im Besitz des Ideal-Absoluten, ein erleuchteter Mitverwalter infinitesimaler Funktionen.

So vergingen die Stunden, die ganze Nacht verging, und der letzte blaue Schein, den Poloff nach der Bezahlung der Miete noch behalten hatte, war längst in Münze und in den Dunst eines seligen Rausches umgewandelt worden. Und der Rausch war selig auf eine hohe und erhabene Weise und ließ die beiden der Erde spotten, die ja, wie man weiß, ein nur sehr unvollkommenes ontologisches Schema und im Grunde ein Nichts ist.

Als auch der letzte Fünfmarkschein ausgegeben und in der bauchig gefüllten Ledertasche einer verschlafenen Kassiererin verschwunden war, erwachten die beiden zu einer, wenn auch etwas schwankenden Wirklichkeit.

Es wäre Zeit gewesen für Poloff, in sein Schwieloch zurückzufahren, aber ihn graute vor der Reise in den frostigen Morgen, auch spürte er keine Lust, sich schon von Barnabay zu trennen. Weißt du was? sagte er. Wir gehen jetzt auf dein Zimmer, hauen uns hin und schlafen uns erst mal richtig aus.

Das tun wir, das tun wir, sagte Barnabay. Oh, süßer Morgen, weiß und versponnen in Vergeßlichkeit, die morsche Schläfe bette sie in Schnee!

Aus jetzt mit deinem Schnee, erwiderte Poloff, du hast jetzt ein Bett, ein ordentliches Bett wie alle ordentlichen Leute, komm, Alter, deine Klappe wird uns schmecken!

Sie gingen ein paar Schritte, aber plötzlich blieben sie stehen, beide wie angewurzelt, und fragten aus einem Munde: Weißt du denn, wo?

Poloff sah Barnabay an, und Barnabay Poloff. Und jeder sagte: Keine Ahnung.

Keine Ahnung? sagte Poloff und wurde langsam blaß.

Aber, fuhr er nach einigen Sekunden fort, wir werden die Straße schon finden, und haben wir die, dann wird es ein Kinderspiel sein, auch das Haus zu finden. Komm, Barnabay, wir müssen dort hinunter.

Nein, sagte Barnabay, wir müssen dort hinauf, dann rechts hinüber.

Wir sind aber von links gekommen, sagte Barnabay, von links, oder irr' ich mich, und es war wirklich rechts?

So rieten sie hin und her, um welche Ecken sie gebogen, durch welche Gassen sie gegangen waren, und dabei drehten sie sich miteinander im Kreis, und dann – dann wußten sie gar nichts mehr.

Sie suchten das Zimmer den ganzen Morgen, straßauf, straßab, in die Kreuz und Quere zwischen Moabit und Charlottenburg und fanden es nicht, und suchten den ganzen Tag und auch noch den nächsten – und fanden es nie mehr.

(1962)

Reise durch die Nacht

Wenn Sie zurückschauen, was sehen Sie? Gar nichts. Und wenn Sie vorwärts schauen? Erst recht nichts. Stimmt. So schaut's aus.

Es war drei Uhr nachts und es regnete. Der Zug hielt nirgends. Lichter gab es zwar irgendwo in der Landschaft, aber mit Bestimmtheit ließ sich nicht sagen, ob es Wohnstuben oder Sterne waren.

Das Gleis war ein Gleis – aber warum sollte es in den Wolken keine geben? Paris war irgendwo am Ende der Fahrt. Welches Paris? Das irdische – mit Kaffeehäusern, grünen Autobussen, Springbrunnen und schmutzigen Kalkwänden? Oder das himmlische? Teppichbelegte Badezimmer mit Aussicht auf den Bois du Boulogne? Im blauen Licht sah der Nachbar noch bleicher aus. Seine Nase war gerade, die Lippen schmal, die Zähne übertrieben klein. Er hatte glattgekämmtes Haar, wie ein Seehund. Einen Schnurrbart braucht er. Auf der Nase könnt' er balancieren. Unter den Kleidern ist er naß. Warum zeigt er die Stoßzähne nicht?

Nachdem »so schaut's aus« sagte er nichts. Er hatte den Strich unter die Rechnung gezogen. Jetzt raucht er.

Die Haut ist grau, das ist klar – gespannt ist sie auch, wenn der sich kratzt, zerreißt er. Wohin schauen? Er hat ja nur ein Gesicht und den Koffer. Was trägt er im Koffer? Werkzeug? Säge, Hammer und Meißel? Vielleicht auch einen Bohrer? Wozu braucht er einen Bohrer? Schädel anbohren? Bier trinkt man so. Wenn sie leer sind, werden sie bemalt. Wird er mein Gesicht bemalen? Welche Farben? Mit Wasser- oder Ölfarbe? Und wozu? Kinder spielen zu Ostern mit leeren Eierschalen. Seine mit Schädeln.

Alsdann, sagte er unverbindlich und drückte die Zigarette aus. Er rieb sie aus, es kratzt gegen das Aluminium. Alsdann, wie wär's?

Ich weiß nicht, sagte ich. Kann mich nicht entschließen. Versteht der Mensch keinen Spott?

Sie sind vielleicht etwas weich, sagte er. Entschließen Sie sich jetzt, in einer halben Stunde schlafen Sie sowieso, dann mach ich, was ich will.

Ich schlaf heut' nacht nicht, sagte ich, Sie haben mich gewarnt.

Warnen hilft Ihnen nichts, sagte er. Zwischen drei und vier hat jeder einen Scheintod. Sie sind ein gebildeter Mensch, das müßten Sie wissen.

Wissen schon, aber ich kann mich beherrschen.

Zwischen drei und vier, sagt der Mensch, und er rieb sich den Schnurrbart, der ihm noch wachsen sollte, sind wir alle im Plastiksackerl, da hört man nichts und sieht man nichts. Da stirbt jeder. Sterben ist eine Erholung, nach vier wacht man wieder auf, und dann geht's weiter. Sonst täten es die Leut' nicht so lang aushalten.

Ich glaub Ihnen kein Wort, Sie können mich nicht zersägen.

So wie Sie sind, kann ich Sie nicht fressen, sagte er. Sägen muß sein. Erst die Haxen, dann die Arme, dann den Kopf. Alles schön der Reihe nach.

Was machen Sie mit den Augen?

Die lutsch ich ab.

Kann man Ohrwatschel verdauen oder sind Knochen drin?

Knochen nicht, aber sie sind zäh. Ich freß eh nicht alles, glauben Sie, ich bin eine Sau?

Ein Seehund, hab ich mir gedacht.

Schon eher. Er gab es also zu. Ein Seehund, ich habe es gewußt. Er ist ein Seehund. Wieso spricht er deutsch? Seehunde sprechen dänisch und man versteht sie nicht.

Wieso sprechen Sie nicht dänisch?

Ich bin ein gebürtiger St. Pöltner, sagte er. Man hat bei uns nicht dänisch gesprochen. Ausreden, natürlich gebraucht er Ausreden. Vielleicht ist er ein St. Pöltner, in der Gegend soll es solche Menschen geben.

Und Sie leben in Frankreich?

Das könnte Ihnen doch wurscht sein, sagte er. In einer halben Stunde sind Sie weg. Wissen nützt, wenn man eine Zukunft hat, in Ihrer Lage...

Natürlich ist er wahnsinnig, aber was kann man machen. Das Kupee hat er zugesperrt (wo nimmt der Mensch die Schlüssel her?), Paris wird nie kommen. Er hat sich das richtige Wetter ausgesucht. Man sieht nichts und es regnet, natürlich kann er mich umbringen. Wer eine Angst hat, muß reden können. Beschreiben Sie mir das noch einmal, bitte. Bitte wird seiner Eitelkeit schmeicheln. Mörder sind krank, kranke Leute sind eitel. Das Bitte zieht.

Also, erst kommt der Holzhammer, sagte er, es war genau wie in der Schule... Blöden Schülern muß man alles zweimal erklären, Blödheit ist auch eine Angst, Lehrer geben Ohrfeigen oder Ziffern.

Dann, nach dem Holzhammer, kommt das Rasiermesser, das Blut muß raus, wenigstens das meiste, man verschmiert sich ohnehin den Mund bei der Leber; na, und dann kommt eben die Säge.

Nehmen Sie das Bein beim Oberschenkel oder beim Knie ab?

Meistens Oberschenkel, manchmal Knie. Wenn ich Zeit hab' beim Knie.

Und die Arme?

Die Arme nie beim Ellbogen, immer bei der Achsel.

Warum?

Vielleicht eine Gewohnheit, fragen Sie mich nicht. Der Unterarm hat wenig Fleisch, bei Ihnen überhaupt, und trotzdem, wenn er dran hängt, sieht es nach was aus. Wie essen Sie die Haxn von Backhendln?

Der Mensch hat recht.

Ein Menschenfresser kennt sich aus, wie man Menschen ißt.

Gebrauchen Sie Gewürze?

Nur Salz. Menschenfleisch ist süß, das wissen Sie auch. Wer hat schon süßes Fleisch gern.

Er öffnete den Koffer. Nein, schrie ich, ich schlaf noch nicht.

Haben S' keine Angst, Sie Haserl, ich wollte Ihnen nur zeigen, daß ich keinen Witz gemacht habe. Er suchte zwischen den Werkzeugen herum. Der Koffer hatte wirklich nur fünf Werkzeuge, sie lagen aber lose herum. Der Koffer war klein, wie ihn Ärzte haben, bei denen liegen die Instrumente aber angeschnallt, gegen den mit Samt ausstaffierten Deckel. Hier lagen sie herum. Hammer, Säge, Bohrer, Meißel und Zange. Einfache Tischlerwerkzeuge. Ein Lappen war auch dabei. Im Lappen eingerollt war das Salzfaß. Einfaches Salzfaß aus Glas, wie man es in billigen Restaurants auf den Tischen findet. Das hat er irgendwo gestohlen, sagte ich mir. Er ist ein Dieb.

Er hielt mir das Salzfaß vor die Nase. Es war Salz drin. Er schüttete mir Salz auf die Hand. Kosten Sie, sagte er, prima Tafelsalz. Er sah den Ärger in meinem Gesicht, ich war sprachlos. Er lachte. Die kleinen Zähne widerten mich an.

Ja, sagte er und lachte wieder, ich wette Sie sind lieber lebendig gesalzen als tot gefressen.

Er schloß den Koffer und zündete sich eine andere Zigarette an. Es war halb vier. Der Zug fuhr nicht, er flog, und trotzdem wird es kein Paris am Ende geben. Kein Irdisches und kein Himmlisches. Ich war in der Falle. Das Sterben kommt jedem. Ist die Art wirklich so wichtig? Man kann überfahren werden, man kann zufällig erschossen werden, man kriegt einen Herzschlag, wenn man alt genug wird, oder stirbt an Lungenkrebs, was heutzutage häufig ist. Irgendwie geht der Mensch drauf. Warum nicht gefressen werden von einem Wahnsinnigen im Schnellzug Nizza–Paris?

Alles ist Eitelkeit, natürlich nur Eitelkeit. Sterben muß man, nur will man nicht. Leben muß man nicht, will man aber. Nur das Notwendige ist wichtig. Die großen Fische fressen die Kleinen, die Lerche frißt den Wurm und singt trotzdem so schön, Katzen fressen Mäuse, und keiner hat je eine Katz dafür erschlagen – alles frißt alles, damit es am Leben bleibt, Menschen fressen Menschen, was ist daran unnatürlich? Ist Schweine- und Kälber-fressen natürlicher? Tut es mehr weh, wenn man sagen kann »es tut weh«? Tiere weinen nicht, Menschen weinen, wenn ihnen ein Verwandter stirbt, aber beim eigenen Tod, was läßt sich da weinen? Hat man sich so gern? Dann ist es Eitelkeit. Beim eigenen Tod zerbricht einem nicht das Herz. So ist das nun einmal.

Mir wurde wohl und warm zumute. Hier ist ein Wahnsinniger, er will mich auffressen. Aber wenigstens will er was. Was will ich schon. Niemanden aufzufressen, ist das vielleicht so ehrenhaft? Was bleibt noch übrig, wenn man nicht das will, was man bestimmt tun sollte?

Wenn man das Ekelhafte nicht tut, was geschieht mit dem Ekel? Der bleibt einem im Halse stecken. Dem Mann aus St. Pölten bleibt nichts im Halse steckeln. Der schluckt.

Eine Stimme sagte ganz leise, und sie klang fast zärtlich: Na, sehen Sie, Sie werden schon schläfrig, das kommt vom Nachdenken. Was erwartet Sie schon in Paris? Paris ist auch nur eine Stadt. Wen brauchen Sie schon, und wer braucht Sie? Sie fahren nach Paris. Na und? – Vom Geschlechtsverkehr und vom Trinken wird man auch nicht glücklicher. Und von der Arbeit schon gar nicht. Vom Geld haben Sie nichts. Vom Leben haben Sie einen Dreck. Schlafen Sie ruhig ein. Aufwachen werden Sie nicht, das versprech ich Ihnen.

Aber ich will gar nicht sterben, flüsterte ich. Noch nicht. Ich möcht' in Paris... spazierengehen.

In Paris spazierengehen? Große Sache. Sie werden nur müd' davon. Gibt eh' genug Spaziergänger, die sich die Geschäfte anschauen. Die Restaurants sind überfüllt. Die Bordelle auch. In Paris sind Sie überflüssig. Tun Sie mir einen Gefallen, schlafen Sie ein. Die Nacht dauert nicht ewig, und dann muß ich alles so schnell herunterschlucken, daß mir der Bauch von Ihnen weh tun wird.

Auffressen muß ich Sie. Erstens habe ich Hunger, und zweitens gefallen Sie mir. Ich hab' Ihnen gleich am Anfang gesagt, Sie gefallen mir, und Sie haben geglaubt, der Mensch ist ein Warmer. Aber jetzt wissen Sie's. Ich bin ein einfacher Menschenfresser.

Es ist kein Beruf, sondern ein Bedürfnis. Mensch, verstehen Sie doch: Sie haben jetzt einen Zweck. Ihr Leben hat einen Zweck, erst durch mich hat es einen Zweck. Sie glauben, es war ein Zufall, daß Sie zu mir ins Kupee gekommen sind? Es gibt keine Zufälle.

Glauben Sie das nicht. Ich habe Sie beobachtet, wie Sie in Nizza den ganzen Bahnsteig entlanggingen. Dann haben Sie sich zu mir ins Abteil gesetzt, ausgerechnet zu mir. Weil ich so schön bin? Keine Spur. Ist ein Seehund schön. Sie haben sich zu mir gesetzt, weil Sie gewußt haben, daß hier was los sein wird.

Ganz leise öffnete er den kleinen Koffer. Er nahm den Holzhammer heraus und schloß das Köfferchen. Den Holzhammer hielt er in der Hand.

Na, wird's? sagte er.

Gleich, sagte ich, gleich. Und auf einmal stand ich auf. Nur Gott weiß wie, aber ich stand auf den Beinen und streckte die Hand aus. Der kleine Draht riß, die Plombe fiel, der Zug fauchte und kreischte.

Man hörte Schreie von nebenan.

Dann hielt er. Der St. Pöltener ließ den Holzhammer eiligst im Koffer verschwinden, nahm seinen Mantel, und war im Nu bei der Tür. Er schloß die Tür auf und blickte sich um: Sie tun mir leid, sagte er. Dieser Unsinn wird Sie zehntausend Francs Strafe kosten, Sie Trottel, in Paris müssen Sie jetzt spazierengehen.

Leute drängten sich in das Kupee, ein Schaffner und ein Polizist tauchten auf. Zwei Soldaten und eine schwangere Frau drohten mit der Faust.

Der Seehund von St. Pölten stand bereits draußen, gleich unter meinem Fenster. Er rief etwas. Ich öffnete das Fenster: Sie haben sich aber blamiert, schrie er, auf Ihr ganzes Leben. Und so was möchte leben. Er spuckte aus, zuckte die Achsel, und mit dem kleinen Koffer in der Rechten stieg er die Böschung vorsichtig herunter und verschwand im Dunkeln. Wie ein Landarzt, der zu einer Entbindung eilt.

(1962)

Ein Herr mit Hut und ohne

Sebastian Nissenklauber wurde von bodenständigen Eltern gut-
bürgerlich in die Welt gesetzt. Das Gehen erlernte er leicht. Er kam
und schied immer rechtzeitig aus Instinkt. Darum hatte er es auch
bald gut im Leben. Weil er aber zuletzt leider meinte, ein Mensch
müsse aus eigenem denken können, verlor er seinen Hut und die
Achtung seiner Zeitgenossen.

Denn wie es nach mütterlicher Mitteilung seine ihm angeborene
Gnade gewesen, hielt er zwar die Kopfbedeckung oft behutsam
und zärtlich in der Hand, soweit dies der Anstand erforderlich
machte, doch schien es selbst bei solchem Anlaß, als sei er nicht um
die Bereicherung seines Hauptes verringert worden. Auf der Straße
aber, wenn er dem Mann von Rang an der Seite ging, war er um den
Hut auch äußerlich erhöht und nahm sich dabei sowohl gefällig als
auch erhaben aus. Nie war er um den Hut verlegen. Jeder
schmiegte sich um den Rand seiner obersten Ausbuchtungen. Keiner beengte ihn, noch drohte einer herabzufallen oder ihm über die
Ohren zu gleiten. Es war die Beschaffenheit seines Hauptes und
Haares eine solche, daß sich ihr alles anglich, was auf sie gesetzt
wurde, vielleicht aus Gründen besonderen Einpassungsvermö-
gens, vielleicht aus der Kunst der Meisterung des Filzes, vielleicht
aus geheimen magischen Anlagen.

Gänzlich abhanden gekommen sind dem Sebastian die privaten
Eindrücke seiner Kindheit, weil er sie entweder der Bescheidenheit
wegen dem Gedächtnisse unterschlug oder aus demselben verlor
zufolge Vergeßlichkeit. Dem Vernehmen nach hat er sein Bett noch
lange über die Zeit der Windeln genäßt, doch bereits damals sich
gerne und wohl genährt und, von praktischen Erwägungen geleitet, das Studium des Lebens dem der Schule vorgezogen. Er wußte
schon frühzeitig darüber Bescheid, was in fremden Töpfen gekocht
wird, und roch an mancher Küchentüre. Aus Gründen seines Ge-
schmacks und Appetits verstand er alle weiblichen Erzeugnisse eß-
barer Natur zu loben. Daher gefiel er den Köchinnen gar sehr und
fand auf diesem Wege Einlaß in gute Häuser. Gesagt muß werden,

daß er in der Provinz aufwuchs, von stoppelblonden Haaren war und daß in seinem freundlich-runden Kopf gemütlich kleine farblose Augen staken.

Ausgezeichnet verstand sich Sebastian mit beiden Eltern. Der Vater, welcher Postdirektor war, nahm den Knaben, der ein ruhiges Wesen zeigte, mit, wenn er nachmittags im Kaffeehaus tarokkierte. Und dieser lächelte dem Vater, sobald dieser ein gutes Blatt aufwies, nur dann zu, wenn gerade niemand hinschaute. Doch unterließ er das Lächeln sofort, wenn solches nicht mehr der Fall war, und änderte dann den Ausdruck seines Gesichts zur völligen Teilnahmslosigkeit. Dasselbe tat er auch dann, wenn sein Vater das Geld der andern mit haarigen Fingern einstriffe. Der Mutter half Sebastian dagegen, wenn sie sich um die Küche kümmerte, indem er vergnügt Kaffee rieb oder Zucker stieß. Auch unterstützte er sie beim Abstauben von Kasten und nähte sich selber seine Knöpfe an. Aber sogar dem Hausmädchen, welches die groben Arbeiten verrichtete, suchte Sebastian beim Putzen der Schuhe und Reinigen des Fußbodens behilflich zu sein. Daneben hinwiederum holte er sie gerne aus, und was sie über andere sagte, verwertete er seinerseits am gehörigen Ort durch Mitteilung an Interessenten gegen eine kleine Näscherei. Endlich schlichtete er auch die Streitigkeiten seiner Altersgenossen in menschenfreundlicher Art. Nie war der im Unrecht, der sich bei ihm beklagte. Wenn aber beide Parteien nacheinander kamen, gab es nacheinander zweierlei Recht. Wiewohl dergleichen Dinge manchmal bemerkt wurden oder später aufkamen, gewann er trotzdem als Richter immer die Sache, indem er seine Thesen so unbestimmt und dabei so überzeugend verfocht, daß man ihn allgemein für gerecht und weise halten mußte. Nur gegen die schönen Künste hegte er einen fanatischen Haß. Mit dem Haushund teilte er die natürliche Aversion gegen die Musik, mit dem Knechte die Verachtung der gedruckten Bücher. Einzig die Zeitung las er gern und wußte besser als die Mutter, wieviel der Kohl auf dem Markte koste, und kannte vor dem Vater die kleine Chronik der Stadt. Aus allen diesen Anlagen und Neigungen sowie Antipathien und Unlustgefühlen ergab sich sein Talent für die Politik im Vaterlande. Das war auch die Ansicht seiner Eltern, Erzieher und aller, die ihn kennen und lieben lernten.

Sogar seine sozialen Instinkte erwachten früh. Wie bereits gezeigt, half er tätig der dienenden Klasse. Als er im Alter von fünfzehn Jahren langsam mannbar wurde, entschied er sich wiederum für die Mägde, die er heimlich in den Hintern zwickte zu deren Wohlgefallen und seiner bescheidenen Erbauung. Die dicke Köchin Anna war es auch, die fünfzigjährig sein erstes richtiges Verhältnis wurde. Freilich war er nahezu siebzehn und durch die Produkte ihrer Küche sehr gesättigt, um so mehr aber lechzend nach Liebe, und schließlich konnte sie sich seinen Bitten nicht verschließen. Darüber hinaus wußte sie ihm dafür noch nützlichen Dank, zumal sie zufällig bei seinem strengsten Lehrer in Diensten stand. Irrig wäre indes der Gedanke, daß er dank ihrer Verwendung allein den Weg bis zur achten Mittelschulklasse ohne Aufenthalt ging. Vielmehr förderte er sich selbst durch stilles und würdiges Verhalten während des Unterrichts, durch gefälliges Benehmen gegenüber den Lehrern, denen er niemals verabsäumte, beim Ablegen der Überkleider behilflich zu sein, durch kollegiales Entgegenkommen für die Kameraden, zumal er selbst die Offerte der Mindestbegabten, ihm einzusagen oder ihn abschreiben zu lassen, mit rührender Bescheidenheit annahm und nutzte, nicht zuletzt auch durch Leutseligkeit am Schuldiener, mit dem er die örtlichen Vorgänge in ihrer Bedeutung für die Welt auseinandersetzte und Neuigkeiten austauschte, so daß ihm nicht nur diese dienstbar wurden, sondern auch die Vertiefung der Verbindung an sich vom Diener zum Meister einen Weg bahnte, der in sein Fahrwasser mündete, auf dem sein Schifflein geborgen schwimmen konnte. So verdankte Sebastian schließlich sein Fortkommen sich selbst allein. Denn er verstand es trefflich, mit seinen Gaben hauszuhalten und aus ihnen jede denkbare, auch außerübliche Verwendung unter Schonung der Substanz zu ziehen.

Allerdings war bei alldem vielleicht die Art von Bedeutung, wie er seinen Hut hielt, ihn wendete und drehte, wie er ihn trug, wie dieser sich an sein Haupt schmiegte und welche sonstigen Vorteile sich aus der Einheit des Jünglings mit seiner Kopfbedeckung ergaben, nicht unähnlich der Beschaffenheit des Zentaurs, dessen natürliches Reitvermögen ihn schließlich mit dem von ihm gerittenen Tier zur dauernden geistigen und leiblichen Verbindung bestimmte. Und wenn sein Leben zwischen zwei Unbekannten wie eine Gerade hätte ablaufen sollen, so gab ihm nicht nur sein natürliches Behagen, sondern auch die Krümmung des Hutes das symbolische und faktische Gleichgewicht, den Lauf der Gerade so zu krümmen, daß sie von einer Bekannten zur andern Bekannten verlief und ihm so nicht fremd, sondern geheuer blieb.

Als Sebastian jedoch reifer wurde, empfand er die Liebe zur Köchin Anna lauer, doch ließ er es sie nicht merken, weil es ihm ferne lag, sie zu kränken oder gar zu verstimmen. Er aß daher noch manches Buchtel, geformt von ihrer Hand, auf dem Schulweg oder in der Zehnuhrpause. Nur die Schäferstündchen wußte er zeitlich zu beschränken, indem er sich bald auf sichtliche Verhinderungen berief, bald auf die Schonung ihres Rufs und ihrer Person. Statt ihrer fand er in der Schwester eines Supplenten, die eine Brille und dreißig ungenutzte Lenze zur Schau trug, eine etwas jüngere Gefährtin. Er küßte sie auf ihren langen faltigen Schwanenhals, auf ihren schiefen, übelriechenden Mund und lag bei ihr heimlich manche bittersüße Nacht voll Überwindung und voll Fleiß zur Vorbereitung seines guten Fortgangs, denn er war überjährig mit achtzehn in der sechsten, wiewohl er keine Klasse zu oft gemacht, die Eltern hatten ihn nur spät in die Schule geschickt und dafür gesorgt, daß er zwecks gründlicher Reifung keine Klasse übersprang.

Im übrigen blieb er bedürfnislos und sparsam, legte gern sein Taschengeld kleinweis zusammen, um die ersten Voraussetzungen künftigen Wohlstands zu schaffen. Er trug die Früchte dieser Tugend schließlich in die Sparkasse, damit sich sein Gut gehörig verzinse. Als aber der Weltkrieg ausbrach und der Kaiser sein Volk zu den Fahnen rief, hegte Sebastian Bedenken, es könnte ihm sein Geld verlorengehn. Er hob es daher ab, brachte es heimlich heim, und wie es zu Hause war, steckte er es in einen Strumpf seiner Mutter. Weil aber auch hierbei die Furcht vor Minderung oder Plünderung seines Hortes ihn nicht verließ, nahm er diesen des Morgens einmal an sich, ging zeitig von zu Hause weg, kam zeitig dahin zurück, am Stricke zwei gute Milchziegen schleppend, die er fachkundig auf ihre Euter hatte geprüft, sodann um seine Barschaft erstanden und die er nunmehr seiner Mutter zur Pflege und Wartung anvertraute. Diese weitblickende Transaktion schuf dem jungen Sebastian seine ersten Lorbeeren auf dem Gebiete der Politik. Insonderlich, als später das Geld entwertet und die Milch rar geworden war, erkannte man vollends seinen Scharfsinn, seine weise Voraussicht, und jedermann zeigte ihn den andern als Muster und Vorbild. Sebastians Eltern aber hatten Grund, sich zweifach zu freuen. Besaßen sie nicht einen Sohn, der allen sonstigen Nachwuchs an

Kindesliebe und Klugheit meilenweit übertraf? Und war nicht nunmehr andererseits während des ganzen Kriegs der häusliche Milchbedarf gedeckt und konnten nicht außerdem Topfen, Ziegenkäse, junge Böcklein innerhalb der Familie genossen und außerhalb derselben gewinnbringend veräußert werden? Ja, im Laufe der Zeit entwickelte die Mutter unseres Helden eine prächtige und wohlgenährte Ziegenherde, zu welcher der junge Sebastian rühmlich den Grund gelegt hatte.

Das »blutige Schlachten« verschonte den Postdirektor Nissenklauber, der unentbehrlich blieb, sowie dessen Sohn, der zunächst friedlich maturierte, darauf aber, zitternd zur Musterung beschieden, ein fehlerhaftes Herz zeigte. Dieses war offenbar krank seiner Güte halber und keineswegs aus Zufall, Angst, Verfettung, noch konnte es sein, daß es der Vererbung wegen den Erfordernissen der Durchschnittsherzen nicht voll entsprach. Immerhin erlaubte man unserem Helden nicht, für das Vaterland zu sterben, was er vielleicht innerlich wünschte, wenngleich er dies niemals äußerte, zumal auch die Haltung verbietet, die tiefsten Gefühle bloßzustellen. Immerhin konnte so Sebastian in einer Ackerbauschule höheres Wissen sammeln, woselbst er fern von seinen Eltern an fremdem Ort studierte und wohin nun die verzweifelten Briefe der Köchin Anna und der bebrillten Supplentenschwester unablässig nach ihm zielten. Er aber lebte hier ruhig und eingezogen, ließ auch wenig von sich hören und oblag der Praxis emsiglich. Weniger leicht befreundete er sich mit Theorien, teils wegen deren häßlicher grauer Färbung, teils aus angeborener Abneigung gegen dieselben. Doch weitete er schließlich sein Gedächtnis, so zwar, daß er das, was ihn zu begreifen anwiderte, wenigstens auswendig hersagen konnte. Auf diese Weise erntete er langsame, aber sichere kleine Erfolge und stieg vorsichtig, hart am Geländer, die Staffeln des Lebens hinauf. Bei dieser Gelegenheit stieß er einmal auf der Treppe der Schule mit dem Ellenbogen an ein Fräulein, weshalb er sich höflichst entschuldigte. Seine Entschuldigung wurde nicht sofort, aber dafür um so umständlicher vorgebracht und entlockte dem Mädchen ein Lächeln. Dabei sah er, daß es hübsch war. Er wurde nunmehr ziemlich rot, offenbar schämte er sich deshalb vor der Dame, aber er sagte es nicht. Trotzdem ließ er von ihr nicht ab, sondern versuchte, in Entschuldigungen fortzufahren und von denselben auf andere Dinge unterwegs abzubiegen. So weit kam es aber nicht, denn ein Kollege namens Kasimir, welcher Primus war, ging auf die Angerempelte zu, die offenbar zu ihm gehörte und Ilse hieß. Mangels Beziehungen zu diesem Kasimir wurde er stehen gelassen und zufolge ungünstiger Begleitumstände kam er nicht mehr an sie heran. Das tat ihm sehr leid, denn er fühlte, daß er sich noch weiter hätte entschuldigen sollen, und er bemühte sich die folgenden Tage und Wochen um eine bessere Gelegenheit. Aus seinen Bemühungen wurde er aber dadurch plötzlich herausgerissen, daß man ihn noch einmal zur Musterung beschied, diesmal behielt und für den Dienst im Hinterland berief. Wie er vom Bahnhof wegzufahren hatte, sah er Ilsen daselbst warten. Er begrüßte sie überschwenglich, aber sie dankte ihm kalt, denn sie harrte nicht seiner, sondern Kasimirs. Mit raschem Entschlusse suchte er nach dem Kollegen, machte ihn stellig und brachte ihn ihr. Dadurch verdiente er sich ein gütiges Lächeln, aber nicht mehr, und er wollte sich diesen Lohn dadurch aufbessern lassen, daß er bei der Abschiednahme beider mehr als erforderlich lang zugegen blieb. Die Einsilbigkeit der andern, auf die er nun stieß, brachte ihn auf den Gedanken, daß einer zu viel sei und daß er derjenige sein könne, und weil er zu gehen verstand, wenn er mußte, so zog er sich diskret in den Hintergrund zurück, wo er noch alles sehen und hören konnte, ohne selbst aufzufallen, zumal er außer Aug und Ohr die Öffnungen seines Leibes verschlossen hielt. Bedauerlicherweise sprach Kasimir wenig, und Ilse nannte nur eine Wiener Adresse, die der, den sie anging, wie auch der andere (dieser heimlich) zu Papier gebracht. Darauf fuhr der Zug ab, und er sprach viel zu Kasimir, aber Kasimir redete nur sehr wenig mit ihm. Im übrigen war jener für die Front bestimmt, er aber nicht, und so blieben sie nicht lange beisammen. Den Rest der Reise verbrachte er dumpf und stumpf, schlief bald ein und wurde erst in Komorn vom Schaffner geweckt.

In der Festung Komorn mußte er exerzieren und Schildwach stehn. Das tat seiner Gesundheit nicht wohl, obwohl er pflichtgemäß und richtig Schritt vor Schritt setzte. Zuletzt wollte man ihn sogar an die Front stellen, seines zwar guten, aber nicht fehlerfreien Herzens ungeachtet. Doch litt dies der Vater im Himmel nicht und machte dem Krieg schnell ein Ende. Der Kaiser wurde vertrieben, das Reich auf ein Zehntel seines Umfangs reduziert. Doch blieb der Heimat wenigstens jener Teil erhalten, in dem Sebastian Nissenklauber geboren worden und zuständig war und wo er sich nunmehr wieder niederließ, entschlossen, dem Vaterlande zu helfen.

Keiner der vom Felde Zurückgekehrten wurde so würdig empfangen wie er. Der alte Postdirektor hatte die Honoratioren am Biertisch versammelt. Da saß nun die amtliche Elite der Gesellschaft und was von der ortsansässigen Bevölkerung Geld und Namen hatte. Auch des Kreises Abgeordneter glänzte in der Runde. Der Bürgermeister, ein Mann großen Wohlwollens und jetzt auch Dienstgeber der Köchin Anna, begann eine Rede, die erst allgemein war und die Verdienste der wackern Soldaten rühmte, dann aber auf Einzelfälle überging, wie auf besonders große Heldentaten verstorbener Söhne des Vaterlandes laut Wochenzeitung, schließlich aber ans Land kam bei dem noch lebenden, hoffnungsvollen Nachwuchs und von da ab langsam und sicher aufstieg zu Sebastian Nissenklauber, dem beliebtesten Jüngling im Umkreis, dem gerechten und hingebungsvollen Freund aller ohne Unterschied des Geschlechts und der Klasse, dem einzigen, der Teuerung und Not vorausgesehen habe und der trotz seiner Jugend, beizeiten auf den richtigen Platz gesetzt, vielleicht manches Widrige hätte verhüten können, möglicherweise sogar den Zerfall der k. u. k. Monarchie. Des Bürgermeisters Rede wurde lebhaft akklamiert. Jeder fand einen schönen Zug in Nissenklaubers Panorama. Der bescheidene Jüngling indes verbeugte sich tief und tat etwas, wozu ihn der ungewohnte Genuß des schäumenden Bieres mit veranlaßt haben mochte nebst der Evidenz seiner Dankesverpflichtung gegenüber dem Haupt der Stadt. Es hielt nämlich der Belobte eine Gegenrede und war dies das erste Mal, daß Sebastian öffentlich sprach. Seine treuherzige mannbare Stimme flötete über alle Dinge des Tageslebens hinweg. Er sprach von dem Kohl auf dem Markte und von der Ziegenzucht. Er äußerte sich über die Obliegenheiten der Mägde. Er zitierte, was er auf der Ackerbauschule fernab von der Vaterstadt an Wissen dem Gedächtnis eingeprägt. Er schilderte ergreifend den Tod in offener Feldschlacht und im Schützengraben, doch rühmte er auch gehörig der Daheimgebliebenen Opfermut in Sachen des Entsagens. Kurz und gut, er sprach von allem, was er mittelbar oder unmittelbar in Erfahrung gebracht, soweit es nicht undezent war oder ungehörig oder sonst nicht am Platze. Er gipfelte aber seine Rede grandios in einem Hoch auf das Vaterland sowie auf den Aufbau und die Sanierung.

Als er geendet hatte, stürmte ein epochaler Applaus durch das Wirtshaus, so daß sich draußen die Leute in der Spannung höchster Neugier an die Fensterscheiben drängten. Es war, als strecke ihm der selige Briareus alle Hände auf einmal entgegen, so viele Menschen suchten dankend die ihm gehörigen Finger zu quetschen. Der Abgeordnete des Kreises erging sich in schmeichelhaften Umschweifen über die rednerischen Gaben unsres Helden, doch war jedermann so stark beeindruckt, daß keiner des vom Volk Gewählten mehr achten konnte. Denn Sebastian Nissenklauber hatte alle, selbst die kühnsten Erwartungen übertroffen.

Als Sebastian Nissenklauber von den Bürgern der Stadt nach Hause getragen worden und nach Anhörung der elterlichen Lobpreisungen ins Bett gestiegen war, konnte er lange nicht einschlafen aus freudiger Erregung über seinen plötzlichen Aufstieg und Erfolg. Schließlich aber überwog die gesunde Natur, die er abgesehen von seinem Herzfehler doch hatte, seinen erhabenen Rausch, und er schlief beseligt und leicht wie ein rosenwangiger Engel. Als Sebastian aber am darauffolgenden Tage auf die Straße trat, begrüßte ihn jeder, der des Weges kam, mit vieler Ehrerbietung und mit schuldigem Respekt, und allenthalben sprach man von Aufbau und Sanierung. Wiewohl nun der junge Mann diese beiden Worte seiner Rede einem landwirtschaftlichen Buche über die Bekämpfung der Reblaus entnommen hatte, welches er nützlicherweise zu Bruchteilen memorierte, trugen dennoch die genannten zwei Vokabeln beträchtlich zu des Redners Ruhme bei. Ja, es wanderte das auserlesene Paar bald nach der Bundeshauptstadt Wien, sickerte dort mählich in die Referate der angesehensten Minister und Abgeordneten aller Parteien und in die Zeitungen jeder Schattierung. Wer aber in der ihnen später zugekommenen Bedeutung in bezug auf das neue Österreich die beiden Worte erstmalig angewendet hatte, war später nicht mehr erinnerlich. Nur in der unmittelbarsten Heimat Sebastian Nissenklaubers behielt man Gebärer und Stunde der Geburt getreulich in Erinnerung.

Wäre damals nach seiner ersten Rede Wahl in den Nationalrat gewesen und hätte Sebastian schon die nötige Zahl der Jahre hinter sich gehabt, so würde er gewißlich sehr viele Aussicht für seine Hinentsendung gehabt haben. So aber waren die Hindernisse zu groß und lagen in Gesetzen, die er nicht mitbestimmt hatte und zu denen die andern nur mittelbaren Anlaß gegeben, da sie es an der

Voraussicht fehlen ließen, daß einmal einer auftreten werde, der zwar weder die vorausgesetzten Jahre noch die Listenreihung zum Termin für sich buchen konnte, wohl aber die allgemeine Neigung und diese in größerem Ausmaß als jene, die zu festbestimmten Zeiten auftraten und das festumrissene Alter aufwiesen. So aber mußte Sebastian Nissenklauber sich damit begnügen, sein Ansehen im Ort zu pflegen, bis seine Zeit kommen würde, die so gewiß im Kommen war, wie man mit künftigen Abschnitten der Gesetzgebung mit Sicherheit rechnen konnte.

Mittlerweile hielt er sich die Köchin Anna gewogen, wiewohl er nurmehr selten Gelegenheit nahm, ihre Gunst noch unmittelbar einzuheben. Desgleichen vernachlässigte er die Supplentenschwester nicht ganz, wiewohl er auch in ihrem Falle lieber Zurückhaltung übte und sich nicht zu sehr beklagte, als sie bei Versetzung ihres Bruders diesem ebendahin zu folgen verpflichtet war. Immerhin kam er halb dienstfertig, halb verlegen zu ihrem Abschied auf den Bahnhof. Doch als ein Eilzug schlechter Schwellen halber nur langsam vorbeitummeln konnte, gewahrte er in einem Fenster desselben eine dritte Dame, die er leider nur im Mantel kannte und die diesmal ganz in Schwarz angelegt war. Es handelte sich da um Ilsen, die sich offenbar in Trauer um den nicht zurückgekehrten Kasimir befand und die er, sobald er den Schluß diesmal sehr schnell gezogen hatte, lauter als üblich grüßte, ohne daß sie freilich seinen Gruß gehört oder auf sich bezogen hatte. Darauf verließ er den Bahnhof, bevor er die Supplentenschwester in ihrem Zuge hatte unterbringen können, um nicht das Opfer einschlägiger Fragen oder Blicke zu werden.

Doch bot er sich in der Folge dem Herrn Bürgermeister zur Hilfe an, sooft dieser einer Hilfe bedurfte, und richtete es immer so ein, daß er zugegen war, wenn des Kreises Abgeordneter erschien und mit Ehren empfangen werden sollte. Dieser aber fand an ihm Gefallen und lud ihn in sein Auto ein, sobald er eines bekommen hatte. Auch stellte er ihn seiner Gattin vor, welche ihn wohlgefällig musterte, wie man durch scharfe Gläser etwas Süßes betrachtet. Zuletzt wurde er auch der Tochter präsentiert, die erst kürzlich aus dem Kloster gekommen war und die Augen überaus niederschlug. Sebastian aber machte derselben, die Auguste hieß, sittsam den Hof und wich nicht von ihr, soweit dies die Umstände erlaubten. Besonders aber sah man beide in Gesellschaft der Eltern in der Öffentlichkeit. Gegen Jahresschluß hatte er auch durch Umfrage beim Personal Aussichten und sonstige Gegebenheiten genügend überprüft und für günstig befunden.

Danach wurde seine Mutter in ein angenehm rauschendes Gewand, der Vater in den Frack getan, und beide unmittelbaren Vorfahren erschienen nun vereinigt beim Mann der Gesetzgebung, um das Anbot des gemeinsamen Kindes vorzutragen, wie es der Gepflogenheit entsprach. Geboten wurden sein Herz und was damit zusammenhängt in Tausch gegen die Überlassung der Dame dieses Herzens samt gehöriger Mitgift. Das Anbot wurde angenommen und dazu noch das Versprechen gegeben, bei gegebener Zeit seinen Platz auf der Liste der vom Volke zu Wählenden zu finden, sei es auch an des Mannes Statt, in dessen Familie er nun eintrat.

Als er in der Kutsche nach Hause zurückkehrte, fühlte er sich leiblich so wohl wie nach einer gesunden Mahlzeit und im seelischen Gleichgewicht wie nach einem ausgezeichneten Kuhhandel. Der alte Postmeister im Frack stieß ihn auch zum Zeichen des Verständnisses mit dem Ellenbogen. Aber das gefiel ihm nicht mehr, denn es erinnerte ihn an die zufällige Anrempelung Ilsens, die leider ohne Folgen blieb, auch liebte er von jetzt an nicht mehr solche Vertraulichkeiten.

Die Hochzeit fand im Mai statt. Er wurde zunächst Sekretär im Bürgermeisteramt und bezog ein kleines Häuschen am Eingang in den Ort. Auguste schlug vor dem Altar die Augen nieder, aber zu Hause schlug sie dieselben auf und erklärte dem verdutzten Manne, daß sie sehr lange im Kloster gewesen sei, aber trotzdem Gelegenheit gehabt habe, in Erfahrung zu bringen, was Liebe sei, daß solche in dieser Ehe nicht vorliege und daß sie daher von Anfang an auf ihrem Recht bestehen müsse, eine moderne Ehe zu führen. Sie nehme an, daß ihr Gatte sich mit dieser ihrer Auffassung werde abfinden können, zumal ihm ja die Verbindung nicht nur schon jetzt materielle Vorteile eingebracht habe, sondern in Zukunft noch weiter ideelle und darüber hinausgehende Aufsteigungsmöglichkeiten sichere. Sebastian wußte nicht, was er sagen sollte, denn er hatte dergleichen Ankündigungen nicht erwartet. Obwohl er nicht ganz genau erfaßte, was er sich unter einer modernen Ehe vorstellen sollte, so begann er, sich bereits jetzt auf das Schlimmste innerlich vorzubereiten. Ihn wunderte, daß Auguste das Kloster, die Eltern und auch ihn bisher getäuscht hatte, doch hielt er es für ratsamer, den Brocken zu schlucken und nichts zu sagen. Er fand sie freilich nicht unberührt, auch kam das Kind um anderthalb Monate zu früh und war doch stark entwickelt. Aber die Neigung des Schwiegervaters verschaffte ihm ein besseres Amt, und als die Wahlen angerückt kamen, fand er sich an aussichtsreichem Platz knapp hinter illustren Namen auf der Liste. Da sagte er sich, daß man im Leben nicht immer alles umsonst bekomme, sondern mitunter bezahlen müsse.

Als Gottes unerforschlichen Ratschluß, das heißt als weniger wesentlich und selbstverständlich, nahm er dagegen den Umstand an, daß sein Vater immer mehr verfiel. Es hatte ihn an seines Sohnes großem Tag ein Schlagfluß gerührt, welcher allerdings den allzu Erfreuten noch nicht tötete. Dieser nahm aber im Zuge erlittener Lähmungen an Weisheit immer mehr ab, so daß er im Tarockspiel einmal verlor, obwohl er die Trull und drei Könige in der Hand gehabt, dies zum Befremden aller Anwesenden. Dessenungeachtet ging Vater Nissenklauber erst dann beseligt und zufrieden mit Tod ab, als er auch noch die schon erfolgte und bestätigte Wahl seines Sohnes zur Kenntnis genommen hatte, eine Tatsache, die eigentlich niemand wundernahm. Denn Sebastian hatte die gesetzliche Reife erlangt, sein Schwiegervater war zu seinen Gunsten zurückgetreten, sein Platz auf der Liste vorzüglich und die allgemeine Zustimmung sicher.

Nach Beendigung der Trauer- und Freudenfeierlichkeiten geleiteten Frau und Söhnchen mit nahezu der ganzen Bevölkerung des Orts Nissenklaubern zum Bahnhof, als er sich nach Wien begeben sollte, um die heimische Siedlung und alle umliegenden Dörfer feierlich zu vertreten und zu aller Nutzen Gesetze zu machen. Und er erkletterte den Zug unter dem Wehen von zahlreichen Fähnlein und unzähligen Taschentüchern und fuhr fort in die Hauptstadt des Bundes. Er küßte seine Frau väterlich auf die Stirn und flüsterte ihr etwas zu, was er selbst nicht verstand. Wahrscheinlich hatte er vor, ihr zu sagen, sie möge ihn nicht öffentlich bloßstellen, doch fehlten ihm schließlich die Worte dazu. Er drückte dem alten Schwiegervater die Hand und schüttelte seiner weinenden Mutter die ihre. Dann winkte er allen Versammelten zu, lehnte sich im Sitz zurück und schlief. Er träumte, obwohl er dies sonst nicht tat, und er tat es, obwohl es ihm gar nicht gefiel. Er wußte vielleicht sogar, daß er träumte, und konnte doch nicht aus dem Traum heraus, bevor er zu Ende war. Er sah einen Herrn zu seiner Frau kommen, der war sehr hager und groß, so einen, wie er ihn einmal in der Nähe der Wohnung gesehen hatte, als er verfrüht nach Hause kam, und der ihn damals sogar sehr höflich grüßte, obwohl er sich nicht erinnern konnte, ihn vorher irgendwo bemerkt zu haben. Der Herr war wie ein Stutzer und unterhielt sich eingehend mit seiner Frau, mit der er sich auch küßte und über wen lachte, und das konnte nur einer sein, der nicht anwesend war. Und die Nachbarn traten aus ihren Wohnungen und lachten mit. Über diese wurde also anscheinend nicht gelacht. Darauf betrat Nissenklauber im Traum das Parlament, aber rutschte dabei aus und fiel auf sein rechtes Knie. Da lachten wieder andre, aber er war doch anwesend. Darauf wollte er etwas sagen, aber seine Stimme kam nicht von vorne, sondern von der entgegengesetzten Seite. Da lachten abermals welche, und das waren diesmal dieselben. Da nahm er seinen Hut und begegnete Ilsen. Da fiel sein Hut auf die Straße. Er wollte ihn zu fassen bekommen, erreichte ihn aber nicht, sondern erwachte.

Danach wurde sein Schlaf immer tiefer, aber er träumte nicht mehr. Wie er dem Eisenbahnwagen entstieg, wurde er geschoben und gestoßen, denn man erkannte ihn nicht. Und wie er auf die Straßen ging, in denen sich viele Lichtreklamen vorfanden, stieß man ihn abermals an, sooft er den Hals aufreckte, um die Reklameinschriften zu lesen oder die Bilder voneinander zu unterscheiden. Und wie er mit seinem Koffer das Hotel betrat, darin für ihn ein Zimmer reserviert war, stieß man ihn wiederum, bis er mit klarer und fester Stimme dem Portier seinen Namen ansagte: Sebastian Nissenklauber, Nationalrat. Da verneigte sich der Portier, und der Direktor kam heraus und nannte den Preis für das Zimmer, der seiner Erinnerung nach höher war als der von ihm vereinbarte, doch schien es ihm nicht empfehlenswert, diese Korrektur zu beanstanden. Danach ging er hinauf auf sein Zimmer, wusch daselbst sein Gesicht, sonst nichts, rasierte sich auch nicht, stelzte auf die Straße, an den Lichtreklamen vorbei, die er nicht mehr beachtete, an den Vergnügungslokalen und prominenten Geschäften vorbei, ohne den Kopf in ihrer Richtung zu bewegen. Nur an der Straßenkreuzung, an der starker Autoverkehr sich fortbewegte, stand er lange und wartete, und die Dirnen sprachen ihn an, aber er ging nicht mit ihnen.

Bei der Eröffnung des Nationalrates ergab sich keine Gelegenheit für ihn, eine Rede zu halten. Auch aus Anlaß der nächsten Sitzungen sprach er noch nicht, weil er sich etwas befangen fühlte und weil, sowie er schließlich doch das Wort ergreifen wollte, ein behenderer Konkurrent ihm dieses vorwegnahm und sich noch dazu in der gleichen Weise ausdrückte, wie er selbst es zu tun vorgehabt hatte. So beschränkte er sich zunächst darauf, einige Male »Hört, hört« zu rufen, was auch die sonstigen Hintersassen der Gesetzgebung taten. Nur, daß Sebastian versehentlich und aus Unerfahrenheit diese Laute auch bei etlichen Reden von Gegnern ausstieß, weshalb er Mißfallen bei den eigenen Leuten auslöste und die ernste und scharfe Belehrung erhielt, wann er »Hört, hört« zu rufen berechtigt wäre, wann hingegen lediglich: »Pfui, pfui!« Er lernte auch bald die parlamentarischen Wissenschaften, rief nunmehr fleißig und an richtiger Stelle besagten Appell zur Aufmerksamkeit. Genannte ablehnende Äußerung rief er jedoch nur im Chor mit seinen Parteienbrüdern. Denn es widerstrebte ihm, jemand öffentlich in dessen Gegenwart und für diesen wahrnehmbar zu beleidigen.

Dafür erlebte er jetzt noch andere Enttäuschungen. Da sich keiner um ihn kümmerte, aber fast jeder von Aufbau und Sanierung sprach, fiel ihm diese Undankbarkeit besonders auf. Daß sich die Gemüter über gleichgültige Stoffgebiete wie über Kunst und Wissenschaft mitunter erhitzten, so daß sie bombenähnlich zu explodieren schienen, beunruhigte ihn überdies. Tröstlich war hierbei nur, daß die Betroffenen bei derlei Explosionen keinen Leibesschaden nahmen, geschweige denn ihrer irdischen Hüllen verlustig gingen, ja, daß am Ende die aneinander mit Hui und Pfui beworfen habenden, vermeintlichen Feinde sich im heimlichen Winkel wieder fanden, dort offenbar über wesentliche Belange verhandelten und darüber anscheinend einig wurden, zumal sie jeder mit sich selbst zufrieden und nach Händedruck mit dem Widerpart auseinandergingen. Und wenn sie sich nach besagtem, zartem Rendezvous scheu umsahen, ob nicht etwa ein nichteingeweihter und daher schlecht informierter Außenstehender Inhalt und Art ihres Zusammentreffens zwecks späterer Fehlauslegung auszuspähen getrachtet, übersahen sie immer den Sebastian, sei es, weil man seine Anwesenheit nicht wahrnahm oder auch nicht entsprechend bewertete. Das verdroß ihn schließlich, er suchte die Gesellschaft eines Mannes, der für völkische Erneuerung dastand, Teut Kudischek hieß und seine Abstammung aus einer Verbindung der Ost- mit den Westgoten herleitete.

Dieser Mann, der sein Gesicht mit einem Bart verbarg und dessen listige Äuglein im schiefen Winkel gegeneinander heraustanzten, als ob sie den Angeredeten je von der entgegengesetzten von ihm empfundenen Seite bombardieren würden, und dessen vorangehender Schmer durch die zurückgetretene Spitzbrust ausgeglichen wurde, gab ein Witzblatt heraus, das unter dem Namen »Gick Gack« für deutsches Wesen durch Bloßstellen des Jüdischen warb. Im übrigen setzte er sich teils für Erneuerung durch Beten, teils für solche durch Turnen ein, denn er versuchte noch immer, das Christliche mit seinem Germanentum zu verbinden. Sebastian besuchte ihn inmitten seines Wirkungskreises, um ihm auf den Zahn zu fühlen. Bis dies geschehen sein würde, war er aber genötigt, sich in der Gymnastik und dem Gesange zurechtzufinden. Da ihm langweilig war, schien ihm beides besonders drollig. Am Reck kam er aber nicht recht hoch, und das Singen blieb ihm in der Kehle stecken. Dazwischen schimpfte man über die Juden, und er schimpfte gerne mit, denn er kannte keinen. Aber am Ende hatte er nichts von dem, was dieser Teut wollte, aus Kudischek herausbekommen, und als ein vorsichtiger Mann wagte er daher keine Offenbarung. Fast sehnte er sich wieder nach seinem Heimatort zurück.

Um diese Zeit schrieb ihm die Köchin Anna einen nicht nur stilistisch merkwürdigen Brief, dem er entnehmen konnte, daß bei seiner Frau daheim nicht alles in Ordnung sei, es hatte sich der im Traum geschaute Liebhaber offenbar noch durch weiteres Hilfspersonal verdrei- oder vervierfacht, und es wurde ihm nahegelegt, sofort zurückzukehren und Ordnung zu machen. Da ihm aber durchaus nicht klar war, wie er dies anstellen sollte und in welcher Weise diese Ordnung erfolgen konnte, blieb er hier.

An einem sehr sonnigen Tag saß er unter dem Schutzdach eines Wiener Kaffees und schaute in die Luft. In der Luft war nichts zu sehen, oder er sah zumindestens nichts. Aber am Tisch neben seinem saß eine Frau, und er ließ seine Blicke aus der Luft fallen und sah nach ihren Füßen. Diese Füße waren sehr anmutig und versprachen ihm viel. Und er hob seinen Blick immer weiter nach oben, konnte aber damit den Rock nicht heben, wie gern er es auch mochte. So wendete er sich endlich nach ihrem Gesicht und erkannte Ilsen von der Treppe und den beiden Bahnhöfen. Und er grüßte sie mit Ehrfurcht, die mit der Erkenntnis dazukam, stellte sich mit Namen und Rang vor und suchte sie zu erinnern.

Ilse wurde besonders ernst, wie er auf den Abschied zu sprechen kam und auf ihr Trauerkleid im Zug. Sie sagte, sie hätte Kasimirn per procuram geheiratet, als er im Felde schwer verletzt gewesen. Er wäre aber nie zurückgekommen, sondern gestorben. Nissenklauber bedauerte dies sehr und erzählte ihr sehr vieles von seiner gemeinsamen Reise mit Kasimirn Richtung Front, wiewohl das Zusammensein kurz gewesen, das Bestimmungsziel beider verschieden und wiewohl endlich nicht mehr als wenige Worte unterwegs gefallen waren. Aber Ilse pickte nach diesen Worten wie ein durchfrorener Wintersperling nach Brosamen, und so kam ein Gespräch ins Geleis und eine Bekanntschaft, die nie bestanden hatte, wurde jetzt erneuert.

Wie Sebastian in sein Hotel zurückgekehrt, befand er sich im siebenten Himmel und lächelte jedem noch viel leutseliger zu als in seiner Jugendzeit. Und wie er bald darauf wiederum das Hotel verließ, kaufte er sich ein Buch und las Gedichte, aber er verstand sie nicht. Da setzte er sich an den Tisch und lernte sie auswendig. Das hatte er in der Schule gelegentlich tun müssen, aber niemals zu tun geliebt. Danach fragte er um einen Musiklehrer und wollte Klavier spielen lernen. Zuletzt entschied er sich aber für Violine, denn der Transport schien ihm wesentlich leichter. Er hatte immer Musik gehaßt, selbst wenn er singen mußte.

Am Mittwoch machte er Ilsen einen Besuch mit einem großen Blumenstrauß. Sie nahm die Blüten entgegen und hieß ihn Platz nehmen. Sie blieb trotzdem weit von ihm entfernt, und er spürte, daß er nicht darüber hinwegkommen könnte. Dabei veranschlagte er nicht einmal seine unnütze Ausgabe und kam ihm auch nicht in den Sinn, daß er statt nützlichem Futter symbolische Duftträger vorlegte, die nur ephemerische Vorteile mit sich bringen konnten. Diese Inkonsequenz brachte ihn dazu, nicht einmal wunderzunehmen, daß es ihm nicht glückte, seine Beine in Richtung der ihrigen zu bewegen, um jenen Kontakt der Füße herzustellen, den man in Österreich »Fusserln« nennt und der von dort aufwärts strebenden sinnlichen Forschungstrieben damals ansonsten voranzugehen pflegte. Ja, er kam nicht einmal dazu, seine Beine zu rühren, hielt sie vielmehr gestreckt, und sie wurden ihm steif. Trotzdem aber vergaß er, zu gehen, als er gehen sollte, und drehte zuletzt seinen Hut in der Hand, als gehöre dieser gar nicht zu ihm, wie dies bisher stets bei ihm der Fall gewesen. Daher mußte er schließlich noch hinnehmen, daß Ilse sich zuerst erhob, ihm sagte, daß sie noch etwas anderes vorhabe, ihn verabschiedete, ohne von einem Wiedersehen zu sprechen, und dachte doch selbst an nichts anderes als an das.

In der Folge übte er das Violinspiel mit sehr viel Fleiß und wenig Geschick. Er rezitierte auch Gedichte, aber Teut Kudischek fand, daß er schlecht betone. Er suchte nach Ilsen, doch konnte sie gar nicht mehr finden.

Bei der Gelegenheit sonstiger Ratlosigkeit versuchte er nunmehr, darüber nachzudenken, wie alles gekommen war. Dabei hatte er fast den Eindruck, als sei alles bisher ohne sein Zutun gekommen, ausgenommen, daß er seine Augen und Ohren offen gehalten hatte und etwas wollte, von dem sich erst später herausstellte, was es gewesen sein konnte. Die Griffe an seinen Hut, der Schick, mit dem er diesen zu halten und zu tragen wußte, stellte er als eine angeborene Gabe gleichfalls nicht in Rechnung, obwohl diese unbedingt dazu gehörte. So schrieb er die Heirat mit Augusten und die dieser vorangegangenen Beziehungen nur rein zufälligen Verkettungen von Umständen zu, seine Neigung zu Ilsen hielt er aber für wesentlich. Was aber wesentlich und was zufällig war, hätte er durchaus nicht zu umschreiben gewußt. Auch mußte er sich zugeben, daß sie vorläufig nicht zu ihm gehörte und sich kein Anzeichen einer künftigen natürlichen Bindung voraussehen ließ, ja, daß der Zusammenhang mit seinem Leben nur der war, daß sie an dieses gestreift hatte, aber selbst dieses Streifen war eine unbeabsichtigte und vielleicht von ihm in ihrer Wirkung, ja sogar in dem tatsächlichen Vorgang an sich übertriebene Geste. Mit diesem Gedanken schlief er schließlich ein.

Am Morgen aber erhielt er einen Brief von der Supplentenschwester. Sie meinte, er habe unrecht getan, sie nicht von seiner bevorstehenden Heirat in Kenntnis zu setzen. Nun sei es freilich sicherlich zu spät. Er wäre besser zu Hause geblieben.

Aber Sebastian Nissenklauber fühlte sich völlig unberechtigtermaßen veranlaßt, dies so aufzunehmen, als ob ihn das Ganze gar nichts anginge. Dies nicht samt seiner Primogenitur, die ja nicht echt war, auch nicht die verwirklichten Jugendträume von der Köchin Anna und der Briefschreiberin selbst, wenn man überhaupt von Träumen reden durfte, denn seine jetzigen Träume hielt er für von besserer Qualität, vielleicht weil sie so zart waren, daß sie zur

Umsetzung in die Realität vorläufig untauglich schienen. Aber gerade deshalb verzichtete er auf einschlägige Versuche noch nicht. Möglicherweise aber auch bedünkte ihn das viel besser, was ersichtlich keinen Zweck hatte. Denn es war von ihm keinerlei Erkundigung eingezogen worden, mit welchem Gewinn die Bekanntschaft mit Ilsen, selbst wenn sie vertieft werden könnte, zu veranschlagen sei. Im Oktober aber, als die Blätter schon recht gelb waren (das Parlament war inzwischen auf Ferien gewesen, er nicht), strich er durch einen Park und besah ein Monument. Und wie er von dem Monument herabsah, saß eine Dame vor demselben und gehörte doch nicht dazu. Da erkannte er Ilsen und zog den Hut. Er zog den Hut nicht, wie er es gewohnt war, und dieser ließ sich auch nur widerwillig ziehn. Auch die mit gezogenem Hut Begrüßte wollte fremd tun, allein er ließ es nicht dabei bewenden. Er hatte noch die ganze Glut des Sommers in sich verstaut und rührte sie flugs aus der Asche. Er zitierte seinen Dichter, den er plötzlich zu verstehen glaubte, berief sich auf das Musikstück, das ihm mit einem Male im Ohr lag. Er sprach sicher über die Dinge, nach denen er bisher nicht gefragt hatte, und wußte plötzlich mehr, als er selbst sich zutraute. Doch von dem Aufbau und von Sanierung redete er nichts und dachte weder an Köchinnen noch an Supplentenschwestern, wiewohl er von seiner Vergangenheit manches sprach, das er nun in anderem Lichte sah als bis an den heutigen Tag. Denn es schien ihm, als ob er nicht mehr Nissenklauber wäre, sondern nur mehr Sebastian sei und nun erwarte, daß die Pfeile auf ihn niederstürmten.

Aber Ilse sah ihn tiefernst an, errötete sogar und sprach lange nicht. Als sie aber sprach, da sagte sie, so habe sie ihn nie gekannt und nie sich vorgestellt, das sei ganz ein anderer Mensch, sie wisse nicht, was sie sagen solle. Dieser Stimmungsumschwung, der einen sensiblen und daher verdächtigen weiblichen Menschen verriet, warnte aber den Sebastian auch nicht mehr. So wenig kannte er andere Frauen, die paar aus der Provinz ausgenommen, seine Mutter inbegriffen, und so sehr fühlte er sich bereits in den Bann der bisher für ihn unerreichbar gewesenen Dame verstrickt. Ja, statt einer Antwort, die nicht unbedingt öffentlich gewesen wäre, faßte er Mut und küßte sie auf den Mund, was sie noch dazu geschehen ließ, ja als verständlich hinnahm, obwohl viele Leute zugegen waren. Und auch Teut Kudischek sah es, aber mit Verachtung.

Am andern Tag rief ihn der Chef der Fraktion zu sich, räusperte sich und sprach. Es sei leider so, daß nicht alle Leute ins Parlament gehörten, auch wenn sie sonst große Vorzüge aufwiesen. Auch brauche man seinen Platz für einen andern, der hier der Partei im Augenblick bessere Dienste leisten würde als er, das müsse Herr Nissenklauber begreifen. Man werde sich aber umsehen, ob nicht für ihn ein anderer Platz gefunden werden könne, wo er nicht so sehr auffalle und an die Öffentlichkeit trete. Als nun Sebastian, teils noch beherzt, teils bereits niedergeschlagen, indem er ungeschickt seinen viel zu großen Hut drehte, nach den Gründen dieses Meinungsumschwungs fragte, wurde der Herr Fraktionsvorsitzende anscheinend wütend und unbeherrscht. Da habe man diesen Menschen bisher geschont, obwohl seine Frau mit einem fremden Manne durchgegangen sei, und die Sache vertuscht, nun küsse er sich aber noch auf öffentlichem Platz mit einer fremden Frau, noch dazu mit einer Jüdin, das schlage dem Faß den Boden aus. Er solle auf sein Mandat verzichten, sonst nehme man es ihm weg.

Sebastian Nissenklauber erbat sich nun Bedenkzeit, wie er in der Zeitung über Verurteilte gelesen, und ging auf die Straße hinaus. Er stieß auf Teut Kudischek. Der wischte den Rock, wo er ihm angekommen war, sagte »Pfui Judensau!« und spuckte vor ihm aus.

So ging er auf die Straße hinaus und dachte über sein Leben nach. Aber er dachte nicht mehr an die Vergangenheit, auch nicht mehr an die Gegenwart, er dachte nur an die Zukunft. Was konnte man sich auch über einen öffentlichen Kuß für Gedanken machen: im freien Frankreich lebt man seinem Vergnügen und küßt sich, wo es einem gefällt, im heuchlerischen England küßt man nur hinter Gardinen, öffentlich ist es schandbar, im zweideutigen Österreich kommt es darauf an, wem man begegnet und wen man küßt, nur ja kein öffentliches Ärgernis, denn hier lebt jeder in erster Linie, um den andern zu ärgern. Er dachte daher, daß es aus ist mit dem Parlament, aus mit seiner Ehe, denn man hatte ihn hinausgeschmissen, beziehungsweise verlassen. Es mußte aber auch aus mit Ilsen sein, denn wenn er selbst bisher keine Jüdin kannte, mußte diese eine gewesen sein, weil sie nicht so war wie die andern, und mit Jüdinnen durfte man öffentlich nichts zu tun haben, das hatte man ihm oft gesagt. Aber wie er sich jetzt fragte, was er überhaupt tun solle und was ihm noch übrig geblieben war, da wußte er nichts dazu zu sagen, wie er auch dort, wo er Unglück hatte, keine Schuld empfand, und wo er Glück gehabt hatte, kein Verdienst mehr sah. Da tröstete er sich, daß es die Gnade gewesen sein müsse und hörte wieder zu denken auf.

Nun brachen die Lichtreklamen an den Häusern aus, und er fühlte sich von überall angestrahlt und bloßgestellt. Wie er aber in eine Seitengasse verschwinden wollte, erhob sich plötzlich ein Wirbelwind, der den Hut vom Kopfe Sebastians wegriß und mit sich forttrug. Sebastian lief und lief trotz dem starken Wagenverkehr immer dem Hute nach. Dennoch und unter dem Gelächter des Pöbels wurde selbige Kopfbedeckung vor den Augen des entsetzten Nissenklauber von der Schutzvorrichtung einer Tramway erfaßt und verschwand in dieser.

Ende des wohlwollenden Protokolls: Ein Herr mit Hut und ohne
(1965)

Fräulein Gröschel

Freitod. Nun ja, das ist auch so ein Wort, das sich die Erfinder von Trauerrändern und die Erzeuger von Kranzschleifen ausgedacht haben müssen. Aber ich war nun wirklich frei. Nur hatte ich auch kein Geld mehr zu erwarten, denn die Ursache war ja der Bankrott. Ohne Bankrott kein Freitod; die beiden Nachrichten kamen mit gleicher Post. Für mich bedeutete der Tod meines Vaters vor allem, daß ich nun endlich mein sogenanntes Studium aufgeben konnte. Ich mußte keine Prüfung mehr nachholen, nur um in New York bleiben zu dürfen. Nun konnte allen Ernstes ein neues Leben beginnen. Ein Todesfall trennt den einen Lebensabschnitt fein säuberlich vom anderen, fast wie in meiner Schulzeit, als ich noch nicht aus der Übung gekommen war, mein Obstmesser den Kopf vom Rumpf einer Fliege. Oder, um mit der Zeit zu gehen, fast wie ein Krieg. Der mußte auch bald kommen. In Europa dauerte er schon fast zwei Jahre.

Ursprünglich hatte ich heimfahren sollen, um meine Pflicht zu tun, aber ich und Kriegsdienste, das kam nun auch nicht mehr in Frage. Außerdem, wer hatte denn mich um meine Zustimmung gefragt? Weder die eine noch die andere Seite. Dazu brauchte man mich auch gar nicht. An Leuten, die bereit sind, die eigentliche Arbeit des Schlachtens zu tun, fehlt es ja nie. Das ist, wie wenn die Stellung eines Henkers ausgeschrieben wird, da regnet es Gesuche. Und auch, wenn es den Schlachthöfen einmal an Arbeitern fehlen sollte: die müßten nur einen Farbfilm zeigen, wie das wirklich ist. Dann hätten sie genug Arbeitswillige, und die meisten wären sogar noch bereit, dafür aus der eigenen Tasche zu bezahlen. Mir wenigstens hat es später nie an Helfern gefehlt. Für mich persönlich aber war das alles nichts. Damals hatte ich eigentlich noch gar nichts unternommen – so sonderbar und unglaublich sich das heute vielleicht anhört –, weder als Auftraggeber, noch eigenhändig. Nun ja. Ich hatte, wie man so schön sagt, reine Hände, obwohl ich trotz meiner Unerfahrenheit eigentlich über diese Dinge damals schon genauso dachte wie heute.

Jedenfalls war ich mit dem Tod meines Vaters der Kinderstube entwachsen. Ich ging aufs Postamt und schickte ein Telegramm nach München; wegen einer wichtigen Prüfung könne ich leider unmöglich zur Beerdigung kommen. So.

Im College gab ich seinen Tod als Grund meines Ausscheidens an. Meinen Ahnenpaß, meine alten HJ-Papiere, Liederbücher, Mitgliedskarten und anderes Zeug zerriß ich. Dann fand ich heraus, wo das Flüchtlingskomitee war. Dort meldete ich den Tod meines Vaters als Selbstmord aus politischen Gründen, was man mir aufs Wort glaubte. Durch meine Verwandlung in einen Emigranten war auch für meinen Unterhalt gesorgt, wenn auch nur notdürftig. Es gelang mir, eine untergeordnete, elend bezahlte Stellung beim Flüchtlingskomitee zu ergattern. Aber die Arbeit selbst war kinderleicht, die Stunden waren kurz, und meine Ansprüche an das Leben waren damals natürlich noch nicht das, das sie heute sind. Ich wohnte in einem spottbilligen Zimmer in einer schlechten Gegend; heute steht dort das Gebäude der Vereinten Nationen. Die alten heruntergekommenen Häuser sind reihenweise niedergerissen worden, um für den Bau Platz zu machen.

Wenige Wochen nach meiner Verwandlung, als ich meine dumme Routinearbeit schon so gut gelernt hatte, daß ich sie tun konnte, ohne dabei an sie denken zu müssen, bekam ich einen Brief von Fräulein Gröschel, meiner alten Gouvernante, die mein Vater für mich aufgenommen hatte. Hier, in meiner Brieftasche, trage ich sie sogar noch heute mit mir herum. Da, zwei Bilder aus meiner Kinderzeit; auf dem einen, links hinter mir, die kleine Frau. Als Kind ist sie mir natürlich doppelt so groß vorgekommen.

Fräulein Gröschel hatte ein gutes Jahrzehnt in unserem mutterlosen Haus verbracht. Sie hatte mich erzogen, seit ich drei oder vier Jahre alt war. Sie war klug, zwar manchmal streng, aber immer gerecht. Ganz wie man sich eine Gouvernante vorstellt. Angeberin war sie eigentlich keine, nur ganz selten hat sie bei meinem Vater Klage über mich geführt. Ich glaube sogar, daß sie meinem Vater auch nichts gesagt hat, als sie mich einmal – ich muß fünf oder sechs gewesen sein – bei einem kleinen Kinderlaster ertappt hatte. Richtiggehend ertappt, nun ja. Aber was ich sagen wollte, betrifft eigentlich meinen Vater. Nämlich, ich glaube wirklich nicht, daß sie ihm damals etwas davon gesagt hat. Wenigstens hat mein Vater nie ein Wort davon verlauten lassen, und er war nicht der Mann, über so etwas stillschweigend hinwegzugehen. Aber die Ungewißheit, ob er es nicht doch schon wisse, und was er dazu sagen werde, quälte mich damals viele Tage lang, und den ganzen Herbst und Winter über war ich nie mehr unbefangen, wenn ich zu Fräulein Gröschel sprach oder wenn sie auch nur ins Zimmer kam.

Aber das war natürlich alles längst vergessen. Im Brief stand, daß Fräulein Gröschel vom Tod meines Vaters gehört und meine Adresse ausfindig gemacht habe. In säuberlichen, gefällig über die Seite verteilten Schriftzügen sprach sie mir ihr Beileid anläßlich des Hinscheidens meines Vaters aus. Ein Muster von einem Brief. Auch mir hatte sie als Kind beigebracht, so schön zu schreiben. Das hat mir in den letzten Jahren mehr als einmal sehr geholfen. Es macht einen guten Eindruck, am Anfang wenigstens, und nachher ist es schon zu spät.

Fräulein Gröschel hatte aber noch eine Bitte auf dem Herzen. Mit der rückte sie nicht gleich auf der ersten Seite heraus, die die schön verteilten Worte über meinen verewigten Vater trug, sondern erst auf dem nächsten Blatt. Fräulein Gröschel brauchte Hilfe; sie mußte sie sogar recht dringend brauchen, denn sie verlegte sich geradezu aufs Bitten. Sie hatte gehört, ich sei beim Flüchtlingskomitee angestellt, und deshalb bat sie mich nun, umständlich, wie es seit jeher ihre Art war, aber dabei doch flehentlich und voller Angst, ich möge doch etwas unternehmen, um ihr Gesuch zu beschleunigen. Es hänge alles davon ab.

Offenbar überschätzte sie meinen Einfluß im Komitee, denn in Wirklichkeit war ich damals wenig mehr als ein Laufjunge, der unten im Archiv die jeweils angeforderten Akten und Gesuche zu bestellen und in ihren Mappen zu den Sachbearbeitern hinaufzutragen oder die Mappen der Sachbearbeiter wieder ins Archiv hinunterzubringen hatte. Aber in der Verzweiflung versucht ein Mensch alles Mögliche und Unmögliche und macht sich Hoffnungen und Illusionen, auch dort, wo in Wirklichkeit wenig oder gar kein Anlaß dazu besteht. Ich habe seither natürlich viel mehr Gelegenheit gehabt, genau zu beobachten, wie sich Menschen benehmen, wenn man sie zur Verzweiflung treibt; aber daß Fräulein Gröschel verzweifelt war, konnte ich sogar damals schon ihrem Brief entnehmen.

Obgleich man es ihr nicht angemerkt hätte und ich mir auch nie den Kopf darüber zerbrochen hatte, war Fräulein Gröschel, wie sie mir nun schrieb, ihrer Abstammung nach Jüdin. Sie mußte deshalb versuchen, das Land möglichst bald zu verlassen. Wie eilig die Angelegenheit war, das wußte sie sehr genau, und ihre diesbezüglichen Überlegungen stimmten auch. Vom Flüchtlingskomitee in New York aus ließ sich das sehr gut beurteilen. Die politische Lage hatte sich mehr und mehr zugespitzt, die Staaten würden früher oder später in den Krieg eintreten, und befand sich Amerika erst einmal im Kriegszustand mit Deutschland, dann gab es für Fräulein Gröschel keine Hoffnung mehr, das Land zu verlassen. Ich las ihren Brief, dem sie zwei Bilder aus meiner Kinderzeit beigelegt hatte, mehrmals durch, gewissenhaft, fast als handle es sich dabei um eine der Aufgaben, die sie mir gegeben hatte, als ich noch klein war, ebenfalls immer schriftlich, Schwarz auf Weiß, fein säuberlich in ihrer korrekten Handschrift. Dann steckte ich den Brief in meine Jacke und fuhr zur Arbeit.

Ein gewöhnlicher Tag; auf den Gängen und vor den Zimmern der Sachbearbeiter die Bittsteller, unten im Archiv Mäusegeruch, Tische, auf denen Formulare ausgefüllt wurden, überall Akten in ihren Mappen, Aktenmappen wurden bestellt, angefordert, ausgetragen, eingetragen, der Empfang wurde unterschrieben, ein Stoß Akten im Aufzug zu den Sachbearbeitern hinaufgebracht, ein zweiter Stoß hinuntergetragen, angemeldet, ausgetragen, eingetragen, abgehakt, in Empfang genommen, gezählt, bestätigt, eingeordnet. So ging es weiter und weiter und weiter. Erst am Nachmittag kam mir der Brief wieder in den Sinn.

Ich weiß nicht einmal, ob es ein schöner oder ein trüber Nachmittag war, ein warmer oder kalter Tag, denn ich hatte kaum einen Blick zum Fenster hinaus geworfen, und das Komiteegebäude war natürlich zentralgeheizt. Was also die Natur dazu sagte, das weiß ich nicht. In Wirklichkeit hatte sie offenbar gar nicht viel dazu zu sagen. Nun ja, es ist eben nichts so wirklich wie die Wirklichkeit, sogar wenn sie manchmal ganz unwirklich wird. Romantiker werden sich vielleicht vorstellen, daß ein junger Mann von zweiundzwanzig Jahren sich vor seinem ersten Mord die Welt noch einmal genau ansieht, weil er sie nie mehr wieder mit unbefangenen Augen sehen wird. In Wirklichkeit aber ist eine solche romantische Art, das Leben zu sehen, weiter nichts als ein kindisch sentimentales Laster. Ich kam damals gar nicht auf derartige Gedanken.

Allerdings ist es vielleicht auch Übertreibung, ja Großsprecherei, diesen Fall schon als richtigen Mord zu bezeichnen. Zwar kann man meinem Vorgehen eine gewisse Eleganz nicht absprechen, aber die hatte es wahrscheinlich mehr den ungewöhnlichen äußeren Umständen zu verdanken, ohne die es in dieser Form überhaupt nicht möglich gewesen wäre. Außerdem war das alles kinderleicht und kaum gefährlich für mich, obwohl ich dabei auch noch einige stümperhafte Fehler gemacht habe, kleine Jugendsünden, wenn man das so nennen darf. Es war nämlich nicht einmal mein Vorsatz klar durchdacht, wenigstens nicht von Anfang an. Dennoch, wenn ich allein bin und mir Rechenschaft über alles gebe, nenne ich diese bescheidene Verrichtung trotz all ihrer Kunstfehler auch heute noch meinen ersten Mord, und er hat sich mir tiefer eingeprägt als vieles, was später geschah. Gewiß, manches von dem, was ich in den langen Jahren seither getan oder sorgfältig ins Werk gesetzt habe, ist viel interessanter und aufregender, und doch habe ich viel davon heute schon fast vergessen. Wie aber damals alles war, das weiß ich noch ganz genau.

Ich zog also an jenem Nachmittag Fräulein Gröschels Brief aus meiner Jackentasche, sah mir die Kinderbilder, die im Brief lagen, nochmals an, besonders das, auf dem auch Fräulein Gröschel zu sehen war, und steckte dann die Bilder in meine Brieftasche. Aus dem Brief schrieb ich mir die Aktennummer von Fräulein Gröschels Einwanderungsgesuch ab, die sie sorgfältig in Druckschrift rechts oben ins Eck des Briefes gemalt und mit dem Lineal unterstrichen hatte. Dann bestellte ich im Archiv ihren Akt, ganz wie ich tausende anderer Aktenmappen bestellt hatte. Als ich ihn bekam, fuhr ich nicht im Aufzug zu den Sachbearbeitern hinauf, sondern benutzte die Hintertreppe, wo sich zu halber Höhe ein Abort befand. Ich schloß mich ein, setzte mich, begann eine Zigarette zu rauchen und schlug dann den Akt auf, um ihn in aller Ruhe zu lesen. Zuerst fielen mir drei Paßbilder Fräulein Gröschels in die Hand. Nicht ohne Rührung betrachtete ich das alternde Gesicht. Es sah noch intelligent aus und war gut geschnitten, aber die Haut war schon sehr welk. Auch die Unterschrift war fast schon ein wenig zittrig. Krähenfüße hatte Fräulein Gröschel die ersten Buchstaben meiner unsicheren Kinderhand genannt. Nun schrieb sie selber Krähenfüße und trug auch eine Krakelschrift von Krähenfüßen in den Augenwinkeln und um den strengen Mund.

Der Fall Gröschel selbst war ganz einfach und bot keinerlei

Schwierigkeiten. Den Eintragungen des Sachbearbeiters nach stand er unmittelbar vor der ordnungsgemäßen günstigen Erledigung. Einer Intervention bedurfte es gar nicht.

Schon als mir Fräulein Gröschels Wort Krähenfüße eingefallen war, hatte ich lächeln müssen. Nun kam das Lächeln wieder. Ich spürte es innen im Gesicht, warm, wohltuend, aber auch mit einer Beimengung von ganz leichter Verlegenheit. Der Gedanke, Fräulein Gröschel irgendwo in New York zu treffen, auf der Straße oder unten in der schäbigen, scheppernden Metro, war ein wenig komisch. Ich sah Fräulein Gröschel am Spätnachmittag am Rand von Central Park zögern und auf die Uhr sehen, ob sie es noch wagen könne, den Park zu durchqueren, ohne von der Dunkelheit und ihren Gefahren überrascht zu werden. Oder ich sah sie in Times Square, wie sie mit etwas verbissenem Gesicht ihres Weges ging, fest entschlossen, von dem Treiben um sie her keinerlei Notiz zu nehmen. Ich fühlte mich in vergangene Zeiten zurückversetzt, in denen mir Fräulein Gröschel entgegengekommen war, um mich von der Schule abzuholen. Damals war ich bei ihrem Anblick immer ein wenig verwirrt gewesen, ja gewöhnlich zusammengefahren.

Ich schloß die Augen und kam aus der Schule nach Hause. Der Abort hatte sich in mein altes Kinderzimmer verwandelt. Fräulein Gröschels Schritte, die ich auf dem Heimweg von der Schule nie rechtzeitig gehört hatte und die mich auch im Kinderzimmer manchmal überrascht hatten, kamen die Treppe herauf. Die Schritte hörte ich nicht nur in meiner Erinnerung. Nichts ist so wirklich wie die Wirklichkeit. Draußen stieg tatsächlich jemand, der den gleichen Gang haben mußte wie Fräulein Gröschel, die Hintertreppe des Komiteegebäudes hinauf. Er kam dicht an meiner verriegelten Türe vorbei, hinter der ich mir mit angehaltenem Atem wortlos sagte, sie könne doch unmöglich schon in New York sein. Diese Schritte hatten mich aus dem Gleichgewicht gebracht. Ich war plötzlich ernst, übellaunig. Ich hatte auch schon zuviel Zeit auf dem Abort verbracht, das konnte auffallen. Ich tötete die Zigarette an einem von Fräulein Gröschels Paßbildern ab und tat sie sparsam wieder zurück in die Schachtel. Dann zerriß ich die Paßbilder Fräulein Gröschels, ihre Briefe, ihr Gesuch und ihren ganzen Akt in kleine Stücke, die ich in den Abort verschwinden ließ. Ich stopfte eine alte Zeitung, die an einem Nagel an der Wand hing, in die Mappe. Wenige Minuten später gab ich die Mappe in einem Stoß anderer Mappen im Archiv ab.

Die nächsten drei, vier Stunden lang war ich sehr nervös. Erst am Abend fand ich wieder Ruhe, als ich Fräulein Gröschel einen langen, freundlichen Brief geschrieben hatte, ihr Akt sei auf dem besten Wege, ja, so gut wie erledigt, sie möge sich doch nur noch kurze Zeit gedulden und beruhigen.

Sechs oder sieben Wochen später traten die Vereinigten Staaten in den Krieg ein. So rasch hatte ich das gar nicht erwartet, aber mit Pearl Harbour hatte ich natürlich nicht gerechnet. Nun war ich sicher. Ich wußte, daß Fräulein Gröschel in Deutschland zugrundegehen würde. Gewißheit allerdings schenkte mir erst die Nachricht von ihrem Tod, die ich kurz nach Kriegsende erhielt. Es stimmt zwar natürlich nicht, daß es der Krieg ist, der die Menschen zerstörbar macht. Nein, der Krieg zeigt nur die Zerstörbarkeit, an sich eine immer vorhandene Grundeigenschaft der Menschen, besonders deutlich. Diese Deutlichkeit ist vielleicht brutal, zugleich aber auch befreiend. Der Krieg ist, so gesehen, doch wesentlich mehr als ein Jugendlaster, von dem eine immer noch unreife Menschheit nicht loskommt. Nun ja.

Nicht, daß ich das alles heute einfach bejahte, bloß weil ich es getan habe. An meiner Handlungsweise läßt sich manches bemängeln, ich weiß. Ich hätte zum Beispiel für den Akt, den ich im Archiv behob, niemals meine Unterschrift abgeben dürfen: man übt für solche Fälle die Unterschrift eines Kollegen ein. Daß mein Plan beim Bestellen des Aktes noch gar nicht gefaßt war, entschuldigt mich nicht. Mit halbfertigen und noch nicht gründlich durchdachten Plänen geht man nicht ans Werk, sonst gibt es nachher keine saubere Arbeit, sondern nur klebrige Finger und besudelte Hände. Das ist dann nicht so einfach wegzuwaschen; das merkt man einem an.

Auch das Zerreißen und Hinunterspülen der Papiere war falsch, besonders da ich ein Feuerzeug in der Tasche trug. Überhaupt, ich hätte die Mappe mit allen Papieren unversehrt zurückgeben und später nochmals anfordern müssen. In der Zwischenzeit hätte ich alle nötigen Vorsichtsmaßregeln treffen können, um jeden Verdacht zu vermeiden oder, falls doch Verdacht aufgekommen wäre, diesen Verdacht auf jemand anderen abzulenken, auf einen meiner Kollegen oder auf eine Scheuerfrau. Solange man sich eine glaubhafte Deckung verschaffen kann, darf man nicht wählerisch sein. Nun ja, eine richtiggehende Affekthandlung, Schwamm drüber!

Jedenfalls hatte ich damals mehr Glück als Verstand. Außerdem habe ich mich für meine Unvorsichtigkeit selbst über Gebühr bestraft, denn ich hatte nachher noch längere Zeit Angst, die Sache könne eines Tages doch noch auffliegen. Ich wußte damals selbst noch nicht so recht, wie wenig einem Hilfskomitee an einem Menschen liegt. Das läßt sich nämlich mengenmäßig in Wirklichkeit gar nicht ausdrücken. Und so wirklich wie die Wirklichkeit ist überhaupt nichts. Das hat sich auch in diesem Fall gezeigt. Der Akt ist nie mehr wieder angefordert worden, nicht ein einziges Mal. Ich selbst habe später bei günstiger Gelegenheit in der Kartei nachgesehen. Nein, nichts mehr, Schluß. Die Mappe liegt wahrscheinlich noch heute irgendwo, schön eingelagert, ungeöffnet, mit der alten Zeitung drinnen.

Wie gesagt, das war mein erster Mord. Kein Meister fällt vom Himmel, und heute habe ich natürlich mehr Erfahrung und verlasse mich nicht auf die Gunst des Zufalls, sondern auf die Genauigkeit meiner Berechnungen. Allerdings, daß man Fräulein Gröschel drüben dann tatsächlich vom Leben zum Tode befördert hat, verstehe ich nicht unter Gunst des Zufalls. Mich darauf zu verlassen, war mein gutes Recht, das ich auch heute noch verteidigen würde. Als ausübende Organe waren die Behörden drüben doch ganz ungewöhnlich verläßlich, und ohne geschickte Verwendung der jeweiligen Umstände und der von ihnen sozusagen bereitgestellten ausübenden Organe ließe sich in Zeiten wie den unseren vielleicht überhaupt keine größere Tätigkeit entfalten. Meine Erfahrung hat mich auch gelehrt, daß ausübende Organe gerade dann besonders verläßlich sind, wenn sie selbst gar nicht wissen, wessen Zwecken sie dienen. Und an Leuten, die bereit sind, die eigentliche Arbeit des Schlachtens zu übernehmen, fehlt es ohnehin nie. In dieser Hinsicht kann man sich auf die Wirklichkeit verlassen.

Das Komische aber ist, daß ich in all den Jahren seither, in denen es doch wirklich nicht bei diesem einen Fall geblieben ist, bis auf den heutigen Tag noch so gut wie jedesmal nachher von Fräulein Gröschel geträumt habe. Sie sieht aber nie aus wie zuletzt auf den Paßbildern, die ich damals, als ich ihr Leben durch die alte Zeitung ersetzte, zerrissen habe. Nein, sie verändert sich immerzu. Zuerst wurde sie immer magerer, bis sie nur mehr Haut und Knochen war, kaum noch breit genug für den Gelben Stern, den ich damals im Traum immer an ihr sah, an der Bluse oder an ihrem Mantel, obgleich ich in Wirklichkeit nicht einmal weiß, ob man diesen Gelben Stern auch an der Bluse getragen hat. Das war gar nicht angenehm, aber beim Erwachen zuckte ich die Achseln und sagte mir, was aus Menschen wird, die man von klein auf kennt, das geht einem eben nahe. Außerdem konnte es ohnehin nicht mehr lange dauern, da sie doch von Traum zu Traum magerer wurde. Ich nahm an, daß sie eines Nachts sterben müsse, oder vielleicht sogar eines Tages, zwischen zwei Träumen, so daß ich in meinem nächsten oder übernächsten Traum wahrscheinlich schon Ruhe haben würde.

Das war aber ein Irrtum. Als sie wirklich nur noch ein Skelett war und ich ganz sicher annahm, sie könne den nächsten Traum nicht mehr erleben, wurde sie plötzlich wieder jung. Sie sah so aus wie auf dem einen Kinderbild aus der Zeit, als ich fünf oder sechs Jahre alt war. Nun ja. Aber seither wird sie von Traum zu Traum jünger. Ich beginne mir deshalb Sorgen zu machen. Wenn ich nämlich mein Leben nicht ändere, aber dann jedesmal so lebhaft von ihr träume, und wenn sie dabei weiterhin immer jünger wird, dann kann es mir geschehen, daß ich sie zuletzt noch betreuen muß wie ein kleines Kind.

(1965)

PETER HANDKE

Der Prozeß
(für Franz K.)

Wer hat Josef K. verleumdet?

Jemand mußte Josef K. verleumdet haben, denn ohne daß er etwas
Böses getan hätte, wurde er eines Morgens verhaftet. Auf sein Läuten betrat statt des Mädchens der Vermieterin, das ihm das Frühstück aufwarten solle, ein Fremder das Zimmer. Nach einem
kurzen Wortwechsel, antwortheischend von seiten K.s, be-
schwichtigend von seiten des Fremden, sprang K., sowohl betroffen über das Ereignis, als auch über das Gehaben des Eindringlings
verärgert, aus dem Bett, warf sich rasch in die Hose und folgte dem
Fremden in den Nebenraum. Hier traf er auf einen zweiten, der K.,
bevor dieser die beiden ob ihres Verhaltens zur Rede stellen
konnte, das Wort abschnitt und ihn für verhaftet erklärte. K.s Verlangen, den Haftbefehl zu sehen, wurde als widersetzlich abgetan;
man bedeutete ihm, die Behörde, welche die Anordnung zu seiner
Verhaftung getroffen, gehe keineswegs leichtfertig vor; nicht in der
Bevölkerung nach Schuld suchend, sondern von der Schuld gleichsam angezogen, schicke sie, wie hier, ihre Wächter aus. K. beteu-
erte seine Unschuld. Andererseits gab er an, in Unkenntnis zu sein
über das Gesetz, auf Grund dessen er verhaftet sei. Die Wächter,
die sich, während K. unbeholfen im Zimmer stand, in der Wohnung häuslich einrichteten, indem sie Wäschestücke des Verhafte-
ten an sich nahmen und sein inzwischen an die Tür gebrachtes
Frühstück verzehrten, wiesen ihn auf den Widerspruch in seiner
Aussage hin; wie könne er behaupten, schuldlos zu sein, und mit
dem gleichen Atemzug zugeben, daß das Gesetz ihm unbekannt
sei? Vergebens versuchte K., sich in die Gedanken der Männer ein-
zuschleichen. Nicht nur ungerührt, sondern auch befremdet von
seinen Fragen, die ihm selber in Anbetracht der Vorkommnisse natürlich erschienen, hießen sie ihn, sein schwarzes Gewand anzulegen, damit er in einer angemessenen Kleidung vor den Aufseher
trete. Auf K.s halb gespielte Entrüstung, die sich in fahrigem Reden

und Schreien äußerte, wurden die Wächter ganz ruhig, ja traurig, so daß er verwirrt wurde und gewissermaßen zur Besinnung kam. Schließlich war er geneigt, dies alles für einen Scherz zu halten. Er beging an diesem Tag seinen dreißigsten Geburtstag; so war es nicht ausgeschlossen, daß die Kollegen in der Bank – K. bekleidete dort die Stelle eines Prokuristen – sich mit ihm einen Spaß erlaubten. In dieser Hoffnung schickte sich K. still in die Anweisungen und verfügte sich in seinem besten schwarzen Rock in das von einem Fräulein B., einer Kanzleikraft, gemietete anstoßende Zimmer, in dem hinter dem Nachttischchen, das als Verhandlungstisch mitten in den Raum geschoben war, die Beine übereinandergeschlagen, der Aufseher saß. Dieser eröffnete K. förmlich, daß er angeklagt sei und sich der Behörde zur Verfügung halten solle. Von einer Verhaftung im Sinne einer Freiheitsbeschränkung sei vorderhand abgesehen worden; K. solle in seiner Lebensweise nicht gehindert werden; es sei ihm gestattet, sich frei zu bewegen und seinem gewohnten Beruf nachzugehen. So verließ K. zugleich mit den Fremden das Haus. Davor trennten sich die Wege der Männer; Josef K. begab sich zur Bank; wohin sich die Fremden begaben, vermochte er durch die Dazwischenkunft eines Hindernisses nicht zu erkennen.

Am Abend dieses Tages, der unter angestrengter Arbeit und ehrenden Geburtstagswünschen schnell verlaufen war, kehrte K., in der Absicht, jenes Fräulein B. aufzusuchen, nach Hause zurück. Er wartete bis tief in die Nacht, im Dunkeln in seinem Zimmer auf der Ottomane liegend. Als sie endlich kam, drang er in wenig gehöriger Weise bei ihr ein und bat sie um ein Gespräch. Sie war zunächst eher abgeneigt; sie erklärte, sie sei zum Hinfallen müde; als aber K., in seinem Wunsch, sich auszusprechen, die Rede auf die Untersuchungskommission brachte, die man ihm auf den Leib geschickt habe, gewann er ihre Aufmerksamkeit. Wiewohl sie sich als in Gerichtssachen wenig bewandert erwies, fand K. es angenehm, in ihrer Nähe zu sein. Ihr gegenüber auf der Ottomane sitzend, führte er ihr vor, was ihm widerfahren war. Indessen aber war er ergriffen von dem Anblick des Fräuleins, das, während es zuhörte, das Gesicht in eine Hand stützte und mit der anderen Hand langsam die Hüfte strich. Er wollte Bewegung machen und doch nicht weggehen; in seiner Vergegenwärtigung den Ablauf der Geschehnisse noch einmal erlebend, schrie er sogar und störte die Nachtruhe eines Mieters, der darauf stark und gebieterisch an die Tür des Nebenzimmers klopfte. K. zog das Fräulein mit sich in einen entlegenen Winkel des Zimmers. Schon auf der Ottomane hatte er ihre Stirn geküßt. Nun faßte er sie am Handgelenk, sie duldete es und führte ihn zur Tür. Als hätte er nicht erwartet, eine Tür zu finden, stockte K.; diesen Augenblick benützte das Fräulein, in das Vorzimmer zu schlüpfen. Er folgte ihr nach, lief in der Dunkelheit vor, faßte sie, küßte sie auf den Mund und dann über das ganze Gesicht. Schließlich küßte er sie auf den Hals, wo die Gurgel ist; dort ließ er die Lippen liegen. Sie wußten jedoch nichts miteinander anzufangen. Er wollte das Fräulein beim Taufnamen nennen, aber er wußte ihn nicht. So ließ er es dabei bewenden, ihr, die sich schon abwandte, die Hand zu küssen, und entfernte sich.

Einige Zeit darauf wurde er telefonisch verständigt, es werde am nächsten Sonntag eine kleine Untersuchung in seiner Angelegenheit stattfinden; als Adresse wurde ihm eine Nummer in einer ihm bisher unbekannten Vorstadtstraße gewiesen. Verschlafen von einer Stammtischfeierlichkeit, ohne zu frühstücken, machte sich K. am Sonntag auf den Weg. In der angegebenen Straße stieß er auf das angegebene Haus. Es schien sich in nichts von den anderen zu unterscheiden. Im Stiegenhaus herrschte das lebhafte Treiben von Kindern. Aus Scham, vor anderen die Untersuchungskommission zu nennen, verfiel er darauf, einen beliebigen Namen zu wählen und, während er die Stiege hinanstieg, die Parteien des Hauses nach dem Träger dieses Namens zu fragen. Naturgemäß, da es die Person nicht gab, konnte keiner ihm Auskunft geben. So gelangte er bis ins fünfte Stockwerk, in dem er hinter der ersten Tür, nachdem er geklopft hatte, ein junges Weib antraf, welches gerade in einem Kübel Kinderwäsche wusch. Auf seine Frage, von deren Beantwortung sich K. keinen Erfolg versprach, wies indes die Frau sogleich mit dem nassen Finger auf eine offene Tür in einen Saal, in dem dicht gedrängt eine große Anzahl von Männern versammelt war. Als sei die Versammlung nun vollzählig, wurde nach K.s Eintritt die Tür geschlossen. Ein Knabe nahm K. an der Hand und führte ihn nach vorn zu einem Podium, auf dem hinter einem Tisch der Untersuchungsrichter postiert war. Die Tatsache, daß der Richter, nachdem er in einem schmierigen Anmerkbuch geblättert hatte, K. bei der Erkundigung nach dessen persönlichen Verhältnissen für einen Zimmermann hielt, nahm K. zum Anlaß, sich dabei an die Menge wendend, die ihm aufmerksam zuhörte, die Art, in der sein Verfahren geführt werde, mit beredten Worten anzuprangern. Verdrossen durch die Unannehmlichkeiten, die die Vorgangsweise der Behörde mit sich brachte, steigerte er sich zu einem gewissen Zorn, der ihn schließlich dazu trieb, das Verhör, dessen Gegenstand hier offensichtlich seine Person war, mit scharfen Bemerkungen abzulehnen, ja sogar, als ein Vorfall an der hinteren Wand des Saals, bei dem jene Wäscherin, die ihm den Weg gewiesen, von einem Manne zunächst im Stehen heftig bestürmt und dann auf dem Boden liegend, überwältigt wurde, die Zuhörer seiner Rede in Zuschauer der Paarung verwandelte, sie sämtlich Lumpen zu nennen und, durch die Reihen drängend, mit dem Ruf, er schenke ihnen alle Verhöre, die Tür zu öffnen und ins Freie zu rennen.

Während der nächsten Tage aber wartete er auf eine Verständigung von dem Verhör. Da er der Meinung war, man hätte seinen Verzicht auf Verhöre nicht wörtlich genommen, nahm er an, er sei stillschweigend zur gleichen Zeit wieder geladen, und brach deshalb auf. Der Tag war jedoch sitzungsfrei, so daß er in dem Saal niemanden antraf; nur in dem Vorraum fand er wieder die Wäscherin vor, mit der er, fast gegen seinen Willen, da sie ihm schöne Augen machte, in ein Gespräch geriet. Ebenso lief es auch fast seinem Willen zuwider, als er das Weib, nach einigen plumpen Schmeicheleien von ihrer Seite, um Hilfe bat. Er wünschte eine Person seines Vertrauens zu finden; diese Frau, die, wie sich im Verlauf des Gesprächs herausstellte, die Frau des Gerichtsdieners war, konnte sich vielleicht durch ihre Beziehungen zum Gerichtswesen als nützlich erweisen, zumal, wie sie sagte, der Untersuchungsrichter einer von ihren Liebhabern war. Jedoch war K. bei ihr an die falsche geraten; wohl schaffte sie ihm auf sein Geheiß zum Beweis ihrer Zuneigung die Bücher des Untersuchungsrichters herbei, welche K., als er sie aufschlug, mit gemeinen, schamlosen Zeichnungen angefüllt fand, was ihm wieder von der üblen Beschaffenheit des Gerichtes zu zeugen schien; aber gerade, als er auf dem besten Weg war, auf ihr Drängen gemeinsam mit ihr die Flucht zu ergreifen, trat jener Mann ein, mit dem sie es auf dem Boden des Gerichtssaals getrieben hatte, entriß K. die Frau und entführte sie auf den Schultern, wobei sie, entgegen ihren Zusicherungen, der andere sei ihr unwillkommen, nur schwachen Widerstand bot. Mehr aus Neugierde als aus Verlangen folgte ihnen K. über die Stiege, wo er, nachdem er sie aus den Augen gelassen, bei einem mit ungeübter Hand geschriebenen Anschlag verhaltend, einen Hinweis entzifferte, des Inhalts, daß die Stiege zu den Gerichtskanzleien führte. K. schien es der Verlotterung des Gerichts, in dem Unterschleif und sittliche Verwahrlosung auf der Tagesordnung standen, durchaus angemessen, daß dessen Einrichtungen sich auf einem Dachboden befanden. Bevor er sich über sein weiteres Vorgehen schlüssig werden konnte, begegnete ihm ein Mann, der sich auf K.s Frage als der Gerichtsdiener entpuppte. K. nahm dessen Angebot, ihn zu den Kanzleien zu geleiten, an. Er gelangte in einen langen Gang, von dem aus roh gezimmerte Türen zu den einzelnen Abteilungen des Dachbodens führten. Ungefragt unterrichtete ihn der Gerichtsdiener, der hinter K. herging, daß die Personen, welche auf den Bänken zu beiden Seiten des Gangs saßen und sich ehrerbietend und unterwürfig erhoben, die Angeklagten seien. K. wünschte die Örtlichkeit auf dem schnellsten Weg zu verlassen. Es störte ihn, daß er, wie ein Gefangener, vor dem Gerichtsdiener hergehen mußte. Er wurde benommen. Ein Schwindel ergriff ihn. Ein Mädchen, das aus einer Tür trat, klärte ihn auf, daß die Ursache dessen die Sonne sei, die durch das Dach brenne. Ein Mann, der aus derselben Tür trat, machte sich erbötig, K. hinauszuführen. Dieser, kaum mehr fähig, auf seinen Füßen zu stehen, stimmte zu. Die Kräfte verließen ihn aber. Er mußte sich setzen. Zu seiner Erfrischung stieß das Mädchen mit einer Hakenstange eine kleine Luke auf. Ruß fiel auf den sitzenden K.. Das Mädchen zog die Luke zu und reinigte seine Hände von dem Ruß, da er außerstande war, dies selbst zu besorgen. Einerseits wäre er gern sitzen geblieben. Andererseits störte er den Parteienverkehr. So stand er, nach manchen vergeblichen Versuchen, endgültig auf. Der Mann, den das Mädchen als die Auskunftsperson beschrieb, trat herzu und faßte K. am Arm; das Mädchen faßte ihn am andern. Trotz seiner Schwäche verstimmte es K., daß von dem Schweiß und Ruß seine Frisur zerstört war. Er versuchte, seine Haltung zu bewahren; notgedrungen jedoch demütigte er sich vor allem durch die Schwäche seines Körpers. Er war wie seekrank. Als er sich in der Mitte der beiden in Bewegung setzte, glaubte er, eine andre Person zu sein; es fuhr ihm durch den Kopf, daß er den beiden ausgeliefert sei. Die Gespräche, die sie, während sie ihn schleppten, neben ihm her führten, blieben ihm

unverständlich. Er schnappte nach Luft. Endlich fand er sich draußen, von seinen Helfern auf der Stiege zurückgelassen. Er strich
sich mit Hilfe eines Taschenspiegels das Haar zurecht, hob seinen
Hut auf, der auf dem nächsten Treppenabsatz lag, und lief dann die
Treppe hinunter, so frisch und in so langen Sprüngen, daß er von
diesem Umschwung fast Angst bekam.

Wiewohl K. in der nächsten Zeit, abgesehen von kleinen unlieb-
samen Zwischenfällen, von der Behörde unbehelligt blieb, waren
seine Gedanken, dadurch, daß sie immerfort um seine Sache krei-
sten, gleichwohl von dem Prozeß beansprucht. In dem Glauben, in
Zeitnot zu sein, wurde er ungeduldig. Dazu kam eine Müdigkeit,
die ihn immer mehr einnahm, so daß seine Arbeit in der Bank, der
er sich zuvor mit vollem Eifer gewidmet hatte, zerstreut und nach-
lässig wurde. In seiner Tatenlosigkeit zerbrach er sich den Kopf,
was er unternehmen könne. Immerhin war das Verfahren seinem
beruflichen Fortkommen hinderlich. So war ihm eines Tages, eben
als er mit dem Postabschluß sehr beschäftigt war, der Besuch seines
Onkels, eines kleinen Grundbesitzers vom Land, nicht ungelegen.
Es zeigte sich zudem in einem Gespräch unter vier Augen, daß der
Onkel von dem Prozeß, der gegen K. anhängig war, schon Bescheid wußte; mit Worten, aus denen die Angst vor der Schmach
sprach, die das Ansehen der ganzen Familie auf das Spiel setzen
könnte, beschwor er den Neffen, im Verein mit ihm sogleich einen
Rechtsbeistand aufzusuchen. K., gewitzigt durch die Erfahrungen,
die er mit dem Gericht bisher gemacht hatte, konnte nicht umhin,
ihm beizupflichten. Als die beiden zu dem Advokaten gelangten,
der dem Grundbesitzer aus früheren Tagen bekannt war, erwies es
sich, aus der Auskunft der jungen Pflegerin, welche den beiden die
Tür geöffnet hatte, daß der Anwalt schwer bettlägerig war. Entgegen den Vorstellungen des Mädchens, dem Kranken nicht nahe zu
treten, stürmte der Onkel ins Zimmer und stellte sich mit lauter
Stimme dem Kranken als dessen alter Freund vor. Der Advokat,
der tief vermummt und in Decken gehüllt in dem Bett lag, erwiderte zunächst matt und mit erlöschender Stimme; als aber der
Grundbesitzer, auf K. weisend, der hinter ihm stand, sein Anliegen
vorbrachte, war er sogleich wie ausgewechselt; er richtete sich auf
und begrüßte K. lebhaft; die Pflegerin, von der K. immerzu von der
Seite angestarrt worden war, hieß er, den Raum zu verlassen. Zu
K.s Überraschung zeigte er sich von dem Prozeß bereits unterrich-

tet. Er erklärte mit einem gewissen Stolz, während er immer wieder an einem Bartstrang in der Mitte seines Bartes zog, er habe die Ehre, des öfteren in Gerichtskreisen zu verkehren; wie es der Zufall treffe, habe er heute sogar einen lieben Gast, einen Kanzleidirektor, zu Besuch, der sich in K.s Sache als nützlich erweisen könnte. Er wies bei seinen Worten in einen dunklen Winkel des Zimmers, wo sich darauf, bisher unbemerkt, von einem Lehnstuhl ein Herr erhob. Nachdem der im Bett sitzende Advokat die Herren miteinander bekannt gemacht hatte, erklärte sich der Kanzleidirektor, obzwar er, da die Geschäfte ihn riefen, wenig Zeit hätte, gern zu einer kurzen Aussprache bereit. Es geschah nun K., daß er, angewidert durch das kreuzbuckelnde Gehaben des Onkels, der den Herren gegenüber eifrig Süßholz raspelte, und unbeteiligt an dem Gespräch, das nun in Schwung kam, in die eigenen Gedanken versank und an die Pflegerin dachte. Ein Lärm aus dem Vorzimmer, wie von zerbrochenem Porzellan, ließ ihn aufhorchen. Unter dem Vorwand, nach dem rechten sehen zu wollen, ging er hinaus, langsam, als wollte er der Gesellschaft Gelegenheit geben, ihn aufzuhalten. Kaum war er draußen im Dunkeln, nahm ihn die Pflegerin an der Hand und führte ihn mit sich in ein Zimmer. Sie nötigte ihn, sich auf eine Truhe zu setzen. Sie setzte sich zu ihm. Als er sich an das Dunkel gewöhnt hatte, vergaß er alles und hatte nur noch Augen für die Pflegerin. Er umfaßte das Mädchen, das Leni hieß, und zog sie an sich, sie lehnte sich still an seine Schulter. In einem kurzen Zwiegespräch, das Gericht betreffend, riet sie ihm, ein Geständnis abzulegen. Je mehr sie über seine Sache und das Gerichtswesen sprach, desto mehr drängte sie sich an ihn. Er hob sie auf seinen Schoß. So sei es gut, sagte sie und richtete sich auf seinem Schoß ein, indem sie den Rock glättete und die Bluse zurechtzog. Wieder gerieten sie in eine Wechselrede. K. zeigte ihr ein Bild der Person, mit der er sich manches Mal abgab. Die Pflegerin, welche diese zu stark geschnürt fand, zeigte darauf K. ihre rechte Hand, an der zwischen zwei Fingern das Verbindungshäutchen fast bis zum obersten Gelenk des kleinen Fingers reichte. K. merkte im Dunkeln nicht gleich, was sie ihm zeigen wollte; so reichte sie ihm die Hand, damit er sie abtaste; verwundert spreizte er die Finger eins ums andere Mal. In Verfolg dessen kam es schließlich zum Austausch von heftigen Zärtlichkeiten; sie zog ihn mit sich auf den Boden hinab, wo er sich mit ihr einließ. Er glaubte, sie wollte ihn auffressen. Er wußte dann nicht, wieviel Zeit schon vergangen war, als er, aus dem Haustor tretend, davor im Regen seinen Onkel antraf, der ihm heftige Vorwürfe machte, da die Gerichtsperson sich schon lange verabschiedet habe, so daß die Dinge in seiner Sache, die doch heute einen günstigen Verlauf nehmen konnten, durch die Fahrlässigkeit und Trödelei K.s immer noch unverrichtet seien, vielleicht sich sogar zum Schlechteren neigten.

In der Tat schien es selbst K., der die Dinge sonst nie schwer genommen hatte, als stünde es schlecht um ihn. Im Lauf der nächsten Zeit saß er oft, mit den Gedanken abwesend, im Büro und stellte Überlegungen an. Ein Bild zeigt ihn, wie er, den Kopf zwischen die Hände schwer auf den großen leeren Tisch gelegt, mit von sich gestreckten Beinen gleichsam abgeknickt dasitzt und grübelt. Es ist auch von einer Müdigkeit die Rede, die immer mehr von ihm Besitz ergriff. Er mußte sich sagen, daß er nicht mehr er selber sei. Andere Kräfte nahmen dreist seine Arbeit in die Hand, während er untätig, darauf bedacht, daß seine Schmach noch geheim blieb, sich mit unnützen Gedanken die Zeit verscheuchte. Was konnte er unternehmen? Waren ihm Möglichkeiten zum Handeln gegeben? Aus der Auskunft seines Rechtsbeistands zu schließen, der noch immer an seiner ersten Eingabe arbeitete, war es unmöglich, über die künftigen Geschehnisse in diesem Verfahren Voraussagen anzustellen. Es gab keine Grundsätze; jene aus dem üblichen Gerichtswesen waren hier außer Kraft gesetzt. Das Verfahren wurde geheimgehalten, nicht nur vor der Öffentlichkeit, sondern auch vor dem Angeklagten selber. Die unteren Instanzen wußten nichts von den etwaigen oberen. Nicht von Rechts wegen, dünkte es K., ging man hier vor, sondern nach Willkür. Von einem Gerichtsmaler, den er auf eine Empfehlung hin aufsuchte, erfuhr er, wirkliche Freisprüche seien nur in alten Berichten erwähnt, die hinsichtlich ihres Wahrheitsgehalts aber nur Charakter von Sagen hätten. Auf Fürsprache könne er erreichen, daß er, von einer unteren Instanz, scheinbar freigesprochen werde; indes könne es dem scheinbar Freigesprochenen gerade so gut ergehen, daß er, kaum nach dem Freispruch nach Hause zurückgekehrt, von neuem verhaftet werde; die andere Möglichkeit, die K. offen stehe, sei es, mit Hilfe von öfterer Anwesenheit bei Gericht, von häufigen Eingaben, von Bestechungen und Anstiftungen den zu solchen Händeln beliebig bereiten unteren Instanzen gegenüber, den Prozeß zu verschleppen, so daß derselbe sozusagen auf der Stelle trete. All dies aber, so erkannte K. richtig, verhinderte im Grund einen wirklichen Freispruch. Er wollte sich mit dieser Unsicherheit nicht zufriedengeben. Es verdroß ihn, daß ihn der Advokat mit der Eingabe von einem Tag zum andern vertröstete; sooft dieser des langen und breiten die guten Seiten seiner Vorgangsweise erörterte, schlug K. vor Verdruß und Müdigkeit das Herz bis zum Hals; eine Beklemmung umfaßte ihn; wiewohl ihm die Nähe der Pflegerin behagte, erwog er, dem Advokaten seine Sache zu entziehen und auf eigene Faust einen endgültigen Spruch zu erwirken. Er wollte die Sache biegen oder brechen. Er hielt es nicht aus, mundtot zu sein. Er fand, daß seine Verteidigung nicht in den besten Händen war; er war überzeugt, der andre verstünde seine Sache nicht. So, wie es jetzt stand, war K. gleichsam sich selber im Wege. Die vertrauliche Mitteilung eines Angeklagten, den K. eines Tages im Hause des Advokaten antraf, darüber, daß er, neben dem Anwalt, zu seiner Verteidigung noch fünf Winkeladvokaten angeworben habe, ja, schon mit einem sechsten in Verhandlungen stehe, bestärkte K. in seiner Geringschätzung von dem Wert eines Rechtsbeistandes. Er hielt alle Vorgänge bei Gericht für ein zwielichtiges, abgekartetes Spiel. Er dachte nicht daran, ruhig seinen Kopf hinzuhalten. In Zeiten großer Müdigkeit aber, wenn er, halb über den Tisch geworfen, in seinem Büro saß, wurde ihm klar, daß er das Gericht nicht mißachten konnte. In seinem Selbstgespräch wurde er redselig vor Müdigkeit. Mit einem vorgetäuschten Zorn versuchte er seine zunehmende Schwäche zu bemänteln. Er entsann sich, daß alle Fragen, die er bezüglich seiner Sache gestellt hatte, nur Staunen über seine Unerfahrenheit bewirkten. Es kam ihm vor, als hätte er die Vorgänge in seiner Sache im Gegensatz zu den andern nie zu durchschauen vermocht. Jedesmal, wenn er fragte, war es, als fragte er Ungehöriges. Seine Fragen schienen den anderen tölpelhaft und weltfremd zu sein. Es fiel ihm auf, daß er, wenn es darauf ankam, nie bei der Sache war. Jedesmal lenkte etwas ihn ab und verstörte ihn. Im Verkehr mit der Behörde glaubte er, es sei mit vernünftigen Reden getan. Obgleich er zu Beginn keinen Trost nötig hatte, wurde er von vielen Seiten mit Worten und Gesten des Trostes behandelt, so daß er allmählich nicht ohne ihn auskam. Er war nicht mehr seelenruhig. Die Müdigkeit, die ihn umfing, machte ihn von außen zwar starr, jedoch von innen her höhlte sie ihn. Erfolglos trug er sich mit dem Gedanken, einen

Arzt aufzusuchen. An dem besagten Tag war es daran, daß er, unter Zurücklassung einer Nachricht, er müsse zu einer Verabredung, den Advokaten aufsuchte und ihm, im Dabeisein der Pflegerin und des erwähnten anderen Angeklagten, mit kurzen Worten seinen Prozeß aufsagte.

Es fanden keine Verhöre mehr statt. Er sah ein, daß es um seine Sache übel bestellt war. Stundenlang zermarterte er sich das Gehirn nach einem Ausweg. Um sein Leben zu fristen, behielt er umständehalber seine Beschäftigung bei. Wie sollte er es bewerkstelligen, daß er in das Verfahren eingreifen könnte? Die Zähne aufeinanderzubeißen, fand er lächerlich. Wer weiß, wie lange er oft saß in seinem Büro, den Kopf auf den flachen Händen auf dem leeren Tisch, während die Parteien, die um Geschäftsverbindungen mit der Bank einkamen, vergebens auf Einlaß wartend in seinem Vorzimmer saßen. Er hatte mit dem Gericht angebunden, nun würde er die Folgen zu tragen haben. Den Gedanken an Flucht schlug er sich aus dem Kopf; aus der Stadt zu gehen, wäre ein Gehen im Kreis; er hatte erfahren, daß die Machtvollkommenheit des Gerichtswesens mit seinen Einrichtungen nicht auf einen Ort beschränkt war. Oft gestand er sich demgegenüber ein, daß seine Lage es ihm angetan hatte. Von anderen Angeklagten war ihm gesagt worden, er hätte einen Zug um den Mund, der auf eine baldige Verurteilung schließen lasse. Das belustigte K. Schließlich war er sogar neugierig.

Ein Erlebnis im Dom, in welchem er einem ausländischen Geschäftsfreund im Auftrag des Direktors der Bank die Kunstschätze zeigen sollte, bestärkte K. in seinen schweren Gedanken. Als er nämlich, nach langem, vergeblichem Warten auf den Besucher, den düsteren Schiffen der Kirche soeben enteilen wollte, ließ eine Stimme ihn stocken und stehen bleiben, die seinen Namen rief. Josef K. sah vor sich auf den Boden. Es gab keine Ausflüchte mehr, es war sein Name. Vorläufig war er noch frei, er konnte weitergehen und durch eine der kleinen, dunklen Holztüren, die nicht weit von ihm waren, sich davonmachen. Es würde eben bedeuten, daß er nicht verstanden hatte, oder, daß er zwar verstanden hatte, sich aber nicht darum kümmern wollte. Hätte der Geistliche, denn ein solcher war es, noch einmal gerufen, wäre K. gewiß fortgegangen; da es aber still blieb, wendete er den Kopf und sah den Mann dort still auf der Kanzel stehen. So machte er kehrt und lief mit langen, fliegenden Schritten, von Neugierde getrieben, der Kanzel entgegen. Der Geistliche wies mit einem Finger scharf auf einen Platz dicht unter der Kanzel. Du bist Josef K., sagte er. K., dem sein Name seit einiger Zeit eine Last war, bejahte. Du bist angeklagt, sagte der Geistliche besonders leise. K. bestätigte. Sein Prozeß stehe schlecht, bemerkte der Geistliche, er werde über ein niedriges Gericht vielleicht nicht hinauskommen. So ist es also, sagte K. und senkte den Kopf. Dann aber gebärdete er sich wieder wortreich und schwätzte seine üblichen sorglosen Reden. Siehst du denn nicht zwei Schritte weit? schrie der Geistliche plötzlich zu K. hinunter. Darauf schwiegen beide lange. Auf K.s leise Aufforderung stieg der Geistliche nun von der Kanzel. Während sie gemeinsam aus dem Gotteshaus schritten, trug der Geistliche K. das bekannte Gleichnis von dem Mann vor, der, vom Land vor das Gesetz gekommen, auf seine Bitten von dem Wächter vor dem Einlaß des Gesetzes nicht eingelassen wird, jedoch, als es nach einem lebenslangen Warten vor dem Gesetz mit ihm ans Sterben kommt, von dem Wächter erfahren muß, daß dieser Einlaß nur für ihn bestimmt war. Die Erzählung nahm K. sehr gefangen; er wollte sie ausgelegt wissen; der Geistliche trug ihm zuletzt die verschiedenen Auslegungen vor, erklärte aber, diese seien oft nur ein Ausdruck der Verzweiflung der Schrift gegenüber, die selber unverständlich sei.

Am Vorabend seines einunddreißigsten Geburtstags – es war gegen neun Uhr abends, die Zeit der Stille auf den Straßen – wurde K. von zwei schwarz gekleideten Herren in seiner Wohnung abgeholt, K., ebenfalls schwarz gekleidet, gestand sich ein, einen anderen Besuch erwartet zu haben. Er leistete indes keinen Widerstand. Nachdem er seinen Hut geholt hatte, ging er, bestrebt, kein Aufsehen zu erregen, mit den Herren aus der Wohnung. Auf der Straße hängten sie sich in ihn ein, in einer Weise, wie K. noch niemals mit einem Menschen gegangen war. Er nahm sich vor, bis zum Ende den ruhig einteilenden Verstand zu behalten, der ihm auch zu seiner verhältnismäßig hohen Stellung verholfen hatte. Sie führten ihn schnell aus der Stadt. Es lag ihm nichts mehr an einem Eingreifen von dritter Seite. Als einmal ein Polizist an die Gruppe herantrat, war K. es, der die stockenden Männer weiterzog. In einem kleinen, verlassenen Steinbruch außerhalb der Stadt machten sie halt, sei es, daß dieser Ort von allem Anfang an ihr Ziel gewesen, sei es, daß die Herren zu erschöpft waren, noch weiter zu laufen. Sie ließen K. los. Nach dem Austausch einiger Höflichkeiten hinsichtlich dessen, wer die nächsten Aufgaben auszuführen habe – die Herren schienen die Aufträge ungeteilt bekommen zu haben –, ging der eine zu K. und zog ihm den Rock, die Weste und schließlich das Hemd aus. K. fröstelte unwillkürlich, worauf ihm der Herr einen leichten, beruhigenden Schlag auf den Rücken gab. Dann legte er die Sachen sorgfältig zusammen, wie Dinge, die man noch gebrauchen wird, wenn auch nicht in allernächster Zeit. Die Herren setzten K. auf die Erde nieder, lehnten ihn an einen Stein und betteten seinen Kopf obenauf. Schließlich entnahm ein Herr seinem Gehrock ein langes, dünnes, beiderseitig geschärftes Fleischermesser, hielt es hoch und prüfte die Schärfe im Mondlicht. Höflich reichten die beiden einander das Messer über K. hinweg und wiederholten wieder und wieder diese Gebärde, in der Hoffnung, K. werde zugreifen und ihnen die Arbeit abnehmen. K. dachte jedoch nicht daran. Es erschien ihm wie eine Rechtfertigung, daß er sie gewähren ließ. Viele Fragen stürmten noch auf ihn ein. Die Zeit schien ihm still zu stehen.

Er hob die Hände und spreizte alle Finger.

Aber an K.s Gurgel legten sich die Hände des einen Herrn, während der andere das Messer ihm tief ins Herz stieß und zweimal dort drehte. Mit brechenden Augen sah noch K., wie die Herren, nahe vor seinem Gesicht, Wange an Wange aneinandergelehnt, die Entscheidung beobachteten. Wie ein Hund! sagte er, es war, als sollte die Scham ihn überleben.

(1965)

MARLEN HAUSHOFER

Der Wüstling

Laurenz war das, was man früher in Romanen als ›Wüstling‹ bezeichnet hätte. Er wußte selber nicht, wie es mit ihm dahin gekommen war. Seiner Meinung nach war er schon in der Schule ein Wüstling gewesen, und schon damals hatte ihm dies Scherereien eingebracht. Gelegentlich dachte er sogar darüber nach, was man dagegen hätte tun können, kam aber nie zu einer Lösung, weil jedesmal irgendein Weibsbild auftauchte und ihn am ernsthaften Nachdenken hinderte.

Da er nebenbei auch einen Beruf ausüben und Geld verdienen mußte, hielt er es für unrationell, mit mühsamen und langwierigen Annäherungsversuchen kostbare Zeit zu verschwenden, und fand schließlich ein Schema, in das fast jede Frau paßte. Es gab Kuhfrauen, Ziegendamen, Kätzinnen und Hundefrauen, natürlich auch Reptilien und Vogelweibchen; eine Pferdefrau, eine echte Hyäne, ein Frettchen, Füchsinnen und allerhand Kaninchen-, Meerschweinchen- und Hühnerfrauen hatten seinen Weg gekreuzt.

Sobald eine Frau sein Interesse erregt hatte, ordnete er sie in sein Schema ein und behandelte sie entsprechend. Und fast immer funktionierte das ganz ausgezeichnet. Kuhfrauen standen menschlich bei ihm in hohem Ansehen, aber wenn es sich machen ließ, ging er ihnen aus dem Wege. Er konnte sie nämlich nicht weinen sehen und wurde sie daher sehr schwer wieder los. Außerdem waren sie ihm irgendwie überlegen, in ihrer unerschütterlichen Gelassenheit, mit diesem prächtigen weißen Fleisch und der großartigen Einfachheit ihrer Gunstbeweise. Es war eine erhebende Sache, der Geliebte einer Kuhfrau zu sein, aber lange war er ihr nicht gewachsen. Eine derartige Frau verlangte große, starke Gefühle, die vorzuspiegeln auf die Dauer über seine Kräfte ging.

Ziegendamen konnten amüsant sein und hatten Einfälle, die ihm sogar ein wenig extravagant erschienen, andererseits mochte er ihre Körper nicht und konnte ihre Stimmen schlecht ertragen. Am erfreulichsten waren Kätzinnen, aber nur wenn man sie nicht liebte und alles ein Spiel blieb. Vor Hundefrauen, es schien eine ganze

Menge von ihnen zu geben, war er seit einer sehr quälenden Erfahrung auf der Hut. Sobald ihn einer ihrer treuen, seelenvollen Blicke traf, ergriff er die Flucht. Er war kein Sadist, und so langweilten ihn diese armen Geschöpfe tödlich. Kaninchen-, Meerschweinchen- und Hühnerfrauen, die Masse der Frauen überhaupt, waren im allgemeinen doch zu dumm, wenn es sich auch nicht immer umgehen ließ, sie en passant mitzunehmen. Einmal, als ganz junger Mensch, hatte er fürchterlich unter einem Frettchen gelitten, das ihn, in unbegreiflichen Anfällen von Mordlust, gebissen, gekratzt und überhaupt arg zugerichtet hatte. Da er auch kein Masochist war, blieb es sein einziges Frettchen.

Verliebt hatte er sich bisher nur zweimal in seinem Leben, und niemand hatte sich mehr darüber gewundert als er selber, daß er dazu fähig war. Seine erste große Liebe hieß Pia, ein bachstelzenartiges Wesen, mit einem Hälschen so dünn, daß er es mit einer Hand fest umspannen konnte, jettschwarzen runden Augen, einer spitzen Nase und mageren X-Beinen. Sie hatte eine Art, mit den Armen wie mit Flügeln zu schlagen und das Köpfchen ruckartig hin und her zu bewegen, die ihn in Entzücken versetzte. Dabei verstand er selber nicht, was er an ihr liebte, vielleicht war es ihre völlige Fremdartigkeit. Er hoffte, sie eines Tages ganz fest und ruhig in die Arme zu nehmen und ihren schwarzen Kopf an seine Brust zu betten, endlich still und gefangen. Aber dazu kam es nie; wenn er nämlich liebte, ließen ihn seine Wüstlingserfahrungen vollkommen im Stich. Pia hatte einen älteren Mann geheiratet und drei kleine Bachstelzen bekommen. Laurenz hatte sich eine Zeitlang den Kopf darüber zerbrochen, wie es seinem Rivalen gelungen sein mochte, diese Kinder zu zeugen, und bildete sich ein, es wäre in Windeseile geschehen, im Vorbeifliegen sozusagen.

Nachdem er diesen Kummer jahrelang unter flüchtigen Liebschaften begraben hatte und sich schon ganz als zynischer Lebemann fühlte, passierte es ihm wieder. Er verliebte sich in eine Pferdefrau namens Hertha, eine wirkliche Dame, mit einer weißblonden Mähne, langen, blanken Zähnen und wunderschönen Schädelknochen. Da er ja keinen Mangel leiden mußte, war es ihm ein leichtes, Hertha platonisch zu lieben. Er wollte sie nicht besitzen, nur in ihrer Nähe sein, ihren Kopf bewundern und äußerstenfalls ihre feinen, langen Fingerknochen betasten. Sie besaß einfach das schönste Skelett, und im Grunde war er in ihr Skelett verliebt, denn selbst damals wußte er, daß sie unerträglich langweilig war. Diese Passion dauerte sechs Monate, dann heiratete Hertha einen häßlichen, reichen Menschen. Sie besaß keinen Knopf, nur einen einigermaßen vornehmen Namen, und da sie arbeitsscheu und anspruchsvoll war, konnte sie Laurenz' Antrag nicht annehmen. Dafür bewahrte er ihr immer eine gewisse Dankbarkeit und Zuneigung und begleitete sie sogar noch Jahre später, ein-, zweimal im Jahr in langweilige Ausstellungen.

Und das flotte Leben ging weiter; so weit, daß ihm manchmal davor grauste. Er vermutete, daß er auf irgendeinem Gebiet etwas hätte leisten können, wäre es ihm gelungen, eine ganze Woche lang abends daheim zu bleiben und nachzudenken. Aber dazu kam es nie, er saß zwar öfters abends daheim, aber niemals allein. Wohin er sah, Frauen und wieder Frauen, und irgend etwas zwang ihn, sich ihnen zu nähern, auch wenn er gar nicht die Absicht hatte. Oft fühlte er sich wie ein Automat; und einmal, nach einer besonders ärgerlichen Episode, suchte er einen Arzt auf und fragte ihn um Rat. Es schien nicht der richtige Arzt zu sein, jedenfalls wurde er böse, glaubte, Laurenz wollte sich über ihn lustig machen, und ließ sich nur langsam beruhigen. Er sagte ihm, daß er täglich von Männern wegen ganz entgegengesetzter Beschwerden konsultiert werde, und Laurenz solle heiraten, dann werde sich alles von selber geben. Laurenz ging betroffen heim, und nichts änderte sich. Dabei wurde ihm sein Wüstlingsleben immer unerträglicher und langweiliger. Die Frauen wechselten bei ihm immer rascher, aber die Sache selbst blieb dieselbe. Es war ebenso langweilig, wie täglich zu essen, sich aus- und anzuziehen, die Zähne zu putzen und dergleichen. Wenn er nicht gerade mit einer Frau zusammen war, sagte er sich, daß die Genüsse, die dieses Leben ihm bot, den Ärger nicht länger aufwogen. Es wurde ihm immer mehr zuwider, die Frauen wieder loswerden zu müssen. Während sein Magen sich beim Anblick ihrer Tränen vor Mitleid zusammenzog, fühlte er zugleich Haß gegen diese Geschöpfe, die ihn zwangen, Dinge zu sagen und zu tun, die er selber verabscheute.

An diesem Tiefpunkt seines Lebens verliebte er sich ungläubig und widerstrebend ein drittes Mal. Diesmal war es seine Sekretärin, ein Schimpansenmädchen. Sie war sehr drollig, und ihr Gesicht, das er leicht mit einer Hand hätte bedecken können, sah aus wie die Karikatur eines Kleinmädchengesichts, die Augen zu groß, der Mund zu weit und die Nase ein bißchen zu flach. Und ihre Frisur erinnerte an eine Pelzmütze aus feinem schwarzem Affenhaar. Er hielt sich jetzt sehr gern in seinem Büro auf und arbeitete mehr als sonst. Es machte ihn froh, ihr bewegliches Gesicht zu beobachten, das keine Minute lang denselben Ausdruck festhalten konnte. Er rührte sie kaum an, höchstens strich er mit der Hand über ihre Wange oder gab ihr einen zärtlichen Nasenstüber, alles wie im Scherz und väterlich. Diese Rolle lag ihm zwar gar nicht, aber er war vierzig, und sie einundzwanzig, sie würde nichts dabei finden. Manchmal, wenn er die Tür zu ihrem Zimmer öffnete, ertappte er sie mit einem Gesicht, das sie offenbar nur aufsetzte, wenn sie allein war: eine tieftraurige Maske mit abwärtsgebogenen Mundwinkeln und melancholischem Blick. Ihre Augen waren wie von Staub bedeckt, die hoffnungslosen Augen einer kleinen Schimpansin im Käfig. Am liebsten hätte er ihr eine Banane hingereicht. Sobald sie ihn aber sah, setzte sie sofort ihr strahlendes Kindergesicht auf, als wäre er der Nikolaus und im Begriff, ihr einen Sack voll Süßigkeiten auf den Schreibtisch zu legen. Nach wenigen Wochen fing er an, sie hübsch zu finden, und bald darauf war sie die einzige Frau, die anzusehen sich lohnte, was ihn aber nicht daran hinderte, sich nachts weiterhin seiner automatenhaften Betätigung hinzugeben. Übrigens wußte er gar nichts über seine neue Liebe als ihren Namen und daß sie eine passable Sekretärin war, ein bißchen eigenwillig und zu intelligent für diesen Beruf; Stenographieren und Maschinenschreiben waren nicht ihre Stärke, dafür war sie imstande, mit Menschen zu verhandeln, und hatte oft recht brauchbare Ideen. Sie hieß Marietta, nach einer halbitalienischen Mutter. Das war aber das Äußerste, was er ihr hatte entlocken können. Ja, und daß sie in Untermiete wohnte, wo er sie telefonisch erreichen konnte. So freundlich und ansprechbar sie sonst war, so zugeknöpft blieb sie, soweit es ihre eigene Person betraf. Durch Zufall entdeckte er, daß sie Karikaturen zeichnete, rasch hingekritzelte Köpfe, die ernüchternd und erschreckend auf ihn wirkten. Er konnte sich nicht vorstellen, daß ein junges Mädchen diesen kalten, scharfen Blick besitzen sollte, und der Gedanke, daß sie auch ihn auf diese Weise sehen mochte, war ein wenig unheimlich. Aber er zweifelte nicht an ihrer Begabung, und sicher wußten auch andere Leute davon. Vielleicht rannte Marietta in ihrer Freizeit mit ungewaschenen Malern herum. Und er konnte gar nichts dagegen unternehmen; der Gedanke war unerträglich.

Er fing an, den angenehmen, jovialen Chef herauszukehren; er begleitete sie täglich zum Mittagessen in ein winziges italienisches Restaurant, gleich um die Ecke. Und da er nicht wagte, sie einzuladen, aß er stets eine Portion Spaghetti und trank billigen Rotwein dazu. Das einförmige Essen hing ihm nachgerade zum Halse heraus, aber er sah keine andere Möglichkeit, mit Marietta in ein vertraulicheres Verhältnis zu kommen. Alles hing jetzt von seinem Fingerspitzengefühl ab, er mußte unendlich geduldig sein und durfte nichts tun, was sie erschrecken konnte. Marietta schien damit zufrieden zu sein und plauderte unbefangen über alles mögliche, nur nicht über ihre eigenen Angelegenheiten. Aber das mochte wohl noch anders werden.

Zum erstenmal in seinem Leben entdeckte Laurenz die Freundschaft. Er hatte nie Freundschaften mit Männern gepflegt, schon in der Schule war er ja hinter Weiberkitteln hergelaufen, Männer konnten für ihn nur Rivalen oder Kumpane sein. Und Freundschaften mit Frauen waren nicht in Frage gekommen. Es war schon schwierig genug, eine Geliebte loszuwerden, Freundin und Geliebte aber roch nach Ewigkeit. Sobald eine Beziehung derartige Formen anzunehmen drohte, stellte er die Haare auf und flüchtete.

Mit Marietta war es anders; sie war nicht seine Geliebte, und er hatte nicht die Absicht, sie dazu zu machen. Mit ihr durfte er befreundet sein, wobei er nicht einmal ahnen konnte, ob sie ähnlich für ihn empfand. Sie war klug und amüsant nach Art eines frühreifen Kindes und ganz unberechenbar. Und es war eine solche Wohltat, ihr liebes kleines Affengesicht anschauen zu dürfen.

Einmal erzählte er ihr bei Spaghetti und Wein von seiner Neigung, in Menschengesichtern eine gewisse Ähnlichkeit mit bestimmten Tieren zu entdecken und die Leute danach einzuschätzen und zu behandeln. Er sagte ausdrücklich ›Leute‹ und nicht ›Frauen‹, um sie nicht zu verletzen; wer weiß, sie war eine kleine Künstlerin und mochte in diesem Punkt empfindlich sein. Sie ging auch gleich sehr begeistert darauf ein wie auf ein neues Spiel und zeichnete auf die Rückseite der Speisenkarte zwei Gäste vom Nebentisch, einen Bisonmann und eine Ziegenfrau, die Laurenz nicht so rasch hatte einordnen können. Marietta erklärte ihm sehr ernsthaft und genau, daß die Frau sich eine Rehaufmachung zugelegt hatte und deshalb nicht sofort zu erkennen war, zumindest nicht für einen Mann. Und überhaupt, sagte sie, sei es ein Jammer, daß die Frauen kaum jemals ihren eigenen Typ erkannten. Laurenz sah ihr eifriges Gesicht vor sich und umschloß ihren Oberarm, einen kindlich dünnen Arm, mit der Hand. Er merkte es gar nicht, es war so eine Gewohnheit; er konnte nicht neben einer Frau sitzen, ohne sie zu berühren. »Und was für ein Tier bin ich?« fragte er, und sie hob die Augen und sah ihn an, prüfend und verfremdend, wie sie eben noch den Bisonmann angeschaut hatte. Dann sagte sie: »Ich kann es nicht sehen«, und rückte ein bißchen von ihm ab, so daß er ihren Arm loslassen mußte. Er hielt es für eine Ausrede, vermutlich hatte sie in ihm ein ganz unangenehmes Tier entdeckt und wagte nicht, es ihm zu sagen. Er lenkte das Gespräch in andere Bahnen, aber es nagte an ihm, daß sie ihn nicht sofort als Löwen erkannt hatte.

Nachts erwachte er und überlegte: Wenn ich sie heirate, verderbe ich womöglich alles zwischen uns. Heirate ich sie nicht, holt sie mir demnächst ein anderer weg, ein ungewaschener Maler, der sie miserabel behandeln wird. Er war in einer Zwickmühle. Er wollte sie nicht verlieren, sie war das einzige, was ihm noch Spaß machte und freundliche Gefühle in ihm weckte, andererseits hatte er Angst, nach zwanzig Jahren der Hurerei ein so junges, anständiges Mädchen zu heiraten. Und wie sollte es ihm gelingen, sein Doppelleben in ein rundes, einziges Leben umzuschmelzen, Tag und Nacht mit der Frau, die er liebte? Davor hatte er solche Angst, daß er um drei Uhr aufstand und in die Küche ging, um eine Flasche Bier zu trinken. Damit irgend etwas geschah, setzte er dann ein Testament zu Mariettas Gunsten auf. Er war ja nicht reich, bei einem solchen Leben kann ein Mann nicht reich werden, aber Marietta sollte wenigstens einmal nicht hilflos dastehen, wenn der ungewaschene Maler sie verlassen würde. Der Gedanke war so absurd, daß er dringend eine zweite Flasche Bier brauchte. Schließlich nahm er sich fest vor, Marietta morgen sofort einen Antrag zu machen, und schlief beruhigt ein.

Um halb neun war sie noch nicht im Büro. Er war ein bißchen besorgt, aber sie war ohnedies nicht die Allerpünktlichste, sie würde schon noch kommen. Um zehn Uhr rief ihn ihre Wirtin an und sagte ihm, daß sie Marietta tot in ihrem Bett gefunden habe, Schlafmittelvergiftung.

Benommen legte er den Hörer auf und versuchte, sich an den vergangenen Nachmittag zu erinnern. Um drei Uhr war er zum Ge-

richt gegangen. Marietta hatte mit dem traurigen Schimpansengesicht von ihrer Arbeit aufgesehen und etwas gemurmelt. Um halb
fünf war er zurückgekommen, und sie hatte Kaffee gekocht und
über einen Witz gelacht, keine Spur von Verzweiflung und Kummer. Dann war er weggegangen, und sie hatte noch zwei Briefe
schreiben wollen, da lagen sie übrigens, neben den adressierten
Umschlägen. Irgend etwas war dann geschehen, etwas, das er nie
erfahren würde. Vermutlich ein Mann; also war er doch zu saumse-
lig gewesen. Er sah auf seine Fäuste nieder und stellte sich vor, wie
er den Kerl zurichten wollte, und dann fiel ihm verschiedenes aus
seinem Leben ein, und er war sehr verwirrt. So sah dies also von
der anderen Seite aus. Daran hatte er nie gedacht.

Er mußte auf der Polizei eine Aussage machen, und man schien
ihm nicht glauben zu wollen, daß er mit seiner Sekretärin keine intimen Beziehungen unterhalten habe. Erst als der Obduktionsbe-
fund kam und sich herausstellte, daß sie, wie es darin hieß, virgo
intacta gewesen war, wurden die Beamten freundlicher. Offenbar
war das Mädchen einer Sinnesverwirrung zum Opfer gefallen. Er
fragte, wie es mit dem Begräbnis stünde, und es zeigte sich, daß irgendein Halbbruder aufgetaucht war und alle Kosten übernommen hatte. Ihn, Laurenz, benötigte man nicht länger, und er ging in
sein Büro.

Erst nach einer Woche, er mußte endlich eine neue Sekretärin
einstellen, entschloß er sich, ihre Schreibtischlade auszuräumen.
Er fand ein blaues Taschentuch mit Tuschflecken, eine Zeichenfe-
der, Tusche, vier Bleistifte, einen Radiergummi, auf den sie ein Chi-
nesengesicht gekritzelt hatte, Kopfwehtabletten, einen undefinier-
baren Gegenstand aus Ton, ein winziges Holzpferdchen mit echter
Mähne, aber ohne Schweif und dreibeinig, und einen Katalog der
Ensor-Ausstellung. Und ganz hinten, er mußte sich bücken, um es
zu sehen; steckte ein leicht verknittertes Blatt Papier. Darauf hatte
sie sich offenbar sehr bemüht, in seinem Gesicht irgendein Tier zu
finden, es war ihr aber nicht gelungen, alle Entwürfe waren durch-
gestrichen. Auf der Rückseite des Blattes war in die rechte obere
Ecke sein Kopf gezeichnet, in der Art griechischer Statuen, eine
schöne, regelmäßige Maske, die aus leeren, weißen Augenhöhlen
auf den Betrachter starrte. Und ganz unten links hatte Marietta ihre
eigene Karikatur hingekritzelt, ein kleines Schimpansengesicht,
die Augen runde, traurige Tuschkreise, der weite Mund, die

flache Nase und rund um den Kopf das kurze, schwarze Haar, wie in Angst gesträubt. Dann mußte sie mit der Hand darübergewischt haben, denn es sah aus, als habe sie sich hinter einem Regenschleier versteckt.

Laurenz faltete das Papier und steckte es in die Brieftasche. Er brachte es nicht fertig, das Testament zu vernichten, und legte es in die Schachtel zu Mariettas Krimskrams. Und einen Augenblick lang ging ihm durch den Kopf, daß irgendwann nach seinem Tod das kleine Schimpansenmädchen zurückkommen und sein Eigentum abholen werde. Dann, wenn es sich nicht mehr vor seinem Menschengesicht fürchten mußte.

An diesem Abend ging Laurenz mit einem Frauenzimmer, das ihn auf der Straße ansprach, und ein neuer Abschnitt in seinem Leben fing an.

(1968)

H. C. ARTMANN

Ein Wesen namens Sophia

Wer die wiener innenstadt, also die city der ehemals imperialen metropole, mit einiger muße genügend aufmerksam durchstreift, wird früher oder später auch in die seltsam gebogene Ballgasse, sie zweigt vom Franziskanerplatz durch einen sogenannten schwibbogen ab, gelangen. In dieser kleinen gasse, unweit oder gar nahe der *Bürgerl. Tischlerherberge*, befindet sich ein uralter seiteneingang, zu einem gebäude gehörig, dessen hauptportal jedoch im quadrat des Franziskanerplatzes liegt. Durch diesen schmucklosen eingang steigt man in ein kellergewölbe, das, über einem tieferen kellergewölbe ausgebreitet, dunkelt, welches aber nicht etwa das vorletzte ist – es gibt noch ein tieferes, drittes. Von diesem gehen einige katakombengänge ab, die teilweise zugemauert sind, labyrinthe, die möglicherweise bis unter den gelben palast von Schönbrunn führen sollen.

Ein junger kanadier, der sich seit einigen tagen in der sommerlich heißen stadt aufhielt, die ungeheuren ziegelschluchten reflektierten eine nahezu asiatische temperatur bis in den abend hinein, hatte mit einigen freunden in den Drei Husaren gespeist, hernach in der American-Bar über seine gewohnheit stark dem whiskey zugesprochen und war nun auf dem heimweg in seine pension begriffen, die irgendwo in der nähe der Dominikanerbastei lag.

Tom Kilgoorley, denn das war der name des jungen mannes, ging, nachdem er sich auf dem Stefansplatz von seinen begleitern verabschiedet hatte, beschwingt durch die Singerstraße in richtung Stadtpark. Als er den Franziskanerplatz erreichte, also etwa die hälfte seines weges, fiel ihm der alte, ziemlich verschmutzte bogen auf, der die enge Ballgasse überspannt und fast zu stützen scheint. Ein wenig weiter dahinter, an der stelle, wo die gasse nach rechts abbiegt, sah er im trüben lichte einer leicht schaukelnden straßenlampe ein sonderbares, nach oben zu gerundetes tor.

Es war, als zöge ihn dieser an und für sich uninteressante eingang unwiderstehlich an. Kilgoorley hatte die ältesten teile von Boston, Salem und Providence kennengelernt, er war in Prag und im römischen Trastevere auf dinge gestoßen, die selbst Timbuktus hexenquartiere in den schatten stellten, er hatte ein unterirdisches Paris erlebt, an das er nur mit schauder zurückdachte – aber dieses barocke tor, dieser in seiner alltäglichkeit fast gemütlich wirkende alte kellereingang übte auf irgend etwas unbewußtes in ihm eine derartige anziehungskraft aus, daß er gegen seinen willen, er hatte vorgehabt, so früh wie möglich schlafen zu gehen, seine eben angerauchte zigarette zu boden warf und in die nachtschwere gasse einbog.

Als er nach einigen dreißig schritten vor dem holztor, dessen blaugraue farbe nur mehr undeutlich zu erkennen war, anhielt, merkte er, daß wohl ein verrostetes hängeschloß davorhing, das aber nicht eingeschnappt war, wahrscheinlich hatte man es tags zuvor abzuschließen vergessen.

Kilgoorley, durch den reichlich genossenen alkohol und auch durch die ihn plötzlich überkommende abenteuerlichkeit dieser nokturnen situation von einer traumhaften fröhlichkeit erfaßt, beschloß, das vermodernde tor zu öffnen und das dahinterliegende ein wenig in augenschein zu nehmen. Er vergewisserte sich seines alleinseins und zog den rechten, unangenehm in den angeln knarrenden torflügel auf. Ein kalter, wie nach muffig gewordenem weihrauch riechender sog berührte ihn eigenartig lockend. Er schlug unbewußt den kragen seines jacketts hoch und trat einen schritt in das gemisch von spärlichem straßenlicht und knisterndem dunkel. Er schloß den torflügel hinter sich, da er ja für seine nächtliche eskapade keinerlei intervention eines zufällig vorbeikommenden polizisten wünschte. Er trat einen zweiten schritt vor, zündete ein streichholz an und merkte, daß er knapp vor einer steilen holztreppe stand, die in eine unbekannte, von hier aus nicht absehbare tiefe führte. Neben sich gewahrte er nun eine petroleumlampe. Kurzentschlossen nahm er, nun wieder im dunkel, das streichholz war verlöscht, den altmodischen zylinder der lampe ab, drehte den docht hoch und zündete sie mit einem neuen und, wie er bemerkte, seinem letzten streichholz an. Das ding brannte tatsächlich. Er setzte den verstaubten zylinder auf und stieg vorsichtig die wurmzernagten, von generationen ausgetretenen treppen hinab.

Er hatte ursprünglich nicht mit dem zählen der halsbrecherischen treppen begonnen, doch als er nach einigen minuten abstiegs noch immer kein ziel erreicht hatte, fing er an, unterdrückt, und vielleicht auch schon etwas beklommen, zahlen zu murmeln. Er war indessen an die hundertachtzig gelangt, als er sich in einem weiten gewölbe befand, dessen stille in dieser abgelegenen dunkelheit fast dröhnend zu nennen gewesen wäre. Er verharrte einige augenblicke angestrengt lauschend: Und dann, er dachte anfangs, seine nerven spielten ihm einen streich, vernahm er das deutliche absingen eines gregorianischen chorals – daran konnte kein zweifel sein, denn gerade für diese epoche der europäischen musik war er anerkannter experte, hatte darüber sogar einige stark beachtete wissenschaftliche essays verfaßt. Diesem unterirdischen tönen mußte er auf den grund kommen; so jedenfalls lautete zu diesem zeitpunkt sein vorgefaßter entschluß. Er vergewisserte sich, ob genügend brennmaterial in der petroleumlampe vorhanden sei, fand den stand zu seiner vollsten zufriedenheit und ging in die richtung, aus der er den gesang vermutete, weiter.

Plötzlich stand er vor einer neuen treppe, die abermals in die tiefe führte; der gesang war nun deutlicher als zuvor zu vernehmen und schien von unten zu kommen. Er machte sich kurzentschlossen an den abstieg in die weihrauchdünste, die aus dem pechschwarzen, falltürlosen loch hochzogen – das licht seiner lampe zitterte rötlichgelb an den nassen wänden, die treppen, sie waren nicht mehr aus holz wie vorhin, sondern aus stein, wanden sich in einer abscheulich feuchten spirale in die eingeweide dieser alten stadt – wer weiß, was sie bergen würden, an verbotenem, an ungutem…

Tom Kilgoorley, bereits vom starken alkohol geschwächt und nun von den weihrauchdünsten, die mählich mephitisch zu brodeln begannen, übersah in einem augenblick der unachtsamkeit die abgebrochene kante einer steinstufe, glitt rücklings aus und stürzte, einige meter abrutschend, in das gähnende dunkel. Die petroleumlampe zerschellte, er fühlte den jähen schnitt einer glasscherbe am rechten handballen – und befand sich in völliger finsternis! Er murmelte einen verhaltenen fluch und griff in seine jackettasche; er fluchte jetzt laut: Er hatte das letzte streichholz am eingang oben verbraucht, als er die lampe anzündete…

Der weihrauch schien jetzt nahezu unerträglich, ja erstickend; der gesang, der ihm von unten entgegenschwoll, klang verzerrt, manchmal sogar höhnisch meckernd, die wahrhafte karikatur eines ehrwürdigen chorals.

Eine unerklärliche furcht überkam ihn, aber da er schon einmal mit diesem abstieg in eine immerwährende sonnenlosigkeit begonnen hatte, und da es ihm im augenblick gleichgültig war, ob er ihn nach oben oder nach unten fortsetzen solle, entschied er sich für das letztere. Endlich, nach langem, vorsichtigem abwärtstasten, fühlte er ebenen boden unter seinen füßen. Nun aber war er tatsächlich ratlos. Das erstickende wallen des weihrauchs hatte zwar merklich nachgelassen, er schrieb diesen umstand einer weitläufigen unterirdischen halle zu, allein ohne licht war er praktisch einem schrecklichen labyrinth ausgeliefert, aus dem es kaum ein zurück gab.

Er wickelte ein taschentuch um die stark blutende wunde am handballen. Der schauerliche gesang schien nun aus allen ecken und enden zu kommen und brachte ihn derart in verwirrung, daß er bald nicht mehr wußte, wo sich die treppe befand, über die er in diese musikalische gruft gestiegen war. Er fühlte langsam, wie eine eisige panik in ihm hochkroch...

Dann hörte er die frauenstimme:

»Hallo, herr Kilgoorley...«

Er fuhr zusammen – das war doch unmöglich!

»Herr Kilgoorley...«, ließ sich die frauenstimme abermals vernehmen. Sie klang sanft, überhaupt nicht unheimlich, eher verlockend.

»Ja«, rief Kilgoorley zurück, »ich höre sie – wo sind sie?«

»Hier!« sagte die frauenstimme. Sie klang sanft, überhaupt nicht unheimlich, hatte eher einen hauch einfacher wärme...

Kilgoorley trat mit ausgestreckten händen einige schritte nach der stelle, wo er die sanfte sprecherin vermutete – trat ins leere und stürzte in eine endlose tiefe.

Als er wieder die augen aufschlug, er mußte lange zeit ohne besinnung gelegen haben, merkte er, daß er auf einem sonderbar altertümlichen, fast spartanisch zu nennenden bett lag. Der raum, wie er allmählich feststellte, besaß keine fenster, wurde aber von einem offenen kohlenbecken rötlich erleuchtet. Etwa einen meter vom fußende des lagers entfernt sah er eine türe, in die ein verschließbares guckloch eingelassen war; über der türe, sie war nicht hoch, hing ein kruzifix, das ihm irgendwie seltsam erschien. Beim näheren hinblicken, er mußte sich erst an das spärliche licht gewöhnen, stellte er fest, daß es mit dem dornengekrönten kopf nach unten zeigte.

Er erhob sich. Erst jetzt merkte er, wie sehr ihn die knochen schmerzten – er erinnerte sich an die frauenstimme und an den sturz, bei dem er das bewußtsein verloren haben mußte. Er ging an die türe und fand sie verschlossen. Er pochte heftig daran, rief einige male »hallo!« und begann, als er keine antwort erhielt, mit dem fuß gegen die türfüllung zu treten.

Eben wollte er wieder zu dem bett, um sich niederzusetzen, als er in der wand ein eigenartig rieselndes geräusch vernahm. Es kam von der stelle, wo das kohlenbecken stand, dessen flammen sich flackernd hoben und wieder, fast wie verlöschend, senkten. Er pochte mit einem fingerknöchel an die weiße mauer...

»Ja, Herr Kilgoorley?« Es war die sanfte frauenstimme, die ihn so zu fall gebracht hatte.

»Wo zum teufel stecken sie?« Kilgoorley war mehr verärgert als verwundert. Er war ein eher mutiger mann, sohn eines roten reiters aus Manitoba...

»Wenn sie nichts dagegen haben: in der wand vor ihren augen!«

Kilgoorley starrte an die wand, die sich nun wie eine weiße bettdecke bewegte, unter der ein bis über den kopf vergrabener schläfer die ersten bewegungen seines erwachens durchexerziert.

Dieser seltsame anblick allerdings verblüffte ihn so sehr, daß er plötzlich nichts mehr von seinen schmerzenden gliedern, nichts mehr von dem übelkeitsgefühl in der magengrube, denn ein solches hatte er in reichlichem maße genossen, verspürte. Er legte seine rechte handfläche an die leicht wogende weiße wand – sie bewegte sich tatsächlich, es war keine sinnestäuschung!

»O Gott« flüsterte er, »sollte ich verrückt geworden sein?«

»Lassen sie bitte diesen verrosteten alten herrn aus dem spiel, Kilgoorley – er hat hier alles andere als zutritt...«, sagte die bleiche nonne, die wie ein zweiter dibbuk aus der wachsweichen wand herausschwamm und, etwa einen kopf kleiner als er, vor ihm stand.

»Wo bin ich – und wer sind sie?« entrang es sich heiser den lippen des kanadiers. Er war zurückgetreten, rücklings an die bettstelle, und hatte sich niedergesetzt.

»Sie sind in meiner gemütlichen zelle, Kilgoorley«, sagte die bleiche mit ihrer warmen, fraulichen stimme, »und ich heiße Sophia,

319

einfach Sophia...« Sie hielt die hände in die flammen des kohlen-
beckens und begann sie darin zu waschen. Kilgoorley sah das mit
schaudern – sie wusch tatsächlich ihre hände im feuer; es waren die
überlegten, klaren bewegungen eines menschen, der seine
schmutzigen hände in schönem warmem wasser säubert.

Kilgoorley war aufgesprungen und hatte die frau zurückgeris-
sen. »Sind sie wahnsinnig«, rief er, »sie verbrennen ja ihre
hände!?«

Die schöne nonne lachte hell auf.

»Reichen sie mir lieber das handtuch – dort, auf dem bett liegt
es!«

Kilgoorley war nun völlig außer sich, kam aber der aufforderung
nach. Die nonne, oder Sophia, wie sie sich nannte, nahm das weiße
linnentuch und wischte ihre hände *trocken*. Kilgoorley sah, daß sie
unversehrt waren; keine einzige blase daran, kein geruch nach verbranntem fleisch, nichts!

Kilgoorley verlor an dieser stelle zum zweitenmal die besinnung.

Die nonne Sophia war, wie bereits erwähnt, etwa um einen kopf
kleiner als der um einen kopf größere Thomas Kilgoorley. Sie hatte
braunes, kurzgeschnittenes, aber welliges haar – man sah es jetzt,
da sie die strenge haube im knisternden licht der rötlichen kohle-
flammen abnahm. Ihre augen waren von eigenartigem grün: einer
irritierenden farbe, wie man sie sonst nur bei tieren sieht. Sie entkleidete sich nun – ein betörend sinnlicher körper kam zum vorschein. Doch Kilgoorley wäre gewiß abermals ohne besinnung zu-
sammengesunken, hätte er diesen neuen aspekt wahrgenommen,
den die zauberhafte nonne bot: das nackte wesen neben ihm besaß
nicht bloß zwei, sondern *drei* brüste von fantastischer wildheit, und
von den schöngeschwungenen lenden abwärts kräuselte sich die
faunische flur eines wolfspelzes...

Und es nahm das verkehrt über der tür angebrachte kruzifix ab,
hielt es, wie mancher gesagt hätte, *mit einem unheiligen glitzern der
grünen augen*, über die flammen und begann es, nachdem die konturen des wächsernen gekreuzigten genügend weich geworden
waren, mit dem bizarr langen nagel des linken mittelfingers neu zu
formen. Die züge des auf dem bett zusammengesunkenen gelangen *bewundernswert lebensnah*!

Es war gegen sechs uhr morgens, die sonne stand bereits strahlend über der Donau, als herr Tomek, der hausmeister, vor dem halbgeöffneten kellertor Kilgoorley besinnungslos neben einer zerschlagenen petroleumlampe vorfand. Der anscheinend schwer betrunkene Kanadier wies an der stirne eine gefährlich aussehende platzwunde auf und mußte ambulant versorgt werden.

Und nachdem er mittags endlich in seine pension zurückkehrte, konnte er, dem die vorfälle der vergangenen nacht völlig aus dem gedächtnis gelöscht waren, nicht im mindesten ahnen, *wie sehr* sich sein bisheriges leben verändern würde...

(1969)

PETER ROSEI

Ja und Nein

Quer über den Himmel zogen die Wolken herein. An einer schiffs-
bugartigen Linie, die steil hinauflief ins nicht mehr Sichtbare,
schnürte sich der Himmel in dunklen, jäh nach oben verworfenen
Streifen zusammen. Die hier kaum bewachsenen Hügel breiteten
sich – es war schwer zu sagen, welche Formen sie dabei annahmen
– zu dem von Regengüssen schon verwischten Horizont hin aus.
Da, wo er ging, war also der Weg, und rechter Hand erhob sich,
knapp drei Meter höher als die Sohle des Weges, ein gelber, flach-
kuppiger Hügel – braunes, zähes Unkraut hatte sich auf ihm anzu-
siedeln vermocht – und fiel dann in weitem Bogen hinab. Dort lagen einige Felstrümmer, dann begann der Sumpf. Links, mit einer
immer mehr sich verstärkenden Krümmung, schnitt der Weg in
den Rücken eines Hügels hinein, der sich beinahe im rechten Winkel von ihm wegzog, langgestreckt und gespannt wie eine Katze.
Kleinere Erhebungen bildeten einen buckligen Grat, der allmählich
in einem flachen Rücken verlief und dessen Form durch die großen,
schwarzen Flecke der abgebrannten Herbstfeuer noch betont
wurde.

Er ging jetzt sehr schnell. Der Weg, der sich langsam und mit immer mehr sich verkleinerndem Radius den Hügel hinaufwand, verschwand beinahe unter dem überhängenden dürren Gestrüpp und
war zwischen den Steinen, die ihn erfüllten, oft kaum mehr er-
kennbar. Vom Sumpf her drang ein schriller, langgezogener Ton zu
ihm; jetzt singt das Schilf, dachte er. Die Luft hatte sich vor ihm mit
Erde und Gras zu einem Hindernis verbunden. Zwischen den tief
hängenden Wolken und den Hügelkämmen weit draußen war
kaum mehr ein lidbreiter Raum offen, der von Blitzschlägen
manchmal scharf ausgeleuchtet wurde, um danach wieder in um so
dichteres Dunkel zu fallen. Der Geruch von verbranntem Holz war
in der Luft, die sich mit vielen kleinen Widerständen ihm entgegen-
stellte wie starkes Schneetreiben. Die Wolken hatten sich immer
steiler aufbäumend zu einer wie aus gelbem Stein gefügten Bastei
aufgebaut, sie waren von Lärm erfüllt, der von weither kam und

weithin ertönte, Musik und Kampflärm in einem. Das am Rande der Niederungen sich ausbreitende Riedgras, ein hartes, von Schilf durchsetztes Gras, wurde niedergepreßt, und schwarze Vögel flogen knapp über dem Boden dahin, mit blitzartigen Flügelschlägen, es waren drei oder vier, aber da verschwanden sie schon im Gestein eines nackt sich erhebenden Hügels, der weiß aus der Dunkelheit herausleuchtete wie ein ungeheurer Zahn. Die niedrigen Bäume schlugen mit ihren Ästen zusammen, als er unter ihnen durchlief. Der ansteigende Weg schien weiter oben von niedergepeitschtem Astwerk versperrt zu sein. Es war dunkel hier, oben aber ging es in bleiernde Finsternis über. Er blieb stehen, er keuchte; die Luft schien jetzt über dem Lande gefroren zu sein, die Hügelzungen lagen erstarrt da mit ihrem harten Gestrüpp, das sich nicht mehr bewegte. Das Schilf war braun, ja schwarz geworden, wie der Himmel, je näher er dem Boden war und je weiter draußen über dem Land. Ein leichter Windstoß ließ die Äste erzittern. Dann heulte der Sturm über die Hänge – es klang wie der Schrei aus einem ungeheuren, tierischen Maul – und machte die Baumstämme wanken. So urplötzlich war auch der Himmel aufgerissen, und der aus den Wolken hervorbrechende Regen mischte sich mit den ganz in der Nähe niederstürzenden Blitzen und einem gelblichen, aus weitester Ferne kommenden Licht. Er hatte jetzt den zweifelhaften Schutz von Eichenbäumen verlassen und lief über ein sandiges Wegstück, das sich an einer Hügelflanke entlangzog. Der nasse Sand war schwer und grundlos, und der Wind erhob sich so mächtig gegen ihn, daß er kaum mehr vorwärts kam. Der immer unerträglicher anschwellende Sturmeslärm machte ihn schwindlig, und er lief mit geschlossenen Augen; er fürchtete zu stürzen und sich nicht mehr erheben zu können.

Vielleicht hört das Gewitter bald auf, dachte er, vielleicht dreht der Wind gegen Süden ab. *Ich bin in der Mitte des Sturmes.* – Heranwirbelnde Blätter klatschten an sein Gesicht, er lief gegen mauerartig vor ihm aufstehende Wasserfontänen. – *Wenn man wie ich hier von unberechenbaren Kräften abhängig ist, so hat man nur wenig Hoffnung. Man sucht aus den kleinsten Anzeichen schon auf Sicherheit zu schließen, man rechnet immerfort, aber man hat kein Vertrauen. Dabei würde eine einzige Sicherheit genügen, ein Stück Erde zum Festhalten. Es ist verführerisch, an einen Himmel zu denken, der immer ohne Wolken ist, aber das ist bloße Spekulation, und so bleibt es beim »Vielleicht«.*

Er lehnte sich an einen Baum, der jedoch keinen Schutz mehr gegen den Regen bot, im Gegenteil, der Sturm schüttelte das Wasser von den Blättern bachweise herab. – Wozu bin ich gelaufen, dachte er, hier habe ich dasselbe wie dort, ja, wäre ich am Schilf unten geblieben, wäre ich wenigstens nur naß, so aber bin ich naß und müde. Er griff in seine Tasche, die er an der Seite trug, und holte ein Stück altes Brot hervor, das er zu kauen begann.

Hier herum gibt es kaum Dörfer. Ein paar Hütten hat man auf den höchsten Hügelkämmen aufgestellt. Dort essen die Schilfschneider, dort bringen sie das geschnittene Schilf ein und verwahren ihr Werkzeug. Bei diesem Wetter werden sie auch in den Hütten sein. Die Schilfschneider sind schwerfällige Menschen; viele sind durch ihre stumpfsinnige Arbeit fast auf die Stufe der Idioten herabgesunken. Dennoch ist es besser, wenn sie mich nicht sehen. Hat man mich erst einmal entdeckt, so werden auch die dümmsten voller Argwohn gegen mich sein.

Er blickte über die von wechselnden Blitzen fast taghell erleuchtete Landschaft, aber so weit er auch mit den Augen herumstreifte, er konnte keine Schilfschneiderhütte entdecken. Zuerst glaubte er, daß er infolge seiner allzu hastigen Suche nichts gesehen hätte – auch hoben sich die Hütten ja kaum von ihrer Umgebung ab –, doch er konnte auch weiterhin keinerlei Anzeichen für den Aufenthalt von Menschen finden. An der Färbung der Schilfwiesen erkannte er, wo geschnitten worden war und wo nicht; das junge, ungeschnittene Schilf war grün, das bereits geschnittene war gelb; auch zeigten schwarze, gewundene Schlammspuren an, daß dort Menschen gewesen waren. Jetzt erinnerte er sich, daß er etwa vor einer Stunde einen schweren Karren auf dem Weg gesehen hatte. Vielleicht waren die Schneider in jenem Teil des Sumpfes an der Arbeit, den er schon lange hinter sich gelassen hatte? Allein, ihre Arbeitsweise ließ keinen Schluß auf ihren Verbleib zu. Fast nirgends konnten sie zusammenhängende Flächen abmähen; zeitweise stieg das Grundwasser an manchen Stellen so hoch an, daß selbst der stärkste und größte Mäher sich nicht in den Sumpf vorwagen konnte. Dann wurden die höher gelegenen Teile abgemäht – hier entschieden ja geringfügigste Höhenunterschiede über die Trokkenheit –, und man wartete auf ein Absinken des Wasserspiegels, um auch die tiefer gelegenen Teile in Angriff nehmen zu können. Daher rührte jenes, für den nicht Eingeweihten so erstaunliche

Durcheinander von gemähten und ungemähten Flächen. Freilich kam es vor, daß das Wasser den ganzen Sommer und Herbst über hoch blieb, so daß man zum Schilf nicht vordringen konnte; war das Rohr einmal schwarz, dann war es ohnehin schon für den Menschen verloren.

Er erschrak. Keine fünfzig Meter von seinem Standpunkt entfernt hatte er eine kleine Hütte entdeckt. Langsam glitt er hinter den Stamm, an dem er angelehnt war, um aus dem Blickfeld zu kommen. Er hatte Angst, und sie war doppelt groß, weil er nicht wußte, ob sie begründet war oder nicht, und weil er sie sich nicht eingestand. Jetzt bemerkte er auch zwei schwarzgefleckte Hunde, die trotz des Gewitters vor der Hütte herumstrichen, zum Schilf hinunterliefen, scheinbar absichtslos eine Strecke daran entlang jagten, um wieder zur Hütte zurückzukehren. Manchmal sprangen sie wie auf Kommando zur Tür der Hütte, wobei einer dem anderen zuvorkommen trachtete. Wahrscheinlich warfen ihnen die Männer aus der Hütte die Abfälle ihrer Jause zu.

Je länger er aber die Hütte beobachtete, desto sicherer war er, daß ihn niemand gesehen hatte. Es müßte schon eine List sein, wenn sie, nachdem sie mich gesehen haben, so lange in der Hütte bleiben, aber zu solchen Überlegungen sind diese Leute nicht imstande; ihre Art ist es eher, wie eine Meute hervorzubrechen und ohne langes Prüfen des Woher und Wohin mit ihren Sensen dreinzuschlagen. – Es geschah aus Nervosität, als er nun – zur Sicherheit, wie er sagte – sein Messer hervorholte und wieder einsteckte, um es wieder von neuem hervorzuholen. Selbst mit zehn Messern wäre er gegen die Schilfleute verloren gewesen. Er lachte und steckte das Messer jetzt endgültig ein.

Der Wind hatte sich gelegt, und der immer schwächer werdende Regen fiel in feinen, in der Luft sich zerstäubenden Tropfen zu Boden. Obwohl dabei ein Geräusch entstand, lag es eher der Stille zu als einem Laut. Bis zu ihm herauf drang das Bellen der Hunde. In der Hütte hörte er die Männer husten und spucken. Wahrscheinlich rauchten sie und spuckten dabei auf den Boden, wie es ihre Art war.

Draußen, in der Weite der Landschaft, begann sich ein geradstrahliges, sanftes Licht zu verbreiten. Von den Wolken verdeckt, sah er die Sonne leuchten. Aus den Sümpfen erhob sich feiner, silbern aufglänzender Nebel. Bald wird er wieder verschwunden sein, dachte er. Jetzt konzentrierte er seine Aufmerksamkeit auf die Hütte; einer der Männer, wahrscheinlich der Vorarbeiter, war schon vor die Tür getreten und blickte prüfend gegen den Himmel. Hoch oben zogen die Vögel dahin. Jetzt rief der Mann in die Hütte hinein – man hörte seinen kurzen, scharfen Schrei –, dann richtete er mit einigen Griffen seine schilffarbene Jacke, zog den Gürtel zurecht, so als wolle er den anderen auch in der Korrektheit seiner Kleidung voraus sein.

Nur langsam kamen die Männer aus der Hütte. Ihr Aussehen war ärmlich; kaum einer hatte ein flickenloses Hemd; manche hatten nicht einmal das. Er sah ihre starken Oberkörper, die Muskeln an ihren Armen und Nacken. Während der Vorarbeiter hüfthohe Stiefel trug, waren die Männer allesamt barfuß; er hatte gehört, ihre Sohlen seien wie Leder, kein Schilfrohr könne sie verletzen, und selbst die Giftschlangen, deren es hier viele gab, hätten sie nicht zu fürchten. Letzteres war wohl Legende, aber dennoch gebot es Ehrfurcht vor diesen starken, gegen alles gefeiten Männern. Jetzt schwangen sie ihre langstieligen Sensen über und folgten dem Ruf des Vorarbeiters. Nun sah er, wie sehr diese Männer den Sumpf und seine Gefahren kannten: Schnell, so als gingen sie auf sicherem Boden, schritten sie vorwärts. Durch einen ausgewogenen, mit breiter Sohle aufsetzenden Schritt sanken sie kaum ein. Schon von weitem merkten sie ein Unsicher-Werden des Bodens, ohne auch nur den Kopf nach vorne zu wenden. Sank aber tatsächlich einmal einer ein und drohte zu versinken, so warfen sich zwei oder drei seiner Kameraden flach auf den Boden und hielten ihm ihre Sensenstiele hin, die wohl aus diesem Grund so außerordentlich lang waren. Mit vereinter Kraft hatte man den Mann schnell geborgen, sichere Hände waren am Werk, gegenseitige Hilfe war hier an der Tagesordnung. Dabei gingen diese Manöver so schnell vor sich, daß die Kolonne kaum stockte, es durfte ja auch nicht sein, denn jedes Warten bedeutete hier Versinken, und Versinken bedeutete Tod.

Jetzt werden sie nicht so schnell zur Hütte zurückkehren, dachte er, als er die Männer in immer höher werdenden Schilfgürteln verschwinden sah. Vor der Hütte, die schräg vor ihm lag, liefen die beiden Hunde auf und ab. Man hatte sie zur Bewachung zurückgelassen; Mensch war wohl keiner in der Hütte. Schnell und ohne sich weiterhin zu verbergen – welchen Sinn hätte das auch gehabt –, schritt er nun auf die Hütte zu. Als die Hunde ihn bemerkten, liefen sie ihm zutraulich entgegen. Sie hielten ihn wohl für einen der Schilfschneider. Erst als sie ganz nahe an ihn herangekommen waren, merkten sie ihren Irrtum und begannen zu bellen. Nun stürmte er auf die Hunde zu, das Messer groß in der rechten Hand. Als der erste Hund ihn ansprang, stach er ihm von unten her in den Leib. Der Kopf des Hundes, seine Zähne waren ganz nahe vor seinen Augen. Mit der Faust stieß er ihn weg, und noch im Fallen stach er ihm zum zweiten Mal in den Leib, diesmal beinahe an der Kehle. Indessen hatte er den Angriff des zweiten Hundes mit einem Fußtritt abgewehrt; jetzt sprang er nach vorn und stieß das Messer in den Brustkorb des Hundes. Er spürte, daß dieser Stich tödlich gewesen war; der Hund lief mit zitternden Flanken von ihm weg und stürzte dann nieder.

Das Gebell wird man nicht gehört haben, sie haben ja kaum ein-, zweimal gebellt, dachte er. Vorne an Brust und Händen war er voller Blut. Erst aber reinigte er sein Messer von den Haaren und dem Blut, bevor es eintrocknete. Er hoffte, in der Hütte ein paar Lumpen zu finden, gegen die er seine Kleider vertauschen wollte. Als er eintrat, machte ihn die Dunkelheit blind, auch strömte ein scharfer, ekelerregender Geruch nach Schweiß und Urin aus der Hütte. Dennoch drang er ein, er durfte hier keine Zeit verlieren. Der Raum war beinahe leer. Auf dem Boden, der aus gestampftem Lehm bestand, fand er ein paar Lumpen, die von Schmutz und Asche starrten. Er hob sie auf, raffte dann Brot und Fleisch, die auf einem Brett an der Wand lagen, an sich, eine Pfeife, auch etwas Tabak war da, er blickte herum, mehr war nicht zu holen. Als er wieder vor der Hütte stand, schaute er lange ins Schilf hinunter, aber nirgends war einer der Schilfschneider zu sehen. – Vielleicht haben sie das Gebell doch gehört und sind nur zu weit von hier entfernt, um so schnell zurückkehren zu können, dachte er und lief vom Hause fort. Er lachte, als er die Beute an seiner Brust spürte, aber die Angst machte seinen Rücken kalt. Es ist gutgegangen, sagte er.

Er war noch nicht allzuweit von der Hütte fort, als er beschloß, erst einmal zu essen. Zwar zeigte sich jetzt, daß das Fleisch, das er gestohlen hatte, von Maden zerfressen war. Das Brot hatte in der starken Feuchtigkeit, die rings um den Sumpf herrschte, Schimmel angesetzt, wie ja überhaupt jedes Lebensmittel hier in kürzester Zeit verdirbt, doch sein Hunger war zu groß, und hatte er früher noch den Plan gehabt, nicht alles aufzuessen und einen kleinen Vorrat anzulegen, so war dieser Vorsatz jetzt vergessen.

Als er alles verzehrt hatte, zog er seine blutigen Kleider aus, zerschnitt das Hemd und warf die blutbefleckten Teile fort. Die übrigen Stücke heftete er mit den in der Hütte gefundenen Lumpen zu einem Überwurf zusammen, wie ihn ähnlich die ärmsten Schilfschneider tragen. Die Hose rieb er so lange mit feuchter Erde ein, bis die Blutflecken unkenntlich waren.

In dieser Kleidung wird mich jeder für einen Schilfschneider halten, dachte er, aber es ist besser, wenn ich dennoch die Wege und Straßen meide. Wie leicht erregt ein Fremder hier Aufsehen, auch wenn er ein Schilfschneider ist. Einer näheren Überprüfung könnte ich wohl kaum standhalten. Ich besitze keine Sense, die auch der Ärmste hier noch besitzt, ist sie doch der einzige Garant dafür, Arbeit zu finden. Wohl sind die Allerjüngsten, die im Sumpf arbeiten, die Schilfzieher, ohne Sense, diese aber wandern niemals allein herum, sie haben stets einen Herrn, dem sie überall, wie auch bei der Arbeit, nachfolgen, wo sie das geschnittene Schilf hinter ihm wegziehen und zu Rollen zusammenbinden.

Ich weiß wenig über die Gebräuche dieser Leute, dachte er, so viel aber weiß ich doch, daß ich niemals werde als einer von ihnen gelten können. – Die Schilfzieher etwa haben große, von den vielen, tiefgehenden Schnitten aufgeschwollene Hände, ihre Schultern sind trotz ihrer Jugend breit, ihr Gang ist gebückt. Meine Hände sind schmal, ich bin ein guter Läufer, man sieht, daß ich zu schwerer Arbeit nicht tauge, dachte er, dann, was soll das, ich werde mich auf den Wegen und in keinem Dorf zeigen können, so ist es eben. – Die blutigen Fetzen seines Hemdes vergrub er sorgsam im Laub.

Als er unter den Bäumen hervortrat, sah er, daß es jetzt wieder schön geworden war. In sattem Grün dehnte sich das Schilf in großen Flächen zwischen den niedrigen, abgeplatteten Hügelkuppen hin, die mit braunem, gelbem und rotem Kraut bewachsen waren. Vereinzelt standen verkrümmte Eichenbäume auf den Hügeln, deren Äste ohne genaue Begrenzung mit dem braunen, schimmernden Licht des Himmels verschmolzen. Strahlenförmig liefen die Hügelketten in die Ebene hinaus; manchmal türmte sich einer aus weißem Gestein höher auf. Dort wuchs nichts. Es schien, als dulde der ungeheure Himmel die Pflanzen nur bis zu einer bestimmten, äußersten Grenzlinie. Einzelne, von den Ketten abgeschnittene Hügel trieben inselgleich im Schilf, dessen Musik, die durch Aneinanderreiben im Wind entstand, die Luft erfüllte. Punktförmig, wie auch die Vögel unter den fernen Wolken, nahm er die Schilfschneider aus; er konnte aber nicht erkennen, woher sie ihren Weg genommen hatten und welche Flächen sie geschnitten hatten und welche nicht.

Es wird auch die Nacht über schön bleiben, dachte er. Dann ging er wieder hinein unter die tief herab sich streckenden Eichenäste, wo er gegen die Sicht vom Weg her besser geschützt war. In einem gleichmäßigen, dabei aber auf höchste Vorsicht bedachten Schritt wanderte er jetzt parallel zum Weg weiter, einmal sich von ihm entfernend, einmal wieder näher hinzukommend, wie es das Gelände und der Baumwuchs erlaubten. Abgesehen von kleineren Streifzügen in die vom Weg abliegenden Gebiete, blieb er doch immer in dessen Nähe, denn nur dort lebten Menschen, dort hatten sie ihre Hütten, wo er Lebensmittel fand und alles, was er sonst zum Leben brauchte. So gut es ging, ernährte er sich von Waldfrüchten. Wenn er Hunger hatte, aß er auch Schnecken und Würmer, doch nicht einmal von diesen Dingen bot das Land genug, als daß er davon hätte satt werden können. Selten glückte es ihm, ein größeres Tier, etwa ein Reh oder einen Hasen, zu fangen; meist waren es kranke oder verstümmelte Tiere, die er erlegte. Damit allein war aber noch nichts getan. Nun mußte er erst einen Platz finden, an dem er ungestört ein Feuer unterhalten konnte. So kam es öfter dazu, daß er das rohe Fleisch aß, weil er kein Feuer zu entzünden wagte. – Manchmal trieb es ihn auch den Hütten zu, ohne daß dieses Vorgehen im Hunger seinen Grund gehabt hätte.

Es wird wieder kalt werden, dachte er. Bald ist es dunkel. Jetzt entdeckte er eine Schar von Schilfschneidern; sie waren noch weit von ihm entfernt. Er sah das Blitzen ihrer Sensen, den Staub, den ihre Füße aufwirbelten. – Heute kehren sie vom Sumpf heim, morgen gehen sie wieder hinaus.

Als die Männer näher gekommen waren, und er schon die Farben ihrer Hemden und Hosen unterscheiden konnte, verbarg er sich in einem Gebüsch. Er verstand sich darauf, langsam und ohne den Feind aus den Augen zu lassen zu verschwinden. – Es mochten etwa zwanzig Männer sein, gewiß mehrere Arbeitspartien, die sich hier zum Heimmarsch zusammengefunden hatten. Vorn an der

Spitze gingen drei Vorarbeiter in breiter Front; sie übertrafen alles, was ihnen nachfolgte, an Größe und Kraft, an Sauberkeit der Kleidung, an straffer Haltung. Es sind geachtete Männer, die den Sumpf kennen; hier bei den Schilfschneidern gilt ein Mann soviel, als er es im Sumpf beweisen kann. –

Er blickte über das weite Schilf hin, das nun beinahe schwarz in Ebene und Himmel sich hinauszog, ohne Richtung, als der des Windes, der es bewegte.

Eben jetzt rückten die Vorarbeiter näher zusammen. Ihre Körper bildeten einen einzigen, riesigen, gebuckelten Nacken. Ein Mann aus der ersten Reihe hinter ihnen drängte sich vorne; anscheinend wollte er das Kommando übernehmen, ja, er winkte tatsächlich mit dem Arm, mit der Sense, doch die Schneider, die in losem Block hinterdrein marschierten, lachten nur darüber. Dabei war jener Mann gewiß nicht schwächlich oder klein, dennoch sahen seine unsicheren, zappelnden Gesten im Vergleich zu den weitausholenden Schritten der Vorarbeiter lächerlich aus. Bis zu ihm her drang das Gelächter der Schneider, es war allerdings so leise, daß er nicht hätte entscheiden können, ob das, was er hörte, Einbildung oder Wirklichkeit war. –

Wenn sie auch jetzt lachen, dachte er, ihre Müdigkeit ist doch nicht zu übersehen. Die Vorarbeiter verlangen ihnen das Letzte ab; unablässig erschallen ihre Rufe; trotz der feuchten Hitze, die über dem Sumpf herrscht, wird nur einmal im Tag gerastet; dann wird wieder gearbeitet. Das Wort der Vorarbeiter gilt. Allerdings kennt der Vorarbeiter seine Leute, er weiß, der leistet mir das und der leistet mir das nicht, jeder bleibt innerhalb seiner Grenzen, aber jeder geht bis an den äußersten Rand. Trotzdem sind die Schneider stolz darauf, unter diesem oder jenem Vorarbeiter geschnitten zu haben. Rauschend ziehen sie ihre Sensenspur durch das Schilf, der Vorarbeiter prüft den Boden, beachtet Höhe und Qualität des Rohres, bald ruft er: »Mehr links!« bald ruft er: »Nur weiter, weiter!« – Ohne Vorarbeiter gibt es im Schilf kein Arbeiten.

Ihre langen Sensen trugen sie schräg nach oben über die Schulter geworfen. Beinahe gleichmäßig gingen die Schneiden im Takt der Schritte auf und ab. An der Seite herab trug jeder den schweren Wetzstein, manche hatten gar einen auf jeder Seite. Dies war ihr Werkzeug; jetzt aber machte es ihm eher den Eindruck einer kriegerischen Rüstung.

Den Abschluß der Kolonne bildeten die Zieher, und wenn er auch nichts über die Schilfleute gewußt hätte – dieser Unterschied wäre ihm ins Auge gestochen: Hatte er die Müdigkeit bei den Schilfschneidern vorn mehr angenommen, als tatsächlich feststellen können, so war sie hier bei den Ziehern deutlich zu merken. Es waren junge, hohlwangige Burschen, von Schweiß und Hitze aufgezehrt. Ihre Arbeit war nicht die leichteste. Jedem mußten sie gehorchen, dabei gab es für sie keinerlei Vorzüge, etwa wegen ihrer Jugend oder aus sonstigen Gründen. – Willst du Schneider werden, mußt du Zieher sein, heißt ein Sprichwort der Schilfleute.

Verbissen marschierten sie am Schluß. Manche hielten sich untergehakt, um im Gehen dösen zu können; immer wieder rief einer der Schneider aufmunternde Worte nach hinten, wenn der eine oder andere Zieher zurückzubleiben drohte. Hier wurde nichts gesprochen, jeder war froh, wenn er im Marsche mitkam. Eine kleine Gruppe lediglich versuchte mit den Schilfschneidern mitzuhalten, was Schritt und Haltung anlangte. Wie groß war die Freude, wenn einer der Schilfschneider ihnen für ein paar Schritte seine Sense überließ. Jeder wollte sie auf der Schulter probieren; wer die Sense gerade hatte, zeigte den anderen, wie sie zu tragen sei, bis der Schneider sie wieder zurückverlangte.

Jetzt waren die Vorarbeiter wieder auseinandergegangen, ihre Besprechung war offensichtlich zu Ende. Der in der Mitte Marschierende, ein riesenhafter, kahlgeschorener Mann, warf mit einem Mal beide Hände hoch in die Luft, die Schilfschneider sangen nun, wie er an ihren Lippen erkannte. Die Melodie nahm der Wind mit sich hinaus über das dunkle Schilf, und er hörte nichts, es blieb still hier bei ihm; starr blickte er den Weg hinab, wo die Schilfleute verschwanden. Es war kalt.

Jetzt wanderte er weiter, nicht etwa weil er ein Ziel erreichen wollte; es geschah aus Gewohnheit. Als er Schwarzbeeren fand, war er froh, denn er hatte Hunger. Die Nahrungssuche war einer der Hauptgründe seines Wanderns. Auf den Beeren lag schon der Tau, das Kraut war naß, und er beschloß, auf den Weg hinunterzusteigen, um seine Kleider trocken zu halten. Um diese Zeit war niemand mehr unterwegs. Die Schilfleute waren schon daheim in ihren Hütten. Sonst aber zog hier niemand herum.

Gerade als er den steilen, sandigen Abhang zum Weg hinuntergrlitt, entdeckte er keine hundert Meter entfernt einen Mann, der ihn offensichtlich noch nicht gesehen hatte. Die Dämmerung kam ihm zu Hilfe. Er preßte sich flach auf den Erdboden, das Weiß des Gesichtes verbarg er hinter seinem Umhang; das kann dich verraten, dachte er, und strich sich das Haar in die Stirn, die Hand lag schon am Messer.

Es war ein junger Mann. Sicher ist es ein Zieher. Er hinkt. Wahrscheinlich ist er zurückgeblieben, in der Kolonne ist es keinem aufgefallen, dachte er. Der Zieher kam langsam den Weg herab. Seine Silhouette stach jetzt scharf in den dämmrigen Himmel, er hatte den Kopf gesenkt, er kam schwer vorwärts. – Wahrscheinlich hat ihm das Rohr eine Sehne durchgeschnitten, das kommt öfter vor, viele Schilfleute hinken. Mit dem Ellbogen und dem Knie stieß er sich ab, es geschah schnell und leicht. Der Schilfzieher blickte auf, einen Augenblick wollten sich die Zähne zeigen. Er stach ihm links in die Brust, der Zieher taumelte nach hinten, kaum daß er die Hände noch heben konnte, dann rechts, es kam viel Blut, der verblutet, dachte er.

Jetzt riß er dem Gefallenen die Kleider vom Leib; jeder Schilfmann hat sein Versteck, der eine unter der Achsel, der andere am Geschlecht. Er fand einen kleinen Sack, der mit einem schräg über Brust und Rücken laufenden, um die linke Schulter eine Schlinge bildenden Riemen an der rechten Hüfte befestigt war; auf einen Blick sah er Brot, Käse, ein Messer, eine Spiegelscherbe. Er zog sie vorsichtig heraus und betrachtete sein langes, ziegenbärtiges, blondes Gesicht. Dann warf er sie wieder in den Sack, das Eßbare räumte er in seinen. Jetzt machte er allerlei Risse in die Lumpen des Ziehers, warf Staub darüber und verstreute sie ringsherum. Mit dem Messer vergrößerte er die Wunden in der Brust, so daß man sie für die Schläge von Raubtieren hätte halten können, deren es in der Gegend zahlreiche gab. Von der Höhe der Böschung betrachtete er den Gefallenen. Er lag auf der Seite, Fußspuren waren keine zu sehen. Geraubt hatte er nichts außer dem Brot und dem Käse.

Vom Schilf stieg schon der Nebel auf, er mußte noch weiter, er hoffte auf die verlassenen Arbeitshütten der Schilfleute zu treffen. Dort gab es manchmal größere Vorräte. Im Gehen aß er vom Brot. Vorn auf einem langen Hügelrücken standen die Hütten. Es waren zwei, es würde sich etwas finden. – *Soll ich sie nachher anzünden*, dachte er. *Ja und Nein*, dachte er.

(1972)

Maikäfer flieg!

Das Haus
Die Großmutter
Der Radiokuckuck
Der Hannitante
Silberne Perlenkette vom Himmel

Ich war acht Jahre alt. Ich wohnte in Hernals. Hernals ist ein Bezirk von Wien. Ich wohnte in einem grauen, zweistöckigen Haus. Im Parterre, die letzte Tür. Hinter dem Haus war ein Hof. Mit Abfall-kübeln, mit einer Klopfstange und einem Hackstock. Und hinten im Hof, an der Klofenstermauer, stand ein Zwetschkenbaum. Aber Zwetschken waren nie auf ihm.

Unter unserem Haus war ein Keller. Der größte und beste Keller im ganzen Häuserblock. Gute Keller waren wichtig. Gute Keller waren wichtiger als schöne Wohnzimmer und vornehme Schlaf-zimmer. Wegen der Bomben. Es war Krieg. Es war schon lange Krieg. Ich konnte mich überhaupt nicht daran erinnern, daß einmal kein Krieg gewesen war.

Ich war den Krieg gewohnt und die Bomben auch. Die Bomben kamen oft. Einmal habe ich die Bomben gesehen. Ich war bei mei-ner Großmutter. Die wohnte auch in unserem Haus. Im Parterre, die erste Tür. Die Großmutter war schwerhörig. Ich saß mit der Großmutter in der Küche. Die Großmutter schälte Erdäpfel und schimpfte auf die Erdäpfel und auf den Krieg. Sie sagte, vor dem Krieg hätte sie der Gemüsefrau solche dreckigen, fleckigen Erdäp-fel an den Kopf geschmissen. Die Großmutter zitterte vor Wut über die schwarzfleckigen Erdäpfel. Die Großmutter zitterte oft vor Wut. Sie war eine wilde Frau.

Neben der Großmutter, auf der Küchenkredenz, stand das Ra-dio. Das Radio war ein Volksempfänger, ein kleiner, schwarzer Ka-sten mit einem einzigen, roten Knopf. Der war zum Anstellen, zum Abstellen, zum Leiserdrehen und zum Lauterdrehen. Der Volks-empfänger spielte Marschmusik, dann hörte die Marschmusik auf, eine Stimme sagte: »Achtung, Achtung! Feindliche Kampfverbände im Anflug auf Steinamanger!«

Nachher war keine Marschmusik mehr. Die Großmutter schimpfte weiter auf die Erdäpfel und den Krieg; jetzt auch auf den Blockwart. Sie war ja schwerhörig. Sie hatte die Durchsage im Radio nicht verstanden. Ich sagte: »Großmutter, die Flieger kommen.« Ich sagte es nicht sehr laut. Ich sagte es so, daß es die Großmutter nicht hörte. Wenn die Flieger erst in Steinamanger waren, war es nämlich noch gar nicht sicher, ob sie nach Wien flogen. Sie konnten noch woanders hin abbiegen. Ich wollte nicht umsonst in den Keller laufen. Die Großmutter rannte immer schon in den Keller, wenn die Flugzeuge in Steinamanger waren. Sonst, wenn meine Mutter oder meine Schwester oder mein Großvater zu Hause waren und ihr sagten, daß die Flieger kommen.

Die Flieger bogen nicht ab. Kreischend kam es jetzt aus dem Volksempfänger: »Kuk kuk kuk kuk kuk kuk...«

Das war das Zeichen, daß die Bombenflugzeuge auf Wien zuflogen. Ich ging zum Fenster. Auf der Gasse lief die Hannitante. Die Hannitante war eine alte Frau. Sie wohnte drei Häuser weiter, und der Krieg und die Bomben hatten sie verrückt gemacht. Unter dem einen Arm trug die Hannitante ein hölzernes Klappstockerl, unter dem anderen Arm trug sie eine zusammengerollte karierte Decke. Die Hannitante lief und rief dabei: »Der Kuckuck schreit! Leut, der Kuckuck schreit!«

So rannte sie bei jedem Bombenangriff um den Häuserblock, immer wieder rund um den Häuserblock. Sie wollte einen sicheren Keller finden. Aber kein Keller war ihr sicher genug. Sie rannte keuchend, zitternd, kuckuck schreiend, bis der Bombenangriff vorüber war. Dann ging sie nach Hause, klappte gleich hinter der Wohnungstür das Klappstockerl auf, setzte sich, legte die karierte Decke auf die Knie und wartete, bis der Radiokuckuck wieder zu schreien anfing. Die Hannitante lief also am Küchenfenster der Großmutter vorbei, und gleich darauf begannen die Sirenen zu heulen. Die Sirenen waren auf den Hausdächern und heulten scheußlich. Das Sirenengeheul hieß: Die Flieger sind da!

Meine Großmutter war gerade dabei, die wenigen guten Erdäpfel mit dem Riesenhaufen aus Schalen, verfaulten Stücken und schwarzen Brocken zu vergleichen. Nun verfluchte sie nicht mehr die Gemüsefrau und den Blockwart, sondern den Gauleiter, das

Schwein, und den Hitler, den Wahnsinnigen, der uns das alles ein-
gebrockt hatte.

»Einbrocken tun's einem die sauberen großkopferten Leut, und
auslöffeln können's wir, die armen Hund! Mit uns kann ja jeder
machen, was er will!« schimpfte die Großmutter. Als die Sirenen zu
heulen begannen, hielt die Großmutter an und fragte: »Heulen net
die Sirenen?«

Ich sagte: »Nein, nein!«

Ich *mußte* »nein« sagen. Ich konnte mit der Großmutter nicht in
den Keller gehen. Sie war zu wütend, zu zornig. Die Großmutter
hätte im Keller weitergeflucht. Auf den Herrn Blockwart, den Hitler, den Goebbels, den Gauleiter und die Gemüsefrau, und das
durfte die Großmutter nicht. Die Großmutter hatte schon viel zu oft
geschimpft. Und viel zu laut. Das kam davon, weil sie schwerhörig
war. Schwerhörige Leute reden oft zu laut. Und die Großmutter
grüßte auch nie mit »Heil Hitler«. Unten im Keller aber saß jetzt die
Frau Brenner aus dem ersten Stock. Sie grüßte immer mit »Heil Hitler«. Die Frau Brenner hatte schon ein paarmal gesagt, daß solche
Frauen wie meine Großmutter bei der Gestapo angezeigt gehören.
Weil sie nicht an den Sieg des deutschen Volkes glauben und weil
sie den Krieg nicht gewinnen helfen und weil sie gegen den Führer
sind.

Ich hatte Angst vor der Frau Brenner. Darum sagte ich nichts von
den Sirenen. Die Großmutter stellte die Erdäpfel auf den Gasherd.
Sie wurde freundlicher, weil die Gasflamme schön groß und hell-
blau brannte. Das war seltsam. Das kam davon, weil niemand im
ganzen Bezirk kochte. Alle saßen in den Kellern.

Auf der Straße war kein Mensch zu sehen. Nur weit oben, bei der
Kalvarienberggasse, lief die Hannitante. Ganz leise hörte ich ihr
»Der Kuckuck schreit! Der Kuckuck schreit!«

Ich schaute zum Himmel. Der Himmel war vergißmeinnichtblau.
Und dann sah ich die Flieger. Es waren sehr viele. Ein Flugzeug flog
an der Spitze. Dann kamen zwei und dahinter drei und dahinter
noch viele. Die Flugzeuge waren schön. Sie glitzerten in der Sonne.
Dann ließen die Flugzeuge die Bomben fallen. Das hatte ich noch
nie gesehen. Sonst war ich ja immer im Keller unten. Im Keller ist
das anders. Man sitzt und wartet. Und dann saust es in der Luft,
und die Leute ziehen die Köpfe ein und dann kracht es, und dann
ist es wieder still. Und dann sagt einer: »Das war aber nah!« und die

Leute heben die Köpfe wieder und freuen sich, daß die Bombe woanders eingeschlagen hat, und daß ihr Haus noch steht, und daß sie am Leben geblieben sind.

Aber jetzt sah ich die Bomben. Die Flugzeuge ließen so viele Bomben so schnell hintereinander aus ihren Bäuchen, daß es aussah, als hinge aus jedem Flugzeug eine dunkelgraue, glänzende Perlenkette. Und dann zerrissen die Perlenketten, die Bomben zischten herunter. Sie waren sehr laut. Sie waren lauter als alles, was ich bisher gehört hatte. Sie waren auch für die Großmutter laut genug.

Die Großmutter packte mich und wollte mich vom Fenster wegziehen. Sie schrie: »G'schwind, renn! In den Keller! G'schwind!«

Ich konnte nicht laufen. Ich konnte mich nicht bewegen. Ich hielt mich ans Fensterbrett geklammert. Die Großmutter zerrte mich vom Fensterbrett weg. Sie schleppte mich durch die Küche, über den Gang, zur Kellertür. Die Bomben fielen noch immer. Der Lärm wurde noch größer. Der Lärm drückte gegen den Kopf. Er sauste in den Ohren. Er brannte in der Nase. Er machte den Hals ganz eng. Die Großmutter stieß mich die Kellerstiege hinunter. Sie stolperte hinter mir her, sie fiel auf mich. Wir rutschten zusammen über die ausgetretenen Kellerstufen. Hinter uns krachte die Kellertür ins Schloß.

Wir saßen auf der untersten Kellerstufe. Das Kellerlicht war ausgegangen. Es war finster. Ich lehnte an der Großmutter. Die Großmutter zitterte. Die Großmutter schluchzte. Über uns sauste und krachte es. Die Kellertür schwang auf und fiel wieder zu und ging wieder auf und krachte wieder ins Schloß.

Plötzlich war es still. Die Großmutter hörte zu schluchzen und zu zittern auf. Mein Kopf lag auf ihrer dicken, weichen Brust. Die Großmutter streichelte mich.

Sie murmelte: »Aber sie fliegen doch schon fort! Sie fliegen doch schon fort!«

Dann heulte die Entwarnungssirene. Die Entwarnungssirene hatte einen angenehmen, sanften, langgezogenen Klang. Hinten, am Ende vom Kellergang, wurde es hell. Das war die große Taschenlampe vom Hausvertrauensmann. Ich hörte seine Stimme: »Leut! Bewahrt's Ruhe! Ich geh' nachschauen! Nur keine Panik nicht, bitt' schön!«

Die Großmutter und ich stiegen mit dem Hausvertrauensmann die Kellerstiege hinauf. Unser Haus war ganz geblieben. Nur ein paar Fensterscheiben waren zerbrochen. Vom großen Luftdruck, den die Bomben erzeugen, wenn sie herunterfallen. Wir gingen auf die Straße. Aus anderen Haustoren kamen auch Leute.

Oben, bei der Kalvarienberggasse, war eine große Staubwolke. Und unten, beim Gürtel, fehlte das große Haus und das kleine Haus danebenn.

Der Mann von der Hannitante kam zu uns. »Habt's die Hanni gesehen?« fragte er. Er war sehr grau und sehr müde im Gesicht. Er sagte: »Ich such' die Hanni schon die ganze Zeit!«

Wir hatten die Hannitante nicht gesehen. Und wir sahen sie auch nie mehr. Sie lag oben, bei der Kalvarienberggasse, unter einem Schutthaufen. Ihr Mann grub sie aus. Hätte sie nicht das Klappstockerl unter dem einen Arm und die karierte Decke unter dem anderen Arm gehabt, hätte ihr Mann sie gar nicht erkannt, weil ihr Kopf fehlte.

Doch das wußten wir jetzt ja noch nicht.

Der Hausvertrauensmann riet dem Mann von der Hannitante: »Gehns runter zum Pezzlparkbunker! Schauns dort nach. Vielleicht ist sie im Bunker drin!«

Der Mann von der Hannitante schüttelte den Kopf. »Die ist nicht im Bunker drin! Die war noch nie im Bunker drin! Die geht in keinen Bunker hinein!«

Dann ging der Mann von der Hannitante weg. Meine Großmutter schaute ihm nach. Ich merkte, wie sie wieder zu zittern anfing.

Und plötzlich brüllte sie: »Scheißhitler! Heil-Hitler! Scheißhitler!«

»Ich bitt' Sie, ich bitt' Sie«, sagte der Hausvertrauensmann, »seien Sie doch um Himmels willen still, Sie reden sich ja noch um Ihr Leben!«

Doch die Großmutter war nicht still. Sie brüllte weiter. In einem fort. Wie eine Schallplatte, wo die Nadel in einer Rille steckenbleibt: »Scheißhitler, Heil-Hitler, Scheißhitler, Heil-Hitler, Scheißhitler!«

Der Hausvertrauensmann zog die Großmutter ins Haus hinein. Ich half ihm dabei, schob die Großmutter hinten an, boxte sie verzweifelt ins Hinterteil.

Langsam beruhigte sich die Großmutter. Sie lehnte jetzt an der

Wand im Gang. Sie murmelte: »Die Erdäpfel! Meine Erdäpfel stehen ja noch auf dem Herd! Die Erdäpfel werden mir angebrannt sein!«

Die Großmutter lief in ihre Küche. Ich lief hinter ihr her. Die Erdäpfel waren nicht angebrannt. Das Gas war ausgegangen. Eine Bombe hatte irgendwo die Gasleitung zerschlagen.

(1973)

Der Herr im Salonsteirer

Am Jägerball merkt man noch, daß es ein unvergängliches Österreich gibt... Haben Sie schon die Reichsinsignien gesehen?... Soll man sich immer wieder anschaun... Die deutsche Kaiserkrone! – Können Sie sich die in Bonn vorstellen?... Die Kaiserkrone, und dann marsch ins Sacher, die Deutschen... Beides haben sie sich ganz anders vorgestellt... die Krone und die Torten –

Ja, setzen Sie sich ruhig... Ich sitz am liebsten in so Stüberln... Hat so ein bisserl was von einer Jagdgesellschaft... Zum Zwunschi hab ich vor kurzem gsagt... in einer philosophischen Stunde: Wer sind die Jäger und wer sind die Gjagten... Ich hab das natürlich politisch gemeint... Wo gibts heute noch an politischen Witz? Über die Juden darf man nicht... Sind Sie vielleicht...? Aus der Steiermark... Bravo! Hab ich mir gedacht.

Servus, Sylvester – Komm doch her... Was hat das Ministerium beschlossen?... Ich brauch euch doch nicht vorstellen?... Hat sich der neue Minister schon eingelebt? Na ja, für die kurze Zeit... Drum gibts ja keine politischen Witze... Außer man wechselt die Namen aus... Aber da kann man sich leicht irren, und dann steht man da... Ich muß ja immer lachen – Am Jägerball die Polizisten salutieren vor mir... jedes Jahr... Obs das überhaupt dürfen?

Ich freu mich schon jetzt wieder auf das neue Jahr... immer auf das nächste... Dazwischen Heringsschmaus... und dann Ostern... Eier find man zwar keine mehr... Aber, Sylvester, laß mir doch meine Gspaß... No, und zu Pfingsten fahr ich nach Tullnerbach-Pressbaum – zum Kommerzialrat Fähnrichsberger – mußt ihn doch kennen... der mit dem (Er hustet diskret). Leider weiß man noch nicht, ob es Krebs is... Asthma wär angenehmer... Wunderschönes Jagdhaus... Leider liegt es direkt an der Westbahn... Da sitzen wir dann... eine vergnügte Runde – erzählen uns die Neuigkeiten... Die Zeitungen können mir gstohlen bleiben – vor kurzem hab ich eine gstohlen. Am Sonntag... Ich hab manchmal so Anwandlungen zu Lausbubenstreichen... Der tolle Burli, nennens mich manchmal. Da muß der Kommerzialrat Fähnrichsberger herzlich lachen... Er sollt eigentlich nicht – es könnt ja Kehlkopfkrebs sein – hoffentlich kommt er in kein Spital... In Tullnerbach-Pressbaum sein Leben aushauchen... So was hab ich mir immer gewünscht... Gepflegter Friedhof... Die Ärzte sind entweder Scharlatane oder Trotteln... Was brauch ich ein neues Spital? Wenn ich krank bin, bin ich krank –

Einen ganz hervorragenden Witz über die Pille hab ich ghört... Wir sind ja alle über sechzig –: Also, der Papst empfängt den Reagan und – leider hab ich ihn vergessen... Ich könnt ja in der Trübauer Wirkwoll AG anrufen... Mein Freund, der Direktor Perlacher, schreibt sich das immer auf – ein Buch könnt er herausgeben... Ich les ja kaum, aber zum Verschenken is es immer was Persönliches... Ja, der Papa Perlacher... Von dem krieg ich immer ein Weihnachtsgeschenk... Mozartkugeln... Aber in Salzburg aufgegeben... Spezialanfertigung der Wirkwoll AG... Ich heb mirs schon jahrelang auf... Wer das einmal erben wird?

Da is er ja, unser Benjamin – Servus, Herr Ingenieur... Die Herren kennst du bereits... Na, wie gehts auf der Baustelle? – Ja, die Jugoslawen... Die Türken sollen besser sein – Weißt du, daß ich in dem Haus eine langjährige Freundin ghabt hab... Mit einem furchtbaren Namen, aber ausgschaut hats gut... Wie eine Filmschauspielerin... Stummfilmschauspielerin... Im Altersheim hat sies eh noch am besten – Also, wenn ich schon sterben muß, beim Schwimmen... Aber der Neusiedlersee, wo ich manchmal mit dem Perlacher hinkomm, is so flach – man kann natürlich auch mit einiger Geschicklichkeit, wenn die Wellen von den Kommunisten herüberkommen, auch ertrinken... Aber ob das anhalt?... Ich war einmal im Krieg an der Ostsee... mit meiner Dienststelle – mit manchen der Herren hab ich noch Verbindung... Die würden nur so schaun. »Mensch!« würdens sagen.

Meine Herren, erklären Sie mir bitte den Unterschied zwischen dem Neusiedler See... kann auch der Bodensee sein... und der Ostsee! Also sehen kann man Mädchen im Badeanzug, und der Osten is kalt... (Totenstille) Ich seh schon, ich habs falsch erzählt... Der blöde Osten! – I mein, ganz blöd sinds ja nicht, die Kommunisten. Die Amerikaner zeigen hin und wieder auch Zeichen von Intelligenz... Wir liegen so dazwischen – aber wir zeigens ihnen immer wieder... Die Israelis sollen auch einmal wissen, mit wem sies zu tun haben. Ein friedliches Beispiel sind wir für sie. –

Wenn die solche Politiker wie wir in der Nachkriegsgschicht ghabt hätten, die hätten längst einen Staatsvertrag mit die Russen, die Amis und die Araber... Und keine Geiseln... Die Geiseln Gottes, hat einmal einer gsagt... Sicher der Perlacher –

Ich hab mir oft in Mußestunden überlegt, was ich damals getan hätt – am Flugplatz... Zuerst hätt ichs strategisch im gütlichen versucht: »Meine Herren, darf ich Sie nach Fischamed zum Forellenessen einladen?«

Ich weiß allerdings nicht, ob die Juden Fisch essen dürfen. Irgendwas dürfens nicht... Da gibts auch einen Witz drüber... Da weiß ich wenigstens die Pointe... (denkt scharf nach:) »Aber beschneiden hättens ihn nicht dürfen.« (Stille)

Der Benjamin schmunzelt... Denkens lieber an Ihren Bau und Ihre... Ah, das darf man ja nicht sagen... Es ist, meine Herren, nebenbei kein Zufall, daß es für uns Österreicher keine Schimpfworte gibt... Das ist nicht Zufall, das ist Geschichte... Darum beneidet uns die ganze Welt. Vor allem die Itaker und... sprechen wir es ruhig aus... die Tschuschen... Also, um auf unser Thema zurückzukommen. Ich wäre auf dem Flugplatz auf einen dieser Pimpfe zugegangen und hätte – vorläufig noch höflich – gesagt: »Meine Herren! Ich war im Ersten Weltkrieg bei den Sechser-Ulanen, im Zweiten Weltkrieg in einer Sondereinheit. Sie sind umstellt, also verlassen Sie den Raum! Denkens, was Ihren Leuten im Krieg passiert ist. Und wenn Sie dazu zu jung sind, dann lassens sich von Ihren Vätern erzählen. Also gemma!« Na, die hätten gschaut – Sechstagekrieg... So ein Blödsinn! Österreich ist nix für an Terror. Sie habens ja zweimal versucht. Die Sozis und die Nazis. Heut sitzens schön brav beisammen. Im Parlament... Die Türken belagern nimmer und bauen das neue Wien... und die Nazi... Einen Flugplatz neben dem Zentralfriedhof hinbauen – diese Herzlosigkeit hätten sie nie besessen... Die Toten in ihrem Frieden stören... Nazi... Wenn ich das Wort nur hör... Nazi oder Nichtnazi, ein Österreicher ist ein Österreicher. Die paar Kommunisten sollen nach Deutschland gehen oder nach Amerika... oder nach Rußland. Da können sie sich die Haar wachsen lassen so lang wie der Rasputin... und Rauschgift sollns fressen... Dumme Kerle... In einem Land, wo man eine Virginia hat... Fräulein Gitti, einen Liter für unsere Runde... Rot... Sie wollen weiß, Herr Ingenieur... und Sie rot... Rot-Weiß-Rot. Das schreib ich mir aber jetzt auf. Der Perlacher wird zerspringen. Haben Sie einen Kugelschreiber? Das laß ich mir gefallen... Firmengeschenk... Wissen Sie, meine Herren, was die heimische Industrie allein dafür ausgibt? Industrie und Sport halten Leib und Magen zusammen.

Bei mir um die Ecken im Café Hadrawa... Ich geh nicht hin, da sind mir zuviel ungwaschene junge Leut... Also ich schau ins Kaffeehaus... nein, durch die Scheiben... Da seh ich manchmal Sportfernsehen... Es gibt noch eine Jugend... Nicht lang, aber schön... Manchmal hab ich direkt Lust, durch die Luft zu fliegen... Natürlich haben die heute ganz andere Bindungen... Auch die Ski kommen mir ganz eigenartig vor... so aufbogen... Na, Benjamin, Sie sind ja noch aktiv in der weißen Zunft... Wo? In Vorarlberg? Fleißige Leute... Aber ich sag Ihnen, der Wienerwald... Ganz schönes Training... Da hat sich so mancher einen Meniskus gezerrt fürs Leben...

Auch zwei anständige Menschen gibts im Kaffehaus. Die spielen Schach. Vielleicht geh ich doch einmal hinein und schau ihnen zu. Das ewige Kreuzworträtsellösen führt auch zu nichts. Man eignet sich zwar eine umfassende Bildung an, aber wer tut schon was in diesem Land für die Kultur?

Benjamin, wieviel Marillenknödel essen Sie eigentlich?... Da bin ich Ihnen immer noch um fünf voraus. Von Zwetschkenknödel gar nicht zu reden. Und dann in die Sauna! – Gesunder Geist im gesunden Bauch! – Da schwitzen wir, ein jeder erzählt, was er gegessen hat... Oder getrunken... Nach dem Opernball war das ganze geistige und einflußreiche Österreich versammelt... Uj, da hats gstunkn – Pardon – auf einen gewissen Ort muß auch der Kaiser... Das Recht auf körperliche Ausdünstung hat jeder. Das werden Sie mir auch nicht glauben, daß ich den Kaiser noch persönlich gekannt hab. Parade auf der Schmelz, Kaiserwetter. Eine Dunstglocke hätt sich dort gar nicht hintraut.

Der Hitler hat mich schon nicht mehr interessiert. Vielleicht war es ein Fehler. Wenn man schon in so einem historischen Zeitalter lebt, soll man es auch ausnutzen. Aber wie gesagt, das hab ich mir beim Jägerball gedacht, wir haben wieder einen Abschnitt, einen Punkt hinter uns. Hinter uns die Vergangenheit, vor uns die Zukunft. Prost! (Gläserklingen)

Ich hab gelesen, daß wir Österreicher für den Wein empfänglicher sind als die Friesen... Sie glauben gar nicht, wie diese schwerblütigen Menschen aus dem Norden für den Süden empfänglich sind... Von der D-Mark zur Südmark. Die glauben auf ihren Inseln, daß Südtirol zu Österreich ghört. Ghöret sich eigentlich schon. Würden mehr Friesen hinkommen. Weil langsam spricht es sich auch dort herum...

Ich hab einen Corpsbruder, der so kleine Steirerhüte aus Papier herstellt... Vielleicht kennen Sie ihn, den Kapplkönig... Hauptabnehmer: Friesen... Nordfriesen natürlich... Er hat sich um einen Auftrag fürs Bundesheer bemüht – mit seine Kappeln. Aus erstklassigem steirischen Stoff... Aber solang ein Heer so verpolitisiert ist, schaut keiner auf die Landesverteidigung. Mein Plan: Nix wie in die Berg... Egal, ob hoch, ob nieder. Hauptsache, es sind die Tauern. Und dann Aug um Aug, Zahn um Zahn. Auch die Prothesenträger müssen da ihr Scherflein beisteuern. – Dann zeigen wir diesen Dilettanten, was ein europäischer Krieg ist... Die Zivilbevölkerung kommt in die Flaktürme – Gott sei Dank hat sie unser Herr noch stehn lassen... Die Jets sorgen für Ordnung – Da werden sich die Herrn im Parlament einmal wundern.

Ich hör so manchmal die Debatten – wenn sie nicht zu ausfallend werden... Und dann... Und dann... Und dann schreib ich ihnen meine Meinung. Natürlich sinds verbittert und antworten nicht. Hier in unserem Lokal verkehrt ein Nationalrat, ihr kennts ihn, der so oft aufs Häusl geht und dann nichts bestellt.

Zeitweise grüßt er mich... sehr höflich... Ich grüße zurück – mit leichtem Sarkasmus... Am nächsten Tag sind dann die Parlamentsdebatten sehr zahm...

Die sollen sich nicht spielen, die Brüder... Wer kein Geld hat, braucht auch kein Budget – mit den Handwerkern werdens auch nicht fertig. Berge von Schilling-Volksvermögen gehn durch diese Pfuscher der Nation verloren... Mir hat einer beim Heurigen einreden wollen, wir sind ka Nation. Da hättens mich sehen sollen... Ich habe ihn einfach scharf angesehen und gesagt: »Mein Herr!« Lacht der blöde Kerl. »Sie scheinen nicht zu wissen, wer ich bin.« Dann haben die Schrammeln zum Spielen angfangt, und die zweifellos interessante Debatte ist untergegangen. Sehr lustige Partie, diese Schrammeln dort. Hochmusikalisch... »Die vier Trotteln.« Jetzt spielt allerdings eine neue Partie: »Die vier Teppen.« Lang nicht, was die »Trotteln« waren. Hingegen die Philharmonischen Neujahrskonzerte enttäuschen nie. Auch wenn ich sie nur in meinen vier Wänden höre, dazu ghört ein dunkler Anzug. Wenns den Bruckner oberieseln lassn, dann denkt man an einen Altar. Das gibt dem lieben Gott mehr, als wenn man in eine Messe geht. Obwohl, in der Michaelerkirche ist es zu Weihnachten ganz gemütlich. Man trifft viele Bekannte. Erstaunlich viel Sozialisten. Auch in den Oststaaten macht die Kirche Fortschritte, eine nicht zu unterschätzende Macht. Ich glaub, drum zögern auch die Chinesen, den ersten Schritt zu tun. Na ja, für Heiden ist es schwer. Ich meine nicht den Komponisten, Herr Ingenieur. Früher hat man von ihnen nur gewußt vom Reis und vom Tee, und jetzt werden sie auch sonst anerkannt. Man kommt ja nirgends hin – im Sommer grad auf den Semmering oder nach Maria-Zell... Im Waldviertel weiß ich eine Pension mit Frühstück... eine liebe Gemeinschaft. Wenn man jemandem sagt, darf ich den Rest von Ihrem Kaffee haben, ich seh, Sie trinken ihn eh nicht, Sie werden es kaum glauben, man wird nicht ausgricht... Es regnet die ganze Zeit... Was will man mehr.

Die Menschen, die man dort kennenlernt, haben dasselbe Niveau... Leider sterbens langsam aus. Aber das muß ja so sein... Von mir aus solln die Ärzte streiken – ich hab mich nie an ihre Anweisungen gehalten. Ich war mein Leben lang ein Genußmensch – Renaissancemensch, drückt sich der Perlacher aus. Linkswalzer tanz ich... Komisch, ich bin doch Rechtshänder.

Ich sag immer, Humanismus bedeutet, daß es einem egal is, ob einer eine Hasenscharte oder einen Klumpfuß hat. Außer den Bettnässern. Die sind gefährlich, weil sie Fanatiker sind. Prost! Ich hab mich schon so an unsern Reschburgunder gwöhnt, daß ich kaum was anders trink – Beim Jägerball natürlich schon – Das letzte Mal hab ich die Frau Kammerrat Zwern aufgefordert – der ganze Saal hat uns zugschaut. Nachher großer Applaus. Bescheiden, wie ich bin, hab ich gedankt und bin nach Haus gangen... Schöner kanns nimmer werden.

Manchmal... Ich möcht in keinem Neubau wohnen. Wenn die Sonne sinkt, das ist bei mir ganz etwas anderes. Auch wenn sie aufgeht.

Wenn man mir als Astronaut befehlen würde, ich soll hinaus, »danke« würd ich sagen, die Kluft ist zu groß... Jessas, es is

schon zwei Uhr... Leberknödelsuppen wird aus sein. Der Apfel-
strudel auch. Hoffentlich krieg ich noch eine gfüllte Kalbsbrust,
weil sonst weiß ich nicht, was ich heut noch machen soll. Zahlen
bitte... Alles für mich... Servus... *Was laßts mich denn auch so
viel reden?*

(1973)

BARBARA FRISCHMUTH

Haschen nach Wind

Sie stand so dicht vor der spiegelnden Auslagenscheibe, daß ihr Atem Spuren auf dem Glas hinterließ. Es war Mittagspause, das Geschäft war geschlossen, und sie mußte die Hände an die Scheiben legen, um genau sehen zu können. Von Zeit zu Zeit blickte sie auf ihre eigenen Schuhe hinab, die noch nicht einmal unmodern waren, aber sich um die Zehen herum bereits geworfen hatten, das Leder war von spinnenwebartigen Sprüngen überzogen und die Farbe nachgedunkelt. Die Schuhe, die sie drinnen sah, es gab nur ein einziges Paar, das ihr wirklich gefiel, waren nicht einmal so sehr teuer als luxuriös, paßten sie doch nur zu einem einzigen ihrer Kleider, zu diesem aber sehr, und sie stellte sich vor, wie sie am Sonntag nachmittag mit ihren Freundinnen in der Kaffee-Konditorei saß, wie sie dann in der Wärme und dem Zigarettenrauch die Beine übereinandergeschlagen und mit den Fersen wippen würde. Ein paar violetter Schuhe zu einem violetten Kleid und dazu eine pinkfarbene Tasche... aber die würde sie im ganzen Ort nicht zu kaufen kriegen. Es war trotz der Sonne eiskalt, und der Winter kroch an ihren Beinen hoch, daß sie sie noch fester zusammenpreßte. Wenn sie wollte, konnte sie anstelle der Schuhe ihr Spiegelbild in der Auslagenscheibe sehen und sie fragte sich, ob es stimmte, daß der Umfang der Oberschenkel zunahm, wenn man Mini-Röcke trug. Ihren Beinen hatte bis jetzt nichts etwas anhaben können, die Kälte nicht, noch das Wachsen, sogar die Turnlehrerin hatte zugeben müssen, daß das in ihrem Alter ungewöhnlich, bei ihr aber so war. Das bißchen Kälte würden sie schon aushalten, sie würde nur morgen eine wärmere Strumpfhose anziehen. Die Großmutter redete ohnehin dauernd von einer Eierstockgeschichte, die sie sich noch holen würde.

Die anderen standen schon bei der Autobushaltestelle am Hauptplatz, und als sie hörte, wie der Bus einfuhr, ging auch sie hin. Sie konnte sich Zeit lassen. Es würde eine Weile dauern, bis alle Leute, die in die Nachbarortschaften fuhren, eingestiegen waren, und da sie als erste im nächstgelegenen Weiler aussteigen würde, hatte es keinen Sinn sich vorzudrängen, wie das die Buben aus den unteren Klassen taten, um auf der hintersten Sitzreihe, die nicht durch einen Gang geteilt war, nebeneinander sitzen und blödeln zu können.

Ihre Schulsachen hatte sie in einer Fluglinientasche über der Schulter hängen; es wußten zwar alle, daß sie noch zur Schule ging, aber man mußte es ihr nicht auch noch ansehen. Noch den polytechnischen Lehrgang und dann, dann würde sie endlich in die Lehre gehen, etwas verdienen. Tante Milli würde ihr einen Platz suchen, so schwierig konnte das nicht sein. Es herrscht ein Mangel an Lehrlingen, in jeder Branche, hatte sie Tante Milli einmal sagen hören. Sie würde schon das Richtige für sie finden.

Komm nur, komm... sagte sie zu dem langhaarigen schwarzen Hund, der quer über den Hauptplatz auf sie zugelaufen kam, und den sie seit ihrer Kindheit kannte. Er gehörte dem Taxifahrer, der seinen Standplatz hinter der Autobushaltestelle hatte, und das Leben des Hundes spielte sich wie das seines Herrn auf diesem Platz ab.

Geh weg! rief sie gleich darauf, als der Hund, dessen weiches Fell sie an ihren Beinen gespürt hatte, ihr mit seiner naßkalten Schnauze unter den Rock gefahren war, wie er es meistens tat, und sie ein Gefühl hatte wie als kleines Kind, wenn sie im Klo die Hose zu früh raufgezogen hatte. Der Hund versuchte nun vorne an ihr hochzuspringen, aber sie wehrte ihn ab, indem sie: Sitz! und: Platz! rief, ohne daß der Hund sich sehr darum gekümmert hätte. Als sie aufschaute, merkte sie, daß ein paar von den größeren Burschen, die beinah zu jeder Tageszeit an einer bestimmten Stelle des Platzes herumstanden, ihr zugesehen hatten und mit der Zunge seltsame Bewegungen machten, wobei sie in Lachen ausbrachen.

Wie zu erwarten, bekam sie keinen Sitzplatz mehr und mußte, eingepfercht zwischen Männern und Frauen in schweren Lodenmänteln, die in der Wärme zu dampfen anfingen, dastehen, und einer von den Buben sagte etwas über ›die Liesi mit die schönen Füß‹ gerade so laut, daß sie es hören konnte. Anfangs hatte sie sich darüber geärgert, aber seit Tante Milli ihr gesagt hatte, sie solle froh sein, daß sie so was und nichts anderes sagten, machte es ihr nichts mehr aus. Sie war eben ›die Liesi mit die schönen Füß‹ aus der 4a. Und was ist mit meinen Augen, meinem Mund, meiner Nase, meinen Haaren? Ist das alles nichts? Wenn sie erst in der Lehre war und anfangen durfte, sich zu schminken, dann würden schon alle schauen. Auch die Haare wollte sie sich färben lassen, entweder ganz blond oder ganz schwarz, was besser zu ihr paßte, sie wollte es mit einer Perücke ausprobieren.

Draußen fuhr der kleine Fiat des Fachlehrers vorbei, und sie konnte nicht verhindern, daß es ihr heiß aufstieg. Früher hatte er sie manchmal mitgenommen, wenn sie den Autobus versäumt hatte. Er wohnte im selben Weiler wie sie, war fast ein Nachbar, und von ihrem Zimmerfenster aus konnte sie die umgebaute ehemalige Sommerküche sehen, in der er sich eingemietet hatte.

Sie roch den Geruch. Sie roch ihn immer, wenn sie von draußen hereinkam. Zumindest für ein paar Augenblicke. Den Geruch der beiden alten Leute, die sich nicht mehr oft badeten, denen das Waschen schon beschwerlich war, zumindest der Großmutter. Es war kein besonders ausgeprägter Geruch, kein Gestank in dem Sinn, aber sie roch es. Sie roch es an der Decke, die über der Eckbank lag, auf der sich der Großvater hinlegte, wenn er von der Arbeit kam und noch Zeit bis zum Essen blieb, sie roch es an den Handtüchern, sie roch es schon im Gang draußen, wo die Mäntel hingen.

Das Essen stand im Rohr, eine Schwammerlsauce, auf der sich eine dünne Haut gebildet hatte, und ein großer Semmelknödel, der langsam in sich zusammenfiel. Sie war letzten Sonntag wieder mit dem Großvater im Wald gewesen und da hatte sie Herrenpilze gefunden, die kaum angefressen waren, weder von den Schnecken, noch von Würmern. Eigentlich schade drum für eine Sauce. Aber die Großmutter hatte gesagt, sie könne nichts anderes, sie habe ihr Leben lang aus Pilzen immer nur eine Sauce oder eine Suppe gemacht und niemand könne verlangen, daß sie nun mit etwas anderem anfangen solle, wo sie es noch dazu gar nicht könne.

Während sie aß, sie hatte den Teller auf dem Schoß und saß auf der Wäschebank neben dem Herd, fiel ihr Blick auf das Hochzeitsbild ihrer Eltern, das im Spiegelrahmen über der Wasserleitung steckte, glitt über die deutlich sichtbar retouchierten Gesichtszüge zweier ihr fremder Menschen, die einander auf verlegene und doch freundliche Art in die Augen sahen. Sie hatte oft und oft versucht, sich an sie zu erinnern, zumindest an irgend etwas, das mit ihren Eltern zusammenhing, aber da war nichts, gar nichts und selbst wenn sie sich manchmal einbildete, sie müsse sich an etwas, das ihr die Großmutter erzählt hatte, erinnern können, wußte sie nicht, welches Gesicht sie dieser Erinnerung geben sollte, es fiel ihr immer nur das Hochzeitsfoto ein. Sie war doch zu klein gewesen, damals, als es passierte, als ihr Vater und ihre Mutter mit dem Motorrad vom Kirtag nach Hause fuhren, vom Weg abkamen und in einen Abgrund stürzten, der eigentlich eine Sandgrube war, die sehr tief abfiel. Die Herrenpilze hatten sie in der Nähe der Sandgrube gefunden.

Warum sie diesen Weg gefahren sind, versteh ich bis heute nicht, sagte der Großvater jedesmal, wenn sie dort vorbeikamen. Ausgerechnet diesen Weg, sie hätten doch auf der Straße nähergehabt. Und getrunken hat er auch nichts, der Friedl, ich versteh es einfach nicht.

Es war nie geklärt worden, warum die Eltern damals in den Tod gefahren waren, und der Vorfall überlebte als Legende, viele Leute datierten auch andere Ereignisse nach dem Jahr, in dem der Wiesenthaler Friedl mit seiner Frau in die Sandgrube gestürzt war, ohne einen Rausch gehabt zu haben, wie die anderen Kirtaggeher immer wieder bekräftigt hatten.

Und während der Großvater im Wald noch immer nach Spuren und Hinweisen suchte, die ihm das Unerklärliche klären helfen sollten, war für sie der Wald immer mehr der Ort geworden, in dem Rübezahl wohnte, ein Rübezahl mit einem weiten Lodenumhang und einem langen Bart, der auch sicher wußte, warum alles so gekommen war, bei dem die Fäden zusammenliefen, der aber auch seine Hand darüber hielt. Sie mußte oft an die Geschichte denken, die von zwei kleinen Kindern handelte, deren Eltern gestorben waren und denen Rübezahl und die schönste Tanne seines Waldes eine Jugend lang Eltern und Zuhause vorgespielt hatten, bis die Kinder groß genug waren, um hinaus in die Welt zu gehen. Und manchmal, wenn der Großvater besonders nett zu ihr gewesen war, überlegte sie, ob nicht zeitweise der Rübezahl in seine Gestalt geschlüpft sei, auch der Großvater kannte sich sehr gut aus im Wald, nur die Großmutter konnte sie sich nicht und nicht als Tannenfee vorstellen. In den letzten Jahren aber hatte sie immer seltener an den Rübezahl gedacht, meist nur dann, wenn ihr nachts von ihm geträumt hatte, auf eine angenehme, verwirrende Art, die sie bis in den Schulvormittag hinein irritierte, und sosehr diese

Träume auch im einzelnen voneinander abwichen, eines hatten sie gemeinsam, nämlich, daß der Rübezahl irgendwann seinen Lodenumhang über sie deckte, nachdem er sie aufgehoben und in die Arme genommen hatte und daß sie seinen Bart wie einen Bach über sich hinwegfließen hörte.

Sie horchte auf den lauten Atem der Großmutter, der schon wie Schnarchen war, das durch die geschlossene Tür des Nebenzimmers drang. Die Großmutter legte sich immer ins Bett, wenn sie sich hinlegte, nicht auf die Eckbank wie der Großvater, sie schloß die Läden und legte sich ins Bett, ohne sich auszuziehen, und lagerte ihren wehen Fuß auf mehrere Pölster, die sie übereinanderstürmte.

Wenn sie dann gegen drei aufwachte, kam sie in die Küche gehumpelt und stellte Kaffeewasser auf. Seit Liesi in der vierten Klasse war, durfte sie Bohnenkaffee trinken, wenn auch nur mit viel Milch. Erst wenn der Kaffee angefangen hatte, seine Wirkung zu tun, wurde die Großmutter gesprächig. Das war dann der Zeitpunkt, wo Liesi ihre Schultasche nahm und hinauf in den oberen Stock ging, um ihre Schulaufgaben zu machen.

Die Sonne war wieder verschwunden und es windete stark, was sie an den Ästen des Nußbaums, die bis vor das Küchenfenster reichten, sehen konnte. Sie überlegte, was sie tun wollte, wenn sie die Aufgabe gemacht hatte. Vielleicht würde sie zu Herta hinübergehen und fragen, ob sie ihr helfen konnte. Herta war Schneiderin und Liesi half ihr manchmal bei den einfacheren Sachen, dafür nähte Herta ihr hin und wieder etwas. Der Weg zu ihr führte so am Häuschen des Fachlehrers vorbei, so daß er sie sehen konnte, wenn er bei seinem Schreibtisch am Fenster saß.

Herta war zwanzig und wollte bald heiraten, aber Liesi gefiel Thomas, der im selben Werk wie ihr Großvater arbeitete, nicht. Er hatte eine unreine Haut und schnitt sich beim Rasieren, so daß er immer irgendwo ein Pflaster kleben hatte. Ihr war unklar, warum er sich nicht wenigstens einen Bart wachsen ließ, und sie konnte sich nicht vorstellen, wie man es fertigbrachte, mit ihm zu schmusen. Sie hatte Herta einmal danach gefragt. Herta war zuerst böse geworden, dann aber hatte sie gesagt, daß sie sowieso nur im Finstern schmusen würden und da wären die Wimmerln nicht zu sehen. Außerdem würden diese weggehen, wenn sie ihm das richtige Essen kochte; von was anderem auch noch, nämlich von dem, was nach dem Schmusen kommt. Ich weiß, hatte Liesi darauf gesagt, aber wenn es nicht stimmt, wenn die Wimmerln nicht vergehen, dann stehst da.

Sie, Liesi, würde keinen Mann wollen, der Wimmerln hatte, auch nicht wenn die später vergingen. Sie wollte einen, mit dem man auch bei Tag schmusen konnte und der nicht immer irgendwo eine Blutkruste oder ein Pflaster kleben hatte.

Das Zimmer, in dem Liesis Bett stand, hatte einen schrägen Plafond, es war gleich unter dem Dach, daneben hatte sich früher das Schlafzimmer der Großeltern befunden, aber seit die Großmutter den wehen Fuß hatte, war das Schlafzimmer unten und das Wohnzimmer heroben. Das Wohnzimmer wurde ohnehin nur an Sonn- und Feiertagen benutzt und auch dann nur, wenn sie Besuch erwarteten. Dafür hatte der Großvater Liesi im Vorjahr für ihr Zimmer einen kleinen Ölofen gekauft, damit sie ihm nicht eines schönen Tages erfriere, wie er sagte, ganz allein da droben.

Sie hatte das Mathematikbuch und das Hausarbeitenheft aufgeschlagen und wollte mit der Aufgabe anfangen, als der Bauch sie zu drücken begann, und sie noch einmal hinunter mußte, es gab nur unten ein Klo. Sie nahm gleich die Watte mit, sie war sicher, daß ihre Regel gekommen wäre, aber es war nichts. Sie ließ die Watte unten, wie sonst auch während dieser Zeit, außer ihr und den Großeltern wohnte ja niemand im Haus.

Sie würde sich Zeit lassen mit dem Heiraten, auch wenn sie schon zwanzig war, bis der Richtige kam. Einer, mit dem sie sich sehen lassen konnte, der sie überallhin mitnahm, auch ins Ausland, wenn er dort zu tun hatte oder auf Urlaub. Er mußte nicht reich sein, nur gut verdienen sollte er, damit sie sich was leisten konnten, und sie nicht bei jedem Paar Schuhe nachdenken mußte, zu wieviel Kleidern es paßte. Sie wollte mit ihm auch woanders wohnen, nur auf Besuch oder im Sommer hierherkommen, mit den Kindern, wenn sie einmal welche hatte, damit sie im Wald spazierengehen konnten und Heidelbeeren und Schwammerl suchen oder den Rübezahl. Aber bis dahin, bis es soweit war, würde sie einen Beruf haben und eine Menge Freunde und immer mit dem, der gerade am nettesten war, ausgehen oder mit ihren Kolleginnen auf Urlaub fahren, irgendwohin ans Meer, wo man schnell braun wird, und da würden sie schon ihre Hetz haben.

Liesi hatte nicht gewartet, bis die Großmutter aufgewacht war und nun hörte sie, wie sie, ans Geländer geklammert, den wehen Fuß nachziehend, heraufkam, um ihr eine Schale Kaffee zu bringen. Sie ging an die Tür und öffnete ihr, nahm ihr aber den Kaffee gleich ab, um zu verhindern, daß sie sich setzte und anfing, sie über den Tag und die Schule auszufragen.

Ich muß noch Rechnungen machen, sagte sie, und dann geh ich zur Herta rüber, sie soll mir noch bis Weihnachten ein Kleid machen.

Aus was denn? fragte die Großmutter. Du glaubst, du brauchst nur anzuschaffen und schon kriegst du alles.

Ihr stieg die Röte auf, mehr aus Zorn, denn aus Beschämung. Ich hab den Großvater schon gefragt, und er hat ja gesagt. Ich brauch nur zu sagen, was für einen Stoff ich will.

Der Großvater hat dir schon immer alles reingesteckt.

Liesi ließ sie reden, sie wußte, daß die Großmutter wütend war, wütend darüber, daß sie keine Lust gezeigt hatte, sich von ihr ausfragen zu lassen und ihr den Tratsch aus dem Ort zuzutragen. Seit die Großmutter den wehen Fuß hatte, kam sie nur noch selten aus dem Haus und war um so neugieriger auf alles, was in der Umgebung geschah.

Weil du dir auch alles so kurz machen läßt, hörte sie die Großmutter, die wieder im Hinuntergehen war, noch sagen. Drum brauchst du auch dauernd was Neues. Und wachsen tust du auch noch.

Ich wachs nicht mehr, rief Liesi ihr nach, während sie die Tür schloß. Und zu sich selbst sagte sie, ich wachs nicht mehr, weil ich nicht mehr wachsen will. Ich bin groß genug für meine Figur.

Es war noch hell draußen, als sie ihre gelbe Flauschjacke, die beinah so lang wie der Rock war, überzog und zu Herta ging. Sie kam nahe genug am Häuschen des Fachlehrers vorbei. Er hatte bereits Licht brennen, und sie konnte ihn an seinem Schreibtisch sitzen sehen, wo er sicher Hefte korrigierte, die 3b hatte gestern Englisch-Schularbeit gehabt.

Und plötzlich überkam sie eine solche Sehnsucht, daß sie stehenblieb. Sie schaute sich um, ob niemand in der Nähe war, dann ging sie ein paar Schritte weiter auf das erleuchtete Fenster zu. Es war gerade noch hell draußen, so hell, daß er sie sehen mußte. Da fiel sein Blick, der über den Zeilen in den Heften hin und her geglitten war, auf sie, und sie sah, wie er sich auf die Lippen biß, sie einige Augenblicke anstarrte und dann mit der Hand das Zeichen machte. Sie nickte und drehte sich auf dem Absatz um. Erst als sie völlig außer Atem bei Herta ankam, merkte sie, daß sie ziemlich schnell gelaufen war.

Auch Herta hatte schon Licht brennen. Was bist denn so gelaufen? fragte sie. Damit mir warm wird, und Liesi rieb ihre Hände über dem Dauerbrandofen. Sie setzte sich, und Herta gab ihr verschiedene Kleidungsstücke, an denen die Heftfäden auszuziehen waren. Herta hatte das Radio aufgedreht und sie hörten zu, ohne viel miteinander zu reden.

Machst du mir das Kleid noch vor Weihnachten? fragte Liesi einmal zwischendurch.

Wenn du mir nächste Woche den Stoff bringst, im Dezember erstick ich dann in der Arbeit.

Ich werde es dem Großvater sagen, meinte Liesi, dann waren sie wieder still.

Sie hatten Ende September noch einen Schulausflug gemacht, eine Bergwanderung, es war nicht sehr weit bis zum Schutzhaus und auch nicht gefährlich. Es war warm gewesen, und das Laub hatte gerade erst angefangen, sich zu verfärben. Sie waren lange auf schattigen Wegen durch den Mischwald gegangen, dann durch Nadelwald, bis die Lichtungen immer größer wurden, und sie sich vor dem Schutzhaus auf die hölzernen Bänke, um die hölzernen Tische setzten, ihre Brote auspackten und dazu Coca-Cola tranken. Der Klassenvorstand hatte eine Gallenkolik und konnte nicht mitkommen, dafür hatten der Fachlehrer und die Turnlehrerin die Begleitung übernommen.

Der Fachlehrer hatte sich zu den Mädchen an den Tisch gesetzt, und sie zogen sich gegenseitig auf, waren auch ganz schön frech zueinander, ohne daß sich der Abstand dadurch verringert hätte. Sie hatten bis zum Vorjahr jemand anderen in Englisch gehabt. Der neue Fachlehrer aber war, verglichen mit den anderen Hauptschullehrern, noch ziemlich jung und sah auch gut aus.

Sie hatten sich anschließend in die Sonne gelegt und später waren sie herumgetollt wie die kleinen Kinder, und so hatten sie beinah die Zeit übersehen. Der Fachlehrer war mit der Turnlehrerin im Wald spazierengegangen, worüber sich die Mädchen die Mäuler zerrissen, aber so schön war die Turnlehrerin auch wieder nicht, und auf dem Rückweg war der Fachlehrer wieder bei den Mädchen geblieben und hatte ihnen über die Wurzelstrünke und die Weidengatter geholfen. Und weil sie sich vor lauter Lustigsein ziemlich Zeit gelassen hatten, kamen sie in die Dunkelheit und da war es dann auch, als der Fachlehrer ihr über ein Weidengatter half, daß seine Hand die ihre verfehlte und an ihren oberhalb der Kniestrümpfe nackten Beinen hinaufglitt, eine Zeitlang so, als suche er noch immer ihre Hand, doch dann war es etwas anderes, und sie spürte genau, daß es etwas anderes war, aber sie war so erschrocken, daß sie sich nicht rühren konnte, auch dann nicht, als der Fachlehrer die Hand wieder weggenommen, sie am Ellbogen gepackt und beinah angeschrien hatte, sie solle doch endlich kommen, sie würden sonst die anderen verlieren und wirklich, soweit sie das in der Dunkelheit ausnehmen konnte, waren die anderen schon weitergegangen, und als sie wieder Boden unter den Füßen hatte, spürte sie ihr Herz laut und wild klopfen.

Später dann im Ort hatten sie sich alle voneinander verabschiedet und der Fachlehrer war mit der Turnlehrerin in den Goldenen Adler gegangen, weil er, wie er sagte, nichts zu Hause hatte und die Luft ihn ordentlich hungrig gemacht hätte. Es war bald Essenszeit und im Radio hatten die Sechsuhrnachrichten begonnen. Ich muß heim, sagte sie zu Herta, der Großvater ist sicher schon da. Sie ließ die Nähsachen auf dem großen Schneidertisch liegen und stand auf, ein wenig steif von der gekrümmten Haltung.

Willst du gleich ein Kind haben, wenn du den Thomas heiratest?

Ein Kind? Herta zog die Mundwinkel herunter. Damit hat es Zeit, aber wenn es kommt, ist es da. Immer die Pille... das kann nicht gut sein. Da soll man leicht eine Embolie kriegen können, vor allem bei der sitzenden Lebensweise.

Wenn du einmal verheiratet bist, ist es so egal, sagte Liesi, nahm ihre Jacke und ging in die Nacht hinaus. Diesmal rannte sie am Häuschen des Fachlehrers vorbei, ohne stehenzubleiben. Es war zu dunkel, er hätte sie ohnehin nicht mehr sehen können.

Der Großvater saß schon bei der Suppe, als sie hereinkam.

Ich soll dir ausrichten, daß mir die Herta das Kleid noch vor Weihnachten macht, wenn ich ihr nächste Woche den Stoff bring.

Was für einen Stoff? Der Großvater blies die noch dampfende Suppe, bevor er den Löffel zum Mund führte.

Du weißt schon, den, den ich dir neulich in der Auslage gezeigt hab', auf dem Hauptplatz ...

Sag mir, was er kostet, der Stoff, und ich geb dir nächste Woche das Geld. Dir geht alles nach Wunsch, sagte die Großmutter, ich bin neugierig, ob du es später auch so erwischst, wenn du einmal einen Mann hast. Ob der auch immer ja und amen sagt, wenn du dir was einbildest.

Sie wird schon den Richtigen nehmen, da mach dir nur keine Sorgen, gelt Liesi! Und sie nickte dem Großvater zu, als gäbe es daran nicht den geringsten Zweifel.

Nach dem Essen spielte sie noch eine Partie Karten mit dem Großvater, während die Großmutter das Geschirr in den Abwasch stellte. Eigentlich hätte Liesi abwaschen sollen, aber als sie mit dem Kartenspielen fertig waren, hatte die Großmutter das Geschirr schon selbst gewaschen, und ihr blieb nur, es abzutrocknen und wegzuräumen.

Ist was im Fernsehen? fragte der Großvater. Liesi schüttelte den Kopf. Nichts, was mich interessiert.

Ich möcht' aber schon schauen, meinte die Großmutter und schaltete den Apparat ein. Liesi sagte, sie wolle noch was lesen, für die Schule, dann lief sie die Treppen hinauf, geräuschvoll wie immer, ging in ihrem Zimmer hin und her, man würde es unten hören können, richtete sich die Schulsachen für den nächsten Tag, die frischen Strümpfe und die Unterwäsche, schlug das Bett auf, füllte Wasser aus einem großen Krug in die Schüssel, die Wasserleitung befand sich unten, heroben hatte sie nur, was sie fürs Halswaschen und Zähneputzen brauchte. Als sie die Nachrichten im Fernsehen durch den Fußboden hören konnte, fühlte sie sich sicher genug, um die Treppe wieder hinunterzuschleichen. Sie hatte absichtlich nichts übergezogen, damit es keinesfalls so aussah, als wolle sie aus dem Haus. Die Tür der Veranda knarrte ein wenig, aber sie hoffte, daß das Fernsehen es übertönen würde.

Es empfing sie ein eiskalter Wind. Sie rannte, als gelte es ihr Leben, zum Häuschen des Fachlehrers hinüber. Vor das Fenster war ein dicker Vorhang gezogen, der kaum einen Schatten durchließ, und sie öffnete die Tür ohne anzuklopfen, damit niemand darauf aufmerksam wurde, daß der Fachlehrer noch Besuch bekam. Sie blieb im unerleuchteten Vorraum stehen und sah zurück auf das Haus, aus dem sie gekommen war. Das Zucken des blauen Lichts, das aus dem Fenster drang, beruhigte sie. Solange die Großeltern vorm Fernseher saßen, war sie sicher. Auch drinnen beim Fachlehrer lief der Fernseher. Am Programm ließ sich ablesen, wann ungefähr der Hauptfilm zu Ende sein würde. Es galt, das vorauszusehen, damit sie nach Möglichkeit bei Beginn der zweiten Nachrichten zu Hause war, denn um diese Zeit drehte die Großmutter den Fernseher ab, und es dauerte dann nicht mehr lange, bis sie schlafen ging, nachdem sie zuerst noch den Großvater wach gerüttelt hatte, der gewiß wieder auf der Eckbank eingeschlafen war. Und es folgte das große Gutenachtsagen, das sie nicht versäumen durfte.

Sie mußte zweimal klopfen, bevor die Tür im Zimmer sich öffnete. Der Fachlehrer füllte den Türrahmen fast zur Gänze aus, und der Bademantel, den er sich um die Schultern gelegt hatte, wirkte wie ein Umhang. Als er sie in der Dunkelheit gewahr wurde, nahm er sie an der Hand und führte sie, obwohl sie sicher war, daß man von draußen nichts sehen konnte, in den durch einen Wandschirm vom übrigen Raum abgetrennten Teil des Zimmers, der als Schlafraum diente und nur von dem blauen Licht des Fernsehers erleuchtet war. Er mußte gerade, auf dem Bett liegend, eine Zigarette geraucht haben, denn sie konnte die Einbuchtung seines Körpers auf der Bettdecke und die waagerecht in der Luft hängenden Rauchschwaden sehen. Das Bett war breit und niedrig, zu breit für einen, und sie fragte sich, ob der Fachlehrer es von eh und je darauf abgesehen hatte, ob, wenn sie es nicht wäre, an ihrer Stelle nun eine andere hier mit ihm liegen würde.

Sie redeten kaum miteinander. Du, sagte er bloß, während er sie auf das Bett setzte, deinetwegen werden sie mich noch schnappen, sie werden noch kommen und mich holen und dich auch. Er kniete vor ihr nieder und begann sie auszuziehen. Er fing bei den Schuhen an, dann zog er ihr den Pullover über den Kopf. Und dabei sah er sie unentwegt an, jeden einzelnen Teil von ihr, so als müsse er ihren Hals, ihre Arme und Beine jeweils gesondert studieren. Er riß auch nicht an den Knöpfen ihrer Bluse, sondern öffnete sie alle sechse, beinah vorsichtig und einen nach dem anderen. Dabei küßte er sie nicht einmal, auch dann noch nicht, als sie bereits mit nacktem Oberkörper und über der Brust verschränkten Armen dasaß und nur darauf wartete, daß er sie sich hinlegen hieß, damit er ihr die Strumpfhose und das Höschen abstreifen konnte. Erst dann, als sie zitternd vor Blöße dalag und sich nicht mehr anders zu helfen wußte, als daß sie die Arme nach ihm ausstreckte, beugte er sich über ihr Gesicht, fing an sie zu küssen und bedeckte dann mit seinem noch angekleideten Körper den ihren vollkommen. So blieb er eine Weile, völlig regungslos, seine Arme auf ihren Armen, seine Beine auf ihren Beinen, sein Leib auf ihrem Leib, nur sein Mund weidete in ihrem Gesicht, bis sie unter der Last kaum mehr atmen konnte und sich zaghaft aber hartnäckig dagegenzustemmen begann, worauf er: Ich weiß, ich weiß, sagte, sich aufrichtete und dabei auszog. Inzwischen hatte sie, in der momentanen Nacktheit wieder fröstelnd, die Decke zurückgeschlagen und sich in dem breiten Federbett verkrochen, darauf wartend, daß er ihr nachrückte und seinen heißen schweren Körper an den ihren drückte, sie mit den Armen umschloß, sein Gesicht an ihren Wangen rieb und sie als Ganzes abküßte, ohne daß sie viel mehr getan hätte, als ihre Hände um seinen Hals zu legen, an dem sie sich dann festhielt, wenn er sie plötzlich hochzog und sich auf den Schoß setzte, daß sein Glied langsam in sie eindringen konnte, so als hätte er Angst sie zu zermalmen, wenn er über sie kam. Und sie ließ auch das mit sich geschehen, ohne viel mehr dabei zu tun, als sich an seinen Hals zu drücken, den sie fest umklammert hielt. Und während er sie von sich schob und an sich preßte, fiel ihr Blick immer wieder auf den Fernseher, ob sie es wollte oder nicht, und sie fürchtete, daß das Programm zu Ende sein könne, früher als sie beide dachten oder daß sie es übersehen könnten und wenn sie meinte, es dauere nun schon zu lang und ihr schon alles weh tat, fing sie ihrerseits an, ihn zu küssen, auf den Hals und die Brust und da war es ohnehin um ihn geschehen. Dann lagen sie noch eine Weile nebeneinander, er, den Kopf in die Pölster vergraben, sie, leicht über ihn gebeugt und da mußte sie ihm übers Haar fahren, manchmal weinte er auch, und sie fühlte sich gleichsam erwachsen, wenn sie ihn mit ihrem Streicheln trösten konnte. Einmal hatte er sie auch geschlagen und gesagt, sie sei ein Luder, aber als sie sich vor ihm zu fürchten begann, hatte er sie wieder in die Arme genommen, sie abgeküßt und gesagt, daß ihm schon recht geschähe und daß sie wiederkommen müsse, er wisse sonst nicht, wohin mit sich.

Und sie war wiedergekommen, nicht jeden Tag, aber immer wieder, und wenn sie tags darauf in der Schule saß, und er Unterricht gab, wobei er sie kaum je ansah oder wenn, dann so wie die anderen, konnte sie sich nicht mehr vorstellen, daß er derselbe war, daß sie ihn hatte weinen und stöhnen sehen, und manchmal kam sie abends nur zu ihm, um sich zu vergewissern, daß sie nicht geträumt hatte, daß er wirklich der Fachlehrer war, von dessen Küssen ihre Lippen geschwollen waren.

Ich werd' gehen müssen, sagte sie und es war das erstemal, daß sie etwas gesagt hatte, außer dem Grüßen beim Kommen. Der Film wird gleich aus sein, die Musik ist schon so, daß er gleich aus sein wird, und sie deutete mit dem Kinn auf das flimmernde Bild. Ich weiß, ich weiß, sagte er. Und dann begann er sie anzuziehen, mit derselben Sorgfalt, nur etwas rascher, mit der er sie zuvor ausgezogen hatte und als er damit fertig war, nahm er einen Kamm von seinem Nachttisch und fuhr damit ihre Augenbrauen entlang und dann kämmte er ihr Haar.

Sie schlüpfte schaudernd vor der zu erwartenden Kälte durch den dunklen Vorraum ins Freie hinaus, versuchte nicht allzusehr zu laufen, damit sie nicht außer Atem kam und sich so verriet. Durchs Küchenfenster konnte sie sehen, daß die Nachrichten bereits begonnen hatten, und sie hörte die Großmutter: steh auf, Vater, es ist Zeit!, sagen. Diesmal gelang es ihr, die Verandatür ohne den geringsten Laut zu öffnen und sich wie ein Tier die dunklen Treppenstufen hinaufzuschleichen bis zum Lichtschalter oben, den sie aufdrehte und dann kam sie, rasch und geräuschvoll wie immer, die Treppe herabgepoltert, um im Klo zu verschwinden. Sie spürte, wie der Samen des Fachlehrers aus ihr hinausrann, dieser erkaltende Samen, von dem sie genau wußte, was er anrichten konnte, aber jetzt nahm sie die Pille, jetzt konnte nichts mehr passieren, sie mußte nur achtgeben, daß ihr die Großmutter nicht draufkam, daß sie die Pille nahm: in deinem Alter! würde sie sagen und einen Riesenwirbel machen, und als sie endgültig hinauf in ihr Zimmer ging, rief sie laut: gute Nacht! in Richtung Küche, was aber scheinbar nur die Großmutter gehört hatte, die ebenfalls: gute Nacht! rief, den Großvater hörte sie nur laut und herzhaft gähnen.

Es war Sonntag, und sie war fast den ganzen Vormittag im Bett geblieben anstatt in die Kirche zu gehen, aber da auch die Großeltern nicht in der Kirche gewesen waren, sagte niemand etwas. Nach dem Mittagessen war sie dann mit dem Autobus in den Ort gefahren und hatte sich mit Gerda und ein paar Mädchen aus dem polytechnischen Lehrgang in der Kaffee-Konditorei hinterm Hauptplatz getroffen, wo auch die Burschen um diese Zeit hinkamen, und sie hatten gekichert und groß getan, und ein paar von ihnen hatten auch geraucht, obwohl man das laut Verordnung erst ab sechzehn in der Öffentlichkeit darf, aber die meisten von ihnen sahen ohnehin älter aus. Und dann waren sie alle miteinander, wie fast jeden Sonntag, wenn das Wetter so kalt und trüb war, ins Kino gegangen, in die Nachmittagsvorstellung um fünf Uhr. Es war kein besonderer Film gewesen, irgendeiner eben, um das ging es ohnehin nicht, sondern darum, daß sie miteinander herumblödeln konnten und daß man seine Sonntagskleider herzeigte, die man unter der Woche nicht anziehen durfte. In der Pause und während der Vorstellung wurden Briefchen geschickt und Botschaften von einem zum anderen getragen und Geschichten in Umlauf gesetzt, von denen die ganze Schule dann die Woche über zehrte.

Nach der Vorstellung war Liesi noch einmal verschwunden, um sich ihre Mütze vor einem Spiegel aufzusetzen und als sie zurück in den Kassenraum kam, sah sie unter den Leuten, die sich um Karten für die Abendvorstellung anstellten, den Fachlehrer, und als er drankam, verlangte er zwei Karten. In einiger Entfernung von ihm stand die Turnlehrerin und in ihrer ersten Bestürzung vergaß Liesi beinah, sie zu grüßen.

Siehst du, sagte Gerda, die beim Eingang auf sie gewartet hatte, die fangt ihn sich noch.

Gar nicht wahr, fauchte Liesi, die bestimmt nicht. Sie gingen durch die spärlich beleuchtete Straße, die sich über mehrere Buckel bis zum Hauptplatz hinzog, und manchmal wehte ihnen von einem unverbauten Grundstück her Dunkelheit und Kälte entgegen.

Was bist denn gleich so bös? fragte Gerda und drückte sich fröstelnd an sie. Sie hatte sich untergehakt und ließ sich ziehen. Der Abstand zwischen ihnen und den anderen Besuchern der Nachmittagsvorstellung, deren Stimmen noch deutlich zu hören waren, vergrößerte sich zusehends.

Was weißt denn du, sagte Liesi nach einer Weile und in einem Ton, der Gerda vor Neugier schneller gehen ließ.

Sag schon, redete sie auf Liesi ein, sag was du damit meinst, ich laß dir sonst keine Ruh!, und in ihrer gewalttätigen Art zog sie an Liesis Arm wie an einem Brunnenschwengel.

Hat er eine andere? Du mußt es ja sehen, wenn eine zu ihm kommt.

Die Turnlehrerin jedenfalls nicht, sagte Liesi mit dumpfer Stimme, so schön ist die wirklich nicht.

Wer denn sonst? Gerda zog ununterbrochen an ihrem Arm. Ich werd' wahnsinnig, wenn du es mir nicht sagst. Also wer ist es?

Na, wer schon, sagte Liesi, deren Stimme von Bedeutung schwer geworden war, und sie löste sich aus Gerdas Arm. Sie ging nun ein paar Schritte allein vor Gerda her, mit hoch erhobenem Kopf, als könne nichts auf der Welt ihr etwas anhaben, dabei dachte sie an die Angst, die sie manchmal gehabt hatte, nachdem sie einmal, als Gerda ihr damit auf die Nerven ging, daß sie dauernd sagte: ich steh auf den Fachlehrer, ich steh auf ihn!, geschrien hatte: und er steht auf mich!, worauf aber Gerda nur mit dem Herausstrecken der Zunge geantwortet hatte.

Das darf nicht wahr sein, stöhnte Gerda, die sich unwillkürlich aufs Hirn gegriffen hatte. Das gibt es gar nicht, was du da erzählst!, und sie lief Liesi nach und riß deren Arm wieder an sich.

Ich erzähl auch nichts, sagte Liesi, überhaupt nichts. Und wenn du auch nur einmal ein blödes Wort sagst, dann... dann tu ich dir was.

Aber Gerda gab nicht auf. Sie zerrte Liesi auf einen kaum beleuchteten Seitenweg, um sicher zu sein, daß ihnen niemand zuhörte, und dann begann sie in sie zu dringen, auf eine Art, gegen die man nicht ankonnte, der nicht zu widerstehen war.

Liesi bereute es immer mehr, auch nur eine Andeutung gemacht zu haben, und sie ging nur so weit, zuzugeben, daß der Fachlehrer sie einmal geküßt habe, alles andere stritt sie ab.

Und außerdem will ich ihn gar nicht, daß du dich auskennst, sagte Liesi, von mir aus kannst du ihn haben.

Gerda war wie aus dem Häuschen, und es dauerte eine Weile, bis sie sich wieder so weit beruhigt hatte, daß Liesi mit ihr zurück auf die Straße gehen konnte.

Das eine sag ich dir, wiederholte sie, bevor sie zur Autobushaltestelle kamen, wenn du auch nur einmal ein blödes Wort sagst... dann erlebst du was.

Aber es ging gar nicht darum, daß Gerda etwas sagte. Es war natürlich möglich, genauso wie es möglich war, daß sie selbst etwas gesagt hatte. Ihr fiel auf, daß Gerda in der nächsten Englischstunde mehrmals hintereinander von ihr zum Fachlehrer und vom Fachlehrer wieder zu ihr her schaute, als müsse sich dabei irgend etwas offenbaren, das sie anscheinend noch immer nicht recht glauben konnte. Es half auch wenig, daß Liesi ihr in der Pause drohte, sie solle damit aufhören, sonst würde das und das passieren, denn Gerda machte es nicht so sehr aus Absicht, als unwillkürlich, um für das Ungeheuerliche einen Anhaltspunkt in der Wirklichkeit zu finden.

Liesi selbst begann sich dafür zu verachten, daß sie den Mund nicht hatte halten können, so sehr, daß sie darüber zeitweise ihre Wut über den gemeinsamen Kinobesuch vom Fachlehrer und der Turnlehrerin vergessen konnte. Und sie sagte sich immer wieder, daß er sich nach außen hin verstellen müsse, daß es sogar gut für sie beide wäre, wenn alle glaubten, daß er mit der Turnlehrerin ging. Es war sogar sehr gut, wenn niemand sich auch nur vorstellen konnte, daß etwas war zwischen ihr und ihm, aber es machte ihr auch klar, wie klein und unbedeutend sie war, wie wenig man mit ihr rechnete, auch wenn sie die ›Liesi mit die schönen Füß‹ war, und das erfüllte sie mit einer Art von Bitterkeit, die ihren Tribut in der Form von Vorstellungen forderte, was zum Beispiel geschähe, wenn sie zur Turnlehrerin ginge und ihr die Wahrheit sagte, was dann überhaupt passieren würde, mit dem Fachlehrer vor allem, aber auch mit ihr. Und manchmal verstieg sie sich dabei bis zu dem Gedanken, daß das alles in ihrer Hand lag.

Sie war bei Herta gewesen, um ihr den Stoff für das Kleid zu bringen, hatte ein wenig geholfen und ging nun, ein paar Zeitschriften unterm Arm, zurück nach Hause, so langsam wie möglich, hoffend, der Fachlehrer würde vielleicht gerade in dem Augenblick nach Hause kommen, und sie könne ihn sehen und auf das Zeichen warten. Aber es blieb dunkel in seinem Fenster, und sie hörte auch kein Auto kommen.

Nun lag sie bereits im Bett und schaute sich die Zeitschriften an, las die Artikelserie über Ehen mit Ausländern und welche Gymnastik man während der Schwangerschaft betreiben sollte, und da kam es plötzlich wie ein großes Zittern über sie, nämlich, daß es zu spät sei, daß sie selbst schon schwanger war, und sie drückte mit aller Gewalt beide Hände gegen ihren Bauch, daß sie es, wie sie meinte, bis in die Wirbelsäule spüren konnte, und es war ihr unmöglich sich vorzustellen, daß in ihrem Bauch bereits etwas zu wachsen begonnen hatte.

Diesmal hast du die Tage aber lang, hatte die Großmutter am

Nachmittag zu ihr gesagt, oder hast du die Watte unten vergessen? und da war ihr eingefallen, daß sie die Watte schon vor über einer Woche hinuntergetragen hatte. Es konnte nichts sein, sie hatte die Pille genommen, vielleicht hatte sie einmal einen Tag lang drauf vergessen, aber das glaubte sie nicht, denn es war sich ganz genau ausgegangen. Doch was sollte sie davon halten, daß sie nun die Regel nicht bekam? Es stand ja da, in einer von den Zeitschriften, daß man nicht gleich ein Kind bekommen mußte, wenn die Regel ausblieb, auch nicht wenn sie länger als zwei Wochen ausblieb, aber man sollte auf alle Fälle zum Arzt gehen, vielleicht war was mit den Eierstöcken und beinah erleichtert dachte sie an die Warnungen der Großmutter wegen ihrer Mini-Röcke. Ihr war nur unheimlich, daß sie so gar nichts spürte, daß ihr so überhaupt nichts wehtat. Und wenn sie zum Arzt ging, es gab nur einen einzigen Frauenarzt in der Gegend, und wenn sich herausstellte, daß sie doch schwanger war, dann wußte er es gleich und dann war nichts mehr zu machen, er kannte sie ja, er kannte sie, wie jeder jeden im Ort und um den Ort herum kannte. Aber sie hatte doch die Pille genommen, wirklich genommen, bis auf das eine, das erste Mal, und jener Abend schien ihr plötzlich so weit weg, so unglaubwürdig, daß er ihr wie geträumt vorkam, und so hatte auch alles angefangen.

Es war nachts noch ziemlich warm gewesen und sie hatte nicht schlafen können und war aus einem rätselhaften Grund wieder aufgestanden, was sie sonst nur getan hatte, wenn ihr vom Rübezahl träumte, und war hinuntergegangen, ganz leise, es muß schon nach Mitternacht gewesen sein, und da hatte sie auf einmal das Auto des Fachlehrers gehört und gesehen, wie er die Tür öffnete, aber nicht ausstieg, nur ein paar Schritte über die Wiese hatten sie davon getrennt. Sie konnte im Mondlicht sehen, wie er übers Volant gebeugt dasaß, und da hatte sie nicht widerstehen können und war auf ihn zugegangen und vor dem Auto stehengeblieben. Er hatte sie nicht einmal gleich bemerkt, erst als sie schon zu frösteln begann und von einem Fuß auf den anderen stieg, sie hatte unter ihrem Staubmantel nur das Nachthemd an. Und da hatte er sie plötzlich angesehen und etwas von ihren Beinen gesagt, und sie hatte immer nur geschwiegen und gedacht, daß er etwas getrunken hatte, denn es roch aus dem Auto nach Sliwowitz, sie kannte den Geruch vom Großvater her.

Was machst du hier? hatte der Fachlehrer sie gefragt, als er endlich ausgestiegen war, mitten in der Nacht? Es brannte nirgends mehr Licht in den paar Häusern, nur der Mond war hell und voll, so daß sie einander gut sehen konnten. Ich hab' nicht schlafen können, sagte sie mit gesenktem Kopf, als ob das eine Erklärung hätte sein können.

Der Fachlehrer lachte, aber es klang nicht fröhlich, dann meinte er: verschwind, ich bitte dich um alles in der Welt, verschwind so schnell du kannst!

Sie aber war stehengeblieben, wie angeschraubt und hatte nur den Kopf immer tiefer gesenkt, ohne zu wissen, warum sie nicht wegging, weglief, wie er es von ihr wollte, und dann hatte sie seine Hand unter ihrem Kinn gespürt, und als er ihr Gesicht so weit aufgehoben hatte, daß sie ihm in die Augen sehen mußte, konnte sie nicht anders, als ihn anlächeln, und da schlug er sie ins Gesicht, daß sie taumelte, aber noch bevor sie fiel, fing er sie auf und redete tröstend auf sie ein, das habe er nicht gewollt, sagte er immer wieder, das habe er wirklich nicht gewollt, und während er so redete, hatte er sie aufgehoben und in sein Häuschen getragen, im Dunkeln beinah über die Schwelle stolpernd, und so waren sie beide nebeneinander auf dem Bett zu liegen gekommen, das von der Früh her noch offen war.

Und sie war einfach liegen geblieben, mit klopfendem Herzen und hatte gewartet, gewartet auf das, was nun geschehen würde, ob der Fachlehrer sie so, wie sie es aus dem Kino kannte, umarmen und küssen würde oder ob er, sich daran erinnernd, wer er war und wer sie, sich nur neben sie legen, eine Zigarette rauchen, und sie dann, nachdem er die Zigarette geraucht und es sich überlegt hatte, hinausschmeißen würde.

Eine Zeitlang geschah gar nichts, und sie glaubte schon, er wäre eingeschlafen und wollte über ihn hinwegkriechen, um sich davonzustehlen, wobei sie ihn mit der Hand, nach Halt suchend, berührt haben mußte, denn er richtete sich sofort auf, und sie konnte sehen, wie er den Kopf schüttelte. Dann nahm er sie, drückte sie an sich, hielt sie wieder von sich weg und schüttelte wieder den Kopf. Ach du, sagte er dann, du bist ja noch ein Kind, flach wie ein Brettl. Gar nicht wahr, hatte sie geantwortet und unwillkürlich den Mantel geöffnet.

Ist das dein Nachthemd? fragte der Fachlehrer.

Ich hab' nicht schlafen können, sagte sie noch einmal und senkte wieder den Kopf, und da hatte er angefangen sie zu küssen, und ihr war beinah das Herz im Leib zersprungen.

Ihr war es nur ums Liebhaben gegangen, ums Umarmen und Küssen, und als er ihr zuerst den Mantel und dann das Nachthemd ausgezogen hatte, und sie begriff, daß es aufs Ganze hinauslaufen würde, da hatte sie doch Angst bekommen.

Nimmst du wenigstens die Pille? hatte der Fachlehrer sie gefragt, und sie hatte ja gesagt, weil sie sich schämte, nein sagen zu müssen, wo sie doch wußte, daß eine Reihe von Mädchen in ihrer Klasse die Pille schon nahmen. Sie wußte auch, wer die Pille verkaufte, bei wem man sie kriegen konnte, wenn man sie brauchte.

Und dann hatte sie doch geweint, als es passiert war, obgleich sie es sich von Herta oft genug hatte beschreiben lassen, so daß sie ganz genau zu wissen glaubte, wie es sein würde. Der Fachlehrer aber mußte plötzlich wieder ganz nüchtern gewesen sein, denn er schrie sie an, sie hätte es ihm vorher sagen müssen, sie hätte es ihm auf jeden Fall sagen müssen, dann aber hatte er sie wieder in die Arme genommen, geküßt und gesagt, daß es ohnehin einmal geschehen wäre und vielleicht sei es sogar gut, daß er es getan hätte, vor allem gut für sie, bei ihm sei es etwas anderes, denn wenn das jemand erführe, wäre es besser, er würde sich gleich irgendwo hinunterstürzen und es wäre alles vorbei.

Es war aber nicht vorbei und auch nicht aus und sie hatten sich wiedergesehen, und beim nächsten Mal hatte ihr der Fachlehrer selbst ein paar Packungen mit der Pille gebracht, damit nicht noch was passierte, beim ersten Mal hätte man ohnehin einen Schutzengel, und das glaubte sie auch, denn es hatte niemand bemerkt, daß sie fast die ganze Nacht aus dem Haus gewesen war.

Wenn aber doch was passiert war? Sie wünschte sich, daß der Fachlehrer zu Hause wäre, daß sie hinübergehen und ihn fragen könnte, was sie tun sollte. Und dann stellte sie sich vor, wie der Fachlehrer im Goldenen Adler saß und sich mit der Turnlehrerin unterhielt, sie hatten schon gegessen und tranken noch etwas Wein, Haß stieg in ihr auf und sie dachte daran, daß sie dieses Bild mit einem Schlag zerstören konnte, sie brauchte nur ein Wort zu sagen, ein einziges Wort, und der Fachlehrer würde nie mehr oder zumindest lang nicht mehr im Goldenen Adler sitzen und Wein trinken können. Die Frage war nur, was dann mit ihr geschah, ob sie dann wirklich in eine Erziehungsanstalt mußte, wie es immer hieß, und ob es auch nicht half, wenn der Fachlehrer sie heiraten wollte. Aber es half sicher nicht. Sie hatte von so einem Fall gehört, und da hatte es auch nichts geholfen.

Am nächsten Morgen mußte sie sich nach dem Aufstehen übergeben, und die Großmutter meinte, sie solle von der Schule zu Hause bleiben und sich wieder hinlegen, gewiß brüte sie irgend etwas aus, aber da sie sich im allgemeinen leicht und ohne schwerwiegenden Grund erbrach, fiel es nicht weiter auf, und sie bagatellisierte es auch noch, indem sie behauptete, in der Nacht die ganzen Süßigkeiten, die ihr von ihrem Namenstag her geblieben waren, auf einen Sitz aufgegessen zu haben. Jetzt sei ihr jedenfalls leichter, und sie könne ruhig in die Schule gehen, die Großmutter solle ihr nur anstatt Kakao einen Kamillentee kochen und dazu eine Semmel bähen.

Nach allem, was sie darüber wußte, war sie nun sicher, daß sie schwanger war, obgleich es natürlich noch immer etwas anderes sein konnte, aber jetzt getraute sie sich erst recht nicht, zum Arzt zu gehen.

Sie hatte schon daran gedacht, sich an Tante Milli zu wenden, ihr zuerst zu schreiben, und sie dann während der Weihnachtsferien zu besuchen, aber der Mut dazu verließ sie bald. Ihr wurde klar, daß sie Tante Milli in Wirklichkeit kaum kannte, daß sie sie eigentlich nur ein paarmal gesehen hatte, wenn sie zufällig für ein oder zwei Tage aus der Stadt kam, um zu sehen, ob noch alles beim alten war. Gerade Tante Milli aber hatte ihr eingeschärft, ja auf sich achtzugeben, als Frau könne man gewisse Dinge nie mehr ins Lot bringen. Wenn man sich das Leben einmal verpatzt habe, sei da keine Chance mehr, aber man wäre selbst schuld daran, helfen würde einem kein Schwein. Ein verpfuschtes Leben sei ein verpfuschtes Leben, und daran habe auch die heutige Zeit nicht viel geändert.

Liesi hatte es sich ganz anders vorgestellt, endgültiger, vehementer, absoluter, aber ein Teil ihrer Kraft ging auf für die tägliche Verstellung, für die täglichen Verrichtungen, die ihr gewöhnliches Leben erzwang, und die zu vernachlässigen oder gar aufzugeben, einer Preisgabe ihres Zustands gleichgekommen wäre, und das wollte sie nicht. Solange kein Mensch etwas davon wußte, konnte sie noch auf ein Wunder hoffen, darauf, daß sie eines Morgens aufwachen, ihre Regel haben und wie neugeboren sein würde. Dann aber würde sie sich gewiß vorsehen, daß ihr so was nicht noch einmal passierte. Es kam selten vor, aber manchmal doch, besonders vor dem Einschlafen, daß sie die Möglichkeit durchspielte, es einfach geschehen zu lassen, das Kind zu bekommen und eine Weile nicht in die Schule zu müssen. Sie sah sich mit einem Kinderwagen durch den Sommer gehen und in irgendeiner Illustrierten würde vielleicht ein Foto von ihr erscheinen, als der jüngsten Mutter des Jahres. Später dann konnten die Großeltern auf das Kind aufpassen, der Großvater ging ohnehin im nächsten Jahr in Pension, während sie in den polytechnischen Lehrgang oder in eine Lehre ging, und sie mußte vielleicht gar nicht in die Erziehungsanstalt. Doch sie fürchtete, daß der Großvater, sobald er es erfuhr, seine alte Pistole aus dem Schrank nehmen, zum Fachlehrer hinübergehen und ihn auf der Stelle erschießen würde. Angeblich hatte er seinerzeit auch den Besitzer der Sandgrube, in die ihre Eltern gestürzt waren, erschießen wollen, man hatte ihn nur mit Mühe davon abhalten können, und der Sandgrubenbesitzer wohnte auch nicht in der Nähe. Sie aber wollte nicht, daß der Großvater den Fachlehrer erschoß, auch dann nicht, wenn er gar nicht daran dachte, sie zu heiraten, weil er ohnehin ins Gefängnis mußte.

An einem der nächsten Abende, als sie von Herta, das fertige Kleid überm Arm, zurückkam, sah sie den Fachlehrer wieder hinter seinem Schreibtisch am Fenster sitzen, und da er sie nicht und nicht bemerkte, nahm sie allen Mut zusammen und ging zu ihm hinein, selbst auf die Gefahr hin, von jemandem gesehen zu werden, lange konnte sie ohnehin nicht bleiben, solange der Großvater wach war. Sie vergaß auch nicht, schon an der Vorraumtür anzuklopfen, wie es sich gehört, und der Fachlehrer kam an die Tür, gewiß jemand anderen erwartend, denn sie sah, wie er erschrak, als er sie erkannte.

Was machst du hier, um diese Zeit... und es sah aus, als wisse er nicht, ob er sie einlassen oder an der Tür abfertigen sollte.

Ich kann ja wegen der Aufgabe fragen kommen... sagte sie, ihm mit einer Ausrede, die für die anderen plausibel klingen würde, aushelfend.

Dann komm rein und setz dich... dorthin... und zum erstenmal saß sie im vorderen Teil des Raumes, den man von draußen sehen konnte, solange der Vorhang nicht zugezogen war.

Er setzte sich wieder an den Schreibtisch, und bevor sie noch etwas sagen konnte, fing er damit an, daß es aufhören müsse zwischen ihnen. Irgendwann würde alles aufkommen, und dann müsse er ins Gefängnis und sie in die Erziehungsanstalt. Es wäre überhaupt ein Wahnsinn gewesen, das Ganze, er wisse gar nicht mehr, wie es dazu überhaupt hatte kommen können. Sie sei doch ein gescheites Mädchen, das noch das ganze Leben vor sich habe, sie würde schon verstehen, daß aus ihnen beiden nichts werden könne, am besten, sie würde das, was zwischen ihnen gewesen war, ganz und gar vergessen, was auch er versuchen wolle, so schwer es ihn ankäme. Er sei nur froh, daß er ihr gleich am Anfang die Pille gebracht habe, nicht auszudenken, was das Ganze sonst noch für Folgen hätte haben können.

Und als sie immer noch nichts sagte, nur den Kopf immer tiefer sinken ließ, spürte sie seine Hand unterm Kinn, die er aber gleich wieder zurückzog, als ihm einfiel, daß man das von draußen sehen konnte. Und er meinte mit dem liebedienerischen Ton eines, der schon glaubt, davongekommen zu sein: es hängt von dir ab, ich bin in deiner Hand! So als müsse ihr das Verzichten leichter fallen, wenn es von ihr ausging, wenn sie das Gefühl hatte, auch anders zu können.

Ich weiß, sagte sie, und sie brachte es nicht über sich, von ihrer Angst zu reden. Und die Turnlehrerin? fragte sie noch, was ist mit der?

Dummerl, sagte er, das ist eine Kollegin. Du sitzt ja auch mit den Burschen in der Kaffee-Konditorei und redest mit ihnen.

Also dann geh ich, sagte sie und stand auf. Er brachte sie ins dunkle Vorzimmer und da wagte er es sogar, ihr einen Kuß auf die Lippen zu drücken: versuch halt, das Ganze zu verstehen, wenigstens ein bißchen!

Sie ging, die Arme mitsamt dem Kleid um den Leib geschlagen, schwer und nachdenklich zum Haus ihrer Großeltern zurück. Während des Abendessens war sie so schweigsam und geistesabwesend, daß der Großvater sie mehrmals fragte, was sie denn habe. Die Großmutter aber meinte, in dem Alter wären sie alle so oder sie brüte vielleicht doch was aus, und dann zwang sie sie, einen Lindenblütentee zu trinken, der sie so müde machte, daß sie droben sogleich, ohne sich auszuziehen, aufs Bett fiel und einschlief.

Als sie wieder aufwachte, hörte sie den Fernseher durch den

Fußboden herauf. Sie hatte einen seltsamen Traum gehabt, der Fachlehrer war auf sie zugekommen und hatte plötzlich zu wachsen begonnen, bis er in der Mitte auseinanderbrach und der Rübelzahl aus ihm hervortrat, der die Haut des Fachlehrers zusammenknüllte und in einen Bach warf. Dann nahm Rübezahl sie auf die Arme, deckte seinen Umhang über sie und brachte sie in den Wald.

Und mit einemmal kam ihr alles so nichtig vor, daß sie es nicht einmal mehr der Mühe wert fand, sich zu kämmen, obwohl ihr Haar gewiß vom Schlaf zerzaust war. Es gab nichts mehr, woran sie denken konnte, ohne daß es sich nicht sofort in Bedeutungslosigkeit auflöste, und von dort aus, wo sie sich befand, ging nichts mehr weiter, konnte man nur mehr fallen, je früher desto besser.

Sie ging die Treppen hinunter, ohne Rücksicht darauf, ob jemand sie hören würde. Vielleicht hoffte sie sogar, daß jemand sie hören, sie zurückhalten und ihr alles abnehmen würde, aber es hörte sie niemand. Sie ging den Weg zum Wald, den sie von den vielen Spaziergängen her fast auswendig kannte, und ihr Fuß fand ihn, schneller als ihrem Kopf lieb war. Aber es kam alles aufs selbe heraus. Es war kalt, sehr kalt, und je kälter ihr wurde, desto mehr verlor der Gedanke an Reiz, daß auch der Fachlehrer nicht so einfach davonkommen würde. Es erfüllte sie nicht einmal mehr mit Genugtuung.

(1974)

MICHAEL SCHARANG

Die Beseitigung
des Stellenvermittlers

Heuer wollte es nicht warm werden. Obwohl Ostern schon vorbei war, war der Regen vermischt mit großen Schneeflocken. Das war aber nicht der Grund, warum Dipl. Ing. Holter mit seinem Auto so langsam fuhr. Das *konnte* nicht der Grund sein. Er hatte Spezialreifen für regennasse Fahrbahnen, die um ein Drittel teurer waren als die teuersten Normalreifen. Und davon wollte er auch was haben, das heißt, für gewöhnlich riskierte er gerade bei Regenwetter einiges in den Kurven – immer vorausgesetzt, daß er niemand anderen gefährdete. Der Grund für sein langsames Fahren lag woanders: Er war verträumt.

Es war 7 Uhr abends. Bei ihm zu Haus hatte schon vor einer Stunde der »Firmenabend« begonnen. Er fuhr deshalb nicht schneller. »Firmenabend« nannten er und seine Frau das Beisammensein mit seinen Kollegen, das jeden zweiten Donnerstag in Holters Villa stattfand. Es waren immer dieselben vier Männer; es kam nie einer dazu; und wenn einer fehlte, war er krank oder verreist. Sie waren, zusammen mit Holter, die Spitzenmanager der Kreis-Bau AG, des größten Bauunternehmens im östlichen Teil Österreichs, mit dem Sitz in Wien.

Holter stellte die Luftdüsen so ein, daß die Warmluft direkt auf seine Beine strömte. 19 Uhr 15. Er lächelte vor sich hin. Heute ließ er sich bewußt Zeit. Heute ließ er seine Kollegen warten, absichtlich. Er tat es aber nicht aus Bosheit. Er war nur grenzenlos zufrieden.

Als mitten in dieser Stimmung, durch die Stimmung hindurch, Haß in ihm aufstieg, erschrak er. Er wußte nicht, wie ihm war, er fand sich im Moment überhaupt nicht zurecht. Unversehens trat er das Gaspedal nieder. Der sportliche 6-Zylinder kam kurz ins Schleudern, hielt aber gleich wieder die Spur. Phantastisch! sagte Holter zu sich, und er überlegte allen Ernstes, ob er es nicht laut sagen sollte, um damit vielleicht die frühere Stimmung zurückzaubern zu können. Holter war verwirrt. Er hatte zwei verschiedene Gefühle. Das eine war das Gefühl der Zufriedenheit darüber, daß er seine Kollegen warten ließ; das andere war das Gefühl der Unzufriedenheit darüber, daß er sie *zum erstenmal* warten ließ, während sie ihn schon öfter hatten warten lassen.

Er war auf dem Papier verantwortlicher Geschäftsführer wie sie, er war ihnen aber doch nicht gleichwertig. Bis heute korrigierte er sich; ab heute ist das anders.

Holter war ein Emporkömmling. Er wußte, daß sie so von ihm dachten. Sie, die anderen vier, konnten gar keine Emporkömmlinge sein, es sei denn, sie wären irgendwo Könige geworden. Ihnen war die Karriere schon in die Wiege gelegt. Daß Holter von allen fünf der Jüngste war, machte die Spannung noch größer. Es war aber keine Spannung, die nach außen sichtbar wurde. Sie wurde kanalisiert in Form einer Arbeitsteilung: Holter machte die Arbeit, die vier anderen die Geschäfte.

Von den Kollegen Holters war einer Jurist, die anderen hatten nach der Matura ein wenig studiert und setzten sich dann sehr bald mit väterlicher Hilfe auf Plätze, von denen aus sich mit ein bißchen Geduld und ein wenig Mühe noch bessere Plätze erreichen ließen. Sie waren immer reich gewesen, und daß sie von Jahr zu Jahr noch etwas reicher wurden, war für sie ein ganz natürlicher Vorgang. Ihre Privilegien, die sie gar nicht abstritten, rechtfertigten sie mit ihrem Naturtalent fürs Geschäftemachen.

Von ihnen aus gesehen, hatten sie damit gar nicht so unrecht. Alles, was sie taten: für Profite sorgen, einen Teil der Profite einstreichen, riesige Einkommen kassieren, Geschäfte anbahnen, Konkurrenten unterbieten, Geschäfte aufreißen, das aufgerissene Geschäft ausgiebig feiern – alles das war für die vier die natürlichste Sache der Welt, und es ging ihnen ganz selbstverständlich von der Hand. Und genauso selbstverständlich war es für sie, daß das von ihnen angebahnte Geschäft von Holter durchgeführt, produktionsmäßig organisiert und zu Ende geführt wurde. Sie machten zu viert den kleineren Teil der Arbeit, Holter allein den größeren.

Das hatte sich heute gerächt, und sie ahnten nicht einmal etwas davon. Das war zumindest die Meinung Holters.

Er stammte aus einer kleinen niederösterreichischen Industriestadt. Sein Vater arbeitete in einer Fabrik, die vor allem Fenster- und Türrahmen aus Metall herstellte; ein Mittelbetrieb, in dem er es vom Facharbeiter zum kleinen Angestellten gebracht hatte. Es war eher ein Ab- als ein Aufstieg. Er ging von der Maschine weg in die Materialvorbereitung, obwohl er dort weniger verdiente. Er rechnete aber damit, von dort vorzurücken. Er hatte sich verrechnet. Leicht möglich, daß er darunter litt; seine Familie hatte auf jeden Fall darunter zu leiden.

Nach dem Besuch des Gymnasiums ging Holter nach Wien und studierte an der Technischen Hochschule das Hoch- und Tiefbauwesen. Noch während des Studiums, in den letzten Semestern, bekam er Beschäftigungsangebote, durchweg aus Westdeutschland.

Er nahm eines der Angebote an, und zwar das einer Baufirma, die sich auf Brückenbau spezialisiert hatte. Nach vier Jahren bemühte sich eine österreichische Brückenbaufirma um ihn. Er ließ sich den Transfer gut bezahlen. Hier konnte er neben seinen bekannten technischen auch seine organisatorischen Fähigkeiten entwickeln. Bald gab es kaum noch einen Kenner der Branche, der nicht von Holter – »so viel Tüchtigkeit in einer Person« – gehört hätte.

Dabei war Holter nicht einer, der sich für eine Firma zerriß. Er war ein ausgesprochener Egoist. Nicht, daß er sich bei der Arbeit schonte, im Gegenteil. Aber er überschlug andauernd im Kopf (wobei er vieles andere auch noch zu überschlagen hatte), ob er nicht schon mehr leistete, als er verdiente: Und wenn er diesen Eindruck hatte, sprach er ihn der Firmenleitung gegenüber sofort aus, fast immer mit Erfolg.

Selber hielt er sich auch für egoistisch (da machte er sich nichts vor), aber auch für vernünftig. Egoistisch und vernünftig, das war für ihn eine Einheit, in praktischer und moralischer Hinsicht.

Und was ist, wenn die vier gemeinsame Sache gegen mich machen?

Dieser Gedanke lähmte den Diplomingenieur beinahe. Er hatte das Stadtgebiet von Wien erreicht. Da er aus Südosten kam, mußte er einen Großteil des Gürtels entlangfahren, um nach Sievering zu kommen, jenen Stadtteil, wo er seit drei Jahren wohnte. Gewohnheitsmäßig fuhr er auf der linken Spur. Er wurde angeblinkt und von rechts überholt.

Und was ist, wenn sie Wind bekommen haben von dem Geschäft, das ich heute abgeschlossen habe?

Er mußte zugeben, daß das theoretisch möglich war. Schließlich hatte er das Geschäft nicht mit einem Dunkelmann in irgendeinem Hinterzimmer abgeschlossen, sondern mit einigen bekannten Institutionen, an der Spitze die landwirtschaftliche Genossenschaft. Ein Geschäft über eine Reihe von riesigen Silos für das Burgenland. Ein Riesengeschäft, das die Auslastung der ganzen Kapazität der Firma für zwei, drei Jahre garantierte. Und das mitten in der Rezession! Ein Tiefpreisangebot, wie es nur ein Rationalisierungsspezialist vom Schlag eines Holter zustande bringen konnte. Und nicht die kleinste Verminderung der Gewinnspanne. Eine Konkurrenz, die in dem Ringen um den Auftrag nicht die geringste Chance hatte. Das Interesse der vier anderen Geschäftsführer, mich abzuservieren, wird jedenfalls sehr groß sein, sobald sie von der Sache erfahren. Wenn es nicht schon sehr groß *ist*! Denn ich habe sie überflüssig gemacht. Natürlich wollte ich das nicht. Und sie sind in meinen Augen auch nicht überflüssig. Aber sie sind es vielleicht in den Augen der Großaktionäre, der Besitzer der Firma. Wenn die sehen, daß ich die Geschäfte nicht nur durchführe, sondern auch mache – und was für Geschäfte.

Holter hielt es jetzt auch für möglich, daß sie, ohne vom Pistolenschießstand im Keller Gebrauch zu machen und ohne mit seiner Frau ein Wort zu wechseln, finster in seinem Arbeitszimmer saßen. Um was zu tun? Um ihm zu drohen? Oder um ihm ein Versöhnungsangebot zu machen, etwa der Art, daß er sich verpflichtete, nie mehr auf eigene Faust ein Geschäft zu machen, denn das sei ihr Privileg? Oder um ihn umzulegen? Auch das hielt er nicht für ausgeschlossen, schließlich ging es um ihre Existenz. Der Pistolenstand könnte sie dazu verführen, einen Unfall vorzutäuschen – der Pistolenstand, den er zum Vergnügen seiner Kollegen hatte bauen lassen, würde dann ihm zum Verhängnis werden.

Warum fahre ich denn nach Hause? Es ist doch gescheiter, wenn ich meine Frau anrufe und ihr sage, daß ich aus geschäftlichen Gründen – oder weil das Auto einen Defekt hat – erst morgen komme. Die lieben Kollegen mögen mich entschuldigen. Und morgen suche ich den Vorsitzenden unseres Aufsichtsrats auf. Ich erkläre ihm, daß es infolge meiner letzten Aktivitäten zu Spannungen mit meinen Kollegen kommen muß; daß Spannungen der Firma nur schaden können; daß ich deshalb meinen Vertrag kündigen werde.

Der Vorsitzende wird fragen, um was für Aktivitäten es sich handelt. Ich werde ihm von dem Bombengeschäft erzählen, und es wird ihm schlagartig klar, daß nur ich der Mann bin, der die Kreis-Bau AG durch die gegenwärtige Rezession führen kann. Er bittet mich um drei Stunden Bedenkzeit. Er kontaktiert alle wichtigen Leute, die sich einhellig dafür aussprechen, daß ich unter allen Umständen der Firma erhalten bleiben soll. Unter allen Umständen.

Das kann nur heißen, daß ich als alleinverantwortlicher Geschäftsführer den anderen Geschäftsführern vorgesetzt werde; sie die Direktoren, ich der Generaldirektor. Mein Gehalt wird erhöht von 1,2 Millionen Schilling auf 1,6 Millionen im Jahr, mein Gewinnanteil von durchschnittlich 1,5 Millionen im Jahr auf 2 Millionen. Da sind über dreieinhalb Millionen im Jahr. Ich bin dann fast eine Million mehr wert als meine Kollegen, die immer so taten, als wären sie unter den Managern *die* Spitzenmanager mit *dem* Spitzengehalt. Ich werde ihnen zeigen, was es heißt, Spitze zu sein.

Holter hielt sein Auto weder an noch wendete er. Der Widerspruch zwischen seinem Denken und seinem Handeln fiel ihm selbst auf. War er der Tagträumerei verfallen? Nicht, daß er Angst davor gehabt hätte. Ein bißchen Tagträumerei, ein wenig Romantik, dagegen hatte er nichts. Von der griechischen Landschaft schwärmen, wenn es in Wien schon vier Tage regnete; die italienische Küche rühmen, wenn der Bauernschmaus so fett war, daß ihn auch ein gesunder Magen nicht vertrug – diese Art von Schwärmerei hielt er geradezu für eine Pflicht. Er wehrte sich dagegen, nur als kalter Businessman zu erscheinen. Im Augenblick fürchtete er aber, den Boden der Wirklichkeit zu verlieren.

Von dieser Kurve aus war sie zum erstenmal zu sehen: eine moderne Villa, auf einem Hügel, oberhalb und rechts davon Weingärten – *sein* Haus. Holter vergewisserte sich, wie immer, wenn er in der Dunkelheit hier vorbeifuhr, daß hinter allen Fenstern der Frontseite Licht brannte. Darauf legte er Wert; weniger aus Angeberei als aus der einfachen Überlegung heraus, daß man ein schönes Haus nicht nur bei Tag sehen sollte.

Vor der Villa standen die Autos seiner Kollegen. Hier, in der vertrauten Umgebung, schien es ihm absurd, umzudrehen und wegzufahren. Dennoch war er sich auch jetzt seiner Sache nicht völlig sicher.

Ehe er in die Garage fuhr, stieg er nämlich aus, schlich zu einem Kellerfenster und lauschte. Schüsse. Also doch alles normal? Haben sie den Firmenabend wie üblich begonnen, mit Pistolenschießen am Schießstand? So wird es wohl sein.

Er ging zum Auto zurück und fuhr sich mit der Hand über die Augen. So wischte er den guten Tagtraum vom unvorstellbaren Aufstieg und den schlechten Tagtraum vom unvorstellbaren Abstieg – so wischte er beide Tagträume wie *einen* bösen Traum weg. Er war froh, doch noch rechtzeitig zur Vernunft gekommen zu sein. Deshalb verzieh er sich auch seine vorherigen Gefühls- und Gedankenverwirrungen. Ich werde den Kollegen, was das abgeschlossene Geschäft anlangt, klaren Wein einschenken; ich werde sagen, was ich hier gemacht habe, ist die Ausnahme, die die Regel bestätigt; ich werde von der Sache so reden, als könnte ich deren Umfang und Bedeutung selbst gar nicht ermessen. So haben die Kollegen allen Grund, mir zur Seite zu stehen und die Sache letztlich als gemeinsame Sache anzusehen.

Das Auto landete mit einem Satz in der Garage. Holter machte die Wagentür auf, um auszusteigen. Da ging das Garagentor zu.

Er erschrak. Das Garagentor war nicht gerade leise zugefallen. Mit diesem Geräusch verflog aber auch sein Schrecken.

Typisch Automatik, dachte er, stellt sich ein, wie sie will.

Als Techniker war es ihm zur Gewohnheit geworden, mit der Unzulänglichkeit der Technik zu kokettieren – vorausgesetzt, daß es sich um technische Kleinigkeiten handelte. Er hatte die Automatik des Garagentors so einstellen lassen, daß sich das Tor zwar von allein öffnete, nicht aber schloß. Denn mindestens so oft, wie er die Garage durch die hintere, gartenseitig gelegene Tür verließ, verließ er sie durch das Tor, um seine Villa über die Straße zu erreichen.

Hände hoch!

Holter hörte diese Worte und spürte zugleich die Mündung einer Pistole im Rücken. Er gehorchte dem Befehl so prompt, als hätte er auf ihn gewartet.

Die Stimme kam ihm bekannt vor, er konnte sie aber nicht identifizieren.

Als er sich angestrengt erinnern wollte, passierte es zum zweitenmal: das Blut schoß ihm, wie vorher beim »Hände hoch!«, in den Kopf, entwich aber sofort wieder.

Holter litt seit längerem an Kreislaufstörungen; er selbst sprach von leichten, der Arzt von schweren Störungen. Anfälle, wie er sie jetzt hatte, kannte er nicht. Aber sicher hatten sie mit dem Kreislauf zu tun. Er wollte sich umdrehen, wurde aber mit der Pistole gegen die Mauer gestoßen, mit dem Gesicht zur Wand. Dadurch kam er ein wenig zu sich.

Das sind sie, sagte er zu sich. Jedenfalls einer von ihnen.

Meine Kollegen! Mitunter sagten wir schon »Freund« zueinander.

Und jetzt traut sich das Schwein nicht einmal, mit unverstellter Stimme zu reden.

Holter stützte die erhobenen Handflächen und die Stirn gegen die Wand. So war ihm leichter. Ganz langsam, weil es ihm an Atem fehlte, sagte er: Sie brauchen Ihre Stimme nicht zu verstellen.

Ich verstelle sie nicht, bekam er zur Antwort. Und die Antwort klang tatsächlich so, als wäre sie mit unverstellter Stimme gesprochen.

Wer sind Sie? fragte Holter aufgeregt, und sein Zustand verschlechterte sich wieder.

Das müßten Sie sich doch denken können, erhielt er zur Antwort.

Denken, sagte Holter, öffnete die Augen und starrte aus kürzester Distanz die Wand an. Denken...

Zweitausend Engel für drei Teufel, sagte der Mann.

Betrei! rief Holter. Er drehte sich um, streckte die Arme nach dem Mann aus und ging auf ihn zu, als wollte er ihn umarmen. Doch Betrei wich zurück, und er hätte den wankenden Holter wahrscheinlich hinstürzen lassen, wenn dieser nicht an einigen übereinandergestapelten Autoreifen Halt gefunden hätte. Betrei war nun klar, daß Holter nicht simulierte, jedenfalls nicht nur simulierte. Sicherheitshalber hielt er seinen Revolver exakt auf Holters Kopf gerichtet.

Holter ärgerte sich, weil ihm das Herz bis zum Hals schlug; denn er hatte überhaupt keine Angst. Der Betrei könnte mit einer Kanone auf ihn zielen, und er würde sich nicht fürchten. Dabei kannte er den Betrei gar nicht so gut; dabei wußte er, daß der eine Mordswut auf ihn hatte. Trotzdem war er sich ziemlich sicher, daß er sich vor ihm nicht zu fürchten brauchte.

Wenn es Betrei blutig ernst wäre, hätte er sich doch nicht mit den Worten »Zweitausend Engel für drei Teufel!« zu erkennen gegeben! Betrei hatte diese Worte gebraucht, als ihm der Diplomingenieur ein neues Angebot machte, nämlich 2000 Schilling Provision anstatt 1800 für drei Bauarbeiter (für *einen* neu angeworbenen Arbeiter erhöhte er die Provision von 500 auf 600 Schilling).

Holter hatte laut gelacht über den merkwürdigen Ausdruck und gefragt, woher Betrei ihn habe. Ach, sagte der, das hab ich schon öfter gehört, bei uns zu Haus. Wo er zu Hause sei, fragte Holter. In St. Pölten. Ich bin auch von dort, hatte Holter gesagt. Setzen Sie sich doch. Darauf sollten wir trinken. Und erzählen Sie mir was.

Holter hatte gefragt und gefragt, und Betrei hatte erzählt, ungezwungen, selbst wenn es um seine Intimsphäre ging, und alles ein bißchen ins Komische ziehend, was fast alle seine Zuhörer, wie er wußte, für ihn einnahm.

Es war nicht das erste Mal gewesen, daß die beiden zusammensaßen. Betrei war, so kann man sagen, eine Entdeckung Holters.

Holter hatte längst die Erfahrung gemacht, daß ein Bauvorhaben, auch wenn es technisch noch so gut vorbereitet und durchorganisiert war, schleppend voranging, wenn es personalmäßig irgendwo haperte; wenn es hier plötzlich an qualifizierten Zimmerleuten fehlte, dort an Betonierern und so weiter. Er hatte sich deshalb unter dem irreführenden Titel eines Fonds für besondere technische Leistungen ein eigenes kleines Budget geschaffen, mit dem er einen inoffiziellen Beschaffungsdienst von Arbeitskräften finanzierte.

Sogar den einen oder anderen Polier hatte Holter dafür gewonnen, von anderen Baustellen Arbeiter für die Kreis-Bau anzuschleppen. Das waren aber alles nebenberufliche Beschäftigungen. Holter suchte einen, der das Abwerben hauptberuflich machen sollte. Da er viel mehr als andere Manager in seiner Position auf Baustellen herumkletterte, weil er auch einen sinnlichen Eindruck davon haben wollte, wie in seinem Verantwortungsbereich alles wie geölt lief, nutzte er diese Gelegenheit gleich, um sich unter den Arbeitern und Angestellten einige Vertrauensleute zu suchen, die er zuerst immer mit ein paar herzlichen Worten bedachte und dann aushorchte. So erfuhr er, daß sich auf der Baustelle hartnäckig das Gerücht hielt, der Kranführer Betrei stehle nicht unbeträchtliche Mengen Material. Holter beobachtete ihn eine Zeitlang. Auch die

Kleidung, die er nach der Arbeit trug, das Auto, das er fuhr. Und selbstverständlich ließ er sich Betreis Personalakte bringen: verheiratet, ein vierjähriges Mädchen.

Er schickte einen Wagen auf die Baustelle und ließ Betrei in sein Büro bringen. Dem schien es gleichgültig zu sein, zu welchem Zweck er ausgefragt wurde. Unumwunden gab er zu, daß er über seine Verhältnisse lebte und auch, warum er das tat. Es gebe eben Dinge, die sehe er und die wolle er haben. Schließlich arbeite er wie ein Vieh, nicht nur bei der Kreis-Bau, sondern natürlich am Wochenende im Pfusch. Und trotzdem gehe es sich nicht aus. Er habe sich schon oft gedacht, es dürfte bestimmte Dinge gar nicht geben. Denn wenn einer, der ununterbrochen arbeite, sich das nicht leisten könne, dann dürfe sich das eigentlich niemand leisten.

Ja, ja, ich kenne das Gerücht, daß ich stehle. Die Kollegen sehen eben nur mein schnelles Auto, wissen aber nicht, wieviel Schulden ich habe. Aber die werde ich schon wieder los. Das Problem ist, wie das überhaupt weitergehen soll. Ich hab neulich mit dem Betriebsrat darüber gesprochen, und der hat mir das alles erklärt, mit den Arbeitern auf der einen Seite und den Unternehmern auf der anderen und dem ständigen Hin und Her. Mir ist das halt ein bißchen zu wenig, was da gemacht wird, aber der Betriebsrat hat gesagt, ich kann ja einmal versuchen, mehr zu machen. Vorläufig lasse ich mir das einmal im Kopf herumgehen.

Holter bot ihm an, für die Kreis-Bau als Abwerber (wie Betrei sagte) bzw. als Stellenvermittler (wie Holter sagte) zu arbeiten, Betrei nahm an.

Was wollen Sie von mir, fragte Holter. Und im stillen redete er weiter: Was wird er von mir wollen, Geld natürlich.

Ich erschieße Sie!

Betrei sah nicht so aus, als würde er spaßen.

Holter überlegte: Ist die Situation wirklich so, daß es auf jedes Wort ankommt? Sollte er den Betrei nur fragen: Warum? oder vielleicht etwas lockerer: Warum, wenn ich fragen darf?

Er fragte ihn gar nichts.

Er sagte: Da wüßte ich was Besseres.

Ich nicht, erwiderte Betrei mit einer Trockenheit, die Holter stutzig machte. Ist der Kerl vielleicht übergeschnappt?

Betrei, fehlt Ihnen was? fragte Holter vertrauensvoll.

Mir nicht! Betrei stieß einen kurzen Lacher aus, als hätte er sich auf einer Schauspielschule extra das Lachen eines Killers beibringen lassen. Danach schwieg er wieder.

Also wieviel wollen Sie? fragte Holter.

Ich brauch kein Geld mehr.

Das klang so endgültig, daß Holter allmählich doch an fremde Hilfe denken mußte. Er hatte sich so weit erholt, daß er langsam herumgehen konnte, und das tat er, mit halb erhobenen Armen und einem derart ernsten und verzweifelten Gesicht, als wolle er sich schon für die bevorstehende Hinrichtung sammeln. Betrei ließ ihn nicht aus den Augen.

Holter stützte sich einmal hier und einmal dort an die Wand und gelangte auf diese Weise unauffällig zu der gewünschten Stelle. Jetzt konnte er sein Vorhaben ausführen. Aber – er traute seinen Augen nicht. Die Gegensprechanlage, die er einschalten wollte, war bereits eingeschaltet.

Gegensprechanlagen fielen für Holter in die Kategorie des technischen Spielzeugs. Nicht nur die Garage, auch das Gartenhäuschen war durch eine solche Anlage mit der Villa verbunden.

Holters Überlegung war ganz einfach gewesen: Irgendwann würde in der Villa wohl jemand über den Flur gehen und aus der Sprechanlage Betrei und ihn reden hören; derjenige würde genauer hinhören, allein schon deshalb, weil Holter ja längst erwartet wurde. Er würde die Lage erkennen und die anderen alarmieren; sie würden ihn aus seiner Lage befreien, entweder auf eigene Faust oder mit Hilfe der Polizei. Herrgott, bin ich blöd! Die Hauptsache ist, daß die Anlage eingeschaltet ist. Warum sie eingeschaltet ist und wer sie eingeschaltet hat, das ist doch jetzt nicht interessant.

Holter lauschte, ob schon wer käme. Er hörte nur den Regen.

Dr. Sekanina ging die Kellerstiegen hinunter und schaute auf seine Uhr. Ich will hoffen, sagte er, daß das wirklich nur eine normale Verspätung ist.

Mir tut die Hand schon weh vom Schießen, sagte sein Kollege.

Frau Holter fühlte sich ohne ihren Mann in Gegenwart dieser vier Männer nicht wohl. Sie sagte, es sei ihr unangenehm, daß ihr Mann sich so verspätete. Sie wollte noch sagen, daß sie sich deshalb keine Sorgen mache; sie kannte ihn als derart umsichtigen Menschen, daß sie sich gar nicht vorstellen konnte, daß ihm etwas zustößt.

Aber das sagte sie nicht, denn einer der Männer hätte dann sicher darauf geantwortet, und das wollte sie nicht. Die spöttelnde Redeweise dieser Männer war ihr unangenehm. Sie wußte darauf meist nichts Passendes zu sagen. Sie gestand sich auch unumwunden, daß sie einen Teil dessen, was die Kollegen ihres Mannes daherredeten, gar nicht mitbekam. Deshalb war sie froh, daß Dr. Sekanina sie um eine Flasche dunkles Bier bat. Helles gab es auch in der kleinen Kellerbar; dunkles, wegen der geringen Nachfrage, nur oben in der Vorratskammer.

Holters Berufsleben war in letzter Zeit durchaus nicht glatt abgelaufen. Er hatte Schwierigkeiten mit der Politik.

Er sei ein Spezialist, pflegte er zu sagen; und er schätzte auch den Begriff des Technokraten und nahm ihn für sich in Anspruch. Und für einen solchen, war seine Meinung, kann Politik kurzfristig nützlich, langfristig aber nur schädlich sein.

Von alldem, was diesbezüglich in ihm vorging, teilte er selbst seiner Frau nur wenig mit. So sagte er manchmal, wenn er an alle Menschen denke, sofern man das könne, dann stelle er sich eine gerechte Ordnung für sie vor; wenn er aber an sich denke, an das, was er jetzt sei, so könne er *sich* in einer solchen Ordnung nicht vorstellen.

Aber ich bitte dich, sagte dann seine Frau meistens, du tust doch nichts Unrechtes. Er wußte, daß sie das aus Überzeugung sagte, und das brauchte er, und deshalb liebte er sie.

Daß Holter sich aus der Politik heraushielt, fiel seiner Umgebung natürlich auf; seinen Kollegen fiel das lange Zeit positiv auf, in letzter Zeit allerdings negativ.

Wenn in der letzten Zeit von Holter die Rede war, fiel hin und wieder auch das Wort Fanatiker.

Sein Fanatismus bestand ganz einfach darin, daß er sein Talent weiterhin blühen lassen wollte, obwohl die Wirtschaft nicht mehr blühte. Das war auch der Grund, warum er sich ins Geschäftemachen einmischte, in ein Privileg seiner Kollegen. Er wäre einem Auftrag bis ans Ende der Welt nachgelaufen, wenn er damit hätte erreichen können, daß die von ihm organisierte Produktionsmaschinerie auf den von ihm programmierten Hochtouren liefe.

Warum taten das seine Kollegen nicht? Weil sie politisch versiert waren. Weil sie die sozialpartnerschaftlichen Absprachen zur Inflationsbekämpfung kannten, wenn sie nicht sogar beratend an ihnen teilhatten. Sie wußten, daß eine bestimmte Arbeitslosenrate beschlossen worden war und daß gerade die riesige Kreis-Bau nicht ostentativ die Vollbeschäftigung beibehalten konnte.

Und sie wußten auch, daß Holter das Silo-Geschäft gemacht hatte und daß er es nur hatte machen können, weil sie aus den vorher genannten Gründen die Finger davon gelassen hatten.

Frau Holter ging näher heran. Sie dachte schon, ihr Mann hätte noch jemanden zum »Firmenabend« mitgebracht und die beiden würden in der Garage plaudern. Sie ging nicht allzu nahe zur Gegensprechanlage, um nicht indiskret zu sein. Als sie aber ihren Mann in einem bangen Ton »Was ist Ihr Plan?« fragen hörte und der Gesprächspartner antwortete: »Bevor ich mich umbringe, bringe ich Sie um«, drückte sie ihren Kopf ganz entsetzt an den Lautsprecher der Anlage. Holter hatte die Minuten zuvor dahinterkommen wollen, warum Betrei kein Geld mehr brauchte. Der wiederholte aber vorerst nur seinen Satz: Ich brauch kein Geld mehr. So einen Satz hielt Holter überhaupt für gefährlich, nicht nur aus dem Mund des bewaffneten Betrei. Deshalb bohrte und bohrte er, um auf die Geschichte zu stoßen, die hinter diesem Satz steckte. Es ging ihm dabei nicht um die Geschichte selbst, denn die kannte er ja, sondern darum, den Betrei zum Reden zu bringen.

Als er ihn soweit hatte, wurde alles rekonstruiert, wobei Holter zugab, daß auch ihn einige Schuld traf, aber von Anfang an schuld sei Betrei gewesen. Er habe Holters Vertrauen mißbraucht.

Zuerst habe Betrei zur vollsten Zufriedenheit gearbeitet. Er, Holter, habe es oft gar nicht fassen können, wie Betrei es schaffte, von einem auf den anderen Tag genau die Leute für die Kreis-Bau anzuschleppen, die Holter brauchte. Nicht minder aber, flocht Holter gleich ein, dürfte Betrei von den großzügigen Prämien überrascht gewesen sein.

Von einem bestimmten Zeitpunkt an war Betrei zwar noch mit den Provisionen und Prämien, Holter aber nicht mehr mit Betreis Arbeit zufrieden. Einmal brachte er statt Zimmerleute Maurer, bald darauf statt Maurer Hilfsarbeiter. Holter verwarnte ihn.

Betrei brachte statt eines Betonierers einen Zimmermann, statt einer Aufräumerin zwei, und als er statt eines Kranführers einen Hilfsarbeiter brachte, warf Holter ihn hinaus.

Es folgte ein wüster Auftritt Betreis im Vorzimmer von Holters Büro. Einige Angestellte mußten aufgeboten werden, um ihn hinauszuschaffen. Betrei trat anfangs ziemlich protzig auf und verlangte die ausstehenden Provisionen. Holter verweigerte sie mit der Begründung, daß Betrei nicht im Sinne der Aufträge gehandelt hätte. Betrei bekam einen Wutanfall, weil er wußte, daß die 8000 Schilling, die er nachforderte, für die Firma eine lächerliche Summe waren. Da er seine Nerven von solchen Szenen nicht strapazieren lassen wollte, zog Holter sich in sein Büro zurück. Wie Betrei nun nicht mehr brüllte, sondern ums Geld bettelte, hörte Holter nicht mehr. Deshalb auch der Brief, den Betrei ihm geschrieben hatte. Er sprach darin zuerst über den Grund seiner schlechten Leistungen. Das Ab- bzw. Anwerbegeschäft führte ihn vor allem in ländliche Gegenden um Wien, wo es wenig Arbeitsplätze und schlechten Lohn gab. In einem der Dörfer hatte er zu wiederholten Malen Erfolg. Er nächtigte wieder einmal im Dorfgasthaus, nicht zuletzt deshalb, weil er hier immer mit der Kellnerin, die ihm außerdem wirklich gefiel, schlafen konnte. Beim letztenmal stieg während des Beischlafs ein Mann durchs Fenster, mit einem Messer im Gürtel, der ohne sonderliche Erregung mitteilte, er sei ein Jungbauer aus diesem Dorf und außerdem der Verlobte der Kellnerin. Die Kellnerin, fuhr er fort, sei im dritten Monat schwanger, und zwar von ihm, dem Abwerber. Er verlangte von ihm, daß er eine Abtreibung besorge. Wenn der Abwerber das tue, dann wären sie quitt. Sonst nicht.

Die Kellnerin bestätigte die Angaben des Jungbauern. Sie zog sich an und verließ mit ihrem Verlobten das Zimmer.

Am nächsten Morgen schob sie Betrei wortlos das Frühstück hin. Von ihrer früheren Freundlichkeit war nichts mehr da. Er versuchte sie umzustimmen: er werde einen guten Arzt auftreiben und selbstverständlich alles bezahlen, ja, er werde sogar dafür sorgen, daß sie die drei Tage, die sie nach dem Eingriff liegen müsse, in ordentlicher Pflege sei.

Das, sagte sie, sei die Angelegenheit ihres Verlobten, das möge Betrei mit ihm ausmachen.

Was dann ihre Angelegenheit sei, fragte er.

Sie drehte ihm den Rücken zu. Ich weiß, daß du Geld hast, sagte sie. Du gibst mir zehntausend Schilling, oder ich geh zu deiner Frau und erzähl ihr alles.

Er erklärte ihr noch einmal: daß er den Eingriff bezahlen werde und so weiter. Die zehntausend Schilling, die sind mein Geld, die haben damit nichts zu tun, sagte sie.

Ich habe auf sie eingeredet, schrieb Betrei in dem Brief an Holter, ich habe sie gefragt, für was sie das Geld braucht, aber sie ist mir aus dem Weg gegangen und hat kein Wort mehr gesagt, auch später nicht. Ich nehme an, sie braucht das Geld, um nach der Abtreibung vor ihrem Verlobten flüchten zu können. Die Abtreibung und die Erpressung, das macht zusammen 18000 Schilling, das ist für mich sehr viel Geld. Das hätte ich nun verdienen müssen; da war jeder Mann wichtig, den ich aufreißen konnte für die Firma, und ich konnte nicht mehr schauen, ob das nun ein Zimmermann oder ein Betonierer war. Das Geld für die Abtreibung ist gerade das Geld, das Sie mir nicht auszahlen wollen. Das Geld für die Erpressung kriege ich jetzt sowieso nicht zusammen, weil Sie mich hinausgeschmissen haben.

Holter hatte kein Wort geglaubt. Er beantwortete den Brief nicht, er bewahrte ihn nicht einmal auf.

Holter meinte, jetzt in der Garage, noch bevor seine Frau die fürchterliche Drohung über die Gegensprechanlage hörte: Das könnte man doch alles noch ins rechte Lot bringen, und er sah seine ursprüngliche Meinung bestätigt, daß es nur ums Geld ging.

Betrei lachte so grimmig, wie er schon einmal gelacht hatte.

Nein, Herr Diplomingenieur; die Kellnerin ist inzwischen im fünften Monat, und der Doktor macht es nicht mehr. Sie hat mir geschrieben, jetzt ist sie auf den Bauern angewiesen, da braucht sie das andere Geld auch nicht. Aber auf jeden Fall geht sie zu meiner Frau. Und dann ist meine Ehe hin. Denn die kennt da keinen Spaß, meine Frau. Und sie nimmt mir sicher auch mein Kind weg.

Holter ließ sich nicht davon abbringen, vermitteln zu wollen. Er sehe seine Mitschuld ein, deshalb würde er ihm einen phantastischen Posten bei der Kreis-Bau beschaffen, würde seine Frau mobilisieren, damit sie sich mit Frau Betrei in Verbindung setze, um alle diese Mißverständnisse aufzuklären, ja, er schlug sogar vor, die schwangere Kellnerin in seinen Haushalt zu holen.

Betreis Antwort war nur: Sie bringen mich von meinem Plan nicht ab. Das folgende konnte dann Frau Holter schon deutlich verstehen.

Was ist Ihr Plan?...

Bevor ich mich umbringe, bringe ich Sie um.

Die weiteren Worte schluckte Frau Holter hastiger in sich hinein, als sie aus dem Lautsprecher herauskamen.

Gehen wir doch einmal aus dieser stinkenden Garage hinaus, hier kann man nicht reden.

Es gibt nichts mehr zu reden.

Das ist wirklich eine Chance, die ich Ihnen da gezeigt habe.

Nein.

Frau Holter lief mit zitternden Knien die Kellerstiegen hinunter und schrie um Hilfe. Die vier Manager kamen ihr entgegen, und Frau Holter lotste sie mit panischen Bewegungen zur Sprechanlage. Jeder hatte eine Pistole in der Hand, obwohl sie vorher nicht geschossen hatten. Frau Holter erklärte den Männern in den Sprechpausen, die in der Garage entstanden, daß das Leben ihres Mannes durch einen anderen Mann aufs höchste bedroht sei. Als sie die Polizei anrufen wollte, hielt sie Sekanina zurück. Eine lautstark anrückende Polizei hätte nur zur Folge, daß der Mann in der Garage die Nerven verliert.

Inzwischen hatte sich Betrei offenbar doch umstimmen lassen.

Er gab zu, daß ihm Holter helfen konnte. Es ging jetzt darum, ob Holter das auch wirklich wollte. Wer gibt mir die Sicherheit, daß Sie nicht zur Polizei rennen, wenn ich Sie hier hinauslasse? Und welche Sicherheit habe ich, daß Sie Ihr Versprechen auch halten?

Holter schlug vor, daß sie sich in sein Arbeitszimmer einschließen und dort alles zu Ende besprechen sollten. Er würde seine Frau verständigen, und die würde seine Kollegen, die sich im Haus befinden, schon abwimmeln.

Wie er das machen würde mit seiner Frau?

Ganz einfach, über eine Gegensprechanlage!

Also dann los, sagte Betrei.

Holter ging zur Garagentür.

Halt, sagte Betrei, zuerst verständigen Sie Ihre Frau.

Aber ich sagte Ihnen doch, das mache ich über eine Gegensprechanlage.

Na eben. Die ist doch da!

Betrei zeigte hin.

Die vier Manager schauten einander betroffen an; aber nur kurz und nur aus den Augenwinkeln.

Holter schwankte für einige Sekunden der Boden unter den Füßen. Er hatte an die Gegensprechanlage in seinem Arbeitszimmer gedacht. Aber schon beruhigte er sich: Betrei hat, als er hier wartete, die Sprechanlage entdeckt und vermutet, sie sei eingeschaltet. Er hat auf den Knopf gedrückt und sie dadurch erst eingeschaltet. Nun ist ja alles klar – bis auf das eine, was ich jetzt tun bzw. Betrei sagen soll. Wir nehmen die Anlage in meinem Zimmer. Die Leute sitzen in der Kellerbar, und dorthin gibt's keine Verbindung von hier aus.

Betrei hatte zwar das unbestimmte Gefühl, mit dem Hinweis auf die Gegensprechanlage vielleicht etwas falsch gemacht zu haben, aber es war jetzt nicht die Zeit, darüber nachzudenken.

Sie gingen ins Freie, und beim Aufgang zur Villa warnte Betrei seinen Vordermann, ja keinen Unsinn zu machen, er würde auf der Stelle abdrücken.

Holter ging sehr langsam, simulierte Atemnot und starrte in die Dunkelheit. Er dachte nämlich, wenn seine Frau das Gespräch in der Garage aus der Sprechanlage gehört hätte, würde sie die Polizei verständigt haben, die spätestens jetzt zuschlagen müßte. Als er die Tür aufsperrte, rechnete er nicht mehr damit.

Sie gingen durch eine Veranda, dann durch den Flur auf eine Treppe zu, die in den ersten Stock führte. Die völlige Stille im Haus irritierte Holter. Betrei schaute ständig nach rechts und links. Er wurde immer nervöser.

Jemand rief laut: Polizei!

Zugleich fiel ein Schuß, der Betrei in den Rücken traf. Entsetzt drehte sich Holter um. Betrei drückte zweimal ab.

Der eine Schuß traf Holter in die Brust, der andere in den Kopf. Er war sofort tot.

Sekanina hatte seine Sache gut gemacht. Nun waren die anderen dran. Sie feuerten auf den niederstürzenden Betrei, daß es seinen Körper hin und her stieß.

Zwei der Männer legten die bewußtlose Frau Holter auf eine Couch, die anderen zwei durchsuchten Betrei. Und sie fanden auch, was sie suchten: den Brief.

Dann verständigten sie Polizei und Rettung.

Nachdem Betrei bei Holter mit seinen Geldforderungen endgültig abgeblitzt war, ging er zu den anderen Geschäftsführern, die sich für nicht zuständig erklärten. Aber sie heuchelten Verständnis. Nach Tagen ließen sie ihn rufen und bedauerten, daß die Firma auf seine wichtigen Dienste verzichten müßte. Sie würden ihn wieder einstellen, ihm auch das Geld zahlen, das ihm ja gebühre, aber die Sturheit Holters stehe dazwischen. Sie seien Holters beste Freunde; dessen einziger großer Fehler sei leider, daß er mitunter auch seinen Freunden gegenüber den Sturen spiele.

Man müßte ihm eine Lektion erteilen, die ernst beginne und sich dann ins Scherzhafte wende.

Betrei in seiner Verzweiflung stieg darauf ein. Er ließ sich aber schriftlich von den vier Männern bestätigen, daß er da etwas mitmache, was nicht auf seinem Mist gewachsen sei.

Sie hatten ihm ein solches Schreiben gern ausgefertigt.

So gern, wie sie es jetzt aus seiner Rocktasche zogen und verbrannten. Sie schmunzelten einander zu. Sie waren es gewohnt, etwas Risiko einzugehen. Nun war aber alles so glattgegangen!

Ja, ja, seufzte Dr. Sekanina, wie die Zeiten sich ändern. Man sagte unsereinem immer die sogenannte Weiße-Kragen-Kriminalität nach. Und jetzt färbt sich dieser Kragen rot.

Der Kollege, der die bewußtlose Frau betreute, hatte wieder Grund, Sekaninas philosophischen Geist zu bewundern. Um nicht abseits zu stehen, sagte er: Und schlechter werden sie auch, die Zeiten, für manche.

Ein schönes Bild, sagte der andere Kollege. Er sagte aber nicht, ob er das Bild vom roten Kragen meinte oder das Bild über der Couch. Ein Fahrzeug hielt vor der Villa, dann eins nach dem anderen.

Die vier Männer setzten entsprechende Gesichter auf.

(1975)

Der Keller

Auf dem Höhepunkt der Verzweiflung und des Ekels war ich instinktiv in die richtige Richtung gegangen und, wie ich schon gesagt habe, gelaufen, aus der falschen Richtung endlich davongelaufen, davongerannt in die richtige. Und ich war allem, mit dem ich verbunden gewesen war, davongerannt, meiner Schule und meinen Lehrern und der Stadt meiner Schule und meinen Lehrern und meinen geliebten und ungeliebten Erziehern und Verwaltern und allen meinen lebenslänglichen Sekkierern und Irritierern und meiner ganzen konfusen eigenen Geschichte, indem ich der ganzen Geschichte davongerannt bin. Der die Kehrtwendung gemacht hat, rennt davon und rennt und rennt und weiß nicht, wohin er rennt, wenn er in die entgegengesetzte Richtung rennt. Ich war in die Scherzhauserfeldsiedlung gerannt, aber ich wußte nicht, was die Scherzhauserfeldsiedlung ist, ich vermutete, daß sie so und so sei, bis ich gesehen habe, daß sie so ist, wie ich geglaubt habe, daß sie sei. Mein Davonrennen hätte die totale Selbstzerstörung und Selbstvernichtung sein können, aber ich hatte Glück. Ich war im richtigen Augenblick zu den richtigen Menschen gekommen. Ich hatte alles auf eine Karte gesetzt wie dann immer wieder, und ich hatte Glück gehabt. Weil ich nicht einen Augenblick nachgegeben habe, weil ich mir keine Schwäche gestattet habe. Was wäre geschehen, denke ich, wenn ich auf die Beamtin im Arbeitsamt gehört hätte, die schon nach ein paar Minuten mein Anliegen als eine Verrücktheit bezeichnet und mich nachhause geschickt hatte, wenn ich der Beamtin gehorcht hätte, wenn ich mich ihr nicht widersetzt hätte. Ich bleibe in ihrem Zimmer, bis sie mir die richtige Adresse gegeben hat, und zwar *die entgegengesetzte Adresse*. Sie hatte mich nicht verstanden, aber ich wußte, sie wird mir, bevor ich ihr Zimmer verlasse, *die entgegengesetzte Adresse* geben. Eher verlasse ich ihr Zimmer nicht. Ich war entschlossen, sie zu zwingen, mir *die richtige Adresse in der entgegengesetzten Richtung* zu geben. Ich hätte sie gewaltsam gezwungen. Es wird ihr oft untergekommen sein, daß ein verzweifelter Schüler kommt und sein vergiftetes Leben oder seine entsetzliche Existenz ändern will und schon im ersten Augenblick schwach wird vor ihr. Alle diese zerstörten Menschen, die wir kennen, sind im entscheidenden Augenblick schwach geworden, haben nachgegeben, aber man darf im entscheidenden Augenblick nicht nachgeben. So hatte sie aufeinmal die richtige Adresse aus dem Karteikasten herausgezogen, mein großes Los. Karl Podlaha, Scherzhauserfeldsiedlung, Block B. Mit dem Los in der Hand rannte ich hin, und ich mußte Glück haben. Der Anfang im Keller war schwer gewesen, das darf nicht verschwiegen sein. Werde ich die Anforderungen, die in einem solchen Laden an einen jungen, tatsächlich hypersensiblen Menschen von einem Augenblick auf den andern gestellt werden, erfüllen, es recht machen können? hatte ich mich gefragt. War ich nicht körperliche Arbeit überhaupt nicht gewöhnt und hatte immer Mühe gehabt, meine Schultasche durch die Reichenhaller Straße und durch das Neutor ins Gymnasium zu tragen? War es mir möglich, mit diesen Menschen, die mir alle unbekannt und in ihrer Art und Weise vollkommen fremd gewesen waren, fertig zu werden? Und wußte ich nicht, daß Rechnen nicht meine Stärke ist? Kopfrechnen, was für ein Wahnsinn! Ganze Lastwagen voller Erdäpfel im strömenden Regen allein und nur mit einer schweren Eisenschaufel ausgerüstet abladen? In das Magazin befördern? Und vom Magazin herauf und in den Keller hinunter die Schmalzkisten und die Kunsthonigkisten und die Zuckerschachteln? War ich der junge Mensch, der sich einem wildfremden Lehrherrn, der in seinem Gesicht auch die härteren Züge nicht verbergen hatte können, ausliefern konnte, bedingungslos? Die Roheit des Gehilfen, die Feindlichkeit des Lehrlings Karl, die ich im ersten Augenblick zu bemerken glaubte, werde ich mich da durchsetzen können? Bei allen diesen Leuten, die mir rücksichtslos und gemein vorgekommen sind bei ihrem Eintreten im Geschäft, und wie sie sich im Geschäft aufführten? Alle Aufgaben hatte ich lösen können, und in der kürzesten Zeit hatten sich alle Schwierigkeiten als durchaus zu meistern herausgestellt. Ich hatte das große Los gezogen. In diesem Bewußtsein bin ich, überrascht von meinem körperlichen und geistigen Fähigkeiten, mit dem größten Schwung in die Lehre hineingegangen. Es hat sich bezahlt gemacht. Das Krämermilieu war mir nicht neu, die Schwester meines Großvaters mütterlicherseits, Rosina, hatte im Hause ihrer Eltern in Henndorf eine sogenannte Gemischtwarenhandlung, und es gehörte zu den

Höhepunkten meiner Kindheit, in der Gemischtwarenhandlung meiner Tante dabei zu sein, wenn sie bediente. Es gab noch Zuckerhüte in blaues Packpapier eingewickelt, es war die Zeit der Ruderleibchen und Petroleumlampen, die Zeit vor achtunddreißig. Drei, vier, fünf Jahre alt und wie alle Kinder in die Süßigkeiten vernarrt und wie alle Kinder mit der raffiniertesten Beobachtungsgabe ausgestattet, war mir der Lieblingsaufenthalt in Henndorf immer der Gemischtwarenladen meiner Tante gewesen, die zu diesem Geschäft auch noch ein größeres Gasthaus und eine kleine Landwirtschaft führte. Diesen Besitz hatte mein Großvater nach dem Selbstmord seines älteren Bruders, der auf dem sogenannten Zifanken ein herrschaftlicher Revierförster gewesen war, als Erbe nicht angenommen und, weil er in die deutschen Großstädte und keinen hinderlichen Besitz haben wollte, seiner Schwester Rosina überlassen. Von dem Bruder meines Großvaters, dem Revierförster, von welchem ich mehrere Fotografien habe, ist mir von meinem Großvater überliefert, daß er sich auf der höchsten Erhebung des Zifanken mit seinem Gewehr erschossen und an der Selbstmordstelle einen Zettel hinterlassen hat, auf den er sozusagen als Begründung seines eigenhändigen Lebensabschlusses geschrieben hatte, daß er sich erschieße, weil er *das Unglück der Menschen nicht mehr ertragen* könne. Meine Tante Rosina wußte, womit sie mich fesseln konnte, indem sie mich in ihrem Laden gewähren und also immer wieder Schubladen auf- und zumachen, Flaschen in das Magazin hinaus- oder vom Magazin in den Laden hereintragen und, sozusagen als Höhepunkt, Kleinigkeiten an Kunden verkaufen ließ. Aus dieser Zeit habe ich eine Vorliebe für das Kaufmannsgeschäft. Aber der Keller des Karl Podlaha hatte mit dem Gemischtwarenladen meiner Tante nichts mehr zu tun, die Gerüche in ihm waren andere, nicht mehr der typische Geruch der Gemischt- und Kolonialwarenhandlung, und es hatte in ihm auch keine Zuckerhüte mehr gegeben und keine Petroleumlampen, und die Ruderleibchen waren längst aus der Mode gekommen und vergessen. Auch von der Ruhe, mit welcher meine Tante Rosina ihre Waren angepriesen und verkauft hat, war nichts im Keller des Karl Podlaha, und der Gemischtwarenladen in Henndorf, so bescheiden als möglich und nur mit Holzregalen und Holzladen ausgestattet, hatte ja auch nur ein paar Dutzend treuen Dorfkunden dienen müssen, während der Keller in der Scherzhauserfeldsiedlung an die tausend Kunden zu versorgen hatte, und der alles in allem doch spitzfindige Großstädter Podlaha war natürlich mit meiner eher schwerfälligen und gutmütigen Tante Rosina in Henndorf nicht zu vergleichen. Aber ich will nur sagen, daß die Kaufmannstradition bei den Unseren eine uralte Tradition ist, der Vater der Tante Rosina und also der Vater meines Großvaters und also mein Urgroßvater war, wie es noch auf dem Grabstein in Henndorf zu lesen steht, tatsächlich ein sogenannter *Großhändler* gewesen, der die Butter und das Schmalz der Flachgauer Bauern auf den Wiener Naschmarkt geliefert hat und mit dieser Tätigkeit nicht nur im ganzen Flachgau als *Schmalzsepp* berühmt, sondern auch ein wohlhabender Mann geworden ist. Viele Flachgauer wissen auch heute noch, was unter dem Begriff *Schmalzsepp* zu verstehen ist, und das Wort *Schmalzsepp* macht den Flachgauern, wenn sie wissen wollen, wer und woher ich sei, im Augenblick und mit dem größten Respekt meine Herkunft klar. Im Keller war ich nicht ausgeliefert, sondern *geborgen* gewesen. Indem ich mich vollkommen und hundertprozentig der Scherzhauserfeldsiedlung als einer meiner Erfahrung und Erziehung entgegengesetzten Richtung ausgesetzt hatte, hatte ich Schutz gefunden, in dem totalen Widerspruch war ich auf einmal zuhause, jede einzelne der Hunderte und Tausende von Beschäftigungen im Keller, die alle anzuführen überflüssig ist, war mir ein Mittel zum Zwecke meiner Errettung gewesen. Die Vernunft hatte voraussehen lassen, daß ich durch meinen Entschluß verloren sei, aber das Gegenteil war eingetreten. Weil ich von der vollkommenen Sinnlosigkeit meiner Existenz als Gymnasiast und als das, was das Gymnasium in einem Menschen bewirkt und bewirken *muß*, überzeugt gewesen war, durfte ich den Schritt in die Ungewißheit wagen. Nur die hundertprozentige Überzeugung kann eine Möglichkeit zur Errettung sein. Aber der Keller ist nicht nur die Erfreulichkeit für mich gewesen. Oft bin ich, angewidert von der Fürchterlichkeit der Kellerumstände, die Menschen und Gegenstände im Keller betreffend, aus dem Keller hinaus in das Magazin geflüchtet, weil ich an mir und an den andern gescheitert war.

Die Sensibilität des Halbwüchsigen, der ich ja immer noch gewesen war, hatte unter der Brutalität der Kellerkunden und unter der Brutalität des Podlaha und unter der allgemeinen Gemeinheit den kürzeren gezogen, war ich selbst nun die Ursache oder nicht. Dem Weinen näher als der Verfluchung, habe ich oft Kisten geschleppt,

Säcke, meinen Kopf in die Mehltruhe hineingesteckt. An einer nicht genau angefüllten Maggiflasche hatte sich der Zorn des Podlaha entzünden und mich kopfüber in Verzweiflung und Angst stürzen können. Die Roheit der Kunden war ebenso intensiv gewesen wie ihre Zuneigung. Die großen Fehler hatte der Podlaha oft übersehen, sich aber über kleine in völlig unangemessener Weise aufregen können, er war ein jähzorniger Mensch, der von einem Augenblick auf den andern in Wut kommen konnte. Er haßte die Unkorrektheit, und er litt keine Unaufrichtigkeit. In seiner Kleidung, selten habe ich ihn sozusagen in Zivil und also ohne Geschäftsmantel gesehen, war er eitel gewesen, aber, soviel ich weiß, in seinen Existenzansprüchen bescheiden. Er hätte keinen Grund gehabt, etwas vorzumachen. Er liebte, wie alle Wiener, Landpartien und Geselligkeit, aber davon weiß ich nur aus Erzählungen. Für einen Lebensmittelhändler war er im Grunde zu intelligent, wahrscheinlich ist das die Ursache dafür gewesen, daß er den Keller lange vor der Zeit, also noch in seinen fünfziger Jahren, aufgegeben hat. Er liebte Bruckner und Brahms und war ein eifriger Konzertsaalbesucher. Die Musik war der Gegenstand, über den wir uns oft unterhalten haben. Und vielleicht war *der Podlaha, der verhinderte Musiker und Klassikerfreund, der Anlaß*, warum ich selbst mich, nach ein paar Monaten Kellerlehrstelle, wieder an die Musik als eine Existenzmöglichkeit erinnerte. In der Festspielzeit erschien er schon am Nachmittag in einem schwarzen Anzug, damit er gleich nach Geschäftsschluß in das Konzert gehen konnte, ohne Umweg nachhause, und die Partitur der jeweils von ihm besuchten Konzerte war seine unumgängliche Ausrüstung. Nach jedem Konzertabend war er, wie man sagt, ein anderer Mensch gewesen, und tagelang war, was er gehört hatte, noch in ihm. Er verstand sehr viel von Musik, wie ich heute weiß, mehr als so mancher Musikwissenschaftler, den ich kenne. Auch im Keller war ich schließlich nicht ohne Gegensatz ausgekommen, ich erinnerte mich der Musik und an meine unrühmlich beendete Karriere auf der Geige. Ich hatte inzwischen ein neues Instrument erprobt, meine Stimme. Die Mutation hatte mir eine Baßbaritonstimme geschenkt. Wenn ich allein war, übte ich mich in bekannten und selbsterfundenen Opernmelodien, was ich auf meiner Geige versucht hatte, jetzt war es in der beinahe völligen Finsternis des Magazins oder im Nebenzimmer des Geschäfts oder auf dem Mönchsberg gesungen. Ich hatte nicht die Absicht, mein ganzes Leben im Keller zu bleiben, wenn ich auch keinerlei Vorstellung meiner Zukunft hatte, der Keller war keine lebenslängliche Selbstauferlegung und Selbstverurteilung und Selbsteinkerkerung. Und sollte ich mein ganzes Leben in diesem oder in einem anderen Keller verbringen oder verbringen müssen, es war nicht vorauszusehen, so war es umso notwendiger gewesen, daß ich einen Gegensatz hatte. Die Musik war der meinem Wesen und meinem Talent und meiner Neigung entsprechendste Gegensatz. Ob aus Eigeninitiative oder auf meinen Wunsch, weiß ich nicht mehr, mein Großvater hatte in einer Zeitung ein Inserat aufgegeben, in welchem er einen Gesangslehrer für mich suchte, schon hatte er mich als eine Art Salzburger Schaljapin gesehen, und das Kennwort des Inserats, ich erinnere mich genau, war das Wort *Schaljapin* gewesen, von Schaljapin dem berühmtesten Bassisten seiner Zeit hatte mir mein Großvater oft erzählt, er haßte die Oper und alles, was mit der Oper zusammenhing, aber die urplötzliche Möglichkeit, daß sein geliebter Enkel vielleicht ein berühmter Sänger wird, betrachtete mein Großvater doch als ein großes Glück. Er hatte eine besondere Vorliebe für Anton Bruckner, mehr weil ihm das bäuerliche Wesen Bruckners verwandt gewesen war, nicht weil er von der Musik Bruckners begeistert gewesen wäre, alles in allem waren seine Musikkenntnisse die unzureichenden des gelegentlichen Musikliebhabers. Er war, wie alle meine Verwandten, musikalisch, aber die Musik hatte bei ihm keinen höheren Stellenwert. Aber jetzt empfand er wahrscheinlich mein früheres Geigenspiel als das willkommene Fundament einer Gesangausbildung, für die er sich, kaum war die Idee dafür aufgetaucht, vehement einsetzte. Er fühlte, daß ich, auch wenn mir das gleich und im Grunde vielleicht sogar recht gewesen war, ohne einen Gegensatz dazu im Keller verkümmern müsse, und alles mich Betreffende hatte sich in ihm aufeinmal auf meine Sängerausbildung konzentriert. Er hatte festgestellt, daß ich eine brauchbare, entwicklungsfähige Singstimme hatte, und ich war von diesem Moment an für ihn nicht mehr, wie er naturgemäß schon geglaubt hatte, hundertprozentig an den reinen verabscheuungswürdigen Materialismus verloren, er konnte sein zuletzt für mich gesetztes Ziel: *Kaufmann* in *Sänger* erhöhen, was bedeutete, daß ich aufeinmal die Möglichkeit hatte, *Künstler* zu sein. Augenblicklich war der Kaufmann gestürzt und der Sänger auf sein Podest erhoben, obwohl: was war im Grunde gegen einen guten Kaufmann zu sagen? Was spricht im Grunde für einen Sänger? Es war ihm aber in der Möglichkeit, daß aus mir ein Sänger, und sei er selbst ein solcher in der von ihm zeitlebens verabscheuten Oper, wird, wohler als in dem Gedanken, ich sei nur ein Kaufmann. Plötzlich hatte er immer per *nur ein Kaufmann* gesprochen, wenn er vom Kaufmann gesprochen hat, dagegen mit größter Bewunderung vom Sänger, und er hatte mit der gleichen Überzeugungskraft und mit dem gleichen Enthusiasmus, mit welchem er vorher immer vom Kaufmann gesprochen hatte, aufeinmal vom Sänger gesprochen, und er vertiefte sich in die Musikgeschichte, um möglichst alles und möglichst das Hervorragende über die Sänger zu erfahren. Mit der Welt des Schaljapin und mit der Welt des Caruso und mit der Welt der Tauber und Gigli, die ihm im Grunde nichts anderes als verabscheuungswürdige Welten gewesen waren, versuchte er, auf mich Eindruck zu machen und mir tatsächlich eine Sängerkarriere einzureden. Aber er brauchte mir eine solche nicht einzureden, ich selbst war aufeinmal von meiner Sängerkarriere überzeugt gewesen, vollkommen davon überzeugt gewesen, nachdem ich von der ersten Sophie in der Uraufführung des Rosenkavalier von Richard Strauss in Dresden, Maria Keldorfer in der Pfeifergasse, als Gesangsschüler akzeptiert worden war und mir die Frau Keldorfer auch eine Karriere als Sänger mehr oder weniger versprochen hatte. Das Inserat meines Großvaters mit dem Kennwort *Schaljapin* hatte die alte Dame beeindruckt, und sie hatte darauf meinem Großvater geschrieben, und ich war in die Pfeifergasse gegangen und hatte der alten Dame vorgesungen, und sie hatte mich sozusagen in ihren musikalischen Schutz genommen. So war ich von irgendeinem Montag oder Donnerstag an an den Abenden, nach Geschäftsschluß, in die Gesangsstunde gegangen, und es war ausgemacht, daß ich diese Gesangsstunden von meiner Lehrlingsentschädigung, die damals fünfunddreißig Schilling im Monat betragen hat, bezahlte, einen erforderlichen Zuschuß bekam ich von meinem Großvater. Es war dem Podlaha einerseits gar nicht recht gewesen, daß in meinem Kopf fortan auch die Musik und insbesondere der Gesang einen Platz hatte, aber andererseits merkte ich, wie er daran interessiert gewesen war, mit mir über Musik zu reden, und diesen Gesprächen ist mein Musikunterricht entgegengekommen. Jetzt, durch

Aufnahme des Gesangunterrichts, in welchem ich gleich die größten Fortschritte machte, war, schien mir, meine Existenz in die richtige Position gerückt, der Keller war aufeinmal sozusagen durch einen musikalischen Trick abgestützt. Ich ging jetzt noch lieber in den Keller als vorher.

(1976)

ALOIS BRANDSTETTER

Der Spitzensportler

Große Sportler müssen nicht dumm sein, niemand zwingt sie. Trainieren müssen sie, trainieren natürlich fleißig. Bleibt freilich wenig Zeit zum Lernen. Daß Spitzensportler dumm sind, ist längst als Klischee entlarvt. Klischees sind der triviale Ausdruck wohlfeiler Wahrheiten. Die Dummheit ist die Binsenweisheit des Sports. Die Ausnahmen sind nicht zu übersehen. Kluge Ausnahmen bestätigen die blöde Regel.

Es ist ganz einfach zu erklären, wie die Sportler zu ihrem schlechten intellektuellen Ruf gekommen sind. Intellektuelle haben ihnen diesen Ruf angehängt, sehr unsportliche Existenzen. Oft handelt es sich dabei um Journalisten und Schriftsteller, die aus einem Neidkomplex heraus alles körperlich Tüchtige und Athletische denunzieren. Der Verfasser des Buches »Der Leumund des Löwen«, das eigentlich »Die Verleumundung des Löwen« heißen sollte, mißt beispielsweise nur 1 Meter und 69 Zentimeter, das sagt alles.

Ich beginne von vorne und baue jetzt einmal systematisch einige Spitzensportler auf. Mein erster Kandidat heißt Siegfried, seine Angehörigen und die Reporter nennen ihn später Sigi, auch noch als alten Mann. Sigi ist Gastwirtssohn und Tiroler, er hat sieben Geschwister und einen elendslangen Schulweg. Sigi legt den langen Schulweg ins Tal im Winter, der hier sehr lange dauert und fast nicht mehr aufhören will, mit den Schiern zurück. Ich kann keinen Schuhlbus nicht benutzen, sondern fahre ich immer zu Fuhs zur Schuhle, schreibt der Bub einmal in einem Schuhlaufsatz. Sigi ist auf dem Schulweg besser als in der Schule, aber die Anfahrt wird leider nicht benotet. Sigi kommt jedenfalls schnell und gut zur Schule, aber dort langsam voran und schlecht weg. Er fährt von Jahr zu Jahr schneller zur Schule, weiß aber von Jahr zu Jahr weniger, wozu und warum eigentlich. Als Schifahrer fällt er auf, als Schüler ab. Am Schluß, erinnert sich später einmal sein Lehrer, raste der Sigi praktisch nur noch zum Sitzenbleiben zur Schule.

Die moderne medizinische Wissenschaft behauptet, daß ein überzüchteter Intellekt alles Vitale, Vegetative sowie den kreatürlichen und natürlichen Instinkt im Menschen verschüttet, ja abtötet. Ein Sportler aber muß Intuition besitzen und seinen Verstand abschalten können. Je weniger er abschalten muß, umso besser natürlich für ihn. Der Sportler muß sich konzentrieren können, er darf sich durch nichts irritieren lassen. Die Irritationen aber kommen aus dem Intellekt. Die Lateiner sagten: Mens sana in corpore sano, zu deutsch: Ein gesunder Geist in einem gesunden Körper. Gesund im sportlichen Sinne ist der Geist dann, wenn er sich nicht störend, das heißt überhaupt bemerkbar macht, sondern ruhig verhält. Einen gesunden Geist darf man wie einen gesunden Magen nicht spüren. Wo der Geist anfängt herumzugeistern und sich zu rühren und zu bewegen, ist er schon nicht mehr ganz gesund. Man nennt das Kopfweh. Soweit die Wissenschaft, die heute beim systematischen Aufbau eines Spitzensportlers nicht übergangen werden kann, warum auch ich beim systematischen Aufbau meines Sigi auf ihre fundamentalen Einsichten und Erkenntnisse nicht verzichten möchte.

Sigi zeigt auch später, als er bereits alle Schüler- und Juniorenrennen hinter sich und gewonnen hat, im Nationalkader eine unglaubliche physische Kondition und eine ganz außergewöhnliche psychische Konstitution, Stabilität und Robustheit. Den Diplompsychologen, der dem Trainer zur Seite gestellt worden ist, läßt Sigi samt seinem Diplom dort stehen. Sigi weiß und versteht einfach nicht, was der Studierte von ihm will. Und mehr als gewinnen kann Sigi ja nun wirklich nicht. Einen Gesunden können die Ärzte nur verderben. Sigi hat Nerven wie die Bergbahnen Drahtseile. Seine Seelenruhe steht zu den vielen Stundenkilometern seiner Schußfahrten im Umkehrverhältnis. Sigi ist immer der erste. Sein damaliger Lehrer äußert einmal den kuriosen Verdacht, daß Sigi wegen seiner Rechenschwäche immer nur erster wurde. Er kann nicht besonders weit zählen, sagte der Lehrer.

Sigis Bildung reicht durchaus. Die Abfahrtszeiten der Züge und Flugzeuge sucht doch der Mannschaftsbetreuer heraus. Und um seine Finanzen kümmern sich einige Firmen, deren Produkte er trägt oder fährt.

So wurde der Hilfsschüler Siegfried allein durch schnelles Fortbewegen auf zwei länglichen Hölzern aus Kunststoff zum Nationalhelden und mit seinem Rennanzug in Schockfarben zum leuchtenden Vorbild der Jugend. Der Präsident der Republik forderte vor allem die studierende Jugend des Landes auf, sich am Sportler des Jahres und Olympiasieger Siegfried ein Beispiel zu nehmen. Denn trotz seiner sportlichen Erfolge war Sigi bescheiden geblieben, er machte nicht viel von sich her und gebrauchte auch in den Interviews immer nur seinen bescheidenen kleinen Wortschatz. Fragten ihn die Reporter nach einem Rennen: Sigi, wie war's?, so sagte er: Ich bin einfach voll g'fahr'n. Fragten ihn die Reporter nach seiner Meinung über das nächste Rennen: Sigi, wie wird's?, dann sagte er: Ich werd' wieder voll fahr'n. Seine Heimatgemeinde schenkte Sigi ein Hotel und einen Geschäftsführer, einige Mädchen schenkten ihm Kinder. Denn schnell scharen sich um Spitzensportler immer sogenannte Spitzenfrauen. Seit sich Sigi nun aus dem aktiven Rennsport zurückgezogen hat, sitzt er in seinem Hotel und gibt Autogramme. Autobusweise kommen die Wallfahrer an. Siegfried aber, der große Siegfried, sitzt eingekeilt und umringt von seinen Verehrern und schreibt und schreibt, hundertemal hintereinander immer wieder seinen Namen in Bücher und auf Zettel: +++. +++ ist auch der Verfasser eines Buches über den Schirennsport, es heißt »Meine Siege« und war ein Start-Ziel-Sieg, wie der Verleger auf einer Pressekonferenz sagte. Startauflage: 200000 Exemplare. Gegen Leute, die behaupten, +++ sei gar nicht der Verfasser des Buches, werde er gerichtlich vorgehen, die Anzeige ist schon erstattet, sagte der Verleger, sie lautet auf Verleumdung.

Das war Siegfried, der erste von mir systematisch aufgebaute Sportler. Vielleicht sollte ich doch erwähnen, daß man bei der Errichtung eines Spitzensportlers auch auf scheinbar Belangloses wie die Namensgebung acht haben soll. In meinem ersten Fall bewährte sich natürlich der Name Siegfried. Nomen est omen, sagt der Lateiner, zu deutsch: Namen sind mehr als Schall und Rauch.

Beim zweiten Spitzensportler handelt es sich um einen Boxer. Er heißt Frank und ist Neger, was sich vor allem bei Verletzungen, sogenannten Cuts, günstig auswirkt, weil man das Blut nicht so bemerkt. Was die Notwendigkeiten auf dem Gebiete des Mentalen betrifft, so gilt auch hier im wesentlichen das am Beispiel des Tirolers Ausgeführte. Mit Rassismus hat meine Geschichte somit auf keinen Fall etwas zu tun. Bei Auftauchen eines solchen Vorwurfes kann ich beim jetzigen Stand meines Textes getrost meinen Landsmann Siegfried zitieren, den ich auch nicht nur mit Vorzügen versehen habe.

Auch bei Auf- und Ausbau eines Spitzenmannes auf dem Box-sektor müssen wieder Natur und Umwelt ein wenig mitspielen. Was das Körperliche anlangt, so ist hier etwas mehr vonnöten als nur eine Nase, die nicht zu weit in den freien Raum hinausragt, wie ein Laie vielleicht meint. Der Mann muß Gewicht auf die Waage bringen, dieses Gewicht darf aber nicht von Fett herrühren, son-dern von festem Muskelfleisch.

Zum Sozialen: Ein Aufwachsen in Slums kann eine Boxerkarriere nur fördern. Der junge Mensch wird so frühzeitig auf seine körper-lichen Möglichkeiten aufmerksam. Frank mußte sich durchboxen, von Kindheit an. Auch ein kurzes Gastspiel im Milieu und gewisse Erfahrungen mit Kriminellen können nur nützen, solange sie nicht ausgesprochen schaden.

Eines Tages kommt der Big Boss in den Slum, um nach Talenten Ausschau zu halten. Er stellt sich auf die Hinterhöfe und beobach-tete die Balgereien der jungen Leute. Über die Unterlegenen, die zu Boden gegangen sind, sieht er hinweg, die Fäuste der Sieger und Triumphatoren betrachtet er sich schon genauer. Einen aber nimmt er mit, kleidet ihn neu ein, bringt ihm Manieren bei und übergibt ihn dem Trainer. Dies ist der Anfang des unaufhaltsamen Aufstie-ges des Champions, des Meisters aller Klassen, den sie heute Frank the Lion nennen. Er führt aus dem Elend eines Slums einer mittle-ren Großstadt im amerikanischen Süden hinauf (Richtung Nor-den), steil hinauf bis zu den höchsten Ehren, die der Boxsport zu vergeben hat.

Dies ist natürlich ein weiter Weg, liebe Freunde, und er kostet Kraft und Ganglien. Wenige haben ihn ohne Schaden zurückge-legt, mancher Boxer sieht danach leider wie ein Boxer aus. Damit ist nicht der Hund gleichen Namens gemeint, der diesen Namen nicht verdient, jedenfalls nicht mutwillig verschuldet hat. Er ist nur das Produkt einer sonderbaren Züchtung durch den Menschen. Eine Sache der Promotion.

Der dritte Sportler, den ich hier als literarischer Promotor promo-viere, ist ein Fußballer, ein Vertreter eines Mannschaftssportes. Die Art dieses Mannschafts- und Männersportes verlangt von denen, die ihn ausüben, spezielle geistige und körperliche Vorausset-zungen. Wir denken bei ersteren nicht an den absoluten Geist oder den Weltgeist, von dem Hegel spricht. Der Fußballer benötigt vielmehr Geist in der Form des Mannschaftsgeistes. Er soll kein extremer Individualist und Sonderling sein, er muß ja nicht nur spielen, sondern hin und wieder auch zuspielen. Wieder ist das Wichtigste aber das Unbewußte, man spricht etwa vom Riecher, auch Instinkt, einer zoologischen Fakultät also. Ich stehe aber nicht an zu behaupten, daß neben Geist, Instinkt und einem athletischen Körper zu einem überragenden Spitzensportler auf dem Felde des Fußballs noch mehr gehört, etwas schwer zu Beschreibendes, auch wissenschaftlich kaum Faßbares. Ich nenne es die Gnade des Himmels und den Eigentümer dieses göttlichen Geschenks den begnadeten Fußballer. Ein begnadeter Fußballer ist mehr als ein guter Fußballer.

Mein Superstar heißt Jesus Maria, genannt Jema, ist Südamerikaner und Mulatte und paßt somit als Mischling rassemäßig genau zwischen den weißen Tiroler und den schwarzen Amerikaner. Er beginnt bereits als Bub barfuß mit Konservenbüchsen zu schießen, steigt später auf sogenannte Fetzenbälle um und lernt erst relativ spät, nach seinem Eintritt in die Schülermannschaft, das runde Leder kennen. Von hier ab läuft seine Karriere nach dem bekannten südamerikanischen Muster, wie mit Oliven geölt.

Das Fußballspiel ist ein Kampf, seine Terminologie ist militärisch, taktisch, strategisch, es kennt Offensive und Defensive, Bomben und Granaten. Und es kennt Verletzte und Verwundete, in Südamerika auch jede Menge Sterbeszenen, simulierte vor allem, aber auch echte. Oft ist das Spiel nur der Auslöser einer größeren Schlacht auf den Rängen, manchmal sind das Spiel und die Schlacht auf den Rängen sogar die Initialzündung für eine kriegerische Auseinandersetzung zweier benachbarter Länder. Der Krieg ist die Fortsetzung des Fußballs mit anderen Mitteln, in Südamerika, ich spreche immer von Südamerika.

Schluß mit dem planmäßigen Aufbau von Spitzensportlern, halten wir Gleichenfeier und setzen wir Rüstbäume.

Und wieder bleiben viele Fragen offen. Wie halten wir es mit dem olympischen Gedanken?

Einer schreibt einen Brief an das Nationale Olympische Komitee mit der Bitte, bei den Spielen mitmachen zu dürfen. Er möchte nur dabeisein, siegen könne er gar nicht. Aber die Herren schreiben nicht zurück, eine Niederalge. Kein doppelte, sondern keine Moral. Und wie steht es um den Amateurstatus? Wann wird Amateur endlich als Beruf anerkannt, wie Installateur oder Spediteur. In den

Fremdenverkehrsorten ist der Amateur, zu deutsch Liebhaber, längst eine feste Institution, es gibt somit schon Berufsbilder, an denen man sich orientieren könnte. Nicht behandelt wurde außerdem neben dem Spitzensport der Breitensport, neben dem Männersport der Frauensport. Ist der Sport wirklich nur eine herrliche, die herrlichste, und nicht auch die fraulichste Nebensache der Welt? Und zuletzt das delikate Problem des Hermaphroditen. Warum nur Damen *oder* Herren und nicht auch Zwitter, meine Damen *und* Herren?

(1976)

Paula

Früher habe ich noch die Übungen gemacht, die dafür gemacht sind, damit man einen flachen und harten Bauch bekommt und behält. Dann fühlte ich eine Schwangerschaft herannahen und gab daher diese wichtigen Übungen, die ich mir aus einer Zeitschrift herausgeschnitten hatte, wieder auf. Ich war wie gemacht dafür, Mutter zu werden, war ich doch ein ganzer Mensch. Man sagt ja, eine Schwangerschaft erfordert einen ganzen Menschen. Vielleicht war es ein Fehler, daß ich mit den Übungen aufgehört habe, als ich mich Mutter werden fühlte, denn mit den Übungen darf man nicht aufhören, wenn man sich Mutter werden fühlt: dann erst recht. Sonst ist man statt eines ganzen Menschen nur mehr ein halber oder geteilter. Vielleicht hat das auch dazu beigetragen, daß ich mich langsam meinem Manne zu entfremden begann, was in einer Ehekrise seinen Ausdruck fand. Ich fürchte, ich habe mich vernachlässigt, als ich neues Leben in mir wachsen fühlte. Man darf sich nicht so sehr auf das wachsende Leben in einem selbst konzentrieren, man muß auch dem Manne ein Augenmerk zuwenden, weil sich dieser sonst plötzlich vernachlässigt fühlt. Er darf nicht glauben, jetzt spielt er die zweite Geige statt der ersten. Das neue Leben in mir wuchs also und wuchs, ich aber verfiel äußerlich immer mehr, direkt proportional dem wachsenden neuen Leben. Dazu die schwere Hausarbeit, die das neue Leben zwar nicht am Wachsen hinderte, mich aber von meiner täglichen Mindestpflege immer ferner und ferner hielt. Ich war zwar erst knapp 16, aber je mehr das neue Leben in mir wurde, desto mehr Haare und Zähne fielen mir aus dem Kopf, was nicht unbedingt nötig gewesen wäre, wenn ich die kosmetischen Tricks angewendet hätte, die man anwenden muß, um Haare und Zähne bei sich behalten zu können. Ich war nicht schlecht entstellt! Ich hatte bisher immer versucht, meinen Verstand, zum Beispiel durch Fernsehsendungen, auf dem laufenden zu halten. Jetzt mußte ich jedoch gerade zur Fernsehzeit immer öfter meinen Gatten aus dem Gasthaus nach Hause holen, er war zur Zeit des Hauptabendprogramms immer schon völlig be-

trunken. Der Gang vom Gasthaus nach Hause war ein schwerer
Gang, oft fielen wir gemeinsam über Hindernisse oder er schlug
mich in eine Höhlung im Boden mit der Faust hinein. Dennoch war
ich froh, ihn heil und ganz nach Hause gebracht zu haben. Hätte er
sich nämlich erst später angesoffen, so hätte ich ihn in der Frühe
zum Arbeitsgang nicht mehr aus dem Bett bekommen. So aber
schaffte er es immer gerade noch, diesen schweren Gang anzutre-
ten. Auch ich würde bald meinen schweren Gang ins Krankenhaus
antreten müssen, um die Geburt zu vollziehen. Während der Zeit,
in der ich mich Mutter werden fühlte, begann also die Entfremdung
zu meinem Manne, die sich bald rapide ausbreitete und alle Berei-
che des täglichen Lebens umfaßte. Denn mein einziges Kapital,
mein früher schlanker und daher sowohl kosmetisch wie klei-
dungsmäßig leicht zu behandelnder Körper sagte mir jetzt leider
den Dienst auf. Das heißt, mit der Schlankheit war es jetzt aus. Das
Wichtigste ist nämlich immer, daß überhaupt eine Basis da ist, auf
die man aufbauen kann, in meinem Fall war mein schlanker Körper
diese Basis, die jetzt weg war. Bald begann mein Mann mich bald
hierhin und bald dorthin zu treten. Manchmal hatte ich Glück, und
er fand eine Stelle, die weniger schmerzte, so die Oberschenkel
oder den Hintern, manchmal jedoch hatte ich Unglück, und er traf
eine Stelle, die mehr schmerzte, weit mehr, den Bauch beispielsweise. Selbst während meiner Schwangerschaft war ihm mein
Bauch offenbar nichts Heiliges, was er doch sein sollte, sondern etwas Unheiliges, das man treten durfte. Dennoch konnte die
Schwangerschaft erhalten bleiben. Hier steht, daß man die gymna-
stischen Übungen unter allen Umständen aufrechterhalten muß.
Die andren Umstände waren für mich aber eine solch schwere Belastung, daß die Übungen auf der Strecke bleiben mußten. Was zwischen Mann und Frau wichtig ist, ist die gegenseitige Achtung.
Mein Mann konnte diese leider für mich nicht mehr aufbringen,
weil ich mich körperlich so gehen ließ. Ich weiß, ich hätte mich gegen diesen inneren Drang, der mir ständig sagte: lasse dich fallen,
zur Wehr setzen müssen, hätte dagegen ankämpfen müssen, vielleicht, wer weiß, hätte ich sogar gesiegt, und der Drang, mich fal-
lenzulassen, wäre unterlegen. Aber da fühlte ich plötzlich eine Panik in mir aufsteigen, die mir sagte: kosmetische Pflege, selbst
wenn es nur die allermindeste Grundpflege ist, kostet Geld. Dieses
Geld vertrank mein Mann. Kaum, daß mein Mann gehört hatte,

daß ich mich Mutter werden fühlte, ging er schon ins Wirtshaus und kam nicht mehr heraus, außer, um mich zu schlagen und zu treten. Manchmal gab er mir auch zu bedenken, daß wir platzlich viel zu beschränkt für Kinder wären, weil wir doch nur dieses eine kleine Zimmer im Hause meiner Eltern bewohnten. Am liebsten wäre ihm gewesen, ich hätte mich in Luft aufgelöst oder wäre mit dem noch ungeborenen Leben verstorben, nur damit ich und das ungeborene Leben keinen Platz einnehmen. Obwohl mein schlanker Körper früher weniger Raum eingenommen hatte als weniger schlanke Körper, war das jetzt zu Ende, und ich nahm von Tag zu Tag mehr Raum ein, je mehr ich mich Mutter werden fühlte. Zuerst sagte mein Mann: eines Tages werde ich nicht mehr zur Tür hereinkommen, wenn ich todmüde von der Arbeit heimkomme, wenn du und dein Bankert noch mehr Platz verbraucht, dann wieder versuchte er durch die obengenannten radikalen Methoden, meinen Bauchumfang auf das normale und natürliche Maß zu reduzieren. Es ist ein großes Glück, wenn man sich Mutter werden fühlt, ich aber fühlte nur die Schläge meines Gatten auf meinen nun ungeschmeidigen und daher zu wenig wendigen Leib herniederhageln. Es ist eine Zeit der inneren und äußeren Vorbereitung für eine Frau. Ich bin eine Frau. Ich war aber fast immer unvorbereitet, wenn die Schläge kamen, obwohl ich sie stündlich erwartete. Manchmal, wenn ich ausnahmsweise versuchte, in meinen Kopf ein wenig Abwechslung und Zerstreuung vom täglichen Einerlei hineinzubringen, indem ich mir etwas im Fernsehen anschaute, holte er mich gleich wieder von der Abwechslung und Zerstreuung weg, führte mich aus dem Wohnzimmer meiner Eltern in unser Zimmerchen und schlug mich dort manchmal sogar auf den Kopf, der doch wendig bleiben sollte, was ihm langsam ebenso schwerfiel wie meinem Körper. Ich glaube, mein Gatte wünschte insgeheim, daß das Ungeborene auch ein Ungeborenes bliebe und niemals ein Geborenes würde, was ihm eines schönen Tages beinahe auch gelungen wäre. Wenn man mir nicht im Spitale Leib und Seele zusammengehalten und das Ungeborene daran festgebunden hätte, wer weiß, vielleicht wären heute mein Leib und meine Seele schon getrennt voneinander. Beides wurde jedoch errettet. Es war eine schöne Zeit, gutes Essen, oft Fleisch, dennoch holte mich mein Gatte wieder aus dem Spitale heraus, weil ich die Hausarbeit zu verrichten hätte, wer verrichtet sie denn sonst? So war denn auch diese schöne Zeit wieder zu Ende, ich erinnere mich noch heute gerne daran. Doch mein Gatte wünschte mich an seiner Seite zu haben, wo die Frau hingehört. Ich nahm also wieder meine täglichen Pflichten an seiner Seite auf. Jetzt ging es ja wieder mit ein wenig frischeren Kräften vorwärts, das werdende Leben in meinem Bauch war wieder für einige Zeit saniert. Im Spitale hatte ich einige neue Haarschnitte in einer Illustrierten gesehen. Haarschnitte, welche ich aber leider an mir nicht ausführen lassen konnte. Hätte ich es doch getan! Daß ich es nicht tat, war sicher ein Fehler, der sich sogleich an mir rächte, indem ich für meinen Mann immer unansehnlicher wurde, das werdende Leben fraß mir quasi die Haare vom Kopf, ein neuer Kurzhaarschnitt hätte vielleicht retten können, was noch zu retten war, was nicht mehr viel war, aber diesen Traum mußte ich austräumen, noch bevor er richtig angeträumt war. So blieb denn alles beim alten. Mein Gatte wäre vielleicht mit einer neu kurzgeschnittenen Frau zufrieden gewesen, noch zufriedener aber war er mit einem oder mehreren Litern Alkohol in sich. Trotzdem quälte mich noch immer der Gedanke, daß ich kosmetisch und gymnastisch mehr hätte vorsorgen können für den Fall, der jetzt eintrat, nämlich mein körperlicher Verfall, der sich unter andrem auch in Wasser in den Beinen äußerte, welches mir das Gehen zu einer langwierigen und zeitraubenden Angelegenheit machte. Es ist ganz natürlich und ungefährlich, daß Frauen, die werdende Mütter sind, Wasser in den Beinen haben, es pflegt nach der Geburt spurlos zu verschwinden. Dies ist eins von den wenigen Dingen, die keine Spuren in einem Menschen hinterlassen. Das Wasser verschwand wirklich spurlos, und das Kind war ein gesundes Kind, später sollte ihm noch ein zweites nachfolgen.

Hatte ich mich früher nach kosmetischer Pflege und mehr Zeit für Gymnastik gesehnt, so sehnte ich mich nun unbegreiflicherweise nach einem besseren Leben, von dem ich annahm, daß es für mich besser geeignet wäre als ein schlechteres. Sicher war es ein Fehler von mir anzunehmen, ich hätte ein Anrecht auf ein solches, vielleicht war alles, worauf ich ein Anrecht hatte die Tatsache, daß ich gesunde Kinder hatte. Es gibt welche, die das nicht von sich behaupten können. Und auch ich, die Mutter, war gesund. Das war ein Glück, von dem viele behaupten, es wäre ein unverdientes Glück, weil unter diesen vielen auch solche sind, die ungesunde bis kranke Kinder ihr eigen nennen. Auch mein Gatte war den Umständen entsprechend gesund. Die Umstände waren dagegen beinahe ungesund in diesem einen kleinen Zimmer, in dem vier Personen lebten, eigentlich nur drei, denn Kinder unter 14 Jahren sind halbe Personen, so sagt es der Gesetzgeber, wenn es sich darum handelt, wie viele Personen in einem Personenkraftwagen fahren dürfen. Vielleicht war es mein Fehler, daß ich diese Lebensumstände in lebenswerte verwandeln wollte, in lebenswerte Umstände meine ich. Es hätte mir genügen müssen, daß wir alle satt zu essen hatten, wofür mein Gatte aufkam, nachdem er einen nicht unwesentlichen Teil seines Wochenlohnes für alkoholische Zwecke abgezweigt hatte. Ich sehe auch ein, daß die Lebensumstände meines Gatten ebenfalls nicht die angenehmsten waren, hatte er doch, außer den unangenehmen Lebensumständen daheim, die wir mit ihm teilten, auch noch die unangenehme und schwere Arbeit im Wald zu vollbringen. Immerhin wohnten wir nur zu dritt, wenn nicht zu zweit, in dem kleinen Raume, während er draußen eifrig am Bäumefällen war. So wenig, wie es mich aber befriedigte, zu dritt in einem kleinen Raume zu leben, so wenig befriedigte es mich, zu viert in demselben kleinen Raume zu leben und außerdem immer von der spannendsten Stelle im Fernsehen weggeprügelt zu werden, teils wegen Nichtigkeiten, teils jedoch wegen, wie ich zugeben muß, wichtigen Eheverfehlungen wie einem wegen des »Kommissar« ungewaschen gebliebenen Geschirr. Wo mein Mann recht hatte, hatte er recht. Haushalt und Kinder dürfen nicht unter den Auswirkungen des »Kommissar« leiden. Wenn Haushalt und Kinder nicht unter dem »Kommissar« litten, litten sie in zunehmendem Maße leider unter einer gereizten und oft auch mürrischen Mutter, nämlich unter mir, die ich mir einbildete, unter einer unerträglichen Belastung zu stehen, die vor allem nervlich in Erscheinung trat, die aber in Wirklichkeit sicher eine erträgliche gewesen ist. Beweis: ich habe sie ertragen. Und das sogar mehrere Jahre! Das wiederum beweist, daß es doch letzten Endes meine Schuld gewesen sein muß. Nachdem ich auf die tägliche Gymnastik für Bauch und Hüften sowie auf Lippenstift und Lidschatten verzichten mußte, hätte ich dafür einen weniger vergänglichen, einen bleibenden Ersatz, nämlich meinen Gatten, die Kinder sowie den Gesamthaushalt suchen und finden müssen. Ich hatte meinen Gatten, die Kinder sowie den Haushalt zwar gesucht und gefunden, sie waren mir aber auf die Dauer kein Ersatz. Also blieb in mir eine gewisse Oberflächlichkeit erhalten, obwohl mein Leben doch wahrhaftig genug Tiefe hatte, so hinterließen z. B. die Schläge, die auf mich niederprasselten, doch oftmals ein tiefes Gefühl des Hasses gegen den Schläger in mir, der Geschlagenen. Anschließend beging ich dann den, wie ich glaube, entscheidenden Fehler, Geld als die Lösung dieser Probleme zu sehen, was niemals eine wirkliche Lösung sein kann, da man die entscheidenden Dinge im Leben, wie allgemein bekannt ist, durch Geld nicht erkaufen kann, Gesundheit zum Beispiel, wie ich schon ausgeführt habe. Statt dessen wollte ich immer mehr und gewaltsam erkaufen. Etwas, das man mit Gewalt erreichen will, geht oftmals schief. Etwas, das man aber mit Geld erkaufen kann, kann man auch kaufen, vorausgesetzt, daß man dieses Geld überhaupt sein eigen nennt. Geld bewegt die Welt. Das ist eine einfache Rechnung. Vielleicht war es wirklich meine Schuld, aber die Prostitution für Geld, die ich schließlich zu vollführen als meinen einzigen Ausweg sah, brachte mir wirklich soviel ein, daß ich mir dafür ein sorgenfreies Leben hätte leisten können, besonders in unsrer Gegend, wo das Angebot an Prostituierten so gut wie nicht vorhanden ist. Oder sagen wir besser, hätte mir soviel eingebracht, wenn nicht unrecht Gut nicht gedeihen würde. Das durch Prostitution erworbene Geld war nämlich dieses unrechte Gut, das auch in meinem Falle nicht gedieh. Das alles merkte ich spätestens an dem Tag, an dem alles herauskam, daß nämlich dieses Gut, das ich da so eifrig erwarb, ein unrechtes und nicht gedeihungsfähiges war. Ich hatte es erworben mit Hilfe meines kosmetisch ungepflegten, leider, möchte ich sagen, beinahe verwahrlosten Körpers, der dennoch immerhin kein weiblicher genannt zu werden verdiente, dessen wenig Haare noch immer ungeschnitten, dessen abgebrochene Fingernägel noch immer unlackiert, dessen Absätze immer noch schiefgetreten und nicht erneuert waren, und so weiter. Ich hatte es erworben, obwohl kaum noch etwas Reizvolles an mir zu finden war, nicht einmal mit einer Lupe, und dennoch genügten offenbar die wenigen typisch weiblichen Merkmale und Kennzeichen, um einen schwunghaften kleinen Handel damit aufzuziehen. Doch gerade in dem Moment, da ich daran gehen konnte, mich wieder ein wenig herzurichten, war es auch schon wieder zu Ende mit der Hege und Pflege, denn da hatte sich schon die Tatsache, daß unrecht Gut nicht gedeiht, als zutreffend herausgestellt. Durch einen blöden Zufall. Meine Kinder und meinen Gatten war ich dann auch rasch los, schneller als ich schauen konnte. Gerade jetzt, wo ich wieder etwas gehegtere Weiblichkeit für ihn in petto gehabt hätte. Ausgerechnet jetzt, wo ich wieder damit beginnen konnte, mich zu attraktivieren, mußte das passieren. Das unrecht erworbene Gut schrumpfte in der Folge noch rascher zusammen als das rechtmäßig Erworbene, wie mir scheint, und zwar schrumpfte es während der Zeit nach der Scheidung, als ich mir eine Stelle suchen mußte, die ich dann auch fand. Freilich, Kapital, das ruht und nicht arbeitet, ist schnell zu Ende. Ich selbst mußte arbeiten, durfte nicht ruhen. Es war vielleicht auch ein gewisser Fehler von mir, daß ich nicht mit dem unrecht Erwerben weitermachte, was eine leichte, wenn auch ziemlich ekelhafte Erwerbstätigkeit darstellt, dennoch wollte ich, wenn ich schon keine Familie mehr mein eigen nannte, doch wenigstens Güter rechtmäßig erwerben. Es war vielleicht ein Fehler, daß ich die Prostitution sausen ließ und mich der Fabriktätigkeit zuwandte, bei ersterem wäre sicher mehr zu holen gewesen, aber es hatte mir schon einmal kein Glück gebracht, und so wird es mir vielleicht auch ein zweitesmal kein Glück bringen, vor allem, wo ich doch darauf hoffen kann, daß ich bei meinem Aussehen bald einen Freund haben werde, der vielleicht beruflich eine saubere Tätigkeit ausführt und keinen Tropfen Alkohol anrührt. Dann wird sich vielleicht die Investition, die darin besteht, daß ich eine rechtmäßige Tätigkeit ausübe, nämlich eine Fabrikarbeit, rentieren, nämlich in einer neuerlichen Ehe und neuerlichen Kindern. Diese Chance will ich mir nicht durch neuerliches Erwerben von unrechtem Gut vermasseln. Es kann nämlich leicht zu einer schlechten Gewohnheit werden, Unglück zu haben oder Unrecht zu tun, was dasselbe ist. Ich möchte nun auch bald zu den Leuten gehören, die gewohnheitsmäßig und sogar rechtmäßig Glück haben, wie der Besitzer dieser Fabrik zum Beispiel, um nur einen zu nennen, dieser Fabrik, in der ich hier mein Brot und meine Kosmetika verdiene. Letztere stellen ein sogenanntes EXTRA dar, das mir jedoch sehr gelegen kommt, gehört es doch zu den rechtmäßigen Investitionen, die darauf zielen, eine neue Ehe und einen neuen Hausstand mit einem neuen, frischen und unverbrauchten Menschen zu gründen. Auf diese Weise werde ich zwar nicht viele Güter erwerben können, doch werden diese wenigen Güter auch gedeihen. Auf die andre und unanständige Weise würde ich zwar viel mehr Güter erwerben können, sie würden aber in meiner Hand nur Unglück bringen und keineswegs gedeihen. Unglück habe ich genug gehabt. Jetzt will ich einen Aufstieg nehmen. Ich habe aus meinen Fehlern der Vergangenheit gelernt, was eine Leistung ist. Einmal ist es schon mein Fehler gewesen, ein zweites Mal soll es nicht mein Fehler werden. Da muß alles streng legal zugehen.

(1976)

JULIAN SCHUTTING

Vier Uhr zwanzig

nie im Leben seid ihr so zeitig auf einen Schulausflug gefahren, und um vier Uhr früh singen noch keine Amseln und es riecht auch noch lange nicht nach frischem Brot!, hat mir die Mutter – worauf eigentlich? – eben erwidert, das ist schon möglich, aber das ändert bitte nichts daran, daß ich morgen – was eigentlich? –, antworte ich etwas gereizt, aber hast du nicht einen späteren Zug?, fällt der Vater in mein: wir haben doch alles besprochen! ein. mein Gott, sage ich, fängt jetzt – was eigentlich? – alles wieder von vorne an, das ist doch sinnlos, ich habe doch alles mit euch besprochen und ihr habt euch – womit nur eigentlich? – einverstanden erklärt, jetzt könnt ihr nicht auf der einen Seite meinem Glück nichts in den Weg legen zu wollen bedauern, ich meine: beteuern, und auf der anderen mich hinzuhalten, also: festzuhalten suchen, indem ihr mir immer noch einen Tag zuzugeben abbettelt!

aber es geht doch alle Finger lang ein Zug!, die Mutter.

jetzt weiß ich es: wann, sagst du, geht dein Zug?, hatte der Vater, um wieder eine Debatte über den ungewöhnlichen Zeitpunkt meiner Abreise und somit indirekt auch über die bevorstehende Trennung vom Zaum zu brechen, das Gespräch, dem, seit ich nicht mehr zu Hause lebe, viele ähnliche, oft bis in den Wortlaut mancher Sätze gleiche Gespräche vorangegangen sind, eröffnet, um vier Uhr zwanzig, das weißt du doch, hatte ich erwidert, ich werde daher bald schlafengehen. um vier Uhr zwanzig!, hatte der Vater nach den bitteren Bemerkungen der Mutter, er müsse sich endlich damit abfinden, daß mit mir nicht zu reden sei, daß ich Rat und Bitten der Eltern ausschlüge und mir aus dem ihnen zugefügten Kummer nichts mache, noch einmal mir Vorwürfe zu machen und mich dadurch zum Bleiben zu überreden begonnen, hast du denn keinen späteren Zug?, und das das Stichwort für die Mutter, die vertrauten Klagen folgen zu lassen: sie würde ja nichts sagen, wenn ich dringend erwartet würde und einen Anschluß versäumen könnte, aber ich müßte ja nicht einmal umsteigen, und besonders verletzend, wie sehr ich mir anmerken ließe, daß ich die alten Eltern zu verlassen nicht mehr erwarten könne – sicherlich sei das, was ich ihr erzählt hätte, schrecklich, aber ich brauchte deshalb doch nicht so stur an einem doch nur voreilig gegebenen Versprechen, wenn sie bedenke, was für ein fröhliches und einsichtiges Kind ich gewesen sei.

Ich hätte ja recht, sekundiert ihr, mich zu einem: also gut, ich warte ab! zu bewegen, der Vater, was hätten mir die Eltern schon zu bieten, wo mich nichts, was von ihnen komme, wo mich doch überhaupt nichts mehr interessiere, aber warum ich wirklich schon nächsten Morgen und ausgerechnet um vier Uhr zwanzig, ich könnte ihnen doch den kleinen Gefallen tun, wenigstens zum Mittagessen, allerwenigstens zum Frühstück zu bleiben, was ich denn zu versäumen glaubte, wo mir doch ohnehin alles gleichgültig sei, eine so bescheidene Bitte bei all dem Kummer, den ich ihnen zugefügt hätte, zufügen würde, ob ich nicht sähe, wie verständnisvoll die Mutter trotz meinen verletzenden und schockierenden Mitteilungen – welchen eigentlich? – sei, und ihnen auch noch den letzten Abend mit mir zu verderben, sei rücksichtslos, nein: nur unüberlegt, ich solle mir ihre Bedenken noch einmal durch den Kopf etcetera, immer erst um sieben Uhr zehn gefahren, eine solche Entscheidung gründlich überlegt werden, nachher ist es zu spät und dann hast du es! aber Vater, wir haben doch alles – natürlich mir nicht dreinreden wollen, die Mutter, aber sie werde meinetwillen unruhig schlafen, wenn auch nicht das erste und schon gar nicht das letzte Mal, und wenn wir endlich schlafen, wird sich der Vater viel zu früh anzukleiden beginnen, und im übrigen habe er recht – warum wirklich um vier Uhr früh. wann geht dein Zug, sagst du, um vier Uhr *früh*, reißt der Vater das Gespräch noch einmal zurück, mein armes Kind, hast du es so eilig, kannst du nicht

ich habe euch bitte alles erklärt und alles mit euch besprochen, ich bedaure es fast!, unterbreche ich nun die Mutter, erkläre den Eltern noch einmal, daß ich schon früher aufbrechen bzw. zurückkehren wolle – ich habe euch bitte vorgeschlagen, ich fahre heute um fünfzehn Uhr: heute nachmittag möchte ich fahren, aber spätestens morgen früh muß ich von hier weg sein, habe ich euch gesagt, stimmt's?, und dann habe ich mir von euch einreden lassen, daß heute ein Sonderzug eingeschoben wird, natürlich nicht, so leid mir das nun tut, denn dann wäre ich schon über alle Berge! aber morgen wird ab sechs an der Strecke gearbeitet, da kann es lange dauern, die Züge fahren oft im Schrittempo und bleiben auf freier Strecke stehen, alle Fernzüge letzte Woche verspätet.

aber du bist doch immer mit dem sieben-Uhr-zehn-Uhr gefahren, der Vater, um vier Uhr früh geht doch gar kein Zug, denn der fährt durch, seit wann halten bei uns Expreßzüge, und was glaubst du wirklich zu versäumen, wenn du drei Stunden später ankommst, sag uns das, vielleicht können wir dir helfen!

wieso helfen?, antworte ich etwas gereizt, ihr habt alles – was eigentlich? – eingesehen, und ich nehme schon an, daß ich erwartet werde, ich möchte es jedenfalls glauben! und davon abgesehen, der sieben-Uhr-zehn-Zug kommt nicht in Frage, eure geschwätzigen Kreisgerichtsbeamten nehmen ihn, die lassen einen nicht in Ruhe, jedes Mal hat mich einer, selbst wenn ich schlief oder mich schlafend stellte, so lange angestarrt, bis es mir zu dumm war, außerdem alle Arbeiter der... Fabrik unterwegs, manchmal stehen sie auf den Trittbrettern, so besetzt ist der Zug!

aber du hast uns noch einen Spaziergang nach... versprochen, der Vater, nicht einmal diese Bitte wirst du uns erfüllen! und ich werde vor Nervosität nicht einschlafen können, wenn schon du kein Reisefieber hast!, die Mutter, aber du hast, weiß Gott, ganz anderes im Kopf, Fernweh ist kein Wort dafür, vielleicht wirst du Heimweh haben! und wenn man mit dir reden könnte, würde ich sagen: bleib in der Heimat – so fahr wenigstens nicht vor morgen mittag!

den Spaziergang können wir ja noch machen, aber das ändert nichts daran, daß ich den Frühzug nehme, ich hab mir vorgenommen, wie damals, als wir mit der Schule nach... fuhren, in der Dämmerung zur Bahn zu gehen, die Amseln singen und es riecht nach frischem Brot, ich brauche ja nicht ausgeschlafen zu sein, im Gegenteil, ich werde mir einen Platz gleich weiterzuschlafen suchen, und daß ihr mich begleitet, kommt nicht in Frage, ich gehe allein!

Nie im Leben seid ihr so zeitig, die Mutter, und es riecht noch nicht nach frischem Brot und es singen noch lange keine Amseln, aber wir bringen dich an die Bahn, so haben wir es in den letzten Jahren gehalten, jetzt dulden wir keine Widerrede – es hat den Vater damals so gekränkt, daß du dich vor den Klassenkameraden geniert hättest, von deinen Eltern zur Bahn gebracht zu werden, wir kommen mit, wenn du uns schon nur mehr so kurz die Ehre erweist, wer weiß, wann wir uns wiedersehen, ob überhaupt jemals wieder, und wir könnten ohnehin nicht mehr schlafen!

wie ihr wollt, ich wollte euch nur die Strapaze ersparen, aber so werdet ihr sehen, daß die Amseln singen und es überall nach Brot riecht! ›Strapazen‹ nennst du das, die Mutter, du bist ja sonst nicht so rücksichtsvoll, laß endlich das Brot aus dem Spiel und such uns nicht, für solche Sentimentalitäten sind wir heute zu traurig, auf die Amseln abzulenken!

und dann kehren Teile aus alten Gespräche wieder: ich selber würde den Wecker aufziehen, die Mutter täte mir nichts Gutes, ihn unter der Teehaube ablaufen zu lassen; die Eltern sollten mir nicht unterstellen, es habe mir zu Hause nicht gefallen, aber wir hätten den Termin – welchen eigentlich? – genau besprochen und sie wüßten genau so gut wie ich, daß ich mich von einem mir wichtigen Vorhaben – was für einem nur? – nicht abhalten ließe, sie könnten mich gerne bis zur Bahn begleiten, ich hätte es ihnen nur ersparen wollen, aber von einem Mitkommen sei nie die Rede gewesen, und sie sollten nur ja nicht glauben, daß am Morgen mit mir über die ganze Angelegenheit – welche nur? – auch nur ein Wort zu reden sei, aber wenn sie es mir unbedingt schwerer machen wollten, könnten sie sich von mir an der Bahn verabschieden – nur müßten wir dann, da der Vater langsam gehe und ich mich von seinem Alter den Zug zu versäumen nicht erpressen ließe, vor vier Uhr das Haus verlassen, auch ich wolle mich im letzten Moment nicht hetzen müssen –

plötzlich ist es vier Uhr früh, die Amseln singen wie in der Kindheit, in der Stadt riecht es nach frischem Brot und der Wind trägt den Geruch herüber. wir gehen quer durch das Ybbsfeld zum Bahndamm, die Eltern treten, mir zu winken, von der Böschung zurück, sobald ich mir oben meinen Platz gesucht habe, und winken mit dem Taschentuch, als ich mich, während mein Zug immer lauter wird, im Nachthemd nach ihnen umdrehe und die Augen schließe.

(1976)

W.

W. ist nicht gleich vom Vater weg in die Stadt gezogen, sondern war, nachdem ihn sein Stiefbruder, ein junger aufstrebender Landunternehmer, der einer Arbeiterfamilie entstammte und zu dem er voller Hoffnung vom Vater geflohen war, abgewiesen und ihm gesagt hatte, daß er ihn nicht in seinem Betrieb beschäftigen könne, auf halbem Wege zwischen der eigentlichen Stadt und dem Wohnort seines Vaters ratlos und verzweifelt bei seiner werktätigen Mutter am Rand einer Kleinstadt gelandet. Er war da, er lebte, aber der gesamte Mensch, der von Kind auf im Betrieb seines Vaters gearbeitet hatte, war durch die Züchtigungen und all die kopflosen Reden, die er hatte über sich ergehen lassen müssen, niedergewertet und trug eine enge, unverstandene und gehaßte Welt in sich. Die verlassene entsetzlich vertraut, die neue schrecklich fremd. Alles, was er von Vater und Stiefmutter gelernt hatte, war dieses blöde katholisch-alpenländische Ertragen von Härten und Hinnehmen von Schmähungen und Erniedrigungen. Eine jämmerlich bezahlte Arbeit in einer kleinen Landfabrik war bald gefunden. Abends und an Feiertagen konnte er bei der Mutter essen, schlafen auch, ebenso versorgte sie ihn mit frischer Wäsche. Da die Mutter nie in ihrem Leben zu etwas anderem Zeit gehabt hatte, als sich das Notwendigste für ihren Unterhalt zu verdienen, konnte sie ihm die Welt, in die sie ihn hineingeboren hatte, nicht erklären. Daß ihm nichts geschenkt werden würde, hatte er selber schon begriffen. Hoffnung und langjähriges Ziel seines Ausbruchs waren auch nicht sie, sondern der Stiefbruder und dessen Unternehmer gewesen. Sie war ihm fremd, denn er hatte sie wie die meisten von einem Elternteil ausgebeuteten Kinder nur selten besuchen dürfen. So suchte er, was ihm als Kind entgangen, unter den Fremden und wurde schon bei der geringsten Freundlichkeit verlegen, verwechselte sofort die Interessen und glaubte, alle Menschen wären ihm auf einmal wohlgesinnt. Das Geld, das er für seine Arbeit bekam, reichte, um seinen Lebensunterhalt bestreiten zu können. Die Hälfte seines Lohnes zahlte er der Mutter für Quartier, Essen und sonstigen Haushaltsaufwand. Für die andere Hälfte hätte er sich ein warmes Wirtshausmittagessen, Vormittagsjause, Arbeitskleidung kaufen und sich nach und nach überhaupt neu einkleiden können. Das Wenige, das er von seinem unfreiwilligen Zuhause zum Anziehen mitgebracht hatte, war abgetragen und zu klein geworden. Um die Mutter nicht allzusehr zu erschrecken, log er, daß er genügend Taschengeld gespart habe und ohne Schwierigkeiten bis zum ersten Zahltag damit auskomme. In Wirklichkeit war ihm nur soviel geblieben, daß er sich nach der Arbeit zwei Bier kaufen konnte. Statt zu Mittag zu essen, ging er im Ort spazieren. Vormittags, während sich die anderen im Aufenthaltsraum stärkten, drückte er sich auf dem hinteren Fabrikgelände herum. Am Zahltag war er so aufgeregt, sein erstes selber verdientes Geld in Empfang nehmen zu sollen, daß ihm gar nicht auffiel, wie mißtrauisch und mürrisch viele andere dies bereits taten. Einige Stunden später hatte er das Geld beim Kartenspielen an Fuhrunternehmer verloren und wollte sich in den Fluß stürzen, wurde aber, als er glaubte, endlich mit sich und der Brücke allein zu sein, von einer Gruppe junger Männer, die, als sie näherkamen, ihn als ihren Arbeitskollegen erkannten, überrascht. Er lachte und sagte, er habe schon geglaubt, Polizisten kämen auf ihn zu. Er müsse jeden Tag zweimal über diese Brücke, aber noch nie habe er es geschafft, sich auf ihr in Ruhe das Wasser abzuschlagen. Sie kamen gerade aus einem Lokal und wollten ihn ins nächste mitnehmen. Mit Ausreden, die sie ihm nicht abnahmen, machte er sich von ihnen los und ließ sie im Glauben, daß er zu seiner Freundin wolle. Auf dem Weg nach Hause fiel noch einmal der ganze innere Redeschwall, der ihn schon nach dem Verlassen des Wirtshauses überfallen hatte, tüchtig über ihn her. Dieser Redeschwall, dem er schon als Kind hatte entrinnen wollen. Es war aber zu finster in ihm, um sich von den Gedanken an sein Mißgeschick, dessen Schuld er sich zur Gänze selber zuschrieb, losreißen zu können. Auch die Landschaft, durch die er in seinen tiefen Verzweiflungen ging, war finster und hatte es nie zu etwas anderem als zu einer rohen und ausgelassenen Heiterkeit gebracht. Die bäuerliche Gemeinschaft, deren Gehöfte zu beiden Seiten des Tales bis zur unteren Waldgrenze hinaufreichten, war gebrochen und durch das ständige Abwandern in Verdruß und Schweigen gestürzt. Unten im Tal und an den Hängen hatten die Bewohner, die sich rasch dem Fremdenverkehr und der mit ihm aufkommenden und vielfach nur mit dem Fremdenverkehr zusammenhängenden Industrie zugewandt hatten, unter viel Verzicht neue Häuser in die Landschaft gebaut und taten es immer noch. Das Leben hatten sie dabei auf den Kopf gestellt.

Sie sprachen nicht über dieses Leben, sondern von der Arbeit, die sie verrichteten, von Dingen, von Leistung und Ausdauer. Daß sich immer wieder welche von ihnen umbrachten und bei Selbstmordversuchen ertappt wurden, merkten sie zwar, lasen es in der Zeitung und sprachen auch davon, wo dieser Mensch zuletzt noch überall gesehen worden war, aber sie empfanden es nicht als Verlust, sondern gingen schnell dazu über, die Lücke, die ein solcher Mensch im Arbeitsprozeß hinterlassen hatte, durch einen anderen zu füllen.

Die Leute, die in der Stadt das Radioprogramm für das Land planten und zusammenstellten, kannten das neue Land von der Durchreise und von Aufenthalten, pflegten aber noch immer eine alte, bäuerliche Landschaft, in der die Menschen mitfühlend und in Geborgenheit lebten. Wenn es diese Rundfunklandschaft gegeben hätte, wäre kein Landbewohner auf die Idee gekommen, aus ihr wegzugehen, geschweige denn in ihr zu bleiben und sich in ihr, ohne eine Auskunft zu hinterlassen, umzubringen.

Eine Weile schwankte W., ob er nicht umkehren und zur Brücke zurückgehen sollte. Er blieb immer wieder stehen. Wenn nicht überall Zäune wären, kam ihm vor, könnte er auf Gedeih und Verderb in irgendeine Richtung davongehen. In der Gleichgültigkeit, in der ein Mensch mit sich nichts mehr anzufangen weiß, torkelte er aber doch in die Richtung des Hauses, in dem seine Mutter wohnte. Er wartete in der Nähe und betrat es schließlich, als ihm schien, daß Warten auch keinen Sinn hätte. Die Mutter, die sich freute, daß er schon so bald gekommen war, setzte ihm das Nachtmahl vor und war neugierig, wie die Bezahlung ausgefallen war. Er konnte es ihr nicht erklären, warum er nicht den Mut gehabt hatte, die Vertraulichkeit abzuweisen, mit der ihn die Fuhrunternehmer, die ihn die Abende zuvor nur mit Blicken beachteten, auf einmal angesprochen hatten, und zu sagen, er spiele nicht Karten und schon gar nicht um so hohe Beträge. So gab es Tränen und Verdruß. Alles, was er tun konnte, um sich den Aufenthalt in der Wohnung erträglicher zu machen, um von der ausweglosen, erdrückenden Stimmung, in der seine und ihre Gedanken befangen waren, abzulenken, war Radiohören und Zeitunglesen. Um den Verdruß nicht zu vermehren, sagte er auch nicht, wie es um ihn stand, sondern schleppte sich über die Brücke in die Fabrik, arbeitete und ging mit knurrendem Magen den Kollegen in den Pausen aus dem Weg.

Er war aufgebrochen, um zu leben, aber die mühsame Arbeit in Gedanken und inneren Monologen, die W. sich im Betrieb und im Haus seines Vaters gemacht hatte, um das, was über seine Person gesagt wurde, und das, was er von sich selber dachte, auseinanderzuhalten, war nach einer halbstündigen Zugfahrt im Haus seines Stiefbruders endgültig zusammengebrochen. Er kam ja nicht zu Sussak, um ihn um Geld anzugehen, sondern brachte sich, sein Leben mit und wollte ihm einen Teil davon verkaufen. Er hatte sich ganz auf Sussak eingestellt und nicht damit gerechnet, daß es ihn in diese Kleinstadt, in der er schnell zum Gefangenen seines früheren Jammers wurde, verschlagen könnte.

Früher hatte er Gegner, mit denen auseinanderzusetzen es sich lohnte. Jetzt hatte er nur noch sich und seine Unzulänglichkeiten. Er sah nur sich und ging nur gegen sich selber vor. Es fehlte ihm nicht an Vorsätzen, sich zu ändern, aber die geringste Vertraulichkeit genügte, um von seinen heimlichen Versprechungen abzukommen. Das wußten die anderen. War doch das gegenseitige Sich-vom-Heimgehen-Abbringen und das Anhängen von Räuschen die hauptsächliche Unterhaltung in den Wirtshäusern.

W. wurde oft rückfällig.

Sein Überleben hing auch nicht von seinem Willen ab, sondern davon, ob immer gerade dann, wenn er sich über das Brückengeländer in den Fluß stürzen wollte, Leute auf die Brücke zukamen oder im letzten Moment Autoscheinwerfer auftauchten, so daß er sich später oft ganze Abende in Wirtshäusern kopfschüttelnd nur über diese Zufälle wunderte, und einige Wirtinnen, die ihm kopfschüttelnd zuhörten, wunderten sich auch, vergaßen aber nicht, während er von seinem selbstmordbedrohten In-die-Stadt-Kommen erzählte, ihm zwischendurch das Glas zu füllen, was er spätestens, wenn er das Lokal betrunken verließ, auch merkte.

Kennengelernt hatte ich W. in der Folterknechtstube. Was mir sofort an ihm auffiel, war, daß er mit seiner Person gut umgehen konnte. Was einer meiner früheren Bekannten, um mit seiner vielfältigen Existenz niemanden zu erschrecken, durch Ruhe und mit

Hilfe von Betrachtungen und allgemeingültigen Aussagen erreicht hatte, gelang W. durch ständiges Wechseln des Erzählorts, vorausgesetzt, daß sein Begleiter ein interessierter Zuhörer war.

Wirtsleute der älteren Generation, die noch mit einem beschützenden Blick auf ihre Gäste geschaut hätten, seien darauf aufmerksam geworden, daß er, W., in Gefahr sei. Diese Wirtsleute hatten, nachdem er mit Selbstmordgedanken vom Kartenspieltisch aufgestanden und aus dem Wirtshaus gegangen war, gehört und gesehen, daß es den Fuhrunternehmern Spaß machte, einem Wehrlosen den Lohn abzuknöpfen. Die Wirtsleute hatten ihn daraufhin mit Mühe davon abgebracht, weiter mit den Fuhrunternehmern Karten zu spielen. »Dann ist es auch so, daß der Mensch auf dem Land in seiner Freizeit schon lange nicht mehr in Ruhe, sondern mit Gewalt konsumieren muß.« So habe es ihn schließlich unter die freiwilligen Rettungsfahrer verschlagen. Einfach um beschäftigt zu sein.

Der freiwillige Rettungsfahrer ist auf dem Land allein. Im tiefsten Winter muß er allein zu den höchstgelegenen Bauern hinauf. Und das oft in der Nacht. Das ist nicht nur schwierig, sondern kann auch schwere Folgen nach sich ziehen. In vielen Fällen kann man den Hof gar nicht erreichen. Ihr geringes Einkommen hindert die Leute, rechtzeitig Arzt und Rettung zu verständigen. Dann ist es nicht nur so, daß der Rettungsfahrer Schreckliches erlebt, sondern oft auch in schreckliche Situationen gerät. Die wenigsten wissen nämlich, daß er für den Tod eines einzuliefernden Patienten zur Verantwortung gezogen werden kann. »Es ist nicht lustig«, sagte W., »einen Toten im Auto liegen zu haben und dann auch noch hinter dem diensthabenden Arzt herwinseln zu müssen.« Ob ihm der Tote abgenommen werde oder nicht, hänge nämlich vom diensthabenden Arzt ab. Der ganze freiwillige Dienst hänge dann einfach vom Charakter des diensthabenden Arztes ab. Manche Ärzte hielten sich die freiwilligen Rettungsfahrer wie Hunde. Auf verlassenen Bergbauernhöfen sei es oft so gewesen, daß er schon bei der Ankunft gesehen habe, daß es zu spät sei. In einem Fall habe er schon nach fünf Minuten eine tote Bäuerin im Auto gehabt.

W. hätte mich natürlich sofort als Zuhörer mißbrauchen können, tat dies aber nicht, sondern baute sich vielmehr seinen Zuhörer sorgfältig auf, indem er zuerst nur über die Bar, an der ich einem verbitterten Nationalsozialisten den Rückstand der Literatur, insbesondere das völlige Mißachten und Verkennen der Welt der Institutionen, auseinandersetzen wollte, einige Bemerkungen über das Land machte, die mich sofort aufhorchen ließen. Über die Wirtin erfuhr ich dann, aus welcher Gegend er kam. W. erzählte über Widersprüche hinweg und brach seine Geschichten immer wieder ab.

Seine Rettungsgeschichten, die er so erzählte, daß mir vorkam, ich sei selber einer der freiwilligen Fahrer, zeigten ja nicht nur den existenzbedrohenden Charakter der ländlichen Gesundheitspolitik, sondern führten mir erneut in aller Deutlichkeit vor Augen, daß es bei den Bergbauern ganz einfach ums Überleben geht. Sobald ich anfing, W. mit Fragen zu bestürmen, weil ich vor lauter Wut über einen scheinbar unveränderbaren Gesellschaftszustand nicht länger zuhören wollte und konnte, stand er auf, brach seinen Bericht ab und entfernte sich. Er kam dann oft Tage nicht in die Folterknechtstube, wo ich auf ihn wartete.

Seine Geschichten fingen immer leicht an und tänzelten um Vater, Stiefbruder, die Frau des Stiefbruders, Stiefmutter, Kindheitsarbeitslager und Fuhrunternehmer, die alle auf einer weiteren Ebene zusammen mit vielen anderen seinen sentimentalen Zustand mit einem neuerlichen Terror bedrohten. Er sprach langsam und lachte zwischendurch. Unsicher wurde er eigentlich nur, wenn er auf die Zufälle zu sprechen kam, die er sich nicht erklären konnte. Die Brücke z. B., über deren Geländer er sich oft in den Fluß hinunterstürzen wollte.

Im Gegensatz zu anderen meiner Bekannten, die aus ihrem kleinbürgerlichen Kessel nicht herauskamen und verzweifelt nach einem sie erfüllenden Leben suchten, zog er ständig größere Kreise um die Orte seines Schreckens und wurde dabei immer einsamer und sicherer.

Sowohl in der Stadt als auch auf dem Land sei er fast dreißig Jahre lang beinahe umgekommen. Mit Vorsätzen habe er sich von einer Bedrohung in die andere gemartert. Die Angst, wegen eines tot eingelieferten Patienten ein Verfahren angehängt zu bekommen, habe ihn plötzlich wieder an den Kartenspieltisch getrieben. »Dann vom Kartenspieltisch mit leeren Taschen hinaus in die Nacht. Mit dem Gedanken, mich endlich umbringen zu müssen, zur Brücke, die wieder nicht frei ist. Und in der Früh nach zufällig überstandenem Selbstmord in die Arbeit. Und immer spielen. Mit knurrendem Magen arbeiten und in den Pausen auf dem Fabrikgelände den Naturinteressierten spielen, um nicht, ohne etwas zu essen, unter den Kollegen im Aufenthaltsraum sitzen zu müssen, denn auf dem hinteren Fabrikgelände zu verhungern, wäre mir leichter gefallen, als den Kollegen gestehen zu müssen, daß ich kein Geld habe.«

Dadurch, daß W. immer nur in kurzen Abschnitten erzählte und dabei so tat, als sei eigentlich nichts mit ihm geschehen, wurde seine Existenz für mich immer bedrohlicher und gefährdete, was ich mehr als ein Jahr lang über Arbeiter gedacht und geschrieben hatte. Ich wollte von ihm nicht hören, daß Kollegen unter der Belegschaft gewesen waren, die er in Wirtshäusern oft freigehalten hatte. Die hätten auch gewußt, sagte W., warum er in den Pausen zum hinteren Fabrikgelände zurückgegangen sei. »Hunderte Male hätten sie mich mit einem einzigen Wurstbrot in die Knie zwingen können.« Es hätte nur einer hinausgehen müssen und es ihm hinhalten, und er, W., sagte er lächelnd, wäre ihm das ganze Leben lang zu Dank verpflichtet gewesen. Aber in all den Wochen und Jahren, die er auf dem hinteren Fabriksgelände verbracht habe, sei keiner der Kollegen gekommen.

»Sussak, mein Stiefbruder, ist eine ausgekochte Aufsteigerbestie.« Es sei schwer, sich an die Tatsache zu gewöhnen, daß manche Arbeiter zu den brutalsten, rücksichtslosesten Ausbeutern würden. Ein Gastwirt, der soviel besitze, daß er und seine Frau mit dem Besitz nichts mehr anzufangen wüßten, zähle ihm ganze Abende lang auf, was im Kommunismus alles besser sei. Aber die jungen Leute, die der Gastwirt im Kommunismus bestärkt wissen wolle, hielten nicht nach Verbesserungen ihres Lebens Ausschau, sondern spähten nur nach Möglichkeiten, wo sich ein Unternehmen aufziehen ließe. Die kommunistische Zeitung werde nun schon in verschiedenen Haushalten gelesen. In dem Gasthof, in dem er jetzt arbeite, liege die kommunistische Zeitung oft schon einen halben Tag, in einer oder mehreren Zechstuben, bis die Wirtin dann wieder hinzukomme und sie wegwerfe.

Es sei mit ihm immer wieder hinuntergegangen.

Er sei immer gegangen, immer auf der Suche nach einem Ausweg. Zurück sei er nie gegangen, sondern nur hinunter. Zurück habe er nicht können, nach rückwärts könne sich auch niemand befreien.

(1978)

GERHARD AMANSHAUSER

Zur Entstehungsgeschichte
der Window-Art

Wenn der Verfasser vielleicht auch der einzige Zeuge ist, der Authentisches über die Entstehung der Window-Art berichten kann, so will das gar nichts besagen. Ein Phänomen wie die Window-Art ist weder auf Kommentare noch auf historische Reminiszenzen angewiesen. In der Kunst kommt es nur darauf an, ob sich ein neues Werk in der Welt manifestiert hat oder nicht. Wie und warum es zustande beziehungsweise nicht zustande kam, ist eine Frage von sekundärer Bedeutung.

Insbesondere sind alle Ansprüche des Publikums hinfällig. Jede Publizität beruht auf Mißverständnissen und kann nur auf Mißverständnissen beruhen. Ein amorphes Publikum, das seine Illusionen im Kunstwerk bestätigt sehen oder, in masochistischer Weise, durch das Kunstwerk skandalisiert werden will, muß ebenso abgelehnt werden wie der Einzel-Genießer, der die Kunst dazu verwendet, seine Prestigesymbole narzißtisch zu vermehren.

Moderne Kunst wendet sich gegen den Begriff des *Kunstgenusses*. Wo sie wesentlich wird, beweist sie, daß es auf den Betrachter überhaupt nicht ankommt. Entscheidend ist allein der kreative Akt, in dem gewisse, vorher getrennte Elemente zum Kunstwerk zusammenschießen. Das Werk selbst könnte kurz danach, ohne gesehen worden zu sein, wieder zerstört werden – das würde den kreativen Akt nicht schmälern können. Er hat sich in der Welt manifestiert: darauf allein kommt es an. So ereignen sich im Weltraum bestimmte Schöpfungsprozesse kosmischer Art, Stern- und Planetenbildung etc., ohne sich in irgendeinem Bewußtsein zu spiegeln. Sie haben deshalb nicht weniger stattgefunden. Im Begriff des Sich-Spiegelns klingt eine Eitelkeit an, von der sich der avancierte Künstler befreit hat.

Wenn also hier persönliche Erinnerungen an die Geburt der Window-Art aufgezeichnet sind, dann mit der nötigen Reserve, die dem eigentlichen Phänomen gegenüber am Platz ist.

Das Mißvergnügen als Voraussetzung

Ein Irrtum wäre es, zu glauben, die künstlerischen Revolutionen würden von wilden Neuerern in Szene gesetzt, von äußerlich auf den ersten Blick erkennbaren, womöglich stark behaarten oder abenteuerlich verkleideten Individuen. Im Gegenteil: derartige Erscheinungen sind immer epigonal.

Die eigentlichen Neuerer sind meist zurückhaltende Menschen mit einem ausgeprägten Hang zum Konservativismus, den sie nur unter Zittern überwinden. Nur so können die wahren Erschütterungen bewirkt werden.

Wir müssen uns den Initiator der Window-Art zunächst vor einer vorsintflutlichen Staffelei vorstellen, in der Hand die Palette, jenen romantischen Farbfächern aus der Pionierzeit der Malerei. Vor ihm eine rechteckige Leinwand, ein traditionell zweidimensionales Gebilde, das sich einst von Altarflügeln losgelöst und selbständig gemacht hat.

Wie kommt diese abstrakte Fläche, dieses künstliche Rechteck dazu, dem Maler Befehle zu erteilen? Und wie kommt er dazu, es mit Impressionen oder Abstraktionen bedecken zu müssen?

Das Mißvergnügen des Malers, in unserem Fall Hradils, an der traditionellen Pose, die ihm von autoritären Vorbildern aufgezwungen wird, macht sich zunächst physisch bemerkbar: Er fühlt das Bedürfnis zu entfliehen, er horcht auf den Stadtverkehr, seine Augen schweifen zum Fenster, wo der Kondensstreifen eines Düsenflugzeugs sichtbar geworden ist. Und dabei berührt er zum erstenmal, gänzlich unbewußt, sein künftiges Wirkungsfeld: das Fenster, das noch unerkannte Medium der Window-Art.

Doch diese unbewußten, abschweifenden Blicke, diese Seitensprünge seiner Augen, bleiben zunächst ohne Folgen. Weiterhin bemalt er rechteckige Leinwände, grundierte weiße Flächen, die, eine hinter der anderen, wie ein unausweichliches Schicksal vor ihm aufsteigen.

Widersprechen nicht alle seine Erlebnisse in den Städten: die chaotischen Bewegungen und Fahrten, die vorbeistürzenden Bilderkaskaden, die rapiden Ortsveränderungen in einer vierdimensionalen Welt – widersprechen sie nicht der archaischen Statik einer Technik aus der Urzeit, die mit der Tätigkeit von Ackerbauern und Gärtnern verwandt ist?

Der Funk-Effekt in der Morzger Hauptstraße

Jeder wesentliche Umbruch muß existentiell begründet sein. Die flinken Revolutionäre, die das bereitliegende Material der Avantgarde mühelos ergreifen und verwerten, sind die Abdecker der Kunst. Ich werde eines der Ereignisse beschreiben, das als auslösendes Moment am Anfang der Window-Art steht.

Wir (bezeichnenderweise ein Maler, ein Komponist und ein Schriftsteller) wollten in den späten fünfziger Jahren in Salzburg-Morzg eine Autofahrt mit einer befreundeten Kabarettistin unternehmen. Wenige Augenblicke nach der Abfahrt von Hradils Atelier gab der Motor ein unheimliches, knirschendes Geräusch von sich. Und starb ab. In der plötzlich entstandenen Stille stiegen wir aus und mußten feststellen, daß aus der Unterseite des Wagens ein Objekt herausgestürzt war, wie es keiner von uns je gesehen hatte, ein undefinierbarer Maschinenteil, der später vom Mechaniker als *Hardy-Scheibe* identifiziert wurde.

Wie gesagt: die Existenz von Hardy-Scheiben war uns ganz und gar unbekannt. Noch viel weniger waren wir darauf gefaßt gewesen, daß die Maschinerie eines Wagens, die man sich rundum verkleidet vorstellt, einen Gegenstand absondern könnte, der einfach herauskollert.

Wenn an der Oberfläche von Maschinen unbekannte Teile zum Vorschein kommen und zu Boden stürzen, ergibt sich der Eindruck des Unheimlichen, ein sogenannter Funk[*]-Effekt. Man meint dann, eine eigenmächtige Handlung der Maschine zu beobachten, eine Art Schreckensgeburt.

Wie dem auch sei – wir stellen fest, daß dieses Erlebnis wichtige Elemente der modernen Kunst in sich vereinigt:

1. Handelt es sich um ein Happening passiver Natur, in das vier Personen in einem vierdimensionalen Raum-Zeit-Kontinuum verwickelt waren. Was wir hier betrachten, ist ein unfreiwilliges, weil nicht aus eigener Initiative entsprungenes environmentales Materialhappening.
2. Ergab sich aus dem Happening ein gewisser Pop-Effekt.
3. Spielte ein Objet trouvé eine entscheidende Rolle: die erwähnte Hardy-Scheibe, die von uns allerdings nicht in ein Museum ein-

---

[*] funk, n. & v. i. & r. (sl.) Fear, panic (blue funk, terror).

gebracht, sondern nur von Hand zu Hand weitergereicht wurde.

4. Gehörte das Objet trouvé der Junk-Culture an, also der Welt der vom Konsum verbrauchten Objekte moderner Massenkultur.

5. Ergab sich, ante festum, ein Bezug zur Funk-Art, die dem Konsumismus mit produktiven Schocks zu Leibe rückt.

Es ist wohl klar, daß dieses Happening auf die Eigentümerin des Wagens keinen rein künstlerischen Eindruck machen konnte, weil sie doch im Zweifel war, ob nicht vielleicht nach dem Herausfall eines unbekannten Teils größere innere Zerstörungen zurückgeblieben waren. Ein finanziell relativ unbetroffener Fahrgast jedoch, wie Hradil es war, konnte den Vorgang, um mit Kant zu sprechen, mit »interesselosem Wohlgefallen« aufnehmen, wobei das Wort »Wohlgefallen«, das bekanntlich heute nicht mehr brauchbar ist, den Abstand zur alten Ästhetik markiert.

Derartige Erlebnisse bereiten den Boden für künstlerische Revolutionen. Als Hradil und der Verfasser dann wenig später in Venedig vor den Piquagen Fontanas standen, auf denen die rechteckigen Leinwände von schmerzlich-scharfen, säbelförmigen Schnitten gezeichnet sind, unbrauchbar gemacht für die Intentionen jedes gutmütigen Pinsels, verstanden wir den Ausbruch der avancierten Kunst in neue Dimensionen, wobei zerschnittene Leinwände zurückgeblieben waren.

N. B. Professor Bendel vom Salzburger Institut für Parapsychologie äußerte den Verdacht, das Herausbrechen der Hardy-Scheibe sei auf psychokinetische Weise bewirkt worden. In diesem Fall hätte also das Unbewußte Hradils, das schon lange einen Umbruch vorbereitete, erstaunliche Fernwirkungen entfaltet. Wir stellen diese Vermutung als unbewiesene Hypothese zur Diskussion.

Der spezifische Reiz der US-Fenster

Der eigentliche Durchbruch zur Window-Art gelang Hradil auf seiner ersten Amerikareise. Es ist sicher kein Zufall, daß die wichtigsten Strömungen der Avantgarde, die Pop-, Junk- und Funk-Art, in den Vereinigten Staaten entstanden sind. Die museale Atmosphäre Europas bewirkt eine schwere Lähmung.

US-Fenster, insbesondere solche, die man wegen der Klimatisierung nicht mehr öffnen kann, sind zur Window-Art ungleich geeigneter als jedes europäische Fenster. Ein idyllischer Blick durch ein vier- oder sechsfach unterteiltes europäisches Fenster ist mit den Intentionen der Window-Art unvereinbar.

Das erste Fenster, das Hradil signierte – er bediente sich dazu eines zufällig vorhandenen Glaser-Diamanten –, befindet sich in einem Hochhaus der 38th Street in Manhattan. Der Blick geht auf ein gegenüberliegendes Hochhaus hinüber.

Er war an jenem Abend bei amerikanischen Freunden zu Gast. Man verfolgte ein Mondlandeunternehmen im Fernsehen. Plötzlich erhob sich Hradil und schaltete das TV-Gerät aus. Die Gesellschaft saß im Dunkeln; aber durch das große Glasfenster waren nun plötzlich Dutzende von gegenüberliegenden Fenstern sichtbar geworden. In jedem flackerte der bläuliche Schein der Television. Und dieses Flackern war, wie alle wußten, gleichbedeutend mit dem Umherschwanken der Astronauten auf dem Mond.

Nun erhob sich Hradil zum zweitenmal und signierte, ohne ein Wort zu sprechen, daß große Glasfenster mit dem erwähnten Glaser-Diamanten. Es gibt nicht viele von Hradil signierte Fenster. Das ganze Œuvre befindet sich in den USA, weil Hradil sich hartnäckig weigerte, europäische Fenster zu signieren. Er signierte stets spontan. Niemals ließ er sich, auch bei noch so hohen Honorarangeboten, dazu herbei, auf Bestellung zu arbeiten. Es kam ihm einzig darauf an, daß die Szene vor dem Fenster, die ein riesenhaftes Readymade darstellt, den spezifischen Blick erlaubte, den die Window-Art induziert.

Ein Dummkopf wird freilich, wenn er durch eines der von Hradil signierten Fenster blickt, nichts Besonderes sehen. Doch derselbe Dummkopf sieht auch nichts Besonderes, wenn er vor einem Gemälde von Rembrandt steht.

Das Ready-made, das sich vor einem signierten Fenster ausbreitet, verändert je nach den Lichtverhältnissen sein Aussehen. Diese kosmisch bedingten Veränderungen bilden den Kontrast zu Form und Inhalt der sichtbaren Bauwerke. Diese hat man sich als überdimensionale Junk-Behälter zu denken. Das bläuliche Fernsehlicht, das abends, wenn das kosmische Licht zurücktritt, an den Fenstern des Ready-mades erscheint, zeigt an, daß alle TV-Geräte Junk absondern: Junk-Nachrichten, Junk-Musik, Junk-Gottesdienste,

Junk-Filme, Junk-Werbung usw. Auch die neuen glänzenden Dinge, für die geworben wird, sind nichts als potentieller Junk.

Hradil ging nun einen Schritt weiter. Im Sinne der Concept-Art *hörte er auf, Fenster zu signieren*. Damit erreichte die Window-Art jenen hohen Grad von Abstraktion, der die heute aktuellen Kunstströmungen charakterisiert. In gewisser Weise waren die signierten Fenster willkürlich herausgegriffen aus einer unbekannten, prinzipiell unerfahrbaren Menge signierwürdiger Fenster. Die schönsten würde der Künstler vielleicht niemals zu Gesicht bekommen. Indem nun Hradil *nicht mehr signiert*, also gewissermaßen resigniert, *signiert er virtuell alles Signierwürdige*. Der Kenner der Window-Art weiß von nun an, wann er durch ein Fenster der Window-Art blickt. Sapienti sat!

Der letzte Abstraktionsschritt führt schließlich zu Fenstern der Window-Art, durch die niemand mehr blickt. Denken wir zum Beispiel an eine künftige Stadt im Zustand der Verwüstung. Dort mag sich in einem zufällig erhaltenen Gebäude ein unversehrtes Fenster befinden, das den Blick auf einen zertrümmerten Stadtteil freigäbe. Die einzigen Bewegungen, die man durch das Fenster beobachten könnte, wären vom Wind bewegte Teile, die herabhängen, Fetzen oder Leitungsdrähte, hin- und herschwankend mit einem grandiosen Funk-Effekt.

Es blickt aber niemand mehr durch dieses Fenster, denn die Menschen haben die Stadt aufgegeben.

(1979)

GERHARD ROTH

Der Ausbruch des Ersten Weltkriegs
Ein Spionageroman

1908

1. Eine blaue Brille trug der Herr Parthagener über seinen schwachen und sonnenscheuen Augen. Er wohnt bei einem Schneidermeister in einem finsteren Kabinett. Im Schlafzimmer des Wirtes rasseln die Nähmaschinen. Die Probierpuppe lehnt an der Tür. Ein Mann klopft an. Er hat auffallend dürre Ohren aus gelbem Papier. »Wohnen Sie nicht auf 36?« – »Ich bin Adressenschreiber. Ich heiße Grünhut.« – »Pro Kuvert 3 Heller. Haben Sie eine deutliche Schrift?«
   Der Buchhalter übergab ihnen eine Liste und hundertfünfzig Kuverts.

2. Das Sonnenlicht überfloß ihren Körper, das cremefarbene Kleid, gefiltert durch den Schirm, der wie ein winziger Himmel seine eigene kleine Welt überspannte. Ein Fuß der Frau Tarka – in einem taubengrauen Schuh – saß wie ein Vogel auf dem rotgepolsterten Sitz aus Samt und dem Gesicht gegenüber. Es war eine schöne Frau. Der Kutscher in einer aschgrauen Livree hielt die Zügel straff. Parallel über seinen Knien schwebten die Unterarme.

3. Um die Mittagsstunde stieg der Herr Kapranek aus dem kaffeebraunen Schlafwagen. Er ging langsam durch die Hitze über den Bahnsteig. Er hatte einer Schülerin die Bluse aufgemacht. Obwohl ihm Schellers Methode, ein Mädchen im Park zu finden, töricht erschien, begab er sich ins Grüne. Es wurde übrigens schon alles herbstlich und gelb.

4. Fleißig übte Dr. Derschatta das Beineamputieren. Er überflog die aufgeschlagenen Hefte, die winzigen verschwimmenden Stenogramme. Es dauerte nicht lange, da fing er an, ein seltener Gast in den Seziersälen zu werden.

5. Das Abbild der Frau Tarka hatte einige Sekunden gebraucht, um seine Netzhaut zu treffen. Sein zärtliches Auge erhaschte den fernen Schimmer ihres Profils zwischen dem Pelzrand des Kragens und dem dunklen Hut. Sie hatte die Linke aufgestützt, ihre Finger waren aufgerichtet in geduldiger Erwartung. Kapranek sah durch die Scheibe. Sie saß am Tisch und probierte Handschuhe. Da er unwillkürlich den Hut zog, blieb sie stehen. Sie streifte das neue Leder über, schloß die Hand zur Faust und öffnete sie wieder. Sie strich mit der rechten Hand zärtlich über die linke und entfaltete das ganze reizvolle, spannende Spiel der Gelenke und Finger. Vor einem kleinen Laden in einer Seitengasse blieb sie stehen. Sie legte eine zögernde, nachdenkliche Hand um die Linke. Schon sah Kapranek einen Kutscher vom Bock springen und die Decken von den Rücken der Pferde nehmen.

6. Die Tür des Zahnarztes Dr. Leopold Derschatta trug die Aufschrift: Stark klopfen, Glocke läutet nicht. Kapranek roch den Gestank der Katzen. Grünhut starrte mit einem großen Auge durch das Guckloch. Er konnte es jetzt bequem bis zu 400 Adressen am Tag bringen.

7. Kapraneks unerschütterlicher Glaube an die verbrecherische Natur des Menschen hatte ihn die Frau Tarka bis zur Wohnung des Zahnarztes verfolgen lassen. Er hörte das Sesselrücken durch die geschlossene Tür.

8. Und da es regnete, stellte Parthagener sich vor, wie er in seinem Zimmer sitzen würde oder in einem Café. (Er hat aber wahrscheinlich kein Geld und versucht auf der Straße, wo die Nässe, der Wind und die Regenschirme Verwirrung stiften, sich in einem offenen Haustor unterzustellen.) Es regnete weiter.

9. Da nahm Parthagener den Hut ab. »Still!« flüsterte Kapranek erregt. Die Tür öffnete sich. Kapraneks Blick prallte an der Tür ab und traf Frau Tarka mitten ins Gesicht. Die hatte etwas gemerkt und hob den Kopf. Parthagener stand stellvertretend von der Treppe auf. Er ging hinter der Frau Tarka, die sich hastig zu entfernen suchte, 4 Stockwerke hinunter auf die Straße.

10. Zwischen zwei Fingern hielt T. den Zwicker, der an einem breiten schwarzen Band festgeknüpft war, drohte mit ihm, zeichnete mit ihm verschlungene Ornamente in die Luft, und nur, wenn er zuhören mußte, setzte er ihn auf den unteren Teil seiner Nase, als wollte er Lion durch das Glas besser betrachten, indessen er ihn doch nur über den Rand der Gläser hinweg ansah. Alles, was mit den Vorgängen der Natur zusammenhing, war ihm fremd und unheimlich. Er merkte kaum den Wechsel der Jahreszeiten, auch fürchtete er sich vor Hunden.

11. Berzejew und Lion schlugen die Krägen der Regenmäntel hoch. Der Kasten im Hotelzimmer war mit Wäsche angefüllt. Die Tür gab ein Geräusch von sich. Berzejew und Lion standen still. Im Badezimmer tropfte der Wasserhahn. Berzejew ging hinein und verrichtete die Not. Dann war es wieder still. Sie öffneten vorsichtig die Koffer; Berzejew schloß die Vorhänge. Bei jedem Geräusch zuckte Lion zusammen. Die Vorhänge waren außen mit schwarzem Stoff bedeckt, so daß es im Zimmer vollständig dunkel wurde. Lion knipste die Spiegelleuchten an. Auf dem Gang gingen die Zimmermädchen vorbei. Berzejew und Lion hörten sie sprechen. Lion reinigte die Brille mit dem Taschentuch. Niemand kam.

12. T. hatte schon längst unruhige Schleifen mit dem Zwicker in die Luft gezeichnet. Das gestickte Tischtuch rutschte von der Tischplatte auf den Fußboden. Die Tapeten waren mit gelben Blumen gemustert. Berzejew öffnete die Blechschachtel. Er zeigte den toten Vogel, dem ein feiner Zwirnsfaden um den Hals hing. T. hob fragend die Brauen. Schweigend schloß Berzejew die Blechdose. Er steckte sie in den Regenmantel.

13. Am Abend entkleidete sich die Frau Tarka. Sie bestäubte sich mit Parfum. Unter der Decke des Zimmers konnte sie die Insekten herumirren sehen. Später bezogen zwei Männer in Regenmänteln das Nebenzimmer.

14. Karpranek kroch auf allen vieren durch den dunklen Flur. Er stand auf. Er zückte einen Bleistift. In einem kleinen Notizbuch no-

tierte er folgendes: Taschenuhr verloren bzw. vergessen. Sofort eilte er zurück in das Zimmer. Er kurbelte am Telefon. Er ließ sich auf das Sofa fallen. Er schlug den DAILY TELEGRAPH auf.

15. Lions Schuhe stießen auf etwas Festes. Lion beugte sich hinunter, er hob die Taschenuhr vom Boden auf. Berzejew klappte den Uhrdeckel auf und suchte nach der Gravur. Lion griff nach der Uhr. Er trat an das Fenster am Ende des Flures. Ein Zeiger war verbogen!

16. Parthagener warf die von Grünhut adressierten Kuverts in den Briefkasten. Ein dumpfes Geräusch begleitete das Einwerfen, da der Briefkasten leer war. Wie anonym er lebte! dachte er sich.

17. Angestrengt starrten Lion und Berzejew durch die Scheibe ihres Abteils auf den Gang. Der Zug rüttelte die Knochen durcheinander. Kapranek stand auf dem Korridor. Später hob er die Koffer der Frau Tarka in das Gepäcknetz. Kapranek hatte einen fleischigen Mund unter dem würdigen, melierten Schnurrbart.

18. T. hielt den Zwicker in der Hand, hart vor den Augen. Er wippte unaufhörlich mit dem Fuß, wobei sein Körper in ein zartes, schütterndes Beben geriet. Lion legte die Taschenuhr auf den Tisch. Berzejew klappte den Uhrdeckel auf: »Sehen Sie nur!« sagte er.

19. Sie waren jeden Augenblick bereit, der Polizei in die Hände zu fallen. Lion versteckte das Paket mit der Taschenuhr unter der Matratze. Berzejew spähte durchs Schlüsselloch. Auf dem Kanapee schlief Parthagener. Die entfaltete Zeitung und die blaue Brille lagen auf dem Tisch. Ein heftiges Augenflimmern zwang Berzejew plötzlich, das Gesicht abzuwenden.

20. Ein Sanitätswagen fuhr vor. Eine Gestalt in Verbänden wurde herausgezogen, wie eine Gipsfigur in einer Schublade – Grünhut!

21. Die Frau Tarka lächelte. Aus dem geöffneten Mund flatterte ein Schmetterling. Kapranek starrte auf die zarte, bläuliche Haut der Augenlider. Leider hatte der Kapranek keine Papiere. Er lebte als Reisender in Kölnischwasser. Er war inzwischen auch Blumenhändler. Im Flur befanden sich ein zusammengerollter Sonnenschirm und eine Wasserkanne.

22. Vor Erregung zitternd, zündete T. die Gaslampe an, die eine surrende Kälte zu verbreiten anfing. Er zog den Vorhang zur Seite. Eine Tür öffnete sich. Grünhut tappte in das Zimmer.

23. Als Lion und Berzejew die Hüte dem Dienstmädchen übergaben, glaubten sie zu sehen, daß sie diese mit einer leichten Geringschätzung auf einen entlegenen Haken hängte, neben zwei abgetragene Wintermäntel. Lion haßte immer, was seine Augen aufnahmen.

24. Lion öffnete den Regenmantel. Die Rolläden waren geschlossen. Ein schwarzer Hund lief über die Straße. Lion betrat das Pissoir. Aus der Tasche von Berzejews Regenmantel ragte der DAILY TELEGRAPH.

25. Fr. Tarka trug einen schwarzen breiten Reiherhut, der flach wie ein Teller auf ihrem Kopf lag. Ihre großen Ohren brannten rot in der Kälte. In der Hand trug sie einen Schirm mit einem gelben, geflochtenen Griff aus Horn. Dr. Derschatta setzte das Fernrohr ab. Er stieg wieder in die Kutsche.

26. Seit geraumer Zeit starrten Parthageners Pupillen durch die Brille auf den Nebentisch. Ein Spitzbart, in den sich die ersten grauen Härchen drängten, verlieh dem Herrn das Aussehen eines Bankbeamten. »Dr. Süßkind!« sagte dieser und stand auf. Das ist also der Berichterstatter Süßkind, dachte Parthagener.

27. Die Straßenbahn erreichte die Endstation. Lion und Berzejew blieben sitzen. Berzejew las die bunt bemalten Geschäftsschilder. Endlich stiegen sie aus. Für Lion wurde ein heller Kaffee auf den

Marmortisch gestellt, der an den Rändern rosa schimmerte. Berzejew verlangte Schreibpapier. Lion knöpfte die Hose auf. Schweigend fixierte Berzejew Lions Gesicht.

28. Inzwischen stieg die Fr. Tarka die Treppe des Wohnhauses hinauf. Auf dem Boden lag eine Tomate. Das Ticken der Boulle-Uhr war zu vernehmen.

1911

29. Herr Dr. Schleicher ist ein bequemer Mann. Er steht spät auf, er geht in Pantoffeln und im Schlafrock ins Klosett. Er trägt eine Brille, die seine Augen freundlich macht. Stets hört man seine Schreibmaschine klappern.

30. Bernadin hat die solemne Art des Franzosen aus der Provinz. Seine Schuhe sind immer blank. Oft sind sie mit Gamaschen tapeziert. Seine Hosen sind gebügelt. Sein Rock sieht aus, als wäre er vom Schneider gekommen. Sein hoher steifer Kragen glänzt weiß. Er streicht den Schnurrbart mit zwei nachdenklichen Fingern. Der Schnurrbart hebt das braune Rot seiner Wangen hervor. Er trägt kleine Schleifen. Die kleinen Schleifen stehen im Gegensatz zu den schweren seidenen und gestickten Bindern des Dr. Schleicher. Es ist viertel 2.

31. Ein enormes Tintenfaß stand auf dem Schreibtisch. T. beugte sich über den Briefbogen. Speichel troff aus seinem Mundwinkel. Seit seinem einundzwanzigsten Lebensjahr führte er eine glückliche Ehe (z. T. nach den Anweisungen eines populären Naturheildoktors). Grünhut hielt das Papiermesser aus Bronze unter der Tischplatte versteckt. Es regnete immer noch.

32. Eben wollte Lion in das Stiegenhaus treten, da tauchte vor der Tür eine schwere, unförmige Masse auf: Bernadin, in einen riesigen Mantel gehüllt! Der Mantel erschien infolge des aufgesogenen Regenwassers hundert Kilo schwer und schwarz. Er hakte die kleine Kette los. Mit einem patschenden Geräusch sank der Mantel zu Boden. Berzejew stürzte aus der Dunkelheit und packte Bernadin an

der Kehle. Bernadin ließ die Klinge aus dem Spazierstock schnappen. Zu spät!

33. Das kleine Badezimmer war weiß gekalkt. Von der Decke baumelte der Körper des Dr. Schleicher. Sein Gesicht war schwarz und dick.

34. Kapranek trug einen sandgelben Überzieher, rötliche Halbschuhe, eine hellbraune Hose, auf dem Kopf eine braune Melone. In der Hand hielt er ein Köfferchen mit kleinen Fläschchen Kölnischwasser, mit der anderen zog er energisch an der Glockenstange. Eine geistliche Schwester öffnete. Kapranek betrat das Krankenzimmer. Parthagener saß auf dem Holzsessel. Obwohl seit Wochen nicht geheizt wurde, weigerte sich Parthagener, sich ins Bett zu begeben. Kapranek stellte das Köfferchen auf den Tisch. Die Fläschchen klirrten im Köfferchen. Verträumt blickte Parthagener durch die Brille auf den Fußboden.

35. T's. Bart war wie eine beabsichtigte überflüssige Verlängerung der Physiognomie. Der Schädel war breit und weiß, die Backenknochen waren breit wie der Schädel. Er drückte die schleimige Hand Lions. Lion nahm ein schwarzes Tuch aus der Tasche und wickelte den Brieföffner ein. Berzejew beobachtete ihn gleichgültig. Lion holte ein Stück Schnur mit einer Blechnummer aus dem Regenmantel. Er hängte die Blechnummer um das schwarze Paket. Berzejew kniete nieder. Er starrte durch die Lupe auf den Blutstropfen am Boden.

36. Im Spiegel sah Kapranek, daß aus dem Gehörgang ein Tropfen Ohrfett quoll. Er streifte daher die Pulswärmer über. Dann ging er auf die Straße. Er hatte sich einen Bart ins Gesicht geklebt. Ferner klemmte ein Monokel im Auge. Er liebte die Verkleidung, die er trug, die Wendungen, die in seinem Gehirn und auf seiner Zunge lagen. Mit hastigen Schritten versteckte er sich hinter der Kastanie.

37. Der Zahnarzt Dr. Leopold Derschatta spähte durch den Vorhangschlitz. Er war ein vorsichtiger Mann. Die Fr. Tarka erhob sich vom braunen Leder des Bürodiwans. Dr. Derschatta schloß die Vorhänge und trat an die Wasserleitung. Er leistete nur den Forderungen der Hygiene Genüge.

38. Grünhut hingegen lebte von Luftgeschäften. Häufig besuchte er z. B. Parthagener in der Anstalt, welke Blumen in den Händen. Er mußte Parthageners Brille zum Optiker tragen, um ein zersprungenes Glas erneuern zu lassen. Kapranek wartete vor dem Geschäft. Er hielt einen aufgespannten Regenschirm. Grünhut erstattete das Wechselgeld zurück. Kapranek steckte die Brille in die Brusttasche. Er drückte Grünhut u. a. einen Zettel mit Telephonnummern in die Hand.

39. Die Tür krachte, ein Stuhl fiel um. Schon schnürte der Schmerz die Kehle zu. Auf dem Handrücken Dr. Derschattas sträubten sich die Härchen. Von rückwärts stieg das Blut in sein Gesicht. Er klappte die Ärztetasche auf und entrollte das Wachstuch. Der Körper der Frau Wawrka lag nackt auf dem Fußboden. Geschickt öffnete Dr. Derschatta mit dem Skalpell den Bauch der Frau. Er durfte nicht aus der Übung kommen! Der anatomische Atlas lag aufgeschlagen über den großen, flachen Brüsten.

40. Berzejew hatte Teetassen mit Blümchen gekauft. Jemand hatte ihm aus Deutschland einen wunderbaren Apparat zur Herstellung von echtem türkischen Kaffee gebracht. Er trat nahe an T. heran und erhob die Hand. T. duckte sich. Berzejews Schlag traf das Ohr. »Ich werde nie zugeben, daß ich mit Ihnen gesprochen habe!« T. schrie. »Aber ich habe Ihre Unterredung gehört«, rief Lion. Er hatte die Tür aufgemacht, so daß man den Korridor sehen konnte. »Ich bin seit einer halben Stunde dort gestanden und habe gelauscht!«

41. Kapranek betritt das Stiegenhaus. Jetzt öffnet sich die Tür zur Zahnarztpraxis. Der Flur ist schmal und dunkel; Kapranek tritt zurück. Er grüßt. Dr. Derschatta erwiderte nicht. E sieht Kapranek an mit Augen aus Nacht und Eis. In seiner Rechten trägt er eine Ärzte-

tasche. Der Geruch von Formalin erfüllt das Stiegenhaus. Kapranek beugt sich über die Treppen. Er entdeckt, daß sich die Spur der Blutstropfen vor der Tür des Zahnarztes verliert.

42. Wie flink lief der Bleistift mit ihrer Hand! Es war ein Koh-i-noor. Die Fr. Tarka hörte zu schreiben auf. Grünhut saß auf dem Küchenstuhl, ein kleiner, plumper Mann. Sein Gesicht schien aus lauter Knollen zu bestehen. Grünhut hatte ein Paar winziger, gehässiger Augen und eine Stirn voller Falten. Er erhob sich. Er trat ans Fenster. Kapranek löste sich aus der Dunkelheit. Er bot Grünhut ein Glas Wasser an. Grünhut lehnte ab. Ein Stoß ließ ihn die Balance verlieren. In entsetzlicher Hast lief Kapranek auf die Straße und wischte das Gehirn aus Grünhuts klaffendem Schädel. Schon sammelten sich herumflanierende Passanten um Grünhuts Leichnam. Der Vorfall erregte s. Z. großes Aufsehen.

43. Es klopfte. Dr. Derschatta stellte die Ärztetasche auf das Nachtkästchen. Mit dem kalten Hörrohr betastete er Berzejews entblößten Brustkorb. Berzejewe keuchte. »Trinken Sie!«
Berzejew nahm das Wasserglas. Die blassen Tropfen breiteten sich wie Rauch im Wasser aus. Berzejews Augäpfel drehten sich nach hinten, der Brustkorb sank ein, das Wasserglas ergoß sich über die Bettdecke. Dr. Derschatta pflückte eine Blume aus der Porzellanvase. Er steckte sie in das Knopfloch. Nun mußte er aber machen, daß er davonkam!

1913

44. Am frühen Morgen verließ T. das Bett. »Ich begehe jetzt eine sogenannte Gemeinheit«, sagte er sich.
Wie schön die Fr. Tarka geschminkt war! T. winkte nach einer Droschke. Er klemmte den Zwicker fester auf den Nasenrücken. »Sie haben ja Filzläuse!« rief er und wühlte in den Schamhaaren.

45. Lion warf die Zeitung in den Abfalleimer. Jede Nacht begegnete er den vollbeladenen Wagen, die zu den Markthallen fuhren. Einmal fiel ein Stück rohen Fleisches von einem Wagen. Lion bückte sich und verschlang es gierig. In seiner Brieftasche trug er die Pho-

tographie Dr. Derschattas bei sich. Von nun ab mußte er vorsichtig sein.

46. Kapranek wartete, bis die Kabine frei geworden war. Er erhielt Handtuch und Seife. Rasch entkleidete er sich. Er entnahm dem Köfferchen eine Regenpelerine, in die er schlüpfte. Nun machte er sich davon! In der Badekabine hatte er eine tickende Höllenmaschine von 8 Pfund Gewicht zurückgelassen. Er sprach den promenierenden Schutzmann an. Es ist viertel 5 antwortete dieser. Sofort erschütterte eine Explosion das Stadtviertel.

47. Wie eine Wachsfigur saß die Fr. Tarka vor dem Caféhaus. Dr. Derschatta griff nach dem Riechfläschchen. Aus dem Zoologischen Garten waren tierische Laute zu vernehmen. Erregt betastete Dr. Derschatta die Schenkel der Frau Tarka. Ausnahmsweise fehlte ihm ein Schneidezahn. Er entfernte die Blume aus dem Knopfloch und hielt sie lächelnd über das Schwefelholz. Welch wundervollen Duft sie absonderte!

48. Doch nun lag die Sache ganz anders. Lion saß – die Beine in eine Decke gehüllt – auf dem Balkon des »Hotel d'Angleterre«. Er starrte in das Gesicht der seltsam maskulinen Frau. Lions schlechtrasierte Backen waren eingefallen. Die Frau stocherte mit der Hutnadel in den Obst-Blumen-Gebilden des riesigen Hutes. »Wünschen Sie Eis?« – erschöpft lehnte sich Lion in den Sessel. Da sprang die Frau empor und stieß die Hutnadel durch Lions Auge. Das war schon ein merkwürdiger Anblick, wie Lion auf dem Balkon saß, und die Hutnadel mit der Bernsteinkugel wuchs aus seinem Auge, wie ein abgebrochener Blick. Gerade, daß Kapranek noch Zeit fand, die Frauenkleider abzulegen, bevor ihn ein Lachanfall überwältigte.

49. Der Himmel verfärbt sich gelb. T. sitzt vor einem Tisch. Er blickt durch die wehenden Gardinen aus dem Fenster. Der Boden ist von Wasser überschwemmt. Man sieht das regelmäßige Muster des Parkettbodens durch das Wasser. Einige Gegenstände schwimmen auf der Wasseroberfläche: Tintenfaß, Brillenetui, Nachttopf, Zeitung, Schuh usf. T. tritt an den Schreibtisch, durchwühlt Papiere. Wasser rauscht & gurgelt. Irgendwo hat T. eine Wasserleitung aufgedreht, um keine Spuren zu hinterlassen.

T.: Verdammt!

T. verläßt das Haus.

50. Dr. Derschatta öffnete das Fenster. Wie ein Komet flog er durch die Luft. Eine große Ziffer aus Gummi erschien am Horizont. Die Ziffer aus Gummi zerplatzte lautlos. Dr. Derschatta starrte auf den Einstich in der Armbeuge. Hoffentlich hatte er nichts verraten! »Sie können gehen«, sagte der fette Mann.

1914

51. Das Weitere ist schnell erzählt:

Kapranek wusch sich Gesicht und Hände. Das Wasser verfärbte sich leichendüster. Kapranek schob die Zahnprothese in den Mund. Die Hitze erhöhte den muffigen Geruch der schlechtenstaubten Plüschmöbel. Aus dem Nachttisch sickerten die haftengebliebenen Dünste verschiedentlichen Urins. Als Kapranek um die Ecke bog, bemerkte er den offenen Türspalt. Zwischen Blumen und Kerzen lag der Leichnam Dr. Süßkinds. Kapranek durchsuchte die Taschen. Ein schmaler Blutfaden löste sich aus den Mundwinkeln des Toten. Kapranek erstarrte. Endlich fand er, was er suchte.

52. Als der Arzt jenes kümmerlichen Viertels die Uhr aus der Rocktasche zog, sah man die Grünspanflecken, die die nachträgliche Vergoldung durchdrungen hatten. Er zählte die Pulsschläge, sodann verordnete er Kampfertropfen. Er entblößte die Zähne zu einem Lächeln. T. begleitete ihn zur Tür. Er sah aus wie einer jener verrückten Engländer, die auf den Vignetten der Bücher von Jules Verne einherspazieren. Die Heftigkeit, womit die Zeit von ihm fortfloh, ließ in ihrem Ungestüm nach.

53. Kapranek in Gamslederhandschuhen überreichte einen riesigen Blumenstrauß. Die Fr. Tarka drückte den Gummiball des Parfümfläschchens und versprühte herrliche Gerüche. Kapranek warf sich zu Boden. Die Fensterscheiben zersprangen. Kapranek fand die Zahnpothese unbeschädigt auf dem Boden. Der Arm der Fr. Tarka mit dem zur Explosion gebrachten Blumenstrauß lag auf dem eingestürzten Klavier. Trotz langem Suchen vermochte Kapranek

keine Spur der Boulle-Uhr zu entdecken. Noch immer quoll Rauch aus dem Nebenzimmer.

54. Die Zeitung wurde eingeworfen. Dr. Derschatta saß ungerührt auf dem Behandlungsstuhl. Er nahm eine kurze Lachgasnarkose. Als er erwachte, streifte er die Galoschen über, leider regnete es. Er versteckte die Ärztetasche unter dem Regenüberwurf. Er verließ das Haus.

Personenbeschreibung: Dr. Derschatta war 1 m 79 groß, hatte blaue Augen und braunes Haar. Alter: 38 Jahre. Besondere Kennzeichen: eine 8 cm lange Narbe am Oberschenkel infolge einer Infektion mit einer unsauberen Injektionsnadel.

55. T. stolperte die Treppe zum unterirdischen Gang hinab. Plötzlich befand er sich in einem Menschenknäuel. Kapranek streckte die Hand aus. T. trug den Regenschirm in der Hand. Die Boulle-Uhr war in einer Art Geigenkasten verborgen. Abrupt hielt er an. Kapranek lief die Treppe hinauf. T. bückte sich. Kapranek verlor das Gleichgewicht. Wie ein Blatt schwebte er auf das Geleise. Mit donnerndem Geräusch brauste der Orientexpreß in die Station.

56. T. suchte den Speisewagen. »Eine Tasse Tee.«

Unter dem Arm trug er den geigenkastenförmigen Behälter. Die Boulle-Uhr schlug 6mal an. Die Fahrgäste starrten in T.'s Gesicht. Der Herr mit der schwarzen Melone betrat den Speisewagen. Ohne weiteres nahm er den Platz T. gegenüber ein.

Ende

Nachwort

Der Leser dieses lange verschollen geglaubten Romans hat ein Recht darauf, Näheres zu erfahren über Entstehung und Geschichte des Manuskriptes und über das bei der Entstehung befolgte Verfahren.

Thematisch und stilistisch, aber auch nach dem Duktus der Handschrift der vorliegenden Manuskripte könnte der Roman zwischen dem *Künstel* und dem *Willen zur Krankheit* entstanden sein.

Die Sichtung der zunächst unentwirrbar erscheinenden Blätter gab einen guten Einblick in das Arbeitsverfahren des Autors. Dem Roman liegt das Buch *Der stumme Prophet* von Joseph Roth zugrunde. Der Autor hat diesem Roman nicht nur die Personennamen entnommen, sondern auch zahlreiche Satzgruppen für seine Arbeit verwendet; weiters wurden mehrere Satzgruppen nachgewiesenermaßen dem Roman *Der Leopard* von Giuseppe Tomasi di Lampedusa entnommen.

Der Autor selbst notierte in einem Brief an den Mathematiker Königshofer: Der Text soll wie eine Folge von Farbbildern wirken, die man durch ein Schlüsselloch erspäht. Infolge der starren Perspektive sieht man immer nur einen Teil des Geschehens.

(1979)

DOROTHEA ZEEMANN

Einübung in Katastrophen

Es konnte nicht schöner sein. Die Sonne glitzerte im Rauhreif, der Schnee knirschte unter einer feinen Lage Pulver, und der Himmel war eisig blau.

Wir rutschten nebeneinander her. Karls Frau war im Hotel geblieben. Sie fuhr nicht Skier. Ich hatte im Hotel welche geborgt.

»Hier bin ich vor einer Ewigkeit auf weißen Höschen über die grünen Wiesen gerutscht.«

»Du warst schon einmal hier?«

»Mit meinen eleganten Tanten, die jetzt in der Partei sind. Sie wissen nicht, was sie tun. Ach es hat keinen Sinn – alle diese Redensarten. Der Schnee und die Sonne – dabei kann ich nicht einmal sagen, daß ich sterben möchte oder daß ich deprimiert bin. Ich war vor nichts anderem entsetzt als vor mir selber. Da geh ich mit dir ... Wenn ich etwas in meinem Leben immer ... ich meine, ich habe es auch gelebt ... nicht nur davon geredet, von Solidarität. Und jetzt fahre ich hier Ski ...«

»Es ist banal, was dir widerfahren ist.«

Er hielt mich am Ellenbogen zurück, um mich aufmunternd und tröstend anzuschauen.

»Ich meine nicht Beate.«

»Willst du es mir endlich erzählen?«

»Ich will schon ...«

»Renn nicht weg. Du mußt es erzählen, du mußt es allen Leuten erzählen. Es ist wichtig. Die Menschen stecken den Kopf in den Sand.«

»Ich will ja, aber es ... es ist peinlich ... weil es so pathetisch, so unwahrscheinlich ist, zu sagen, man sah einen, zwei, drei, vier Menschen, die brennend über Balkonbrüstungen flogen und durch einen Strick um den Hals am Fallen gehindert worden waren und in der Luft verbrannten, vom Balkon baumelnd verbrannten.«

Ich erzählte es schreiend und dann lachte ich.

»Das glaubst du nicht? Was? Du glaubst es nicht?«

»Sei nicht hysterisch.«

»Nein.«

»Es war der Brand des Lemberger Ghettos?«

»Wie ich heute weiß, war es kein richtiges Ghetto, ein von den Nazis abgeriegelter Bezirk. Ich stand am Stacheldraht. Ich bin dort spazierengegangen. – Es ist meine Schuld.«

»Du hast Robert überredet, den Auftrag in Lemberg anzunehmen?«

»Ja, vordergründig, weil ich schwanger war und es dort Milch und Eier geben sollte. – Es gab Milch und Eier.«

Wir schleiften auf unseren Skiern weiter.

»In Wahrheit wollte ich es aber. Ich wollte nach Galizien. Seit Matuschek abgeschoben worden war, wollte ich wissen, ich wollte es genau wissen, ob es wahr ist, was man erzählte – o ja, ich glaubte es schon, daß etwas wahr ist... aber... aber... nicht so kraß.«

»Komm, machen wir eine kleine Abfahrt.«

Ich war gut in Form, ich war noch am Leben. Das Kind gab es nicht. Wozu auch? Zum Krepieren?

Das beherrschte Gleiten machte mir sogar Freude. Karl schnitt meine Fahrt mit einem Bogen ab und fing mich auf, als ich quer über seine Skier zum Stehen kam. Er drückte mich fest an sich und küßte mich. Mir war das sehr angenehm. Ich sagte aber: »Verstehst du das?« und weinte wieder.

Was da alles durch meinen Kopf ging, als er mich küßte! Zunächst wieder diese alte Selbstverachtung, weil ich einen Orgasmus hatte – ganz schnell – und er es merkte und er auch merkte, daß ich darüber nicht aufhörte, ihn und mich kritisch zu beobachten, und ich litt sogar jetzt unter der Forderung an mich, mich fallen zu lassen. Ich hing in seinen Armen und stilisierte mir den Moment, sah uns stehen auf dem hart gefrorenen Schnee mit der Pulverauflage und dachte, daß es das beste darstellt, was es als Unterlage zum Skifahren gibt, ich dachte an die runde Sonnenscheibe und daran, daß die Bezeichnung Orange, die mir einfiel, an meinen Durst erinnerte und daß die Trockenheit von der Erregung kam sowie das Zucken, das Karl registrierte und das ihn veranlaßte, mich noch fester an sich zu drücken. O ja, mir war ungeheuer wohl, trotz der selbstquälerischen Kritik, die ich immer für mich hatte. Eine läufige Hündin, die sich dauernd beobachtet.

Ich sagte es Karl, weil er doch Arzt war. Trotzdem schockierte es ihn, machte ihn vorsichtig – ich hätte das wissen sollen.

»Komm«, sagte er, »du bist ganz durcheinander. Wir gleiten jetzt schön langsam auf der Straße. Sie ist leer, die Leute schlafen. Und du erzählst mir alles, was du in Lemberg erlebt hast. Es ist notwendig. Es ist für dich notwendig darüber zu reden, und für die Menschen, für alle Menschen ist es gut, das zu hören. Es ist wichtig. Du tust etwas Gutes, wenn du nichts verschweigst.«

Mich stieß schon wieder das Schluchzen, obwohl ich mich kalt und überlegen fühlte.

Ich begann damit, daß ich Karl beschimpfte:

»Du bist ein Sonntagskind, hast da eine fröhliche Praxis – lauter Narren, bist selbst ein halber.«

Er lachte.

»Dich hat Nestroy erfunden«, sagte ich, und: »Du bist ein Spitzbube, der mit Mama verheiratet ist!«

»Verzeih!« sagte ich, ich fühlte, daß er sich ärgerte.

»Du bist nicht so intelligent wie Walther, der mir sehr gescheite Briefe von der Front schreibt und mich eine...« Ich heulte.

»Ist er dein Liebhaber?«

»Nein! Er ist mir nicht schön genug... Aber ich liebe ihn.«

Wir blieben stehen und küßten uns, weil wir das beide wollten. Es war so angenehm.

»Du riechst nach Klinik, nach teurem Tabak und nach all dem Beutegut aus Paris und sonstwoher, das dir deine kaputten Flieger und Soldaten schenken. Du bist ein Sonntagskind...«

»Ich bin in einer Widerstandstruppe!«

»Das will ich gar nicht wissen...«

Seine Frau stand unter der beschneiten Tanne vor der »Alpenrose« und sah uns entgegen. Sie war hübsch, aber gouvernantenhaft, und sie war bedeutend älter als er. Ein feines Gesicht mit zarten Zügen und einem harten Mund. Kein Bettvergnügen, das sah man von weitem.

»Ich kann nichts essen! Nicht diese ewige Erbsenwurstsuppe mit Erdäpfeln.«

»Meine Frau macht Kaffee. Echten Kaffee, Fanny, und Cakes haben wir auch.«

Ich zog die Skischuhe aus und quatschte schon – ich weiß, daß ich es in der Form tat, um die Alte zu vergraulen:

»Ganz Lemberg hat in der Sommerhitze nach den verbrannten Juden gestunken – es hat gestunken wie die Pest – nach verbrannten Knochen und Fleisch... Menschenfleisch. Natürlich glaubte ich, was man mir sagte, daß es von einer chemischen Fabrik herkäme.«

Sie kochte den Kaffee mit einem Tauchsieder, und Karl schob mir Polster in den Rücken und nahm sich einen Notizblock unter die Nase. Im Fensterrahmen ragten die weißen Berge in die reine Luft – ach die köstliche Luft.

»Red weiter«, sagte Karl, »alles, was dir einfällt. Es ist gut für dich.«

»Ich denk nach, weil ich es so sagen möchte, daß du die Menschen spüren kannst, die Unmenschen, wie sie... wie ich sie gespürt habe. Keiner war wirklich, wenn du weißt, was ich meine. Uniformen, Stiefel, und – glaub es mir – eine Menge wunderschöner, scharfer junger Gesichter – lauter Kitschkapitäne von Luxusdampfern aus der Operette. Sie holten uns von der Bahn mit einem schwarzen Auto mit SS-Standarte. Ich werde dafür in der Hölle braten, obwohl ich schon auf den heißen Sitzen briet... weil wir an einem Trupp vorüberfuhren, einer langen Reihe von Elendsgestalten in weißen Kitteln mit großem schwarzen J auf der Brust. Juden, die zur Arbeit gingen. Ich schaute tatsächlich genau, ob Matuschek darunter wäre.«

»Red weiter!«

»Ach Karl, meinst du nicht, daß... ich kann nicht weiterreden!«
Sie ging aus dem Zimmer.

»Watteschultern, glänzende Stiefel, klappernde Autotüren, Wimpeln und Karosserien. Filme über das Mittelalter fielen mir ein. Die Bettler am Straßenrand, die Pferde und die Karossen. Das Eis war dünn, wir ritten über den Bodensee. Diese kalten Augen, Fischaugen, wie sie die Mörder in den Krimis haben – noch hielten wir die hier nicht für Mörder. Wir bekamen ein Appartement in einem ›Gästehaus‹. Alles da, Teppich, Möbel, alles aus dem Warenhaus gestohlen, es hingen noch die Preiszettel dran, alles neu, nur staubig. Die Wohnung war leergestanden, und im Badezimmer hockte in einer trockenen verstaubten Wanne ein nacktes Gerippe. Ein Jude, der sich versteckte. Er sah uns entgegen, er sah in uns seine Mörder. Die Panik! Die Panik! Er begriff nicht. Lange begriff er nichts. Ich stotterte... ›Ruhig, bitte sei ruhig, nichts passiert!‹ Wir gaben ihm ein bißchen Brot und Kirschen, ein hartes Ei, ein Hemd und eine Hose. Er nahm es voll Verachtung – ›Sie haben

Hunderte abgeknallt, einfach am Rand des Massengrabes!‹ schrie er uns dann an. ›Ich bin davongerannt. Andere auch. Sie schossen uns von den Bäumen, auf die wir... ich bin durch Zufall hier. – Nachts. Eine Tür stand offen. Es gibt Polen, ja es gibt sogar Deutsche, die einem... einem Nackten, der um sein Leben rennt, nichts tun. Ich bin nicht der einzige, der...‹

Er gab keinen Pfifferling für sein Leben und hatte auch keine Angst mehr vor uns. Er war intelligent, sprach deutsch und französisch – er war kein Pole – ›O mon dieu, mon dieu, gebt mir etwas Geld, gebt mir, was ihr könnt... in diesen Kleidern werde ich... können Sie nicht für mich Schuhe kaufen? Die von Ihnen, die drücken zu sehr. Habt ihr etwas Schnaps? Etwas Stärkendes...‹

Er rasierte sich und bat mich, ihm das Haar zu schneiden. Er sah ganz ordentlich aus, als er aus dem Haus ging, als wäre es selbstverständlich. Ja, natürlich hatte ihm Robert inzwischen Schuhe besorgt. Du glaubst es mir, daß ich, als es gleich darauf an der Wohnungstür läutete, kaum die Kraft in die Knie bekam, zu öffnen. Ich hielt mir den Bauch und spielte die schwer Schwangere. Es war die Hausmutter, die ›Gastgeberin‹, eine sehr deutsche Gertrud, die uns fragte, was wir denn so bräuchten und uns die Einladung zu einem Abend in der Ukrainischen Oper brachte.

Dort lernten wir den Gouverneur, seine Frau und einen dazugehörigen Schwiegervater kennen. Herr Baron! Der Junge in Uniform – er hatte was mit dem Dollfußmord zu tun, der Wächter, du weißt... Gott, waren das ›feine Leute‹, gute Manieren, ganz großes Getue. Keine Heraufkömmlinge. Leute, die es verstanden zu kommandieren und in der Loge die Kaiser spielten... Es waren auch andere Künstler aus Wien da... die Dame hatte einen Salon. Wir gingen hin – ich war zu neugierig, um da nicht hinzugehen. ›Sensationsgier‹, hatte Walther geschrieben und mich... So gescheit war ich schon und so schlecht war mein Gewissen, daß ich die Unterschrift ins Gästebuch unleserlich hinkritzelte... eine Villa, das heißt, ein Palast, er hatte einem jüdischen Ölhändler gehört... Die Dame war jung und schön und hatte acht Kinder. So deutsch eine Mutter! Schwesterlich strich sie mir über den gewölbten Leib – auch sie war lyrisch und las Rilke und hatte ›entsetzliches‹ Mitleid mit den Juden und würde am liebsten selber das Parkett pflegen. Aber nun sind die Menschen und die Rassen... es sind unsere Feinde... nicht? Die Wirklichkeit ist hart.

In der Ecke stand eine Chinoiserie, weiß Gott wie wertvoll, aus dem Lemberger Museum – nur Museumsstücke; alte Kunst stand und ging herum, und die deutschen Kinder spielten Haschen: die Süßen.

Mein Gott, und ich mit meiner selbstgetöpferten Vase zu Hause beneidete mich selbst um meine relative Unschuld und aß um meines Kindes willen die guten Sachen vom Buffet.

So erlebe ich es.«

Karl hielt meine Hand. Ich schrie ihn an: »Eine Anekdote für dich? Für mich war es auch eine Anekdote, ich erlebte alles als eine Anekdote, bis es...«

»Willst du ein bißchen ruhen?«

»Jesus, Karl, willst du mir jetzt eine Spritze geben? Jetzt? Ich rede lieber weiter, bis du genug hast. Eigentlich möchte ich dir noch sagen, daß ich immer noch glaubte, was da stinkt, käme von einer chemischen Fabrik!

Ich brachte es fertig, in diesem Gestank spazierenzugehen. Ich redete mit den Lembergern, ehemalige Österreicher, sie sprachen alle deutsch.

Ich bekam in dem Offizierskasino, in dem Robert eine Maria Theresia an die Wand malte, um die österreichische Tradition zu unterstreichen, überhaupt machte man auf k. u. k. Tradition... auch in der Oper... Ballett, Johann Strauß... ich bekam in dem Kasino reichlich Lebensmittel. Ich redete mit den Lembergern und teilte Eier und Butter aus, ich bekam in dem Kasino Marmelade, Gurken... nur für Deutsche, versteht sich. Ich lernte ein Kellerfenster kennen, in das ich Pakete und Schachteln voll Essen hineinwerfen konnte. Ich fand eine Konditorei und aß träumerisch Schokoladeeis und hielt den schwarzen Rauch am sommerblauen Hitzehimmel für Fabrikrauch. Ich trug meinen Bauch spazieren wie in Trance.

Das war alles noch, ehe ich die brennenden Juden sah, die man über die Balkonbrüstung warf... Und dann... als das Kind weg war und ich begriff, daß ich nicht sofort sterben würde... da kam die ganz große Angst wieder: Ich wollte überhaupt noch nicht sterben. Trotz allem nicht. Ich wollte um alles in der Welt am Leben bleiben...«

»Wie kam es zur Frühgeburt?« Karl kaute am Bleistift und wollte alles ganz genau wissen.

Ich begann wieder zu schreien, und die Alte sah besorgt herein:

»Du weißt doch, daß sie lebende Menschen aus den Fenstern warfen. Brennend! Ich stand da, mir wurde schlecht, ich rannte, ich rannte, bis ich vor einer Straßenbahn stand, stieg ein, geriet unter Polen, die mir keinen Sitz anboten, sondern mich voll Haß anstarrten... es gab getrennte Abteilungen: für Deutsche, für Polen. Ich bedachte das nicht... nichts, gar nichts... ich stieg wieder aus, da war ein Kino. Natürlich ›nur für Deutsche‹: *Paracelsus* mit Harald Kreutzberg. Ich ging hinein, sah einen Tanz, bekam Wehen, ging aufs Klo, sah einen Kristalluster, der mit nur einer einzigen Kerze blinzelte, sah dreckige rote Barocktapeten und dann nichts mehr. Dann wachte ich in einem Spital auf und sah Robert.«

»Robert war wohl froh, daß es kein Kind geben würde?«

»Ich sah ihn böse an, obwohl er nur gute Vater-Worte für mich hatte. Ich sagte nur: ›Weg von hier! Weg! Fahren wir weg!‹

Ich war aber ziemlich krank.

›Nach Wien‹, sagte ich, ›weg, weg.‹

Wir fuhren durch Partisanengebiet. Die Lokomotive gespickt mit Maschinengewehren. Die Front war zweihundert Kilometer entfernt. Man hörte Schießen, schwere Geschütze, Knallen und Pfeifen. Neben mir am Fenster stand auch einer mit einer schweren Waffe, und die Tiere im Abteil erzählten von ihren Abschußziffern. Da hörten wir es – prahlerisch redeten sie von den Massakern und den Vergasungen und Krematorien... Karl, sie bringen sie zu Hunderten um und verbrennen die Leichen... die Leichen der ermordeten Juden. Sie wollen alle Juden ausrotten. Hörst du, sie sagen es ganz im Ernst so: ausrotten. Sie lachen nur, wenn man es übertrieben findet. Und es sind schöne gesunde junge Burschen dabei, blonde Engel – ich weiß, was ich sage: Der Teufel ist schön, ist blond, blauäugig, er ist wie Hitlers neu-antike Götter.

In dem Abteil saß ein hinreißender Jüngling, auch gute Manieren, ein Lächeln wie ein Filmstar... er rühmte sich seiner Morde wie... wie... ich suche nach dem Namen einer französischen Romanfigur... aber es ist Dorian Gray, der mir einfällt... Ich möchte dir nur sagen... Karl, du wirst mich verstehen... ich sah auch in dem SS-Mann im Grunde nur einen Patienten. Robert bekam Angstzustände und er schluckte meine Beruhigungsmittel. Ich war ganz ruhig. Ich wollte nur leben, Karl. Es ist mir heute im Grunde alles wurscht. Ich will leben und spüren, daß ich lebe.«

Karl rückte von mir ab. Die Alte war nebenan.

(1979)

GERT JONKE

Wiederholung des Festes

Eigentlich ist alles der Wiederholung gemäß gekommen.

Alles ist der Wiederholung zu Hilfe gekommen.

Man hat sogar dieselben Lampions wie vor einem Jahr an die Wände und Plafonds gehängt.

Es hat sehr viel Mühe gekostet, in dieselben Kaufhäuser zu gehn und nach den gleichen Kerzen, dem gleichen Whisky, dem gleichen Cognac, den gleichen Farben, die zur Dekoration verwendet worden waren und worden sind, dem gleichen Papier, den gleichen Tischen und Tischtüchern, den gleichen Aschenbechern und den gleichen Kleidern zu suchen.

Es hat den Friseuren sehr viel Mühe bereitet, die gleichen Frisuren anzufertigen.

In den Drogerien hat man die gleichen Parfums und Rasierwasser gekauft.

Man hat auch letzten Endes dieselben Leute eingeladen.

Jedenfalls ist alles geschehen, um eine Wiederholung des Festes, das im vorigen Jahr zu Beginn des Sommers veranstaltet worden war, zu ermöglichen.

Man hat keine Mühe gescheut.

Man wollte wissen, ob die Wiederholung eines Festes möglich ist.

Der Versuch einer *zeitlich hintereinandergereihten Kongruenz* von Empfindungen, Gefühlen und menschlichen Beziehungen.

Dem ist freilich auch zugute gekommen, daß im vorigen Jahr, als noch niemand etwas über die beabsichtigte Wiederholung des Festes ein Jahr später gewußt hat, das Fest in verhältnismäßig kleinem Rahmen aufgezogen worden ist.

Warum hat man denn alles wiederholen wollen?

Wahrscheinlich aus Neugier, ob auch jene Gäste, die nichts von der Absicht der Wiederholung des Festes gewußt haben – außer den Veranstaltern und mir, der ich der Sache auf den Grund gegangen bin, ist nie jemand etwas Diesbezügliches zu Ohren gekommen –, unbewußt in den Verlauf der Handlungen, Gefühle und Be-

446

ziehungen »vorschriftsmäßig«, wie vor einem Jahr, eingehen würden.

Am Abend sind dieselben Gäste empfangen worden, dieselben Lampions haben aufgeleuchtet, und die gleichen Kerzen sind angezündet worden.

Plötzlich haben sich dieselben Leute miteinander unterhalten, sind zu denselben bestimmten gleichen Stunden dieselben bestimmten gleichen Leute gleich an derselben bestimmten gleichen Theke gestanden, haben auf dieselbe Art und Weise dieselben bestimmten gleichen Getränke wie im vorigen Jahr getrunken und über dieselbe bestimmte gleiche Politik wie im vorigen Jahr geschimpft.

Was übriggeblieben ist:

die gleichen zerschlagenen Lampen wie im vorigen Jahr, das gleiche am Boden zerronnene Wachs wie im vorigen Jahr und dieselben, einiges befürchtenden Gedanken desselben Personals, die gleichen mühsamen Aufräumungsarbeiten am gleichen darauffolgenden selben Nachmittag.

Es ist wie im vorigen Jahr in keiner Weise ein besonderes Fest gewesen.

Es ist trotzdem gelungen.

Man hat erreicht, was man erreichen wollte.

Man hat plötzlich gewußt, daß die Wiederholung eines Festes, eine zeitlich hintereinandergereihte Kongruenz, auf einmal möglich sein kann.

Zumindest ist es bei diesem Fest möglich gewesen.

Für die Veranstalter ist es ein Erfolg gewesen, wie man ihn sich nie zu erträumen gewagt hätte.

Auch zwei Freunde sind während des Festes von der Wiederholung des Festes in Bann gezogen worden, wie auch ich von der Wiederholung des Festes in Bann gezogen worden bin.

Das hat sich insofern ausgewirkt, als wir nach dem gleichen Ende der gleichen Veranstaltung das gleiche Bedürfnis gehabt haben, im selben See, dieselben paar Kilometer von uns entfernt, zu baden.

Ein kühler Morgen, etwa fünf Uhr früh, wir sind dieselbe Chaussee wie im vorigen Jahr entlanggegangen und haben kein einziges Wort gewechselt.

Als wir den See erreicht hatten, haben wir bemerkt, daß das Strandbad genau wie im vorigen Jahr noch versperrt war.

Da die übrigen Uferteile von einem breiten Schilfgürtel umgeben sind, ist es unmöglich, in diesem See woanders als im Strandbad zu baden.

Wir sind über den Zaun gestiegen.

Da sich in einer Kabine nur zwei Leute zugleich umziehen können, da drei Leute in der Kabine nicht Platz haben, sind zwei von uns in die Kabine gegangen, um sich umzuziehen, der dritte ist auf die Brücke vorausgegangen, um sich dort umzuziehen, was durchaus möglich gewesen ist, da um diese Zeit genau wie im vorigen Jahr noch kein Mensch im Strandbad gewesen ist.

Auch im vorigen Jahr hatten sich zwei in der Kabine umgezogen, und der dritte war auf die Brücke vorausgegangen.

Wir sind dann auf die Brücke gegangen, wo die Kleider unseres Freundes herumgelegen sind.

Wir sind dann ins Wasser gesprungen und haben ein paar Kraulbewegungen gemacht, doch ist uns bald kalt geworden.

Wir sind dann in die Kabine zurückgelaufen und haben uns wieder angezogen.

Wir sind dann wieder auf die Brücke zurückgegangen, um auf ihn zu warten.

Auch im vorigen Jahr hatten wir sehr lange, mindestens eine halbe Stunde, auf ihn warten müssen.

Wie im vorigen Jahr haben wir kein einziges Wort gewechselt.

Es ist noch nicht sieben Uhr gewesen.

Um diese Zeit wird das Strandbad geöffnet.

Da wir befürchteten, von den Strandwächtern als Einbrecher, Diebe oder Landstreicher verhaftet zu werden, da wir ja über den Zaun gestiegen waren und das Bad, wenn es geschlossen ist, nur über den Zaun betreten werden kann, haben wir uns wieder vorsichtig über den Zaun davongeschlichen, um nicht gesehen zu werden.

Wir sind uns wirklich ein wenig wie Landstreicher oder Diebe vorgekommen, weil wir nicht auf ihn gewartet, sondern ihn im Stich gelassen hatten.

Wir haben ihn nie wiedergesehen.

Auch die anderen Leute haben ihn seit damals nicht mehr gesehn, geschweige denn aufgefunden.

Einige Leute behaupteten, er sei wahrscheinlich ertrunken, müsse im See auf alle Fälle unglücklicherweise ertrunken sein.

Aber auch das konnte niemand beweisen, denn man suchte mit Booten und Tauchern nach seiner Leiche, man tastete den gesamten Grund des Sees mit Tauch- und Sondiergeräten ab, man durchstreifte den Schilfgürtel, tagelang, man fand ihn nicht.

Die einzige auf ihn hindeutenden Spuren waren seine Kleider auf der Brücke, die noch bis zum Abend des folgenden Tages dort lagen, da niemand sie zu berühren wagte, weil allerlei mysteriöse Gerüchte umhergingen, er sei in Wirklichkeit der feindliche Spion eines fremden Landes, der, nachdem ihm etwas Ungeheuerliches unser Land Betreffendes zu Ohren gekommen und der Boden zu heiß geworden war, ohne daß es jemand bemerkt hätte, von einem geheimnisvollen Wasserflugzeug abgeholt worden war und seine Kleider nur deshalb zurückgelassen hatte, um den Anschein zu erwecken, er sei ertrunken etc.

Er muß irgendwie spurlos verschwunden sein.

Es ist durchaus möglich, daß sein Verschwinden, sein spurloses Verschwinden notwendig war, da sein Verschwinden das einzige darstellte, was sich im vorigen Jahr nicht abgespielt hat.

Wäre er nicht verschwunden, hätte sich wahrscheinlich von diesem Zeitpunkt an alles weiterhin wie im vorigen Jahr wiederholt, vermutlich hätte sich alles weiterhin wie im vorigen Jahr abgespielt, und alles wäre plötzlich auf einmal immer wieder so gewesen wie im vorigen Jahr.

(1980)

Absichtserklärung

Vor etwa einer halben Stunde sind das Kind und ich die Straße heruntergegangen, Richtung Park, Spielplatz, wo ich gehofft habe, daß andere Kinder sein werden, damit ich mich auf die Bank, auf der ich jetzt sitze, setzen und das Kind endlich sich selber überlassen kann. Im Gehen haben wir Wurstsemmeln gegessen, die ich gekauft habe, und ich habe daran gedacht, dem Kind zu erzählen, wie ich zum erstenmal in meinem Leben eine Käsewurstsemmel gegessen habe, zu erzählen, daß ich mir als Kind ab ungefähr meinem zehnten Lebensjahr jahrelang eine Semmel mit Käsewurst zum Geburtstag gewünscht habe, nachdem meine Mutter mir an meinem Geburtstag einmal eine gekauft hat, zufällig eine Käsewurstsemmel und ohne daß ich mir eine gewünscht hätte. Wahrscheinlich doch in der Hoffnung, sie würde mir irgend etwas kaufen, habe ich sie zum Einkaufen begleitet, und in der Fleischerei hat der Verkäufer eine frische Strange Käsewurst angeschnitten, die ich wohl angestarrt habe, weil ich eine Wurst, die im Rosa des Fleisches gelbe Käseintarsien hat, vorher noch nie gesehen hatte, aber meine Mutter hat meine Verwunderung wohl als Habenwollen mißverstanden, jedenfalls hat sie mir eine gekauft, und dann im nächsten wieder, jahrelang, weil sie anscheinend gedacht hat, meine Freude vom erstenmal werde sich wiederholen, und ich, um ihr eine Freude zu machen, auf die Frage, was ich mir zum Geburtstag wünsche, bei der Käsewurstsemmel geblieben bin: bei der ebensolchen Käsewurstsemmel, wie das Kind und ich, während wir die Straße heruntergegangen sind, eine gegessen haben. Ich habe überlegt, wie ich dem Kind erzählen könnte, daß ich mir als Kind jahrelang nichts anderes als eine Käsewurstsemmel zum Geburtstag gewünscht habe, wie erzählen, ohne daß das gleich der Geruch »kleiner Leute«, der Geruch »schlechter Zeiten« mitaufersteht. Ich wollte ja dem Kind nichts von schlechten Zeiten erzählen, sondern davon, wie ich mich über diese meine erste Käsewurstsemmel gefreut habe, und dann jedes Jahr wieder gefreut, um meiner Mutter eine Freude zu machen. Aber ich habe gewußt, erst vor kurzem habe ich das deutlich gesehen, als ich mit dem Kind über Weihnachtsgeschenke und von meiner Mutter für mich für Weihnachten geschneiderte Flanellhemden zu reden versucht habe, ich habe gewußt, daß das Kind dann wieder meinen wird, ich wünsche mir oder vielmehr ihm, dem Kind, wieder Zeiten herbei, in denen man, bekommt man das ohnedies nur Nötige zum Geschenk, in Freude ausbrechen muß. Ich habe das Kind ja auch nicht dazu bringen wollen, mich zu bedauern, daß ich damals nur eine Käsewurstsemmel zum Geburtstag bekommen habe, weil ich mir damals doch gerade nicht bedauernswert vorgekommen bin, sondern im Gegenteil beneidenswert. Ich habe mich damals, als mir meine Mutter die Käsewurstsemmel gekauft hat, wirklich nicht als Opfer trauriger Verhältnisse fühlen können, habe nicht gedacht, wie arm wir doch sind, daß ich mir mit einer Käsewurstsemmel schon beschenkt vorkommen muß. Denn so bin ich mir vorgekommen, und das eigentlich war es auch, was ich dem Kind erzählen wollte: daß ich mich damals wirklich beschenkt gefühlt habe, als ich die Käsewurstsemmel bekam, so wie ich mir jetzt kaum noch oder wahrscheinlich überhaupt nicht mehr beschenkt vorkommen könnte. Aber wie, habe ich gleich gedacht, erzähle ich das dem Kind, ohne daß es meint, es soll ihm daraus ein Vorwurf gemacht werden, daß ich mir damals mit einer solchen, sich heutzutage und hierzulande gar nicht für ein Geschenk eignenden Wurstsemmel schon beschenkt vorgekommen bin, während es selber, neben mir die Straße hinunter und durch den Park auf den Spielplatz zugehend, die Käsewurstsemmel als etwas ganz Gewöhnliches in sich hineingegessen hat und die mir selber ja überhaupt nicht mehr geschmeckt hat, sodaß ich sie am liebsten in den nächsten Papierkorb geworfen hätte, wenn ich nicht befürchtet haben würde, das Kind könnte dir, wenn ich es abends wieder abliefere, von der weggeworfenen Semmel berichten und deine Meinung bestätigen, ich sei ein ungünstiger, ein schlechtes Vorbild abgebender Umgang für das Kind, den man nach Möglichkeit unterbinden soll. Ich bin froh gewesen, daß Kinder am Spielplatz waren, und das Kind wahrscheinlich noch viel mehr, geh nur, habe ich gesagt, und es ist erleichtert hinübergelaufen. Jetzt sitze ich auf dieser Bank, von wo aus ich das Kind sehen kann, und versuche mir vorzustellen, was du sagen wirst, wenn du liest, was ich hier schreibe, und was das Kind sagen wird, wenn es erfährt, daß ich auf mein Recht verzichte.

Ich bin sicher, es ist das Beste so. Und ich denke dabei gar nicht so sehr an das Kind als an mich.

Ob dem Kind an diesen Samstagen etwas liegt oder ob ihm je etwas daran gelegen ist, weiß ich nicht. Ich kann es mir nicht einmal mehr vorstellen. Es zu fragen, habe ich aus Angst vor der Antwort nie gewagt. Lange Zeit habe ich mir eingeredet, daß es ein Recht darauf hat. Aber nun glaube ich nicht mehr daran, irgendein Recht des Kindes zu verteidigen, indem ich auf die Besuche bestehe. Ich habe die ganze Zeit wahrscheinlich nur mein Recht verteidigt, das mir zugesprochen worden ist, und seit langem denke ich schon, mir ist nicht ein Recht eingeräumt, sondern ich bin dazu verurteilt worden: einmal im Monat das Kind zu treffen und den Tag mit ihm zu verbringen. Tatsächlich sind mir ja diese Tage im Lauf der Zeit zu etwas Lästigem und schließlich zu einer Last geworden, und meine Erinnerung, daß ich mich einmal auf die ersten Samstage im Monat sogar gefreut habe, kommt mir nur noch wie eine falsche Erinnerung vor.

Von allem Anfang an, glaube ich, ist es nie um das Kind gegangen. Wir haben es dazu benützt, um unsere Feindschaft, unsere Feindseligkeit weiterführen zu können, auch nach unserer Trennung. Immer habe ich, wenn ich das Kind abgeholt habe, es sofort von oben bis unten taxiert, abgeschätzt (also eigentlich nur *abschätzig* angeschaut), ob da nicht etwas zu finden sei, was ich dir zur Last legen könnte. Jedem Wort des Kindes habe ich aufgelauert. Und ich weiß noch genau, wie hämisch zufrieden ich gewesen bin, als das Kind beim Wort Yoghurt einen falschen Artikel verwendet hat, den auch du immer verwendest. Und oft ist mir der Mund trocken geworden vor Wut, wenn das Kind deine Meinung herausgeredet, einfach mit deiner Meinung geredet hat, und das ist eine Meinung gewesen, über der wir schon von Anfang an und dann immer heftiger aneinandergeraten sind.

Ich bin auf diese schreckliche Konkurrenz mit dir hereingefallen, die eigentlich nur vorgestellt, aber deswegen um nichts weniger wirksam ist und an der du nicht einmal beteiligt sein müßtest, auf eine Konkurrenz, die alles, das habe ich leider erst spät gemerkt, ins Gegenteil verkehrt hat. Ich habe dem Kind gegenüber großzügig sein wollen, aber letzten Endes bin ich doch nur sehr kleinlich gewesen, weil ich ja alles immer angerechnet, mir zugute gehalten haben wollte. Ich habe dem Kind einen Menschen vorgespielt, der für alles Verständnis hat: Mir kannst du das doch sagen, habe ich oft gesagt, und es damit nur zum Geständnis bringen wollen, daß du nicht soviel Verständnis hast. Eine Genugtuung war es, wenn ich denken konnte, ich habe dem Kind jetzt etwas erlaubt, was du ihm wahrscheinlich verboten hättest. Ich habe so getan, als würde ich Vaterpflichten erfüllen, wenn ich mit dem Kind über die Schule geredet, es regelrecht abgeprüft habe, aber ich habe mir dabei nur den Beweis erbringen lassen wollen, daß du dich, weil das Kind nicht alles auswendig kann, zuwenig um es kümmerst.

Ein entsetzlicher Mechanismus, in den ich da tiefer und tiefer geraten bin: Immer habe ich Angst gehabt, dem Kind seien diese Samstage auch nur eine lästige Pflicht, und ich habe gemeint, ihm ständig etwas bieten, es unterhalten zu müssen, in der wahnwitzigen Hoffnung, das Kind werde den Besuchstag dann als einen schönen in Erinnerung behalten, es werde dir, wenn du fragst, sagen, es sei ein schöner, ein sehr schöner Tag gewesen: Was für dich, habe ich mir ausgemalt, ein Stich sein würde. Gelungen ist mir das sicher nicht. Das Kind ist mir ja bald nur noch auf die Nerven gegangen, so wie auch ich ihm wahrscheinlich nur noch auf die Nerven gegangen bin mit meinen krampfhaften Unterhaltungsbemühungen. Tatsächlich habe ich mich ja nicht einmal selber mit ihm unterhalten, sondern ich habe es unterhalten lassen: Kino, Autodrom, Achterbahn und so fort: All das, wozu es mich eigentlich nicht gebraucht hätte. Sondern nur irgendeinen, der zahlt.

Über all dem ist das Kind immer stiller geworden, und auch ich habe immer weniger reden können, zuletzt, heute, als wir nebeneinander die Straße herunter- und hierher in den Park gegangen sind, nicht einmal mehr umstandslos über Käsewurstsemmeln meiner Kindheit!

Es ist beschämend, aber es ist so: Ich bin ständig nur noch darauf aus, ihm irgend etwas zu kaufen, ihm so den Mund zu stopfen, tatsächlich mit Essen und Trinken den Mund zu stopfen, und ich bin froh, daß es immer sofort Ja sagt, wenn ich frage, ob es noch etwas, ein Eis, ein Cola und so weiter, will.

Ich hole es, kommt mir vor, eigentlich nur noch ab, um einen ganzen Tag lang den Moment herbeisehnen zu können, wo sich die Tür wieder hinter ihm schließt.

Um es noch einmal zu sagen (auch um deiner Beschuldigung zuvorzukommen): Es geht mir um mich. Und langsam beginne ich zu verstehen, daß es mir immer darum hätte gehen müssen, um mit dem Kind nicht dorthin zu kommen, wo wir jetzt stehen.

Ich glaube, es wird nicht nötig sein, dem Kind zu erklären, warum ich nicht mehr komme.

(1980)

Kinderspiele und Hausmeisterinnen

Osren besaß, wie schon sein Blick vermuten ließ, einen heftigen Charakter. Gewiß, er liebte IK. Er brüllte nach ihr, wenn er sie suchte – sie verbarg sich manchmal heimlich trotzend im Kasten –, er suchte sie laut und weinerlich, wie ein starker, sich verlassen fühlender Säugling. Seine Zuneigung hatte etwas von der blutsaugerischen Penetranz einer Bettwanze. Sie dagegen liebte ihn mit schwermütiger Hingabe. Sie liebte seine derbe braune Männlichkeit, den dringlichen Blick, sogar das ungenierte Plärren; am tiefsten aber wohl das fremdartige Gewinnende an ihm, die Opanken und das fehlerhafte, ein wenig heiser getönte Deutsch, das bei Aufregung immer wieder ins Kroatische fiel, das manchmal hart prasselte, dann wieder heiser sang. Und wenn er sie mit ohrenbreitem Grinsen ausnahmsweise um das Trito, das ihr gehörte, bat, statt es sich einfach zu nehmen, und sich gedehnt mit offenen Vokalen mit einem »ist gäfälig« an sie wandte, dann zitterte ihr geprüftes Herz, und rieselndes Brennen stellte sich ein in der Magengrube, das sie – zu ihrem bitteren Ärger – in absolute Wehrlosigkeit versetzte.

Es erübrigt sich fast zu erwähnen, daß die beiden dauernd zusammensteckten. Gemeinsam ging man spazieren, wurde einkaufen geschickt und fuhr vor dem Haus abwechselnd auf jenem erwähnten Trito, Osren öfter als IK. Wetterbedingt verlustierte man sich auch im Stiegenhaus. Erregend war es, sich auf die obersten Stufen zu setzen und nach kräftigem Abstoß auf dem Hintern über die mäßig hohen, aber glattgetretenen Stiegen herunterzurumpeln. Durch die Erschütterung des Gehirns geriet man in eine interessant verschleierte Bewußtseinsverfassung, die durch eine Erregung der Eingeweide pikant verschärft wurde.

Im Rahmen einer anderen Belustigung rutschte man bäuchlings über das Treppengeländer, scharf die Kurven nehmend. Dies allerdings stellte einen vor die Notwendigkeit, das Geländer vorübergehend von den gedrechselten Knöpfen zu befreien, die es, eingeleimt, in bestimmten Abständen zierten. Die beiden verbrachten viel Zeit damit, diese aus der Befestigung zu lösen, um sie nach dem Spielen wieder scheinhaft einzustecken. Allein die Hausmeisterin, eine gewisse Frau Capouch (Ofenloch bzw. Schlampe) und von einer selbst für diese Profession außergewöhnlichen Galligkeit, kam beim Abstauben hinter den Mißstand und schob ihn ohne Bedenken in die Schuhe der beiden, wie alles, was damals aufkam an Mißständen im Hause. Sie leimte mit giftigem Begleitgemurmel die Knöpfe wieder ein. Die zwei erhorchten es gespannt hinter der Wohnungstür und gruben alsbald die Zierstücke unter gepreßten Lachkrämpfen wieder aus.

Trotz dieses permanenten Kriegszustandes fanden sich die beiden regelmäßig am Monatsersten, und zwar an der Hand von IKs Mutter, in der Hausmeisterwohnung ein, um Reinigungsgeld zu zahlen. Dies geschah aus naturwissenschaftlichem Interesse. Wußte doch das ganze Haus, daß Frau Capouch in ihrer Küche auf offenem Regale ein blankgeputztes Gurkenglas hütete, in dem sich, in Spiritus für die Nachwelt aufbewahrt, das nahezu vollständige Exemplar eines Bandwurms befand, der seinerzeit in den hausmeisterlichen Eingeweiden gehaust hatte und nach schauerlichem Vernehmen, sobald er Hungergefühl empfand, heischend aufgestiegen war aus der Tiefe mit blinden Saugnäpfen im großen Kopf und das Seine ungestüm verlangt hatte. – Dieser Anblick nun und die regelmäßig erfolgenden plastischen Erläuterungen hatten für die Kinder einen exorbitanten Reiz. Auch die Mutter schien das Ausstellungsstück zu schätzen samt Kommentar und gab alles beim Tarock wieder in treffender Strichführung.

Die Pflichtgänge zum Einkaufen wurden bisweilen zu kleinen Echappements benützt. Gerne suchte man eine Handlung auf, in der nebst anderem ein besonders pickiges Zuckerwerk von giftigem Farbcharakter feilgeboten wurde. Die Mittel zum Erwerb desselben erarbeiteten sich die beiden durch museale Zurschaustellung eines Geräts, das im Wäschekasten in der untersten Lade sorgfältig geborgen, wenn auch nicht mehr benützt wurde. Es war dies eine ungeheure zinnerne Klistierspritze. Dazu aber gab es Geschichten, von der Großmutter in nüchterner Sachlichkeit breit erzählt, von der Tante mit schauerlichen Details illustriert. Geschichten, bei denen die Spritze mit oder ohne Erfolg angewendet sein wollte. Nicht so sehr, um eine stockende Verdauung zu beleben. Hochinteressant war vielmehr der Fall, wenn diese Verdauung sich aus geheimnisvollem Anlaß schauerlicherweise in der Richtung irrte und den Unrat nach oben würgte, wobei der Befallene meist aus komischem Ekel ums Leben kam. Diese Krankheit führte im Volksmunde auch die passende Bezeichnung »Miserere« und gehörte somit in den Bereich des Sakralen. IK zeigte aus Prahldrang das Gerät gern dem Gassenvolk, das sie zu diesem Behuf heimlich heraufbrachte. Dazu gab sie großmäulig die einschlägigen Geschichten zum besten, die sie nur wenig ausschmückte. Klein-Osren war es, dem der Gedanke kam, den Fall finanziell auszubeuten. Er erhob gestaffelte Eintrittsgebühren – Betasten der Spritze kostete mehr als bloßes Betrachten –, mit Hilfe derer man sich jene giftfarbenen Süßigkeiten erwarb, deren Reste leider immer wieder in den verpickten Kleidertaschen nachgewiesen wurden.

Das Herauspokeln war lästig und riß die damit Befaßten meist zur Maulschelle hin, dem probaten pädagogischen Mittel der Zeit. Doch Maulschelle war nicht Maulschelle. Frau K.s Ohrfeigen etwa zeichneten sich durch erschreckend jähes scharfes Hervorbrechen aus und sind am ehesten mit dem Namen Backpfeife zu beschreiben. Die Mutter verabreichte es einem zornlos, im beiläufigen Vorübergehen, Dachteln am ehesten; sie kränkten durch ihre kalte, fast unbeteiligte Trockenheit. Mischte sich aber der Vater ein, dann wurde der Vorgang zu einem ernsten moralischen Akt hinaufgepeinigt; die Schelle ward zum Backenstreich, saß scharf und schmerzhaft und brannte noch während der anschließenden Predigt, die der Vater sich auf und ab schreitend mit auswärts gerichteten Füßen langhin entströmen ließ. Sah er doch in jeder unschuldigen Leibesfreude den Keim zur sybaritischen Charakterentnervung giftig sprießen, die unweigerlich in die Gosse trieb. IK, innerlich besonders gegen die Predigt trotzend, trug die brennende Backe in den dunklen Kasten, wo sie dann in stiller Rachsucht den Kirchenhut verächtlich machte. Sie züchtigte – trotz Gewissensplage – das Schaustück, kratzte an der prallen Rundung, gab ihm ordinäre Namen zu hören, bespuckte es sogar und rieb es ein.

Nach solchen Freveln entstieg sie dem Gehäuse in kühl erhöhter Stimmung, die gemischt mit scharfem Sündengefühl eine interessante Sensation ergab, die den Magen aufzittern ließ.

Oft schickte man die Kinder auch mit dem Hund äußerln. Versuchten sie dann, ihn an der Leine zur verbotenen, aber ungeheuer bildenden Gersthofer Gstätten zu ziehen, stemmte er sich mit allen Vieren gegen die Richtung und zog nach dem Weg der Tugend, zum Türkenschanzpark, von dem aus man allenfalls in die stillen Cottagegassen vordringen konnte, wo das Tier sich freier zu bewegen vermochte. Dorthin lockte die beiden auch ein Tor. Ein hohes Gittertor, das einen großen verwilderten Garten abschloß, hinter dessen Gebüsch man den steilen schiefergrauen Giebel eines Hauses sah. Ein gelbes Biedermeierhaus, wie man im Winter in der laubarmen Zeit sah, mit fußhohen Fenstern, die über einen Portikus in den wilden Garten führten. Sie standen dort und starrten durch das Gitter in die vogelbelebte Stille. Sie zogen auch an der verrosteten Klingelschnur, bereit zur Flucht, wenn jemand käme, aber sie wußten, es wird niemand kommen, und sie stellten sich vor, wie das krächzende Schrillen durch die stillen verhängten Räume gellte. Es war unheimlich und verlockend zugleich. Eine starke Faszination ging aus von diesem verwachsenen Garten und zugleich etwas wie die Verheißung eines tiefen Friedens.

Wurde den Kindern die Möglichkeit gegeben, sich ohne das wachsame Tier zu entfernen, rückten sie heimlich ab auf die verbotene Gstätten. Dieses hochinteressante Gelände, auf das Sie, Verehrter, bereits eingegangen sind, stand unter der unbestrittenen Herrschaft des unteren Gersthof, der Gegend entlang der Vorortelinie gegen den Hernalser Hügelrücken zu. Das obere Gersthof, fein und dünkelhaft, mußte in den Türkenschanzpark spielen gehen, fühlte sich jedoch intensiv angezogen von den Stätten, die das niedere Geblüt besetzt hielt, welches frei und erfahren und hinreißend gewandt war im Gebrauch plastischer Schimpfreden. Während die größeren Lümmel auf dem ebenen Vorplatz Fußball spielten, trieben sich die jüngeren in den Lößhügeln herum, die die Gstätten gegen den höher gelegenen Döblinger Friedhof abgrenzten. In diese Steilwände aus porösem Material hatten sie schwer zugängliche Höhlen gegraben; Bergnester, die die verschiedenen Gruppen einander streitig zu machen suchten und erbittert umkämpften. Wurde nun eine solche Höhle erobert, entehrte sie der Feind auf eindrucksvolle Weise. Jedes Mitglied der Siegerpartei ließ sich freimütig die Hosen herunter und setzte in der gefallenen Höhle Kot ab. Anschließend wurde der Zugang, mühsam gepflegte Treppen und Steige, durch reichlich heruntergelassenen Urin zerstört. Das obere Gersthof bewunderte die Vorgänge tief, und man zerbrach sich ehrgeizgeplagt den Kopf, woher die Kinder der Freiheit über soviel Leibesunrat verfügten, fester und flüssiger Natur und auf Anhieb abrufbar. So geschah es denn, wie sich denken läßt, daß diese Hügelwand eine Unzahl von Höhlen enthielt, aus denen es in verschiedenen Graden der Frische stank. Grünschillernde Fleischfliegen wölkten daraus auf, sobald man sich näherte, und von weitem glaubte man, sich den Nisthöhlen von Aasgeiern oder einer archaischen Begräbnisstätte zu nähern.

Diese Gstätten suchten die beiden so oft wie möglich auf, von lüsternen Schauern überrieselt, Hand in Hand, in glotzender, aber fluchtbereiter Neugier. Sie verfolgten vom Rande der Arena aus die fesselnden Sitten dieses troglodytischen Volkes, seine Höhlenkriege und die Schändung des eroberten Gebiets. Mit prickelndem Interesse horchten sie auf die Haßreden, die die Unterlegenen im fistelnden Sopran äußerster Wut den stumm tätigen Siegern von sicherer Position aus zuschleuderten und die koprophile Tätigkeit in den schillernden Glanz der Genitalsphäre erhoben.

Es verdient übrigens bemerkt zu werden, daß Jahre später nebst Abortwänden und Pissoirs diese Höhlenwände die ersten Hakenkreuze zeigten sowie »Juda verrecke« und »Deutschland erwache«. Es scheint eine eigentümlich chymische Verwandtschaft zu bestehen, eine mystische Affinität zwischen nationaler Begeisterung und dem Geruch menschlicher Ausscheidungen. Jedenfalls hierzulande. Denn aus diesen Regionen war es allmählich ans Licht geapert, bis es eines Tages sich unversehens auf Fahnen und Abzeichen fand und offiziell wurde.

(1982)

Przemyśl
Ein mitteleuropäisches Lehrstück

Am Allerheiligentag des Jahres 1918, zwei Wochen bevor Ludwik Uiberall an einer Schußwunde verblutete, begann auf dem Ringplatz von Przemyśl das Goldene Zeitalter. So jedenfalls verhieß es ein Advokat, der unter den Zedern des Ringplatzes am Abend dieses milden Novembertages vor Fackelträgern und großem Volk eine Rede hielt. In Przemyśl kannte man Herman Lieberman, den Redner, als den Führer der Sozialdemokratischen Partei Galiziens und als einen höflichen Mann, der jeden Vormittag im Grand Café Stieber die Zeitung las, in der Bahnhofsrestauration Kohn zu Mittag speiste und vor Jahren vergeblich versucht hatte, Helene Rosenbaum aus dem Gizowski-Haus zu heiraten. Aber die Leidenschaft, mit der der Herr Advokat an diesem Abend sprach, war den meisten seiner Zuhörer fremd. Ein Goldenes Zeitalter! Schön, sehr schön hatte der Beginn dieser Ansprache geklungen. Der Herr Advokat hatte die Worte eines römischen Dichters, Verse, lange Verse, von einem immer wieder glattgestrichenen Zettel abgelesen und gesagt, so oder zumindest so ähnlich müßte es nun auch in Galizien werden:

»Im Goldenen Zeitalter gab es keine Helme und kein Schwert. Ohne Soldaten zu brauchen, lebten die Völker sorglos und in sanfter Ruhe dahin...«

Die Freie Republik Przemyśl, rief Lieberman dann und hob die Arme wie ein Kapellmeister, der nicht mit dem Taktstock, sondern mit der leeren Faust das Zeichen zum Einsatz gibt – die Freie Republik Przemyśl, deren Gründung hier und heute mit solchem Jubel begangen werde, habe die österreichisch-ungarische Herrschaft abgeschüttelt, um endlich in die Welt zu setzen, was in Wien und Budapest immer wieder versprochen, hoffnungslos zerredet und in den Ländern Mitteleuropas, den Ländern der sogenannten Krone, niemals verwirklicht worden sei: ein friedliches Miteinander freier, gleichberechtigter Völker in einem vielstimmigen und demokratischen Staat. Die Polen, Ukrainer und Juden der Stadt, selbst die kroatischen, ungarischen oder böhmischen Soldaten der aufgelösten kaiserlichen und königlichen Garnison, würden in dieser Republik eine gute, vor allem aber eine gemeinsame Zukunft finden, und...

Der Advokat machte eine kurze, atemlose Pause, ließ die Arme sinken und sagte dann langsam, mehr zu sich selbst als zur plötzlich unruhig gewordenen Menge: Und später vielleicht eine Heimat.

Die vielstimmige Heimat, die Völkerfamilie, blühende Donauländer und das Erbe des habsburgischen Untergangs, alles in allem: das freie Mitteleuropa. Lieberman rührte an die Bilder einer alten Sehnsucht, mit denen auch viele Redner der österreichisch-ungarischen Vergangenheit ihre Reden verziert hatten und mit denen noch viele Redner und Schreiber der mitteleuropäischen Zukunft ihre Reden und Schriften verzieren würden. Aber nicht diese Bilder hatten die Menge plötzlich unruhig werden lassen, sondern bloß einige ukrainische Fuhrknechte, die zwei Fackelträger gegen die Toreinfahrt des Branntweiners Fedkowicz gedrängt hatten und ihnen dort das Feuer zu entreißen versuchten. Ob die Fuhrknechte betrunken waren oder vom utopischen Glanz der Rede Liebermans geblendet, war aus der Höhe des Rednerpultes nicht zu erkennen. Lieberman tat, was viele Redner tun, wenn sich das Volk endlich bewegt. Er wartete ab. Die Fuhrknechte zogen sich schließlich vor der aufmerksam und böse werdenden Übermacht der Fackelträger in den tiefen Schatten eines Arkadenganges zurück. In einer Lache vor dem Tor des Branntweiners verlöschte ein Pechstumpen. Stoßweise, wie den Beginn einer Litanei von Verwünschungen, schrie eine helle Männerstimme die ersten Takte eines ukrainischen Liedes aus dem Dunkel der Arkaden: *Schtsche ne wmerla Ukraina...* Noch ist die Ukraine nicht gestorben! Die Hochrufe der Republikaner von Przemyśl machten aber auch diesen Störversuch rasch unhörbar.

»Genossen, Mitbürger, Freunde!« wiederholte Lieberman, nun wieder laut und sicher, die gewohnte Ordnung der Anreden, die er auch im Grand Café Stieber jedesmal gebrauchte, wenn er aus der gedämpften Privatheit der demokratischen Herrenrunde des *Roten Tisches* unvermutet ausbrach und sich mit erhobener Stimme an das große Kaffeehauspublikum wandte. Allmählich erstarb das Geschrei auf dem Ringplatz. Der Lärm der Begeisterung wich einer trägen Ruhe, die sich um das Rednerpult ausbreitete wie die Flüssigkeit um ein im jähen Wechsel von Hitze und Kälte zersprungenes Gefäß.

»Genossen, Mitbürger, Freunde! Die Monarchie hätte zum Herzen Europas werden können, aber sie hat ihre Chance verloren und vertan. Die Monarchie hat ihre slawische Majorität verleugnet und an die Stelle einer friedlichen Gemeinsamkeit der Völker nur die schäbige Pyramide der Nationen gesetzt, an deren Spitze das sogenannte Staatsvolk thronte – die Deutschen. Die Monarchie, Genossen, hat nicht erkannt, daß keines der mitteleuropäischen Völker stark genug ist, um ein anderes zu beherrschen; hat nicht erkannt, daß aus diesem Grund allein schon die politische Vernunft die Versöhnung und die Gleichberechtigung dieser Völker gebot. Und so mußte die Monarchie zugrundegehen wie jedes Reich, das sich der Einsicht in die Notwendigkeit der Zeit verschließt. Nun ist es an uns, Genossen, aus den Trümmern dieses Reiches ein neues Mitteleuropa zusammenzufügen, das den Krieg als die Folge dieser unseligen Hierarchie der Nationen erlebt hat und das nun auch ohne den Zwang einer Dynastie zu seiner Einheit finden wird. Und Przemyśl, Genossen, Mitbürger und Freunde, wird das Vorbild und erste Beispiel einer solchen Völkergemeinschaft sein...«

Mit halblauten Zwischenrufen wie *Der Lieberman plauscht wieder* oder *Ach, Lieberman*, hatte Jaroslav Souček, der tschechische Arzt des Garnisonsspitals, solche und ähnliche Reden des Sozialdemokraten im Grand Café Stieber gelegentlich vom Billardtisch aus unterbrochen und dann quer durch die von drei Kristallüstern geschmückte Weite des Raumes kurze Gegenreden gehalten, ohne allerdings der Einladung Liebermans Folge zu leisten, seine Einwände doch im Kreis der Demokraten vorzutragen. Souček sprach grundsätzlich aus der von silberblauen Schwaden verhangenen Ferne des Billardtisches und schien dadurch seltsam entrückt.

»Die mitteleuropäischen Völker wollen doch weder einen dynastischen noch einen demokratischen Vielvölkerstaat«, hatte der tschechische Arzt erst letzte Woche, an einem verregneten Montagvormittag, gesagt – »sondern sie wollen schlicht und einfach ihre eigenen, autonomen, blöden kleinen Nationalstaaten, ihre eigenen scheppernden Industrien, korrupten Parlamente und lächerlich kostümierten Armeen. Schauen Sie sich doch um, Herr Lieberman, was sehen Sie? Sie sehen Mitteleuropa – ein Bestiarium: Die Tschechen fluchen auf die Slowaken, auf die Polen, auf die Deutschen; die Polen auf die Litauer und Ukrainer; die Kroaten auf die Slowenen, Serben und Italiener; die Serben auf die Albaner und Montenegriner; die Slowenen auf die Italiener und Bosniaken, und immer so fort, und die Deutschen fluchen auf die Slawen insgesamt, alle Feindschaften gelten natürlich auch umgekehrt und werden von allen Beteiligten mit immer neuen und immer hirnloseren Vorurteilen gepflegt. Gemeinsam ist den Angehörigen dieser famosen Völkerfamilie doch nur, daß sie bei jeder günstigen Gelegenheit über die Juden herfallen. Der Pogrom ist aber auch schon die einzige Unternehmung, zu der sich die Familie gemeinsam bereitfindet. Ein friedliches Miteinander? Einige von diesen fahnenschwenkenden und ihre Hymnen grölenden Haufen haben ihren Nationalcharakter doch eben erst entdeckt und nun nichts Eiligeres zu tun, als diesen Muff unter der Käseglocke eines eigenen Staates bis zum nächsten Krieg, bis zur nächsten Judenhetze, bis zum nächsten Raubzug zu bewahren.

Blind bleiben sie dabei füreinander; blind und blöd. Die Nation! Ach, Lieberman, was für eine Blödheit. Aber vorläufig bleibt es eben modern, diese Blödheit hochzuhalten und mit ihr den Glauben an eine eigene, besonders ruhmreiche Geschichte, den Glauben an einen ganz besonders genial gewundenen eigenen Weg von der Affenhorde zum bissigen Nationalstaat. In jenem Europa, von dem Sie reden, Verehrtester, liegt Böhmen am Meer und Triest im Gebirge. Ihre Reden sind nicht auf der Höhe der Zeit. Und die Zeit, Herr Demokrat, ist gewiß nicht auf der Höhe Ihrer Reden.«

Spitalarzt Souček hatte an diesem Montagvormittag seinen Ausfall mit einem plötzlichen Stoß seines Queues beendet, war ganz in sein Spiel zurückgesunken und keiner Antwort des protestierenden *Roten Tisches* mehr zugänglich gewesen. Wie das Opfer einer großen Verbrennung überragte Herman Lieberman an seinem Rednerpult das flackernde, rauchende Feld der Pechfackeln. Von Souček würde an diesem Abend kein Zwischenruf kommen. Der Arzt war vor einigen Tagen mit seiner Einheit abgerückt und hatte seine Kameraden vergeblich daran zu hindern versucht, alle tragbaren Einrichtungen des Garnisonsspitals mit sich zu schleppen. Schwerbeladen, singend und im Marschtritt waren die Tschechen aus dem Chaos der Zeit ihrem eigenen Staat entgegengezogen.

»Wir haben uns hier versammelt«, schrie Lieberman in die Wildnis aus Flammen, Gestalten, Gesichtern und springenden Schatten, »um zu bezeugen, daß Mitteleuropa nur durch die Einheit seiner Völker davor bewahrt werden kann, zum Manövergelände fremder Armeen und Interessen zu verkommen. Die Freie Republik Przemyśl, das Lehrstück der Völkergemeinschaft, lebe hoch!«

Vivat und *Hurra* tobte es von unten zurück. Fackelträger schwenkten ihre Lichter über den Köpfen oder schrieben Feuerkreise und Spiralen in die Luft. Triumphal und im falschen Takt, so, als ob ein längst erwartetes Zeichen nun doch übersehen worden wäre und das Versäumte nun mit gesteigertem Tempo nachgeholt werden müßte, setzte eine Blechkapelle ein. Schmal ragten die Zedern des Ringplatzes aus dem Jubel in den dunklen Himmel Galiziens. Gewiß – die abendliche Feierlichkeit dieses Allerheiligentages kann auch anders verlaufen sein: Vielleicht wurde die Republik ohne Blechmusik ausgerufen, vielleicht standen auch die Zedern des Ringplatzes damals schon nicht mehr, hieß der tschechische Arzt nicht Souček, sondern Palacký oder anders, und vielleicht waren es auch keine Fuhrknechte, sondern uniformierte Mitglieder der *Sitsch*, der paramilitärischen ukrainischen Feuerwehr gewesen, die mit den Fackelträgern handgemein geworden waren. Gleichwie, Tatsache bleibt, daß die vom Sozialdemokraten Herman Lieberman mit allem Pathos ausgerufene Freie Republik Przemyśl die Nacht vom Allerheiligen- auf den Allerseelentag des Jahres 1918 nicht überstand. Denn noch vor Ausbruch des ersten Tages dieser Republik drängten aus allen Dörfern ukrainische Bauern, Landarbeiter und Handwerker in die Stadt – Nationalisten aus Wirotschko und Jaksmanytschi, aus Posdjatsch, Stanyslawtschyk und Kormanytschi, die, von einem zweiten Advokaten namens Doktor Zahajkiewicz angeführt, bewaffnet und unbewaffnet über Przemyśl herfielen und gegen den Vielvölkerstaat des Advokaten Lieberman Einspruch erhoben: Przemyśl sei immer ukrainisch gewesen. Przemyśl werde immer ukrainisch bleiben.

Die Ukrainer besetzten also das Rathaus, die Bezirkshauptmannschaft, das ausgeräumte Garnisonsspital, den Bahnhof samt Restauration und stellten die erst am Vorabend gebildete Regierungskommission der Freien Republik – vier versöhnlerische Ukrainer, vier Polen und Lajb Landau, den Führer der jüdischen Partei, unter Hausarrest. Auch der Name der Freien Republik wurde getilgt und durch *Peremyschl* ersetzt.

»Ausgerechnet Doktor Zahajkiewicz!« hieß es auf einem Flugblatt, das später im Grand Café Stieber beschlagnahmt werden sollte. ». . . Zahajkiewicz, der sich schon auf Kostümfesten und folkloristischen Umzügen stets als ukrainischer Hetman zu verkleiden beliebte – ausgerechnet dieser Karnevalsnarr führt nun die ukrainische Horde gegen die Stadt . . .«

Das Ende des Kampfes um Przemyśl war absehbar wie das Ende aller Kämpfe um die Utopie: Selbstverständlich duldeten die Polen nicht, daß Przemyśl unter ukrainische Herrschaft kam. *Przemyśl!* Allein der Klang war barbarisch. Diese verfluchten Ukrainer. Das waren doch nur ruthenische Bauerntölpel, Lemken und Bojken, die sich einen nationalen Namen und eine Fahne zugelegt hatten und jedem, der ihnen das Wort nur deutlich und lange genug vorsagte, *Ukraina* nachgrunzten. Aber Przemyśl war immer polnisch gewesen. Und Przemyśl würde immer polnisch bleiben.

Nach zwei Wochen ukrainischer Herrschaft, wachsender Verwirrung und täglichen Schlägereien zwischen den nationalen Lagern drangen polnische Truppen unter dem Kommando eines Generals namens Rój in die Stadt ein, prügelten die Tölpel in ihre Dörfer zurück und stellten den Advokaten Zahajkiewicz unter Hausarrest. Auf der Szajbówka-Heide und am Franz-Josephs-Kai am Ufer des San fielen auch Schüsse. Aber zu Tode kam nur ein Mann. Das Protokoll der Eroberer überlieferte seinen Namen: Es war der *Pole mosaischen Bekenntnisses Ludwik Uiberall*, den ein Bauer aus Balytschi, der sein mit Flußsand beladenes Ochsengespann über eine Schotterbank an den Franz-Josephs-Kai heranführte, nach zwei kurz aufeinanderfolgenden Schüssen auf das Gesicht fallen sah.

(1985)

Die Autoren

ILSE AICHINGER (geb. 1921). *Spiegelgeschichte* in *Der Gefesselte. Erzählungen*. Frankfurt a. Main 1954, 44–53. Mit freundlicher Genehmigung des S. Fischer Verlags, Frankfurt a. Main.

PETER ALTENBERG (1859–1919). *Ein schweres Herz* in *Das große Peter Altenberg Buch*. Hrsg. Werner J. Schweiger. Wien/Hamburg 1977, 195–199.

GERHARD AMANSHAUSER (geb. 1928). *Zur Entstehungsgeschichte der Window-Art* in *Aufzeichnungen einer Sonde*. Salzburg, Wien 1979, 20–28. Mit freundlicher Genehmigung des Rio Verlags, Zürich.

H. C. ARTMANN (geb. 1921). *Ein Wesens namens Sophia* in *Grammatik der Rosen. Band II*. Hrsg. Klaus Reichert. Salzburg und Wien 1979, 330–336. Mit freundlicher Genehmigung des Residenz Verlags, Salzburg und Wien.

INGEBORG BACHMANN (1926–1973). *Undine geht* in *Werke 2. Erzählungen*. München 1978, 253–263. Mit freundlicher Genehmigung des R. Piper Verlags, München.

THOMAS BERNHARD (1931–1989). *Der Keller* in *Der Keller*. Salzburg und Wien 1976, 123–137. Mit freundlicher Genehmigung des Residenz Verlags, Salzburg und Wien.

ALOIS BRANDSTETTER (geb. 1938). *Der Spitzensportler* in *Der Leumund des Löwen*. Salzburg und Wien 1976, 18–28. Mit freundlicher Genehmigung des Residenz Verlags, Salzburg und Wien.

HERMANN BROCH (1886–1951). *Ein Abend Angst* in *Kommentierte Werkausgabe. Band 6*. Hrsg. Paul Michael Lützeler. Frankfurt a. Main 1980, 155–162. Mit freundlicher Genehmigung des Suhrkamp Verlags, Frankfurt a. Main.

ELIAS CANETTI (geb. 1905). *Die Muschel* in *Die Blendung*. München 1974, 48–59. Mit freundlicher Genehmigung des Carl Hanser Verlags, München.

FRANZ THEODOR CSOKOR (1885–1969). *Schattenstadt* in *Ein paar Schaufeln Erde*. München, Wien 1965, 106–113. Mit freundlicher Genehmigung des Langen Müller Verlags in der FA Herbig Verlagsbuchhandlung, München.

HEIMITO VON DODERER (1896–1966). *Im Irrgarten* in *Die Erzählungen*. München 1972, 218–223. Mit freundlicher Genehmigung des Biederstein Verlags, München.

ALBERT DRACH (geb. 1902). *Ein Herr mit Hut und ohne* in *Die kleinen Protokolle und das Goggelbuch*. München, Wien 1965, 189–212. Mit freundlicher Genehmigung des Langen Müller Verlags in der FA Herbig Verlagsbuchhandlung, München.

ERICH FRIED (1921–1988). *Fräulein Gröschel* in *Kinder und Narren*. *Prosa*. München 1965, 99–109. Mit freundlicher Genehmigung des Carl Hanser Verlags, München.

BARBARA FRISCHMUTH (geb. 1941). *Haschen nach Wind* in *Haschen nach Wind*. Salzburg und Wien 1974, 74–108. Mit freundlicher Genehmigung des Residenz Verlags, Salzburg und Wien.

GERTRUD FUSSENEGGER (geb. 1912). *Das Zimmer* in *Nur ein Regenbogen*. *Erzählungen aus fünf Jahrzehnten*. Stuttgart 1987, 172–177. Mit freundlicher Genehmigung der Deutschen Verlags-Anstalt, Stuttgart.

ALBERT PARIS GÜTERSLOH (1887–1973). *Das ist Liebe* in *Fabeln vom Eros*. Frankfurt a. Main 1963, 79–84. Mit freundlicher Genehmigung von Wolfgang Hutter.

PETER HANDKE (geb. 1942). *Der Prozeß* in *Prosa. Gedichte. Theaterstücke. Hörspiel. Aufsätze*. Frankfurt a. Main 1967, 86–98. Mit freundlicher Genehmigung des Suhrkamp Verlags, Frankfurt a. Main.

MARLEN HAUSHOFER (1920–1970). *Der Wüstling* in *Schreckliche Treue*. *Erzählungen*. Düsseldorf 1968, 121–132. Mit freundlicher Genehmigung des Claassen Verlags, Hildesheim.

FRITZ VON HERZMANOVSKY-ORLANDO (1877–1954). *Der verirrte böse Hund* in *Zwischen Prosa und Drama. Sämtliche Werke. Band V*. Hrsg. Susanna Kirschl-Goldberg. Salzburg und Wien 1986, 311–316. Mit freundlicher Genehmigung des Residenz Verlags, Salzburg und Wien.

HUGO VON HOFMANNSTHAL (1874–1929). *Das Erlebnis des Marschalls von Bassompierre* in *Ausgewählte Werke 2*. Frankfurt a. Main 1957, 36–46. Mit freundlicher Genehmigung des S. Fischer Verlags, Frankfurt a. Main.

ÖDÖN VON HORVÁTH (1901–1938). *Das Fräulein wird bekehrt* in *Gesammelte Werke Band 5. Lyrik. Erzählungen und Skizzen. Romane I*. Frankfurt a. Main 1970, 77–82. Mit freundlicher Genehmigung des Suhrkamp Verlags, Frankfurt a. Main.

FRANZ INNERHOFER (geb. 1944). *W.* in *Glückliches Österreich. Literarische Besichtigung eines Vaterlands. (Hrsg.) Jochen Jung*. Salzburg und Wien 1978, 97–106. Mit freundlicher Genehmigung des Residenz Verlags, Salzburg und Wien.

ERNST JANDL (geb. 1925). *Eine fahne für österreich* in *Der künstliche Baum*. Neuwied und Berlin 1970, 19. Mit freundlicher Genehmigung des Luchterhand Literaturverlags, Hamburg.

ELFRIEDE JELINEK (geb. 1946). *Paula* in *Die endlose Unschuldigkeit*. Frankfurt a. Main 1989, 192–200. Mit freundlicher Genehmigung des Schwiftinger Galerie Verlags, Schwifting.

GERT JONKE (geb. 1946). *Wiederholung des Festes* in *Die erste Reise zum unerforschten Grund des stillen Horizonts*. Salzburg und Wien 1980, 9–14. Mit freundlicher Genehmigung des Residenz Verlags, Salzburg und Wien.

FRANZ KAFKA (1883–1924). *Das Urteil. Eine Geschichte* in *Erzählungen*. Frankfurt a. Main 1976, 41–53. Mit freundlicher Genehmigung des S. Fischer Verlags, Frankfurt a. Main.

EGON ERWIN KISCH (1885–1948). *Der tote Hund und der lebende Jude* in *Geschichten aus sieben Ghettos*. Hamburg 1980, 141–163. Mit freundlicher Genehmigung des Aufbau Verlags Berlin und Weimar.

KARL KRAUS (1874–1936). *Die Grüßer* in *Die Fackel Nr. 561–567*. März 1921, 45–48. Mit freundlicher Genehmigung des Suhrkamp Verlags, Frankfurt a. Main.

ALEXANDER LERNET-HOLENIA (1897–1976). *Maresi* in *Mayerling. Erzählungen*. Wien/Hamburg 1960, 173–192. Mit freundlicher Genehmigung des Paul Zsolnay Verlags, Wien/Hamburg.

JAKOV LIND (geb. 1927). *Reise durch die Nacht* in *Eine Seele aus Holz. Erzählungen*. Neuwied und Berlin 1962, 127–136. Mit freundlicher Genehmigung des Carl Hanser Verlags, München.

INGE MERKEL (geb. 1922). *Kinderspiele und Hausmeisterinnen* in *Das andere Gesicht*. Salzburg und Wien 1982, 129–135. Mit freundlicher Genehmigung des Residenz Verlags, Salzburg und Wien.

ROBERT MUSIL (1880–1942). *Kakanien* in *Der Mann ohne Eigenschaften*. *Gesammelte Werke*. Reinbek 1978, 31–35. Mit freundlicher Genehmigung des Rowohlt Verlags, Reinbek.

ROBERT NEUMANN (1897–1975). *Der neue Hamlet* in *Mit fremden Federn*. *Parodien*. Stuttgart 1985, 20–23. Mit freundlicher Genehmigung des Engelhorn Verlags, Stuttgart.

CHRISTINE NÖSTLINGER (geb. 1936). *Maikäfer flieg!* in *Maikäfer flieg! Mein Vater, das Kriegsende, Cohn und ich*. Roman. Weinheim und Basel 1973, 7–12. Mit freundlicher Genehmigung des Beltz Verlags, Weinheim und Basel.

ALFRED POLGAR (1873–1955). *Einsamkeit* in *Kleine Schriften II*. Hrsg. Marcel Reich-Ranicki in Zusammenarbeit mit Ulrich Weinzierl. Reinbek 1983, 24–31. Mit freundlicher Genehmigung des Rowohlt Verlags, Reinbek.

HELMUT QUALTINGER (1928–1986). *Der Herr im Salonsteirer* in *Der Mörder und andere Leut'*. München, Wien 1975, 43–57. Mit freundlicher Genehmigung des Thomas Sessler Verlags, Wien.

LEO PERUTZ (1884–1957). *Dienstag, 12. Oktober 1916* in *Herr erbarme Dich meiner!, Novellen*. Wien/Hamburg 1930, 45–55. Mit freundlicher Genehmigung des Paul Zsolnay Verlags, Wien/Hamburg.

CHRISTOPH RANSMAYR (Hrsg.) (geb. 1954). *Przemyśl* in *Im blinden Winkel*. Wien 1985, 210–216. Mit freundlicher Genehmigung des Christian Brandstätter Verlags, Wien.

RAINER MARIA RILKE (1875–1926). *Die Turnstunde* in *Sämtliche Werke 8*. Frankfurt a. Main 1976, 601–609. Mit freundlicher Genehmigung des Insel Verlags, Frankfurt a. Main.

RODA RODA (1872–1945). *Eifersucht* in *Schummler Bummler Rossetummler*. Wien/Hamburg 1966, 177–184. Mit freundlicher Genehmigung des Paul Zsolnay Verlags, Wien/Hamburg.

PETER ROSEI (geb. 1946). *Ja und nein* in *Landstriche. Erzählungen*. Frankfurt 1975, 38–52. Mit freundlicher Genehmigung des Verlages Klett-Cotta, Stuttgart.

GERHARD ROTH (geb. 1942). *Der Ausbruch des ersten Weltkriegs* in *Menschen Bilder Marionetten. Prosa. Kurzromane. Stücke.* Frankfurt a. Main 1979, 271–286. Mit freundlicher Genehmigung des S. Fischer Verlags, Frankfurt a. Main.

JOSEPH ROTH (1894–1939). *Barbara* in *Joseph Roth. Werke. Band 4.* Köln 1989, 14–22. Mit freundlicher Genehmigung des Verlags Kiepenheuer & Witsch, Köln, und Verlag Allert de Lange Amsterdam.

GEORGE SAIKO (1892–1962). *Hafen der Venus* in *Erzählungen. Hrsg. Adolf Haslinger. Sämtliche Werke. Band III.* Salzburg und Wien 1990, 70–75. Mit freundlicher Genehmigung des Residenz Verlags Salzburg und Wien.

MICHAEL SCHARANG (geb. 1941). *Die Beseitigung des Stellenvermittlers* in *Auf Anhieb Mord.* Hrsg. Klaus Konjetzky u. a. München 1975, 295–315. Mit freundlicher Genehmigung des Autors.

ARTHUR SCHNITZLER (1862–1931). *Leutnant Gustl* in *Meistererzählungen.* Frankfurt a. Main 1969, 149–176. Mit freundlicher Genehmigung des S. Fischer Verlags, Frankfurt a. Main.

JULIAN SCHUTTING (geb. 1937). *vier uhr zwanzig* in *Sistiana. Erzählungen.* Salzburg und Wien 1976, 37–43. Mit freundlicher Genehmigung des Autors.

JURA SOYFER (1912–1939). *Zauber der Roulette* in *Das Gesamtwerk.* Wien 1980. Mit freundlicher Genehmigung des Europa Verlags, Wien.

HILDE SPIEL (1911–1990). *Der Mann aus der Borinage* in *Der Mann mit der Pelerine.* Bergisch Gladbach 1985, 37–43. Mit freundlicher Genehmigung des Gustav Lübbe Verlags, Bergisch Gladbach.

FRIEDRICH TORBERG (1908–1979). *Traktat über das Wiener Kaffeehaus* in *Die Tante Jolesch.* München 1975, 318–330. Mit freundlicher Genehmigung des Langen Müller Verlags in der FA Herbig Verlagsbuchhandlung, München.

FRANZ TUMLER (geb. 1912). *Die Straße mit dem Autosalon* in *Landschaften und Erzählungen.* München 1974, 342–345. Mit freundlicher Genehmigung des R. Piper Verlags, München.

KARL HEINRICH WAGGERL (1897–1973). *Hans* in *Sämtliche Werke Band II*. Salzburg 1970, 213–217. Mit freundlicher Genehmigung des Otto Müller Verlags, Salzburg.

FRANZ WERFEL (1890–1945). *Par l'amour* in *Erzählungen aus zwei Welten. Dritter Band*. Frankfurt a. Main 1954, 51–58. Mit freundlicher Genehmigung des S. Fischer Verlags, Frankfurt a. Main.

GERNOT WOLFGRUBER (geb. 1944). *Absichtserklärung* in *manuskripte*, 69./70. Mit freundlicher Genehmigung des Autors.

DOROTHEA ZEEMANN (geb. 1909). *Einübung in Katastrophen* in *Einübung in Katastrophen*. Frankfurt a. Main 1979, 128–135. Mit freundlicher Genehmigung des Suhrkamp Verlags, Frankfurt a. Main.

STEFAN ZWEIG (1881–1942). *Vergessene Träume* in *Verwirrung der Gefühle. Erzählungen*. Frankfurt 1984, 71–78. Mit freundlicher Genehmigung des S. Fischer Verlags, Frankfurt a. Main.

Tania Blixen

Tania Blixen, die große dänische Erzählerin, hat eines der
lebendigsten und poetischsten Bücher verfaßt, das je über
Afrika geschrieben wurde. »... ein sehr konzentriertes Buch,
wie ein Mythos.«   Doris Lessing

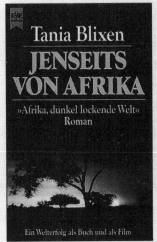

01/8390

Wilhelm Heyne Verlag
München

Doris Lessing

Sprachliche Präzision, leiser Humor und ein unbestechlicher Blick auf die Wirklichkeit kennzeichnen ihre Romane und Erzählungen. Doris Lessing ist eine der bedeutendsten Schriftstellerinnen der Gegenwart.

Foto: Anita Schiffer-Fuchs

Die Liebesgeschichte der Jane Somers
01/8125

Das Tagebuch der Jane Somers
01/8212

Bericht über die bedrohte Stadt
Vier Erzählungen
01/8326

Katzenbuch
01/8602

Jane Somers
»Das Tagebuch« und »Die Liebesgeschichte der Jane Somers« in einem Band
01/8677

Der Preis der Wahrheit
Stadtgeschichten
01/8751

Liebesgeschichten
01/8883

Das fünfte Kind
01/9115

Wilhelm Heyne Verlag
München

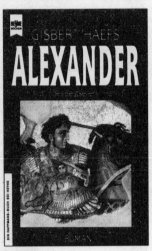

Erzähler der Weltliteratur

Literarische Entdeckungsreisen durch Länder und Kontinente

50/52

Außerdem erschienen:

Lateinamerikanische Erzähler des 20. Jahrhunderts
50/73

Österreichische Erzähler des 20. Jahrhunderts
50/82

Deutsche Erzähler des 20. Jahrhunderts
01/8707

Europäische Erzähler des 20. Jahrhunderts
01/8708

Russische Erzähler des 20. Jahrhunderts
01/8711

Italienische Erzähler des 20. Jahrhunderts
01/8713

Wilhelm Heyne Verlag
München

Jörn Pfennig

*Jörn Pfennig schwärmt nicht, wenn er das Schöne beschreibt,
und er lamentiert nicht, wenn er das Häßliche in Worte faßt
- das ist das Besondere an seinen Gedichten.*

Kopfsprünge Herzsprünge
Gedichte
112 Seiten
ISBN 3-453-06925-0

WILHELM HEYNE VERLAG MÜNCHEN